朱西甯作品集②

八二三注

朱西甯·著

氣的大行動竟而無感，唯見「反革命暴亂」，不識难求也
难遇的民心之可大用，良足扼腕浩嘆。可憐專制當權一久
即难逃墮落腐敗的宿命。
　地陪鄧綱小姐已乘車來站迎接。請問芳齡，果然一九
五八年次，是為三面紅旗「全民大煉鋼」所謂「熱火朝天
」的頭一年。
　站前廣場猶在沉睡夜霧中，街景暗昧無所見。若非多
處吆呼「洗臉漱嘴」，一定注意不到廣場边口一排小攤，
地上擺列著熱水瓶、涼水桶、面盆、口盂、毛巾並盥洗傢
什，人在夜寒中瑟縮地上，好像羞于出口的喉声吆呼。平
素我總怕看這些想像不出會有幾許行善施捨甚于需要的餓

朱西甯先生手稿

編輯說明

朱西甯先生是當代台灣最重要的小說家之一。早在五〇年代初，他便以《狼》、《鐵漿》等膾炙人口的作品震動文壇。其後創作不輟，生平長篇小說、短篇小說集、散文集計三十餘部。

朱西甯筆下的世界何其繁複：他寫燕趙漢子的獷拓陽剛、寫血氣人物的自我犧牲、寫枯旱大地上人如何愚騃如螻蟻撲殺同類，他的小說既堅持著托爾斯泰一系「大小說」的濃厚人文關懷與救贖執念，卻又充滿了巴赫汀所謂「民間狂歡節」，鄉土人物由迷信、仇殺、血性、江湖義理、壓抑之性欲……種種原始與顛覆力量互為拉扯，既荒謬又殘酷之景觀。〈鐵漿〉裡孟昭有那令人驚心動魄，以滾燙鐵汁淋澆肉身的自戕畫面；或是〈出殃〉的瘋狂、死亡、鬼魅，錯亂將封建宅院秩序顛倒成一「受虐——性愛——死亡」的恐怖喜劇。他的小說原鄉裡散布著相互火併的馬幫與鹽商、偽扮成替驢馬騸貨看病的浪子獸醫的抗日游擊隊、打更的、拉伕子、馬倌……種種看似典型其實充滿內在衝突與矛盾的「不完全悲劇英雄」。他們帶著失傳的技藝和老輩人的忠義仁厚，在「將時鐘撥快」歷史的扭曲光弧裡進退失據。

朱西甯先生的小說，即是這個衝突時刻的濃縮與隱喻；中國的古老象徵性秩序與民初現代性時刻的轇葛衝突，一個倫理世界散潰崩毀的緩衝時刻，人如何靠著某些古老的信仰，不致使那世界整個虛無垮掉；那個「中國」（想像性符號、想像性時刻，或想像性的地理原鄉），在朱西甯的小說世界裡，呈現出一幅巨大而闇黑的人性礦脈。那不止是個魅異精準處理死亡（空曠土地上人與人原始性的殺戮與自戕）場景之技藝；不止是童騃天真的敘事聲音鋪述著華北、關東的鄉野傳奇；不止是鐵路與漕運、醫藥與巫術這些時代遞嬗、經濟錯序的社會學材料……那是一個既寫實又閃爍著傳說魅力的原鄉時空；那是一個既庶民百工知識考古，卻又充滿現代性意識之焦慮的——也許最終只能以「小說」將之承托——離散的中國。

這亦即王德威教授曾云：「朱西甯的小說可以上接魯迅，乃至三、四〇年代沈從文、吳組緗等人的原鄉視野；而下接王禎和、黃春明的本土情懷……甚至對照八〇年代大陸尋根作家，從鄭萬隆到賈平凹，從莫言到劉恒……實為尋根作家亟應尋回的海外根源之一。」

朱西甯先生一生在小說語言、小說形式上孤寂地往藝術造境推進。我們在近半世紀後重讀這些作品，像用小盞電石燈照著那巨大人心礦坑裡，某一角落的陰暗苔蘚。我們極難以單一的意識形態或流行文學論述概括他不同時期「只和自己賽跑」的不同風格作品。印刻出版公司以最崇敬的心情，將這些作品重新整理，以「朱西甯作品集」之面貌出版，作為我們對這位小說巨人無限的懷念，並分饗朱先生的老讀者，以及曾抱憾錯失的年輕朋友。

目次

壯麗而人性的戰爭生活

——重讀朱西甯的《八二三注》

楊照

1

《八二三注》是朱西甯寫作高峰期的代表性傑作。依照朱西甯自己在〈後記〉裡的說明，一九六四年，砲戰結束後六年，他立意要為「八二三」寫一本小說，那年他三十八歲。經過一年多蒐集材料與醞釀的過程，一九六六年春天，開始動筆，一寫寫了十一萬字（已經是一般一本長篇小說的分量了），卻因成果不理想而全部予以毀棄。然後重新再起爐灶，第二回寫得更多更長，累積到二十七萬字，結果卻仍然是作者自己忍痛悉數銷毀不存。

一九七一年，朱西甯第三度啟程攀登顯然已經成為他寫作過程上奇萊大山的八二三砲戰，這次終於一步步踏實走穩，整整花了四年半的時間，才在一九七五年夏天，寫完了超過六十萬字的巨作，那年朱西甯四十九歲。

從三十八歲到四十九歲，識見最成熟、精力最充沛的壯年期間，朱西甯把自己投注在《八二三注》的寫作上，這是我們無法忽視的事實。

一九七八年，朱西甯可能還在跟《八二三注》的第二稿堅苦奮鬥時，柯慶明在一篇文章①中將朱西甯的小說歷程略分為兩期，「早期的主題都環繞在一個基本課題上：反共。或者是揭發中共欺騙下的暴行，或者是頌讚鐵蹄下抗暴的英勇，還有就是探究國難當前自由地區國民應有的生活方式與態度。」到了《鐵漿》、《狼》相繼出版，朱西甯脫離了早期的關懷，「漸漸地他把視域往前推展，發現做為一個中國人，他無法逃避不去面對那形成民族性格、生活方式，以及悲劇的生存空間，於是他把筆觸轉向鄉土中國的探究與批判。」

這樣的分期對於我們理解朱西甯大有幫助。事實上，朱西甯在文壇上開始受到重視、推崇，不是因為早期的反共作品，而是柯慶明所說的「鄉土中國的探究與批判」。這段時期朱西甯的小說裡，帶有非常濃厚的鄉野氣息，不管是場景的設定與描述，人物的性格與語言，都傳遞著明確的中國北方風味。在那個時期，朱西甯與司馬中原（可能還要加上段彩華）成了最顯眼最傑出的鄉野小說作家，帶給一部分北方長大流離的人懷鄉念舊的溫暖，帶給另外一部分未曾親歷北方的人，特殊的異國陌生氣氛。

不過認真探究，朱西甯和司馬中原其實有著很不一樣的生命視野。同樣是北方鄉野，司馬中原的鄉野裡到處有英雄，或者至少展現為一種對於英雄的熱切期待。相對地，朱西甯的鄉野則透著一股沉鬱幽黯，英雄已逝、典型不再的悵惘，只剩下小人物們掙扎過著小生活的悲情悲涼，是這些小說的主調，甚至是這些小說之所以存在的前提。

朱西甯絕對不是個西化的人，雖然他有虔誠的基督教信仰，卻不曾明白接受、肯定西方式的現世價值。然而隱藏在他那些鄉野小說背後，卻有著一種幽微卻堅定的現代立場。他對鄉野中國，荒瘠的土地與萬蒽的人民，充滿了同情，可是在同情中卻又總是如柯慶明所洞悉的，一直在進行「探究與批判」。

朱西甯在鄉野中國的小人物身上，看到很多惡德。絕大部分是躲在仁義道德表面下的小奸小惡。他用小說去描寫去挖掘這種小奸小惡時，是和五四新文學基本精神一脈相承的。然而不同於五四新青年的理直氣壯、嚴辭撻伐，朱西甯的態度毋寧比較溫和，甚至比較茫然，他似乎是在自己的小說旁邊攤攤手無奈地說：「你們看，就是這樣，我自己的民族，我自己的文化，怎麼辦呢？」

朱西甯的鄉野小說裡，偶爾也有英雄。可是英雄最了不起的性格成分要嘛是堅持己見的執拗，要嘛就是像〈狼〉裡的大轂轆那樣的豁達寬容。換句話說，這些英雄身上並不帶著傳奇性、虛幻的暗示，暗示他們可以真正解決那些值得挖掘、值得批判的問題。他們只是挖掘問題、凸顯問題過程中的戲劇性力量。這樣的安排，使得朱西甯的鄉野小說遠比司馬中原的冷調悲觀，也給了朱西甯這時期的小說帶上了高度的悲劇性。

比對朱西甯這前後兩期作品，我們可以立刻察覺其中的矛盾緊張。反共的肯定樂觀與民族性探究中的質疑悲觀，兩者間的矛盾緊張。用最簡化的方式，可以這樣凸顯：「如果從鄉野中看到的民族性，是如此悲觀且具悲劇性的，那麼我們要從哪裡獲致反共的力量與信心呢？這樣民族性的人組合在一起，要沉淪頹敗毋寧是比較正常的，提升乃至超升的希望到底要從何而來呢？」

如果朱西甯是個對於反共宣傳行禮如儀的人，那麼走向鄉野中國批判之後，他很可能就找到了新歸屬，放棄原有的舊方向，從此轉型為鄉野作家。不過朱西甯顯然不是這樣的人。他對民族性的探究與批判是認真的，他對反共一事也同等認真。這兩個主題遲早必須在他的小說作品裡交錯統合起來，兩個主題間先天具備的矛盾張力，遲早必須獲得如果不是思想上的，至少是藝術上的解決。

當柯慶明熱心在解析朱西甯第二期作品的核心精神時，朱西甯已經悄悄離開了那個充滿小奸小惡的北方鄉野，摸索著寫作與價值視野上另一個新的時期新的階段。

2

八二三砲戰給了朱西甯意外而特別的機會。

那是一場奇怪的戰爭。許多不尋常的歷史因素才塑造出這樣一場世界戰史上絕無僅有的戰爭。

一個條件是兩岸的長期分立對峙，隔著海峽國共內戰實質停火，卻遲遲無法結束。兩方面都不接受分裂的事實，也就都抱持強烈的敵意。第二個條件是國民政府退到台灣，福建沿海金門馬祖等幾個小島，因緣際會卻沒有被中共解放軍打下來。「古寧頭戰役」是一個關鍵的偶然，一輛拋錨的坦克在沙灘上意外提供了金門守軍最佳的反擊防守優勢，大批登陸共軍無功而退。「古寧頭」打完，毛澤東決定先處理新建國後的內政狀況，於是就延擱了對金門馬祖的進襲。

還有第三個條件是冷戰結構形成後，台灣立場明顯向美國傾斜，逼得毛澤東對於金門馬祖有了不一樣的想法。毛不再那麼急於打下金門，改而形成了他的「兩手理論」。用毛自己的話說：「金門和馬祖是我們和台灣聯結起來的兩個點，沒有這兩個點，台灣可就同我們沒有聯繫了。一個人不都是有兩隻手嗎？金門、馬祖就是我們的兩隻手，用來拉住台灣，不讓它跑掉。」毛還得意地加了一句：「這兩個小島，又是個指揮棒，你看怪不怪，可以用它來指揮赫魯曉夫和艾森豪團團轉。」②

所以一九五八年突然發動「八二三砲戰」，毛的用意從來就不是為了要登陸拿下金門。對毛而言，拿下金門反而拉不住台灣，台灣說不定就在美國扶持下獨立了。砲戰之所以起，一方面是毛澤東誤以為當年「大躍進」糧食增產大成功，要找個方式發洩他自己的狂妄情緒；另一方面也是要把台灣跟金門拉得更近，同時試測美國艾森豪政府的反應。

這場戰爭就如此而充滿了狂人的任意性與荒誕性。毛集結了數量驚人的火砲，八月二十三日當天下午六點半，突然有超過五百門砲對金門小島同時轟擊，一夜之間發射了近六萬發砲彈。那種打法，沒有甚麼戰爭的章法道理可言，毋寧比較接近單純追求「數大是美」的奇觀效果。

砲擊奇觀持續了四十四天，一共打了將近五十萬發砲彈。砲彈數量驚人，打破了世界戰史紀錄；但更值得驚異的應該是，四十幾天中除了砲擊，沒有其他任何軍事舉動。戰史上應該也再找不到這麼單調這麼「專心一意」的戰役了吧！

當時在金門的守軍，不會知道毛澤東在想甚麼。他們實質感受到的奇異與荒謬是：一場恐怖危險的戰爭，然而卻完全看不到敵人，更接觸不到敵人。一場在那個武器射程不遠、肉搏戰仍然非常普遍的時代，近乎超現實的戰役。仗打了，而且打得很激烈，可是敵人，有血有肉有形有影的敵人在哪裡？

看不到接觸不到敵人的戰爭，卻又是國民政府從大陸撤退之後，最激烈的一場戰爭。朱西甯自己並沒有親歷砲戰，不過不必等到一九六四年奉命去致送烈士慰問金，因而接觸到許多砲戰罹難者家屬，他在軍中應該早就聽聞感受到這場戰爭奇異奇特、謎一般的實存性格。人時時刻刻都活在生死交界之處，每一瞬間都有可能從天外發來一顆奪命砲彈，可是卻又無能為力，甚麼事都不能做，只能一直預期一直等待著，那想像中的登陸攻防大戰，卻始終沒有等到。本來應該是前奏曲的砲擊，到底翻身成了徹頭貫尾的主旋律。

朱西甯會寫《八二三注》，除了自訴的「為……可敬的母親和他們無名英雄的兒子寫下值得紀念的東西」之外，應該也有無法抵禦這種超現實情境誘惑的動機吧。

3

《八二三注》全書出現的角色近百，卻不需要複雜的人物關係表來輔助我們閱讀，一來因為人物的關係就是軍隊嚴然井然的組織關係；二來因為有清楚的兩個角色幫忙統理了其他人物，讓他們各自歸位、不亂不離。

這兩個中心角色是黃炎和邵家聖。他們能發揮統理、貫串的作用，應該緣由於他們都是作者朱西甯的另我化身。黃炎出身將軍世家，背景當然和朱西甯不一樣，但黃炎凡事頂真而且不斷在生活光景中尋找嚴肅意義，這種性格特色很接近朱西甯；斯文溫和、不踰矩不僭越，這種形象也頗似朱西甯給人的一般感覺。

邵家聖則是全然相反的角色。這位「邵大尉」簡直是個軍隊秩序下不可思議的「過動兒」。他完全無法安靜下來，不管是哪種意義的「安靜」。不止是不能安靜坐在屋裡辦公，也不能安靜遵照部隊規章行事，甚至不能安靜讓自己有條有理地想想事情。邵家聖幾乎是全然外放外向的，他不斷在動不斷在耍寶也不斷在聒噪耍嘴皮。

這樣的角色，會和作者朱西甯有甚麼直接關係嗎？單看表面似乎沒有，不過全書六十萬字中幾乎一半篇幅都在記錄邵家聖永遠像對口相聲般的語言，或邵家聖奇特、跳躍的思考，要不然就是別人對邵家聖的評斷解釋，那我們就不能不從字面底下讀到某種作者深刻的同情，甚至渴望了。

永遠都斯斯文文、正正經經的黃炎多次羨慕著永遠佻撻著，也幾乎永遠在闖著各式各樣禍端的邵家聖，虛實對照一看，朱西甯私心裡大概也恨不得自己能夠像邵家聖一樣吧！

斯斯文文、正正經經的黃炎與朱西甯，一個角色和一個作者，為甚麼要羨慕另外一個角色呢？因為斯斯文文、正正經經的黃炎和斯斯文文、正正經經的朱西甯，無法進入無法刺探到軍隊中某個混沌錯亂、卻似乎自有道理——沒道理的道理——的龐大領域，一個大兵的無道德世界。只有藉著像邵家聖這樣的個性、這樣的舉止，才能闖進大兵的無道德世界，用無道德的概念、語彙，和構成軍隊真實主體的大兵們廝混。

那塊大兵世界，不是階級性的，誰是大兵誰不是，不靠肩章來決定。事實上，會有混沌錯亂、只遵從無道理的道理的大兵世界存在的需要，正起自於對軍隊嚴格階級意義秩序而來的反動。嚴格階級意義秩序，不只是規範誰該聽誰命令、誰該向誰敬禮而已，那是個無所不在的軍中思考架構，一切都該排好上上下下前前後後，一個蘿蔔一個坑，而且只能是在那個位置的那個坑，推而廣之，一切事物都有其相應意義上，是非對錯，的標準答案，單一答案，不許模稜兩可，也不許虛空留白。

大兵世界卻不是如此，完全不是如此。大兵世界將所有秩序與標準答案，拿來嘲弄。最正經最神聖的，正好可以刺激出最粗俗無文的笑話，這得大家其樂無窮。大兵世界裡，道德被大翻轉大洗牌，洗到看不出任何脈絡線索，洗到甚至不成其為「反道德」、「不道德」，只能是「無道德」。

斯斯文文、正正經經的人，頂真地計較事物意義的人，無法接近那個大兵世界，往往大兵世界也不敢、不願來招惹他們。然而他們不可能不意識到那個世界的存在，以及那個世界特有的樂趣，外於是非對錯乃至超越是非對錯的樂趣。那種樂趣絕對是真實的，然而其真實性何來呢？

邵家聖是個使者，引領黃炎、引領朱西甯，進而引領《八二三注》讀者進入那個大兵世界，真實樂趣世界的使者。有邵家聖，使得《八二三注》跳升到與其他「反共文學」非常不同的層次，邵家聖帶著大家從不正經的嘲諷進入戰爭，甚至嘲諷「反共文學」應該要宣傳的反共教條。

4

《八二三注》以一九五八年七月十六日南下運兵列車為場景拉開序幕，六十萬字之後，結尾收束在黃炎登上飛機暫別金門，返台探望母親病情，那是一九五八年的十月二十五日。換句話說，六十萬字巨著實則只記錄了三個月零十天間的事。這樣的敘述速度，保證了小說中有許多細節，尤其是大兵真實生活的細節描述。

這些不看重不尊重井然秩序的大兵們，身上帶的正是濃厚的前現代式鄉野性。他們的生活自然也就充滿了朱西甯鄉野小說裡深挖過、批判過的小奸小惡。朱西甯沒有把他們寫成樣板、典型的「革命軍人」；朱西甯也抗拒了把他們寫成反共信念堅定、對反共口號朗朗上口的「黃埔英雄」的誘惑。他們就是大兵，一群各有所思各有所感，而且所思所感都遠離軍中標準答案的大兵。就連小說中出現的軍官們，也幾乎都彰顯透露了他們藏不住的「大兵」一面。

大兵世界是混亂的，如果單單只是記錄大兵的所思所感，那《八二三注》恐怕要淪為臃腫雜沓的流水帳了。這就是為甚麼小說裡還是少不了斯斯文文、正正經經，永遠都在觀察都在思考的黃炎。黃炎是個局內的局外人，他當然在金門、在砲戰裡，不過他與大兵們的格格不入使他可以不時站開距離、探索釐測其中的意義。

因為有黃炎觀察其中、思考其中，朱西甯得以把繁多的細節、片段的故事插曲，全都整理朝向兩個焦點。一個焦點是，所有不起眼的東西，包括草木不生的金門小島，也包括粗魯不學的士兵們，都蘊藏著懾人的莊嚴與力量，一旦被非常情境刺激出來時，你不可能忽視，更不可能輕視。

另外一個焦點是，戰爭，真實的戰爭，可以讓人超越自己，快速成長。戰爭中的超越效應非常神奇而神祕，你不會變成另外一個不一樣的人，卻將自身原本具備的質素，包括那最粗俗卑下的小奸小惡，放大轉型，變成了不可思議難以言說的美德。戰爭竟然可以有這種「不換骨卻脫胎」的效力。

所以朱西甯要抄瘂弦的詩放在其前，裡面有這樣的句子：

我們將錘打出另一種樣子的生活，壯麗而人性；
在緊握的手掌下面焊接力量與力量
當黎明的聖處女展現眼前
我們歌唱肌肉之擴張以及擁抱

和千萬帽徽下眼睛與眼睛之永久聯合

因為戰爭，諸多蒽葸的生命聚合而捶打出另一種壯麗且人性的生活，不同於平日的生活，質的飛躍的不同。

朱西甯以是相信了，蘊生在中國鄉野的文明奸惡，是能夠飛躍改造的。「八二三」的經驗說服了他。寫完《八二三注》，他或許還不是很清楚，除了戰爭，還有甚麼其他具備同等轉化效應的力量，不過他顯然已經告別了挖掘與批判，立意尋覓。

①柯慶明，〈論朱西甯的鐵漿〉，原載《新潮》，收在「三三版」《鐵漿》中。

②見李志綏，《毛澤東私人醫生回憶錄》，時報出版公司，一九九四年。

鈔詩代序

如同我們擦亮一枝步槍我們擦亮這新的日子。
慓悍而粗壯，
我們將走進歷史的盛夏；
在鋼盔中煮熟哲學，
自鐵絲網裡採摘真理。
堅定如一顆準星，燃燒如一條彈道
我們等待戰鬥如同等待一個女人
一個節日。

我們爬上高地，
在那裡太陽以它的白色鐵漿澆灑我們。
每顆心等待爆炸，開花

焦灼而煩躁
我們是太陽的一部分。

我們將錘打出另一種樣子的生活，壯麗而人性；
在緊握的手掌下面焊接力量與力量，
當黎明的聖處女展現眼前，
我們歌唱肌肉之擴張以及擁抱
和千萬帽徽下眼睛與眼睛之永久聯合。

多數，
我們已成為單純的一致，
唱著那雄大的歌，我們排砲般發出齊一的聲音，
我們歌頌鋼鐵
歌頌一列坦克壓過的兇猛的新的美麗。

鐵鍬，推土機
以它們精密的配合使大地奪魄；
履帶，發動機

無限延長的坑道——
地下之鐵流通過縱橫的葉脈
輸電線的光管
戰神的腦細胞
在那裡生命尊嚴而不可輕侮。

我們歌頌鋼鐵而我們的島便是鋼鐵
我們歌頌這島，
我們站立在鋼鐵之上。
一種新的激情在我們眉睫下開放。
如此的壯大
所以我們必須愛它因為我們將成為不朽。
而我們的痛苦哪裡去了？
而我們煩惱而猥瑣的日子哪裡去了？

如同我們擦亮一枝步槍我們擦亮這新的日子。
驕傲快樂的光輝，
這新的日子將看到我們，觸到我們，拍擊我們飽滿而雄健，當我們走在太陽的面前。

我們將從海的岸邊將火把高高舉起，
戰線畫過古老的地球成為另一赤道，
當旗自每一個據點呼烈烈地飄響
任何方面的風均將傳送我們的消息
海螺聲中
我們迫人的合唱到處歡呼著生命。

——瘂弦〈金門之歌〉

四十九年秋調寄「明天」於北投

大遺小補

——第八版序

民國六十五年底，拙著《八二三注》於《幼獅文藝》連載結束，時大綱先生尚在世，乃將剪稿整理校訂，請託轉呈老部長俞公大維先生求正。八二三之役為老部長一大傑作，故我信拙著雖長達六十萬言，亦必蒙親校。不久後承囑祕書示我，要點是內容無誤，處理生動感人，堪稱良史，宜即付梓。獲此賞識，至少其中多處所寫元首、兵部尚書、軍機處章京、尚書省右僕射，都不曾寫走掉，有這樣的權威的鑑定，我是真的可以放膽出書了。

及六十八年春，軍中版以上中下集發行一萬三千餘套，即欲晉呈，唯經發現尚多錯誤，遂告作罷。嗣由我女經營的書坊分上下集出版，雖經好幾位幫手一同校對，仍有漏失。故雖於國藝中心觀國劇，幾每次皆見老部長耀眼銀髮，卻總似心虛，避之只恐不及。此後每版無不認真的就黑樣校對改正，抓住天心一起在整堆廢書中找尋同體同號字來挖呀剪呀修呀貼呀，精工如繡花。但待新書出來，隨手翻翻，錯漏是前番校訂時眾裡尋他千百度，今番卻似仇人一見，分外眼明，方知何為「讎校」與校對之難；尤其作為作者，更是嫉之如仇。直到六版，才見仇人殺得個差不多了，也還不敢說已告絕種，這才在國藝中心親呈。書是裝在特製封套內，只面報：《八二三注》經過多次校訂，今天才敢晉見，恭請鈞正。」老部長並不認得我，有些重聽，未必盡知我報告的甚麼，也未抽出封套看看，便忙與我說：「不行，後來我回省回省，你寫的不對，我要跟你找一天談談。」即吩咐身邊護士把電話及溫州街府邸地址示我，命我與祕書洽約時間。當下我是一則以喜，這部小說能承老部長一直放在心上，如此關注重視；卻也一則以憂，備感惶然，難不成六十萬言皆要全部推翻？唯是想到若得老部長指點，授以機要，縱使通體改寫或重寫，亦應求之不得，百世修來的天緣。

府邸是一幢老舊的日式木造官舍，老部長在書房內接見。那是座書城，約略瀏過一眼，即知老部長學問涉獵之廣。一般是僅知老部長留學耶魯，其論文為英國哲學家羅素所推崇引用，德國為此而禮聘至漢堡指導哲學研究七年，並加授哲學博士。抗戰間返國，因精於造兵學，為馳譽國際的彈道學權威，遂受任軍政部兵工署長，累遷次長、部長。戰後以無黨無派部長級的政府代表，兩度參加馬歇爾軍調三人會議，與中共代表協商折衝停戰裁軍。及任國防部長後，於爭取和運用美援屢建懋績。如此學經歷，每易予不知者印象以為西化派人士；詎知老部長雁行除大綱先生，尚有傳公斯年夫人大綵先生，皆經書飽學之士。及觀其書房，不唯地道的中國，且極古典，不禁思及難得一見的老部長書贈國藝中心的詩作：「新城廣苑傍城隈，繁吹飄歌向晚催，教戰光陰寧廢藝，披襟豪俊豈無台。江山信美春長在，歲月相尋去復回，雙十纔過又重九，芳辰幾度看花開。」詩與書俱是溫厚大氣而兼倜儻灑脫，老部長是向不作酬對，不喜人前風雅，一般的是對於這些深藏多不曉得。我寫《八二三注》裡的兵部尚書，便是於此大有粗忽。

老部長年邁，行動已很不靈活，卻不要假手他人，顧自蹣跚至書櫥一隅取來一書交我，這才坐下來說：「你先把它看過，我再與你談談。」

書是老部長所著，約百餘頁，史政局出版，是當年大陳撤退的紀實。弄不清老部長的意思何在，又要讓老部長一旁枯坐等候，我便只有用速讀法趕快瀏覽。紀實起始於敵我美三方情勢的分析概述，似非我所完全不知者，有關兵力數字等自也不必強記，所以都是迅即掠過。及至統帥裁決建議，下達命令，老部長秉承指示，著手運籌定計，付諸行動，便讀之令人不得不緩慢下來。老部長段數之高，如弈局的總看到三五步子以上，愚鈍似我，若不每每稍停下來思辨一番，真便不明所以。一般的是僅知大陳撤退，軍政物資械具，老百姓的家私行李鍋碗瓢勺，皆不遺一針一線，於近迫眉睫的敵前，作大模大樣，井井有條的登船撤離，為中外戰史所罕見。至其所以如是從容不迫，安靜沉著，當盡賴盟軍強大的海空兵力之絕對優勢，供我無條件的運用。然而如何才得使白書的陰影下，雖稍恢復軍援，卻如防盜一般戒備我對大陸發出任何行動的美國政府，能夠不獨甘心，且是懇求我政府允其使用第七艦隊動用大批海空兵力，投効於是役，如此旋乾轉坤，則俱見老部長的「上兵伐謀」兼及「其次伐交」，留給善使笨力氣的美軍去「其下攻城」，為我所用。時共軍之於大陳，是據「五則攻之」的強勢，我則一一皆屈居「不若則避之」，其而「少則逃之」的劣勢。如此勢殊，便是我所必須避之逃之的一場大撤退，也已極端不利而至為險難，除非保持高度機密快速的暗撤；唯對誓隨政府渡海遷台的千萬義胞則不可能行使。老部長卻能善用本不與我合作的美軍，令其強大兵力轉換為我「十則圍之」的絕對優勢，使敵徒擁強勢而只得眼睜睜坐視我數萬軍政人員及漁民義胞不慌不忙的登舟揚帆而去，不敢稍喘一口大氣。這樣的廟算用兵於羽扇綸巾談笑間，是文人掌符而唯上上智者始可為之的。讀來是且驚且喜，如見當年瑜亮鬥智；只是美軍除情報做得厲害，餘皆不堪為對手。因想，在於老部長不過略施小計，而折衝尊俎之餘，必也不免深感寂寞罷。然而老謀深算的妙用敵與友，是足令人歎服無已的。

今我公開了這些，雖僅籠統的約略其一二，卻已多少有違了老部長「不足為外人道也」的叮嚀。老部長耐心的候我閱畢這本紀實，便急忙收回道：「你懂得了嗎？」經此提示，我信我已領略了些，譬如八二三戰役，竟也會似大陳撤退的兩面作戰，對付共軍是正面的武力戰，而對待盟友須怎樣的化阻力為助力，其所耗心力應不下於對敵作戰。這在《八二三注》中，我倒不曾忽視，唯是分量嫌輕，亦許多尚有顯礙，不便涉及。實則即使如此，也都招惹得當時的美新處抗議了。於是我問老部長，是否這便是我的《八二三注》寫得不對之處？老部長也不答話，示意手上那本紀實，告知不能送我的緣故，便從這引開話頭，依我所能領會者，約可歸結為四個要點：一是老部長自云受知於蔣公，半生為蔣公參謀，而參謀是不可以有名字的（實則「善戰者之勝也，無智名，無勇功。」是亦無名也）。二是大陳撤退紀實只供高級將領修習，公開或入史尚待後世。三是今美國政府雖已與我斷交，起初共事者猶有人在，對之或褒或貶，俱與我國格有損。四是春秋之所以明辨是非，乃在超然於愛惡恩怨之外，這卻不是常人可至，唯藉歲月之助，使興亡功過皆可供漁樵閒話，市井笑談。

敬聆這些教誨，當然愈聽愈覺心虛。果如所想，老部長的意思還在責我這部小說寫得嫌早，不免血氣。而所說寫得不對，正就是從這裡起。唯其如此，不得超然是一，亦必有許多史料，無法得心應手的運用——撇開國家機密且不去說，單是自我約束於文宣政策及敵情觀念，即已夠極大的不便。

如此實是不得不服老部長的眼力凌厲真灼，只一點化便點中穴道要害處，夠我大半年來的思省不盡。當初不是不曾為此苦，亦曾拚卻多少笨力氣試圖破除一些格局。就是這樣，也已使時任《幼獅文藝》主編的瘂弦，為我受責擔風險；尤有許多署名愛國者，憤然檢舉告發，美新處的干預亦是其一。這依老部長看來，當是我的不懂歷史，不合時宜，自作只有自受。而我也唯心存感激，畢竟愛國的讀者是予我護惜，主其政者非但是開明的容忍，甚且賞識，算來皆是破格而又破格了。然而這都並不就是「我寫對了」；若然，則也毋需多方的予我以護惜、容忍、賞識、破格而又破格的種種優遇。

雖然如此，老部長還是談了許多許多「不足為外人道也」的八二三之役的珍史。只是不可以寫，非關有何信守，寧是我更領悟得老部長的史觀。除非我會果真長命到一百二十歲，我將於一百一十歲時寫它，期以十年歲月來完成。即在此之前寫它而留待後世發表，也仍然是「寫得不對」。

不過衡量分寸，卻有兩點今可略表一表，算給「寫得不對」的《八二三注》一些些重要的補遺。其一：

早在元首屬意老部長出長國防部之初，因屢辭不獲，乃進言若得撤守大陳，堅據金馬，以為確保台澎反共的國防基本疆界，則將為之全力以赴，誓死効命。元首當即欣然同意，於是完成大陳撤退之後，老部長便專意經營金馬島群，常川留駐前線。那就是眾所周知的，在老部長任內，有謂國防部不在台北四角大廈，是在金門馬祖兩地。而像那樣的戰地裡居無定所，足跡遍及任一離島，卻其實正投老部長特立獨行的胃口，那就是素為其屬下所熟知的高行：不訓話、不應酬、不坐辦公廳。公事和業務則授權次長代職代行，是純然徹底的政務官。

但美國與我結盟，為懼與中共發生摩擦衝突，堅持金馬不在協防區域內，並一再要求我方放棄外島或減少駐軍，已非止一日。及八二三戰起，尤更視為良機，迫我撤離。這樣的與我元首戰略意旨十分相左，而又牽涉軍援增減及海上補給運輸安全等棘手難題，其較大陳撤退的情勢，正不知複雜繁難至百十倍。卻幸賴前方將士的堅強爭氣，以為老部長伐交之後盾，使由仰求美援，伺候其顏色行事，演進為駐華大使及軍援顧問團長日夕東趕西趕，追蹤老部長要求協商，極力屈從，遂由力主棄守，轉而為軍援大增、海空護航，以及艾森豪總統退回赫魯雪夫以核子戰爭威脅的抗議函、杜勒斯國務卿專程來華、尼克森副總統與海軍軍令部長、聯合參謀首長勃克上將等，先後宣布台澎金馬為一整體，及中美台海聯合演習，在在表示對此戰役的強硬態度。所有這些緊要措施，率多皆出自老部長之授意，甚而其大使館及顧問團馳報回國的電文，多有錄自老部長口授者。此一番扭轉原本撼動不得的定局，復歸完全的有利於我的諸般作為，不獨唯上上智者始可為之，更還在老部長堅貞維護元首戰略意旨，及其才學識見、獨立人格，與高尚的民族氣節，使美方上上下下不得不折服而有以致之。

其二是八月二十三日敵砲發動猛烈射擊前，時值晚餐前後，老部長為避開金防部歡送美軍首席顧問離職酒會，獨自赴太武山臨敵山麓巡視防務，戰地司令官聞之趕來陪侍。正值老部長再次催其回去主持酒會，以免失禮，敵岸突然眾砲齊發，落彈如雨，一時硝煙瀰漫，不見天日。山麓完全暴露於敵前，左右幾無掩蔽，倒是老部長眼快，急攜司令官就近躲至一方小小岩棚之下，緊急中復命侍從們護住司令官進入附近掩體，老部長則為瞭解這突發的戰情，仍留住岩棚下觀察彈著，鑑定彈道，以判斷敵之企圖，隨時傳知掩體內的司令官，供其參考。不料卻在此際，腳下坡地落彈爆發，撲面的熱風砂石，幾乎將老部長擊倒。初時尚無異感，及至頭臉臂手到處黏濕，始知身中無數迸飛的彈片碎屑。老部長以糖尿病宿疾，破傷血流即不凝結，雖經急救，也唯撿除彈片，消毒十數處傷口，而無從止血。待至松山軍用機場下機，血流滿面滿襟，直把迎候的中美人員驚倒。此一意外雖絕非有所安排，卻收苦肉計之奇效，美方於砲戰起初即目擊此極端嚴重性的景況，自是加重其情報分量無疑。而老部長於如此浴血中，沿途及送院施行手術，皆未中斷其縝密敏捷的思考和安排周詳的應戰措施，其中於美方「拖之下水」的數記先鞭，尤是令人驚絕，實是傾服了老部長的足智多謀而又不失仁厚。然而也只得到此為止，留待十幾或數十年後再來寫它了。

四十七年八二三一役，決定性的保證了二十四年來反共復興基地的河清海晏；而二十四年來「穩定中求發展」的經濟建設政策，亦正是奠基自八二三一役；是值得全民長久懷思的。然而更早的當還在蔣公睿智的識人、知人、用人，距今二十九年即已隆中定計，堅守金馬。而計出必行則猶賴老部長的劍及屨及，朝夕坐鎮經營，得奠定金馬不拔的根基；設若金馬當年棄守，澎湖臨敵，台海安得寧日？是誠如老部長自云受知於蔣公也。

順筆要提二事：一是中共於八二三慘敗後，對外放言它是多年積存的砲彈太多，臨屆報廢，故而藉金門島群傾毀一番，也是藉機訓練其砲兵技術。言外之意，不啻對外宣告台灣不必以戰勝自得。謠言止於智者，我們卻有愚者為之傳播。這裡卻要反問：是役空戰三十一比一，那米格十七毀三十一架、傷六架、失蹤七架，以及大砲全毀二八〇門，也都是要報廢的了？期時距韓戰停火不過五六年，即積存五十二萬餘發廢彈（落海者不計），則其後至今二十四年矣，又當積存多少？又是採何種方式報廢？倒進大海還是沙漠去堆好，統統爆毀？而也從未見有任何國家苦於砲彈積存過多而臨屆報廢，必須引發一場戰爭以求解決者。再如美俄競造核彈，至今當亦積存夠多夠久的了，怎樣？來一場清倉核子大戰？

二是毛共逆施人民公社，同年八二三之役，使其「總參謀長」黃克誠革職垮台，而「國防部長」彭德懷的因之失勢還更在翌年反對三面紅旗、犯顏直諫因而丟官之前。老毛算黃克誠「報銷廢彈」不利的帳，獨不算老彭的帳？播映中的電視劇《秋蟬》，疏忽了這樣珍貴史實的運用，良堪惋惜。記此或可予《秋蟬》稍有補遺之用，亦益證妄稱八二三為一場報銷廢彈之戰的荒誕不經。

七十一年八月二十三日

八二三注

統帥部令：台灣地區及其附近之武裝部隊，取消所有官兵休假，進入戰時戒備狀態。

中華民國四十七年七月十六日

運兵列車越過北回歸線南下，漸次的闖出溫妮颱風的暴風圈。然而沖積層的嘉南平原上，豪雨反而更爲發瘋的猛烈。

車廂裡充塞著二氧化碳的悶氣，到處是浮躁的騷動，壞脾氣的兵士們不斷罵出譏嘲的粗話。以舟車長途運兵，軍容總是很差的。兵士們彷彿都有一種處於休假狀態的奮昂，軍風紀似乎成爲奢侈的妄談了。

車壁上，和行李架上，到處都掛滿塞滿背包、乾糧袋，水壺、汗潮的草綠軍服，和零落的面盆雜物。

兵士們穿著有黑色黴點的平布汗衫。因爲汗衫是圓領口，個個脖子都像伸得好長。講究營養已成爲一時風尚，有的兵士就說這種黑色黴點是由於體內缺乏某種維生素的緣故。軍醫們就最恨這些自作聰明的兵士，沒有根據的想到甚麼說甚麼，一點不負責任。然而總是流傳得很快、很廣。甚至在榮譽團結會上開砲，主席裁決交由軍醫組限期研究原因及改善辦法，要在下次會議上提出報告。而這些，只不過因爲他們洗衣時不肯認眞，也不及時，汗漬生出了黴點。

兵士們似乎有甚麼規定可以援例，一定要旅途愉快才行，整個車廂裡充滿著簡易的娛樂。用板硬的背包放在腿上當做檯子，打百分的幾個兵士，差不多等於光著上身；一個個把黏在身上不安適的汗衫，往上捲到脅窩裡，袒露出隨著叫喊一擴一收的胸肋，使人疑問這些兵士何以要費那麼大的力氣爭吵。

這一節車裡，只有一個佩戴步兵少尉領章的軍官，斯斯文文的白淨，好像和其餘的人不是同類。

才在陸軍官校畢業的黃炎，人一眼就看到他是那樣的出眾而孤獨，在那麼一片粗魯的嚚鬧裡。

黃炎從迷迷糊糊的瞌睡中被吵醒過來，整整他那副麥帥式的太陽眼鏡。他背靠著的車壁上，有一面固定的鏡框，裡面嵌著鐵路局製作的政治標語，普藍的底子，反白印刷的楷書，屬於青天白日的調子，給人一種曬藍圖的色感。戴麥帥式太陽眼鏡的少尉，靠在這塊標語下面，隨著車身疾行而微微顫抖，看上去，彷彿不知有多優閒自得而又寂寞的坐在那兒抖腿。

人靠著椅背，好像正就是代表著、仰恃著，乃至宗奉著頭頂上的那副標語。他的位置適好照顧著和監視著這節車廂的每個角落。但他一點也不想留意那些幼稚的騷動，倒寧可數數斜打在窗玻璃上不分點滴的猛雨。水在那上面像是很黏稠的淌著。兵士們在他茶褐色的鏡片裡蠕動。他想起高中時的一位數學老師，一考試就戴上黑眼鏡，刁鑽而有效的監考。使人領會爲甚麼特務和黑眼鏡總是分不開。但是我絕沒有這個意思，他心裡說。我不得不這樣的縱兵，掃興而在工作上無所收益的傻事，我不會幹，我要善養我的精力。將軍祖父雖乏赫赫戰功，卻具有拿破崙那份本錢，並且傳授給他。「你一定得像條狗一樣；做一個軍人，要隨時隨地都能夠熟睡。」去軍校報到前夕，跟將軍祖父辭行討教時，老人幾乎僅只丟下這句話給他。

火車穿過山線最後一座隧道，黃炎鬆一口氣，以爲這些粗暴的老總們可以熄火了；不必一會兒放下窗子，一會兒又推上去，用摔家什出氣的那種惡意。風力那麼強勁，也擋不住無聊的腦袋擱在窗沿上，拉長了尖嗓門唱「望春風」。打百分等於打架，不知怎麼會有那許多紛爭。大尉（團部的邵上尉，總是那麼不安分的自稱大尉）剛走這兒過，找他扯淡，也說：「你不准他們胡鬧，你叫他們做甚麼？還想在火車上出操上講堂？」出自那麼一個軍齡不大，卻已是兵油子的大尉之口，對他更是一種鼓勵。

再睡罷，到終點恐怕還早著。

但也許睡得夠充足了，思緒開始馳動，不肯聽從制約。他瞪著胸扣一樣的從頭頂到彼端的長串的車頂燈。脫離隧道區不知過去多少站了，燈還一直亮著。他感到隱隱的、執拗的不適。像牙縫裡塞著甚麼，舌頭一再去剔除它，無能為力而偏又老是去觸它，一心記掛著要熄掉那一長串的電燈。夏夜裡有一種紛紛繞著街燈飛竄的淡綠色小蟲，有一年夏季氾濫為患，家裡的陽台上一夜過來便落有一寸厚的蟲屍，完全是金知了的模樣，縮小幾百分之一罷，閱報才知道叫做飛蝨。那麼一點點小的飛蟲，精力竟是無限的充沛，徹夜繞著戶外的電燈飛竄，交織成密密的金網，那樣急促而胡亂的穿梭……他的制約不住的思緒，正就是那樣……

朱雀演習——一項軍事行動的代名，命令不曾明示任務目標，給人一種故作神祕而其實無所謂的感覺。命令只規定這個、那個；規定輕重武器、彈藥、車輛、工作器具等等，一律集中移交，只准攜帶個人的被服裝具。而且停止外出營區和對外通信。慣愛嘲弄和改編新詞兒的兵士們，立刻給這項朱雀演習另取了代名：繳械演習。

毋寧說這種嘲弄已近乎咒詛；兵士們捨不得丟下附著於自己使用慣了的武器的那份情愛。槍和槍的區別，似乎只在六位數的槍枝號碼。然而在各個兵士的情感上，每一枝步槍，卻是各有各自的準星、表尺、膛線、握把、扳機和座力，更有汗水浸進槍身裡去的各自不同的體臭，如同各人自有各自的面貌和性情和腦油氣味。槍架上不管順手放上去的排列多少槍枝，兵士們不必細認那上面的號碼，伸手就抓得過來自己的那一枝。然而他們必須服從，一面咒詛，一面被活活拆散了似的，乖乖的割棄這份骨肉之情。在溫妮颱風業已登陸的風雨裡，登上軍用列車。等於解除武裝的隊伍，開到哪裡去，不知道。火車頭向南，他們出發時，僅僅知道這個。

作爲一個軍官，也許用不著等到火車開動，才知道要去哪裡。可是黃炎，這個起碼官，一樣的一無所知。那天晚上的散步時間裡，走去團部找邵大尉聊天，看到那部厚甸甸的《辭源》，想起查查「朱雀」的出處。那是南方的井、鬼、柳、星、張、翼、軫等七座星宿的總名。是否這個演習要把他們送去南台灣，或者南沙群島，甚至滇緬邊區？如果根據移交武器這一點來判斷，後者的可能性更大罷；滇緬邊區的游擊戰，自然另是一套特殊裝備。

「別那麼傷腦筋。聽命令，你就沒錯。」已有十年軍齡的邵大尉，考慮都不要考慮的推翻了他這個判斷。「這就是你們學院派的毛病。代名就是代名，爲的保密，又不是給你出燈謎……」

黃炎聽著邵家聖的嘲笑，細想想也覺得眞的無稽，這和那些戰場經驗非常豐富的兵士們所作的種種臆測，應該是同樣的可笑。除非在參謀本部主管作戰的他那位中將爸爸，他可以從那裡套取一點情報。然而即使行動和通信沒有受到出發前的嚴密管制，像中將爸爸那麼個倔脾氣，也照樣的從那裡刺探不出絲毫消息。

參加過多少數不清的戰役，從印緬到東北，打過不知多少名仗的士官們，總愛誇口他們聞得見戰爭的氣味。根據朱雀演習的種種規定，士官們開始紛紛的臆測；要就是進基地接受祕密的特種訓練，要就是接受五角師之類的新裝備，或者敵後空投，說不定派出國去支援可能再起的韓戰，甚至於參加伊拉克政變之後一觸即發的中東戰爭——因爲敵人正在呼囂要派兵到那邊去。

所有這些臆測，在關閉的營區裡公然的流傳著、爭論著，每一個口述這些謠言的人，都咬定那是可靠的權威消息，還可以交代出消息的來源。被豢養在台灣這麼多年，比得上八年抗戰那麼久了，過著太平日子的老兵們，開始爲這些流傳和爭論而極端的興奮著。豐富的戰爭經驗和癮頭被喚起，聽他們好似等著過年的孩子們那些昂揚的胡鬧，那是刻意的要在一般充員官和充員兵的面前大事誇傲。苗女放蠱是他們信以爲眞的。他們也經過不少的國際女人；他們所謂的外國女人總是專指白種人而言，十個有九個都是一身的狐臭，卻要翻來覆去的先要看看你有否毛病，然後才來一聲Come on！叫人倒盡了胃口。同擺夷女人一起在河裡洗澡，任你怎麼樣看都可以，就只是千萬不能笑。當然，日本人隨軍的慰安婦，他們也嘗過，臉像沒靡了太白粉的粉牆，碰一碰就下雪一樣的灑下來……士官們談起打仗，總是用這些來作爲戰役的尾聲和戰果，好像打仗就爲的這些；或者說，只有打仗，才有這些。

不過看來也並不完全那麼樂觀；士官們開始託採買出街賣金戒指，得空就溜去福利社窮泡，想盡辦法外出玩一趟，好像拚命想賺回點甚麼。

被士官們背過面去戲呼做娃娃官的黃炎，對於軍隊這個古怪而另成一個特殊結構的社會，實在不比充員兵士懂得多一些。雖然他自己是個軍人世家的子弟，然而中將爸爸僅吩咐他：「去罷，跟著命令行事。我初當見習官時，你爺爺也是這麼吩咐我的。照轉。」此外沒有多給他一句話。他的理學士學位，一樣的也幫助不了他對於這個特殊結構的社會理解多一些。

母親已經是服服帖帖的大半輩子順從過來。中將爸爸從少將爺爺那裡繼承了很多很多；譬如，作爲一家之神，也是繼承的衣缽之一。

新制的陸軍官校畢業生下到部隊來，說穿了，不過是個過場；爾後的深造，留學，總得經過這道關卡。然而周軼鼎分發到參謀本部去當編譯官了。一身筆挺的電光卡嘰軍服，帥帥的，是否運氣呢？然則，運氣又該怎麼解釋？「靠一口番語，辦辦洋務，就憑的這份材料！」周軼芬替他不平過。但她那樣說，反而害他心虛的尷尬起來。「人家預備軍官，票友嘛，情況跟我不同。」他倒要替周軼鼎辯護了。反正誰個被分發到野戰部隊去，都有一肚子的委屈。問題是誰個才命該不感到委屈，是否就是那些沒有辦法的？

那麼的斤斤計較，使他厭惡起自己來；他想起少將爺爺出殯時，曾被他暗自恥笑的一個敞著懷的大漢。在殯儀館裡那一角空地上，那個粗壯得應該去抬棺柩的大漢，敞開一胸的黑毛，咬著煙黑的驢子一樣的長牙，跟一個孕婦爭著扛那一面最輕的喪幡。在奮勇的爭奪中，大漢夾在耳朵上的半截菸捲掉到地上。天上不大起勁的飄灑著灰撲撲的細雨。得勝的大漢不顧那個孕婦咒罵，回過身去拾起那半截菸捲，躲到牆角裡點火，好像急於要給自己的一場險勝慶賀一番。

坐在黃炎對面的謝水牛，上等兵，點起打百分贏來的香菸，七七牌。沒有濾嘴的軍菸，只抽一口，菸紙就唧濕了。

「排長來一枝罷。」謝水牛發現戴著太陽眼鏡的排長，似乎正在望著自己，忙著從汗衫口袋掏出靛藍色的菸包。

黃炎制止了他。「你抽菸嗎？」

「好玩。」上等兵難堪的笑笑。菸捲夾在手上，一時不知怎麼拿才好。

「上了癮就不好玩兒了。」他說過後避過臉去，避免去看僵在那兒的謝水牛。那種不好意思的感覺，彷彿犯了錯的是他自己。

豪雨不止歇的潑著。窗外旋動的景物被玻璃上的水流沖得變形。電線曲折起伏在那上面，畫著心電圖。他有輕性的心臟肥大症。記得每逢颱風來襲，參謀本部的交通車多半不開，中將爸爸也多半是到部裡打個轉轉又回來。如果像周軼鼎那樣走運，這樣風雨交加的天氣，他正可安安適適的躲在家裡，跟號稱三段的中將爸爸對弈終日。多美好的天倫樂！而且，跟軼芬也該論論婚事了。

母親也曾用兒子的心臟肥大症為理由，試探中將爸爸能否把他安排在後方單位。中將爸爸指尖夾著黑子，輕輕的一下下敲著棋盤。他自己也不禁滑到局外，等著爸爸怎麼下局外的那顆棋子。

「肥大？好啊，鍛鍊鍛鍊，可以減肥。」夠多輕鬆。他偷偷的瞟一眼母親的臉色，眞擔心母親氣暈過去。

周家那一家人，大約只有軼芬，生就的那麼憨厚，其餘沒有哪一個不是頭腦那麼靈活——他不願說他們刁鑽。而他們黃家，如他外婆說的，傻糊糊的一代又一代。確是那樣罷；少將爺爺出身東北講武堂，便講了一輩子武，牌子夠老的教官了。而中將爸爸，出身黃埔，也便一輩子的黃埔。都是一脈相傳的死心眼兒。軼芬的特任官爸爸和他的中將爸爸，都是黃埔島上同期又同隊的同學。到了他這一代，他和周軼鼎同學了十二年，直到高中畢業才話分兩路。兩代人，那麼多近乎巧合的相同，離開學校卻那麼多的相異了。

周家伯伯就該是他中將爸爸所取笑的「有辦法的中華民國的官」罷。他們這一對老友已是三十年的深交。客廳裡時常響起周伯伯比誰都響亮而肉感的大笑。那使人聽來總會感到這一對老友之間，即使存有多少嫌隙或計較，也禁不住那一聲開懷的呵呵大笑而蕩然無存。

一股暴戾的風雨打到車窗上來，窗縫裡鼓進來滋滋響的水泡兒。跟謝水牛並排坐著打盹中的張簡俊雄，矇矓的醒來。不知爲甚麼，以一種突然發作的莽撞，把車窗猛的推上去一半。

列車在岔軌上顛搖了一陣，有大塊大塊的黑色物體打窗口閃過，彷彿打到臉上來，把張簡俊雄嚇得急忙縮回頭來。窗子像斷頭台的鍘刀一樣，刷的落下來。

「甚麼站甚麼站？」謝水牛一連聲的追問。

張簡俊雄捽捽手和小臂上的雨水，忽然發現濺到他們排長身上，這才趕緊端坐起來，裝出一副規矩相，用這個表示抱歉。只是排長褲子上的水珠珠，不能裝著看不見，便暗暗的伸直一條腿，掏褲口袋裡的手絹。

「甚麼站嘛？」謝水牛還在那裡不識相的釘著問。

「站你娘！你要落車！」

黃炎少尉揚揚手，搪開張簡俊雄握著手絹的手。他知道方才一掠而過的那個車站，岡山，大哥做飛行員的搖籃之地。但他不要理會士兵們的這些無聊，扶扶眼鏡框，懨懨的垂下眼睛。褲膝上有星星點點的濕斑。

他想著，如果是別的大官爸爸不肯給兒子想辦法，他一定會大受感動。雖然他也並無若何抱怨，而且一切都已坦然而習慣，且更深深的明白，要做職業軍人，野戰部隊才是正途。不過，總不免有些感慨，做不到完全的釋然。這很使他厭惡自己。

兩個上等兵在爭執著目的地是否高雄，要以一包香菸打賭。雙雙的眼睛裡，張著無知和寂寞。

待命期間，困在營區裡的兵士們，多半用賭博打發時間。那是又精到、又荒唐的賭博，誰也抓不到他們的賭具和籌碼。有時荒唐到賭他們上便所的班長哪隻腳先踏上第一磴台階。一個押左腳，一個押右腳，一塊錢或五根香菸的輸贏。

「兵爺的雄事，你管得了那麼多！」大尉挖苦過他。「反正輸不掉褲子，你放心。我做排長時，領著頭來，賭得他們一個個連買郵票的錢都輸光，那才乖得像個孫子。」

「不用說，你是個郎中。」

「客氣。承你過獎。」

邵家聖已經是個如他自己自謙的「老兵油子」，懂得的當然比他這個小排長多得太多。

「閣下那套統御術，總有些游擊隊作風罷。」

「差不多；航校五期出身的，都不免草莽本色，不是游擊隊，也是游擊隊。好罷，我冷眼等著瞧，看你們嫡系正統的學院派。」

像邵家聖他們行伍出身的軍官，總愛那麼用嘲笑來糟蹋自己，就連「行伍」也要自嘲的美其名曰「航校五期」。邵上尉這個人，似乎是由章回說部、平劇，或地方雜劇教育長大的，滿口都是那些翻新的骨董。邵家聖把他介紹給新朋友時，「黃炎，」下面總不忘記贅上「兵部員外郎的二公子。坐科陸軍官校。官拜少尉大學士。」的確，邵家聖是個妙人兒，滿肚子的骨董，順嘴流湧不完，而且不斷的推陳出新。怎樣慷慨激昂，莊嚴肅穆的事情，都抑制不住他那一身的不正經。他能把岳武穆的「滿江紅」，唱成軟綿綿的小調兒，歌詞也由他改成「奴把門關，床欄處，脫了繡鞋……」葷得叫人捧腹。把他們官校歷史性的校歌，也從頭到尾全部改了詞兒，「……發餉我有精神，發餉我有精神。」令你啼笑皆非。然而黃炎太喜歡大尉這個人，也不以為忤；先是帶有一種感念，在他初到團部來，人地生疏的時候，給了他太多的照顧。然後更為那麼一個性情中人，簡直傾倒於他。在凡事都必講求體制的軍隊這個特殊結構的社會裡，雖然作為一個連隊的基層幹部，老往團部跑，總不相宜，可是幾天不跟邵大尉碰碰面，吹吹聊聊，便眞的有語言乏味，面目可憎的那種虛空之感。

列車駛過半屏山，雨勢越發的無情。賭下一站是哪裡，半屏山使張簡俊雄下的注提前贏了。但是為了要他的賭友和他共享列車駛進高雄站變軌之前，看看他家院子裡被他吹有五丈高的那棵大王椰子，他把贏來的香菸又分回一半給謝水牛。他是一直反覆的說著那棵大王椰子的小小的熱望，乃至被那個熱望炙得不能安坐。

後面一節車廂傳來尖厲的哨音，一再的吹出長長的幾聲，把這節車廂裡的嘈雜也吹靜了下來。然後在車輪和風雨聲裡，聽見那邊用一種訓人的腔調在宣布甚麼，聽不清楚。

車裡重又回復騷亂。兵士們又用叫得肋骨一擴一攏的聲量，爭說一定是宣布準備下車了。那麼，如果是左營，不用說，軍用碼頭在那裡；或者是高雄站；而照一般值星官通病的神經過敏症來算算，明明控制三分鐘就可準備就緒的行動，卻能提前三十分鐘下令，那麼鳳山下車的可能也是很大的。「完蛋完蛋，不是金門就是馬祖。」兵士們在他們這位小排長跟前，並不很有顧忌。

張簡俊雄仍然維持著篤定的熱望，好似馬上可以回家了的那麼高興，以至慌張起來，一時不知該怎麼才好；他先把剛吸了不幾口的香菸塗死，然後搶著著裝，把著裝的次序都弄顚倒了。

車門被嘩嘩嘩的拉開，營值星官好像怕被誰從後面抓住似的，急促的閃進來。風雨還是那麼狂烈。

哨子吹得人心發毛。

「注意——」營值星官拉長了嗓門。「車窗一律關閉，不准打開。整裝，準備下車。各班長、排長，嚴格監督實施。稍息——！」

營值星官環視了一周，朝前面車廂走去。大家安靜了好一陣子。好像專爲了數數營值星官釘著鐵掌的靴子走過這節車廂要走多少步，才靜成這樣子。

靴子前腳走出去，後腳這邊就等不及的喧騰起來，一面乒乒乓乓摔著東西。

「好冷哩，趕緊關上罷。」

慣愛私底下嘲弄命令的兵士們，又算是有了新鮮材料。

「長官怕你受涼，知不知道！報告班長，電扇要不要關上？」

「對不起啦，請你不要原諒……」

「報告，關百葉窗可以不可以？」有人存心要磨班長，報告這，報告那的，故意用一種很賴的國語。其實車窗都已嚴嚴的關著。

「嗳呀，嚕嘛啦，」謝水牛緊著腰帶，搭過話去：「馬馬虎虎啦……」

多麼奈何不得這些廢話連篇的兵士。擔任連值星官的黃炎不得不起來走走，也許可以減少一些這樣無謂的牢騷。他不得不裝作一個聾子，一如他不得不在這樣沉暗的光度裡，仍然戴著他那副麥克阿瑟式的太陽鏡，藉以抵禦或逃避一些甚麼。

「張簡俊雄！」李班長突然吼起來：「你是怎麼回事兒，唵？」

一口土土的侉腔，凶煞神的喝叱，像要把張簡上等兵給吞下去。

就在這個上等兵把玻璃窗提上去一半，探出頭去張望的那一刻，車身大大的震搖了一下。他被班長那一聲吼，趕緊縮回頭來，一臉的淋淋漓漓，好冒失的叫喊著：

「壞咧壞咧，往港口開咧……」

李會功班長搶過去，「你窮喳呼個啥勁兒，操你！」

火車岔上開往海港去的軌道。這個發現，一時傳開，車廂裡立刻有一種人心惶惶的騷動。有的兵士反應極快，背過身去，匆匆忙忙的寫明信片。眞虧他想得出。有的一旁提醒外面下著大雨，要用原子筆才行。「替我代一筆好嗎，拜託啦……」有的嘁嘁喳喳打著商量。等到班長們發現這個情況，到處竄著搜查，已經不敢保險有沒有漏網之魚了。那些寫了半半拉拉被沒收的明信片，一張張送到連値星官的黃炎手上。「非得辦人不可，這還了得！……」臧班長一旁氣虎虎的嘀咕著。

明信片上明目張膽的寫著部隊要上前線了。受信人的通信處上面還加上括弧註著：「拜託投進信筒」。

那邊，李班長還在大聲大氣的恫嚇著，宣稱這種行爲嚴重的洩漏了軍機，「操他，活老百姓，一個個的！知不知道厲害，唵？要殺頭坐牢的……」叫著叫著，一時情急，口不擇言的亂吼起來了。

列車從陸橋下駛過，然後駛過漲水的愛河，慢慢的減速，遊進港區碼頭。

碼頭大倉庫裡，第一梯次先到的部隊，已經過著家常的日子一般，一派優閒的神態，爲他們這一落湯之雞準備好了晚餐。豪雨不歇的傾倒。晚間，兩個步兵營和團直屬部隊集合起來，聽候團長講話。

恐怕沒有人相信這是剛從衛戍戰時首都拉出來的部隊。不帶武器，本就大減了軍容和威儀；而天候惡劣，大風大雨的，直把一支堂堂之師糟蹋得不成體統。偌大的倉庫裡，到處扯起繩子和綁腿，晾著打濕的軍衣、襪子、襯衣褲，乃至軍毯。

「我算是來視察難民所了……」團長帶著笑容恨恨的說：「碰上這樣的天候，有甚麼辦法呢？你們當然有充分理由，是罷？」可是團長講著講著，臉色就變了。電燈的光度不夠。倉庫裡有積久的垃圾氣味。團長開始罵幹部，爲甚麼不把晾繩扯整齊，爲甚麼分配位置還沒有畫好，爲甚麼鋼盔到處結菌子……一直罵了二十分鐘也不止。凌厲的三角眼，成了雙管的火焰噴射器。

「我要辦人，」倉庫裡上千的人，被罵得鴉雀無聲。「你們連小小一場颱風都打不贏，你們還打仗！……還有亂寫郵卡的戰士，我要嚴辦，監察官給我簽報上來。」

吱兒——的一聲響，就在團長歇一口氣，悄悄的一個靜寂的片刻裡，某個角落那邊，發出喝著甚麼流質的很響的一聲，彷彿帶著嘲弄的一聲讚歎。

「哪個？——出列！」團値星官跳出隊伍，喝叫了起來。

被大家認做應該領銜挨罵的團値星官，四營營長，一直板著赤赤的龍長臉——豬肝紫的臉色，似乎這可抓住機會發發威，找到出氣的對象來挽回一點面子。

「出列！到前面來，動作快點。」

隊伍是連橫隊的併列營縱隊隊形。第一營左翼那個角落裡，微微起了一些騷動，有關的連長、排長，好像事態不知有多嚴重的出來招呼著。

在這個罵人暫時中止的空檔裡，黑黑面孔的團主任靠近團長身邊去，低聲商量著甚麼。

大家都在關心的張望著那個碰上了黑道凶日的傢伙。遲鈍的腳步從後面磨蹭過來，在大家期待中，走得出奇的慢。一個兵士，黃蒼蒼的近乎虛腫的胖子，手裡端著一隻鋁碗，一種有兩個活環子併連把手的軍用碗。他的步子很慎重，似乎生怕碗裡的甚麼灑了出來。列子裡有嗤嗤的低笑。

「報告。」黃蒼蒼的兵士很沉著，鋁碗換到左手，然後舉手敬禮。

兩邊鄰近的兵士，保持著不動姿勢，瞟著眼睛看那隻碗裡盛的甚麼。

團長又繼續發了一頓脾氣，指示了幾點事項之後離去。立正稍息的一陣口令，團主任登上那口貨櫃，準備講話。

那是個樸實得一身土氣的中校，黑乾的臉頰上，生著一塊塊比膚色淡一些的汗斑。那使人感到如果汗斑生得更多，或可使他白淨一些。他站在那裡，佩著步兵領章，土土的樣子，好像站在田埂上看他的莊稼。一雙眼睛天生那麼笑吟吟的，叫人覺得他發怒的時候，仍會是這副神情，一種很滿意的發怒。

「你把那個趁熱喝了罷。」他招呼那個黃蒼蒼的兵士說。那是驅除寒氣的生薑紅糖茶，每人都有一份。

團主任等著這個兵士很聽話的仰起脖子，咕嘟咕嘟一口氣喝完，這才笑瞇瞇的問：「你是省著捨不得喝，還是動作太慢？」

「報告：出公差打掃，掃……掃很大一片地。」他側轉過身子去，像要找誰來給他證明一下，或者找找看他打掃的是哪個區域。然後回過身來，還想申辯甚麼似的噏動著兩片厚厚的嘴唇——

「體重多少？」團主任攔住話頭，垂問他。

「報告：三十四碼。」胖子很認眞的回答。

四周哄然的笑聲，使他發愣。

「不是不是；三十四碼是手榴彈投擲。體重噢……體重噢……」他往上翻著白眼珠，發愁的想著。「報告：體重八十三公斤。」

「四百公尺要跑多久？」

顯然這又是令他感到爲難的事情，黑眼珠幾乎失蹤了。

「報告主任，」第一營左翼那個角落裡，發出粗壯的喊聲。「孔瑾堂，一等兵，四百公尺跑一分十八秒。」

濁重的侉腔，那是李會功班長的口音。

「倒不賴，以你這樣的體型。」黑皮中校讚許的點點頭。「那麼，怎樣？怕不怕上前線？」

「眞的啊，眞上前線啊？」

鬧烘烘的一陣笑。

這似乎很使胖子一等兵困惑。他不解的回轉頭去各處看看，弄不清他們是否發了笑病。

「在火車上，寫了明信片沒有？」

「寫甚麼，明信片？」一等兵怯怯的問著自己。左右的看看，好像希望能有誰告訴他一下，爲甚麼團主任會出其不意的問起這個。

立在木櫃上的黑皮中校，低下頭去數著一個軍官遞給他的一疊郵卡。他一張張的從這隻手數到另隻手。整個倉庫悄然無聲，彷彿在等著一個爆炸。

「你是孔瑾堂？」

「……是。」似乎脖子擰了幾轉，才擰出這艱難的一聲。

「好，你入列。」

黑皮中校冷著臉，等著，直到這個笨笨的一等兵回到原位置，這才清清嗓子。「你們看到了罷？」他把郵卡擎得高高的，搧著，「二十七份遺書，看到了罷？」好像叫賣甚麼，擎著一把樣品，左右側轉著亮給大家看。「立遺囑的先烈們，請到前面來……」

二十七個兵士，一個也不短少，來到隊伍前面，自動的看看齊。排頭的大個子發了敬禮口令，使人錯覺著要頒發射擊或軍紀獎狀甚麼的。

「你們是擔心敵人不知道咱們行動，先發通知給敵人，好派魚雷快艇來歡迎是罷。」他把那二十七位列兵一個個認過去，歇一口氣說：「不知道洩密的厲害！死了還不知是怎麼死的，有這麼樣的糊塗蛋。現在，所幸這些遺囑全部收回來了，不然的話，壓兩天到了海上，就有好戲看了，我可以告訴你們。要想找塊墳地，很容易，不用去請陰陽先生來看風水，只要不服從命令，不嚴守祕密，到處都有葬身之地……」

這個中校團主任，受了颱風的低氣壓影響，臉上汗水已像無數條小河，從兩鬢、兩頰，不斷流向下巴底下匯合。他是一任汗水流著，也不知道去擦一擦，怨不得臉上泡出那麼些的汗斑。

「你們能怨團長發那麼大的脾氣嗎？當然，生離死別人之常情，你們要是老百姓，甚麼事情也沒有。可是軍人是幹麼的？做了軍人就沒有常情可言。軍人是不怕死的，不過還沒開到前線打仗之前，還是要好好的怕死才是……」

很久的一場說教結束了，二十七位「先烈」交由保防官繼續開導，實施機會教育。團主任離去時，大家都注意到了他那厚厚的背上，從領背一直黑濕到腰帶下面。似乎他那個人的皮膚生得黑，流出的汗也該是黑的才對。

人一旦捲進群眾裡去，便好像都在比賽著幼稚和粗鄙；上千人的聲浪，混合成轟轟的沉雷。那是被訓斥之後，常表現出來的一種放心狀態，強作蠻不在乎的哄笑和胡鬧。

大雨仍然一直的不停。

築有台車鐵軌的幾處庫門那裡，各有一窩人蝟集著，抽菸、看雨、胡天胡地的亂吹和打賭。

內海上一片矇矓的燦爛，給人一種神祕而多愁的蒼涼。無數遙遠的近的燈火，一顆跟一顆亮亮的金色螺釘，向下鑽著迷霧和海，和不歇的雨水。

邵大尉一向是出沒在人多的地方，軍帽上綴著許多炫目的徽章或紀念章，只有一枚是頒給的績學獎章。他的香菸永遠那麼慷慨；也永遠慷慨著別人口袋裡的香菸。「菸酒不分家嘛。」有的是現成的信條。誰身上有好牌子香菸，他都知道，就那麼精到。

他在那裡吹他已經到市區裡轉了一遭；哪條街出現了海軍陸戰隊的橡皮筏子，哪一帶的積水已深到腰眼……都是最新的消息。

「小子，好事兒都給你搶先。」

「好事兒？」嗓子有些啞——他總說他是言派的啞，而非麒派瞎子喊街的那種啞。「民事官兼宣傳官，豈可不搶先給你們謀福利。冒這麼大的雨，去採購生薑紅糖。媽的，老婆坐月子也沒這麼辛苦，還不是怕你們內服生冷，外受風寒，反共復國全仗你們呢。知不知道！」

但這位上尉民事官兼宣傳官，肚子裡終是擱不住話，吹不一會兒，底子便抖出來；市政廳背後出名的風化區順便去過了，還拉著第二連排長剛剛調去師部成功隊的蛙人魏仲和。「不虛此行，好極了。風雨故人來，知道罷，整天都還沒開張，眞是如獲至寶，四面包圍，三千寵愛在一身——」

「錢都不要，是罷？」有人插嘴調侃他。

「豈止不要錢，還倒貼呢。哄——你是王八蛋。」流氣的扭過臉去，然後用透露一種機密的神情，放低了聲量說：「知道罷，魏仲和，咱們那位蛙人老弟，童男子，嘿嘿，還收了人家的紅包，五塊錢，你說妙不妙……」

張大了嘴巴，他是笑得失去聲音，直抖著肩膀……

中東局勢突趨緊張，中共北平電臺揚言其陸軍若干單位，表示願派遣志願軍開赴中東。

中華民國四十七年七月十九日

銀灰的二二六號登陸艦和她的姊妹艦群，按照船團司令規定的時間，完成備便。十二點四十分，宣布進出港部署。

熱毒的七月，烈日燒炙著南台灣沖積層平原。颱風過後，多半是緊跟著好些個日子的這樣的天氣。

當頂輻射著白熱的日頭，腳底下則踩著雨後乍晴的蒸籠。看在這些令人浮躁的分上，別忙著責怪兵士們那麼多的抱怨和咒詛罷。這樣下雨之後又下火的天氣，單是滾燙的鋼盔裡汗水烹煮著頭顱，也只有瘋子才不發瘋。這樣的正午時刻，人會聽得見宛如燒山的野火一樣，白熱的日頭，潑潑辣辣的空自延燒著。港岸碼頭上，群集著黑壓壓等待裝備的兵群。

儘管按照朱雀演習的規定，兵士們不用攜帶任何武器，而且部隊爲風雨所阻，行軍序列最早到達港區的單位，幾乎全休狀態的待了四五天之久，然而所有這些看似特別優待的養息和輕簡裝備，也並無助於抵擋這樣的酷熱。一個步兵師擺開來，遮天蔽地的數不清倒有多少密排的肉牆。而那些肉牆的牆縫裡面，也不知封閉著多少發散不開的蒸氣，和不可道盡的抱怨與咒詛。

在下著火的海港裡，煞白的日光，硬是把壅塞的商船和軍艦那些繁盛而浪漫的旗色和漆色，統統給漂白了。船舷和甲板，使得這些兵士們不曾料到會比鋼盔還要炙熱上一百倍。要說陸軍的老總們被鋼盔盛著汗水在烹煮頭顱，已經到達了沸點，則船舷和甲板一無遮蓋的曝曬了整整一個大上午，便該達到熔點了。

也許陸軍的兵士們樣子很土，叫人覺得他們遠比艦上那些水兵要苦一些。水兵們緊身衣一點也不透氣的捆在身上，其實沒有甚麼好。靠著永遠戴不正的白色車輪帽，也是不當用的。然而卻要跌滾在這樣巨型的烙鐵上面，鬆纜、收纜、跟碼頭上的鐵樁拔河，手腳不停的忙著啓航前那些緊張的勤務操作。

二二六號登陸艦和她的姊妹艦群，卻是不管這些如小獸一樣蠻橫而又善良的兵士們有多感到煎熬和苦痛，給他們準備下的是一座座生起火來的高爐，艦首大門如城門一樣的大開，用肚腹裡岩漿般的高溫，來迎接港岸上黑壓壓的兵群。

這些也有鋼鐵、也有礦砂、次生礦、也有或將被廢棄的渣滓的、從大陸性人民中開採出來的中國陸軍的大兵（即使台灣省省民，數世紀的海島生活，也仍然改變不了祖先流傳下來的濃重的大陸民性），總是永遠抗拒著海洋生活的。他們一離開陸地，便如同離開水域的魚蝦的傻鬧起來，給甲板上，和坦克艙裡，造出一種因怯懼而興奮的集市。在還能眺望到陸地的時候，兵士們已等不及的感到，人是應該本本分分活在陸地上，那才是多麼穩當而實在的人生。

不過總是要強稱硬漢的。大兵們最懂得怎樣掩飾和隱藏著內心的怯懼與騷動；一個個矯作得如此的歡樂而亢奮。

艦上擴音器一次又一次的播報著：「請友軍同志們注意，請友軍同志們注意，請暫時離開左舷……」

兵士們聽不慣這種嗡嗡的擴音器。「大概致歡迎詞罷。」伏在船欄上欣賞水兵們收纜的兵士，輕輕盪著欄鍊，不知有多優閒。聽得清的，也裝做聽不清。管你暫時還是永久！海是不能不看，從海上看陸地，更不能放過。海既然這麼樣的威脅著人，陸地又是那麼樣的叫人依戀，不盯著看，怎麼能叫人放心得下。

海是被人謳歌的。然而這裡不是萬噸級以上的豪華郵輪，海是叫登陸艦上的陸軍兵士愛不起來的。我就愛不起來。黃炎環視著滿甲板的草綠，想到自己童年時期還不曾沾過一滴海水，便在作文上大事歌頌起海來的那點兒盲目的幼稚。他是要來趕趕自己連上的人的，哨子幾次啣到嘴邊，又算了。烙人的甲板，連個坐處都沒有，甚至蹲一蹲都受不住下面那股燙人的反射熱度。而底下的坦克艙裡，則是密不透風的大蒸籠。航行在海上的大兵們，若再不准他們撈到點海風吹吹，當眞要把他們都給烤熟了或蒸透了吃！我這也是宋襄公之仁罷。——對自己弟兄嘛，並非以之對待敵人……他知道自己這是勉強的解嘲。我怕壓根兒不是帶兵的料子。

「報告排長，」二班的副班長，廖樹穀，偏偏身子，空出一點欄杆讓給他。「眞奇怪啊，排長你瞧，海水明明是綠的，倒只有說藍海，沒人說綠海的。」

像這樣的事，也來問他。當個排長，似乎就該無所不知。「不是有說碧海的麼。」你若缺乏這點小小的機智，倒眞會叫弟兄們背過臉去，說官校出來的不過也都是些不學無術的草包。有的弟兄搭過話來，問他們排長，爲甚麼看不到鯊魚。好像做排長的有本領叫來一條鯊魚給他們欣賞欣賞。「不是說台灣海峽出產鯊魚嗎？」幾乎是種質問，彷彿是他說過的話，不可不兌現。「台灣海峽也是有海底的，你沒看到？」他詫異的問回去，笑笑。左近的兵士們忽然熱鬧起來，有的就槌打那個要看鯊魚的充員兵，罵著幹你娘××。

黃炎沒有塞那個空去憑欄欣賞甚麼。但他瞥了一眼無垠的海面，只覺得造物主在這方面太揮霍無度了。世界上的水被如此的浪費著。而太多的水，唯一的作用，似乎便是深深威脅著人的生存欲望和安全。

船團綿延的航行到高雄港的外海，風力不過三級，可是登陸艦這種阻力特別大的方平的艦底，已被浪濤在擂著鼓。艦上已有好幾處在灑著齷齪。想到從此刻到明晨，將是二十多個小時的這種旅途，沒有人不會發愁的。二十多個小時如果是數分數秒的捱著撐著，那不會比二十多天短些。如此漫長的煎熬這才開頭呢。若我犯的是宋襄公之仁，那麼，就讓我明知故犯罷……

然而懂得用胡鬧來麻木情感和打發煎熬的兵士們，似乎隨時都找得到新鮮的調劑。當全團無人不識的民事官兼宣傳官的邵大尉被架持著，拖拉一條不大靈活的腿通過坦克艙時，這些使人討厭的兵士們，便莫名其妙的哄鬧起來。這裡，那裡，口哨和無意識的叫嚣，四處起落，叫人弄不清是出於關懷，還是取笑。就像平時在營房裡沒頭沒腦的出現個女人那樣，喔——喔——起鬨嚷著。他們連自己也不明白那樣的叫喊，到底是甚麼用意。

生就的一張娃娃臉，看上去未免年事太輕的這位上尉軍官，所有的兵士似乎全都跟他很熟，幾乎是一種邪狎的親熱。他直直的拖拉著一條似已失去機能的左腿，聽由一個跟他年歲差不多少的高個子少尉，摔角樣子的架著他，一步一步拖過蒸籠似的坦克艙，往後艙躑躅過去。

那些渾身汗濕得像才從水裡爬上來的兵士們，揮著卸下來的軍服，衝著他們的邵大尉一勁兒嘶喊。艙底粗糲的鋼板上，粉筆畫出各個班排連的位置。那些不打眼的白線，卻煞有介事的眞就攔得住這般蠻橫而善良的小獸。如果說那種嘶喊，也算是表達同情慰問的一種方式，那麼兵士們情感的底子，便該和艙底粗糲的鋼板一樣，十分的堅硬而野蠻。

被兵士們喊作邵參謀的這個上尉，一直是苦不堪言的扭著脖子，緊緊皺著那張因急痛而充血的娃娃臉。他是誰也不看一眼，也不回應那些關懷的探問或喊叫，只管誇張的呻吟不止，蠻像那麼回事的樣子。

使得兵士們歡呼代替慰問的原因，除了他們慣有的那種表達情感的特殊方式，可能還是由於這樣的情狀，一看便明白不會是甚麼要命的嚴重。還有就是架著他的那位傻大個兒少尉，老是忍俊不住的笑得一陣陣發抖。挎在少尉肘彎上像挎著隻小斗子的鋼盔，也似乎跟著開玩笑的一下下搗著邵參謀的右脅。而外，更還有他自己那副突兀的裝扮，斜斜的戴著一頂後圈高而前頭低的傘兵式硬殼小帽。邵家聖並不是傘兵，雖也有過九次跳傘紀錄，胸前佩著皇冠式樣的傘兵繡徽，但他不是傘兵。他是個嚴格的說來，在團級單位裡還算不得參謀的民事官兼宣傳官。他那頂小帽，周圍綴滿了一圈又一圈不知怎樣蒐集來的各種電鍍的、珐瑯的、烤漆或搪瓷的徽章和紀念章。被他私底下呼做「老賊」的那位黑皮團主任，氣得罵他：「像甚麼玩意，玩魔術的！」那也沒有用，背過臉去回嚕一聲：「老賊不死，孤王難安！」照樣戴他的玩魔術的帽子。他是把這種方式的行軍當作參加夏令營一樣的熱鬧著。

艦上的醫療室裡，手術檯並不高，憑他邵家聖平時身手矯健溜活，再高一倍，也擋不住他一縱身就躍上去。可是不行了，靠人扶著，托著，費上好一番手腳，才算勉強爬上只等於燙衣案子的那麼大小的手術檯。

腿平放到檯子上，只見左腿的褲管，已從裡面湮出一遍又一遍紫黑的血斑。

他那張原是充了血的臉孔，一時間陡然的泛白了。

「糟糕咧，聖人，這一下可不輕呃。你別老是笑……」

他衝著傻大個兒少尉，話沒說完，上半身略晃了兩晃，人便昏倒在聖人的懷裡。

「不要緊的；」少尉怕軍醫認爲嚴重，忍住笑，忙著說明：「我們這位邵參謀，天不怕，地不怕，就是怕血。」

「嗯，這情形不少見；有人見了血就休克。」

中尉醫官不慌不忙的取著外科藥。「要緊是不大要緊，就怕軍人有了這毛病，早晚要吃虧的。」

「他連驗血型，都會休克。」

傻大個兒說著說著，又憋不住的傻笑起來。

瞅著蜷在懷裡不省人事的這個上尉，他止不住又一陣一陣抖起寬大的肩膀，嗤嗤的偷笑，摀緊了嘴巴，腦袋勾進懷裡。那樣子彷彿懷裡的人已沒救了，害他傷心的哽咽不止。

實際上不値得那麼傻笑不止。傻大個兒一陣冷靜下來，才覺得自己笑得著實的不可理喻。不省人事的邵大尉，才不多一刻工夫之前，誰也沒有辦法能使這個全團之寶停在哪兒安靜一會，現在卻死死的了。大約就是這樣前後對照得太過突兀，才叫人一波又一波的笑勁，好似潮湧一般的不可抑止。

只不過幾分鐘前，在部隊集結的碼頭上，誰也沒有他邵家聖出頭出角的那麼活躍。而此刻，卻是誰也沒有他直挺挺的這麼老實。使人那麼跳動，又使人不能跳動的，到底是甚麼呢？那是甚麼呢？在傻大個兒少尉不可抑制的笑勁兒裡，陰雲一樣的掠過這麼一個不解。那是種甚麼能力潛在一個人的生命裡呢？

在這個海港長長的十四號碼頭前，一艘艘登陸艦並排擺開如一座城池。艦首大開的大門，也如城門一樣的高大。從那裡伸展出來可供戰車行駛的跳板，便該是護城河上可起可落的吊橋。兵士們集結在這裡，似乎眞就能被引升起古老戰爭裡攻城奪鎮的那種悲壯。眞的，確是有那種氣勢。待發的大軍在這裡緩緩蠕動。看上去，那已不是零星的個體，該是恐龍時代的一頭兩棲的甚麼巨獸。人的原始天性裡，彷彿都遺傳有對於這種氣勢的迷愛，極易受到這種氣勢所感動。善變的群眾心理，已在不覺間撇棄了他們初發現將要開赴前線去的那種怯懼驚恐。儘管人是被燃燒著，曝曬在一無遮掩的烈日之下，然而高如城堡的船團、群集的大部隊、海港那種遠征的浪漫的調子，以及大機械所顯示給人的那種冷然的威嚴，都足以使這些大孩子們感動而誇傲，意識著以英雄自許的一種激烈之感。

至少，像不易被感動、生命裡似甚缺乏嚴肅因子的邵家聖這個傢伙所表現的，便是這些錯綜情感最尖銳的反射；他是那樣的興奮著，像個過年的孩子，口袋裡搋滿了新票子壓歲錢。一張白裡透紅的娃娃臉上，架著一副水銀反光的太陽鏡，上面覆著那頂玩魔術的帽子。人們只見他咧著牙齒，咬住一枝濾嘴香菸，走東走西，那麼忙碌的跟這個招呼，跟那個貧嘴。「小子，咱們金門見了。」誰也弄不清他到底忙些甚麼。

陸軍禮節在他邵家聖身上，是被他故意的曲解著；永遠他都在表現著那種還禮而非敬禮的倜儻瀟灑。如果不是翻領上那副故意磨平了，捽成弧狀的金色上尉領章，單看他那樣千頭萬緒的穿梭在兵群裡，人眞會以爲他是個甚麼樣重要得要命的人物。

這個年輕的，然而已有十年軍齡的上尉，十五歲那年秋季，開學時把帶去註冊的學費花光了，逃家逃到大姑那裡去。大姑罵著，數落著，給湊齊了學費，然而又叫他花掉了。那麼，沒有二姑三姑可投奔，只好逃家逃到兵營裡。十五歲的孩子僅僅此三零步槍高半個頭，但總算是所謂的投筆從戎的第二期青年軍。一入營就學會了「爲甚麼當兵的只有莊稼漢」那首軍歌。在第一封家書裡，可也給自己找到了一個十分光彩的逃家理由。害得做娘的瞞過父親，匯來比那筆學費多好幾倍的私房錢，給他添置寒具和滋補身體。

兵營本該是造就人的去處，不幸的是，他卲家聖挑的不是時候。當兵以來，沒有打過一次硬仗，勝仗更不用說。被馬歇爾那個昏庸的死老頭綁住手腳的國軍部隊，他從軍時雖然鬆綁了手，腳卻還是痲的，並且大好的形勢已經完全改觀。在一路敗退下來的部隊裡，生生死死都是那麼恍惚，曖昧，沒有看到過正義和光榮。背著工具袋，緊隨著一個架線的絡車，以及比絡車更沉重的屈辱。絡車不停的嚕嚕滑轉，拉下漫漫的長線，從華北、華中，滑滾過東南半壁河山，在那麼一場民族悲劇裡，他是扮演著一隻初習織網的小小的蜘蛛，留下那麼長長的鄉愁；若斷若續的細絲，牽曳到第一個中秋月下站著衛兵還偷偷哭著想娘的孩子的夢裡。小小的蜘蛛也曾無知而虔誠的想編織一點甚麼，出風入雨的亂闖，然而禁不住太過猛暴的風雨那麼屢屢的摧毀。但誰又有權或忍心要這個孩子怎樣呢？在許許多多落荒而走的敗仗裡，他是個出奇的好哭的孩子，兵大哥們，包括第一期青年軍的兵士和那些老班長，得耐心來哄他。畢竟已是過了糖果年齡的大孩子了，怎樣的哄才算有效呢？索性就用那些放浪的、墮落的、屬於成年人的玩意來領著他玩，慢慢也就省心得多了。十年過去，一個神氣活現的軍官，全團數得上第一的一個猛玩、猛吃、猛鬧、猛幹、跟誰都那麼熱絡的小參謀。大家封了他「十九團之寶」。「客氣，承您抬舉。」他說：「十九團之花還差不多。」他自己有一套長長的銜頭，「自封交際葉，追贈大尉，廟號團花。」總像個沒長大的孩子，一刻也不能停在哪裡安靜下來，到處都有他這個人。「來一顆罷——未雨周膠。」故意的念別字，也是他強作玩世的花腔之一。分散著暈船藥，誰要就給誰。「老子向來不暈船，完全爲你們各位，對罷？」一面貧嘴的嘀咕著，「這麼樣我爲人人的大好人，這年頭哪兒去找！一塊錢一顆，不便宜。不信的話，到藥局去問問看……」那種暈船藥市面上確實要一元一顆，但他用不著花一文，醫官、護士、衛生連裡，都有的是摟肩抱腰的好朋友。至於仁丹、八卦丹、萬金油之類，也是不花錢的；扁的、圓的、口紅型的，各種裝潢的小瓶小匣子，他都有，都是從準備猛追一通的那家藥房小姐那裡，他所謂的「軍愛民、民敬軍、民事了來的」。他就愛蒐集一些小玩意，譬如襯在鋼盔裡的那頂燦爛的小帽。人眞估不透他的身上到底有多少珍藏。左胸袋裡一副嶄新的撲克牌，右胸袋著帶有打火機的香菸匣。褲後口袋則是鑰匙皮夾，附有像枝自來水筆的袖珍電筒，衝著人眼睛揿一下電鈕。誰也弄不清他兩手老是在自己身上找些甚麼，掏出來又裝回去。菸匣一按，香菸跳出一枝來，火焰也跟著跳起。匣蓋上有精緻的彩色洋女人，揚起一隻玉臂，瑪麗蓮夢露式的慵懶。匣蓋變一下俯仰的角度，那個洋女人便一絲不掛。回到原來的角度，就又把黑紗低胸的輕衫重新穿上。俯仰之間，那麼脫脫穿穿，怪有意思的。「小子，儘著看！」伸手抓回來，還帶著教訓：「不學好。非禮勿視，也不怕瞧多了害眼！」

「喂，邵參謀，咱們是哪條船吶？」人不找點甚麼話跟他搭訕搭訕，會覺得對不起他。

「別咱們啦，咱們可不風雨同舟。」他往那邊撅撅下巴。「你們第四營是兩洞拐。那邊數過來，第三艘，看到沒？」他不說「二〇七」，要用通信兵的專用語，表示他多麼老到。

「兩洞拐，謝了謝了。」

「不謝，好了傳名。」油嘴油得一場糊塗，順口就出來，不經過大腦的。「搽點這個罷，天這麼熱，清爽些。」萬金油跟著送過去。但是人總信任他的消息的權威性，都跑他這兒來拉聒拉聒，「咱們接哪兒防地啊，邵參謀？」「金西，」他考慮都不用考慮，儼然團部的發言人。「金西，知道罷，棒得很，有個規模頂大的『八三么』。二舅子，到那兒你就是秦始皇了；一夜一個，夠你三個月不興見到熟臉子。說你不信。」

提到秦始皇，他能立刻給人來一段滾瓜爛熟的阿房宮賦：「一肌一容，盡態極妍，縵立遠視，望而幸焉，有不得見者三十六年……」

他邵家聖書沒有讀過多點，也不曾正正經經讀過甚麼書。可是一目十行的本領他有，過目不忘的記性更叫人吃驚。他就有那麼一份偏才。

「咱們駐金西啊？」一個新兵也竟學來了他的口氣。「古寧頭可就在金西？」

「不錯啊，你這位小老弟，你倒很清楚！」他就又從口袋裡找出了甚麼機密玩意。翻開記事簿，找出一小幀金門島群的要圖，他能把九年前的古寧頭戰役經過，如數家珍的給你做一番簡報。當年的戰況，他是那麼清楚；整個金門只有四門四二化學砲，可以想見火力多麼可憐。雙鯉湖一帶的守軍是李團。團長李光前陣亡了，但是李團俘虜了敵軍八千多，斃敵上萬。俘虜裡有一軍長，兩個師長，三個團長。有一輛前一天演習，拋錨在東西一點紅附近的十三號戰車，適巧頂住了登陸敵軍的側背，槍砲齊鳴，發揮了意想不到的殺傷威力，那就是大出鋒頭的「金門之熊」。那輛戰車退役之後，還留在金門，停在大智樓前供人瞻仰，成為金門的名勝文物之一。……他就有那麼驚人的記憶力，人不能不相信他曾親身歷過那場險惡而大勝的戰役。簡報給你做完，亮一個花招兒軍禮給你，再繼續他那急促的釘有鐵掌的皮靴聲。全團只有他邵家聖穿著一雙原裝的傘兵靴，不是制式的裝備，不知打哪裡尋摸來。他總是那樣突出的不安分著，忙於和這個握手，給那個還禮，看上去倒像是他在跟大家辭行，或給大家送別來了。你會覺著他是全團第一個大忙人。一名民事官兼宣傳官，這個時機根本用不著他，或者正因為此刻他是全團最閒的一員，以至比誰都可以無事忙。

部隊登艦已大部完成，他是適逢其時的率先趕到艦首的大門那裡，朝著團部的人揮揮手：「目標——後艙，隨我來。」瞧他那副神氣，退著走，側著走，上著跳板斜坡，打著迅速前進的軍用手勢，一面抽空跟鄰艦那邊走在跳板上的兵群遙遙招呼：「咱們金門見啦，一路順風噢！」……只見他退著，走著，嗜呼著，猛可的一下，不見了他那個人，似乎憑空地遁而去了。

原來跳板和艙底的接縫那裡，有大約十多公分寬的空隙。他那麼退著退著的，一側身，左腳便適好插了進去。接縫兩邊的緣口，鑲著鋒利的鋼邊，狠狠的刮進了綁腿以上的皮肉裡，腿也蹩住了，好半天都不見他爬起來。

「看這小子，鬼的，看他就不是好作……」人還不知道他有多嚴重，當作笑話看。

那張皺緊了的臉孔，埋在歪斜的鋼盔底下，先是煞白的沒有血色，愣一愣，臉就憋得棗紅棗紅。他感到腿像插進熔鐵爐裡，火螯螯的直痛上來。

「大尉，怎麼忽然矮了半截？」第一個搶上來扶起他的，是成功隊的分隊長魏仲和少尉。他跟邵大尉，也是好得要命的一個。

「趕緊送衛生連，團花掛彩了。」人們喊著。

「上哪條船啦——衛生連？」

大夥兒互詢衛生連現在何處的當口，邵大尉雖痛得咬牙切齒，仍不放過他懂得比別人多，「艦上不是現成的醫療室嗎，你們這些笨蛋！」他叫著，「我的娘，快著點往船尾去！」

這一失足，跌得可眞不輕，陳醫官把他的褲子往下褪，只見從大腿腕那裡，直到膝蓋骨，一路刮掉厚厚的皮肉。血是模糊的湮散著。皮肉一塊一塊捲上去，邊緣捲起破毯子似的纖維物。大個子少尉的笑勁兒這才衰竭下來。一片血肉狼藉，使他瞧著不禁周身一陣又一陣的發緊。

雙氧水燒出整團的泡沫，把邵家聖痛醒過來，一點也不忌諱的尖聲喊娘，搥打著身子底下的手術檯。

「娘呃，我當我死了，」他衝著魏仲和直嚷：「小子，你不替我吹吹，娘呃，我得死一下才行……」

這個傻大個兒魏少尉，很聽話的低下頭去，尖著嘴吹他塗了藥的傷處。可是傷處不是一點兩點，又還要扶持著他那東倒西歪的上半身。那是誇大的耍賴。魏仲和吹著傷處，沒吹上兩下子，就又因他表演的這種誇大的耍賴，重新笑得合不攏嘴，帶動著他也跟著身子發抖。

「你儘著笑罷……哎哎喲我的娘……笑罷，沒人心的小子，你休想做老子的受益人……」他是近乎囈語的那麼嚷嚷著，一面哼哼喲喲的。把陳醫官也惹笑了；笑他沒別的降住人，用收回軍人保險受益人的權益來挾制人。

做軍醫的陳上尉，似還不曾見過這樣喳喳嗚嗚愛叫呼的軍人。醫官揮著汗，使點兒小壞，索性再在幾處較深的傷口上塗了又塗紅汞碘酒的混合劑。

但是這位愛叫呼的傷患，反而不喊叫了。他咬住牙，側耳聽擴音器在播報甚麼——

「……友軍的同志們，請你們暫時離開船舷……」

艙外，不住的這麼播報著。聽來不甚清楚，但是聽得出來播報的口氣愈來愈柔和。

這是他邵家聖所難以忍受的；想著甲板上此刻該是一個甚麼樣熱烈盛況，那樣的風光而獨缺少他這個團花，沒有甚麼比這更叫他感到遺憾的事。

甲板上的陸軍兵士們，上了艦如同放了假一樣。艦上活動的空間雖不寬裕，但只要不出操、不上講堂、不整理內務，就是登天似的自在。而一切都來得新鮮，仰著臉看艦橋上艦長對著話筒下口令：「……雙俥退……右俥進二……左俥退一……」那比一向聽膩了的「成班縱隊——走！」的口令有趣得多多了。

一切確實都來得很新鮮；海港裡特有的那種強烈的華麗，眞的迷人。船艦的煙囪、艙壁、舷、桅、救生艇、名目那麼繁多的旗號、運動大會似的各色各式旗幟，一律都是積木玩具那種率眞的顏色。任是多麼巨大的艦隻，也是以一種卡通的神話趣味，蠕蠕的來往交錯著游動。有尖銳如魔笛的汽笛，閃電一樣的竄掠過海面。萬噸級以上的貨輪、郵輪，汽笛則低沉得像從黃泉之下傳上來。偶爾一兩聲屬於禮節的哨音，接著便有使人想到遠古部落圖騰的旗子，隨著哨音升起或降下。一切都顯得意氣昂揚的繁忙。一種國際事務的小小際會，異國情調的幻化，矇矓而遙遠，恍如隔著一重夢境。儘管熱熬熬的烈日當空，和海的威脅，和開赴前線去的種種悸怖，都在糾纏著人，然而，新鮮！這就值回那些了。兵士們喜歡刺激更勝於安適和安樂。

因而，那位帶兵出身，非常知兵的黑皮主任，就不愉快的一旁冷眼看著各級值星官們，去干涉那些寧可頂著烈日，也不肯下到底艙去的兵士們。

妨礙水手們收纜的操作嗎？「沒有的事。船總會離岸的。聽那一套！不就是拉來拉去那兩根爛繩子嗎！」黑皮主任用他那種翹起一邊嘴角的輕蔑，望著藍天微笑。

或者也可以說，這個中校團主任，正是又土氣，又愛逞強的中國陸軍的典型。他總是不滿意海軍們那些個國際性的傳統潔癖，和許許多多森嚴繁瑣的洋禮節、洋規矩。

儘管他們未始不了解那些近乎矯作的繁文縟節，都與海戰紀律密不可分——譬如常拿日俄戰爭中，俄軍軍紀敗壞不過是表現在軍艦的骯髒的那個故事，來作內務訓練的歷史借鏡和重要理由，這是每個陸軍幹部兵士無不熟知的，但是一經登上海軍艦艇，傻等著海軍把他們運送到地頭，便會不由人的感受投靠到人家門下的滋味，覺得自己不知有多不如人，只有無可奈何的聽人家擺布的分兒。更不必說暈船、呻吟、嘔吐、害場大病般的把個堂堂好漢給糟蹋得沒有人樣。於是甚至遷怒於那些輕鬆愉快的海軍人員，像是白白讓他們給整了，整得很塌台。

人在受苦的時候，似乎總要設法找點甚麼來埋怨的材料：兵士爲甚麼不可以進官廳？艦長那張擺在餐桌一頭的座椅，爲何甚麼人都不可以坐？啓碇時爲甚麼不可憑欄欣賞欣賞海港的景色？爲甚麼偌大的甲板上一點點遮陰的地方都沒有？「海盜作風！」他邵家聖有的是現成的答案。當風浪把這些陸軍兵士折磨得比染患惡性瘧疾更痛苦的時際，這些埋怨就會演變成惡毒的反感，咒詛。這要等到他們重又回到陸地，恢復了尊嚴，於是這些綠衣和白衣的戰友們，重再拉起手來，和好如初。

因而如果說這位中校團主任之不樂意干涉他的部屬，乃是出於了解兵士心理，卻又並不純粹是；毋寧說有點「護犢子」罷。所以縱使他有多開朗、曠達，這點小氣而鄙夷的心理，還是免不掉在那裡作祟。

「那兩根爛繩子，唏！」他心裡還在不舒服的輕蔑著，不太情願的踏回官艙裡。

但是人既然已在艦上，他就只好待在官艙，靠在暖暖烘烘的沙發上，吹著一點也不涼快的電風扇，無聊得要命。他翻翻整疊的氣象預測表，數數那塊擦得賊亮的黃銅牌子上，鐫刻的歷任艦長的名字。陌生的漠然……只有靠這樣乏味透頂的傻等，熬著二十多個小時的水程，而且還須傻等著說不定要吐上個一表人才。就是這樣，還要忍心去把兵士們流連在甲板上的那點兒方便也給干涉掉嗎？呸！艦長也不過是個少校，擺在餐桌一端的那把大椅子，他中校不可以坐……

邵家聖跌傷了腿和在艦上醫療的事，他已經知道。待他冷眼看著這個部下直直的拖著一隻腿，撞進官艙裡來，心裡可有些不好受用起來。

「你哪兒不好出洋相，到船上來出！」

看上去，發怒的團主任還是笑吟吟的。

「主任——」

「你趕緊找個墳地給我挺著去，到處亮相，還怕人不知道！」

邵家聖不管這些，裝做沒聽見一樣的找個位置掙扎著坐下。

但他發現這間官廳他不該來；老賊既然閒著無聊，少不得抓他上課。

「主任，玩玩過關解悶兒罷。」他順手抓過一副紙牌，就近拋過去。做主任的不能不本能的張起雙手接住。

然後，只那麼一閃，他就逃開了。「上了船還怎麼樣？哪還管得著誰大誰小……」他跟自己嘀嘀咕咕的講著理。甬道側安裝著貼壁扶手，邵家聖抓著扶手踉蹌到甲板上來。

海面反射著日光，亮得刺眼。鐵壁沒有一處不比人的體溫高出一百度。他點上一枝香菸，迎著海風，深深的吸著。

「老賊不死，孤王難安！」用的是平劇韻白的調子。「找黃二少爺吹牛皮去。」他要去做甚麼，總是先在口上吩咐自己。

船團逐漸分散開來，那麼笨重，或者可以說是壯闊的，陸續的駛上外海，擺出動人的陣勢。在七月的陽光底下，蔥翠的壽山接連著望不到盡頭的海堤，綿亙如一彎巨靈的長臂。內海被這長臂攬在懷裡，沉進一片安詳的午睡。駛上征途的兵士們，用千百隻眼睛癡癡的留戀著陸地，留戀著那個放心酣息著的海港，那座濱海的南台灣大城。

艦尾上，張簡俊雄上等兵，比誰都更不甘心的癡望著自己生長的這座海城。

家是早就看不到了。和他同年的大王椰子，任有多高多大——遊子夢裡啓用了童年的眼睛，那棵大王椰子足有阿里山那麼高——然而一樣的也看不到了，在火車繞過半屏山腳之後，他是那麼熱切的期望著，且更熱切的要指給謝水牛看看。好像那樣的話，便等於招待了這個鄰兵到得自己家裡玩了一趟。

眞的，如果列車不岔向海港開過來，用不著一分鐘，便可以看到對著鐵路的他的家門。然而隨著每一聲車輪的擊打，他與那棵大王椰子迅速的遠去。隱在那些鱗甲般密集的屋頂覆蓋的都市裡一點點深進去的他的家人，一點也不知悉在那個瞬間，他曾和他們迅速的一聲聲接近，卻又從岔道那裡一聲聲的和他們拉遠，而延伸向一個有增無已的未知的征途。

艦尾的三葉螺，攪起沸騰的白色V字浪花，留不住的時間和空間，就是這樣的滾絞在張簡上等兵的心上，愈去愈遠。從不像那一刻裡那麼樣的親愛起母親，和母親抱養的阿妹。在他急切間不知如何是好的那個當口，發現後座的阿芳正在明信片上疾書。他沒有明信片，慌慌促促在皮夾裡找出開貿易行的姑丈一張名片，上面有鼓山一路的貿易行地址和電話號碼。他用原子筆寫上「拜託交給朱豬先生，我已去金門。」下面註上自己的名字，又潦潦草草寫上三個「拜託」。誰也沒有他的動作快。避著人從窗縫塞出去。當天晚上，團主任手裡一把明信片，沒有點到張簡俊雄的名，使他不知占了多大便宜的得意著。那張名片，雖也只像一條半死不活的小魚丟到河裡放生一樣，能否活到姑丈手裡，那實在太渺茫，但逃過點名出列的一點僥倖，至少證明他比那二十七個傻瓜聰明得太多。但是主任一番威嚇人的訓話，卻給了他一些些不安，過後等船的幾天也沒怎麼放在心上，直到此刻，人上了船，傻傻的望著無邊無際的海域，才眞眞實實的害怕起，海平線那一邊，看不到的一面，敵人的魚雷快艇正躲在那裡等著伺候他們。軍團平劇隊有一回來勞軍，「八成小命要吹燈」，小丑的一句戲詞，一時整個營區流行起來，都拿這個互相開玩笑。船欄在他手掌底下慄慄抖著，這句戲詞一點也不使他感到可笑了。他媽的，八成小命要吹燈！他心裡跟自己嘀咕著，一面又厭惡起自己怎麼犯忌的想起這些來……

「俊雄，我好像記得你是高雄人，是罷？」大個子魏少尉問他說。

張簡俊雄沒有怎麼注意到這位調到成功隊去的老排長是甚麼時候傍著他靠到船欄跟前來的。

「排長，你也來啦。」俊雄不自覺的直了直身體，規規矩矩起來。

「高雄人也沒有用啦，乾乾的望著離家這麼近……」他看著老排長那麼高的個頭，伏在顯得太低的船欄上，身體摺疊得似乎很不舒服的樣子。

「我比你慘得多。」老排長跟他說。彎著食指，刮了一下那粗糙的下巴上大顆大顆的汗珠。「你知道我是哪裡人？」

「不記得咧。排長會說閩南話，有沒有？」

「廈門人，怎麼不會說！」

「哇，廈門，就在金門對面是罷？」張簡說。他覺得這位離去不久的老排長，已不像在排裡時那樣的嚴厲，便也跟著隨便了些，伏到船欄上。

「所以嘛，你這不算甚麼慘。不等部隊輪調回來，你們就先退伍還鄉了。像我這樣，才夠慘的；連這一次，三次金門了，整天乾乾的望著對岸，老家，回不去，吊死了胃口。」

當頂的陽光，把這個蛙人的睫毛好似一排魚刺投射到眼窩裡。他的顴骨、兩顎和下巴，都被密密的粉刺疙瘩弄得像磨年糕的磨石一樣粗糲。

這座海港，似已和他魏仲和的故鄉攀上一種說不出道理來的牽連。

以前在這裡下船、上船，要不是夜晚，便是陰霾的天氣，沒有過像這樣呈現一片明亮的彩色。沒想到這座海港，也會如此的美得迷人。

一如他這麼一個粗漢，從不曾有過這一回出發外島時所懷的柔情；他是頭一回發現這座海港原是這麼明豔豔的迷人。他問起自己，是否因爲在那緩緩遠去的岸上，留給他的兩個牽掛，才使這座海港如此的美得迷人。

岸景不染一塵，彷彿才從灩灩的翠海裡浮升上來。灩灩的海水把它洗滌得那麼光潔耀眼。

兩個牽掛——一個是墮落沉淪，然而卻是令人著魔得可惱的記憶；另一個，疑似麗雪的那個女孩，該算是不敢奢想的一個希望罷。

然而，被自己努力塞進心的最裡邊的那個羞恥，卻不時的又要偷偷摸摸抽出一點來看看。像個守財奴那樣，老是不放心的，瞞著人把深藏的財帛弄出來數數。「這個死邵家聖！」一想起那個羞辱，他就咒怨。但一面咒怨，一面又不禁迷惑於那點不潔的，被辱弄的，草草的銷魂。他問著自己，可又堅決的不要承認市政廳背後所給予他的小小那場夢魘，會使他換過一雙眼睛來看看這座海港。

「小子，現在你才算是個男人，知道罷。還好像害了你一樣！」在那麼傾瀉的暴雨裡，邵家聖吵架似的對他大聲吼著。

雨衣已不當用，褲管直濕到大腿根子。真是荒唐透了頂，發瘋的冒著那麼大的雨，幹甚麼來了。紙包濕爛了，兩個人不時的彎下腰，去撈著掉到泥水裡的生薑。死邵家聖，盡出鬼主意，撈起生薑，一口一口的猛啃，一面硬派給他，逼他跟著吃。「小心外受風寒哪！」怕他嫌生薑上有泥，就著比較清一點的積水，涮了涮給他：「不乾不淨，吃了不生病。」兩個人一路上硬是啃掉半斤，辣得眼淚和打在臉上的雨水分不清。「驅驅寒氣，多吃點兒，別留量……」吃得胃裡兜著一堆燒紅的火炭。

那跟這個沒有關係……魏仲和慰勉著自己。那是污髒的，而此刻，海港的色彩，使他想著幼時玩的七巧板。馬糞紙切成的七塊片片，兩面裱上漆亮的電光紙，紫紅的兩片大三角，天藍的兩片小三角，奶黃的正方片，油綠油綠的菱形片，一塊群青的中三角。七片彩色拼得出多少多少玩意，茶壺、戴斗笠的農夫、路燈、小火輪……變化無窮的魔法。然而只有這一回，這個海港才給他拼出這麼一幅華麗。就如同只有這一回，人在船上，心在岸上，身子裡膨脹著一種使他自己感到驚異的柔情。這是他生命中的頭一回，酸楚的喜悅，混合著後悔的迷惑。在一個不可知的遠處，彷彿有一樁喜訊在等候他。那樁喜訊，如果不是這一回去金門又可以回一趟近在咫尺的故鄉，便一定終於尋著了麗雪表妹。似乎他之活著，除此兩者，再沒有使他期盼的事物了。當夢想和愛情稍稍透露一點信息時，原來是這樣令人顫抖的滋味，心像手底下的船欄，時不時隨著艦身一陣子顫抖起來。

三葉螺攪起V字形的兩條白雪般翻滾的瀑泉，漱著，噴著，緊緊的追蹤著艦尾不捨。魏仲和他是清清楚楚背得出這座海港所曾展現給他的多次色調……

那頭一回是個灰濛濛的傍晚，船進港，人從大嘔大吐的暈眩裡爬出船來。

這海港和他毫無道理所預先想像的色調，居然那樣的相合；灰濛濛的山陵，灰舊的船艇，海城沉默在灰濛濛的落塵裡。灰黑的運輸機掛在灰污的雲層底下，一種灰撲撲的飛行……。而他那時的生命，也正就是那種灰撲撲的調子。心頭上無日無夜不懸繫著黃家渡口碼頭上，父親向他伸直手臂呼叫的一幅景象。彷彿那樣拚命的伸直著手臂，就能眞的把手臂伸長到足夠拉得住兒子。

他是剮心的叨念著父親，似乎留在廈門老家的，他僅只有那麼一個親人。家裡那麼多人口，其實哪一個也該在心上占一些斤兩的；但是他們都不會在黃家渡口向他伸出那樣絕望的手勢。

那是最後駛離廈門的幾艘木殼船中間的一艘，四五十人的容量，擠上兩百人也不止。船舷吃水只剩半尺左右。碼頭上的人拉住船纜不放，跳板上面壅塞著進退不得的人堆。跳板不知是滑脫了，還是折斷了，於是船伕們趁勢剁斷船纜，水面上漂著人頭和包袱。他是完全失去了自主，被野蠻的人潮湧著、捲著，僅僅在人們肩隙裡，掙扎勾過頭去，向岸上瞥過去倉促的一眼。父親伸直著手臂，彷彿在跟他喊叫甚麼，他只看見父親大大的張合著嘴巴。那是最後的一眼，一片嘈雜紊亂，剁斷了船纜，剁斷了他們父子。

父親是被一件笨重的行李拖累了。他自己被裹在人窩裡，急得要不顧死活的跳下船去。發瘋的人們在他四周築下不知多少層的銅牆鐵壁。命運便在猝然之間鑄成了，唐突的把一個十五歲的孩子軋進全然陌生的另一個世界。

父親會朝著他叫甚麼呢？我會跟下一班船來！……可是哪裡還會有甚麼鬼的班船。父親也許囑咐他當心包袱裡的大頭，也許叫他有機會去台灣，不要忘了找他的阿紅姨媽。然而父親也許甚麼都來不及告訴他，只是惶急間，不知所措的猛叫著他：阿和！阿和！阿和啊！……像所有撇在岸上的人那樣，實在不知道他們自己喊叫些甚麼。

木殼船撐到金門而沒有沉，眞覺得沒有道理。全船兩百多人，一個一個都成了活生生拆散他父子的仇人，他一路上都在恨恨的傷心著，恨不能全船都一齊沉海算了。

仇人們一下船，都不知道流散到何處何方而去，他被駐軍收養棄兒一樣的收容下來。跟隨部隊來到台灣，海港沉在灰撲撲的薄暮裡，這個孤單的孩子，是深深的沉進灰撲撲的無親無故的一片淒涼。

在另一個萬家燈火的夜晚，那是兩年以後，一個已經習慣於認命的小兵，扛著槍桿穿過市街，來在海港上船。孩子仍然是仰給於人的年齡，天下興了還輪不到他做功臣；天下亡了也派不上他甚麼罪過。一點也不假的，這孩子是認命的扛著槍桿，他扛的並非替天行道的大纛那麼光彩；那槍，無異於腳夫們肩上的扁擔，他是仰賴它生活。除此而外，他再也沒有別的求生本領。如果說，這樣便污辱了槍的神聖，那麼就換過別的甚麼來給他扛扛罷，可是仍然只有扁擔的意義。否則的話，難道這麼大的孩子不該被白白的養活？命運的鐵釘把他牢牢的釘住，而有責任拔去這顆釘子的，豈不理應是那些該服國民義務和行使憲法權利的公民們麼，魏仲和畢竟還是個沒有選舉權的孩子呢。

在那麼個萬盞燈的夜晚，在那麼個大城市裡，正不知有多少和他魏仲和同齡的孩子，正該把書包一丟，坐到媽媽擺好了飯菜的餐桌前，坐享著飯香菜香撲鼻的整團整團的溫馨，而此刻，在這個曾是灰撲撲的海港裡，這小兵不懷疑也不畏縮的攀爬著運兵船的舷梯。這就要開上火線去。當這樣的時候，沒有哪個兵士不覺得自己夠多英豪和莊嚴，但是卻也沒有哪個兵士比魏仲和這個大孩子的所爲所求更爲堂皇。

萬盞燈裡，自有萬般的苦樂。風傳這就要去攻取沿海某一座島嶼，或者大陸邊緣上某個據點。這孩子歪在甲板上，數著星，冥想著悲的、喜的、屬於這麼大的男孩的一些私情和私恨。

在冥想中，出於作戰演習的經驗，登陸、復仇、殺砍、重敘天倫……萬盞燈，只不過也就是那些想像力並不豐富的團圓和離散。事情顯得很單純，國家提供的武器，生產大眾給養的糧餉，去讓他這樣的小兵一逞公報私仇的宿願，砍砍殺殺而不必觸犯法條，一面滿足滿足小兒小女的私情……如是而已。

然而私恨和私情，和他數著黃昏之星所冥想的悲劇和喜劇，都成了虛枉、徒勞。一顆星也不曾摘到手，大陸連邊兒也不曾沾著，僅只在烈嶼的湖井頭那些淒清的哨所裡，在日日夜夜不息的潮汐聲裡，隔兩千多碼的海域，越過鳥糞染白了的那些礁岩小島，瞭望著迷茫中的藍的山、赭灰的山、蒼綠的山。那使他患上嚴重的思鄉病的廈門，獨把荒僻的一面向著他。好似故意的摟抱著一懷他所渴欲一見的市街，背對著他，吊足他的胃口而不讓他看到。

眺望著，瞪視著，眼裡眞的要滴出血來。槍舉起來瞄準，只想飛一顆流彈過去，帶去他的渴念，讓關閉在山背面的故鄉，曉得她的孩子離著那麼近的在日夜瞭望著她。

徒然的耗去兩年多的時光，一無斬獲，沒有容許他放過一彈。多荒謬的戰鬥！人又登上運兵船，又回到這個尚在沉睡的海港。

進港那天拂曉，海城沉在漫天的黑霧裡熟睡未醒。一種歛縮的蕭瑟。不知爲甚麼，使他感到這座城市的無情，全不理睬他是甚麼樣的心情去了，又是甚麼樣的心情回來了。好像因爲他不曾戰鬥，理應這樣的冷落他。一個在外面混得一事無成的遊子，如今回來了，家裡連一點燈光都不肯給他。

但這一回，這海港展現給他的是如此的華麗，屬於童年七巧板的色彩，怎能不叫他覺著這是向他透著喜訊的徵兆呢。

兵士們憑著船欄，一直都像花邊似的給甲板的周邊鑲著一圈裝飾。人是不見多，也不見少，也不感到日曬和困乏。帽簷下的眼睛，一雙雙貪婪的拉著陸地不放。魏仲和已不是第一次向這個海港揮別，但也從沒有過這樣的戀棧。他是目不轉睛的眺望著那座白色耀眼的燈塔、西子灣，和防波堤……

船團排成靜止的長陣，航行在緩慢得無望的時間上。錶的時針不見走動，太陽不見走動，船團也不見走動。然而千代萬世的歲月，都在這不見走動的緩慢裡滑過去了。岸已成天邊的遠山，一片紫霧，岸已被天和海那麼密合的封閉而消失了。

登陸艦隊是一隻隻大熨斗，也有熨斗那麼燙，熨在起縐的玉綠的緞幅上，緩緩的、笨笨的、熨著，熨著……

參謀本部軍事發言人表示，中共揚言出兵中東，是為納瑟壯勢，希望國人提高警覺，免為其慣用之聲東擊西戰術所騙，而忽視此間局勢。

中華民國四十七年七月二十日

善變的海峽天候，偷偷的避著人在變化。等到人們發覺了，極目所及的天空，已經鋪陳了層層濃得化不開的低垂的黑雲。

而且被一時疏忽的，不單是天候，海水也已由灩灩的玉綠變色爲普魯士藍了。艦務官告訴陸軍的兵士們說，海峽中間有一道激流，俗稱海溝，到了那裡，海是下水道鐵黑鐵黑的顏色。

甲板上，建築物的陰影隨著太陽下降而鋪開來。鋪著鋪著，也就在天陰的助勢之下，無邊無涯的鋪開了夜的沉重。風力在不覺間增強，艦身起落的情況，似已隱隱的在透露出兵士們所擔心的患難，正慢慢慢慢的從一個未知的遠方迎過來。

一些過敏的兵士已變了臉色，接受指導的乖乖躺下。兵士們躺在粗糲而銹污的艙底鋼板上，周身不停的冒著黏汗。那種感覺，似乎又不全是熱燥的緣故。老經驗的臧班長說，那就是暈船的不祥之兆。

「對了，猛吃罷，只管放開量，手續總要辦一下……」

瞧著那國璋這個又乾又瘦的三班班長，嘴巴一刻也沒有停過，一點胃口也沒有的李會功，眞覺得不服氣。

就有這樣的人，天生的他不暈船。不但如此，反而由於船身的搖盪，顚簸，有助於消化，胃口來得出奇的健旺。這個班長把自己的一份蔥花油餅，一片一塊的零撕著幹光了，咂咂油指頭，又去拆食聯勤供應的乾糧。盒子裡裝著能把人牙齒disp掉的硬式餅乾，外帶牛肉乾和薑糖。不過這也禁不住多大工夫的蝕耗，咂咂嘴，意猶未盡，疑心單巧自己這一盒乾糧未照定量裝配。那麼只好再出高利貸，去跟滴水不進的袍友告貸油餅或乾糧。

「小子，吃罷！海吃海喝的，小心當場還席——」

「操他！各人的福分，你不是乾瞪眼！」那國璋班長兩頰撐得鼓鼓的，像個號兵。

「滾你奶奶頭的福分！一頓不飽十頓飢；要不是『抗美援朝』把你小子餓慘了，你會到三十八度線南邊來找飯吃！」

「操你妹子的！」那班長忙著大嚼，無暇兼顧去跟人鬥嘴。他把嘴巴湊近李班長耳朵，用叭咭叭咭吃得很響很香的聲音去苦惱人。

李班長也是個老經驗，人一上船，趁船還未啓航，協助排長迅速的把全排弟兄安頓妥當，便不聲不響的回到自己位置上，鋪好了軍毯，躺下來一動也不再動，天塌地陷也不管了。

對於那班長叭咭叭咭的苦惱他，眞的是哭笑不得。

「你少跩，那國璋。猛撞屎肚子罷，打啥地方進去，再打啥地方原路出來。」

「沒那話。」汗在那班長紋身的胸膛上涔涔流下。「爲人寧可生副熊相，別生個熊命。老子就是命好，怎麼樣？氣死你老桿，生就的熊命。」

李班長連眼睛都懶得張開，閉目養神，愛搭腔不搭腔的應付著。那國璋的叭咭叭咭，苦惱不到他。那種攪著爛泥的黏黏答答，徒然叫他聽著反胃。

老兵這樣的深諳保養之道，多半是出於一二十年來總是自己照顧自己的老習慣；但不如說，體面也許更重要。李會功這個老班長，就是這麼一個人，漢子氣很重，平時頭痛傷風的小毛病，從沒在乎過。就是掛過兩次彩，咬咬牙，連哼也不曾哼過一聲。可是人一上船，就算沒轍兒了。在他，暈船是屬於人力不可抗拒的災害，唯一可能逃掉嘔吐的辦法，便是老老實實的挺著，翻身都最好不要翻。像他這麼要強要面子的人，敢情最怕的就是把自己弄得沒有人樣。在新弟兄面前，甚麼都行，就是不能栽倒。栽了就別想再做人，更不用說做人家的班長。

人挺在熱突突的艙底板上，老想到老家的熱炕。不過沒人發瘋，大伏天睡熱炕。

底艙眞是夠沉暗的，就只靠幾個燒餅大小的通風孔，看到一圓藍天。從那裡通下來一根飛旋著塵埃的光柱。老兵便傻傻的盯住那根直射在自己腳背上的光柱，盯著它一點一點偷偷的轉移，偷偷的傾斜過去。盯得眼皮重了下來。不知沉睡了多久，被汗水沏醒過來。光柱不見了，通風孔也找不到了，幾盞黃如落月的頂燈，分散在偌大的坦克艙裡，照不出所以然來。僅僅使人起來如廁，不致踩到別人的肚子。

而這樣的光線，最可惡的是看不清錶上時針。李班長手上的夜光錶，用手搗著，藏著，才看得出來，已經下半夜一點多鐘。他有些不肯認帳似的，感覺著沒有睡上這麼久。

「不會很甚麼罷……」排長翹起頭來問他。

黃炎自己也是一臉衰疲的憔悴。那憔悴被一層油汗上了釉子，更有一種惹人憐惜的寒傖，好像招灰的裝油器皿，最後終因無法滌去那些積年累月的污垢，便被棄置在無人理會的角落裡。也曾是釉光嶄新的器皿，很叫人憐惜的。

農民型的老士官，可有點黯然起來。瞧著他的大少爺排長，好像做佃農的看著落難的少東，心裡挺酸楚，反而把自己受的荒難擱到一邊，不放在心上了。

「排長倒是抗得住。」李班長卻在心裡長長嘆口氣：可憐見的，你這位大少爺，哪天喫過這個苦來！

做排長的比班長更還要多顧忌些兒。不比兵士們，脫得只剩一條紅短褲，還要不知足的褪到胯骨下頭，露出黑肚臍，和黑黑的毛叢。

「還好，」黃炎用手乾抹了一把臉。「幸好邵大尉送了兩顆暈船藥，倒有點效——不過，也許是心理作用。」

「反正，我是一離陸地，就得老老實實倒下來。」

這一個新官，一個老兵，看上去倒有些像中國農村裡常見的昆仲倆——做兄長的，終年總是田頭上苦打苦熬的忙著活計，揀家裡那個生來就文弱靦腆，做不大來莊稼重活的小兄弟，送去學堂識兩個字去。開始是那樣的，家裡不缺他那個人手，只是讓他識兩個字，並不曾執意的打算培植出一個讀書人來。可是開了春，或是入秋時節，湊學費成了老例子。一家人口省肚挪的攢點兒小積蓄，蓋屋不夠，置田還差老遠，放著又怕把錢放小了。拿去，再念個半年書去，民國了，也不要考甚麼舉人狀元的，多識幾個字，認認帳，早晚寫個地契、對聯、給左鄰右舍代書個信啦甚麼的，省得去求人，也少吃人家欺負。逢著年假、春假、麥假，這個愈見文弱單薄的小兄弟回家來了，甚麼農事都摸不著了邊兒，做兄長的也不讓小兄弟去沾那些粗活，這也都成了老例子。農家的孩子就是這樣的把書讀了出來，把自己讀到另一個世界裡去。哥兒倆碰到一起，談也談不來，說也說不攏了，可是小兄弟不能忘掉那番恩情，老哥哥又總是用敬重讀書人的那份蠢蠢的厚道，把小兄弟崇敬得高人一等。兩個世界，而親情相連。黃炎和他排裡的四個老班長，似乎就是這樣的味道。只不過當他初初分發到這個連上的那段時間，情況並不很好；至少，並不很順利。那種光景，其實也只是敏感得到，說並說不出所以然來。不是甚麼看得到，抓得到，骨稜稜的大問題……

「我懂得，我懂得……」邵家聖最是了解他。單是這個了解，便給了他太多的幫助。

邵家聖的感覺非常銳利，毋需他絮絮叨叨的辭費，就能一下子觸及他那些微妙而難以言宣的困惱。

「帶兵如帶虎。首先，你就得把那些連你自己都不肯承認的畏懼心理給解除掉……」

他跟邵大尉交往，迅速的建立起深厚的友情，當然不止是初到團裡報到的待命期間，所受到的許多照顧。要緊的還是邵大尉那種令人一見如故的率眞，使他在那麼個完全陌生的環境中很快的自如而灑脫起來。繼而是兩個人的情趣相投，繼而是見解又那麼相近，而邵家聖的那些被人視爲不正派的知識和經驗，和正理歪理，不由得他不著了魔似的服了他。

「陌生就是敵意。」邵家聖這個人，一旦正經起來，比誰都嚴肅得夠瞧的。「聽聽我的讜論——我沒有甚麼孔子說，孫子說，克勞塞維茲說。我的讜論是我邵子自己禪出來的。要是狗屁，不用連累到聖人；要是眞理——去他的蛋，我沒那玩意——也免得有剽竊之嫌。」他說：「人，跟狗也差不多，見了生人就咬——我們老家是把吠也叫做咬——我這個人，一身的壞毛病，就只一點贏人，狗性較少，跟誰都是一見如故，自來熟。你現在最大的難處，就是狗性太重；怕自己年輕壓不住人，怕班長有偏見，怕小兵瞧不起你，怕部隊裡杯葛軍校學生的那種傳統。總而言之，統而言之，你就一個人擠牆旮旯裡，一勁唿——唿——的自己嚇唬自己，衝誰都汪汪汪的咬兩聲。對不對？……」

學起犬吠，邵家聖的口技也是一絕。

他有甚麼可說的呢，四年的學院教育，並沒有教過他犬吠。要吠的，是他自己。他只好笑罵邵家聖是犬儒派。

「對，犬儒派——差不多……富貴顯達我不求，學問教化我沒有——不過論德性，還是不敢恭維。」邵家聖嘲弄自己之後，又回到正經上來：「要叫我帶兵嘛，我可寧願帶虎，不帶綿羊。兵是要打仗的，綿羊也未必好帶。放羊，跑斷肚腸，不是好活兒。帶兵是門大學問，單看中外古今還沒有人修行到軍事學博士，你就不能不服氣。你那頂方帽子裡，盛的學問還眞不夠大。可是說簡單嘛，也沒有甚麼比帶兵還簡單。你只要把兵完全看做跟你一模一樣的是個人，你就甚麼困難也沒了。你是階級比兵高，人並不比兵高，是罷？人格就是人格；地位、財富、學問，甚麼甚麼操他的蛋，都休想給人格加點甚麼，減點甚麼。帶兵帶不好的，問題就出在這裡——人高不爲富，多穿二尺布。我並不是替我們小矮子講話。」

邵家聖這個傢伙，總歸一句話，就是那樣的一個人，難得正經一下下，又唯恐落了甚麼嫌疑似的，趕緊的不正經起來。他的個子不很高，但還不至於叫人看他是個小矮子。但他總是那樣，專愛搶在前面窩囊自己；人還不曾發現他有甚麼缺點，他自己先就亮出來，叫你不便再窩囊他。那是他慣用的一套暴露和誇張弱點的防禦戰術，弄得誰個對他都無懈可擊。就連那麼厲害的黑皮團主任，也拿他一點辦法也沒有。所謂的「立不敗之地」的人際態勢，這也是使黃炎傾心，從他那裡多得到的一番歷練。

整一個大晚上，邵家聖都拉著他擠在艦上的福利社裡，挖著木瓜吹牛吹了過去。此刻，不知道這個傷了腿，行動不甚方便的傢伙，又不安分的瘋到哪兒去了。

海在浮動，含著一種魔法似的那麼一個大體積，童話裡無大不大的巨人。睡著怎樣酣甜，也還是不住的緩緩的翻著身。時間在海浮動的背上姍姍行走，用悲苦的悠長，磨難著悲苦的兵士們。

在海上，除了水兵們按時輪番值更，一切都沒有了時間的意義。夜來，被燈火管制的紅燈染上醺醺醉容的水兵，會在寂寥的值更裡，順便安慰陸軍的弟兄們，此刻不過三至四級風。十級風以上，他們還是要照常作戰，人在艦上根本站不直身體。然而別相信水兵們用謊言來安慰人的那片好心罷，這時，至少已是六七級風，所謂的大浪。他們自己也已暈暈糊糊的不大是滋味。水兵們的消夜進了肚子，好似消夜裡羼進了酒精，給人微醺的味道。

水兵們已熟習了這種生涯；上岸醉於酒和女人，離岸則醉於風和浪。除非在崩炸的水柱和硝煙裡，人才會十分清醒。

至於封閉在坦克艙裡的旱兵，很少不是患了重病一樣的悲苦著，他們缺乏水兵適應的那另外一套。其實那是何等簡單的渴望——陸地上隨意享有的空氣，和雙足踏在大地上的穩當。在這裡，煙也騰騰，熱也騰騰，污濁的煉獄裡的景象。擠壓和重疊的半裸著的肢體，肢體上凝著油油的汗脂。無望的伸屈、抽搐，發出呻吟和咒詛。沒有人知道他們的子弟此刻害著這種熱病，也沒有人肯讓他們的子弟忍受這樣的悲苦。這也是一種戰爭，此戰爭還瘟、還韌、還陰性。當船團駛進海峽的湍流的同時，也駛進了颱風中心，時間已是凌晨。

悲苦的兵士們著實忍受不住嘔吐的酵酸、炭酸氣和柴油燃燒的種種惡味，便只有馱著一身的衰弱，撐持到甲板上去透透氣。

「我眞得跳海了，死他個球算了……」類似的一個個盡是這樣的咒生怨死著。

然而在甲板上，又總是停留不多一會工夫，重又走投無路的折回底艙裡來。經過甲板上風浪擊打的奇寒，底艙越發的是一座煉鐵爐。這個世界上，似乎除了赤道就是南北極，不留一條活路給人。

「……不行，幹伊娘，死翹翹算了。」

「情願捱槍子兒，也不要受這個洋罪……」

「這跟打擺子有甚麼兩樣，我日他媽……」

……

假如憑這樣的語言來判定兵士們的省籍，那就錯了；起碼，那些方言髒話在軍營裡是十分流行的在交換著使用。

咒怨的兵士們，如同遭了場大雨，從不知是浪花，還是風雨潑著的甲板上下來，髮梢子滴著水，眉毛滴著水，嘴唇上凝著黏朵朵的苦滷子。

僅能容下單人上下的扶梯口，蝟集著兵士們，好似瘡口上蝟集的蒼蠅。焦灼的等著人上來下去老是堵住那裡不動的梯口空出來。一張張難堪的臉上，刻著飢渴和煩躁的苦紋。

燈火管制的甲板上，烏黑的一片，眞像是在颱風夜裡。風裡裹起擊打得粉粉碎碎的浪花，漫天的放肆著，不幸卻少了點颱風挾來的雨水打在身上的那種清爽。彷彿盡是些紛紛的爛魚鱗，橫掃在夜的漆黑裡飛舞，黏膩膩的腥糟。似乎夜也在發瘋的嘔吐著大量的穢物。

扶梯底下，笨重的黃胖子，一直挨不上梯子，不知已經等候多久了，登陸艦特有的那種顛跳，心臟被顛跳得好像到處在滾動，扶梯上擠塞著的兵士，一無是處的上不去，下不來，彷彿都在尋找各自滾落得不知去向的心臟。

「孔瑾堂，你這個大塊頭，妨礙交通。」

大家都像相約妥了的，用這個理由把他排擠在一旁。

「小型車讓大型車，知不知道——你們連行車規則都不懂。」邵大尉的叫聲，不知打哪兒冒了出來。

「黃胖子燉成紅胖子啦，你們這些沒人心的。」

兵士們給數說得不好意思，就近把胖子往狹窄的扶梯上塞，邵大尉則在上頭拉住胖子的胳膊往上拖。但是好艱難的才進行到梯子半腰，胖子又堅持的扭回頭來，小孩子撒賴的樣子，死不肯上去。誰都不知道他怎麼中途又變了卦。嘴說不及，只見他一扭頭，放聲大哭似的哇啦一口，嘩嘩啦啦的直潑下來。

剛才硬打起精神噎下去的小半張蔥花油餅，轉眼間成了燴餅，就那麼湯湯水水的傾囊而出。下面，大夥兒還算眼快，躲得溜活，沒有給濺上多少。

孔瑾堂不知所措的扎煞著一雙胖手，神志有點不清的漫空捽著手上黏答答的涎液。大家都在下面罵，上面的人可開心的笑了個痛快。

「你是這樣請客的啊，慷慨慷慨……」邵上尉把胖子硬拖了上去。

邵家聖自己那條腿仍還不很方便，挺吃力的把孔瑾堂這個大胖子從風雨交加的甲板上拖進官艙的甬道裡。這裡躺著些機靈鬼的老兵，橫來豎去的把路都占了。一聽他們那麼放肆的鼾聲，就明白這些機靈鬼多有辦法，選上風水這麼好的所在；這裡有隔著紗門透進來的風尾，不冷不熱，四季如春的氣候，即使官艙裡所有最好的艙間，也都不及這樣的地方冷暖宜人。

躲著這些熟睡的橫屍，把孔瑾堂拖到盥洗室，像是攙扶著走在出殯行列裡的孝子。胖子駝著碩大的身軀，嘴巴和鼻子上，垂著要斷不斷的長長的黏液。

官艙這裡，搖擺的幅度比底艙來得大，不抓住甚麼扶手，眞還站不穩。「洗乾淨，」邵大尉像哄孩子一樣，把黃胖子腦袋按在水管底下沖洗。「洗乾淨了，我給你暈船藥。」

「你倒不暈船，邵參謀。多好。」這個一等兵抬起頭來，滿臉的水，像隻淋著大雨的蝦蟆。

「暈船？邵參謀要暈船那還得了，那得叫船開回去。」他把手帕遞給胖子擦臉。「我教給你，孔瑾堂，上了船，我有經驗，你只管把肚子給拚命塡結實，別留一點空兒。」

「我也吃了，邵參謀。沒有多大用，吃多少，就……就吐多少。」

「那是塡得不夠結實。得吃到這兒——」邵大尉在脖子根上比畫了一下。「一瓶子不滿，半瓶子晃盪。塡不結實，敢情晃盪出來了。」

他扳著指頭，告訴孔瑾堂，數他從上船到現在，吃了多少饅頭、滷蛋、麵包，多少木瓜、番茄、小香瓜、罐頭鳳梨，還又跟他們海軍一道消夜，吃了三碗加外紅的爛麵條。

「福利社的存貨，讓我出清了一半，說你不信。」他在等候著這個行動慢得要命的黃胖子在那兒擦臉。「所以我不能幹海軍；那我會胖成一條肥豬——不過，不是你這樣的黃膘豬就是了。」

他把孔瑾堂拉去官廳，在艦身搖晃裡，醉鬼一樣的，歪歪扭扭的在滿是扯鼾的兵士們中找下腳的空兒。

官廳的沙發上，擠著一條條面無人色的軍官，魚市場的死魚。兩邊長餐檯，一張圍著人玩紙牌，另一張餐檯，健談的艦長，和健談的團主任，兩個人算是碰上了。

像這兩個屬於同代的中級軍官，都有的是類似的經歷；不管是勝仗還是敗仗，苦的或樂的，光榮的或屈辱的，從記憶裡翻出來，似乎都成了令人開心的美好。彼此曾在某些戰役裡，相互支援的協同作過戰，然而當初誰也不認識誰，各是自己的一個世界。但當隨便的聊起某一場光彩的或痛心的戰鬥時，兩個世界會很巧妙的碰到一起來，原來曾經共過一個世界。於是像他鄉遇故知，敘上一重關係又一重關係。官廳裡不時爆起這兩個中級軍官的放聲大笑。

約莫十坪大的官廳，也是由於防止燈光外洩，各處都密封著。僅有的三處圓窗，不但關閉著，而且像蒸汽鍋爐的蓋子一樣，老大的螺絲死死的旋緊。那兩座式樣過時的老電扇，自卑的躲在角落上，徒勞的攪拌著熱熱的空氣。這裡除掉柴油氣味淡一些，廁所和嘔吐的惡氣遠一些，溫度一樣的是高得燥人。

孔瑾堂扶牆摸壁的晃到這裡，舒口氣，嗡嗡的念叨著：

「媽呃，眞是到了天堂……」

「天堂？」邵家聖守著上司和那位艦長，一點也不客氣的喳呼著，「十八層地獄上一層，當然是天堂。」

「就你一個人不安分，就該把腿跌斷了才老實。」

在沉黯的燈光底下，這個陸軍步兵中校，臉膛越發的黑得叫人疑心他是否黃色人種——「你給我老實一會兒。」他是做作的生著氣。也許因爲年紀輕，在別的僚屬面前稱不起大，便老是抓住邵家聖這個娃娃官，擺擺威風。

「怎麼樣，上尉，好些了罷？」也在這裡玩橋牌的陳醫官，勾過臉來招呼。

「大概用不著鋸子了，中尉。」他插進玩橋牌的人窩兒裡。「天哪，你們這是打橋牌？打橋牌要籌碼的？公然賭博嘛。你們眼裡還有咱們艦長跟主任嗎？」

餐檯上分明連籌碼的影兒也沒有，他就愛憑空捏造的這麼刺攘人，氣得大家直罵他。

「這話又說回來，你們眼裡既沒有艦長跟主任，還有咱家我嗎？」

「你算哪根蔥！」曹政工官搶白了他。

都是「法門寺」裡現成的戲詞兒，邵家聖就曾登台票過那個小太監桂兒。

「重來重來，」局面一下子就被他攪亂了。「別這麼洋斯文、小兒科。要來就痛痛快快梭一傢伙。」他把自己一副沒開封的新牌亮出來。

在軍營裡，聚賭是一忌，而他偏要這樣大聲喊呼，苦惱苦惱那兩個做長官的，一面嘩嘩的賣弄他那一手洗牌的絕招，跟大夥打諢。玩起甚麼來，愈壞的玩意，他愈是精到。若是放在過去的大家庭裡，說好，是個街溜子；壞哪，就該是那種來全套兒的敗家子。

「我們這個邵參謀，誰都拿他沒辦法，就是怕我。」團主任跟少校艦長笑笑說：「只我才駕御得了；我有辦法整他。」

「是個好幹部，一眼就看得出來。強將手下無弱兵嘛，用人就是要用別人不敢用的人……」

這個瘦巴巴的艦長，一聽也是一張大嘴，恭維話打那張嘴裡出來，硬是叫人受用。

「別給自己臉上貼金罷。」邵家聖嘴角叼著香菸，擠一隻眼，含含糊糊的低語著：「團裡還算甚麼鬼的參謀，你幹了師主任，說這個大話還差不多。還沒在哪兒呢，就等不及的過癮……」他一面嚼著辣牛肉乾，故意把話嚼得很含糊。

「來來來，下注吧，老子是叫明了的郎中。」他把半小包的辣牛肉乾往中間一丟。「來，中餐西吃——當泡泡糖嚼還不賴。」

他知道，反正和這個所謂的頂頭上司，上官也不大，下屬也不小，誰都莫可奈何誰，彼此一直都那麼友愛著，又彼此的刺攘著。

瞧著邵家聖那麼活躍，風浪對他無效，還像是在陸地上一樣的安逸，對於已經感到隱隱冒汗和暈眩的黑皮主任，似乎頗有感慨。「這也是各個人的體質，與生俱來的福分。大概年輕些，比較禁得住折騰……」

「風浪考驗青年，青年創造風浪嘛。」他接過去說。玩歸玩，耳朵還是留著正用的。那也算他的長處之一。

「不過，怕還是沒碰上大風浪的緣故罷。」艦長挺挺身體，在他的寶座裡伸了一伸懶腰。「多了不必說，八級風以上，猛浪，就有得瞧了。不單你們陸軍，我們也一樣的受不住。有次運補南沙群島的南威島，風大浪高，海上整整漂了十八天，一個個眼睛都紅了，淨想找著幹架。可是還不是得硬撐，該操作的操作，該服勤的服勤——」

「十八天，那是夠瞧的。」

「單程十八天，回程不算。你知道，南威島已經是北緯八度了。」

「那是我們最南邊的邊疆了罷？」曹政工官搭腔問了一聲。

「那還不能算到了頂，再往南，還有曾母暗沙，北緯四度，北婆羅洲西南方，那邊才是國境線。」艦長熱烈的炫耀著。隨即，忽然想起得意的事情似的，拍了一下餐檯，「對了，還有一次，十幾位立法委員到前線去訪問，差不多也是今天這樣的風力，還略微強些，七八級的光景。可是還算好呢，驅逐艦，不像登陸艦這麼受罪。艦上指派了相對人數的戰士，集團結婚的樣子，一個鰾一個的伺候，可是也就夠嗆的了——」

「你沒動點兒手腳？」黑皮中校的壞心眼兒來得很快，兩手做著駕駛舵盤的樣子。「也讓這些國會老爺嘗嘗咱們軍人受的甚麼苦。」

「哈哈，簡直是英雄所見嘛。」

這哥兒倆拍手打掌的笑開來。

「一來，我不是艦長。二來，雖有那樣存心，到底還是安全第一。不過要緊倒是艦隊司令在艦上陪著，那種玩笑朦不過司令的。」這個海軍少校忙著更正似的說。雙手指頭對指頭的做著曖昧的手勢。「其實，哪還用著動甚麼手腳，不過艦上給委員老爺們少報了兩級風，一面給他們報告，即使十一級風以上，照樣也執行戰鬥任務。當然這是實話，讓老爺們想想五六級風的中浪，已經是這麼個滋味了，何況十一級風以上。後來，你猜如何，下船時，老爺們一個個都像害了場大病一樣，頂著一張張黃臉兒，直搖頭，『了不起，你們軍人眞太辛苦了！』有位委員半眞半假的苦笑著說了，『這次軍人待遇調整案，一定要儘快通過，幅度也要盡量調整大一些。』你說妙是不妙。」

兩個中級軍官笑得把官廳的頂兒都要衝飛了。

「你們都聽聽。」邵家聖往那兩個頭兒努努嘴，「那不正是曹操煮酒論英雄；今天下英雄，唯使君與操耳——眞是風雲際會的對上了。」

時已下半夜，大夥兒零星散去了。有的就伏在餐檯上，寧可在這裡湊合打個盹兒，也害怕再去後艙睡覺。那裡雖然有的是特爲他們軍官安排的戰備網床，卻令人受不了那種靠近鍋爐的加倍的高溫，而且舵和槳機械運動的震響，吵得人合不上眼。

只剩五六個人還在硬撐著稱漢子，繼續打他們的百分。但對邵家聖不住口的貧嘴，反應顯然都很遲鈍了。一個個縱使抗得住暈船，精神也都有些不濟。「眾人皆睡我獨醒哪……」老腔老調的長嘆著，艦上除掉值更的海軍人員，恐怕只有他邵家聖的精力毫不減色，於是就抓住這個竅兒，大吃幾個精神委靡的同僚，只聽見他不住嘴的嘀嘀咕咕：「不好意思，不好意思，眞的贏得不好意思……」整堆整堆的香菸往自己跟前摟。

單憑這種熬夜的本領，他邵家聖就該是天生的賭徒。一入夜，便精神百倍，氣得黑皮上司罵他是屬蟑螂的，屬夜貓子的。然而加起夜班，那他一個可抵上十個。當然不用說，朝會或晨操甚麼的，只要邵家聖到了，可以省掉點名。而如果點名到邵家聖，列子裡應出一聲「有！」來，那也是令人覺得頗不尋常的。

沒有人在熬夜上贏得過他。同僚們終還是睡的睡了，散的散了，只他一個人，面前鋪開撲克牌，給自己這次去金門算算命，嘴角上吊著香菸，臉被燻得歪扭著。

「怎麼，你們就這樣作鳥獸散啦？輸了就逃啦？變節啦？無情無義的……」

任他怎樣叫呼，沒有人再理會他。艦長和團主任也各自休息去了。他把自己想像做金銀島的獨腳海盜，拖著一條壞腿，來到黑得伸手不見五指的甲板上。他那條傷腿走動起來，需要躲著漿硬的卡嘰褲筒。一不當心被摩擦到，還是辣辣的痛到心尖兒上。

船身一直規律的搖擺、顛跳。左傾四十度，咚咚咚咚的跳一陣，然後右傾四十多度，再咚咚咚的顛一陣。他覺得似乎甚麼都可忍受，唯獨忍受不住這種呆板的，毫無變化的規律。

灰黑的夜空裡，剪貼著更深一重的艦橋的黑影。他抓著包住帆布套的欄索，聽任一波又一波黏黏腥腥的水花濺上來。甲板是滑的，要滑下海去很容易。白色浪花含有一種虛幻的燐光，彷彿船上不知哪裡洩出了燈影，投落到了海面上。

望著艦尾的方向，灰黑的深處，那裡是繁榮的，太平的後方。就在此刻，那裡的一千五百萬人，各有各的窠巢，沒有誰睡在這樣的露天裡、風雨裡、煉獄裡。沒有，那裡沒有誰像他們此刻這樣的受苦。沒有誰會想到、會念著——在此刻，風暴的海上，一個陸軍步兵師，擠塞在低於海面好幾公尺的坦克艙熱獄裡苦熬，吐空了胃囊，吐出苦苦的膽汁，折磨得恨不能跳海……

不錯的，國家在災難裡，國土蒙塵，然而怎麼就該只他們這一師人在這裡苦捱著擊打，而沒有人知道，沒有人思念，沒有人領這份情……

想起那隻摔碎的手錶，想起老水兵講給魏仲和，魏仲和又講給他聽的一個女隊員跳海的故事……浪花不斷的飛濺，腿上部分的傷口被透進褲管的海水醃痛著。仍然是令人憤懣的手錶。比起靈魂所受的凌辱，腿上的這種螫痛就算不得甚麼了。他發現很古怪的同胞們，尊敬軍隊，而並不尊敬軍人。一個重抽象意義而輕具象現實的多麼荒誕的民族。

我是像人家所看到的那麼快活麼，那麼無愁無慮，吊兒郎當的活著麼——居然，他很難得這麼獨處的懷疑起自己來。不知哪個角落，好像是在官艙背後，一隻小狗磨人的啼哭，哇哇哇的叫著，一下下的抓到人的心上來。小狗不知是否初離母親，或者剛剛斷奶，像他在軍隊過的第一個中秋節那樣，淒楚的哭著叫娘。甲板上，稀稀落落的人影，兵士們裹著雨衣，在黑地裡默默的活動，幽靈似的無有一點聲息。

邵家聖是個快活成性的傢伙。在海上，也是全船上最能使自己安逸的一個。但也居然痛苦的懷疑起自己是否眞的活得很快活。

對於他，不管怎樣，快活終還是長久的，日常的，而痛苦總是一掠而過。循著那樣抓到人心上來的啼哭聲，他興趣很濃的去尋找那條小狗。

不管怎樣，是苦也罷，樂也罷，在所曾歷驗的苦樂裡，似乎他是永遠看不到莊嚴的那一面。別的人受苦遠比他深而重，別的人在受苦的呻吟裡，常能看得到莊嚴，他卻不能夠。或許，那便正是人們所認爲的，他，邵家聖，本然就是屬於不正經的那一類歪才。

天邊，層層疊疊堆砌著雲塊。不管那有多厚，天要亮了，那是遮擋不住的。當太陽傳出信號，萬物因之復蘇過來，船團已陸續集結在料羅灣的外海上。

風力雖仍很強勁，海灣裡已見不到甚麼白色浪花。

眞就是萬物復蘇了；兵士們的臉上綻放著清新。一場大病霍然而癒的爽神。沒有上到甲板上來的，也在溫度漸低的底艙開始睡得很甜。

這眞是把人折騰得死去活來的一場噩夢。一旦醒過來，便甚麼都化爲烏有得令人難以置信。

極遠極遠的海平線上，有護航的戰艦，遠得好像是在偷偷的躲著，在監視這些傻頭傻腦的登陸艦。

船團在離岸的上千公尺以外停泊，綿延著一個陣勢，等候漲潮搶灘。兵士們有足夠的，等得令人發膩的時間，隔著平靜的海域，猜謎似的遠眺著他們將要戍守兩年以上的這個島群。一般的說，金門，在人們的意識裡被解釋爲枯乾、荒涼和貧窮等等。

實際上，島群是被多得令人無望的海水所包圍。而這麼多的海水所包圍的島上，卻又缺水缺得要命。黃砂、紅砂、白砂、第三紀末期的更新層，鋪遍全島。覆蓋在黑雲母石、角閃石，和古老的花崗片麻岩的島基之上。

在這裡，所有的生物被無生物所肆虐。乾燥、飛砂、鹽風和貧瘠的土壤等多神教的眾神一般，統治著這些島嶼。

遠自第十三世紀以來，這島一直不曾好生養息的被蒙族軍、海盜、倭寇、滿族軍、日本軍等來來去去的殺伐、劫掠，殘踏。而在公元一九四九、五〇、五四這先後三年裡，赤色政權更又勢在必得的一次又一次向這些海島投擲戰火，在這塊一五〇平方公里的土地上，鋪設了一二二、一五二和七六等口徑的俄製砲彈五萬三千九百二十三發。一直這樣被蹂躪了八個世紀的島群，還有生機麼？還有成長的可能麼？要有多麼強韌的生命才禁得住這樣長期的凌遲！

但是兵士們被教導著，必須莊嚴的走向這些島嶼，必須認爲這些島嶼是神聖不可侵犯的。理知是被這樣的肯定著，然而感覺在哪裡呢？兵士們不能捕捉得到。中國人，以及從中國人中間走出來的中國兵士，便是這樣的被理智所駕御，還無暇、也無力去尋覓感覺。歷史被作爲主題而領頭走在前面的這些日子裡，就是這個樣式的。

如同阿摩尼亞之對於空中的暈機者，在清爽平和的近岸的海腥裡，兵士們長夜的悲苦得到了爽神的清醒。兵士們以不明所以的情緒，安靜的、悄悄的，像嬰兒一樣單純的眺著霧靄縹緲的島影。

就是這麼樣的一列荒島，感覺去罷——

中國大陸綿長的海岸線，花串那樣的穿引著不知幾百幾千更美更大的島嶼，然而獨獨把這一小列不打眼的小荒島分派給這些兵士，而且不唯要他們的鎮守，還要他們經營、建造。只好說，這都是命該如此，命定的應該。卻又是一個荒誕的現實。

「像這樣的窮島子，要多少沒有！」那個講過女康樂隊員跳海故事的老水兵說：「瞎著眼睛隨便摸一個，也比金門強。」

和老水兵同輩的陸軍士兵們，除了瞧不起這些彈丸小島，還更有一種委屈；他們感到被分派來鎮守和經營建造這些荒島，等於把大梁大棟肢解了來燒飯一樣，屈費了他們這些大材料。

「就拿你那個老家說罷，」魏仲和舊屬的臧班長，指指一個方向說：「我在那兒駐過三個多月。哼，十個金門也抵不上一個廈門。」

但是藏在霧靄裡的島群，並看不大清楚。濃重的霧靄垂在海面上，向著船團這邊挺起鼓鼓的肚腹，那是一種若虛若幻的奇景，傳說裡虛無縹緲的蓬萊仙島，大約就是這樣。

而這些低垂的虛幻的霧靄，不多時辰便緩緩的開始有些消散的意思；宛似一枝沾飽了白圭的大筆，漫天潑灑的揮毫。那裹著膏狀的筆觸，如一縷縷飄颺的輕紗，從島的四周輕輕揭起，次第顯現了一鉤新月的料羅灣金色的沙灘，和菽蓑山粗糲的紅土斷崖，和最後出現的披一身黑鎧甲的太武山；那一尊黑雲母花崗岩的軀體，自成一副傲岸。

曾經戍守過這裡的老兵們，印象裡這島似乎和眼前的景象略有不符；說不出是色調、狀貌，還是別的甚麼。這就像一個老海員，會在貼海的濃霧一散之際，立刻覺得航向有了誤差，急於要指出，而又一時說不很準那塊陸地的名字。

一直聽說，但是不肯輕信那些宣傳的老兵們，面臨著這個，好似失落了甚麼。當他們發現這個荒島居然綠了許多的時候，他們好像失信於那些充員戰士了。怎麼可能呢，沒有經過他們的經營，而紅的砂，黃的砂，白的砂，居然被一片片的綠所浸蝕了。

在夜航船上，老兵們曾那麼誇傲的跟新兵述說金門寸草不生的荒涼，表示他們無所不知的先進經驗。現在他們感到被人扯了後腿，被奚落了的難堪。

幸而新兵們已經覺得蠻夠安慰，原來這些小島，不至於小到如張簡俊雄所說的：「我以為嗐——打起架來，一不小心，腳就滑到海裡去了。」但是人就是這麼難伺候；眼看著兩頭瞧不到邊的這麼大的地面，也令人發愁，要多少兵力防守得了！從艦上望過去，島與島相連，島與大陸重疊，對於地貌不明的兵士們，壓根兒分不出金門無大不大的大到哪兒為界，這也算是一種新的恐懼罷。「我們這一師人，夠甚麼用！」黃胖子由於體型的拖累，素來打野外，沒有哪一回不是被分派去充當假設敵，蹲在預定攻擊目標的地點搖搖幾種被規定的旗號，他沒有辦法理解散兵群或火網等對於空間範圍控制的那些戰術原理。在他肥胖的大胸膛裡所存留的，幾乎還是幼年的遊戲觀念，必須沿著偌長的海岸線，手拉著手，才能嚴密的防守得住敵人乘著夜暗來偷襲。而這種幼稚的觀念，或者並不限於享受假設敵專利的孔瑾堂這個黃胖子；一種新的恐懼，不過是各有差異而已，如同他們時不時的仰視著上空，擔心會有米格機或長程砲彈，越過島的上空來攻擊他們這大陣勢的登陸船團。

艦上輪機重又發動起來，開始搶灘的時候，已將近十點。烈日燒化了一天的浮雲，船隻笨笨的一字排開，隨著潮水向金色海灘進發。沿著海岸又築起一道看來雄壯動人的城堡，把經過一晝夜折磨和等待的陸軍部隊，從城門裡放出的吊橋上吐出來，送上灼熱烙腳的沙灘。

團花邵家聖又開始大肆活躍，拖著那條僵直的左腿，多少有些誇張著傷勢的行過沙灘，快活得像個光榮負傷的英雄。只要能夠與眾不同，他總是十分樂意去扮演的。始終他都是那麼有辦法，人沒有辦法想像他是打哪裡尋摸來的一根手杖，台灣特產的那種套上蛇皮的手杖。眾多的兵群裡，他拄著它走向黃炎這邊來。「差勁，我看你還沒復元罷。」他用他所謂的「文明棍兒」，指指黃炎的胸脯說。

這位等著整理隊伍的排長，回他一個無可奈何的苦笑。蒼黃的方臉上確是帶幾分病容；笑起來，人中那裡也似乎痛苦得短了些。

「我看，我們排長身體是吃大虧了。」李會功班長體恤的說。

「金枝玉葉嘛。」邵家聖取笑著。「花塢裡長大的，曬的是隔層藍玻璃的太陽，澆的是噴水壺裡消過毒的自來水。哪是我們這些沒爹疼，沒娘喜的野小子，禁得住摔打……」

「眞笑死人。甚麼話打邵參謀口裡出來，都跟唱本兒唱的一樣受聽。」李班長笨巴巴笑著，翹起又厚又闊的嘴唇。

實心人的老兵，似乎生怕邵參謀挖苦重了，弄得他們年輕的排長不好受用，便忙著湊趣了一下，給邵參謀的尖酸對對水，就便也把這位團部的參謀恭維了。

老兵的世界，已在軍營中牢牢的扎根。邵參謀是他的小老鄉，上下不到三十里地，年紀比他輕十歲。然而這卻抵不上軍隊的體制那麼重要。邵家聖敬他一枝雙喜菸，那會使他肅然起來，接受頒發獎狀似的雙手接下。中國農民知命的敦厚，加上軍人的習性，使得老兵在人際關係裡最先意識到的是邵參謀高他四階。只有他們所最輕視的「活老百姓」，才會把鄉親、年歲、家世種種看得比軍隊的體制重要。作爲一個正直而道地的軍人，是恥於那樣的。

「恐怕要弄部車子罷，參謀。」李班長關切的說。

「怕要來部救護車才行。」邵大尉說，一臉的正經。

誰也聽不出他說的是正經，還是反話。

灼熱的沙灘上，無數的腳在這裡那裡的哨音和口令下行動著。旅次行軍的隊形，一行行從兵群中蜿蜒出來，向島的內陸進發。在金色耀眼的沙灘上，好似拆著毛衣，毛線從整件的毛衣裡抽著扯著，分頭牽引了開來。

在搬運艦上卸下的物資的隊伍裡，有人高喊著黃炎。一個細高個子跑過來，一面手拉住顎下嫌鬆了的鋼盔帶子。

兩個人已經熱烈的握緊了手，黃炎這才認出來曾是他高中時的一個同學。「嘿，葉朝平，我當是誰！」兩人抱住了，興奮的推搡著對方。「虧你還認出我！」

「早就看著像你了。」

葉朝平的個子也比他高，但是身體很細，都是排球校隊的老搭檔。那副近視鏡，便是預備役軍官的註冊商標。而除了眼鏡，便是好像永遠也揗不緊的腰帶，掛在胯骨上，越顯出這一派大學畢業生那種單薄和斯文。雖然也曾是運動場上叱咤風雲的人物，比起實打實的鍛鍊了四年的軍校學生，畢竟還是差了一大程。

「你該服完役了罷。」黃炎略略算了算時間說。

「也許這是最後一次任務了。不過太樂觀了也不行。」黃炎又問了葉朝平是第幾梯次，又替他算了一下。

「你這是職業軍人了，偉大！」葉朝平還在拉住他手，抖動著說。

「既是職業，就沒有甚麼偉大了罷。倒是你們票友，倒還孤高些。」

「得啦。票戲也罷，這正式搭班子也罷，咱們倆可都是大劈棺裡的二百五。」葉朝平退後一些，打量著這個過去的老同學。「對了，你也是正式科班，怎麼練的把式，還是像個紙紮的，比我高強不多少。」

在學校裡，不管怎麼說，他倆都是這個球那個球的校隊球員，愛在人面前亮亮肌肉。進了官校，才顯出自己不過是蠅量級的琵琶鴨子。等到下野戰部隊來，簡直不敢光膀子；繼續降級，如果還有蚊量級的話。

「那你票的是哪個角色？」他問。

「甘露寺的賈化，」葉朝平一個頓兒也沒打。「槍刀劍戟，鉤拐鎚叉，十八般武器插滿了一身——一樣也使不上來。」

黃炎被他唬愣了。

「補給官罷？」邵大尉一旁插了句嘴。

「對不起，上尉，堂堂的兵器組組長。」

「我的天，不錯嘛！好歹是個方面官呢。」

「少年登科，大不幸也。」這個少尉預備軍官笑出一口地包天的倒扣齒。「只得率領眾嘍囉，前來搬運軍用物資。」

登陸艦的大門那裡，兵士們一人一盤汽車輪胎往沙灘上推著滾。那樣的公差簡直有些遊戲的味道——如果當頂的烈日不是降火般的燒人，以及沙灘上的熱沙不是這樣烙腳的話。

「看樣子，葉朝平，你還是活得那麼快活。」

「怎不快活！總算弄個一官半職在身上了。」葉朝平揮著汗說。「民主時代嘛，沒有官了，做官只有法官和軍官，其他，免，都是下男下女。你還是選對了前程。」

「那你好好過足官癮罷。」

「不好過。好啦，留個電話號碼給你，改天再擺。我這得過去滾它兩個，表示一下身先士卒罷。」

黃炎望著葉朝平那個單薄的，卻很矯捷的背影，只覺得這麼樣的巧遇裡，他那個人好像旋風一樣，無端的旋來，無端的旋走，而且是那樣閃爍的飛旋著。

「反應很敏銳。」邵家聖似乎頗爲欣賞這種與他同類項的人物。

「天賦很高。不過最可貴的還是他死讀書，又能完全消化了的，中學時就出頭出角了的。」

「看上去，眞不像個做學問的人。」

「他那些名堂多了；高三下休學，他說他忍受不了那種沒有生氣的教育。後來他是以同等學力考的工專。」

越發的，邵家聖的心裡感到有一種寂寞。也許，在這個有些玩世的葉朝平身上，他看到他自己。他所遺失的，彷彿被葉朝平拾去了。

有一抹黯然，影過邵家聖的心上。從恍惚裡醒過來，「駐地見罷。」他向黃炎揚了揚手杖。

黃炎目送著這個上尉一拐一拐的走去。那根並非以甚麼棍子代用的手杖，到底是從哪兒污來的，黃炎也是想不透。

邵家聖自然是個最懂得生存之道的標準的老兵油子。在軍隊裡，上級解絕不了你的問題時，總是明明白白的曉諭你——自己去想辦法，去學習和磨練怎樣生存。一入伍就被教給這些：沒有掃帚打掃環境清潔嗎？自己想辦法去！劈下樹枝自個紮苕帚。沒有擦槍布？自己想辦法去！把紮在褲子裡的襯衣下襬撕塊下來，自己用不完，送給左右鄰兵。大致的是從這些上面啓蒙的。

然而黃炎似乎永遠想不出自己的辦法。如今幾乎甚麼都要靠他麾下的四位班長給他參謀。這樣的一比照，設若讓他們公平競爭，他眞不是老兵們的對手，該被生之角逐所裁汰的。

穿過縱深很長的海灘，和一段胭脂色的砂泥路，部隊踏上一條筆直得十分霸道的水泥公路。

在這個戰地裡，人們曾如此說，世界上的道路都是人們一代一代用兩隻腳走出來的；唯獨這條青緞子般的全長二十九華里而不打一個彎的中央公路，卻是一枝紅藍鉛筆畫出來的。就是現代工程的勘察、測量，也都未予理睬。

確實是筆直得十分霸道。

傳說當初戰地司令官握著標示透明圖的紅藍鉛筆，從隨從副官手裡接過丁字尺，按在一幅五萬分之一的軍用地圖上，根據他的作戰構想，畫一道粗壯的紅線，直貫全島東西——

「我要這樣一條公路。」司令官的命令至爲簡單。

然後，他的參謀依據這個企圖，提出計畫，一條水泥路面的四線高速公路，兩側開出對駛的輔道，築起兩公尺高和闊的護路堤，上面各植五排縱深的木麻黃……就是那樣的，不曾聘請道路專家或工程師來追認，工程藍圖便在五十二個小時沒有闔闔眼的工兵營營長手裡呈報上來。

而指揮官這個十分霸道的企圖，便在他統率下的大兵們勞動的歌聲裡完成了。

然而這條闊氣的中央公路，直到現在都是一半在備受讚揚，一半在遭遇著責難。這些讚揚和責難，不僅來自層層上去的軍事或行政的長官們，也來自友軍或屬下的兵士。當構築坑道、掩體、碉堡等種種工事，而等待撥發水泥等得罵人的時候，這筆帳便都算到這條雄壯而不幸的大道上；但當飛車疾駛在這種不用轉動一下方向盤的公路上，總又挺驕傲的意識著這樣的氣派和昂揚，應該是屬於他們每一個人的光榮了。

類似的讚揚和責難，同樣也迅速的發生在初初走上中央公路的兵群裡。

新兵們難免不詫異；從他們被載進候船的港區，開始知道將赴金門戰地的那個時候起，加上老兵們的渲染，便一直懷著灰心的想像——嘿，那個荒島，連汽車開過去，碎石子亂蹦的那種鄉道都不會有一條的。準備在嶙峋的狼牙上磨腫了腳掌，打出腳泡來罷。

隊伍是旅次行軍的隊形，行進於公路兩側。車輛從中間高速滑過，撒下一片片呼叫。車上的兵士和民眾，齊向新來的部隊揮手歡迎。只這一點，新兵們感到他們的確是到了戰地，這是後方所沒有的。

公路兩側，如同運動場的看台，土壟一級級高上去。那上面，密植著同齡的木麻黃。黑深的叢林裡，五十公尺一方碎石，五十公尺一方砂，哪兒也見不到有甚麼道路受到這樣周到的愛護。

然而這樣的讚揚，刺激著老兵們的不滿。火線上長年的捱砲，鋪築這麼一條闊綽的高速公路，多麼沒有算計的揮霍！

也許那是由於這條名路不是他們親手營造的。平滑的水泥路面裡，最不幸的是沒有羼入他們的汗水。凡是沒有他們一份的，都算不得甚麼了不起。

長時期的久訓不戰，老兵們沒有一個例外，饞得一個個都那麼彆彆扭扭的矯情著。所有沒讓他們參與的事物，都是不算的，被否定的……

參謀本部公報證實：中共米格機陸續進駐澄海、連城、龍溪等地機場。

中華民國四十七年八月四日

部隊防區配置在金門本島西端。可見那個機靈鬼的邵家聖在高雄碼頭上透露的消息，並不是順口瞎謅的。

團部設在名戰場古寧頭後方的湖南高地。

這麼一片原本無名的紅土丘陵，九年前那場惡戰，曾由一個步兵連死守在這裡，對抗登陸的共軍十六倍以上的兵力，苦戰到只剩一個排長，一個士兵，而陣地無恙。

那個步兵連，清一色的盡是以慣打硬仗聞名的湖南省籍的兵士。那個省分乃是中國產兵的名地。自從清代中葉，太平天國起兵的那個年代起，便因曾國藩的鄉練，留下了「無湘不成軍」的美名。

九年前，那是一個令人沮喪而絕望的年代。在一千一百多萬方公里廣袤的偉大土地上，擎著三色旗的政府軍，飲下二次大戰的盟友——另一個三色旗的國家干涉內政所釀下的苦酒，把自由、平等、博愛輸給了共軍。那樣的一路敗下來，站不住腳的敗退著，直到被緊緊的扼住咽喉，無可再退，曾爲亞細亞首創民主政體的光榮績業即將蕩盡的最後一局，困獸的哀兵幾乎是一覺醒來似的發出猛威的反擊，居然一戰而定乾坤。

參與這一戰役的一〇三位無名英雄，便給這無名的紅土丘陵留下了一個響亮的名字，畢竟不辱湖南省和國民革命軍雙重的聲威。而在剩下不多的土地上，由於赫然建造起這一片滿山血紅的「湖南高地」，慘烈的敗局也方始在一夜之間贏回了轉機。

部隊進駐到這樣的地方，幹部們便用這個來教育新兵。擔子從移交部隊的肩上卸下，挑到接防部隊的肩仔。軍官們開始比在後方更嚕嗦的叮嚀和訓誡他們部屬：警覺呀，確實呀，祕密呀……重來重去的老詞兒，一首陳年骨董的老軍歌，唱而又唱，總是唱；三十年唱下來，只剩下沒有味道的老調門，有口無心的把歌詞唱走掉，調皮的兵士們你一句，我一句，會編成一套山歌風的又粗又俏皮的葷詞兒，而能不失原韻。晚點名的一日裡最後的一首軍歌，大家莊重的唱著：「……固守台灣基地，準備打回大陸，眞高興，眞高興！」有的搗蛋鬼偏偏夾在裡面唱他們自己的「……討個台灣查某，將來帶回大陸……」並且用的是中國人愛加廢詞兒的特殊唱法：「眞高興是眞高興！」這種事情曾被作爲一個案子報上來，團部政治處的六大軍官談起這件事，多半是啼笑皆非。「你有甚麼辦法呢？」監察官張勉公事攤在臉前，扎煞著手，好像生怕一碰就黏上來的朗讀給另外五大軍官聽。邵宣傳官兼民事官（他自己宣稱，六大軍官，他是六分天下有其二）一把搶過去那份反映表，聲明他有采風癖，「待老夫一觀。」他有那種偏才，眼睛讀著東西，嘴裡跟人說著別的，「風者也——上以風化下，下以風刺上。主文而譎諫，言之者無罪，聞之者足戒。懂麼？你們這些不讀聖賢書的親愛的同胞！」他不但讀了，還扯起微啞的自稱言派的嗓子唱起來，唱著樂著，抽屜裡翻出一面小本子，「待本官錄它下來。」他數了數，已經採集了四十九首，爲這一首讓他湊齊了整數而高興得不得了。「不過離三百篇還差得遠。」他給監察官張勉的建議是：老總們這樣別具一格的唱法，確是從心裡眞正的高興來著。「知不知道？詩三百，一言以蔽之，曰『思無邪』。這又不影響反共復國國策的。等我蒐集滿了三百篇，我自費出版勞軍。」他的高論源源不絕，幹麼一萬四千名反共義士要拚死拚活的跑來台灣？圖的就是這麼亂彈亂唱不會被勞改的自由。他的結論是：跟狡獪的共產黨徒作戰，正就需要這些有勇有謀又有才情的搗蛋鬼。

「你就是愛走偏鋒！」隔著紙壁另一邊的黑皮主任，忍不住丟出話來。

「你們聽見沒有，」隔了一會兒，邵家聖衝著大家擠擠眼，「我們主任百分之百的支持本官參謀意見。」擠眼之外，還嗒的打了一個響舌。「主任的訓示，你們要謹記在心才行。有甚麼不明瞭的地方，隨時來請教本官……」

類似的問題，正經起來，他和這位上司有時一談便能談上好幾個小時。他是十分的了解這位開明的長官絕不至於大驚小怪的處理這些無傷大雅，而且禁也禁不了的瑣事。他們也討論過來到前線之後，幹部們不懂得就地取材，放著活的教育不用，仍然空口白話的說教。擺在面前的重點戰備工作，不用說是構築工事。可是幹部們的不得法，幾乎弄得怨聲載道。

幹部們開口要有敵情觀念，閉口要有敵情觀念。懂得的兵士被惹煩了；不能領會的兵士，還是茫然的辛苦著，不曉得他們磨得一手的水泡，到底所爲何來。像臧雲飛那樣忠心耿耿而又厚道的標準班長，都照樣忍不住的暗地裡頂頂嘴：「啥子敵情觀念！」一口的四川土腔，「鎚子喔，哪一個沒得！」

兵士們心裡透亮，不怕打槍，就怕官腔。這些嚕嚕囌嗦的叮嚀和訓誡，無非是叫他們去從事永遠需要加強再加強的構工。

做坑道，好似把一個笑話當了眞，當眞要挖到美國去的那麼沒有止境的深下去，遠下去。給自己築掩體、碉堡，已經永遠完不了工，那麼替居民做防空洞呢？給孤苦的老人一日三餐的送飯呢？

請居民們來看晚會呢？幫助民間辦喜喪事呢？……所有這些都是爲了要有敵情觀念麼？還有最惱火的是發瘋一樣的種樹，也不看看甚麼時令，甚麼土壤，把粗糲的砂石挖出來，用鋼盔到四五里外去運土，用面盆到二三里外端水來，天天，天天，忙得像小老鼠，累得像龜孫，也是爲的要有敵情觀念？

敵人在哪兒呢？

二十倍的望遠鏡，從古寧頭到壟口這一帶陣地，清清楚楚望得見對岸大嶝島上死寂的海灘，和空無人煙的村鎮。內陸各省籍的兵士們，望著這些死寂，望得眼中滴血，心像被硬生生摘掉那麼樣的撕痛。這還不夠所謂的要有敵情觀念？

對於任何一道尊嚴的命令，兵士們都慣有他們自成一家的解釋。要說介壽館大樓宣布了進入戰時戒備狀態，武裝部隊取消一切休假，可以算得上嚴重了。但在兵士們的心裡呢？鳥毛灰！呸口唾沫到手心上，搓搓澀，舉起十字鎬，狠狠的啄著堅硬的頑石。藉著中東戰機來嚇唬人，等於打一針興奮劑，用戒備狀態給阿兵哥們提提神。

前任的戰地司令官，既然把軍用水泥用在造橋築路，甚至配發給農家做防空洞（天曉得，都被領去蓋新屋，甚至蓋了豬舍），戰地的工事便相對的不夠了。於是新任的指揮官便靠這道加強戒備的命令，讓兵士們不分日夜的大搞築城。

「搞是要搞，固然是；」從韓國戰場奔來台灣的那國璋班長，總是不放過機會亮亮他參加過「國際戰爭」，見過大陣勢。「日他妹子，當軍人怎麼可以不做工事！可是別那麼窮吃緊。」講起眞刀眞槍的韓戰，本來是大有可吹的，可是敵我混淆了，打不出得意的仗來，只好把打地洞的豐富經驗拿來翻老帳。「磨洋工嘛，對不起一天二十八兩的大米籽兒，固然是；可是夥傢，軍隊裡的事兒，中外一樣，可不興早完工、早收工那一套。軍隊裡沒完工那回事，別慌別忙，心裡先存個底兒，打它個十年工程，一天一天往下幹罷。」老兵們首先就成竹在胸，沉得住氣的；不等鋼筋鋼板和水泥撥下來，少在那兒自掘墳墓罷。

老兵們的怠慢心理，使他們樂得兮找機會去玩玩，逛逛。怎麼不是進入戰時狀態呢？按照他們已經養成的習性，每到一處新防地，別的可以暫時放下慢表，先要斥候一番，偵察偵察所謂的砲兵陣地才是急務。戰地很乾淨，沒有張著黲幟的綠燈戶，但是軍人專用的好去處——「八三么」，又經濟，又衛生，眞正的價廉物美。遠征到陳坑去，山外去，陽宅去。一張張笑臉迎人的彩色放大照片，先比較一下看看。強記兵器諸元，總是那麼吃力。但是哪裡的幾號肥，哪裡的幾號瘦，總是過目不忘。而規模愈大，設備愈周到，壓根兒不用擔心生病甚麼的；連口腔和肺都要定期檢查的，儘管放心拉你的口條得啦，只要有本領哄得好。

「也罷了，」黃炎麾下的二班班長臧雲飛，說話總是酸酸的，瘟瘟的。「整天，你看，報導這個在進步，那個在進步，就是不報導這個也在進步。食色性也，聖人都不忌諱，咱們還遮著蓋著擰個甚麼勁！」

同僚的那班長，一旁不懷好意的笑著聽著高論。「還有一點好處，對貴省最有利……」眼睛照會著臧班長從左額下來，連到顴骨上的那塊長長亮疤。兩頭大，中間細腰的這塊疤痕，差不多完全是甘肅省地圖的形狀。

那是臧雲飛的一點隱私，只有那國璋知道。兩個人逛台北萬華，臧被趕緊趕緊的催著，就夠倒盡胃口了；甘肅省的長疤還被滿口的金牙取笑了。他那樣難得動火的慢性子，也被辱弄得摑了那娼婦一耳光。

眞的是那國璋所說，在前線上，軍人神氣了。那塊亮疤只有在前線上才顯出光榮。這裡不是五花八門的繁華老要向人示威的後方大城市，這裡的娛樂已經簡化爲一種非常直爽而自信的單純。的確是那樣，唯獨在戰地裡，兵士們的身價暴漲。沒有人能比一個久經沙場的老兵更懂得善用這樣的行情，把戰地的日子安排得十分穩妥，自主而自在。

至於軍官們，受到的約束就多了。壓得死人的責任，便是毋需外力制約的一種管束。

軍官們來到前線，把自己安排一下，便開始了統一戰術思想的訓練。這種訓練似乎甚麼也不爲，只是專程爲了要叫這些大大小小的領導幹部，先要認認這個戰地司令官是個甚麼樣的人物。任你有天大的本領，都不算數兒的。新老闆的一套，你得學過來；因爲你的一切可能都不對，他的才對。

「哦（我），可要老老實實告訴你夢（們），」這位中將司令官有濃重的鼻音，他出生的那個省分的方言就是這樣的。「哦告訴你夢沒有錯嗲；你夢瞧不起土匪，這只對了一磅（半）嗲。土匪是豆腐，禁不住哦打，對嗲。可有一頂（點），若果你們搞不好戰術，你們就是豆腐腦，比豆腐還難腥（辛）了。那就是俗話說嗲，腥（新）媳婦上炕——。你就罄捱釘了……」

聽訓的幹部摀住嘴巴笑。指揮官是把這個統一戰術思想的訓練當作正事辦的；那張白裡透紅的大方臉板得有多緊，就知道他拿這事看得有多重要。至於出口這麼粗鹵，那該是不知從甚麼時期開始，流傳下來的中國軍人的一種習尚。儘管那些軍人可能是個不世的將才，說不定滿腹的大學問，甚至被記者們譽爲風流儒將等等，然而一開口，總是非要耍一套老粗不可。似乎若不那樣的草莽，便顯不出有多勇猛和豪邁。

黃炎就曾經跟那個邵大尉談過他那位中將爸爸：「逢到他下到野戰部隊，野戰服一穿上身，言談就粗野起來。可是一回到後方單位任幕僚職，就又斯文得要命。」他的父親是個業餘的地理學家，曾創訂永久曆，主張每月四周，每年十三個月，加一個年日；閏年爲兩個年日。可是一穿上草綠野戰服，混蛋！我×他……種種村話便順口溜出來。

在陸軍將領們裡，這位戰地最高指揮官，數得著的是員知名的驍將。陸軍部隊裡傳誦著的他那些作風和作爲，給人們所留下的印象，應該是唱黑頭不用勾臉的蠻漢。實際上，卻是那麼斯文、祥和，幾乎是細皮嫩肉得不像個武人。人們甚至覺得這個司令官的氣質和風度，稱得上儒雅。因而即使他的語言那麼葷，但當你瞻仰了那副丰采，便很難把過去聽來的那些粗獷、不雅、甚至可笑的傳聞，再算到他的帳上去。

訓練地點設在福建省立金門中學的大禮堂。課間休息時，幹部中間關於這位中將司令官的軼事，不知怎麼會那麼多。也不管有否根據。彼此就那麼胡亂的交談著，並且置信著。

將軍在做軍長的時候，他的那個部隊被譽爲「鋼軍」；軍譽之隆，幾乎沒有甚麼部隊可以蓋得過。曾經是每年大事的陸軍運動會，單是射擊一項，他的鋼軍總是囊括所有各組的冠軍。基於這一椿眾所周知的事實，於是相傳那個軍裡，連裡打靶競賽，排長扶靶；團裡打靶競賽，則由連長扶靶。從紀律的三信心和戰技觀點來看，那種令人驚心動魄的練兵方法，當然是做絕了。

課間休息的十分鐘裡，講堂四周盡是騰騰的煙霧。吊了五十分鐘的菸癮，趕緊捉住這十分鐘進補進補尼古丁，「哼，還有一手厲害得很；」一個少校頗有權威的發言說：「有一回推演兵棋，這位老兄指揮五個軍團，駕輕就熟不足爲奇，每個營的配置位置，他老兄都隨時記得清清楚楚。五個軍團哪，老天，五個軍團有多少個營？多大的地區？你們算算看！把在場的多少外國將領都嚇昏了……」

「那是咱們這位老兄嗎？」另位少校提出懷疑。

「不是他，還有誰？老先生就最賞識他這一點。」

「我記得好像是……」

兩位少校爭論起來。上課號響，少校手裡撕著菸蒂，還在引經據典的找出證據來！

在軍中，像這樣人多的集會場合，沒有足夠的菸灰缸設備，菸蒂都是這樣處理的；把菸絲彈散到泥土地上，菸捲紙擰得一點點小，裝回菸盒裡，滅跡滅得非常徹底。

「我甚麼也沒聽進耳朵，屁股可坐得生疼。」這種場合自然少不了邵家聖。「不過只聽進一句話：腥媳婦上炕——罄捱釘了。」把司令官的聲音學得很地道。

「小子，正經的你就聽不入耳。」

「心無二用嘛。」邵家聖從褲口袋裡掏出兩本舊舊的武俠小說，當眾亮了亮。「我可不是那塊料——指揮五個軍團——給我五個兵，我都不保險，能把他們指揮到海裡去。」

下面一節大課，司令官開講他的有名的傑作，所謂兩短集火、快動猛打、全面督戰等等。

「哦要絕對嗲殲滅戰，哦要殲敵在我陣地之內。哦不要把敵仍（人）趕跑個孫子就算打勝了嗲。哦要告訴你夢，你夢要給哦記住，敵仍沒有進到你嗲陣地之內，你不准開槍。敵仍要是死在你夢陣地之外，哦是要棒（辦）仍嗲……」

於是中將司令官強調著他的絕對殲滅戰的要點，所謂砲不如槍，槍不如手榴彈，手榴彈不如白刃戰……

「或許你夢要問：司令官，了不得咧，這要多少犧牲！對嗲，你吃炒麵不賠上唾沫還行？你吃嗲多，就要賠嗲多。大本錢，才做得大買賣；你不下大注，你能贏嗲土匪脫褲子？……」

將軍似乎有顆不大舒適的臼齒，老是時不時的銼著顎骨，彷彿有甚麼恨事，使他老要那樣的咬牙切齒。

「你夢要耐住性子給哦等，」口氣是那樣的狠。「你要等到他全部主力都進來了，你就給哦放上個十噸TNT，光他個孫子！哦就是要告訴你夢這個。房子光了不要緊，別星（心）疼房子，仗打勝了，哦掏錢給你夢蓋洋樓……哦就是要告訴你夢這個，你夢要給哦記住。海島作戰就是要這麼打，沒有錯嗲。哦不贊成甚麼磅（半）渡而擊之——那是哪個古仍說嗲來？……哦一時記不起了，你瞧瞧哦這個記性，手邊上嗲一個古仍，哦怎麼一下子記不起他來了……」

將軍摸摸腦門，認眞的思索著。那種記不起就是記不起的，不懂得掩飾的率眞，是最能獲得幹部們好感的一種幽默。

將軍的所謂全面督戰，大約最能吸引幹部們注意。

「……哦，懸賞八百塊。不管你是個官兒，還是個兵，一律八百塊。只要槍一響，你夢給哦注意，只要一拉開火，哦就要你夢實施全面督戰。在你前頭嗲，不翁（問）是你嗲上官，還是你嗲同僚，你嗲部下，只要他裝孬後退，把他幹掉。幹掉他，就到哦這來領賞。哦司令官，說八百塊就八百塊，不更（跟）你夢耍片兒湯，不短你夢一毛錢嗲……」

——這個買賣倒可以幹。大家恐怕都這麼想。

「一本萬利」，黃炎在筆記簿的一角上這樣的寫。鄰座的鍾漢光排長伸過筆來給他塗掉一個字，改成「一槍萬利」兩人相視著縮縮肩。

邵大尉則兩手拿著筆記，搗在嘴上，用嗡嗡的鼻音小聲說：「划得來，划得來，好歹抵哦五個多月嗲大尉餉……」

指揮官把全場聽訓的幹部挨個挨個兒望上一遍，「或許你夢要打歪主意，趁火打劫，圖財害命，發筆洋財……」將軍狠狠的咬了咬牙，「哦可告訴你夢，磅（辦）不到嗲……」

彷彿幹部們每一張面孔都被他瞧出了那點玩笑味道的貪心。

「磅不到嗲！」將軍重複著，衝著黃炎這個方向強調的吼了一聲，震得擴音器營營的響著。

「你夢中間有過作戰老經驗嗲，都會知道嗲，只要槍聲一響，雙方一接上火，你星（心）裡頭，頭一個念頭是甚麼？……唵？想嗲是甚麼？……唵？」

停下來，又挨個挨個兒審視每一張面孔。

「想嗲是八百塊錢。」邵家聖雙手合成屋脊形狀的掩在鼻口上，學著那種鼻音很重的方言。

「哦可告訴你夢，你星裡面，頭一個念頭就想：哎喲喲，哦是壞事做嗲多了，好事做嗲少了，就是這樣嗲。哦所以告訴你夢，懊悔都來不及嗲，你還敢亂來？你還敢平白無故幹掉自己仍——只爲哦這八百塊？哼哼哼，你不敢嗲。仍無良星鳥無肋巴骨。哦說這話擺在這裡，不性（信）嗲話，慢慢來，別慌，等開了火試試看……所以哦說，別看打仗這玩藝兒挺殘仍（忍），打嗲的可是良星。俗話說嗲好，槍砲一聲響，良星放到中當央。哦是打二等兵幹上來嗲，哦最懂得這個星理。哦一上火線，哦就不敢幹一點點壞事嗲……」

「哦一離開火線，哦就甚麼壞事都幹得出來嗲。」邵家聖把夾著武俠小說的筆記簿罩在嘴上，搭上這麼句話。

陳舊的武俠小說裡，有濕霉的氣味。

「哦又記不起哪位古仍說嗲了，仍之將死，其言也善。仍，凌（臨）到生死關頭，一準是最有良星嗲……」

然而別看這位司令官，十足的八面威風的一員猛將，那麼粗魯，又那麼儒雅，最叫他軟弱的，莫過於日日夜夜，只要他願意聽，就聽到對岸高齡老母對他的指名喊話：

「……兒啊，希望你尊重仍民嗲願望，積極嗲準備陣前起義，爲仍民立功，參加祖國仍民社會主義建設嗲偉大行列。兒啊，娘在這裡受到仍民嗲照顧，過著天堂一樣嗲日子，來罷，兒啊，來陪著娘過幾天享福嗲日子罷，娘也沒有多少年月了……」

兒啊，兒啊……口口聲聲那麼喊著，將軍只聽進了這個。誰能比一個做兒子的更敏感這個呼喚呢？

且不管一個八十幾高齡的老太太是否能滿口的共黨術語，不管那顫索的腔調吐著多麼生硬的心戰喊話；不管怎樣，那總是老娘親的慈聲……

一個統兵百萬，叱咤戰場三十年的老兵，但在老娘親的聲聲呼喚裡，仍只意識著自己是個沒長大的孩子。人生哪得幾多像這樣大江大河的五六十年的母愛，這樣的年紀還聽見親娘兒啊兒啊的呼喚著！——然而又多麼的不幸，母親竟被一種甚麼樣的壓力所逼，隔海向自己的兒子哀哭。

而又何等的不幸，將軍受命的任務只在固守金門島群；如果能夠便宜行事，蠻可以出一支奇兵，拿下廈門，救出在「社會主義天堂」裡日夕以淚洗面的老娘親。他是能夠那樣的，也必然是渴望那樣的。然而那樣日日夜夜的呼喚，不變的重複著，不過徒然的告訴人那只是編入心戰喊話多少號的一捲錄音帶而已。

類似的這種悲劇，中國歷史上曾不止一次的搬演過，已經不只是這位將軍首次遭遇如此足令英雄氣短的作戰。將軍這一次是眞的咬牙切齒了：

「他別以爲哦沒有看過三國演義；徐庶走馬薦諸葛，是罷？拿曹操奸雄那套玩藝兒來對付哦，哦書是念嗲不多，三國演義可讀爛了好幾部咧。哦沒有徐庶那麼高才，哦可也不是徐庶那樣傻鳥。仍（人）哪，聰明一世，糊塗一時，這個老小子不想想，他要是投崩（奔）了曹營，老母青（親）有多氣嗲慌！徐庶那是孝雙（順）啊？老母青嗲稟性脾氣都沒摸清楚，也稱嗲上是個孝子？你瞧瞧，老母青氣嗲上吊了，他徐庶落了甚麼？落嗲個不忠不孝，不仍（仁）不義。今天，他土匪炒剩飯給哦吃，哦就是不吃。哦可不敢叫哦老母青氣嗲一頭碰死。仍（人）都說土匪有多難纏，有多難對付，沒有嗲事。他土匪尾巴上幾更（根）毛，哦都清楚嗲。他一翹腚，哦就曉得他是要哦走他嗲水路，還是旱路……」

這樣的撒村，若不是長官訓話不可鼓掌的軍人禮節所限，準要引起滿堂彩。而將軍講著這些時，不慍不火，葷得非常的紳士。多麼恨在心頭的事，也就慢言細語的打發了。

將軍的率眞，會是被認爲粗鹵；或許三國演義裡，千百個英雄，他是有意無意的只師法了張翼德，該要心眼兒的時候，還是蠻會耍的。對於敵方利用喊話、海漂、空飄、砲宣彈種種心戰作爲，將軍是一再強調，以敵人之掌，抽敵人的嘴巴。如果對那些心戰品實施管制，那等於把自己嘴巴送去給敵人揍，太不智了。

「你夢幹保防嗲，都要給哦注意著，能不遮遮掩掩嗲，你就不要愣頭愣惱在那裡遮掩。凡事越遮掩，仍家是越要看。你說，怎麼哦夢個個個個都樂意看光眼子女仍，甚麼道理？要是自古以來，女仍家個個個個都光了身子到處搖，那還稀罕？還有仍要看脫衣舞？倒找哦錢哦都不看嗲，還買黃牛票？瘋了！所以哦告訴你夢，越是難得一見的稀罕玩藝兒，仍是越要看嗲，偷偷摸摸也要看嗲，你能敬（禁）止得了麼？」

將軍又在銼著顎骨，挺不樂意的樣子，

「所以哦告訴你夢，你別一見土匪傳單就沒收。你叫弟兄夢怎麼個想法——嚯，說哦夢壞話了，抓住哦夢小辮兒了，不敢讓哦夢看了。你說冤枉不冤枉！你夢要聽哦說，叫弟兄夢看個足去，看看上面白紙黑字寫嗲甚麼胡話——說哦弟兄夢吃香蕉皮，穿露了腚嗲破褲子，這些傳單你倒收它作啥用！擦腚？你不怕硬！哦弟兄夢又不是傻鳥，自個吃嗲甚麼，穿嗲甚麼，都不知道？哦親眼看見個搗蛋鬼弟兄，八成星（新）嗲褲子穿嗲不耐煩了，把個屁股抵在碉堡上磨，想把褲子磨毛了，好換星嗲，他好去泡妞兒。所以說，土匪那些鬼話連篇嗲傳單，你倒收繳了做甚麼？——還有嗲說，台灣嗲姊妹都被美帝給姦污了，兒童都被美帝傳了小兒麻痺，你瞧瞧這些胡說！你啊，儘管把這些玩藝兒拿去傳閱公布，再拿哦夢實話實說嗲傳單比給弟兄夢看看，也省得你去給弟兄夢上講堂，拿些空話去教他夢仍（認）識敵仍（人）。這樣嗲星眼兒你都玩不上來，省事嗲不幹，你撿那費事嗲幹，你夢怎麼比哦司令官還沒有星眼兒，爭（眞）是哆！……」

敵軍的心戰作業確是很有問題，比甚麼香蕉皮、破褲子荒誕的還多得是。

接敵最近的地區，與對岸僅隔著兩千五百公尺的水域。如果那是一片陸地，步行也只是二十分鐘的路程。

就在這隔海相望的兩岸，雙方日夜不息的進行著喊話，聲波如同日夜不息的海濤，潑打著金門水道兩濱。然而運用一個風燭殘年的老人來軟化對方的戰地司令官，毋寧是徒然產生一種反效果罷。「對於台灣的婦女同胞，我們一直是沉痛的關懷，同情著，一直決心的要解放她們……當你們想到你們的妻子、姊妹，隨時都有被美帝霸占污辱的可能時，你們怎麼甘心再作美帝的侵略工具……」大致的，總不外乎類似的這些荒誕。這使人懷疑敵軍的情報爲何這樣的拙劣。根據一般的推測，極可能的還是敵方心戰作業人員中潛伏了反共分子——而且可能是重要的作業人員。要不然，怎麼可能這麼幼稚。

深夜裡那些停立在第一線哨所守望的兵士們，陪伴著他們的，便是不歇的海潮，和這好似來自另個幽冥世界的喊話——當兵士們初初來至前線，聽覺還不曾習慣的時候，那確是一種令人發麻的異聲，特別在黑深而死寂的夜空裡，冤屈的，陰慘的，迴盪不去。

二三九號掩體裡，剛交班的張簡俊雄，輕輕的在卸裝。他是一面順耳聽著那樣的喊話，一路走進掩體裡來。此刻，在掩體裡面，暫停一下卸裝，在鄰兵們扯鼾的間歇裡，仔細的傾聽還是隱隱可聞那近乎呻吟的呼喊。這個脫著被露水沾濕了的鞋子的上等兵，似乎是無來由的，神經質的嗤嗤笑了兩聲。

馬燈的燈芯擰得很小，彷彿和他一樣，睏倦的感到很萎縮。

「笑甚麼，一個人？」也在輕輕卸裝的鄰兵，嘁嘁嚓嚓的問過來。

張簡沒有回應，無聊的摸著下體，一面直著耳朵聽掩體口那頭有人走進來的動靜。他立刻猜到那是孔瑾堂，「這個王哥！」張簡俊雄跟自己喃喃的說。

孔瑾堂這個肥仔，總是甚麼動作都比別人慢一步，撒一泡尿也撒了這老半天。待會等別人睡妥了，他還有的在那裡折騰呢，喘氣又那麼粗濁，又總是弄得一班人睡的通鋪，吱吱喲喲的從這一頭響到那一頭。

孔瑾堂走進來，倒是鑾自愛的把腳步放得貓一樣的輕。可是喘著粗氣，以及卡嘰布的軍裝擦在兩邊水泥壁上，嗤啦——嗤啦——一路響過來，在閉鎖的半地下室裡，聽來簡直是一頭老水牛的動靜。

然而在他們這個班裡，孔瑾堂卻是唯一結過婚的人。鄰兵們都取笑他，「咱們王嫂要用多大耐心等你呀！」只要他的動作趕不上人家，就要被開上個類似這樣的玩笑。

而他總是被人取笑了半天，還不曾進入情況。如今總算進步得多了；當初訓練中心受訓時，每次班教練的「整齊報數」，報數到了他，總是要慢半拍，不知吃了班長多少拳頭嚇唬。有一度幾乎上了癮似的，非要班長預先就頂在臉前，握住拳頭伺候著，一！二！三！四！——到他這裡就斷了，等著班長亮亮拳頭，五！才冒得出來。後來連長吩咐把他孔瑾堂調整一下位置，跟第六兵調換過來，怕他天生的對於「五」的發音有故障。可是更糟，連拳頭實際的掏在肩窩裡也失效了，遂又乖乖的調整回去。那眞是需要很大的耐心，慢慢的磨練，總算只要班長瞪瞪眼，不必比畫拳頭，也可以勉強報得出數來了。只是配合報數的擺頭動作還一時不能同時做到，總要報數報到排尾，他才想起來向左邊抽筋的擺一下腦袋。至於變換隊形，不用說，常因分辨左右的反應遲緩，往往和全班分道揚鑣，那是怎樣也教不好，只得像請了見習假一樣，站在操場邊上看人家出操。

但是老天還算厚待孔瑾堂，他是全班僅有的一個已婚者，且已有了一個剛滿周歲的兒子。來到戰地之後，又因高雄港倉庫喝薑茶的那場表演，團部認為這個兵不宜在連裡，已經決定調他到團部去當傳令，送送通報甚麼的。

本來從前一天開始，班長就免掉他的哨兵勤務，叫他待命到團部報到，實在是看他半夜裡爬起來接哨兵，著裝、卸裝，折騰個沒完，既辛苦了他自己，又惹人放心不下他反應那麼遲鈍，不足以應付情況。可是這個孔一等兵，一旦執拗起來，就像他以八十三公斤的體重站定在那裡，誰也難把他那個人扳轉一個方向。

「班長，由他去罷，」謝水牛裝著正經的說，「總要再過半個月，他才能弄得懂班長你的意思。」

「哪個、說的！」這一回孔瑾堂倒是破例的反應得很快，「以後，就沒有機、機會、站——」

「啊，以後就沒有雞雞了？」人家又在促狹他。

除了兩個字，三個字，就要換一口氣之外，孔的聲帶是出奇的細，和他那樣的體型非常的不成比例。

卸了好久的裝，只見他又摸索過去，把馬燈焰子捻大一些，提到床前來尋找甚麼。

「怎麼啦王哥？外甥打燈籠？」張簡小聲問他，從床上翹起頭來看。

「我找……我找……」

「找老婆?」張簡說:「王嫂被『美帝』搶走啦,你沒聽到廣播嗎?」

胖子愣愣的望過來。馬燈光從下面照上去,那張泡泡的臉,越發腫脹得像具浮屍。

「烏白講!」胖子把馬燈掛回去,過來坐下,壓得床沿吱吱響。

他穿的是抵得上別人兩條的特大號白短褲,一點褲子的款式也顯不出來,像條裙子一樣,肚子擱在腿上。

坐下來的震動,把一旁似睡未睡的機槍手林印水給擾醒了。

這才孔一等兵接上先前話頭,「他們要是、看過、我太太,一定不、這樣喊話。」

「噢,王嫂有這麼大的魔力?」張簡嗤嗤笑著。

「有的,有的……」胖子解開褲帶,挺挺大肚子鬆口氣。

「噯,王哥,你有很久沒有見過你家小老二了罷?」林印水的興趣上來了,支起上半身,想取一個適當角度,居高臨下俯視一下王哥放在腿上的肚皮。

胖子瞪著林印水,良久,開顏的瞇瞇笑起來,奶粉廣告上那種可愛的笑容。

「我太太,嘿,我太太,共匪見了、要喊、阿母啦。」胖子唧唧的竊笑著。好像從來都是人家占他的便宜,這一回他是穩占了人家的便宜。

那兩個開始拿「王嫂」來逗他們這位王哥。但是逗不兩句,已經挽留不住孔瑾堂一腳跨進夢裡,發出甜美的鼾聲向他倆道著再見。

在此起彼伏的鼾聲間歇裡,隔海的聲波仍在斷續的飄進來:

「……台灣的農業、礦業……甚至交通、教育……都被美帝操縱和把持著……」

那是聽來不知有多沉痛的控訴，然而卻給兵士們一種感覺，那是和歌詞不和諧的曲詞，在被人們遺忘的夜之海上，兀自顫抖著冗長的索然，顫抖著老去……

統帥部宣布台灣海峽情況緊張，金馬前線及台灣省進入緊急戰鬥戰備狀態。

中華民國四十七年八月六日

「……最叫人受不了的，就是這個。」

眺望著太陽撒在海上那片跳躍的銀屑，魏仲和想著甚麼似的說。。

邵家聖背靠著岩壁。他把菸蒂彈去很遠，目送著它漫空裡翻轉翻轉的，落向崖下不知甚麼去處。「別提了，特別是在夜裡，聽著森人，陰慘慘的。滑油山那齣戲，可惜你沒聽過，就是那個味道——」

「目連救母不是嗎？」

「你小子不錯嘛。」邵家聖有些不肯置信的睨睨蛙人，立刻又瞧不起人來，「哼，還不是歌仔戲裡的！」

在水頭左側的一片高地上，兩人來到戰地後首次碰頭。

邵家聖推推低眼梢的麥帥太陽鏡。「打陰曹地府傳過來的。孤魂野鬼——又只見，大鬼卒，小鬼判，押定了去世的亡魂項帶鐵鍊，悲慘慘，陰風繞，嚇得我心膽……皆……寒……」說著說著的，邵家聖就來起一段黑頭。不過唱來有些像背書。「如何？你小子，人間哪得幾回聞，不喝采嗲！」

「牛叫。」蛙人用嘲笑回了他。

「牛叫——對牛彈琴。你小子不解風情。」邵家聖下巴指指那旁停的吉普車。「少廢話，回去著裝，老在這兒吹牛皮多無聊！」

魏仲和腦袋上頂著一方軍用的草綠色濕毛巾，光赤著一身暴突的筋肉。「眞的，」他說，依舊眺望著海上閃閃燦燦一刻也不靜止的陽光。「你分不清那有多遠，有多近，聽得人根根寒毛直豎。想想看，讓那麼怪聲怪氣的催眠，還會有甚麼好夢！」

「得啦得啦，這麼多愁善感！老子開了車子來，請你去消愁解悶兒——」

「其實就是我們自己的喊話，聽起來也是叫人消受不起。不知甚麼道理。」

在人們感覺上，或者那是由於一衣帶水所隔絕的兩個世界，總有一種幽明路絕的悽惋。雙方的喊話，似乎就成了藉著巫術的唯一相通的交道。「朱毛軍的指戰員們……」的聲波，一部分揚過水域而去，一部分則迴盪在島上的夜空，那給內陸籍的兵士們喚來一絲恍若陌生了的鄉情，記起一些夜半村口上，母親爲掉了魂的孩子喚著：

「長春吔，回來喲——，長春吔，跟娘回家喲——」

「回——來——嘍……」孩子的小姊姊替代著不明所以的另一方，迷迷濛濛帶著睡意的回應著。燈籠盪在黑沉沉的長巷裡，燈光恍惚的照出拖在地上走著的竹帚，和覆在竹帚上的小紅襖……一聲搭一聲的那麼喚著，那是沉落在中國大地上蒼涼如歌的夜情。

或者在一些小城鄉的圩子寨子裡，當冬夜已深，常聽見越過冰封的荒野，飄颻著牛角嗚嗚的長嗚，斷續傳送著霜天或雪地上的凜冽和不寧。也不必辨別那是馬賊們的嘯聚，還是更夫們守望的信號。那從彎鉤的牛角裡迸出的嗚嗚長嗚，本身便自成一種凌厲和慘然。

凝視著邵家聖水銀太陽鏡裡自己變形的影象，魏仲和彷佛看到另一個世界裡的自己。

「有甚麼苗頭沒？」邵家聖問他，「甚麼時候開台——探陰山，打泡戲？」

「等八一帽徽等急了是罷？」

邵家聖正把鋼盔像隻盆子夾在兩膝中間，弓下身子湊在鋼盔裡擦火柴點菸。這座突出在海上的小高地，風是呼呼的吹。他聽了魏仲和說的這話，急忙抬起頭來——

「哎，聖人，隨便說說而已。你這種人就是愛頂眞，從今以後，不跟你開玩笑。」

魏仲和搓著身上的沙垢，「只有你這種人，才會說話不算話。才幾天工夫，你就想抵賴船上打的那個賭！」

「你這種人，眞不透氣兒。」邵家聖用菸捲指指他，搖著頭，拿他無可奈何的樣子。

在二二六號登陸艦上，邵家聖曾說他那頂玩魔術的小帽上還缺少一樣配件兒，「這事兒，只有你小子辦得到——八一紅星帽徽。」

「你想要那個玩藝！」

「看你的能耐了。」

「到金門，心戰中心有的是，憑你那一手神弄——」

「你說你沒種就得啦；我稀罕那玩藝！我不會找塊洋鐵片剪剪，油漆塗塗！」

他知道邵家聖激他的將，「我有種弄來，你有種釘上去？」

「王八蛋不敢戴著它上防衛部去——只要你有本事弄來。」

兩個人還勾過小拇指，像眞的一樣。

「算我輸，聖人！」邵家聖摘下太陽眼鏡，似乎這樣更有助於表現眞心誠意。

「你以爲我肯甘休！」這個蛙人遠望著烈嶼左側那個方向說，「還再像上一回？小金門苦苦蹲了兩年，一個屁沒放就回台灣了。總算天從人願，這一回，老子可眞刀眞槍幹它一番了罷。」

在略略偏西的太陽底下，從這兒可以看到那裡灰濛濛一片的廈門島。即使不是陽光垂射，以及視線即使不受烈嶼的遮擋，也仍然看不十分清晰約莫相去十公里的那座小山一樣的島子。

「可惜得不到情報——他們把司令官的老母親藏在甚麼地方——不會是在街上；也許藏在白石砲台，也許是普陀寺，梅園，溪頭……」好像偷偷喚著單戀的愛人的名字那樣，要藉著口裡念這個滿足一下思鄉的飢渴，蛙人數著故鄉那些嵌進自己生命的一個所在又一個所在，眼睛激情的閃亮著。

「好，神氣！」

「我心裡是這麼想，只要能偵察出下落來——」

「原來吹牛這套手藝，咱們聖人也學出師了。」

「吹甚麼牛！」魏聖人激動著，一下下狠狠的搓著胸脯上的汗垢。「先前他們一百師的成功隊，還不是有人去廈門街上看電影。有票根爲證，假的？」

「還不是從打死的哨兵身上搜來的！只有你這位寶貝聖人才信以爲眞。」

「你啊，哼……」魏仲和愈加用力搓著胸肌，一下下撲落，像是意識著那灰垢勼勼多如雪花一樣的紛紛灑落。他愈是不知要怎樣駁倒邵家聖，愈是猛搓著，把胸脯上搓得一大遍紅。

爲甚麼那些可誇傲的英勇、莊嚴、狂熱，總是在邵家聖的心裡占不到應該的地位呢？他不以爲交防給他們的那些蛙人會如邵家聖所想的那麼鄙陋，那麼亂吹一氣。然而他也一時找不出甚麼有力的理由駁斥這位懷疑主義者。反而，這個缺乏幽默趣味的蛙人，好像自己扯了謊，被人戳穿，尷尬而有些惱羞。

「奇怪，」魏仲和彷彿很爲他這位好朋友惋惜的搖搖頭，惋惜邵大尉爲甚麼不懂得那些英勇和莊嚴。「照你看來，世界上沒甚麼事是有價值的——」

「因爲我不是聖人，對罷？」

「當然；照你的看法，聖人就是老實鬼的意思。」

「不過我雖非聖人，也不是蛙人。」邵家聖是半點正經也沒有的瞅著他。「你可知道蛙人都是些甚麼東西？十個蛙人九個亡命之徒。你魏聖人，哈，壓根兒不是蛙人的料子，你別美著！」

「你吃過蛙人甚麼苦頭啦？」

「誰敢欺負我邵家聖！他家祖墳有多大！」邵家聖笑瞇瞇的扭過頭去。「我不跟你嚕嗦這些廢話。你跟我去看看，人生的渣子盡都流到那兒去了。」

「哪個地方？」

「還有甚麼地方！」

「這是甚麼話。蛙人也是人，命都拿在手上玩，還有甚麼不可以玩的！」

反應快的邵家聖，也爲蛙人少有的這樣詞鋒愣了一下。「我可不是那種混蛋，又要你們做英雄，又要你們做個沒卵子太監。」

魏仲和傻笑了笑，「講點兒公共衛生好不好。」

「玩歸玩，聖人也玩哪，不玩哪來的後代香煙！老子就是個玩家。不過啊，你們蛙人未免離譜，堂堂革命軍人，你去見識見識，哪條貨色沒有你們蛙人做保鏢！那也是玩的，對。」

「你說的這個？——保障女權嘛。」蛙人說。

邵家聖說的這個，他當然知道。隊上確是有些搗蛋鬼，愛打架的傢伙，經常在那種地方窮泡。然而做隊長的也管不了那許多。操作、勤務、訓練、任務，都不誤你的；愈是搗蛋鬼，愈是幹家。就是要他們賣命，也只一句話。還要要求他們怎樣呢——朝朝夕夕生活在這個草木不生的高地上，巖洞裡，放眼看不到人煙。這樣的巖洞，應該是千年老狐煉丹的地方。要蛙人們修仙修道嗎，修仙修道也與採陰補陽參歡喜禪呢。

「我倒覺得防衛部王主任才最知兵。」

「瞧？」邵家聖瞧不起人的樣子，「那個老傢伙怎麼抬舉你們啦？」

「你們鄉長！」魏仲和提醒他，重重的說。

「都像你們福佬，把老鄉看得那麼重。」

「該好就是好。」

魏聖人不悅的好半天不再作聲。

「怎麼說的？」邵家聖催問著，「王老頭怎麼恩待你們癩蝦蟆啦？」

「別說得那麼難聽。」

「青蛙也不見得比蝦蟆高一等。」

「甚麼恩待不恩待的！」蛙人沒有好聲氣的回他。

「好；那我就說好聽的。嗯？王中將怎麼器重你們蛙人啦？」

魏聖人說，防衛部的王主任巡視烈嶼回來，繞道這兒來看他們。適巧憲兵押來他們隊上滋事的傢伙先一步到了這裡，被王將軍碰上了。

「小事情，小事情，」將軍聽完了憲兵報告鬧事經過，笑笑的說：「你們執行任務，當然，秉公處理。不過要有個諒解，是罷。」他跟憲兵說：「只有這樣會玩會鬧的同志，作起戰來，子彈才是從這兒進。」將軍指了指自己腦門。「保險，脊梁骨不興對著敵人的。」

之後，將軍似乎爲了撫慰兩位憲兵，又像要讓成功隊隊長輕鬆些，也好對兩個捅紕漏的蛙人從輕發落，就說了個笑話：「幾個戰士，大概坐的是長途火車，無聊嘛，約合著打打百分，來香菸的。有位憲兵同志過來干涉，勸導這四個人收起來，免得瞧在人家旅客眼裡，說你們軍人公然聚賭，影響軍譽。幾個戰士說話了，打打百分嘛，怎麼是賭錢呢？你看這是賭錢嗎？錢在哪兒？籌碼在哪兒？憲兵勸他們，還是收起來的好；我知道你們不是賭錢，要眞是賭錢，我就抓賭了，還好言勸導你們？好嘛，既然你認爲不是賭錢，那就好辦嘛，少管閒事。可是這位憲兵很認眞，又勸告他們，雖然不是賭錢，這樣玩牌，總是有賭博嫌疑。有個戰士就火兒了，怎嗎？玩牌就有賭博嫌疑？指了指憲兵同志的褲襠，我看你還有強姦的嫌疑呢，除非把它騸掉，才能脫離嫌疑。弄得那位憲兵同志臊得滿臉通紅，下不來台。你說有甚麼辦法！……」

大家笑得開心透了，連那兩位憲兵在內，一片祥和之氣。

「你憲兵執行任務，總是吃力不討好，得不到人諒解，這我們都懂得。你們很苦，緊了不是鬆了也不是，眞太困難了。可是軍風紀是絕對要嚴格執行的——」中將結論的說：「不過基本觀念要弄清楚；千萬不要動不動就把他們視爲頑劣分子。這種調皮搗蛋的戰士，只要本質不是大惡，我告訴你們，頭等的優秀戰士，是要鬥智不鬥力的。」

然而這個練達、幽默、被魏仲和尊敬爲知兵的將軍，一個虔誠的天主教徒，仍不忘所謂軍人本色的老粗狀，最後他說：「一件事，要兩面看才周全，是罷？小便入池，大便入坑，各歸各的。你們憲兵同志也不要存心做老小姐……——自己不能快活，也不讓人家快活快活……」

這樣大五葷的熱鬧，敢情最逗邵家聖的口味。「怎麼樣，聖人，你服了我邵小人了罷？」他說。「帶你去玩了那一趟，夠你怨我一輩子的。造就你啦，知道罷，頭等的優秀戰士！——還好像害了你。」

魏仲和是公認的聖人，不菸不酒，不嫖不賭。在這個階段裡，「聖人」一詞，似乎很流行在軍中。對於苦行者的大兵們，這是一種勵志式的讚譽。但在物質文明急驟成長發展的現實裡，便又成爲一種諷喻。但不管是出於嘲弄，還是讚揚，魏仲和的本性使他厭惡那些淺薄和殘忍的享有，尤其不能苟同邵家聖「女人是最佳康樂器材」的謬論。自從駐進巖洞，確實使他禪了起來；靜觀天地海山而使他參悟到自己的愚拙。過去，他曾致力找尋足可駁倒邵大尉那一類享樂主義的理由，卻苦惱於找尋不著。如今他再不要那樣愚蠢，人各有體，各有其分。講堂上，教官講過百遍的「科學的學庸」，不如他自己悟及的「率性之謂道」。邵家聖是性情中人，團主任題贈給他的一幅條幅：「性眞圓融，皆如來藏，本無生滅。隨其性根，用假方便。」邵家聖摔給了他，「給你去修成正果罷，聖人。老賊這一套，我花和尚吃它不下。」魏聖人把它懸在巖洞裡，時不時瞪著它，居然也格出一點覺悟。想到他自己，從小生長在一些姑表姨表的姊妹群裡，體分和邵家聖從根柢上就是兩極，由不得互相規服的。把他魏仲和燒成灰，也燒不出邵家聖那樣的彩陶——黃炎給邵家聖所定下的罪名：感覺派的性欲主義者。

對於風雨裡，邵家聖一手導演的那場荒唐，他當然感到後悔和噁心；因爲按道理來說，失身在一個娼妓那裡，就理該後悔和噁心。但是一二十天過來，似乎不很是那種理所當然的情緒，感覺不出那是追加在自己身上的悔意。至于厭惡，則是殘存著許多。而這些，不用說已不足制壓他的蠢蠢欲動，令人發笑的煩惱。眞正糾纏他的，甩脫不掉的，還是那些並無若何意義的零散的印象。

最不可解的，他老是被那根掛在床頭上的童子軍皮帶所牽繫。甚麼意思呢？他知道，甚麼意思也沒有。銅扣噹噹的敲響床欄。風鈴。無聊透了。但是甩脫不掉的印象，沒有道理。還有那條鵝黃枕巾，油垢氣抵在鼻尖上。

那張被他狠扭了一下的嘴巴，褪色的唇膏，尤其叫人憎惡。就是那包著金牙的嘴唇，萎殘的花瓣，問他：「頭一次？」他逞強的不承認。一面喉嚨乾涸得像堵著一塊木塞，眼皮作神經質的跳，身上慄慄的戰索。明明知覺著那是一種羞辱，人卻麻痺得不知要把那女人塞進他手裡的一個紅包摔回去。好厭惡他自己怎會麻痺得不像個人樣子。至於狠狠的擰那張褪色的嘴巴，他知道，那是另一種厭惡，無可如何而找不到對象的厭惡，於是遷怒那張從花瓶裡拔掉，扔進垃圾堆的殘花的嘴唇。擰著，用力用得發抖——我怎會那樣的鄙賤！——那似乎像個孩子憑空跌倒，找不到要怨的誰，就踢打他跌倒在上面的那塊地，拿來出出氣。

豪雨把莫名其妙的麻痺沖刷了，生薑在胸口裡辣辣的一直燒了半夜。在那座倉庫裡，權且挺在雖不潮濕卻感覺著潮濕的地鋪上。倉庫的屋頂好像高到天上去。心裡正像潦亂草率的地鋪所給他的那種糟糟不潔的污感。輾轉半夜，被那個草草了事的經驗所迷惑，思念被纏繞在一個解不開而執著的要去求解的固定的迷惑上面。在以前，曾一直懵然想像著的，屬於花燭之夜的那種神祕、驚喜、嬌羞的種種銷魂，屬於迷人醉人的美好，爲何就如此簡易的來了，過去了，用相等於買一條短褲的兩張十元的藍票子，就那麼買了一次花燭——而且還找回了五元！

那是一種不痛不癢，然而是重要的悻悻的失落。

失落的已經夠多了，從黃渡口失落了父親的那個瞬間開始……

那個疑似麗雪的女孩，似乎也將因這一場廉價的不貞，而不祥的永遠失落。

守衛吊橋的那三個月裡，該是一段平淡透頂的日子。如今想來，不知是靠甚麼打發的。

橋影浮在河上像條懶龍，從橋西側遲遲的翻身到橋東側，那便是一天。然而它是懶得都不肯翻一個身。沒有比那一段更迂緩、冗長的日子。

吊橋上日夜不息的滾過車輪。躺在河上的懶龍，脊背上就那麼的碌碌爬著大的、小的甲蟲。單行橋上一陣子是碌碌的爬過去了，一陣子又碌碌的爬回來。在守衛的兵士們寂寞的眼睛裡，都是令他們不解的虛幻的匆忙，不是可以抵銷麼，他曾那樣想，橋這邊的人要在橋那邊辦的事，就拜託橋那邊的人辦了；橋那邊的人要在橋這邊辦的事，就拜託這邊的人辦了，豈不省去多少忙忙碌碌。

然而甲蟲們去了，來了，和他們交班，同樣都是一種忙忙碌碌的寂寞。在他，和都市繁華無緣，排遣寂寞的唯一良策，便是跳進河裡，去擁抱蠕動而眞的像是冷血水族的懶龍。北台灣的四月，可並不是每天都下得去水的。寂寞便不是每天都可以在水裡排遣的。

在那段平淡透頂的日子裡，他是發愁白白的在活著。可是等到三個月過去了，才知有了收穫；人是曬黑了，身子發足個頭，從全團的游泳冠軍，晉級全師的亞軍。

不知該說是懶龍孵出了這麼一條新生的小蛟，還是以盛產泳將聞名於全國的廈門，給了他那尊貴的血統。不管怎麼說，魏仲和是被選拔到成功隊。好像注定他要做一名蛙人，冥冥中給了他那樣的安排。班長和士兵們得空就換上便衣往市區裡跑。他是排長，但絕不是做了排長就走不開。正相反，排長的行動方便太多。而他得空就換上泳褲，下水。也許從小生長在海濱，不管鹹水，淡水，下了水就似乎靠故鄉近些。彷彿斷奶的孩子，權且吸吮著指頭。有個替代，總是好過沒有替代的。

就在他離排去到兩棲偵察隊報到的前兩天，橋和河堤上，連連出現三次那個似曾相識的少女。不是趕路，那女孩是孤零零的一個人散步，當落日被托在觀音山山巔的那個前後的時間裡。可能有九十九個理由，否定那個影子似的少女會是麗雪表妹，但駁不倒他僅有的一個憑據——他有一種說不出道理來的感應。一些些的細瑣的童年的光景，很迷人的色彩，就像是七巧板留下的，或萬花筒留下的，在成年之後的現實裡似難再見的那些細細瑣瑣的絢麗。

那個女孩一經出現，就陡然把這個無心的大孩子引起了火焰，潑潑啦啦的燃燒起來。

他是四肢發達的那種大孩子，本來理該是懶於用那麼煩人的心思折磨自己。然而多年的變動，已在這火苗引起時，先就被培植了相當程度的可燃性。於是當火燃起，便烈烈的停也不停的延燒開來。

他是輾轉反側的到底下了決心。那女孩第二次出現後又隱入河堤下密密的人家時，他決計下一次再發現她，他要大聲喊出她的名字。被人看做瘋子也不要管了。不發一下瘋怎麼行呢。然而第三次他眞惱他自己不早一點上岸。河堤上，那女孩穿著一身鵝黃的洋裝出現。那種不問穿上甚麼服裝，已經使他極爲熟悉的體態，他是敏感的一下子就全身發抖起來，甚麼也不顧，大動作的自由式，差不多要抽筋了的拚命搶到岸上，在草叢裡奔爬著堤坡，光膝被盛得像灌木叢的草枝刮著，絆著，驚起一些不知名的飛蟲……

停下來，兩手罩在口上，他深深的提起一口長氣，肩膀跟著高高聳起，即將像人猿泰山的長嘯那樣——身上猶在答答的滴水，但他臨時又遲疑下來，看看自己這一身，人便走了氣，被烈日曬蔫了的植物似的，頹然耷拉下來，木木的猷在那兒，人成了一個空殼子……

明天不下水。他跟自己商量。至少，明天整個一下午忍住不下水，專程在這裡候著，身上收拾整齊一些……不管怎樣，整齊一些，人像一根木樁子，栽在河堤的半腰。堤坡使他兩隻足尖翹起，把腳面擠縮得痛起來，這才覺出自己愣在這裡不知多久了，一面又好生的埋怨起自己這樣的無用。

然而就那樣的失去了……

難堪的留下了一些悔恨。那一點親情，若不是重新被喚醒，聽由那麼淡下去倒也罷了。七巧板或萬花筒的彩色之外，邢鵝黃又給他映現出另一組的童年花朵——曾拿當命一樣愛過的印花紙。他被麗雪怨著粗心，他總是把整張的印花紙粗鹵的撕下一塊，舌頭舔舔濕，隨便把課本打開，找塊空處就貼下去，然後又是那樣等不及的揭下來，沒有一次能夠印出一塊整整的畫。可是小他四歲的麗雪，那雙鳳仙花染的紅指甲的纖纖小手，比他巧得多；總是用做手工的小剪刀，細心的剪下一塊來，要在一杯清水裡沾沾濕，課本翻來翻去的找著合適的位置，比了又比的才貼上去，耐心的等著，不理他一旁怎樣催促，不到時候就是不要輕易動手。往下揭的時候，瞧那個小心翼翼的樣子，好像在捉一隻在草葉尖上的蜻蜓，翹著蘭花指，觸著不知有多細緻的小小的祕密，用心用得小鼻尖兒上凝著細緻的汗珠珠。

那樣子大氣兒都不敢喘一下的全神貫注，自然每印一張就是一個完完整整的畫，一點殘缺都不准有的。

也許男孩子只配玩玩七巧板、萬花筒，那種細工慢活的印花紙，本就是麗雪那樣纖巧的小女孩才配玩。

鵝黃的洋裝飄然而去；彷彿是棄他而去的那般絕情，於是偶又撇下另一組屬於印花紙的童年花朵，和七巧板和萬花筒，都是一般的絢麗，然而卻好生的難堪……

這事讓邵家聖知道了——是他自己憋不住，告訴了邵家聖。邵責備他，頭一回到台灣來，就該登報尋人的，到今天才愣過來，簡直糊塗得可以。

那是糊塗嗎？魏仲和問起自己，初來台灣那年，他才十五歲，當然，並非小得連登報尋人一類的事務都不懂；而是那樣顢頇的年歲，又不是走告無門，阿姑阿姨甚麼的情分，哪裡會在一個男孩子心上占著分量。像那麼大的小子，幾乎把走親戚視作畏途，壓根兒用不上甚麼心思去牽掛。再說，自己又只是個自卑的小兵……他跟邵家聖解釋著這些，近乎為自己的後悔在作著無聊的辯護，並且希望著對於女孩子總是有通天本領的邵大尉，給他生生辦法。

「除掉登報，沒轍兒！」邵家聖沒當作甚麼重要事的回了他。

曾經好不舒服邵家聖不夠朋友。

一陣子多心起來，簡直疑心在上尉與少尉之間，是否有超階級的眞正友誼。

部隊開拔的頭一天晚上，邵家聖來了電話，已經替他在三家大報的分類廣告登了尋人啓事。

「……」

「小子，不樂意是罷？」邵家聖在電話裡啞啞的吼著。

「怎麼會呢！」

「怎麼半天不說話？他媽的！」

他覺得自己才眞的是有些他媽的了。

在南下火車上，邵家聖把三份剪報交給他。

「你怎麼知道我姨丈——」

「小子，你甚麼底細我不清楚！」

後來他才知道邵家聖是從他的兵籍卡上查出來的。隊部搬家那個節骨眼兒裡，甚麼都打包待運了，可見邵家聖很費了些周折，瞞了他那麼用心。

「瞞著你幹麼？老子要給你一個驚喜是不是！想得那麼戲劇性……」

也是後來才明白過來，電話線都收了，找他的人比找他的兵籍卡還麻煩。

然而邵家聖這個人，所作所爲，似乎從來沒有一個清晰明白的秩序。無怪那位黑皮主任老是罵他：「你是個亂子！」

「該罵的。」捱了罵，衝著同僚們自嘲，也是有意讓他的上司聽了去。「亂子是甚麼意思？你們懂罷？亂子者，亂臣賊子之簡稱也。」

那麼樣的一個人，總是使魏仲和對他的感情從來統一不起來。一時恨得咬牙切齒，一時又感激涕零。有時多日不見，惹人疑似同性戀的思念起他來。「我告訴你，聖人，上前線是去定了。這一回，你小子別以爲還像以前一樣的便宜——全屍而歸。」剛到碼頭的那晚上，被邵家聖拉住同行，冒風雨去市內採買生薑紅糖，一路上不知多好心似的勸他，煽惑他，「尤其你們蛙人，命放在刀口上玩。我要是你，叫我死了還是個童男子，我不幹；死得太冤，我可不能瞑目……」

「有甚麼冤！」魏仲和頂了回去。「來得清白，去得清白。」

「好小子，你要做林黛玉——你是程硯秋胖成了肥豬還唱葬花。」

怎麼慫恿，魏仲和只管傻笑。駐守吊橋那三個月裡，他太清楚，他排裡的老弟兄，新弟兄，老去跑那種地方。很近，近到大城市裡不用搭巴士，散散步就去了。而他從來沒有過那種念頭。「你聖人聖到這步田地，你是學孔老夫子，豆腐切不正都不吃嗲！得啦，人家靠咱們這一號去照顧才有活命的，你小子見死不救，還算聖人！」邵家聖這麼冷冷熱熱的糟蹋他。

「好罷，老子也不硬拖你下水，」邵家聖對他讓步。「找你陪陪老子總行罷——快得很。」

「你找我在雨地裡等你？」心裡可是念著鵝黃洋裝。

「傻蛋，有地方給你坐坐躲雨——吃杯香茶嘛。」

兩個人避雨在街廊底下，裹著雨衣。他好惱，被纏得要死要活。「走走走，人家還捨命陪君子呢。」邵家聖拖著他。

「你還是君子！」

「好，小人，小人，聖人陪陪小人可行？」

那樣的大雨，眞虧他有那麼大的興趣。「豈能過門而不入，枉走人世一場！」可是拖他進去的，不是邵家聖。尖尖的指甲戳進他肉裡，雨衣被扯掉，驚惶的喊著邵家聖，眞是丟人，好似喊救命，急切得忘形了。

鵝黃洋裝替代著一種斥責，逼使他竭力退卻。

「噯，你們，別把咱們小兄弟給嚇著了。」

邵家聖老練的招呼著。他越發的氣惱，似乎非要他邵大尉這麼關照才行。而他想著，總不能老像一頭被捕的小獸掙扎得那麼無謂。

然而放棄了丟臉的掙扎，心裡的掙扎卻並不那麼容易平息下來。他在向感覺得出的自己的猥瑣作狠狠的抗議，努力要為自己掙回一些不知所以的甚麼顏面，一面制壓著惱人的戰慄……

鵝黃的枕巾給他一個吃驚，好似那是個刻意為他安排的最壞的惡兆，使他難過透了。鵝黃的枕巾下面，露出半截牙膏形狀的甚麼。他愣愣的看著那女人顧自躺下，勾著手從枕旁取出那管甚麼，擠出膏狀的東西在食指上……他有一陣清醒得像塊礦物，豎在那兒，好似局外人，面前的事物於自己毫無關係。

彷彿肯定了似的，那片鵝黃，注定了他的新的失落。

童子軍皮帶上的銅扣，慄慄的敲著床欄。智仁勇。令人想不透。雨大得不得了，嘩嘩澆著單薄的屋頂。從花瓶裡拔掉丟進垃圾筒裡去的落色的花瓣，一再的躲閃他。那張口裡似也有花梗在瓶水中浸久了的那種氣味，滑漬漬而有些開始潰腐。甚麼寶貝那麼珍貴，躲著閃著，惹起他惱羞，憎恨著自己的找著受辱，和自己的開始下賤。但是雨大得使他受到鼓勵，亂七八糟的發瘋……

雨過天青，上船的那天清晨，發現天在一夜之間晴得那麼徹底，簡直驚人。所有的陰暗、潮濕、不潔的污感，也是那麼驚人的統都不知消失到哪兒去了。

邊望著多彩的海城遠去了，一種無以言宣的柔情，不管是屬於鵝黃的洋裝，還是鵝黃的枕巾，實則他所暗生的流連之情，他自己也不十分清楚應該託付給誰。把邵大尉那麼突兀的負傷給照顧妥當之後，便一直停在艦尾的甲板上，憑欄癡癡的遠眺著，回味和盼望著，以及自嘲著……

他這樣不自知的癡迷，居然被那個老水兵關懷起來，暗示甚麼似的講了一個康樂隊女隊員跳海的故事——很纏綿而神祕的故事。

老水兵說，進出港部署一解除，泡了一杯熱香片端到甲板上來養神，便注意到他一直伏在艦尾的船欄那裡，癡癡的望著甚麼，一直那麼出神祕的樣子。

「我？」他有些驚異，心虛的不知自己是副甚麼樣的傻相被這個老水兵瞧了去。「是不是傻瓜一樣？」他摸摸盡是粒粒粉刺的下巴，不放心的關問，笑得有些難堪。

「不是傻。有點兒……總歸有點兒甚麼……」老水兵尖著嘴，吹著搪瓷口杯裡看來很燙嘴的熱茶。彷彿要找的妥切的詞兒，沉在杯子底裡，要把漂浮的茶葉棒棒和茉莉花瓣兒吹散開來，才看得到那下面的東西。

「蠻以爲你會高歌一曲，我倒愣坐在這兒等著哩。你瞧，」老水兵說，「我才像個傻瓜，傻等了這半天。」

魏仲和看看遮著這一大片陰影的艙壁，像要求證一下這個捧著一杯熱茶，躲在這個陰涼裡的老水兵，是否眞的所謂等他唱歌等有大半天了。

「那你老大哥——眞是傻等了。」魏仲和很少笑出那麼得意的一副神采，好像平生頭一次發現有人上了他的當，而這人又是個老前輩。

「除非，你老大哥想聽我唱國歌。」

老水兵提著鑲藍邊的方領抖抖涼，給他講那個故事：

「抗戰勝利第二年開春兒，咱們運兵兒到秦皇島去兒——不是不是，你看我這腦筋兒，是到葫蘆島去兒，打青島出發的……」

老水兵講那麼一小段，便尖著嘴啜一口熱茶。彷彿那是個提防過分單調而穿插的一個小小過門。或者如平劇裡的念白，自說自話了一段，噹——唐鑼來那麼一聲，代表觀眾尋根究柢的追問——後來呢？你既這麼問，我是要講的——

「那個運兵兒船團，陣勢可大了，哪像現在這麼寒傖。旗艦重慶號，瞧著像座小城兒。船團前頭有破冰船領航開道兒。小老弟兒，那時節咱們可是四大強國之一。不是吹兒的，眞是大國的氣派兒……」

魏仲和耳朵傾聽著老水兵給他吹著那些，眼睛則遠眺著陸續出港而分散得那麼遼闊的船艦。他不大明白船艦們爲何不挨近些，彼此有個照顧。這樣老遠的分散開來，好像深怕誰沾了誰的光，瞧上去遲鈍而孤獨的漂浮著，不可解著，實在沒有甚麼好。

老水手的故事很生動，引他想像著北國那漂流著冰凌的渤海，載沉載浮的翻湧著晶晶白亮的裂冰。動人的景象恍若就在眼前，破冰船領航在那如同大地震所造成的黑深的地殼裂縫之間，緩緩的，深沉的，莊嚴的航行著。

就在那日日夜夜，輪機和碎冰撃撞的單調裡，那個康樂隊的姑娘，立在老水手也受不住那像砂石犁在臉上的厲風裡。姑娘裹著皮大氅，憑著船欄，一直不止不歇的唱著一個歌，「唱的是『海燕兒』，海燕兒，是罷，現在也還有唱的，收音機兒裡……」老水手那種帶有多量兒化音的北方傖音，把多麼幽雅的味道也弄得好土好土。

儘管他自認很笨，沒有幾首歌能從頭到尾唱得完全，「海燕」還是他所熟稔的，所感動的。那種沖落、起伏、螺旋在雲天之上的飄逸，最是直感的觸動著人。也許——那鵝黃的洋裝，鵝黃的枕巾，適逢其時的把一向粗略於兒女之情的他這麼個魯男子，給偷偷的柔化著，細膩著，使他向所未有的多出來那麼些想像，簡直使他吃驚自己爲何這樣易於感傷起來。

彷彿他看到那個姑娘，迎著燦亮的海，生出歌唱的翅膀揚翼而去。海是那樣魅惑著她，終究將她誘拐了去……船上的兵士們也是一樣的被魅惑著，被姑娘的歌聲所魅惑，以致眼睜睜的望著她飄飄的飛去，飛過船欄，那是短暫的瞬間。兵士們圍攏去，人已飄落到適從舷邊流過的一大片冰盤上……

圍聽老水兵的神祕而冷豔的這個故事的兵士們，不知甚麼時候聚集了這麼許多。

那個姑娘側身蜷臥在冰上，睡熟了一般。冰盤被艦首劃過的浪花排開，旋轉著圓舞……。兵士們擠在艦尾，就那麼茫然而實際上不知有多激動的望著她沉浮自如的流逝了去，遠遠的漂去，彷佛一瓣落花，一朵行雲……

大家望著老水兵啜著香茗，癡癡的良久醒不過來。

被長年的水腥和鹹苦的海風浸漬如袖子皮一樣粗厚的老水兵那張闊臉上，人只能找到漆過一層油汗的凡俗，和一些勞苦的刀斧所削砍的疤痕。除非細審那雙海樣清澈的眼瞳，似才可見一絲捉摸不定的深奧，使人悟出對於一個老水兵的尊重。

「爲甚麼呢？」有人問他，爲甚麼那個康樂隊的女隊員會那樣輕生。

「海兒啊——是個怪物兒，」老水兵沒頭沒尾的應付了一下，摸著拍著自己的肚子起來，「瞧兒，只說等這次回航兒，再給褲帶梢兒多打兩個眼兒。這樣看來，喂，眞難熬到回航兒來。」

剛說完那麼個故事，好突兀的回到確實被皮帶緊得忍無可忍的肥肚子上。他欠欠身，索性把四指幅那麼寬的腰帶解開，不知有多疼惜的拍拍肚皮，「瞧罷，」有些得意的說：「地地道道的青龍兒，一點兒不含糊。」說著索性把方領口的汗衫摟上去，摟到脅下夾著，裸出汗漬漬的肥胸，乳房有些下墜。胸口爬著一條蜈蚣似的毛叢，長長的通上去，接連到頷下的鬍根子。

「眞的，說你們不信兒；」老水兵說，「有時候兒，這海兒啊，碧溜溜兒藍，深到天上去兒。沒見過你就得兒不相信，眞就藍得把你吸進去兒。」

「海上漂著冰，也藍到那個地步？」

「嗐，小哥兒，這你就沒經驗兒過了。愈是飄著冰兒，那個藍法兒，你就不曉得兒該怎麼說了……」

「要是下去救的話——」有人還黏纏在憐香惜玉的情意裡面。

「用甚麼救？」別的兵士替老水兵反駁了：「救生艇兒抗得住那些大冰塊兒啊！」

「那可是快刀切豆腐。」

「你當是愛玉冰，手兒插下去撈兒？」老水兵說。

魏仲和格兒格兒笑起來，邵家聖被他笑得莫名其妙。

「想起船上的事。」魏聖人連忙說明一下。

「你這小子還笑！不是我說，你簡直沒有人心。」邵家聖摟起褲筒，露出腿上塗滿了紅汞的傷斑給他看。

「誰有工夫笑你這個爛火腿！」

他想到老水兵誤會他可能跳海，一如誤會他還是個童男那麼的滑稽。「走不了眼兒，小老弟兒，這末末點兒經驗我還有。」老水兵吹熱茶已成了習慣，那杯茶不可能還燙嘴。老水兵吹著，從茶杯口上翻起眼睛看他。

「老大哥自然有眼光。可是就怕你這是頭一回看走了眼。」

「你還抵賴。打賭兒都行的。」老水兵放下搪瓷杯，伸過食指，在他鼻尖上按按，摸摸，好像很會一手摸骨相。「怎樣兒，我說是罷？我說是個童男子兒，就是個童男子兒。」

那眞把他逼得略略有些拿不下臉來。大家咧著嘴巴笑他。在兵營裡，他體會得到，像他這麼一個橫大黑粗二十來歲的壯小夥子，沒沾過女人可不大光彩。

邵家聖似乎也懂得那一套鬼名堂，伸手就來試他的鼻尖。「搞甚麼鬼！」

邵家聖被他搪過去。「別動別動，老子看看嘛……」兩個人搶來擋去的鬧著。「哈哈，我才曉得，」邵家聖停了爭執，好像忽然了悟了甚麼，「原來，哏，還在老子面前冒充英雄——」

「去你的蛋罷。」

「不你怕甚麼？臉紅了不是？」

「有甚麼好怕的……」

「那還裝啥蒜。我說怪了呢，怎麼開了葷還這麼沉得住氣！」

他自己心裡明白，鬼才沉得住氣。

那一陣惱恨過去了，厭惡過去了，把人家嘴巴扭得那麼重，眞不是人。而由這些輕微的自省，自責，不覺間心中偷偷的滋生起一些可羞的流連，一面又矛盾的不很苟同別人把女人當作最佳康樂器材的那種下流。他是實在的不很清楚，到底他自己倒要怎樣。

來到成功隊，好像跟隨兵籍資料轉移過來的，不兩天，隊友們也喊起他聖人來。眞是要命！既然隊上有些人熱心的去特約茶室保障女權，他是越發怕去那樣的地方——自己好歹是個軍官，熟人熟世的所在。而心裡越發的不能釋然。

「不是不想，你說你不敢就得啦。」邵家聖笑他。「去了碰到你們那些牛蛙，你的聖人就得破產，是罷？」

「你別用激將法。我不吃你那一套。」

「別人喊你聖人，那是不知道你底細，你別眞的美起來。」邵家聖還在繼續刺鬧著蛙人。「你也找個空，去看看你們隊上那些渣滓。」

「天天在一起，有甚麼好看！」蛙人惱起來。

人多半是那樣，兵士們尤其是那樣；平時儘管對自己單位不滿這個，不滿那個，牢騷、埋怨都可以，但是不能讓單位以外的人批評一個壞字。邵家聖口口聲聲渣滓渣滓，惹得他反感起來。雖然作爲成功隊這個小團體的一員，在他，時間短得連自己分隊裡的戰友，還須用心去記住他們的名字才不致一下子叫不出口來。

「你這個人，」魏少尉做出很惡意的樣子，「只有找我麻煩，你怎麼不去纏黃二少爺！」

「笑話！單嫖雙賭，不夠相當交情，老子拉你陪斬！」

邵家聖一扭頭，跳上吉普車，好像眞的惱了，狠狠的把車子發動起來。

「噯噯，大尉，別忙走，還有話跟你說。」魏仲和趕過去，扶住擋風玻璃。

「不說了。」

「你別以爲我老實得連你那個鬼主意都看不出來。」他知道，邵家聖的表情變化多端，但絕不可能惱他。「還不是想拉我去做保鏢，打打碼頭——」

「混蛋！」

「嗯，混蛋大概在那個地方受誰欺負了。」

「哈哈，我邵家聖也是爹娘生下來留給人欺負的？誰家祖墳有那麼好風水，敢來老子頭上動根頭髮！」

魏仲和下意識的躲開藏在太陽鏡後面那一對莫測高深的眼睛，轉過臉去，凝視左側那一帶彎進岸石裡去的小海灣，一面心裡想著這傢伙不知打甚麼主意。像剛到高雄那天，大雨傾倒著，躲在街廊底下，那樣無賴的死纏活纏，最後免不了還是無奈何的依從他，乖乖的陪著去市政府的背後。他永遠不是邵家聖的對手，總是禁不住那樣軟一陣，硬一陣，歪纏得他濕手插進乾麵裡，休想甩得掉。

「怎麼樣，陳坑走走如何？」邵家聖又軟下來，但還是很正色的板著臉。

「別瞎胡鬧。下午四個小時操舟，不是鬧著玩的。」

「我替你跟你們隊長請假。」

「你們當參謀的，眞是閒得渾身發癢。」

「老子也是放下一堆子要公出來的，你要弄清楚。好心好意開車子來接你去散散心，你這人是怎麼啦？」邵家聖上下打量著他。「問你有點兒漢子味兒沒有，白長那麼大的個子。」

「你聞聞看罷。」

那一身黑得冒油的虯結的肌肉，眞能把人瞧得嘴饞，要當作醬肉咬一口。一個暑天過來，吊橋下擁著那條懶龍泅水，已經曬得夠瞧的。來到戰地，無日無夜不是一條防鯊的紅色短褲，更是黑上再添一層黑，黑得透熟。

邵家聖又好心的跟他談起登報尋人的事，格言式的勗勉他要抱持著人生的希望。正經得像背台詞。然而談起生命成長的神奇，談起魏仲和的少年，那不過是眨眨眼的工夫，也是在這個島上。那時他還是個軟噹噹的大孩子，聲帶還不曾變。在軍營裡，人人的聽覺已經習慣於粗的低的男聲，他那種稚氣而尖銳的嫩嗓，老是使人敏感的錯愕起來，不由得四處張望，以爲哪兒來了個女人。

兩個人並肩聊著開心，但是車子猛的開動起來，魏仲和搶著跳下車，像被車子摔出來，栽了幾栽，才穩住腳步。

「好小子，詭計多端！」

車子又打一個轉回來，陡然煞住。

「行，」邵家聖嗄啞著嗓子直笑，「溜活是夠了，膽兒——還太小。你只夠半個蛙人的料。」

「算了，饒你一命。」臨去，邵家聖再度正經起來，一臉討好的撒賴相。「聖人，這廂拜託了，抽空多搜點兒。你不知道，紫菜下麵有多鮮。老子現在吃消夜吃上癮了。」

吉普車一路顚跳著，像個不肯正正經經走道兒的頑童，亂打著彎兒奔下高地去。

魏仲和目送著這個瘋子絕塵而去。對邵家聖這個人，他只有搖搖頭的分兒。旋風一樣的旋了來，又旋了去，把他蛙人很重要的一場午睡給旋掉了。邵家聖的癖好，不管怎麼玩，總非找個伴兒陪著。「獨樂樂，不如眾樂樂。」他倒是不愁沒有說詞的。然而魏仲和有自知之明；他跟邵家聖這個玩家，除掉打球、聊天，別的甚麼都陪不上。也許正因爲這樣，邵家聖更是死活拖著他，纏著他。

轉回身來，在巖洞前面這片不很大的空場上，走著，打量著自己這一身肌肉。他望著山下小小的海灣，那些狼牙般的礁巖，糟糟的一片鐵鏽的棕紅。那一帶，要不是密布著地雷的雷區，那麼豐盛的紫菜，恐怕早就被人採光了。

這座由礁石巖層構成的高地，背上馱負滿了牡蠣角殼那樣的刺嶙，使人覺得該是曾經沉居海底的珊瑚林，經過數不清的年代，老死在這裡，給數不清的沉沉歲月壓縮成這麼荒枯。然而直射的陽光，偏在巖層上刺繡出爍爍閃灼的繁盛的彩飾。

坑道工程仍在一點點的進行，像用牙齒一塊塊啃著那般艱難的鑿向地殼的深處。一種永恆的延伸……

小高地面向島內的這一面，陡直的深谷已被不斷掘出的岩塊給流塞得滿滿的了。從這樣大量出土的岩塊所構成的新麓上，人就可以想像出那延向地層下去的坑道有多深遠。蛙人們在常人不堪忍受的野獸式的訓練之外，還須爲這地下工程擠出多少勞力，那都是計算不出的血汗的土方。而照這樣苦而荒寂的地貌地情看來，這裡，根本就不該還存活著甚麼生機。

可是在這裡，現在不單存活著生機，且比甚麼樣的生機都更強韌的穴居著兩棲勇士。對於人生，這般勇士們懷抱著的是不知多麼沉迷熱中的嗜愛——濃綠濃綠的嗜好。但是他們必須把這份凶猛的春情，投擲在這沒有一花一草的絕地上。要說是命該如此罷，那算是誰的命呢？他們之中的某某？他們全體？抑或是更多更大的全體？

陣地的周圍，沒有一處可以栽植鐵絲網的樁子。鐵柱鑽鑿進岩石裡，毛條從柱圈裡穿過。鐵絲網的架構已是如此的艱難，而他們一接防地，便奉命種樹。這就如同他們必須把這樣的絕地、苦地，視爲一種神聖。怎麼樣的種樹呢？請師長看看這樣的所在，「絕處逢生嘛，這個道理你們都不懂得！」師長用形而上來指示形而下的事務，那是妙得人只有服從的分兒的。

就是那樣無日夜的，總是那些個單調——聆聽著海潮的拍打，鐵絲網上鏽罐頭盒子叮噹如風鈴的吟唱。這樣的單調，誰都是耐它不久的；久了，人心會乾裂得揉搓下一層層麥麩一樣的瘢皮。

至於從彎彎的牛角裡迸鳴的啼泣——那些喊話，那些悽愴的叫魂，屬於更夫的，馬賊們的，憂苦的母親們的，全是一樣，深深的，深深的穿刺著兵士們的創處。

然而人們多數是不很同意他們在欲望上有所放任的；人們乃至用粗俗、齷齪，來不齒他們。就連邵家聖那麼灑脫的玩家，也都非議起來。那是站在雲端上的一種求全，求完美，要求英雄們超脫血肉之外而不食人間煙火，所以人們多半不能苟同一個英雄以單調所鬱積的火，燒在編著號碼的女人身上；雖然人們在另一方面，誠心的贊同給英雄們供養優厚的副食，去建造英雄的勳業，和製造人們料想不到的凶猛的荷爾蒙……

參謀本部公報：海軍北巡支隊，本日凌晨在馬祖防區海面發現敵軍砲艇四艘，當即擊沉一艘，其餘三艘逸去。

美國國務院發表聲明：中共現正以俄製噴射戰鬥機進駐台灣對岸數處機場。中華民國為對付中共此項行動，宣佈台灣及其外島進入備戰狀態，以作為實際的預防措施。而在中共噴射機出現同時，其電台並不斷揚言必須「解放台灣」。當此共黨正在全世界大事宣傳和平之際，其積極集結空中力量，目的顯然為使局勢更趨緊張，及引起世人對於戰爭之恐懼。吾人正密切注意此一情事。

中華民國四十七年八月十日

「起來起來，怎麼在這睡起來！」

團主任走過伏在辦公桌上盹著了的邵家聖背後，指頭戳了戳那脊梁。

邵家聖醒過來，半個臉被壓擠得紅紅的，印著袖摺塾的痕跡。嘴角上掛著口涎，人還沒有十分清醒過來，很傻蛋的一副窩囊相。

「你那樣睡覺，要受涼的。」團主任叱著，帶著長輩訓人的愛意。

「啊？」邵家聖抹了下口涎，「已經受涼了。」人又埋下頭去，枕著胳膊，眼睛重又閉上。

「起來，我要訓話。」做上司的坐在對面一個座位上，籐椅嘎嘎嚓嚓的響著。

邵家聖含含糊糊應了一聲，雖然直起身子，人還是生了瘟一樣，哼哼唧唧的。

「昨晚又沒幹好事兒？」

「啊？」這才他略略張開眼睛。

「啊！——這也是睡覺時候？」

「主任就看不到我不睡覺的時候。」一副半死不活的樣子。

「還用得著看！不堪入目——」

「我查了一夜的哨，主任哪裡知道民間疾苦。」

在前線上，查哨是團部所有軍官輪流的勤務，不過根本沒有甚麼整夜查哨的事。

「那敢情是了不起的功勞。要不要報請團長給你記個大功？」

「謝主任栽培。那倒不必。」

似乎他這才眞正的清醒過來，桌面上頓著香菸，一面尙有餘情的跟正在注視他的凌政工官擠擠眼睛。

「還不是跑哪個陣地去賭錢了！」

「天地良心，主任，來金門以後，要是查出我沾過一下下牌，你剁我手。」他把兩隻手都伸了過去，好像說，你看嘛，你看看這像不像摸過牌的樣子。

「陸海空軍刑法也沒有剁手那一條。」凌政工官說。

「大人說話，小孩子不要插嘴。」邵家聖頂過去一句。「查哨查來一肚子氣，我還不知道衝誰出氣呢。」他狠狠的一下一下擦著似乎受了潮的火柴。

「誰不查哨？我做主任的也沒免過一回啊，你有甚麼好不平的！」

「主任，我邵家聖再差勁，也不會這麼無聊。」他打著大動作的手勢，「我是憂國傷時呀；怎麼得了！——我們那些充員寶貝！」

黑皮主任皺皺眉頭，不解的望著他。

「怎麼，你也碰上窩囊事啦？」凌明義放下筆來。

「看罷，主任，」邵家聖可也抓住了洋理，「不是我一個人罷，我不信主任你沒碰上過。」

團主任聽著，又出現那副瘟相來，酸酸的說：「是嘛，是不只你一個人嘛。可是誰像你這麼窮嗒呼啦？淨聽你一個大驚小怪的。」

「何止是嗒呼，主任——」說著，忙在一堆很亂的卷宗和公文裡扒來扒去的尋找，「我是寫了報告，今天一上午，詳詳細細的，一樁樁，一件件我都列出表來了。這要好生檢討檢討才行的。主任，你不能忽視這麼重要的問題……」他一面翻著找著，一面囉唣，分不清他是跟別人講的，還是跟他自己講的。「……張監察官也不在，他的工作——本來。可是國家興亡，匹夫有責，不能那麼本位主義是不是。奇怪，剛費了一上午寫的，眨眨眼工夫，哪去啦，怪事……」

「瞧你那股亂勁兒，你本位都沒搞好，管那麼多閒事兒。」

「一定有匪諜，我他媽的……」他放棄尋找，愣愣的回想那個報告到底放哪兒去了。「反正是，」他說，「想指望充員寶貝打仗，哼，我看是凶多吉少……」

邵家聖是老愛代替別的同僚去查哨的；正因爲這樣，似乎發現的問題也比別人多些。此外，邵家聖的感應也好像太敏銳了，或許也是原因之一。「主任，」他把到底找出來了的報告，厚厚的好些張十行紙，遞給他的上司。「當然，鐵路警察——我管不了這一段；可是三軍一家，官兵一體，生活在一起，戰鬥在一起，工作的時候工作，娛樂的時候娛樂……」他把這些在隊部中奉爲信條的口號搬出來，數來寶似的貧嘴著，你就聽出他有多麼不正經，但談的是正經事。而談起不正經的事，他倒又一本正經起來，大約這就是他的上司動不動罵他「你這個亂子！」的主因。他給上司一張張匆匆的翻著他的報告，一面嘴眞像炒豆子的指說這個重點，那個重點，指頭叩著桌子。他的上司來不及瀏覽，索性不看了，冷冷的聽他一個頓兒也不打的哇啦哇啦著。「總而言之，言而總之，像這樣的太平兵，一旦戰爭開始，屁的用！……」

邵家聖之熱中查哨，或可說是老資格的軍人需要衝刺的一種求戰心理。

無仗可打，無操可出，特別是團部的業務軍官們，戰地之夜——那是從天黑到天明，結結實實十來個小時的整夜——簡直冗長乏味，令人不耐。對於邵家聖這個夜貓子，尤其是種苦刑；叫他天一黑就上床，哪有那個道理！做甚麼呢，迢迢長夜？車子不是經常可以弄到手的。玩橋牌、看小說、看報，在油燈下的那種吃力，壓根兒就把消遣應得到的樂趣給對沖掉了。此外，便只有夥起幾個僚友打打平伙，買隻母雞煨煨，來上兩瓶大麯。然而這也不是天天都可以的。那麼，對於邵家聖來說，查哨至少也算得上一種消遣了。不到交上子時睡不著覺的他，配一隻左輪子，在蒼黑的深夜裡，數著鈍重的傘兵靴踏在砂礫上的節奏，走向臨海第一線的各個陣地，那種走險的、孤獨的滋味，該正逗上他這個夜遊神的胃口。

於是就成爲固定的操課一樣，晚餐一過，他就在那兒叫呼了：「誰？今夜輪到誰？我出二十根條子頂了，消夜你們照吃……」只要那一夜沒有甚麼好的消遣節目，他是寧可拿出一包軍用香菸來倒貼人家，換一次查哨。「還有沒有？有出二十根『克難』的沒有？沒有的話，老林，我訂了——軍中無戲言。」

那一夜，他就會眞的爭取到手。香菸則不見得有人要他的。

走在夜暗裡，小道只是很短的一段灰白條子，固定的一個長度，永遠不長不短的鋪在腳前。再遠一些的路面，總藏在視力所不能及的黑暗裡。

他不樂意連裡派人陪同著。「少拍馬屁罷！」他跟多數連長、排長，都有開這種玩笑的交情。「本官就圖的個獨來獨往，突擊檢查。要個卵子墜著幹麼？」

一種綜合的天籟地籟陪伴著人；海濤、以及和海濤相似的木麻黃林梢上的風嘯。跟自己嘀嘀咕咕的窮聊，最是甚麼顧礙都用不著。靴子踐踏著砂礫，沙啦、沙啦……殺呀、殺呀……濃霧的夜裡，霧濃得像粉撲兒，毛茸茸撲在臉上。走在安岐的岔路口，每次都不能不想到古寧頭戰役留下的萬人坑。如今十個年頭過去，不知還留下多少冤魂不得超生。濃霧是搽臉兒的粉撲兒，也叫人想像著那是不散的魂靈撲上來的毛毛手。「好罷，」他跟撲臉的霧團咕噥著鬼話，「中元節快了，手頭很拮据是罷，老鄉？到時候，老弟一定來給你們燒把紙……」說著還頻頻的點頭，很實感的允諾著。

有時查哨回來，離開第一線陣地，常常很輕鬆的跟自己對對戲詞兒，像隻蒼蠅營營的低吟著複習。「金哪槍——插在馬——鞍前——」那是他愈覺得難弄，愈迷得不得了的一段二黃原板接西皮原板。時常的打斷自己，不對不對，一次一次磨練，似乎只有這樣刁斗森嚴的戰地之夜，才眞能體會出「羅成叫關」那種哀怨悽絕的況味，使得自己眞情的感動著。

再不然。他就跟那些哀哀的喊話接上口，憑他自詡的三寸不爛之舌，嬉笑怒罵的一一駁斥著，用對口相聲那種插科打諢的反話，獨自一個跟對岸那邊舌戰。再或者跟遠處傳來那麼肅殺的口令聲，喃喃應著，南腔北調，「贊到（戰鬥）啦，不要勒里勒澀啦……」把自己逗得樂樂的，笑出聲音來，再罵自己一聲「神經病」。

卻有一次，口令問過來，人不知胡亂的想著甚麼，答不出口令，愣在那兒，一時弄不清自己幹麼來了。

「口令！」又是一聲喝叱過來，執拗而斥責的。而且嘴說不及，緊接著便是「喀嚓」一聲的拉動槍機。

混蛋！他罵著自己，怎麼把性命關天的口令給忘掉個孫子了！

從沒有過的荒唐，一點點影子也不記得了。對方槍機推上，子彈已經進膛，間不容髮的靜寂。

「團部查哨。」

「口令！」對方再一次嚴厲的喝問過來。

不管怎樣的執拗，應該是很盡職的好哨兵。只是他答不出來。說不定就在這頃刻之間，火光一閃，他邵家聖的一世英名，便擺平在這兒了。

「團部邵參謀，聽不出嗎？可惡！」

他在等待著，巴望對方千萬沒有拿過射擊金牌。

他聽見對方扭下保險片的聲音。那麼微細的響聲都聽得見，可見距離相當的近。對方射擊技術再差，也足可把他放倒。

方才那一瞬間的過度緊張，使他冒出一頭冷汗。

「邵參謀嗎？我沒有聽出來啦。」

手。

「沒有聽出來！——邵參謀的命差點兒送掉。」他是得理不讓人的。反咬過去一口，更是他的拿

紅玻璃罩的手電筒居然貼地打過來，給他照路。

進入哨所，邵家聖有些心虛，彷彿要給自己維持點兒忘掉口令的面子，挺嚴格的查問了一番哨兵守則，和一個哨兵所該了解的當面敵情。

不過，他判斷，這個哨兵怎樣也不會想到他能把口令忘掉。但要命的是，還有許多哨所要去，這才是頭一個哨所。他還是記不起來今夜的口令。

那個印寫的口令交到他手上時，他是正在跟人耍著貧嘴，要得正起勁，隨便打開來看一眼，根本用不著費甚麼心思去謹記的，一向不都是過目不忘的嗎？可是現在可一點點也記它不起了。

「只知道問口令，」他用起詭計，跟這個哨兵套話。「今夜口令是甚麼？」

「知道。」

「知道！知道又忘掉了。」他能感覺出自己覗著一臉的尷尬，仗著黑夜遮醜。

「不會的啦，邵參謀。」

這個充員新兵不知是有心無心，看來倒挺能守口如瓶，連詐了兩次，也沒有詐出來。

「這可不是玩兒的——測驗你一下。」

「你問好了，邵參謀。」

「岳飛。」

「普通——？」

「嗯，滿分。特別——？」

「直搗黃龍。」

「不會記錯了？」一下子他就問溜了嘴。

這個忠厚的新兵，倒像是並沒有發現他露出馬腳，自信而認真的保證從來不曾誤記過口令。

「假使邵參謀你不相信，問我昨天的，前天的，我噢——都還記得。」

這麼憨傻，把邵家聖給逗笑了。「昨天前天的口令，你還記著做甚麼？——當心腦袋裡裝多了，反而弄混個球啦。」

然而嚴格的說來，這是個健全的哨兵不是？

「老實告訴你，夥計，你這位偉大的哨兵，犯了兩項嚴重的錯誤。」

「啊，錯誤？」

「第一、沒有口令，六親不認，你沒有得到回答，就讓邵參謀進入陣地。天王老子也不行呀，邵參謀算甚麼玩意兒！第二、輕易就把口令告訴人，洩漏軍機，犯了多大的罪，你知道嗎？」

他這麼一來，真個的就把這個哨兵給唬住了。

「不是啦，是你邵參謀……」

「是我邵參謀怎樣？」

「是你邵參謀要測驗我，我才……」

「我邵參謀要是匪諜呢？」

「開玩笑！怎麼會哩。」

「怎麼不會哩？你做的保人，嗯？」

把這個哨兵逼得害怕起來，連聲的報告，拜託，要求邵參謀千萬不要把他報上去。

這樣的情形，自然只能算作例外。一般的說，是令人擔心著的；根據他所發掘得來的狀況，從查哨兵來測斷新兵的戰力，確是使他不抱樂觀。他懷疑一旦戰火燃起，這些動不動就手忙腳亂的新兵，要憑甚麼去迎戰。

有個哨所，他已走近得不能再近，對方大約緊張過度，一直忘掉問他的口令。

「不要動！」冒冒失失的吼過來。

他吃了個驚嚇，停下來。

那一聲倒是出自丹田的那麼洪亮。他等候著，但就是不問他的口令。

「問哪！」

「叫你不要動。」

「他媽的，」邵家聖火了起來，「你問口令啊！」

「不准動。再動開槍。」

聲量是很洪亮，中氣十足，不過聽得出有些顫抖。那是走夜路唱大戲給自己壯膽的味道。然而哨兵說到做到，嘩啦一聲，火兒頂進槍膛。

「好啦好啦，」邵家聖為了安全，被迫只好臥倒在地，氣得直罵：「他媽的×，你問口令啊！我操他……」

「叫你不要動！」

「操他的，我是活見鬼了。你把老子釘在這，算他媽的哪門子！」

良久，邵家聖就一直被這麼一個寶貝哨兵釘死在地上不敢動。老子肚子要冰壞了。他眞想抓塊石頭揍過去。七八月的暑天，想不到這沙地入夜之後會這麼涼。老子明天非跑肚不可了。他聲明他是團部下來查哨的邵民事官，也不作用。對方一定是瞄準著他，待他一動就兌現過來。直到另一個腔調問了聲口令，他才應聲回去，得了大赦一般的從地上爬起來。

原來這個新兵緊張成那樣，要怪邵家聖不是從向來查哨所走的小徑那個方向過來。那麼除掉制壓住這個黑影不准動一動，便只有踢動通向班長那裡的鈴索，跟他的班長求援了。

「這樣的兵，怎麼得了！」

邵家聖衝著這個緊張過度的哨兵和他的班長直跳腳。

「我問你，是爲了查哨才放哨兵的？就是爲了查哨，你也不能規定查哨官非從哪條路來不可啊！」

做班長的除了道歉，也是無可如何。不是沒有過嚴格訓練，也不是不懂得如何處置情況。但是只要一緊張，一害怕，便把甚麼都忘掉了；只記得一點——找班長。

另一天夜裡，有個哨兵，邵家聖要檢查他的武器，乖乖的便把手裡的步槍交出來。

「你知道我是甚麼人？」

「查哨的官長啦。」這兵居然不認識鼎鼎有名的團花邵大尉。

「是嗎？」槍口抵到哨兵胸口。「走，請你到大陸去走走。」

這個老實的新兵立刻嚇慌了手腳，忙著來奪槍。

「事到如今才來奪槍？」邵家聖笑笑，「哨兵手裡的武器，可以這麼隨便交出來的？」

「呃呃呃，官長，槍還我，槍還我，」近乎哀告的央求著，「好官長，好官長，槍還我，千萬千萬別告訴我們班長……」

這樣類似的情況，特別是在三〇三號陣地捕獲兩名水鬼之後，越發表現荒謬起來。類似的事情無非提證了一些新兵十分欠缺應付突出情況所需要的起碼的機智、膽量，和辨識的能力。

「還想指望他們打仗？——屁的用！」他一嚷嚷久些，嗓子就越發嗄啞起來，越發顯得他是那麼樣的撒潑，對甚麼事都可以縱橫無忌的胡來。

「你擾亂軍心！」團主任瘟瘟的說。這副瘟相跟他拍一下很響的桌子頗不相襯。就像他生多大的氣，也是笑瞇瞇的一團和氣。

「我可以爲這個報告去見師長，見司令官，就是死諫也在所不惜——這樣重大的事情。」

「你去見參謀總長最好。」團主任隔著桌子探過身來。宣傳劇裡常見的歹角，一臉的笑裡藏刀。

「我問你，你們第二期青年軍如何？」

被這猝不及防的一質問，邵家聖傻了好一會兒。

「是啊，所以錦繡河山都是被我們二期青年軍給丟了的。」邵家聖拿這話嘔他的上司。

「也不盡然罷。你們二〇一師，古寧頭戰役不是打了很漂亮一仗？二〇八師登步大捷，不是也挺露臉？——別這麼自卑。」

「我還自卑呢。要自卑早就自殺以謝國人了。」

這一對上官和部屬如此發生爭辯，不知情的人弄不清真假。打外邊送通報回來的孔瑾堂那個肥兵，一見這樣便驚愣在那裡；望望團主任，望望民事官，一下巴往下滴的汗水也忘了擦。

「新弟兄初上戰場嘛，生手生腳，總要磨練磨練。你大驚小怪幹麼啦？」團主任冷了他一眼，掀起藍布門帘，回自己那間小得不像話的臥室裡去。

「老賊！笑面虎……」邵家聖小聲嘀咕著，衝著那面陰丹士林的藍布門帘。

可是被上司提醒了，不禁傻傻的靠在那裡，反省起自己初做新兵的光景……。

比起今天的新兵訓練中心，當初，他們進駐北平近郊接防前的那段訓練，才眞叫馬馬虎虎的新兵速成班呢。

駐防的那段日子眞是閒得夠瞧的。啥事都沒有，早晚班長領出去架架線，拖著DR4絡車，嘩啦嘩啦的，學校舉辦的遠足那樣，一面扯起嗓子唱「青是山，綠是水，花花世界……」甚麼從軍報國，樂的是免費旅行。從那時起，他邵家聖小小年紀就已初露才華，把友軍軍歌改成「我們的槌子尖，我們的槌子硬，槌子尖，槌子硬……」存心去惹惱裝甲兵，好夥著同學們去打群架。青年軍的兵士們一反軍中互稱弟兄的傳統，彼此以同學相稱，同時也把學校裡紕漏鬼的那些壞毛病都給帶到軍隊裡來。禮拜天一放假，便三三兩兩的跑到公路上，不管甚麼車子，更不管誰的車子，手攙手攔在路上，搭便車到北平城裡去玩。聽戲，坐電車，都不用花錢。逛北海的那一回，發現到一個老太監，纏著人家老人要看看那個玩藝兒到底給整成甚麼樣子。眞是缺德得要死。「小哥子，看那幹麼啦。」老太監沒有鬍髭的癟嘴，稀稀兩顆長牙，和老太太一樣。整日價他們就是那麼無聊的胡來。

那個時候，鬼的三人調停小組，弄得兵士們失業了似的閒得發慌。夜衛兵站得無聊時，就在地上燒字玩兒。把子彈頭拔下來，彈殼裡的火藥一筆一畫在地上撒成字，從一頭點上火，火焰絲絲絲的順著筆畫流竄，地上留著字跡。篆、隸、魏碑、英文，任意亂搞一氣。一時整個營區都流行起這個娛樂價值很高的玩藝兒，只不過瞞著班長以上的幹部而已。等到三人小組調停一度失敗，部隊往前線拉，大夥可叫苦起來了；子彈袋裡每顆子彈都是打不響的空殼，上前線等於去送死，拚著受多重的處分也非得報告不可了，可把特務長和管彈藥的給狠忙了一通。如今這些充員兵，再怎樣調皮搗蛋或者差勁，還不至於像他們那麼叫人頭痛。那樣哪還談到甚麼紀律。鬼的紀律！

也許團主任是對的；提醒他想想第二期青年軍的那些德性。

當初他們打的是頭一仗，簡直把人打得發瘋。

防守南道口的那一戰，十年過來，還時常成爲他噩夢中的本事。

隔一道又深又闊的護城河，河岸外面是雙層鐵絲網。守在城堞後面，如同面對面一般的清楚。所謂敵人，那是一波一波潮湧而來的農民，還有婦女和老年人，蔽天蓋地的人海。農民手裡甚麼武器也沒有，不是擎著鍘刀，便是拎著斧頭，後面是炸豆子一樣的輕重機槍壓住，逼著上來砍鐵絲網。有的頭上頂著門板。一扇門板給他的印象最深，「太平眞富貴」的上聯春聯，紙還那麼新，紅得刺眼。門板靠到鐵絲網上做了跳板，人就踏著門板陸續湧上來。

而他不能不射，閉著眼睛，一扣一發的半自動步槍，不換氣的吐著，子彈像從胸腔裡嘔出去的。聽不見自己的槍聲，也看不到被自己打倒的人。他是機械的扣著扳機，甚至熱病一樣，失去知覺。唯一的實感，肩窩被槍托的座力狠狠的一下下搗著。等槍托不再搗人了，就該換彈匣了。

然而閉著眼就能逃避現實麼？

那些一波一波逼過來的叔叔、大爺、大嬸、大娘，怎能拒絕不看呢。紙人紙馬的跳著，飛著，跌下去，人壓著人，屍壓住屍，地形一處處的凸起來……

鐵絲網破了一道，又破了一道，跟著上來的是手無寸鐵的更多的叔叔、大爺、嬸子、大娘，來塡護城河。另一批的紙人紙馬，被機槍嘟嚕著往前趕鴨子——卻是下水就沉的鴨子……

他已用不著閉上眼睛，眼淚把他的視界糊上了一層半透明的花玻璃……

兩三丈寬，兩三丈深的護城河，要用多少叔叔大爺大嬸子大娘才塡得滿！

手脖打軟了，手指也像十冬臘月凍彆了，槍管也打紅了。他這個大孩子打著打著的退下來，人在城隍上翻滾著發瘋。棉軍服不知甚麼時候尿濕了。人滾得一身的黃泥。

「我操他媽，我當甚麼倒楣兵，我不當啦，我不當啦……」

哇哇的哭叫著，心肝肚肺都哭叫了出來。

槍是倒過來，兩手緊握著燙手的槍管，發瘋的東一下，西一下，打著城隍的黃泥草坡。嗓子喊啞了，爬著扒根草的土坡子被他作踐出大遍黃糟糟的鮮土。

天上仍是撕扯著亂麻般的流彈和槍聲。他已被泥土和眼淚鼻涕塗成一張沒有人樣的二花臉。排附趕過來，一把揪住他棉軍服的翻領，唰啦唰啦兩耳摑，這才他醒過來。然後，排附連推帶搡的趕著，拖著冰涼而沉沉的棉褲，夾在行不成行，列不成列的亂軍裡緊急撤退。

「有甚麼好哭的，小鬼！」老兵們倒是瀟灑，「今兒丟掉，明天又拿回來了，勝敗兵家常事……」

然而哭的是打敗仗麼？那樣的一仗也算敗仗？那樣後撤的部隊也算敗軍？……他哭的是甚麼他自己也不知道。屬於他們二期青年軍的頭一個回合，總之是打得那麼丟人現世。

敵人是逼著你屠殺非武裝的老百姓，非武裝的老百姓是被你武裝部隊所射殺，所以你是殘忍的，不人道的。你的良心不可能支持你的行爲，你就必須放棄戰鬥。這就是共產黨的戰略邏輯之一。而你把一千一百萬平方公里土地退讓給共產黨，非戰之罪也。你不曾失敗過，僅僅是規服著那個令你無可如何的邏輯。

十年來——乖乖，十年了！邵家聖一想到眨眨眼的工夫，便已十年過去，不由得跟自己大叫一聲。我既沒有生聚，也沒有教訓。除掉天增歲月人增壽，癡長十大歲，還有甚麼呢。一想到這些，他便避開自己，逃跑遠遠的，頭也不敢回一下。然而十年來，似乎是第一次發現到那個邏輯；那個曾使他們失敗而今反覺可以脫罪的邏輯，他有些得意的衝動著，要去撩開那幅藍門帘，跟他的黑皮上司扯扯蛋。他是老臭我胡吃悶睡不肯思想的——這個老賊！

但是他們二期青年軍在整個大陸沉淪的悲劇中，難道敢於自詡身家清白，毫無干係？——雖然他這才發現到的那個邏輯，實在有助於他們脫罪。

他們那批不務正業的學兵，新兵教育期間，究竟誰曾認眞的訓練了？受訓了？天知道。大致的是——老兵收拾新兵，新兵瞧不起老兵。一種惡性循環。剛逃出學校的他們那幫小子，整日盤算著不是打班長、排長的小報告，便是到團部那裡去告連長的狀。連衛兵勤務都要耍賴的，「我已經站過八個月的衛兵了，怎麼還派我衛兵！」就能那樣無理反纏的跟連長撕扯。輪到大衛兵時，紛擾更多。按人數排下去，每連理應至少五天，可是連跟連之間卻永遠有撕扯不清的爛帳，理由都推給病號啦、禁閉的啦、團部出公差去的啦……七折八扣的。你那個連輪了四天，我的連不甘心，三天就交了班。鬧到後來一天一夜就輪完了，睜著眼睛賴帳。營區的標準鐘也跟著不可靠起來，快得不像話，誰都不認帳，追查也追查不出來，只好改用燃香來算時間。線香橫在地上燒，彷彿寒暑表的樣子，地上做了刻劃，香灰爲證，誰也不能耍賴，不像撥標準鐘那樣的方便作弊。

整天就是那樣沒有出息的，盡在一些瑣瑣碎碎上面精打細算，得意失意決定在是否想得出辦法占到便宜。

鬼精靈的邵家聖，輪到他的夜衛兵，你燒香？——你點蠟也沒用。道高一尺，魔高一丈，老子破你的法。他把線香上滴兩滴汽油，可以把一個小時的衛兵縮短到二十分鐘。

「眞他媽的沒半點出息！」一面想著那些猥瑣的操行，一面臭罵自己，而且大聲的罵出口來。他是經常這樣語驚四座的弄得別人莫名其妙的瞪著他。

「自罵自，不惹事。」跟瞪著他的凌政工官擠擠眼，「人總是難免有個小毛病，是罷，貴官？本人是多病之身。天生麗質難自棄，沒辦法……」接下去，嗡嗡噥噥的成爲自言自語的貧嘴，給自己找樂子。手底下則辦著老百姓的喜事——借用司令官轎車做喜車的公文。

「眞差勁！」他罵著。香菸的菸紙綻了縫，舌頭舔舔濕，小心的黏攏。那樣的罵著，好像罵了菸酒公賣局，又罵了自己辦的公事。

把子彈倒轉來插進槍口，左右搖搖鬆，只那麼一掰，彈頭跟彈殼便身首異處……手裡黏著菸捲的紙縫，心裡想到那些惡作劇。

彈殼裡倒出方形小屑子的火藥，一個老班長拿來治胃病，似乎很靈驗。寫家書把這個偏方稟告了老是揉著心口鬧胃痛的母親，信封裡還附了一小包火藥。那是生平第一次，也是僅有的一次盡孝。

記憶一觸及這些，心口便似乎隱隱的作痛起來。「母子連心。」貿然的又說出口來，「無線電。」他說。打算哪天找顆子彈來玩玩，天眞一番。人家煙火放到天上，咱們放在地上。他點上香菸，火柴讓它在手上燒，依稀看到火藥絲絲絲的延燒著的火焰。

至於剩下的空彈殼，彈頭再安回去，整舊如新，可以頂進槍膛打空包兒玩。那時期新兵訓練沒有像樣子的大靶場，想打槍把人想得發瘋。哪像今天，就怕你打的不夠數兒。

「你們第二期青年軍如何？」老賊拿這話問他，噎得他一時答不出話來。可不就是，被譽爲國民革命新血輪的青年軍，到底如何？

那時期他們那幫新兵，被嬌寵得可以上天。師長的單行法，絕對禁止打罵，幹部們碰也不敢碰他們一下。上師長那兒去，眞和上廁所那麼方便；出出進進，不是告狀，就是提建議。新兵們都有名片，跟著那些勝利復員而未轉業的第一期學長學樣兒：

國立西北聯合大學法學士

青年軍××師××團×營××連上士排附

只要把「上士排附」改作「上等學兵」就行。

名片給誰呢，不知過的甚麼臭癮。香菸來源困難的時候，愛惜著抽，就拿名片捲作菸嘴。只有違紀時，名片掏出來，多少可以使憲兵同志客氣些。

想想十萬青年十萬軍，曾給對日抗戰平添許多堂皇的光彩。而在戡亂戰爭裡，居然走樣子走到那般地步。他眞不知道當年他們那一夥，究竟把這個「兵」字作了甚麼箋註。直到現在鑽在湖南高地下面一兩丈深的坑道裡，他仍然難以理解國家怎會養出那樣的兵來。

看來老賊上司問他是問到骨節兒上了。

然而每逢這樣需要運動思維之際，懶懶成性的邵家聖，總是客客氣氣的撫慰撫慰自己：「睡你的大頭覺罷。你想的那麼多，有誰想你來著！」

人——他覺得，也可以說是認定，人既然生活在不是要甚麼就有甚麼的現實裡，如果還想占占上風，最上策者便是把思想斬斷。他是這樣的主張著他的人生（別人怎樣，他是不管的），驅策著自己盡心盡性去吃燒酒，去打百分，去看武俠小說，去看女人……

「也不是我一個人這樣……」他是那麼茫然的，向一個不明所以的對象爲自己辯護。

自然，不完全是他一個人；所有被塞在這九地之下的坑道裡，頭上沉沉壓著如山的積土或地層，高地四周除了草綠色軍服便看不到別色的服飾，這樣被孤絕著的卻是打不到仗的軍官和兵士，心情必是從同一紙型澆版而印刷出來的。如果說，邵家聖多少突出些，那他這個人也只不過缺乏收斂和容忍，比起別人他是尖銳了一些而已。

參謀本部宣布：中共米格機進駐福州，重型護航艦南調溫州。

參謀本部戰報：昨日十一時四十七分，國軍軍刀機七架於馬祖以南上空，與敵機八架米格十七遭遇，發生空戰，擊落敵機兩架，傷其一架。又昨日十六時五十分，國軍北巡支隊戰艦於平潭以東，與敵砲艇七艘遭遇，激戰二十分鐘，擊沉敵砲艇三艘，擊傷兩艘。又本日十七時四十二分至二十二時四十八分，馬祖發生空襲警報七次，敵砲向高登射擊十七發。

中華民國四十七年八月十六日

團會報中，團主任提出哨兵勤務嚴重的缺點，舉出許多令人啼笑皆非的實例。團長裁決了夜間複哨的措施，囑令各營連長即行實施。

前一天夜間查哨，第一班火力組上等兵副射手邱勝芳，居然抱著槍，蜷在哨所地上睡得打鼾，老遠就聽到了。恰恰又是他的班長李會功陪同查哨。這一下可把這頭老牯牛給氣炸了，抓過來就兜胸賞了兩拳。

天亮，邱上等兵搶先一步告到排長黃炎這兒來，眼角上的黃眼屎不曾洗掉，口口聲聲要告到連長那裡去；要是連長不受理，還要一直告上去，告他的老班長違法體罰戰士。

「嚯，惡人先告狀，你倒搶得快啊。」緊接著李班長也趕來，「不是老子那兩拳揍醒你，腦瓜子給水鬼割了走，還不知怎麼死的呢。操他，告狀，閻王爺那兒去告去。」

「早早的上面有規定啦，禁止班長打戰士的啦……」邱上等兵汪著眼淚叫喚，誇張的揉著左肋骨。

「報告排長，他要報，排長敞殼給他轉，了不起老子體罰人，記個過，看哪個狗日的該槍斃。」

「槍斃我也要報告團長……」

「你去報告司令官多好！」

……

兩個人對著吼，愈吼愈無知無識起來。

這樣的時候，身爲排長的黃炎，按照常規處理，必須不問是非，先幫著班長把上等兵壓下去，班長失去威信，以後何以帶人。

軍隊原是這樣一個不合情理的機體；如果說它本是反人性組織，古今中外莫不是如此，沒有甚麼好大驚小怪的。人性本就理所當然的貪生怕死，好逸惡勞，軍隊卻必須使每個成員捨生求死，惡逸好勞；不如此便不可能產生勇於殺人和被殺的不可理解的行爲。——對於戰爭原理，兵事的基本觀念，他黃炎正統出身的軍官，自然是擁有清清澈澈的認識。有待他去努力的，他曉得，除了實踐一種直覺，求得心安，便是忠於職守，再沒有別的甚麼訣竅。事情出在他的排裡，他必須立刻報告連長，跟營部聯絡報備，避免驚動團部，盡快把事情按在排裡解決。

電話打完，先關邱勝芳的重禁閉，然後，該他做排長的開導牛一般又強又蠻的李班長了。

屬於少將爺爺那一代家規的所謂「人前教子，背後教妻」——他是這樣的感覺著。

「管教固然要從嚴，寧可嚴得過分，我也贊成。不過寬猛並濟才更完美。所以，該寬的時候，該體恤的時候，還是要顧慮的。兵這樣貪睡，恐怕不止邱勝芳一個；還不是白天構工太累了的緣故——

——」

「報告排長，這不行的，往後——」

「別著急，聽我說好嗎？——你是久經戰場的老將了，既然這不是邱勝芳一個人的特殊情況，那就要通盤的想想怎麼個防止法。咱們先坐下來談談好罷。」

「除非放複哨，我看……」

老牯牛被讓到排長的鋪沿上坐下，接過排長的招待香菸，眼圈有睡眠不足的黑青。

「放複哨也不頂理想……」黃炎沉吟著，「要是兩個人聊起歌仔戲，豈不比睡覺還誤事。」

「說的也是。」

「而且一放複哨，大家睡眠又要減少了一倍，你說是不是？」

兩個人眞的搓著頭皮在想。

這樣的早晨，雖然時當炎夏，透進掩體瞭望孔的初陽，仍然給人一種清新的舒暢。

初陽在李班長的膝頭攤開一方橘紅。一隻長年操勞不息的硬手，鐵鈀子一樣的揹在腿上，拘謹的夾著排長敬給他的香菸。人是那樣深深的在用心著，專注得那張寬厚的臉膛木木的好像石雕。

這些被他黃炎視作兄長一般的老弟兄，當他初初下到連裡來的時候，著實他有些忍受不了那些粗俗和囂張。一個個幾乎都以冷眼旁觀來對付他，存心要看他這個科班出身的小排長倒有多高的道行。

想著自己滿腔都是屬於概念的那種壯懷，下到排裡來，卻在這些轉戰南北一二十年的老兵身上壓根兒找不到一些些他所預期的悲壯激昂之類的那種情操。這使他那知識分子英雄式的浪漫之夢大爲幻滅。如今想來，昨日之我眞是幼稚得要死。

那個時候，他是把這班老弟兄看作淺薄、卑俗和幼稚的。他不能忍受他們整天發著無知的牢騷，咒怨兵營中的一切現實卻又不准任何人對於軍人有一些些不滿，即使只是無關大體的微詞。至於生活裡的格格不入，幾乎使他痛苦而憤懣；那種愚昧的固執、不尊重女性、拒絕屬於知識分子的愛好，把那麼迷人動人的合唱或重唱罵作「鬼叫鬼叫的」，教他們唱軍歌，嘴對嘴的糾正。也永遠唱不出半音階來……所有這些，都是他所不堪忍受的。

在分發團部待命的期間，中將爸爸的期望，邵大尉的煽動，以及他自己認爲既然派到野戰部隊，不如就豁出去幹一通的不務實際的狂妄，凡此種種的催使，他是以胸懷壯志的模樣去晉見了團長，請求派到基層戰鬥單位去闖闖。

「就在團部辦辦業務不好嗎？哪裡不都是一樣的磨練！」團長放下電話，側過身來跟他說。

「不過，一個專業軍官，應該從最基層幹起的。」他不喜歡「職業軍官」這個翻譯過來的名詞，老覺得要靠這一行吃飯似的被辱沒了。

團長咬著眼鏡架，深深的瞅著他，像能把他心裡暗藏的甚麼全都看穿了去。

「政府用那麼大的財力，造就你們這一批學士軍官，捨得你們泥裡滾，水裡爬嗎？」

這樣酸溜溜的挖苦，使他很不受用。

他心裡已有準備。中將爸爸警告過他，你是新制軍校第一屆的畢業生，當心部隊裡某些保守趨向，把你看作異類，無形中造成你的孤立……

「軍人的事業在戰場，泥裡水裡又算甚麼呢……」

這一類的應對，大道理是無虞匱乏的。他心裡衝著一種輕蔑，眞想說，政府捨不得我們這些嬌生慣養的心肝寶貝，難道要在戰場上鋪了三合土，鋪了瀝青，然後再讓我們學士軍官穿上儀隊的禮服在那上面裝模作樣的起霸……

「嗯，大道之行也。」

團長皺著三角眼笑笑，握著眼鏡的一隻腳架，眼鏡像螺槳打著轉轉。

那種冷峻的笑容，實在使他身上發毛。「大道之行也。」團長一再喃喃的自語。「團部是不上戰場的，團部的成員都是吃飯的，嗯。」

「報告團長，我是覺得——」

「當然，經歷調任也很重要。那也不必著急。你可以放心，團長還不能替部屬的前程著想嗎？那太方便，占排長的缺，人留在團部服務，那是一樣的。犯不著去吃那個苦。這樣好嗎？」

團長說著站了起來，好像另有要事，這就要離去。

「就這樣好了。」團長看看錶，從壁上取下小帽，臉掛得長長的。

團長這樣的決定，等於羞辱了他。一再的插不上嘴替自己辯護，他有些著急，等不及的連忙申述：「我是眞誠的請求團長派我下連，請團長相信部下。」

團長把小帽放在桌子上，顯然還願意聽他的。不過臉子仍然那麼冷峻，三角眼逼視著他。

「至於經歷調任的事，如果說，我根本沒放在心上，那是蒙騙長官，誰也不會相信一個人連這一點私心也沒有。不過起碼的希望，能夠名副其實。團長的愛護，也許會造成——愛之適足以害之。」

「令尊會放心嗎？」貿然的，團長問了這麼一聲，使他大感意外。

團長胖胖的一張臉，冷峻之外，又平添一層陰暗的輕蔑。那對三角眼越發的凌厲起來。

天哪，居然提起這個。他忙著說：「也可以算作原因之一。如果照團長那樣愛護的安排，我怕我跟家父交代不了。」

「喔？」團長坐到辦公桌邊上，抱著雙肘。

「那樣的話，也許能唬過別人，唬過制度，可是唬不過家父——假使實際上我沒下過連裡的話。」

團長咬著厚厚的嘴唇，握過一枝紅藍鉛筆，一下下的頓著桌面。良久，揚起臉來瞪住他。

「三十多個人，交在你手上，你要怎麼帶他們？」

這個題目出得很大，也很空，可以寫一部書來論述。

「我想，」他幾乎有一種冒犯心理，「團長指揮兩千多人，絕不是用兩千多根吊線，玩木偶戲……」

團長放下按在腦門上的滾粗的手，三角眼有一絲笑意隱約著。

他似乎受到鼓勵；雖然那副神情好像透著些「這小子莫名其妙罷」的輕慢。

「艾森豪統御三百萬大軍登陸諾曼第，實際上他只指揮三個人。」他說。

「嗷？」團長的臉膛上，掠過一下不確定是甚麼意思的扭曲。「很好，」團長品味著甚麼似的，「一般說來，中國軍官——倒很需要這點兒狂妄。」

「好，狂妄的少尉，看你的了。」邵家聖請他生魚片。馬靴大杯，豪飲了一頓生啤酒，慶賀他下到連裡去走馬上任。

然而如何狂妄………

依照艾森豪三百萬大軍縮小，三十多員兵卒和等候指揮的四位班長——李會功、臧雲飛、那國璋、高飛。陣勢擺好了，等著他。

四個班長對於這麼一位斯文靦腆的新任小排長，規矩是規矩，服從是服從，又有邵大尉的關照，早就認識了，有甚麼說的呢——然而在黃炎的感覺上，總有一點不是味道。不知是車軸磨損了，還是承軸欠油，車輪照樣轉，但總是哼哼唧唧不太滑潤。彷彿找人給自己搔癢，沒有輕重，搔不到癢處；你指揮去罷，左邊一點，上去一點，稍微下一點……那樣的不遂心，簡直使他懷疑，不是他們不知道癢處，而是太知道了，故意彆扭著，躲開癢處，專搔他不癢的地方。

然而似乎又是不可能的——四張厚厚道道的臉孔等候號令的仰望著他。吩咐做甚麼，就做甚麼。叫往東，不往西，沒甚麼好不滿的。

四個班長中，那國璋雖然還很嫩，比起他這個小排長，還是老練得多多。調動起隊伍來，比他漂亮不知多少。另外三位都是半生憂患，十載干戈的老牌子班長。那國璋更曾出生入死，從鴨綠江下來，衝過三十八度線，戰俘營裡同共軍幹部鬥爭得七死八活，正如他自己說的：「我這條命，已經不知掛了多少次帳了。」像這樣的人物，還有甚麼不曾經歷過，甚麼還看不穿，還有甚麼能在他們眼裡被浪漫的尊崇著。「鳥毛灰！」那是經常掛在他們嘴上，表示一種無上輕蔑的口頭禪。誰也拿他們沒辦法。

若問人間有否公平，那麼高官厚祿，富貴榮華，都應該屬於這些在死亡的胸膛上爬來爬去的老兵們。然而他們從不曾有過這些夢想。老兵們不曾看到，尤其不曾爲著這些。不平，那是知識分子悲天憫人的中級趣味。

從老兵們的身上——所謂今日聖人的身上，他眞切的看到：

——無所爲，因而無所不爲。

也許是一種自慚的心理，在他裡面作祟。他問起自己，爲何不進大學？有所爲。爲何要進軍校？有所爲。爲何英雄式的下到野戰部隊的基層裡來？有所爲。爲何不索性等候徵集令，當一名基層而又基層的大頭兵？有所爲。甚至所謂的爲著國家、民族、歷史、文化……種種神聖，仍然一樣的有所爲。因而在老兵們面前，潛意識中便有一種自譴，他是有所爲的走著捷徑過來；躐等、僥倖，由而心虛的把自己卑微了起來。

而老兵們一無所爲；沒有一個老兵會表示把青春、享有、兒女之情、家室之私、生生死死都那麼徹底的揮出，只爲的是國家、民族、歷史、文化……種種神聖。他們的牢騷是發在這個月的草紙少了十張上面。

跟老弟兄聊多了，聊深了，這個生著兩個腦袋，一戴方角帽，一戴金禾徽大盤帽的學士少尉，方始漸次發現被他當初視爲卑俗不可忍的老兵們的深奧。

中將爸爸似乎頗爲激賞他對老兵們人格的認識，以及由而對於一種眞人假人的境界上的區辨。想必母親也頗得意；把父親眉批了的他那封家書拿給周軼芬看。周軼芬又把信給他寄到前線來。好輾轉的一番大驚小怪。——他竟在不自知中，習染上了老兵們對於一切價值的一概輕蔑。

中將爸爸的激賞，使他覺得好笑。「爲父虎帳一生。不若孺子從戎一時。可見兵學易得。兵學底哲學難求。或屬資質稟賦。獨具慧根而禪悟如斯……」可是，値得感慨如斯麼？就像父親使用標點符號的令人好笑。

他在家書中，不過約略的談談國家民族歷史文化等等在知識分子和老兵們間的兩種不同境界。在知識分子中，上之上者，不過是神秀的境界。下焉者，國勢衰頹則賣國，民族式微則媚外，歷史無以交代則放洋而去，文化沒落則外國的月亮圓了。只有老兵們，才有六祖惠能的境界——菩提本非樹，明鏡也非臺；本來無一物，何處染塵埃！只有這些老弟兄一無所爲，才眞的一無所求，不計犧牲，不取酬報……

從現實裡，尤其來到戰地，他所漸漸得到的認知和參悟，漸漸的方始發覺自己這一流的人物才眞是淺薄、卑俗和幼稚，而且最難應付。

就是這些參悟和認知，也還是得自邵家聖嬉笑怒罵的機鋒所點化。多麼可笑，那樣正直、開明、孜孜不倦於進取的中將爸爸，似乎虎帳一生，猶不知兵，至少也是與兵士們相去日遠。若不然，也不會把自己的兒子視作一個軍事天才似的那麼激賞，甚至以甚麼兵學家、哲學家期許一名剛下部隊的小小排長。

不過邵家聖並不同意他把中將爸爸看得那麼扁。「以我看來，主要還是——普天之下，爲人父母者，總是一廂情願的望子成龍罷。做父母的，眼睛都戴著顯微鏡看龍，知道罷？」

「成龍……」黃炎也學會了自嘲，「成尼龍，成達克龍……」

「根據加速度原理，少將爺爺，中將爸爸，下面自然是上將兒子。」

「將相本無種。」

「是嘛，」邵家聖說：「不過既是將相之種，不比無種更妙！」

「得啦。我現在就已經體會到，父子還是不要同行。你幹壞了，你就得承當——看罷，到這一代就完蛋了。幹得好呢，也不算你的——還不是靠他老子。」

「內舉不避親嘛。」

「就是那麼說，事實是事實。我們家的中郎將，夠鐵面無私的了；我這個為人子的呢，也從來沒有意識到自己是個你所說的——兵部員外郎的二公子。可是就這樣，我們標統大人怎麼說？——令尊放心嗎？」

如果說，他想一點點也不要沾中將爸爸的光，那可能嗎？

班長們不知從哪裡獲知這位斯文靦腆的新任小排長的身世以後，他們是現鼻現眼的尊重他起來；那和服從命令，守規矩等等都不是一個味道。先前他所感覺那種找人給自己搔癢的煩惱，也彷彿不再有了。「那——排長真犯不著了。」臧雲飛這麼說過。聽得出來說的是真心實話。

「有甚麼犯不著？」

「聽說新制學校一畢業，就都送出國留學去了。」

真是見鬼，有這種傳言！他用一笑來否定。

「像排長這樣好好的人才——」

「沒有的事；少數又少數，經過甄選才出國深造。」

「不過，也真是的……」

他聽出臧雲飛發乎真情的慨歎。他懂得，他們開始很明顯的尊重他，並非因為他是個要人的兒子——在沒有價值觀念的老弟兄們的心上，有幾個要人是占著地位的呢？或者一個堂堂的參謀總長並不如他的排連長更重要——何況是要人的兒子，毋寧是種不受歡迎的人物。他們尊重他的，只不過因爲像他這麼一個大少爺，不會沒有辦法，而至跑到野戰部隊的步兵連裡來，跟他們一起泥裡爬，水裡滾，做工做得兩手的水泡，吃這麼樣吃不完的苦。

「時代朝前進，人總是要跟進的。」有事實爲證，他倒免於感到那是在向部屬們說教。「沒有甚麼特權，制度一天天健全起來，不合理的現象，就會相對的一天天減少下去……」他舉了葉朝平作例子。葉是國會議長的獨生子，不是夠有辦法了嗎，「還不是乖乖的被分發到前線上來。而且幹得蠻愉快的。」

他幫著他們去記憶剛下船的那天，那個戴一副近視眼鏡，領著弟兄們卸運糧彈的預備軍官。

「瞧他多興頭——這一生只走這一年的官運呢！你們不是聽到他寶裡寶氣的直嚷嚷……」

「不對啊，怎麼會姓葉？」那班長眨著眼，不解的樣子。

「那是因爲他曾祖父給人招贅，三代後歸宗。大概還沒有多少人曉得他們這個底細。」

弟兄們開始對這個家族感到興趣，很關心的研究起來。

「唉呀改甚麼姓嘛。先不說他父親名聲夠大的，就是他們那個望族，也是台灣的大姓了，又改回去幹麼呢。」居然還有人替葉朝平感到划不來，這些個天眞的兵老爺！

不管怎樣，就像這樣的聊聊家常，多少總可以幫助兵士們多認識一些比較深入一點的現實。現實是在蛻變著。現實當然還不曾、也不可能處處都令人滿意；但是在蛻變著，面對這個變局，自然，一初愚昧的頑抗都將徒勞。

在中國，似乎一直有一個不很體面的傳統，過去的貴族、乃至官宦們也多多少少在因襲著，當他們面臨戰爭，他們收藏起自己的子弟，遣出別人的——特別是平民的子弟到第一線上去吃苦流血。

世界上多少文明的，或野蠻的國家，不是這樣的；甚且許多國家向來視兵役爲皇族貴族的特權，把軍人高高的崇奉著，平民還沒有得到這份光榮的權利。大約沒有甚麼國家裡面，有像中國古代的貴族那麼鄙懦。然而新的認知，新的軍制，新的時代面貌和精神，幫助了人們醒覺，現實是在蛻變著。黃炎確是眞心的慶幸著自己在這個蛻變的進展圖上，他的已然肯定了的坐標地位。

恥於受到祖蔭庇護的黃炎，這種屬於新的一代的中國人的醒覺，無論如何是可喜可貴的。然而內心裡卻不是頂和諧的，總像小腳放大，不是天足那麼自然。蠢蠢的不平、不甘，隱約的被壓抑在醒覺的下層。兵士們爲他不受父蔭而敬重他，不消說，這挺使他陶然。雖然內心裡他在可恥著自己。

不受父蔭這一事實，使他在統御上幾乎是豁然的一下子解決了那麼微妙的困難。但這是否仍然等於受到父蔭，恐怕抵賴不掉；也許可以自嘲自嘲，至少這是很實惠的，只在變貌之後比較榮譽多了而已。

想到曾付出多少努力，都不很得法；磨損的車軸，欠潤滑的承軸，吱吱喲喲那麼不甘的轉動，卻還是有賴中將爸爸的餘蔭——那麼一個鬼因素，使他的處境豁然了，不管怎麼說，他還是很不服氣的。

「那……次長該替排長生生辦法的。」李會功班長甚至比誰都更替他不平。

好一個從「次長」到「排長」那麼遙遙無際的長程！

「生甚麼辦法？」黃排長已有些微醺，顧盼一下第三瓶紅露酒還有多少。

「排長別看，還早得很哩。」臧班長說。

「斟滿，」他指指李的酒杯，「排長要罰你這一杯。」

「這是怎麼一回事，排長？」

「斟滿，」藉幾分酒意，他很滿意自己這點兒老練。「你乾了杯，排長再跟你說道理。」

以官銜替代第一人稱，黃炎似已很坦然的出口了。剛到排裡來時，自然不是這樣。帶兵帶到甚麼程度，自己會隨時感覺出來的。只要帶到了家，帶到了心，稱孤道寡也由得著你；不像以前老是把年歲大小看到比官位高低來得重。摸摸光滑的嫩下巴，便老是心虛的下意識著自己的配不配。

李班長乖乖的把滿滿一杯紅露酒一飲而盡，似笑不笑做出蠢得可愛的樣子，等著整整小他十五歲的排長給他教訓。

要說硬派這一杯下去，算是處罰，那李會功這個老弟兄倒情願把這樣的獎懲顛倒過來。瞧李班長憨傻的把自己弄得小了起來的那副神態，黃炎眞不知有多感動。

「你哥兒三個聽見的，」排長看看高班長、臧班長，又看看那班長，「甚麼鬼話！——次長給排長想辦法！國家有體制沒有，你哥兒三個說說。」

「沒說的，固然是。該罰。」

「再罰一杯，再罰一杯。」那一個接過去說。

「不行啦，排長，腦殼子有點不管用了……」

這個倔脾氣，輕易不露笑臉的老兵，把自己小成這副憨態，他所受到的感動，毋寧說，酸辛的成分更多些。軍隊已是他們的家，甚麼都在這個家裡。也只不過就這麼點兒溫情而已，瞧那份滿足的味道。小小的一場全連射擊比賽，他的排拿到冠軍，戰士們放了一半的慰勞假，他做排長的，花不幾文，營區福利社請四位班長喝兩瓶。就這麼小小不言的，老兵們便這麼心滿意足，小得多麼不足一道的需要量。

老兵們甚麼都無所求，無所屬，不過是把這個特殊的組織當作自己的家罷了。爲這個家苦，爲這個家樂。儉省一些，是爲這個家好；排場一些，也是爲這個家的體面，都沒的可計較的……大約就是簡簡單單的這麼些。

「眞的，報告排長，腦殼子不管用了……」

「這點酒，眞差勁兒，五條大漢三瓶還喝不完？」

「都讓我一個人幹掉了……」李會功已經唱關公。

爲著防止哨兵再發生有虧職守的事，「腦殼子不管用了……」瞧這老兵，搓著腦門在那裡煞費思量，眞令人有些不忍。睡眠不足，眼窩倦得黑黑的。不把這裡當個家的話，誰也沒有硬逼他操勞成這樣子，哪裡犯得著全心全意的這麼辛苦。

兩個人生出好些個主意，但是除掉放複哨，還是沒有更好的辦法。他瞧了一眼已經放涼了的豆漿、饅頭，老兵的眼好歡，「排長，給你換份兒熱的去。」

他連忙攔住。「不用不用，不是冷天嘛。你也去吃早飯罷。」

那班長也走了進來。關於夜間發生的事故，那班長也搭上話，「除非，嘿，操他妹子，除非你做班長的睡在哨所裡陪著，沒別的好辦法。」

「你站著睡！」李班長沒有好聲氣的頂過去。

「有鳥的用！」他瞧著那國璋被頂得沒話兒好回，得理不讓人的跟著挖苦下去：「你睡哪個哨所？把你五馬分屍，一個哨所裡掛你一塊肉，才夠分配的。淨想些母點子你——你不是公的嗎？」

「噯，對，妹子的，公的母的你這才知道？」

剛接下防地時，便曾爲了不放心新兵們遇到情況沒辦法處理，五巨頭一爿逐一的看陣地，一爿商量著。後來依照那班長的主意，從掩體到各個哨所，這中間挖上一路淺壕。壕裡隔不多遠栽一根短樁，把訓練投擲手榴彈積聚的導火索環子繫在短樁子上，繩子穿過這些減低摩擦係數的小環，一端通到班長鋪頭上的拉鈴，一端通進哨所裡，用這樣的方法來做聯繫。後來又改良了一下，繩子改用被覆線，就更爲滑溜了。

那是那國璋的得意傑作。啓發他靈感的，他自己說：「妹子的，你都猜我怎麼想出的主意——你都猜猜看。」

「得啦，排長剛誇獎你兩句，就上了天。」

「沒想到我那個老行業還有這個用。」那班長自語著。

「還有甚麼好行業——扯線拉皮條的，還不是。」

「想起來了，」臧雲飛瘟瘟的說：「他吃過幾年的鐵路飯。」

「聰明，小子。」

「吃甚麼鐵路飯？——燒便當？」臧用閩南話糟蹋他。

「操你！」

「要嘛就是台糖的小火車。」

「當心把你小子耳朵震聾，頭等大站——徐州，又是隴海，又是津浦。」

「大站又怎麼樣，大站也大不了人的。還不是刷你小子廁所！」

構著工，兩個班長就這麼你一嘴，我一舌的逗著，像兩個磨牙的孩子。那些無聊的對口相聲，隨著一圓鍬、一圓鍬的紅土聳出去。配合著語氣，狠狠的像要把整圓鍬的紅土聳進對方的口裡，把那張壞嘴給堵住。

「火車不是推的，牛皮不是吹的，」那班長又想當年起來。「兩年沒到頭，老子就打護路工幹到扳閘夫。你老牯牛懂不懂的，沒有誰幹得那樣快法。」

「好，小子好好幹。第三年就幹到站長了是不是？還不是靠你妹子脫褲子脫來的還吹哩！」

「你妹子的！」

那國璋對著手掌呸口唾沫，把圓鍬柄子搓搓澀。呸的那一口，眞像要呸到李班長臉上。「不是吹的，問問你們縣太爺，見過津浦路上的藍鋼車沒。現在甚麼柴油快、對號特快，差得遠。當個頭等大站扳閘夫，簡單啊——你當是！」

「打打紅綠旗子還不是！」

「你說的簡單；頭等大站，火車進站一趟，要變多少軌，你知道！」

「都是你一個變鬼？大頭鬼，小頭鬼，嗯？」李扗著圓鍬柄子，偏偏頭端詳了一下老那，「你小子腦袋瓜，怎麼看著有點歪？老是五點鐘方向？」

「……」

兩個人一直就這麼無味的抬著槓。可是抬得挺開心，以致忘掉開始是怎麼扯起鐵路的了。

不管怎樣，許多第一線的哨所和據點之間，都採用了那班長這個辦法。雖然新兵們常常沉不住氣，無緣無故把班長摻起來，有的班長眼睛都熬爛糊了，氣得臭他那國璋不幹好事。

可是臭歸臭，總是教人放心得多。這個臭辦法，可不是來自步兵操典或者作戰綱要甚麼的；緣起不過是個幹過鐵路工人的老兵。老兵把軍營當作自己的家，才那麼沒讓人吩咐或逼著，便顧自挖心思，從控制行車號誌的綷線，抄襲過來這麼個方法。

如今，既然放複哨才能減少哨兵打盹的危機，但又並不是頂好的法子，那班長於是又根據他的得意傑作，提議哨所那一頭乾脆把繩頭延長，哨兵接班時，把繩子扣到腳踝上。班裡隨便哪個醒來，都記住去拉拉床頭繩子，這樣既可防止哨兵盹著了；又可不必放複哨，增加大家的負擔；又等於多查了幾遍哨；而且果眞哨兵被水鬼摸上了，一有動作，班裡立刻就會知道。算是一舉四得，那國璋為自己又一次的偉大發明非常奮昂，說得兩個嘴角生出白沫來。

「妙透了，拿人當了小雞兒。」李班長下巴扭到背後去，表示極端的不以爲然。

「動物園的大象，其實也是拴著腿的。」做排長有意輕鬆一點的說：「自覺是頭大象，也許就不會覺得沒面子了。」

雖然他很不同意那班長這個的確有些辱弄人的賴主意，但總算難爲這位班長煞費苦心。總是爲著求好了，給點撫慰是必要的。

電話鈴響，那班長就近接過電話，「兩兩三……是的，請等一下。」話筒給了黃炎，「連長電話。」

掩體內一陣沉寂，三個人悶悶的互相望著。

「是的，是的，放複哨，是的。」

黃炎放下話筒，順手搖了半圈回鈴。他看看兩位班長：

「團部指示——今夜八點鐘起，放、複、哨。」

參謀本部公報：福建龍田機場，已有敵機米格進駐。

參謀本部戰報：昨日六時四十七分至十七時十四分，馬祖發出空襲警報九次。本日三時五十五分至四時二十二分，廈門敵砲向我烈嶼射擊三十發。

中華民國四十七年八月十九日

「這還了得！」又該輪到血氣過盛的邵家聖到處猛叶呼了，「這些混球，眞他媽的，不是忘掉問口令，就是一聲不響的理起槍來就幹。我看，咱們哨也別查了，留條小命要緊……」

爲著類似的這些亂七八糟的情況憂慮的有心之人敢情是有的，只不過沒有誰像邵大尉這樣，肚子裡容不下一根小刺兒，不吐不快。

「你又在那兒窮叶呼。」黑皮主任大約聽煩了，撩起藍士林布的門帘，虎虎的站在當門。

「這恐怕不能怪我窮叶呼了，主任。這不是大水沖倒龍王廟，一家人——」

「你白當了十年兵，吃了十年冤枉糧。」

「主任——」

「我不要聽你那些半生不熟的謬論。」

「事實明明白白嘛，自己人幹起自己人，難道不夠危機——」

「甚麼危機！你危言聳聽，專門擾亂軍心，打擊士氣。」

「主任你總不能叫人做鴕鳥，不肯面對現實罷。」邵家聖火爆的叫著，嗓子啞啞的。

「只你一個人面對現實？」團主任的汗斑臉越發黑白分明。「咱們這些新弟兄槍法賴嗎？要打哪兒，就中哪兒，有說的嗎！」

「這樣的神槍手啊……」邵家聖的聲量低下來，心裡啐著——你這條黑泥鰍，護犢子護到這樣……對他這麼個上司，反正他是存心不肯服氣。

「你們第二期青年軍，有過這麼百發百中的高手？」黑皮上司總是動不動就拿第二期青年軍來窩囊他。

上司放下門帘，隨又重新撩起來。「有甚麼高見，進來說明白。你要再那麼猛嚷嚷，當心辦人。」

話是說得好狠，彷彿從咬著的牙縫裡迸出來的。

辦人，歇歇罷，牙膏。邵家聖也狠狠的咬著牙齒，打心裡說。

問題仍發生在夜間哨兵的身上。

而且發生在黃炎的排裡，又是放複哨才發生的。

農曆剛交七月，月牙的影兒還盼不到。寂靜的前線之夜。

來自亙古的星斗，似乎衰老了。縱然那麼繁盛，在上等兵張簡俊雄的心上，永遠比不上愛河裡水鑽的六角晶體那樣玲瓏。又該是思念起他的大王椰子的時候——好像他的家裡甚麼也沒有；或者說，除了那棵大王椰子，甚麼也不值得他思念。

然而總不止這些的。他低低的哼起一首歌：「故鄉的月色分外光，故鄉的泥土分外香……」思念裡的愛河本就一片清灩；離家遠了，清灩的河上又灑上一層彩霞。

早晨和黃昏，踏一輛霸王牌單車，蹓狗蹓到愛河。莎莎，心愛的狼犬，家書告訴他，莎莎就要臨產了。這樣的季節，家鄉的情趣濃而又濃。天總是陡然的落雨，陡然的放晴，不像這戰地難得一見雨天。每日，每日，午睡常被雷聲和雨聲喚醒。例行的陣雨，暑氣盡消，彷彿專爲著給每一天準備一個涼爽的月夜。當鳳凰木的火季，馬路便成火紅的隧道；長長的一條條火紅的隧道。那裡，看不到海而享受著海，每個暑期都在享受著西子灣，泗泳和垂釣，和平的海，而非這裡一睜眼便見到海，卻是只給人磨折的海……

拍打著海岸鋼砦的燐亮的浪花，是這樣磁吸著哨兵們搜索的貓眼、梟眼——夜哨所必須練就的漆黑中的夜眼。

探海燈總是在和黑夜周旋，扇形的默默的周旋……

探海燈的帚子掃過海面。沿岸湧動著靜止一般的浪花，一排排恍惚的波光。

黑夜裡，人的勇氣似乎有賴於亮光。

這是個晴夜，視界裡的陸地和海，硬是墨黑的底子上面揮毫著更濃更濃的潑墨……

「怎麼接班這半天，還沒有人來查哨？」

張簡雙手拄著槍，懶懶的打了聲呵欠。

「管他。」黃偉明上等兵弓下身，用力抽一口香菸，就著那點火頭照亮一下手錶。

「有多久？」

「早得很，才四十分。」黃上等兵說。「這個辰光，台北還沒有熄霓虹燈罷。」他是一口的上海國語。

「最後一場電影也才剛散場，對不對？」

「早散了罷。」倒捏在手裡害怕暴露的香菸，炙烤著手心灼灼的痛著。

「散了罷？」

「你算算看，九點半開始，是不是？」

張簡沒有應聲，蹲下去，像要看清甚麼。

「你算算看，」黃偉明自己算起來，「九點半，十點半，十一點，一個半鐘點，不早就散場啦——」

「阿黃，好像有甚麼嘜……」

「神經！」黃偉明也跟著蹲下身子。

「眞的，」張簡縮緊了聲帶說，一面指指左前方那一片一抹而下的丘坡，「你低下來看看嘛，眞的不騙你。」

「見你的大頭鬼。」

黃偉明雖口裡這麼說，還是伏到張簡的肩膀上，聲音也壓低了，問著哪裡哪裡。手錶在張簡的耳邊，卡卡、卡卡……好大聲的響著。

在沉沉的黑夜裡，判斷對直過來的距離，那是很困難的；除非盯住那個目標，等一等看，才能確定它是走近來，還是一步步的遠去。

「你趕緊監視那邊。」張簡歪歪肩，搡開伏在他肩上的阿黃。

兩個人潛出哨所，背對背的蹲在地上，眼睛往四處搜索。

「到底……到底看到甚麼啦？」黃偉明搗在手心裡吸得很小氣的菸蒂，差不多燒到嘴唇上來，這才捨得在腳邊捺死。等檢查沒有一點火星兒了，再彈得遠遠的。

「恐怕……有名堂，」張簡俊雄說，「兩條腿好像光溜溜的。」

「噢，光溜溜的？」

阿黃有些憋不住，他這邊方向甚麼動靜也沒有發現，側轉身來，伏到張簡的肩上窺視。

「瞧，不動了。」

「查哨的罷……」黃偉明還是沒找到目標，一再的揉了又揉眼睛。

「有從那個方向查過來的？又是光腿——」

「哪裡是光腿，有綁腿哩。」阿黃看到了。

「你是甚麼眼睛！」

「不是打的綁腿嗎？起碼上身穿的有衣服。」

「怎麼鬼鬼祟祟的——要是查哨的話……」

黃偉明似乎對自己眼睛沒有信心。他感覺到張簡的肩膀微微有些顫抖。

探海燈再度掃過來。燈光從海灘上鐵軌和水泥墩做成的障礙物上掃過，迎著餘光，襯出那黑影以一種爬坡的姿勢，朝他們這個方向爬來。實際上，不知是山石還是叢草遮住了，只能看到那個黑影大半截的上身，根本看不出下面是否光腿。

「有問題……」黃偉明似乎在自語。

「快點哩，恐怕不到一百公尺啦。」

張簡並不清楚自己說的「快點哩」是甚麼意思。他只覺得這個黑影來自海灘，屬於敵人偷襲過來的方向，這就是天大的事。

「喂，阿雄，你講那哪？」黃偉明奮昂得方言都漏出來了，「三千？還是一千五？」

「甚麼？」張簡分明懂得那個意思，還是衝口問了一聲。

戰地司令官的作戰獎金中有那麼一項，活捉水鬼三千元，擊斃水鬼一千五。但是張簡俊雄緊張得已經不知道怎麼才好。

「你有種，我們就等他再近一點，三千塊一人一千五百塊。」

「算……算啦。」

「有沒有種，小豬玀，有沒有嘛！」黃偉明好像帶著威脅的口吻。但他自己已抖成一團兒了。

「一千五算了，比較靠得住啦。」張簡拿不定的說。他倒還記得住跪姿射擊要領，右腳扁著墊在臀部底下。

兩人當作買賣一樣，急促的商量起來。可是實際上並沒有裕如的時間給他們考量。張簡咬緊著慄慄的牙骨，渾身冒汗，有一股寒氣從腳底心往上走。他只直覺著，一千五雖比三千少掉一半，但只須開槍就行，用不著擔風險。捉活的就要眞刀眞槍拚命了。

「一千五就一千五，」黃偉明上兵端平了槍身。「打腿好不啦？或許算活的……」

探海燈緩緩的掃過海面，那黑影幾乎逼近陣地邊沿的樣子了。

兩個傻犢子不經約合，抓住探海燈的餘光把那個黑影襯托得最明顯的瞬間，槍托頂在肩窩裡還不曾抵牢，砰砰就是兩團刺眼的花火。

張簡一陣嗆咳，弄不清是瓦斯嗆著了，還是槍托座力把肩窩搗得太重。

槍聲響徹了海面，彷彿揮出一聲長鞭，海上來去來去的流竄，耳鼓膜上久久不散的響著。

一如耳鼓膜上留下的槍聲，眼膜上幻起大朵的綠花。突然異常漆黑的視覺，轉向哪裡，大朵的綠花便跟到哪裡。那是一大朵油亮亮的翠綠，壓在玻璃和玻璃之間的水滴那樣的捉摸不定的圖形，變形著，怎樣拚命的眨著眼瞼也眨不掉。

陣地裡連連奔出夥伴們。

兩個兵士，一個靠到哨所的矮牆上，拄著M1半自動步槍，雙手握住疑心有些微溫的槍管。另一個還傻傻的蹲在地上，顫巍巍的直喘。

「幹到了罷?」

張簡喘著氣說。握著槍管的手心裡感到水漬漬的發潮。平素養成提防武器生鏽的習慣，使他本能的把雙手移到下面的護木上。

「倒下去了。」阿黃說。

但他曉得，他甚麼也沒有看到，眼上還被那樣的綠花蒙蔽著。好像用這樣的撒謊安慰安慰張簡俊雄，自己也可以撈到些安慰。

黑裡，夥伴們一面搜索，一面戒備。荒淒的黑野上，人聲聽來有一種惶急的恐慌。

人是倒在砂上的斜坡那裡，遠在陣地外八十碼處被搜索到了。人在呻吟著。

這個被當做一千五百元，或因受傷可以賴上三千元作戰獎金的獵物，卻是這兩個哨兵的副連長。急送野戰醫院後的初步診斷，右腿擦傷，左腿則被鉛心子彈進口小、出口大的炸出個紅茶花似的創口，可能傷及骨節。

黃炎搖了四次電話，才找到邵家聖，打聽團部怎麼處理這件意外。

「恭喜您啦，少爺。」邵家聖一聽他的聲音，就怪笑起來，「眞是強將手下無弱兵啊！」

「得啦，大官兒，油鍋上的日子，你還樂呢。」

「怎樣？聽說兩個寶貝得過射擊銅牌，不賴嘛，這下該升等啦——」

「大官兒——」

「沒想到圖財害命起來，妙事兒可都出到貴排裡了。」

「我說大官兒，別提圖財害命罷。設這個獎金，本來就是個圖財害命。」

「不能這麼說，哪能敵我不分！」

「閒話少說。正經的，團部打算怎麼簽報，想辦法影響一下罷。」

「我看，」邵家聖說：「這寶一對，如果不就地正法，何以教士卒！」

「沒那麼嚴重；我是擔心弄成刑事案，這兩個傻蛋吃不消。假使團部能夠筆下超生，從輕簽報上去，哪兒不是積陰德！……」

黃炎一口氣也不歇的搶著往下說，不讓邵大官人插嘴，亂打哈哈。他懂得，這樣的事件在部隊裡處理的彈性很大，他只有找邵家聖——團部裡那麼活絡的交際葉兒，設法挽回這樁意外發生後的惡化。

他開始領會到做要人的兒子還是很可愛的；有些不是自己可以辦得的事體，蠻可以借重一下老子的權勢的。那樣的話，不一定就是壞事，不是嗎？像救救這兩個一時糊塗的小兵，蠻可以借重中將爸爸一個載波電話，不必捨多大面子的跟司令官招呼一聲，小犬排裡發生的意外嘛，新兵嘛，緊張過度嘛，避免不了的嘛……不亢不卑，師長那裡再關照一下，便甚麼事都大化小，小化無了。

這樣看來，權勢眞的很有用。給兩個小兵脫罪，雖則說不上甚麼憐憫體恤，作爲一名排長，總該盡力照顧部屬的，替部屬擔當擔當的。

然而現成的權勢，他知道他不能去沾老子的這個光。他也深知中將爸爸不是輕易賣面子的那種人。好了，只有找找好朋友——雖然也還是有點兒近乎借重權勢，不免讓人說：人家團部裡有人嘛。可是社會上似乎有個公認，靠朋友不像靠親戚或祖蔭那麼的可羞，心理上他彷彿有這麼一點仰仗。

「好啦，大官兒，讓你刮了老半天，你也該過足癮了。淨吃咱們下級也沒多大意思罷。完全拜託啦……」

「我去完全拜託誰？你倒也學會這個鰾功了，這麼硬鰾上來。」

黃炎心裡留的有譜兒，萬一邵家聖跟他要片兒湯，或者確是愛莫能助，他再去找團長，替兩個氣死人的小兵求情。當然，那還要跟連長大費一番唇舌。

「反正，少爺，你找到邵大尉，算你遇人不淑。你還不知道我這個人？成事不足，敗事有餘，我是從一開始就主張嚴辦這兩個寶。否則的話，頂頭副連長都照樣幹倒，咱們這一號的還敢跑貴碼頭去查哨！……」

但他太了解邵家聖這個人；馬馬虎虎是一回事兒，夠朋友又是一回事兒。只要說出這樣的話來——在正經上，邵家聖總是愛說反話的——憑著這麼點兒默契，他是多少可以放點兒心了。

「對了，」邵大官兒還不肯放下電話，「我倒正要找你算帳，你怎麼忤逆了你們黃府上的姑奶奶了？」

他頓了頓，才弄懂邵家聖貿然這麼一問，「怎麼啦，沒得罪他老人家呀——」

「剛又跑來告你們貴排的狀啦，你還裝不知道！」

「眞的，大尉，怎麼回事？」

「我的天爺，我看你麾下也是多事之排了，淨是漏子。小禿子爛雞巴，一頭沒了，一頭又來，怎麼淨出事兒，算算流年罷，少爺！……」

由他們這個排照顧的楊黃鴛娘老太太，前兩天還曾到他們陣地來罵了一陣子人。

「伺候都唯恐不周全，還敢忤逆不孝呀。」他說，「原先嘛，用的是政治愛——不是愛民如子，是愛民如祖宗，現在——」

「甚麼？你說甚麼愛？」

「原先哪，用的是政——治——愛。」

「噢，現在呢，老吾老啦？」

「老吾老，也還是沾著些政治色彩罷。」

「現在呢？」

「老姑奶奶使我感覺到——我是個大人了。」

「黃大人，噢？是不是因爲做了百里侯，我善牧我民，善農我土——」

「哪有百里！三百碼乘上三百碼。問題不在這上。」

「那就算千碼侯好了——操他，不成大馬猴啦，閨房裡跑出來的？——啊？……」

「話講完了沒有?」總機那邊插進話來催了。

「大人說話,你們小孩子插甚麼嘴!」總機那邊,邵大尉也是廝混得挺熟的。「你邵大尉和黃大人熱線會談,你也聽不出來?多重要的軍國大事,知不知道……」

總機的通信兵直道歉。「太久了,你受不了啦?」他是沒上沒下的隨時跟人來葷的。

「好了,繼續,黃大人。有人指責我,你知道嗎?」湖南高地的地底下這裡,邵家聖提起一條腿踏在坐凳上,褲筒捋到腿彎子裡,摳著腿上前番跌傷的乾血疤。

「樹大招風啦。」黃炎說。

「得啦,千碼侯。不止一個指責,你可知道?」

「至少我是擁護你的。」

「遠水救不了近火。」邵家聖呱啦呱啦的叫著:「有人還在團部會報上開我的刀,指責我這一套,正代表咱們整個民運工作的失敗——」

「那是從何說起!」

「當然,我脾氣壞,沒的可說。會報上所謂的『工作都做了,就只是不落好。』這就是說風涼話的人提出來的寶貴意見。那我是幹甚麼啦,我不等於割了雞巴上供——把自己通死了,把神也得罪了。甚麼玩意兒!其實我就是愛喊愛叫;喊過叫過,胸無點墨,心裡啥也沒有。」

「那就對了嘛,大官兒。」

「可是有人居然打起向敵人學習的旗號,來指導老子。這倒左到哪兒去了!我誓死反對共產黨的虛情假意,進門喊大爺大娘的去哄老百姓;磕三個頭,放九個屁——行好沒有作惡的多。要我嘴甜，辦不到，搞民事不是當婊子，光灌米湯不兌現——」

「喂，大官兒，別指著禿子罵和尚好不好？」

「怎麼說？」

「對咱們黃家姑奶奶，在下嘴甜都來不及，哪還敢倒著毛兒撲擼——」

「那是你千碼侯的子民，一家人嘛，甜點兒苦點兒都有擔待，無傷大雅。你跟我不是一碼子事。」

「大官兒，你一向是宰相的肚子，哪兒就裝不下那點閒話——」

「少拍馬屁。」

「認眞的，民事做得成不成功，戰爭來的時候，才可以試出來——」

「戰爭來的時候？你看到戰爭啦？」

「我的據點裡，目前還看不到戰爭。」

「我說嘛。誰看到戰爭了？整個金門島群，誰也沒有看到戰爭，淨看晚會，看新娘子，還看貴排不斷的出洋相——」

「大官兒，饒饒人好不好？」

「句句實言嘛。眞的，整天伺候老百姓就伺候不完，鳥雞巴玩意兒也不哪那麼些。不談不談，咱們談點兒樂和的，壓兩天到你那兒去吹吹牛皮，這兩天饞得要死——沒人好聊……」

邵家聖放下電話，很疲倦，看著自己肚子一喘一喘的起伏。「媽的蛋，老百姓都叫司令官慣壞了。」他是冒冒失失的叫了一聲，別人聽來眞有些語驚四座。他才不管這些，發現同僚們注意他，反而更上勁兒。「這買賣二兒，老子幹它不了，誰幹誰幹，兄弟表示倦勤……」同僚們經常聽他進進出出的這麼叶呼。不過大家都清楚他這人，一直叫苦、罵世，一直在賣命的幹。

當然也不能怪他邵家聖一張嘴壞。防區裡不管甚麼晚會、國劇、話劇、電影、河南梆子、歌仔戲，乃至被諷爲物質克難、精神喪失的四不像的克難樂隊；也不管是勞軍的、自辦的，還是三軍巡迴演出的，反正所有這些康樂活動，邵民事官就得去跟主辦單位接洽，給防區內的民眾劃位置。而且除非把這些被慣壞了的民眾席位劃在正前面三排，才沒有閒話——當然那不是每一回都辦得到的。那麼，位置如果偏了些，或者看電影靠前了，看戲靠後了，聽聽罷：「報告你們司令官去，把我們往中央移一移……」每次每次，都沒有不是這樣嚕囌的。

「報告去罷——擦屁股也找司令官。」

總是張口就找邵參謀，閉口就找邵上尉，而邵參謀邵上尉又必須親蒞現場照顧到開演爲止。這樣的時候，能把邵民事官氣歪了腦袋，嗓子也喊得言派成了麒派。「報告去罷，趕緊，趁熱，待會兒涼了。」邵民事官扠著腰嚷嚷。「下次把你們排到頂理想的位置，保證，保證，絕對保證你們在場子外頭理想理想算了。——還想看！」

但這樣暴跳過了，冒火過了，可又一路洶洶的找會場指揮官：「我們不要老百姓了是不是？這樣的位置給千里眼看哪，乾脆把老百姓攆到場子外頭算了……」

最後，會場指揮官總是被邵民事官黏纏得沒辦法，只好讓步，發令給部隊官兵，拿起小板凳，橫跨三步五步，讓開幾伍給這些親愛的民眾比較適中的席位。

有時各部隊還沒帶來，老百姓聽說有晚會，提早了吃飯趕來，不管你位置怎麼分配，老實不客氣的專揀最好風水占下來，還替阿這個阿那個的先占住。那也得邵上尉參謀來說好說歹的勸一陣，哄一陣。勸哄不動，只好跟會場指揮官商量著承認事實。

「慣壞了，慣壞了，我眞算拿這些活老百姓沒半點轍兒……」

一個團民事官要做的工作，當然遠不止這些。防區裡由駐軍來照顧供養的老頭子、老婆子，三天兩頭的找到團部來，這個那個的，雞毛蒜皮，都是他民事官的勞累和麻煩，永遠沒有個完兒。

在僑鄉金門，多是這樣的老人。兒孫們遠走南洋，一個個發跡了，老人卻戀土難移，死守住在這個歷代祖先承傳下來的海島。兒孫們拗不過老人家，也爲著炫耀炫耀門庭，不惜鉅資在故土上建一棟洋房——那些上好的石材、老紅杉、還有大量俗得要死的燒磁花磚、青方磚，都是一帆船一帆船的從內陸運來。中西合璧的洋房落成了，老人住進去，有的是經常不斷的僑匯，衣食不愁。當然也有兒孫僑居印尼匯不回錢來的，靠著積蓄和一點薄田度日，也還不算貧戶。可是問題在老人的年事一天天高了，寂寞一天天的深了，等到手腳不方便，一桶水想從井裡弄到缸裡，從缸裡弄到口裡，都已異常艱難，那種風燭殘年的淒涼光景，誰來照顧奉養呢？也是民事官的業務之一。

那位被黃炎稱爲「咱們黃家姑奶奶」的楊黃鴛娘老太太，便是這樣的光景。兵士們輪流著，不光是給她打飯、打水、到金門城去買點這個那個，還要陪著聊聊天，領去看晚會——甚至天黑了，還得背著去，背著回來。

這些孤苦的老人，老頭子總比較明事理些，雖然軍隊不收一文，還是想到要算算伙食錢，早晚堅持要拿點錢出來加加菜。那些老婆子就比較難伺候了，而且那麼的古裡古怪。而妙就妙在老頭子難得見到一個兩個，長壽的大半都是老婆子。那位黃家姑奶奶，就是最叫人頭痛的一個。尋常就夠伺候的了，碰上脾氣壞起來的時候，就到黃炎的陣地裡來，不論抓住哪一個，罵罵人，發發脾氣。如果氣出得不夠，然後拖著枴杖，也不怕那麼老遠老遠，歪歪扭扭的走著已經走了七十二年而所餘不多的路，走到湖南高地來。

「你們這些壞阿兵哥，再壞不過啦……」衛兵扶著下著土階，一路就這麼嚷過來。

「又怎麼啦，老阿婆，坐啦坐啦……」

邵民事官用他半生不熟的閩南語，陪著小心，迎上去把老婆子扶下土階，下到坑道裡來。

「你們這些壞阿兵哥……」老婆子的詞彙實在也很貧乏，重三倒四的，不過就是這麼些。

老婆子開了一句口之後，總是按按頭上紗勒子，撫摸一下勒子額上的白銅珠子是否歪了。彷彿要罵人，先得把自己儀容整一整，才更理直氣壯一些。

「你們壞阿兵哥啊，飯是涼的，生的菜啊，也嚼不動，不好吃，壞阿兵哥！領我去，我要去找司令官……」

「跟我講講就好了，司令官忙得很，不要去麻煩司令官。」

「再忙，我也要去見見。」

「司令官回台灣去了，要再過十天才回來。」

吉普車的鑰匙剛從副團長那兒哄到手上，打算去塔後找女兵們耍耍，邵民事官不得不捺住性子，像哄小孩子一樣的哄著這位老阿婆。

老太太有一雙生著白翳的眼瞳，似乎看不清楚甚麼了。有一回邵民事官給弄煩兒了，仗著老太太眼力不濟，狠狠皺了皺鼻子。但生著白翳的眼睛立刻惡惡的瞪過來，指頭戳到他鼻尖上罵。那個又厚又好像很污髒的指甲，眞還把他的鼻子冷不防戳痛了一下。

「你也不是好人啦。」

他得陪著笑臉，「阿婆啊，我是好人啦，好人裡揀剩下來的，好得很哪。甚麼人得罪了你，跟我講啦，告訴我這個好人，我去修理他……」

這樣乏味的廢話，要反覆反覆的說上八十遍；用很高的音量，和他有限的一點閩南方言羼合著變調國語，加上他對付妞兒們的耐心和逗的功夫……用盡這些來和黃家姑奶奶周旋委蛇。

「從前噢，人家的阿兵哥可好啦，幫忙阿婆提水，幫忙阿婆洗衣服，講講話，去看戲，陪阿婆回家，天黑了還背著阿婆回家……」

但現在和從前一點也沒有兩樣。交接防區，這些屬於防區地上物的老人們，也是交代的任務之一。接防的部隊不會不清楚要做些甚麼，而且只許有進一步的改善，不可能不如從前。可是老太太一面用癟巴嘴吃著頗合老人牙口的軍用罐頭裡的肉糜、鮪魚、紅燒牛肉、紅燒雞塊、油燜酸菜，一面埋怨著要去見司令官，要司令官把從前的那些阿兵哥調回來，堅絕不要現在的這般壞阿兵哥，這位黃家姑奶奶便是患著如此喜舊厭新的精神偏執症。

有時碰上搗蛋鬼的兵士，耐不住煩，便扯謊嚇唬嚇唬老太太：

「老阿婆啊，我們明天要走了，來跟你辭行。我們要回台灣啦……」

老太太也並不是容易受騙的；撇撇癟嘴，不相信這些鬼話。

但是多囉唣兩遍，多編造些輔助性的謊話，指給老太太看陣地裡正忙著從碉堡裡拖出受潮的被服裝具曝曬，「你看，正在搬東西不是？……」老太太於是愣愣的不言語，筷子放下，拄著枴杖，只好摸索到湖南高地來找邵民事官的麻煩。

「不行，不行，你們來沒有幾天，不能走。帶我去找司令官，不准那些阿兵哥走……」

「沒有啊，阿婆，沒有這回事，我們不走……」

老太太不相信，硬說他瞞著不講。等邵民事官弄明白又是哪個搗蛋鬼使的壞，搖了電話給黃炎，好一頓刮，「我這麼日理萬機，你還縱容貴屬來找我的麻煩……」

有甚麼辦法呢，這麼樣古裡古怪的老祖母，總是把自己留守在過往的一種鄉愁裡。

「我受不了，這哪是人幹的！整一個下午，啥事也做不成，淨在這兒哄老妞兒。」守著老太太他就這麼叫開來。

本來是興頭得很，到塔後的女兒國去遨遊遨遊。「要去泡妞兒的，結果泡上妞兒她姥姥了。」給老太太陪上整籮整筐子的好話，打發走老阿婆，邵民事官氣得把車鑰匙摔到地上，挺到換下一堆衣服的床上，瞪著凝有水珠珠的水泥蓋頂，「老子不生風濕關節炎才有鬼呢。」心裡惱著自己穿得這麼整整齊齊，平白的把一個精采的下午給糟蹋了。

逢到這樣，總又不由人的思念起自己那個古裡古怪的老祖母。

他欠欠身，把壓在身子底下漿燙得挺挺的衣服拉拉伸，免得還沒派上用場就揉搓縐了。

祖母是很有福氣的，膝下一大窩三代人和四代人。古怪的祖母把孫兒孫女和重孫重孫女，輪流疼愛和討厭。誰輪到老人家寵幸期間，誰就被招待到那間沉暗而帶有霉乾菜氣味的上房裡，分享老人家的補品和私房菜，夜晚睡到腳頭上給老人家焐腳。

然而總是好景不常，受寵的期限多則半個月，少則撐不到七八天，不愁找不出罪名把你放逐，數說你偷吃梅花罈子裡的蜜棗，或是打掉了一隻江西磁的醋盞子，或是夜來窮踢被子，害她老人家受了涼——其實哪一夜不踢被子呢？炕上鋪的是羊皮褥子、俄國毯子、棉褥子、線毯罩子，蓋的是絨裡子棉被、上面加上壓被，又是毛毯、老祖母的棉褲、毛冷衣、皮襖、皮坎肩……哪個孩子也受不住那樣的下面蒸，上面焐。自然，要是不幸尿了炕，那就更是罪加一等了。

不過即使甚麼毛病也不犯，到了該失寵的時候，一樣的還是要失寵；把你踩到腳底下。逢人就數說你是個貪嘴、偷懶、又笨、又醜、又髒，集十惡不赦於一身的沒出息小子。

「局部和平」，部隊從平津撤回山東，路過老家時曾偷偷跑去大姑家裡探望探望。誰知道一進門就碰上了到閨女家走親戚的老祖母，一把摟他到懷裡，心肝寶貝乖呀肉呀的喊著、親著、擰著，眼淚婆娑的罵著。他那些逃學、花掉學費、不告而別的溜去當兵，所有昭然於世的罪狀，老祖母一字兒不提，只管摘下金箍子、金簪子、金耳圈兒，一件件直往他軍裝口袋裡塞……

十年過去了。匆匆忙忙一張紙似的揭過去了。想想祖母今年高壽多少了……多麼不行的孫兒，那麼疼他的老人家，連多大年紀都記不得了……

而面前放著這麼一個老祖母，一般的也是衰老、古怪、矯情的折磨人，這該怎麼說去。把鑰匙摔到地上鬧氣，只因今天去不成塔後胡鬧了。人生一場就是這樣子麼！要的，要不到；不要的，硬塞。硬塞的，一旦失去了，便又回過頭去苦苦思念，苦苦的傷感起來。

這兩天，這位邵民事官又在為西堡林家討媳婦，忙著辦喜事。電話裡他問過黃炎：「你第一線上看到戰爭了嗎？」眞的，戰爭離兵士夠遠的；而戰爭離著民間更是遠得彷彿從來不曾有過，將來也不會有的。老百姓的新屋上梁了，新鋪子開張了，年輕人成親了。田野上背著書包返校的孩子們，唱著、叫喊和追趕著……眞的，戰爭在哪裡呢？似乎戰爭即使眞的來臨了，也是十分溫和而仁慈的。

對於這樣的情況，他不知道該說是人們太過健忘，還是眞的所謂堅強。在他看來，頗不以爲然的覺得，恐怕不單是在全中國，即使全世界，恐怕也沒有一個地方會像這裡的人民，跟他們的國家和軍隊走得這樣近。不幸的是他正牽涉在因這樣近而層出不窮的麻煩的糾纏裡。

「去他奶奶的民事官！我算是去的鎖麟囊裡儐相那個丑角兒了——包辦紅白喜事。」

在戰地裡，防區內遇上老百姓婚喪嫁娶，已有一套不成文的標準規定，駐軍要受領民眾申請，報到防衛部去派樂隊、派喜車或靈車、派裝載嫁妝和接親友的兩噸半軍用卡車。而司令官、或幾位副司令官、或軍長師長，少不得給請去一兩位福證。那麼備一份賀禮甚麼的，也是不能免俗。所有這些瑣碎的事務，自然都是民事官分內的業務執掌。「甚麼鳥玩藝！包辦紅白喜事……」邵民事官辦著這些事，牢騷便像塞在破了洞的口袋裡，走哪兒，漏哪兒。

民眾組訓的工作已經夠他抓的，但再忙再累，總覺那是正道兒。就惱的是還要應付黃家姑奶奶一類古怪的老太婆，還要攪在晚會裡大喊大叫，還要張羅紅白喜事……走裡走外，「忙得像地保一樣……」嘀嘀咕咕的漏不完的牢騷。不到喜公公，喜婆婆，硬把他拖到酒席上，他那些雜務和牢騷就停不下來。

婚禮的儀式，半新式，半舊式。

司令官很少使用的座車，長年就是結著喜綵，滑過水泥公路、瀝青公路，和紅土質的鄉道，長年像織布的梭子那麼來去的忙著，織著多少千里姻緣。

喜車替代了往日租自廈門的綵轎，軍樂替代了十響的轎前音，披紗禮服替代了鳳冠霞帔……不管這些被邵民事官笑作「半成新的文明結婚」的禮儀有沒有道理，新娘子還須走篩子——高跟鞋不知錐爛多少新竹篩——披紗禮服裡面新娘子的腰上依然勒著密藏十二利物的肚裙；戴著白紗手套的手裡，照樣握著一柄姻緣扇，一柄放心扇。新郎倌也是一樣，西裝或中山裝，滴油的中分頭，得用戥子挑開新娘子銀紅的紗蓋頭。天地要拜，祖先、翁姑和老親世誼要拜。一對新人裝在西式禮服裡，左一個頭，右一個頭，暈暈糊糊的磕過去，再磕過來……

喜日子給拖上酒席還不算，第二天照老規矩還要宴男賓，一樣的要來把民事官拖去灌酒。滿席的海鮮和大葷，中間放上一大海碗的大麴，不設酒盃，一人一柄調羹，當作舀湯喝一般的舀著海碗裡的酒喝。

這樣熱鬧場合，就是盼著抱孫子的喜婆婆，也未見得會比他民事官還樂。

這個最怕寂寞的傢伙，只要一有熱鬧，甚麼不滿、抱怨、嘀嘀咕咕的牢騷，便都煙消雲散。而且碰上這樣的場合，又該是亮他那頂魔術師的小帽了。

喜公公林老頭領著兒子，一人一把調羹，一個挨一個的敬客。

「邵長官，來罷，你最辛苦，最幫忙，盛滿，盛滿，邵長官……」

「不行，要來就是三大匙，要就不來。」

林老頭面有難色，大夥兒跟著起鬨。

「林老先生，我是只有酒膽，沒有酒量的，你放心，別捨不得賞我們喜酒吃。」

「哪裡話，哪裡話……」

「那又是爲甚麼？產名酒的地方，你們哪興這麼小兒科的吃酒！」

邵民事官的嗓子給八十度的高粱酒燒得倒嗆了，嗄嗄啞啞的喊嚷：「我先乾，我先乾，各位監酒，先乾爲敬……」連連的，邵民事官乾了兩湯匙，第三勺舀滿了，等在那兒。

林老頭不好意思再作難，滋兒，滋兒，連乾兩調羹，鬍子沾進酒裡，鬍梢上淋淋漓漓的懸著酒珠子，再把調羹插進海碗裡舀酒，賓客們等於喝喜公公的涮鬍子湯。

酒席不等上上一半，邵民事官已迷迷糊糊的退席，被扶著送上吉普車。臨上車還掙開來，搶到院心支灶的廚案子上，抓一片西瓜過來。伺候的幾個索性就近搬了張凳來扶著他坐下，讓他慢慢吃。誰知他只摳了兩顆瓜子兒送進嘴，就把西瓜楂子順手還給廚師了。

一些閒人圍過來，當作熱鬧看。

「讓開讓開，我要吐了……」他拐著胳膊，把扶著他的人搡開，往牆腳裡跑，嘴說不及的便哇啦一口，以三尺遠的射程噴出去。

「怎樣？」他被扶上吉普車，抹著嘴巴，衝著駕駛兵賣弄風情的瞟瞟醉眼，「夠大丈夫的罷，說吐就吐……」他是人事不知的被架進團部掩體，褲子上沾著一片片紅泥。

迷糊中聽見上司在臭罵他，似乎很刻薄，甚麼槽坊門口掛夜壺——不是盛酒的傢伙。又罵甚麼先逞英雄，後耍狗熊……他也不管了，把那些聲波當作幻覺，倒在床上，結結實實睡一個長覺……

參謀本部戰報：

一、昨日三時五十五分至四時二十二分，廈門敵軍向烈嶼砲擊三十發。

二、金馬前線均發現敵米格機活動。

三、昨全日，馬祖共發出空襲警報六次。

中華民國四十七年八月二十一日

邵家聖三度看了他的蛙人朋友回來，車子從崎嶇的山路上蹦蹦跳跳俯衝而下。這裡是水頭碼頭，沙灘上散散落落的一些軍民人等，守候著班船到烈嶼去。

邵家聖的吉普車經過那附近，往左打著方向盤，把排檔扳回二檔準備上坡。路旁似乎是母女倆的一老一小，揮著手攔他的車。

媽的，眞闊！他跟自己說，心有不甘的停車下來。

直直的望著前面，表示他的十分不樂意。心想，中國農村婦女，居然也這麼樣派頭起來。歎一口氣，挺惱的等著這一老一小理直氣壯的往車上爬。

在後方，軍車若不奉准，搭載非軍人，那算違紀。在這裡，正相反的一項單行法，百姓攔車，你若不載，當心違紀就是了。他跟自己賭氣的扭著臉，看也不要看她們一眼。

「我們要回頂堡，官長。」

後座上尖尖細細的小女孩的聲音。

總算她倆笨手笨腳的折騰半天才坐定下來。

「不到頂堡。」他冷冷的說。

師部那邊，他懶得經過那裡，惹鼻子惹眼的。不過問題不在此，他要直放塔後，藉著請教官，去跟女兵們泡泡。

「送我們到頂堡嘛……」還是背後那尖尖細細的奶腔。點點小的女孩，就懂得跟軍人撒嬌，哪天撒到老啦！邵家聖不由得回看一眼小女孩。胖胖活活的，收拾得䊀乾淨，十三四歲的光景。

「到金門城，你們下車。」

「送送嘛，沒有多遠……」女孩噘著嘴。

「不送。」他回得乾脆。

心裡其實有點軟。車子往坡道上爬。

坐在一旁的婦人，也收拾得寡寡淨淨的。一雙白布鞋，雪青襪子。

車過賢厝，他把車側的反射鏡扳弄一下，調整一個角度。微顫的鏡子裡，映著一張被人瞧著而不自知的平平凡凡的小圓臉。

平時他碰上女人，廢話就會連自己也不知道怎麼有那麼多。眼前，可一點也不想張口，一點點說話的欲望也沒有。倒不是因爲老的太老，小的太小。聽著兩人一路聒噪著，小女孩阿媽阿媽的喚著，知道她倆不是母女。然而有這麼年輕的祖母麼，看看那側臉，似乎見不到甚麼皺紋，不過四十來歲的光景。

鏡子裡微微顫抖著的，以至微微模糊的小胖臉，有些像王鳳美那個小少尉。

到女青年工作隊去泡，並非完全愉快的事。女孩子多的時候，單槍匹馬總要吃點虧的。而且女兵們比一般女孩子厲害百倍。

沒辦法……他跟自己說：寡人有疾，性好漁色……吃了虧時，就用類似的胡說八道，給自己討點兒嘴上便宜。

反正，他是緊抓住一個原則，提防著這般蠻不在乎的女兵吃他。絕不能當冤大頭。讓人占便宜，我是堅絕不幹的。乾兜兜風，可以；要去金門城，去山外，一切可能花錢的地方，不可以。即使看場電影，花不幾個錢，那也得看我是不是打心眼兒裡樂意請客。

約劉莉莉去金門中學看勞軍籃球賽的那一回，明明說好好的，她也挺樂意，可是路過電影院時，變卦了，說那部片子在台灣錯過了，執意的非看不可。

他是提高了警覺，看準要吃他的冤枉，好罷，「太陽這麼大，我來排隊……」他把小劉支遣到電影院的屋簷下去涼快，「到那邊陰涼裡，你再接班。」買票的隊伍很長，曬就曬會兒罷，散散霉氣。快到陰涼那裡，他口袋裡掏錢，小劉過來換了位置。他掏出的是手帕，站到一旁擦汗去——，對不起，大小姐，票，你買罷。但他也不是猶太，看完了電影，他寧可花加倍又加倍的錢請她去吃小館兒，那是另回事，我主動請客，心裡樂意。要白玩兒我，要我被迫請客，我邵家聖又該去玩兒誰來著！泡妞兒還能疼錢嗎？泡就要泡得漂亮，絕不可以妞兒還沒泡上，讓人泡了小子了。這是邵家聖的一點原則。

接她們來防區講講國際現勢，教唱軍歌？民謠，打籃球或跳跳邊疆土風舞，都是團裡招待。當然，女兵們的豆腐是要吃的，不吃對不起自己。即使那樣，總也吃得很高雅，不管怎樣還是要顧全大體，國家給的官階在那兒了；所以頂多頂多也不過插手到她們褲口袋裡搶搶糖果，再也沒有甚麼更越軌的。就算也是假公濟私罷，算來算去，也沒占過公家的便宜，一切似乎都很理所當然的。同僚們已把他認定是那種德性的人，學也學不來憨皮厚臉的那一套，似乎公認他邵家聖命該就是那樣。他自己也有的說，「狼走天下吃肉，狗走天下吃屎嘛。」損了自己也損了別人的油嘴，永遠是無虞匱乏的。若是發現有人多瞧了兩眼他那些猛吃豆腐的行徑，他也有的是現成的解嘲，「芳心寂寞，彼此彼此嘛，是罷。不能只准小姑獨處，不准小叔獨處。誰也不吃虧的，陰陽調和嘛。」

不過在那位中隊長老大姊面前，他是裝得再乖也沒有。「報告隊長，你也管管她們，別老是欺負人嘛。」

有兩回，老大姊倒眞相信他。他那張近乎娃娃臉，又是表情十分豐富的清清秀秀的面孔，總是很惹女性見憐的。他有那種功夫，就會哄得那位少校女軍官實感著做了他的大姊姊。

「你們以後少那麼開人家玩笑。你們自己也要有個體統……」中隊長眞的訓起部屬來。氣得丫頭們咬牙切齒的事後找他算帳。

「你看，我們這麼純潔，」上一回去她們隊上，情況不明，還在跟老大姊演戲，「臉皮又嫩，哪禁得起那麼多不饒人的嘴——」

「就憑你這句話呀，你臉皮還嫩！」給這位大姐揭短得幾乎不能混了，「拜託貴官啦，只要你別太欺負咱們小姊妹，像個兄長樣子……」

說是欺負，實在談不上。他比誰都看得清楚，解解悶兒是眞的，不必說存著甚麼欲念——好在那都另有出路——就是認眞一些做做朋友，或者進而戀愛一下，他是想都不敢去想。也許做了女兵的女孩子，根柢上就沒有了他所需要的那種女性的怯羞和柔情。甚至也沒有了男性們下賤到寧可忍受折磨的那種造作和矯情。

也許就是這些因素罷，使他不太愉快的只圖個熱鬧的跟女兵們廝混廝混。不過似有若無的，那個紅潤而有些憨態的王鳳美，似乎在他心裡暗生著一絲絲撲捉不定的另種情分。至少至少，該算是好感罷。他自己也不十分清楚。

那種惹眼的紅潤——他看了一眼車鏡裡坐在他背後的小丫頭——彷彿皮膚生得太薄，掩不住肌膚底下過於旺盛的血液。人，確也是生得結結實實的很健美，滾圓的手臂簡直捏不動——上卡車的時候拉過王鳳美，故意不拉她伸過來的手，「別拉得脫臼了，當心。」感覺上手裡彷彿攥住一顆硬式網球，就有那麼好的彈性。

祖孫倆下車時，仍是那麼笨笨的；狹小的車身裡，老見她倆堵塞在那兒蠢動，半天下不了車。「謝謝，來頂堡玩噢……」祖孫倆搶著說。胖活活的小丫頭跟他招手，甜甜的笑著。那一對小酒窩很別致，稚氣，生在兩邊嘴角的下面，一笑起來，就很深很深的。

他伏在方向盤上，側著腦袋注視這個似乎被他低估了兩三歲的小姑娘。從這女孩身上，他發現雖然和他上次離開金門僅僅三年多，這裡的人們在服飾上已有很多的差異。這女孩是個學生樣子，但是穿的不是學校裡集體訂製的沒有款式的制服，也不是往日那種舊式的短衫肥褲。一身寶藍的衫連裙，很合體，自然是買的成衣。下面是白球鞋，短筒花襪。土氣是免不了的，老百姓卻已從千針萬線自家縫製的土布衣裳窩兒裡，蠕蠕的爬出來；開始懂得且有能力去買成衣穿戴打扮了。

「好——的，有空來看你們。」邵家聖拉著老氣橫秋的長長的調子，望著女孩走開，放肆的打一個大聲呵欠。「好的——好的……」還在跟自己說著。有一點點衝動，喊她們回來，送她們到家，認認看是哪一個家門。

跟王鳳美說，今天碰見一個長得很像她的女孩，除了那對小酒窩。不過頂好別那樣惹事，好像對她王鳳美有甚麼意思了。「矮了一點兒……」他自語著，表示遺憾。臉枕在手肘上，半邊面頰被擠上去，眼睛吊梢著。

那女孩蹦跳而去的背影，略帶些半生半熟的笨重的扭動。「還是要長的……女長十八嘛，還有三兩年可以拔高罷……」他把車子發動起來，「走！」他說。記起小丫頭有一雙尖尖的俏皮的嘴角，和一對單眼皮。怪不得，雖然胖胖的，原來尖嘴角和單眼皮，可以使人看來秀氣些，比實際年齡稚嫩些……

車子滑行在中央公路上，眞是一種享受。遙遙望見無名英雄像，心裡還在念著那個小丫頭一對俏皮的小酒窩，還有就是中國女子裡少見的尖嘴角……

公路上有憲兵警戒。

他剛剛敏感到有甚麼要員到前線來了，車子繞過圓環，便看到不遠處，公路上一叢人和一些小型車輛。最惹眼的是司令官那部黑轎車。

忽有一種森嚴的氣氛，使他怯了怯，想向榜林的路上轉進已來不及。

路心，一個憲兵迎面給他做了手勢，他把車子迴避到路旁，停下來，啣接上先他而停在那裡的一輛中型吉普的車尾。

若是做做好事，送那祖孫倆去頂堡，就省掉這個麻煩，眞是報應。人往座背上一靠，洩氣的長歎一聲，「好事多磨，這不是！」抬頭看了眼斜西的太陽。

從前面中型吉普空無一物的車篷底下看過去，他可惶了——單是星散在附近的幾位米色中山裝的便衣人員，他就知道不妙，立刻緊張起來。想把車子掉回頭跑掉，必須繞過圓環；若是倒車，仍然要繞過圓環另半邊的一部分。想不到就被這個圓環給圈住，前進後退都走不通。

「喂，同志——」邵家聖控小聲量，跟前面中型吉普的駕駛招呼。

駕駛士官回過頭來。

「多久了，在這？」

駕駛士官低頭看看錶，「差不多……」跟他豎豎三個手指。

媽的，他跟自己說，你那手指頭是分針還是秒針哪？笨蛋，你總不至於是時針罷。

人叢鬆散開來。

邵家聖側側腦袋，躲開那個擋住視線的駕駛，往前面窺視過去。只見一個個要員和隨員，各自登上吉普和旅行式的小巴士。他才鬆口氣，就著放在方向盤上的手臂，看了看手錶，「大老爺，二老爺，你們可也捨得走啦……」他是透了口大氣，完全放心狀態的輕鬆起來，一面瞧著那些車輛一部接一部的上路。

這時，迎面跑來一個米色中山裝的隨員，一聳一聳的跑在中型吉普右半個擋風玻璃的框子裡。那樣子好似對直了電影鏡頭，戲劇性的跑過來……

這一下看得清楚，邵家聖又敏感的緊張起來。他確定那是老先生的侍從人員。

「有緊急任務沒有，請問？……」

他聽得很清楚，那位隨員跟中型吉普車的駕駛士官說。但是話剛出口又打住了，沒等那個士官回話，隨員捨了中型吉普，繞到後頭來：

「喂，上尉，有緊急任務沒有？」隨員扶住吉普車的擋風玻璃問他。

一時心虛，反應也遲鈍了。「有——的。」他說。

對答得不夠緊湊，自覺好似唱戲唱走了板，沒跟上胡琴。

「請問去哪裡？」

「太武山觀測所。」不知爲甚麼要撒這樣的謊。好像全島只有那個地方，才和緊急任務搭得上關係。他是沒敢說要往女青年工作隊去請教官。

「請把車子往前面開開好罷。」剪平頭的侍從人員已經跨上車來。

「好的。」

邵家聖把車子倒了一下，打過方向盤，從中型吉普後面繞出來，往前駛去。

他給弄得很茫然。

「車子情形好嗎？」

「啊？——還好，還好。」

他卻緊張起來，仍然弄不清這是怎麼回事。不到百碼遠，他發現老先生在那裡，身邊有三四位侍從，黑轎車停在路邊。

相去二三十碼遠，身旁這位隨員招呼他停車。隨員挺溜活的跳下車，快步過去。

老先生——國家元首，這位三軍最高統帥，戴一頂米色太陽帽，身著米色中山裝，米色手杖。

他看到元首向這邊望過來，一隻手扠在腰際。

或許那便是一種作為國家元首的威儀，他感到空氣都和平時不一樣了，有種懾人的甚麼，把他這個調皮搗蛋的傢伙凝固在這裡。

我連孫悟空都不如，還差他一截……他嘲弄起自己。孫悟空落到如來佛的掌心裡，還知道一個觔斗十萬八千里的信得過自己翻得到天邊去。邵家聖你能的甚麼？你不過是瞎能……

然而有一種在他難得發生的莊嚴感，由不得他的那麼咄咄逼近來。他開始相信照片或紀錄影片都是最沒有用的東西。就在此刻，面對面這樣的臨近著元首的威儀，他才真正的親睹了那些鮮活的歷史鏡頭；赴難永豐艦、北伐誓師、宣示抗戰到底、開羅會議、「一寸山河一寸血，十萬青年十萬軍」的號召……就在這個瞬間，一一洶湧的重疊在他眼前……

那位剪平頭的隨員，給老先生不知面報甚麼，隨即打過來一個手勢。

在他發動車子的一刻裡，這才他猜測出一個可能——大約要從他這個低階軍官口裡，探問些部隊實情罷……

這個念頭閃過去，一向反應敏銳和滿腹牢騷的這個搗蛋鬼，居然一時茫然得空空洞洞，不知該給這位最高統帥報告甚麼才是。但是隨員為甚麼要問到車子的性能……

也許因為想也不曾想過有一天會有這樣的機會給他。

車子停住，邵家聖跳下車來，挺住勁兒敬一個舉手禮。

好險！——手指觸帽簷，他心裡一驚，直叫好險，幸而沒戴那頂珠光寶氣的小帽出來。真是祖宗保佑。不然的話，怕是有點兒不堪設想。

老先生緩緩的走近來，「好，好……」滿意的頷首著，不知是向誰稱好。那雙逼人肺腑的眼睛，瞧得他脖子有些痙攣。

跟在後面的防衛部王主任，似乎緊張的想要跟上來說甚麼，卻有些尷尬的湊不上時機。他倒還有餘情的閃過一個意識，想到這位中將主任還該是元首的日本士官學校後期小學弟。

「車子行嗎？」中將迫不及待的問。

「可以。」他挺得筆直的回答，心裡直發毛。

「好。好。」

老先生居然上車來，慈藹的看看他，眼睛落在他胸前的戰地符號上。

「陸軍步兵第十九團，上尉民事官兼宣傳官——邵家聖。」

他機警的把自己部隊番號、級職和姓名報告了一下。

那銀白銀白的髮鬚，分外現出滿面煥發的紅潤。「好。好。」一面微微的頷首。

車身微微顛動著，中將和隨員從後面登上車來。「上太武山罷，上尉。」隨員招呼他。

邵家聖笨笨的爬進駕駛座，老天！他可暗暗叫苦起來，罵著自己，你小子今天也兜風，明天也兜風，這一下可就要你的好看了……

車子滑行在中央公路上。路是頂高級的路，車是才換的新引擎，可是不知有多難駕。死揹住方向盤的手心裡直出汗，彷彿剛學會駕車，第一次上路。車速保持著不超出二十邁，忠厚老實的穩穩朝前行駛。

他剛把自己塞進駕駛座時，後座的中將曾伸過手來在他肩膀上握了握。那眼神給他一種寬慰。

中將幾乎含笑的向他微微點了點頭。那手底下傳給他的握力，使他鎮靜了不少。

可是多大的責任啊，肩是真的感覺著被沉沉的壓著，彷彿五千年歷史文化都集中到他頭上來，兩隻手臂也似乎僵硬得轉不過彎兒來，踏著油門的右腿，一勁兒窸窸窣窣發抖。

近乎夢境的樣子；國家元首，跟自己肩並肩挨得這麼近，他像被點了穴道，渾身都不靈活了，腦子裡恍惚閃過近似的情景……

駐防北平近郊西園的那個時候，人真是閒得骨頭癢。星期天一放假，就三三兩兩等在公路上，不管甚麼車子，或是誰的車子，手攙手的一字排開攔在路上，搭便車進城去耍。

那個星期天真是日麗晴和，頂頂適合放開量來胡鬧的好日子。遠遠一部黑色轎車。「開開洋葷罷……」三個小兵叫嚷嚷的樂死了，拉起手來攔著，等著過過小包車的癮。

車停下來，車門打開，後座上是個穿藏青呢料中山裝的光頭胖子。

就算他是天王老子，三個小兵也沒把那人放進眼裡。

開心透了，各自打開一扇車門擠進去，車門乒乒乓乓關上，真闊氣得過癮，滿口老子老子的窮嚷嚷，好不神氣。

但是中山裝的車主，似乎有些面熟。想想，那不是師長嗎？——三個小子臉都黃了。一路無話，車子開進西直門，飛馳在筆直得像條機場跑道的西長安大街——也和這條中央公路差不多罷——然後，一直的拐進了師長公館。

一路上師長夾在他和小呂中間，師長甚麼也沒講，下車也沒罵他們，顧自進到房裡去。

三個小兵垂手立在石階前，彼此還看了看齊，希望盡力規矩一些，也許能挽回點兒甚麼。

他站在中間，顧左右而竊竊的說：「剛才還是車上客，現在已成階下囚了……」

「反正槍斃不了。」小呂嘴還硬著。

隔不一會兒，師長的衛士出來。

「嘿，規矩點兒，馬弁來了。」他手肘拐拐兩邊鄰兵說。

「你們三位聽著，師長交代——」衛士昂起下巴，衝著他們背後的大院落橫劃了一圈。「師長罰你們把院子掃乾淨。」

似乎從來都不曾像那次掃地掃得那麼認眞、誠懇而賣盡力氣。院子不能算大，倒把他們三個掃得滿頭大汗，整整掃了三遍才罷手。

掃第二遍的時候，師長太太出來了。不料想還是個小腳，扭著扭著過來，年歲又不算怎麼大。

三個人似有默契，都裝做沒看見，越發賣力的掃著。

「你們這麼小就出來當兵，媽媽知不知道啊？」

「知道。」他代表著回答，一面誇張的喘著，揮著汗，叫人瞧著不知有多乖的樣子。

「下次呀，別這麼胡鬧啦，師長的車子也好攔嗎？要學好啊……」

「是。是。」三個人一條聲的應著。

「嗳，這才是。」師長夫人說。「好好掃，我包羊肉餃子你們吃。」

三個人不知要給師長夫人行多少個禮才好。

雖然師長沒提半句攔車子的事，甚至那麼客氣的問他們三個要蹅蒜泥還是要芥末，可是同師長一個桌上進餐，簡直比同一部車子還要命。同一部車子，規規矩矩坐等處罰也就算了；而吃起餃子來，甚麼羊肉餡兒，像吃洋蠟做的餃餡兒，食而不知其味。

出來師長公館大門，他學著平劇裡的做表，抹一下腦門，彈彈指頭，「伴君如伴虎喲！」心上一輕鬆，人又耍起寶來。

然而前後一比照，一個師長算得甚麼呢。

他把車子只開到二十邁，從來也沒有過這樣的穩，一面努力的鬆弛鬆弛緊得發硬的肌肉。他瞥了一眼半握著拳擱在膝頭上的那隻厚實的手。看得很清楚，米色凡立丁的料子，似乎很有些歷史了；新或舊的質感是一眼就看得出來的。他也開始有餘情想起老先生的皮鞋來了。

老先生上車的時候，邵家聖就曾注意到那擦得精亮精亮的黑皮鞋——那樣怯於正視過去的微俯著首，也只有看到鞋子的分兒——在上下車都不很方便的吉普車簡陋結構的車座那裡，那黑皮鞋彷彿被特寫鏡頭處理似的曾在車塹和座墊之間停滯了一下下。他注視得很仔細，皮鞋亮是夠亮的，但從趾彎部分皺皺成的那樣子看來，後跟分明是新換的了。若非這樣親眼所見，他是不能想像和相信貴爲國家元首還要這麼的儉省。那黑皮鞋上細細的，密密的，發乾的皺紋，使他想起老家裡好哭的孩子，入冬之後，腮頰上皴得起了毛的那種裂皺。

他感到對於自己的憎惡，直接想到那個惡劣的流言；當這位國家元首第三次下野的那個前後，許多詆毀的流言中，有個中傷國家元首不察民間疾苦的傳說，老先生的孫子跟祖父討錢買皮鞋，老先生掏出一塊錢金元券給孫子。當時發一封平信就要一千五百元的金元券。然而今天他親眼看到老先生腳上的皮鞋，穿到這麼老舊的程度了，鞋跟可能一換再換。一塊錢一雙的皮鞋，還用得著這麼儉省麼？若是他邵家聖，除了燒包兮兮的給鞋底釘鐵掌，他是從沒有換鞋跟的那回事。鞋子穿不到那麼舊的地步，早就扔掉不要了。

然而他曾那麼無知的聽信過；甚至無聊的傳播過。他發現捏造流言蜚語去誹謗國家要員，那是永遠不會有人站出來反駁的。你有甚麼憑據來反證呢，你怎麼能獲知國家的領袖們的私生活呢？

一如他曾不知要給小腳的師長夫人敬上多少個禮，才能表示出他的感激；他不知道要向這個坐在自己身旁，挨得這麼近的三軍最高統帥，怎樣獻出眞心實意的忠誠，才得抵銷他所曾那麼無知過和無聊過的愚昧與過失。

至少……他跟自己說，我是有了再也眞實不過的憑據，去破除那麼荒謬而惡毒的流言……從而他聯想到許多國家的總統、總理、宰相……。彷彿這才他第一次發現，他身旁的這位國家元首，沒有私人別墅，住的是公家宿舍——當然，叫做官邸是很堂皇的。即使在國勢最強盛的時候，他沒有遊艇，也沒有打過獵、打過高爾夫。七十二高齡，穿著換了後跟的舊皮鞋，僕僕奔走在烈日下的最前線。一個實實在在的革命家，把那些將校和隨員遣開，把目標太惹眼的轎車擱置路旁，搭上他這個便車，聽由他駛向沒有別人知道的目的地，唯一的可能爲著實事求是的去基層看他的兵士——看不是準備給他看的眞實，看他革命子弟無裝無飾的戰力……這樣古稀之齡的老元帥，還在這樣不顧安危和酷夏的奔走……天啦，昨夜裡，對岸的大砲還曾向小金門轟了半夜呢……

一經意識到上太武山的那條又陡、又彎彎曲曲、又僅僅只鋪著兩道水泥的所謂「車轍路」，他可又再度的緊張起來。

你老人家太苦了……太無畏無懼了……

片片斷斷的感慨著，不自知的眼睛濕了起來，視界有些模糊……出於本能似的他把擋風玻璃上的雨刷開關打開。可是不對勁，人忽的一下清醒，彷彿被戳了一針，立刻把雨刷關上。

「邵上尉，」他聽得十分眞切，統帥這樣喚他。「部隊現在……最需要甚麼？」

這使他無來由的一陣戰慄。

車子減速，緩緩的轉過銅像圓環，「打仗。」他說。「部隊不打仗，百病叢生。」似乎並沒經過仔細考量，就脫口而出。但由於正碰上專注在車子轉彎上，他不很滿意自己沒能回答得更快一些。這樣子的慢了一拍，總好像經過思索，含著點兒造作的味道。

「很好，非常好……」他似乎聽到這個。

車子開始駛上登山的車轍路，一段一段的百分之六十的坡度。感覺上不是在開車，簡直是背上背著老元帥，在攀登這座海拔三六五公尺的山峰。每一換檔，便像滑了一腳似的腦門子一炸。

他太清楚自己這一手有欠高明的駕駛技術了。叫他獨自一個開車上來，他都未必有那個膽。苦撐到山巓，車停在「毋忘在莒」勒石前不大的一片平台上，他感到自己沒有虛脫，也差不多累得半死了。

隨員告訴他，請他暫停片刻再上去觀測所。

他已經只剩下點點頭的力氣。硬撐著下車，敬了禮，腿是軟得擠靠在車身上才站得穩。

現世現報，他臭罵自己，你扯謊扯得容易，等會兒就看你進觀測所去有甚麼緊急任務了。

老先生接過侍從手裡的手杖，那麼健步的上著石階。他被感動得肅立在車身一旁，久久的失去知覺。

山谷底下一股強風鼓上來，這才他清醒過來，發覺背上和胸前，衣服全都濕透了……

憑他這一手駕駛技術，車子性能又不算頂好，居然讓他安安穩穩爬上來了，也算奇蹟罷。俯瞰著山下遠遠近近的景色，眞有恍如隔世之感，他不知道自己爲何有這種莫名其妙的感覺。這半天，他覺著一身繫天下安危的，倒不是國家元首，而是他這小小一名陸軍政工上尉。

立在這峰頂，生平第一次，他是陡然的發現自己患了懼高症。俯瞰著迴轉險峻的來路，直從腳心底下痲上來，痲得兩腿酥軟。發生意外的公算實在太大，以致沒有發生意外反而成爲意外了。

要減我陽壽三年的——這一趟車子開下來。他擦著汗，念念有詞的說。

山下，在那麼樣來去迴轉，隱一段現一段的車轍路底，他發現黑色轎車像隻小甲蟲，在某一段彎路上出現了一下，重又隱去不見了。

「謝天謝地，謝天謝地……」他一個人喃喃著，又望望尖峰上的觀測所。有黑轎車來接，把他又要大大緊張一番的回程赦掉了。也不用在這麼一小片平台上倒車了。他趕緊爬回車上，直往右前方山坳裡的海印寺開去……

回去還不能讓任何人知道。他囑咐自己。要等到確定老先生離開前線之後，才能大肆宣揚他有生以來的——只怕也是他今生今世的，唯一的一次最可誇傲的光榮……

咱們那位老賊要是知道了這事，不把孤王罵得半死才怪呢。

可是他也有自知之明，一向雲山霧沼，吹牛吹得惡名在外，給最高統帥開車上太武山，這能使誰相信呢——那是要費許多唇舌，仍然難以取信於人的……

要能在一一〇表上請老先生簽個字多好，不怕那些鬼傢伙不相信。

人格還是很重要……他跟自己笑笑。一個人混得不能取信於人，也是夠淒涼的……

美國國務卿杜勒斯，在致衆議院外委會代理主席摩根（民主黨，賓夕法尼亞州）函內說：「我們對於金門、馬祖對面中共軍力的增強，確實感到關切。這表示他們或將企圖以武力攫奪金門、馬祖。此等島群我等均知一直在中華民國手中。過去四年內，金馬島群與台灣間的相互依賴關係，益為密切。任何人若認為中共企圖用武力征服此等島群，僅僅會引起一項有限度的軍事行動，那將是十分危險的想法。我想那種行動，恐將構成對該地區的和平之威脅。」

參謀本部戰報：

一、北芡敵砲昨向高登射擊十八發。

二、昨八時三十一分至十四時四十一分，馬祖發出空襲警報三次。

中華民國四十七年八月二十三日

兵士們一面構工，一面準備副司令來看防務和戰備。

太陽已經泛紅，歪在西天。

這位在對日抗戰中打第一仗的將軍，不必說軍人們，就是全國老百姓，也很少有人不知道他。特別是對黃炎來說，中將爸爸的老友，一度走得很近，常來他們家跟中將爸爸對弈。那個時候，兩個老友似乎都還是少將。若是這位將軍記憶不太壞，或者他自己沒有長得太變了樣子，將軍應該還認得他這個曾經老是一旁觀戰的小輩。

一種他自己所不喜歡的心理，又在蠢蠢要作祟的樣子——希望這位中將副司令官還認得他。

然而儘管有點可恥；對這位前輩，不管怎麼說，總是一點安慰罷，不光是老友黃家後繼有人，將軍未必記得他們黃家已有一個老大做了空軍大隊長，即使記得，也許更會感到他們那一代軍人的兒孫沒有忘本，生生不息的都來接替了衣缽。

但另方面，由於覺察著跟自己也瞞不住的那點兒可恥心理——他已愈來愈害怕在兵士們面前顯得他的特殊，於是又希望自己不要被認出來，也希望陪同副司令官的團長或者誰，不要多嘴多舌，把他挑出來示眾。

彷彿出於下意識的，黃炎拎著一把十字鎬，背著大夥兒，一個人閒閒的獨自走開，似乎這樣就可以躲開將要蒞臨的那位父執——他爲自己的愚蠢，不以爲然的皺皺鼻子，又搖了搖頭。

迎著偏西的太陽，瞧著他黃家姑奶奶那棟小洋房。

遠遠看去，也許那房子太孤單，總給他一種卡通畫的感覺。屬於童話裡巫婆巧設的糖果屋。那屋前曝曬的被褥衣物，也像巫術用來施法的甚麼旗幡。

在那裡，他發現到一點小小的情趣。他自以爲看到了橫繫在三棵木麻黃之間的晾繩，實際上不過是從那些被物見方的剪影上緣所墜成的仰弧，認定了那裡存在著橫繫的繩子。這樣子說來，應該是幻覺嗎，那繩子確是存在的。應該是實感嗎，視線裡又看不到那繩子。是否該說想像呢，也不很恰當。一陣子腦子裡輪換了許多說詞，烘托、寫意、虛者實之、實者虛之……漸漸有些清晰起來，卻又時不時的把自己弄得很迷糊。索性他就單憑著視覺，去凝神的欣賞著那些被物，一方方，一塊塊，沒有繩子擔著的懸空張在那裡。被施了妖法的魔物。黑風帕。天方夜譚的魔毯。或者這樣瞧著，瞧著，就像風箏一樣的各奔前程，各是各的冉冉升空而去……

那個施法的老巫婆，正在糖果屋裡不定哪面窗口，笑起邪氣十足的小眼睛，正窺伺著這邊呢……

一想到他黃家姑奶奶，他這個侄孫頭就大了——

「誰接曲兆修——你們？」他轉回身來問。今天一清早就在那兒鬧甚麼交接不交接的，曲兆修跳著腳發火。

黃偉明應了一聲有，「是我接曲兆修。」

「你怎麼在這兒做工？」輪到誰侍奉老公公老婆婆們，那一個星期裡，不但構工，連晨操、哨兵甚麼的，全都要免除的。

「我是說自家門口嘛，又不是遠處去做工。」李班長接過去說：「副司令官要來看工事，多個人手多做點兒——班裡給營部要去兩名公差，好像少去半個班的人。」

「算了，」黃排長吩咐說：「黃偉明，你還是先放下，去把老阿婆的被物收收，把幾個老人鰾在那邊，免得待會兒又藉口甚麼事鬧過來。要是碰巧副司令官在這，那才麻煩。」

幾個兵士放下工作器具，手搭在眉際，頂著日光往村子那邊望過去。

「眞是，瞧我一點都沒想到……」李班長翹起厚嘴唇，像頭叫驢，呵呵笑著抱歉。

他這位黃家姑奶奶可眞是難伺候。就在今天早上，晨操剛剛解散，他就一眼看到老姑奶奶——他這個最袖珍的軍政府下屬的黎民之一，楊黃鴛娘老太太，拄著枴杖，氣沖沖的走來。曲兆修下士則傍著老太太，身子側著橫著的走，一面揮拳摟胳膊的爭吵著甚麼。

「小曲兒啊，又惹你姥姥生氣啦？」高班長緊著腰帶，沒正經的老遠打著招呼。

晨操剛解散的兵士們，零零散散趕過去，似乎可也有了笑話好看。

曲下士擎著滾成泥球的饅頭，另隻手甩著空空的提鍋，一路嚷嚷過來：「奶奶個熊的，就算她是我親姥姥，我也伺候不了啦……」

「那不行啊，總得把這個星期撐完哪——」

「怎不行？今兒禮拜六，他奶奶個熊的，我現在就交。」他跟老太太好像競走似的往這邊趕著，一面還比賽誰的嗓門兒高過誰。

「那就算了嘛，中午就交了。」臧班長也搭過話去，「老如頑童嘛，幹啥子跟頑童一般兒見識……」

「我我……我受不了這個鳥氣，老蚌殼子，八成昨晚上紅燒肉吃多了，清早一睜開眼就要開水……」

老太太腿腳快得很，已經嚷嚷到黃炎臉前。閩南語一說快了，他便一句也聽不懂。只好用半生不熟的方言，一直陪著好話，阿婆你賊啦，免氣啦，我帕伊啦……

老太太的嗓子實在也不比曲兆修的低，他只有裝作很虔誠的聽著，一面用「我帕伊啦」給老太太伴奏。實際上他是側耳傾聽曲下士跟班長們訴苦。曲說請她先喝豆漿，再給她打開水去。豆漿還不是照樣解渴嗎，伸手就把罐子打翻，潑一地的豆漿。罐子跌癟了，饅頭也扔了……

「我帕伊啦，免氣啦……」

黃炎一直這樣點頭蝦腰的陪著好話。

可是一旁的兵士們笑起他們排長來。

「不是啦，排長，」二班的邱火貴上等兵插嘴說，「老阿婆說她被子發潮，請曲副班長替她搬出去曬，曲副班長不管，說要做工，沒有閒工夫……」

「好啦好啦，阿婆。」排長轉回身來，跟邱火貴他們說：「替我翻譯一下，要幹麼都行，都是小事情。」

費了許多唇舌，才把老姑奶奶勸好。送了開水過去，請到那幾棵木麻黃下面水泥焊的石桌石凳那裡歇，又盛了碗熱豆漿，帶兩個熱饅頭，還有罐頭酸菜，找曲下士給老人家陪禮甚麼的，加上被兵士們喊做小白菜的里長女兒路過這裡，也幫著說說閒話給老阿婆消氣，才把一場小小風波給敉平。

「曲兆修，今兒天氣這麼好，去幫著阿婆把被子曬曬罷……」整隊出去構工之前，做排長的又找著曲下士囑咐了一聲。

一大清早就亂了那麼一場，確實令人發煩。中午休息時間裡，寫給周軼芬的信上曾提到這事，結論是：多麼大才小用的中國軍官！他知道周軼芬對家庭化的男人——那種細細瑣瑣的男人，最沒有好感。他在信上說：「想不到軍營裡反而刻意的要把人塑造得這麼家庭化……」他跟自己搖搖頭，想到邵大尉封他的「千碼侯」，不知誰是誰的父母官。放在帝國時代，子民伺候父母官，如今是父母官伺候子民了。就是這麼回事罷，所謂民主也者。這就如同中國家庭也似乎跟進了一種趨勢，從子女孝順父母向父母孝順子女發展起來，不知是否也是民主潮流所使然。公僕的滋味竟然羼進甚麼豆漿饅頭、曬棉被、收棉被……眞夠五味俱全了。

「曲副班長，」傍到這個下士身邊，他問：「後來呢，老阿婆沒有再鬧？」

「排長交代的，我都照做了，還有甚麼好鬧——她奶奶個熊的老蚌殼！」

隊伍走後，曲下士樂得兮去給老太婆服服務。免除做工，原是應享的權利，沒甚麼稀罕。主要還是有小白菜陪著廝混廝混。

「老傢伙，不少的家私呢……」一趟趟往外抱出要曬的被褥衣物，一面嘀咕著。他抱住那些東西，等著小白菜一件件取了晾到繩子上。

東西眞的不少，兩條白不白、灰不灰的絨毯，有一百年沒見過太陽。一床板硬板硬的墊褥，兩床花洋布面子的厚被，此外還有線毯、單子、汗浸得紫黑紫黑的涼蓆，還有些看著像壽衣的綢子緞子的襖褲，坎肩，魁魁絨的勒子……一律都是一股子霉味兒。

大熱天，那些毛的、絨的、棉的，瞧著就冒汗，不用說抱個滿懷等在那兒。他蠻可以搬張竹椅甚麼的，把那些玩意先放上去。他就是寧可這麼受罪，讓小白菜來他懷裡一件件的取去，來取的時候，他就雙臂夾夾緊，胡鬧著撕扯不清。

老阿婆是一副勝利者姿態，指點了一下，就去房角兒陰涼裡，歪到一張好些處散了籐皮的黑籐椅裡，存心要氣氣人的味道，不知多會享福的闔上眼在那兒養神。

「沒多少日子好舒坦啦，敞殼兒舒坦罷，老蚌殼子……」他是不住嘴的牢騷著。「當這麼個熊兵，窩囊死人。走遍全世界，奶奶個熊的有這樣窩囊的兵……」

衣物裡發現一件繡了牡丹花的紅兜兜，曲兆修可樂了。藏在衣物底下抱出來，等小白菜把上面的衣物取到那邊晾繩上取完了，他就亮出了這個來：「啥玩意，小姐，知道罷？」像個鬥牛士，兩手把紅兜兜張開對著這大女孩。

小白菜挨近來，皺著眉頭仔細看。「準是老阿婆做新娘子時戴的。」她說。

「瞎說八道。」

「你根本就不認得這是甚麼玩意。」

「哏！我阿婆她們那個時候戴這個——兜褂啦。」

「豆瓜啦。」曲兆修笨嘴笨舌的學著那發音。「你可知道豆瓜戴在甚麼地方，嗯？」

「兜褂——甚麼豆瓜啦！嚕哩嚕嚇……」

「好，不管豆瓜還是豆瓜啦！戴甚麼地方，嗯？」小子存心不良的黏著逗。

小白菜不理他，臉色很不好看。他也不管，「來，我教你怎麼戴——」

「你再嚕嚇，我去告訴黃排長。」

「黃排長是你家的啊？你去嘛，去告嘛——」

「我不管了。」女的一甩頭走開。

有些意外，曲下士愣了愣，瞧著小白菜很生氣的扭著身子匆匆的走去，「嗳，不要說話不算話——」接著他捏起女人腔來，「黃排長，不要操心啦，我去幫阿婆曬被子啦。……」瞧著小白菜去遠了——回家去，倒不是去他們陣地——再學那小嗓子，人家也聽不到了。這才沒趣的呸了口唾沫。哼，踐的！守著我們排長擠眉弄眼的，你以為大家都是瞎子？別奶奶個熊的臭美了，去過台灣一趟，你就是人物尖兒啦？去過台灣又不是放洋留學，有啥好神氣！我們排長會把你這個地瓜放在眼裡？奶奶個熊的，別作夢了，人家女朋友堂堂大學校花，你算哪根蔥！湊合著咱們這一號士官老爺，幫你逃地瓜難，算你有造化啦，還不趁早放明白點兒，奶奶個熊的……

自說自話的罵著，人家小白菜又聽不見，覺得沒有味道起來，可是又出不了氣，看看手裡大紅兜兜，火著眞要三把兩把撕個爛。一想到背後的老太婆，可又忽然警覺的把兜兜藏起來。老太婆敢情就那麼盹著了；閉著兩眼，缺牙的癟嘴半張開，下巴脫了榫的樣子掉下來。這要是被老太婆瞧見，拿她大紅兜兜在這兒鬥牛——好妙，不就是逗妞麼——那可有老骨頭氣的……

專受金門女人的氣，都聚到今天一個上午，曲兆修愈想愈窩囊，放下圓鍬，猛跟排長告這一老一少的狀。「你跟人家嚕囌這些幹麼？嘀嘀咕咕的不是有失軍人風度了！」對這位副班長滿口老蚌殼、小白菜，又扯出甚麼校花來，黃炎也不知該感到可惱，還是可笑。

「我這都是心裡說的話，哪會拿出去見亮兒呢，排長。」曲下士忙著解釋說。

不過，心裡話歸心裡話，臭話歸臭話，輪到誰值老公公老婆婆的星，從晨操、早晚點名，到構工、澆樹苗、站哨兵，一概免除，等於全休而無病苦，總歸是個肥差事。從下船那天起，就是永遠做不完的苦活兒，能把人骨架子累散掉。難得有這麼一個星期的「全休」，儘管伺候老公公老婆婆少不了要受閒氣，畢竟還是輕鬆得太多，差不多可以把所有積聚的疲勞恢復過來。

可是經過一個星期的浪蕩，重新拎起工作器具，一天八小時的苦工，可比以前還難熬。像是剛開學的孩子，一個暑假過來，把人玩野了，一時收不回心來。

「副司令官不知到底來不來，弄得收不了工。」這個玩野了的曲下士，早就有點耐不住了。一排人，挖了一天的交通壕，簡直看不出甚麼進展；不過才六十公尺長的工事。

「你是挖給副司令官看的？」做排長的不悅的說，「這些時的『朝陽演習』，你還不知道厲害！」但想起這位下士一個星期未曾參加早晚點名，怨不得這麼化外了。他把曲兆修叫到一旁，給這個化外了一個星期的下士，要點的說了說早晚點名的講話和規定。「戰事隨時可以爆發，讓你說，我們陣地的工事夠嗎……」

不過副司令官看完了他們的陣地，除了指點一下火網構成中某些可能死角的地方，大致上似乎很滿意。

副司令官看完了他們的掩體、伏地堡，以及了解了他們的生活設施之後，直奔構工的弟兄們這邊來。

値星的臧班長發了立正口令，然後恢復操作。副司令官停下來跟兵士們閒話，吩咐副官打吉普車上拿來台灣省議員們前線勞軍的寶島牌聽裝香菸，一聽聽散給弟兄們抽。

將軍衣領上的兩顆金星，在金燦的夕陽裡，彷彿含有另種意味，特別來得閃耀。將軍的體格，屬於壯而非胖的那種虎背熊腰。一張佛爺臉，天生的對甚麼都是那麼滿意的笑容。

也許，他們排陣地的工事，並沒有使副司令官怎麼滿意——其實不必也許，單是他所讀過的築城教範，他的工事根本就沒有多少合乎要求——而是中將本就是那麼一張佛爺臉，那麼的好脾氣。

穿便服和老友對弈或聊天的將軍，是黃炎所熟悉的；像這樣著上草綠野戰戎裝，在戰地，又是來巡視基層的高級長官，這就非比往日，反而使他無從想像這位將軍曾以「七月的戰爭」，把盧溝橋的名字寫在對日抗戰戰史的第一頁。

既是閒話，這位中將似有一種才能，或有一種氣質，兵士們很容易被他鼓勵著搭上話頭；有的問起制空權在敵我哪一方的手裡。有的問對岸最大的火砲是多少口徑，他們的碉堡禁不禁得住轟。有的問敵機雖然在福建沿海，爲甚麼馬祖老是鬧空襲，而金門沒有。有的問海上運補會不會被潛水艇封鎖而斷絕……副司令官像來接受兵士們的口試，一一很實在的回答著。

黃炎一旁聽著，這些弟兄們出於安全感的疑問，並不好對付。貶敵，適足以造成兵士的驕氣，最現實的便是怠慢了備戰。褒敵則也是兵事所忌；長敵人志氣，滅自家威風，出自首長之口，更是不宜。而士氣培養之難，也就正是這種對敵褒貶之間的怎樣執中。將軍的那些答覆，黃炎根據自己所接觸和了解的敵情資料，他知道多半都不很正確；當然，他懂得，將軍不可能那麼無知。將軍的答案裡含有濃重的心防成分，那樣的強調著民族正氣、民心歸趨、革命精神等等，不如說是用了心的。有些屬於觀念的說教，不僅身爲軍官的他，就是老兵們也一樣的領會得到副司令官的用心。但是將軍的親切與平易，使他自己無論說甚麼，兵士們聽來都覺得很實在。或者不如說，兵士們喜歡高級官員這樣屈尊的和他們閒話家常，這就是他們的被抬舉、被重視，問題已不在他們需要確知甚麼。眞的，兵士們確乎不在求得甚麼知欲上面的滿足。他們所不滿的，乃是高級官員高高在上的那種「端」。

臨去，中將給兵士們一個結論，一場大戰要來；也許就在今天，就在下一個鐘頭，極可能熬不過這個八月，加強戰備是絕對刻不容緩的大事。

壕溝裡，兵士們翻掘著紅色砂石，出土老是濺到中將的綁腿和靴子上。

陪同這位副司令官巡視的師長、團長等等，倒是沒有給上官提出黃炎來介紹。中將顯然一點也不認識他——或者面熟，卻意想不到是自己老友的兒子。

在黃炎的感覺上，說不出是欣慰，還是悵惘。

七月將軍，偏說：八月，戰鬥的季節——黃炎拿下嘴上啣著的寶島牌香菸，當作點了火的，學著磕磕菸灰。

不抽菸的人，菸紙一沾嘴就唧濕了。

目送著將軍走回吉普車，那比別人馱負著更多金燦的闊背，在那上面，似乎寫著更金燦的字：

八月，戰鬥的季節！

算一算，相去七月的戰鬥，已是二十一年一個月零十二天……他蹲下來，用塊尖石頭在地上加加減減。他知道自己爲甚麼要替這位父執結算得這麼清楚。他不知道這有甚麼意義。他的眼睛，無端的濕了起來。

望著車隊絕塵而去，人感到很空茫。不自覺察的，他聽讓那班長給他點著了香菸。他還是不得理解這位將軍所給予他的是種甚麼樣的感懷。他被香菸嗆得猛烈的咳嗽起來，才發覺自己怎麼人模人樣的抽起香菸來。

「排長，可以收工了罷？」臧班長指頭上繞著哨子，走過來請示。「早些開飯，還要洗澡甚麼的。」

黃炎木然的點點頭。

朝陽演習期間，即使構工，也照樣捆紮著全身的戰鬥服裝。汗身子裹在汗衣裡面，好像周身都被摶在泥巴裡，想抓抓癢都千山萬水的那麼艱難。弄得人欲望好簡單，不但洗澡成了上天一樣的享受，就是服裝一卸掉，人也就像立刻脅生雙翼，舒舒身子簡直要飛起來。

飯菜嘗不出鹹淡，兵士們各把自己當作個沙包袋子，一碗一碗的往肚子裡硬裝，連西邊胡家阿嫂送來的一筐子煮花生，都沒有人去照顧了。

動作快的兵士，拎著權充吊桶的半個籃球皮，直往井邊奔去。一夥夥又是繩子又是面盆的提著端著，跟在後面直跑。鋁質面盆裡的肥皀盒、牙刷牙膏、顛著喤郎喤郎響。

井口四周熱鬧起來，舒服得互相笑罵著，打鬧著，「洗乾淨點兒，老子多賞兩文……」大半是圍繞著類似的主題互相取鬧。

這口井本就是專爲洗澡用的，四周用大半人高的高粱稭圈成厚厚的籬笆牆，換下來的衣服就放肆的搭上去。外邊只看到一顆顆鬧嚷嚷的腦袋。

棕色的身體，沒有一個屁股不是蒼白得像是另外安上去的。八月裡的井水澆在身上，冰得人猛叫。這裡也不分甚麼士官和士兵，軍官雖然挨到晚上來洗，但忍不住提前來了，也是一樣的平等；見不得人的雜碎，甩來甩去的，一個個都快活得十分坦然。

從籬笆牆上頭望出去，穿過兩排木麻黃的行道，可以看到通信營的籃球場那裡，正在熱烈的進行著球賽，一陣陣炸出喝采和掌聲，霸裡霸氣的哨子嘟嘟亂叫。

「嚯，好安逸，狗×他哥的……」有湖北腔的罵那些打球的人。

「有啥好眼紅，怨你沒生那個命。」

配合手底下一下下抓著、搓著，牢騷便又應時的發作了。身上的肥皀沫抓成紋身似的整組白絡子。彼此你一嘴，我一舌唱和著，好似搭上對口相聲。

師長盃的籃球賽已近尾聲，現在是他們十九團的迅雷，跟七九〇通訊營的海濤在進行冠軍爭奪戰。

無論如何，這樣的一場球賽在單調的戰地生活裡，是很有誘惑的。然而這些剛下工，迫不及待搶著洗澡的兵士，只有聽聽嘶叫和哨子聲。

於是兵士們由不滿而運用起他們的邏輯；像這樣連排業已開過飯，那些打球的、看球的和吶喊助威的啦啦隊，還在那裡熱鬧非凡，顯然都是吃冤枉糧的閒員，破壞一致的作息秩序就是特權，特權就是腐敗，腐敗就是團體罪人，人人可有權罵之……

邵家聖那頂燦爛的小帽在那個團體罪人的對陣裡跳躍，那是一點不足爲怪的，「少我這個國手，行啊？你摸得到球嗎？……」要不是個子上吃點虧，他眞能吹他是七虎或者克難的老將。球打得不怎麼樣，花拳繡腿的漂亮派司，眞能把人唬得一愣一愣的。

比起「幹麼那麼多人搶一個球，一人給買一個不就結了」的老笑話，老兵們對於強身強種之道就進步得太多了。可是把打球甚麼的視作不是正事兒的遊戲，這種觀念一時還是不大可能有所改善的。

「有那樣拚得上氣不接下氣的，犯得著嗎？有勁兒沒處使，幹麼不多挖兩個散兵坑……」

打球是逃避勞動，把精力浪費在不是正途上，外加趕時髦，出風頭，不過就是那麼回事罷——老兵們有充分理由固執他們的觀念。

如果不發現小白菜打村頭那邊的路上過去，兵士們分了心，那些牢騷還多的是。

小白菜實在也算是金西數得著的名媛。十八九歲的大姑娘，熟得像鮮桃兒，把大兵們逗得萬眾一心的又樂又苦。上個月底代表金西婦女隊去台灣遊歷，和他們船團一前一後回來，越發學來些時髦，出落得這一帶的小村小鎮似乎容不下她了。

「你們瞧曲兆修，口水都要掉下來了，媽的……」

開始有人拿這個下士開玩笑，隨即大夥公審他這一個星期泡在那裡，泡出甚麼苗頭沒有。

曲兆修那口悶氣還留著些殘餘，不理人。金雞獨立的姿勢穿著長褲，不大穩的晃著身體。

「一定吃癟了。」

「眞甩。」

「看黃偉明的了。」

「副班長都吃癟了，我們大頭兵還有鼻子擤！」

「個老子的小上海，這麼點兒士氣都沒得……」

那班長瘟瘟的刮起黃偉明，跟著臧班長撇四川腔。

迎著唧在蓮河方向的山坳裡的落日，那眞是惹人綺想的一幅剪影。摩登的窄長褲，把屁股繃得翹翹的。留的是最流行的赫本頭，看去像個小女孩。

「一，一，一二一……」二班的何尙武跟著小白菜的腳步叫。

轟轟的一連串爆炸，從地底下頂上來一般的震撼人。

大家被這麼唐突動靜打擊得很吃驚。

聽坑道工程的爆破已經聽慣了，一串異常的爆炸過後，才判斷出震源還很遠。

人們四處張望著，不經意的看到遠處的太武山那邊衝起好幾團黑煙。

「奶奶個頭的鬼工兵，大概大批炸藥運到了，放上那麼多。」李班長光著身子在洗頭，一臉的淋淋漓漓。

「眞捨得，小子。」搜索下士張磊，附和他的班長說。

經李班長這麼一提，大家才覺得這一連串的爆炸，的確比平時聽到的清脆，震動得好厲害。

李班長說他有個小老鄉在工兵營，光是鑿洞裝炸藥使用的尺把長鋼鑿子，一根根都刈得老雀兒那麼短了。說著還握住自己的傢伙比畫了比畫。

「看罷，不出一年，太武山反正是要給折騰平了個孫子。固然是。」那國璋班長說。

大家撇開太武山的黑煙，轉過臉來，一雙雙饞眼忙著追蹤小白菜。

比起隨時一舉首都可以看到的太武山，小白菜是重要得多。可是小白菜已經看不見了。兵士們爭論起小白菜已否破了的問題。多數是持悲觀的看法。根據之一，阿兵哥們愈多的地方，小白菜的屁股愈扭得有勁兒。

轟隆隆的又是一陣凶猛的爆炸。空曠的，更遠的，敲打空的汽油桶的響聲，鏜鏜鏜鏜……尾音散發著。

赤著身子學小白菜扭屁股的一等兵關紹昌，乖乖的停下來，傻張著嘴。

沒有看到剛才那樣的黑煙。

太武山的那幾圈黑煙已擴散開來，淡了許多的升到天空。

聽這動靜，似乎在機場那個位置。

「這個時候炸個甚麼鳥勁兒！」

「那你就外行了。」三班的關紹昌說。「晚上爆破才是時候；等一夜過去，地底下的瓦斯才散得乾淨，明早好動手清理。」

有人提到陳坑那邊炸坑道，一個班長進去早了，中了瓦斯當場死掉。

砰砰砰砰……

又是一陣爆裂到腦門上來的響聲，近了，腳底下也感到震動。大夥兒一齊望向那個方向，只見太武山上的濃煙，一撮一撮像山麓裡冒出來的。一團團好似花朵，濃得發硬的裂著花紋，騰翻著，蠕蠕擴散。

那麼清清楚楚的景象，眞叫人以爲山底下爆破，炸藥的威力太強烈，以致從山的肚子裡四處鑽出來。

「不對，不對，」李會功班長急促的叫著，「不是爆破……」

許多兵士傻望著李班長。後者匆匆的擦著水淋淋的光頭。

遠近各處忽在頃刻之間響起尖厲的哨音……

彷彿互相約齊了時間，哨音惶急的此起彼落，到處亂竄，不再是那邊球場上裁判嘴上那聽來霸裡霸氣而太平盛世的哨子聲。

放眼看去，田野上有趕著驢馬和掮鋤的老百姓在跑。砰砰砰砰的爆炸聲，從黑煙和聲源判斷，已是愈來愈近，迅速的向他們這邊節節逼近過來。

値星的臧班長猛吹著哨子跟來，跟著發口令：「著裝集合！著裝集合！」這才大家感到事態眞的嚴重。隨即他們聽到對岸那邊岡！岡！……整串砲出口的響聲，分明這是對岸向這邊砲擊了。

「槌子的，」瘟瘟的臧班長也沉不住氣了，「正月十五看煙火啦，伸著頸子看個槌子，統統給我進掩體……」

砲聲到處迸發……

那邊球賽已作鳥獸散。亂嘈嘈的撒鴨子跑得遍野都是人。

洗澡的兵士們一時慌起來，甚麼也找不到，窮嚷嚷著這個褲子沒了，那個鞋子被誰穿走了，來不及擦乾身體就搶著穿衣服。也不管路不路，道不道，一個個像遭了驟雨，頭上頂著面盆，取直往回跑，顧不得砲彈落有多近，腦子裡只有跑呀，跑呀……

黃炎全副武裝等在陣地口上，迎著一批批奔回來的兵士，「帶武器進掩體，帶武器進掩體，帶武器進掩體……」念繞口令似的不住嘴吼著。見到半裸的，便插進一句：「進掩體再穿！」他是完全本能的豎立在那裡，揮著臂，把他這麼狼狽的弟兄們往掩體裡趕……「三十多條命交在你手上了……」當初團長的一句話，成爲他此刻唯一的意識和壓力。「快，快，保持靜肅，沉著……」一面他這樣喝叱著叮嚀，一面滿心的焦灼於他嚴重的責任——必須使他們每一個人都活著，不能出一點點的差錯——如果可能，他要伸出無長不長的雙臂，把這三十九條命統統攏進懷裡，一下子倒進掩體去。

近處古寧頭那一帶，已不知落下多少砲彈。漫天打著劈頭蓋臉的霹靂。

太武山壓根兒看不見了，視野裡盡是硝煙和瀰天的土霧。

太陽沉暗下來。

他感到壓制不住的戰慄，攥緊手裡的卡賓槍，硬頂住身爲排長的架式。

他指揮著由於洗澡而弄得如此狼狽的兵士們，砲彈又是這樣逼命的催促著，他自己似已無法保持沉著，心是惶惶無主。他知道這樣子的情形，一定要出錯，保了險的非出錯不可。可是絕沒有裕如的時間給他深思熟慮。他懂得了戰史上許多指揮官爲甚麼會發生極乏軍事修養的幼稚的錯誤；他第一次實習到一個指揮官在緊急狀況裡，必須憑著類似本能的直覺去當機立斷的下定決心和迅速採取行動，這都該是何等的冒險而令人驚心動魄。

砲聲像打下來的暴雨，不分點滴，終而匯爲無限制拖長的響雷，滿天上打滾。龍口這一帶已埋沒在毫無間歇的轟擊之下……

兵士已都進入二三八和二三九號兩個掩體，極目四處不見一個人影。但他知道，這樣的亂法一定要有差錯。他鑽進二三九掩體口，命令裡面清點人數。火力班長高飛請他進去，他不要。被硝煙嗆得一面咳嗽，一面催促著要人數。

掩體裡面，盡是赤著臂，搬家似的抱著滿懷的武器和衣物的兵士。李會功班長開始點名：

「張磊。」

「有。」

「王義亭。」

「有。」

「黃偉明。」

「……」

「黃偉明公差——村子裡。」有人搶著代答。

「謝水牛。」

「有。」

「……」

「有。」

兩個人同時應有。孔瑾堂調去團部，上等兵傳達周金才從排部調抵孔胖子留下的缺額，李班長還不習慣順序下來喊到他。

「周金才。」李班長補點了一下。

「有。」

每點一個名，應有的聲音雖然緊跟著來，但在黃炎的感覺上，這其間像有好長的時刻，留給他擔心沒有人應聲。

第一班除了黃偉明公差，全到。連班長副班長一共是九員。

火力班人少，高班長未經點名，便清查了六員全到。排部的傳達張弦，話務士劉明輝，也都在裡面。

「一共十七員？」

「十七員。」高班長回答。

他起起身，等著砲聲，準備奔去二三八掩體，「排長，你留這兒，我去。」高班長拉住他。

「你跟李班長照顧這邊，聽命行事。」

在他剛一行動就要衝出去時，又被喊住——

「報告排長，三班曲兆修，關紹昌也在這裡，一共是十九員。」

「十九員，好的。」他說。忽又想起一件事，「劉下士，電話機——」

「搖了三次，可是還沒搖通。」

「設法跟連部保持連繫。」

「報告排長，你進來等電話，我去——」

他沒等李班長把話說完，便往那邊坡下的掩體奔去。他只意識著，十九個，落下來了，不能丢掉一個。像個守財奴。似乎不管誰，只要一出那個掩體準就完蛋。但黃偉明仍然使他不放心。不到二百碼遠，一直線上便大小五個砲彈坑，離兩個掩體都這麼近，但覺惶懼萬分，卻不知道剛才甚麼時候打過來的。五個彈坑之一，還在散散的升著煙。

「排長！排長！……」李會功愣然的念著，眼巴巴瞧著他的排長龜著腰跑去，消失到坡地下面去。

「不容易。」高班長嘆口氣。「年輕輕的，不比咱們。頭一回碰上這個陣勢兒，就有這麼膽氣……」

班掩體，現在擠進了差不多兩班人，溫度立刻高起來。擠在狹小的這麼一個空間，剛才那把澡等於白洗。動作慢的兵士還在著裝，轉不過身子的忙這忙那，汗流得又像回到登陸艦的坦克艙裡。

變故來得太突然，儘管常掛在口上說的，「新兵怕砲，老兵怕機槍」，老兵們一樣的沉不住氣，顧不得在新弟兄面前維持顏面，誰也沒有他們這幫老前輩鑽地洞鑽得那麼快。

老資格的李會功班長，說他身經百戰，也從沒見過這樣不要命的砲擊。

二三八號掩體這邊的那國璋班長，也在跟他的排長說，朝鮮戰場上——有時他說韓戰場還說不順口——聯軍號稱的地毯轟炸，也沒這麼戽水一般的沒頭沒臉潑下來。

砲擊愈來愈烈，掩體裡看出去，眞有天昏地暗的那種慘烈。腳底下一直不停的震動著。

　　延至黃昏時刻，掩體裡簡直和火灶一樣。天光暗了，崩炸的灰煙裡有較持久的火光閃耀。開始時的那種恐懼、慌亂，和激動，似已慢慢的緩和下來。

　　「砲兵都死個球啦，裝孬種啦，怎還不還擊？」

　　「裝孫子了——偉大的砲兵。」

　　有的兵士開始咒罵。

　　「有這個道理嗎，操他哥兒，縮著腦袋捱揍。」

　　罵聲每爲落在附近的砲彈所中斷。彷彿敵人疑心是罵的他們的砲兵，老這麼來干涉。

　　「小子，你當是打你的M1半自動，彈匣一裝上，瞄瞄準，扣下扳機就行了。」火力班長高飛在替砲兵說話：「說你是老百姓，你又好嫌冤枉，入你的。」

　　「活老百姓！」李振鵬給他班長幫腔。

　　「那也用不著這麼久罷，半個鐘頭有了。」

　　「不止啦——」

　　「他媽的像你，還沒趴上去就空炸了。」三班的破壞手關紹昌，倒有餘情逗樂子。

　　「沒有命令，你敢射擊！」

　　「奶奶個熊的，就是命令下了——」

　　一聲霹靂下來，大股的熱風打進掩體裡來。

　　眞叫人以爲這發砲彈落在掩體的當頂了，灰砂紛紛的灑著。大家好一陣工夫不聲不響，叫人覺著整個掩體裡都統統完蛋了。

抱著腦袋蜷成一團的重又復活過來，舒開身體，喘一口大氣。

「也或許——咱們砲陣地，早就捱打平了。」很小的聲音，王義亭下士幽幽的說。

「天這麼晚，軍刀機也來不了嘞——」

「照你說，好像咱們就只一兩個砲陣地，禁不住幾砲就完蛋了？亂扯！」李班長很生氣的駁斥剛才小小氣氣說話的王義亭。

「像這麼發瘋，也難說，多少砲陣地禁得住揍！」

「得啦，別那麼土……」

高班長很內行的跟幾個新兵講起砲兵射擊作業和操作。雖然一聽就知道，這位班長是拿寬心丸兒給新兵們吃，可是也不是沒道理；對岸這樣不要命的猛打砲，犯了大錯，所有的砲位完全暴露了。觀測所平時找都找不到的目標，這下可一個不漏了。當然，觀測所的作業也不簡單的，要Sine,Cosine的算上個半天，把方向、高低、仰度都計算出來，完成測地，交給射擊官去指揮，決定彈種、裝藥、瞬發信管還是空炸信管、延期信管，這以後再交給砲長去作最後發揮……「咱們一砲還沒發呢，敵人憑甚麼能測出咱們砲位？所以說，咱們砲兵不打則已，一打就準定百發百中。我說這話先放在這，你們不信就等著瞧好了。」

高班長把幾個新兵說得不作聲，敢情那道理服得住人。隔好一會兒，「我們砲兵打了沒有，我們噢——也不能知道——」張簡俊雄問起來。

「傻蛋！」副班長宋志勳接過去，「砲出口還聽不出？——岡岡的，跟砲彈開花完全兩種響兒。」

有人提醒張簡，先前發現太武山落彈時，就聽得到對岸砲出口的響聲，叫張簡回想回想看。

「班長，」一陣繁密的爆炸過後，才下到班裡來的周金才，怯怯的探問著：「我們這個掩體，頂不頂得住啊？」他是蜷伏在北向的左射口下面，灰砂從遮板縫隙裡不住的往他鋼盔和領子裡灑。牙齒一咬合，就碜碜的好難過。

「除非啊──你躲進太武山坑道裡，也許保險。」副班長宋志勳靠得近，告訴他說。

「甚麼，周金才？」李班長從那邊問過來。

「他問班長，我們工事保不保險。」張磊下士替周金才傳話。

「保險？你投了多少保險金？」

「反正啊，周金才，砲彈打不中，讓你活著。砲彈要是正中咱們掩體，積土再厚也不作用。」

「有作用，報告班長，積土厚，墳要堆得大一些。」宋志勳接過話去。

砰砰砰砰……整把撒過來似的落彈，近得像落在頭頂上。地層大大的震動著。

「看罷，說來就來。這麼震下去也夠震垮個孫子的了，還用直接命中！」

又是一波陣雨，落彈不分點兒的四周炸裂著。

這眞像有意的集中火力來轟他們這個二三九號掩體，試試李班長說的算不算數兒──打中了怎樣，打不中又怎樣。

跟著這一陣落彈，掩體裡來路不明的灰砂，灑著每一個人。兵士們開始感到時間的難挨，數分數秒的熬著……

一陣沉寂過去。

「小白菜也不知怎樣了……」曲兆修酸酸的自語。

似乎很突兀，這樣生死交關的時候提到小白菜，不合時宜的使得好幾個人哄笑起來。

「這小子，」宋志勳下士說：「死到臨頭，還念著小白菜大白菜的。」

「便宜了小上海啦。」有人想著值老人星的黃偉明，還在那邊村子裡。

「敵情是，」王義亭接過去說：「這下給小上海逮著了，擠在防空洞裡，嘿——」

「曲副班長……」張磊長長的喊了那麼一聲，口氣裡也不知含著多少取笑。

附近的落彈有片刻稀疏，但是聽得到全島仍在炒豆子一樣。

大約就是瞅準這個間歇，排附楊恆茂拖著半自動步槍跑來。

守著洞口的老兵們，彷彿連衝進來的慣性距離也算在內的讓出好大的空地迎接他們排附。

「排長交代，」楊排附喘了幾口粗氣，定定神說：「利用射口輪值警戒，代替哨兵，密切監視海灘……」接著喘口氣，詳細的傳達了排長的推斷狀況，海灘的軌條砦和雷區遭受這樣砲擊破壞，不管被毀到甚麼程度，在心理上必須當作失去了這兩道障礙，敵人上了岸跨出的第一步，就是踏在排陣地的前緣。大家一定要有這樣的認識和準備才行。接著這位排附給大家說明——他沒有忘掉先問了話務士一聲，電話聯絡情況怎樣，答覆是預料中的；線路毀壞得很嚴重，和連部聯絡不上，目前這樣的狀況，只有獨立作戰。好在目標單純，只要發現登陸船隻——三兩個水鬼偷襲摸哨的情況，可能性不大——立刻集中火力，記住司令官的戰術要求：殲滅敵人於海上，殲滅敵人於灘頭，殲滅敵人於陣地。特別是在砲擊間歇時，更要密切注意。此外，三個哨所被毀掉兩個，人員幸而安全。現在剩下的一個哨所，排長也把它撤銷了，因爲哨所和排裡也已無法聯絡，等於虛設。所以權宜之計的利用射口輪值警戒，實在很重要。

「排長這樣的措施很適當。」李班長把掩體的四個射口分派了四個弟兄看守，回到洞口來。「到底是個官兒，沒好說的。咱們動口就誇身經百戰，操他這半天窩在這兒，只曉得等著命令行動，連這點警覺也沒有，奶奶個頭的，沒好說的。」

「這麼處理，其實——也是符合司令官的戰術要求，保持火力於地下，發揚火力於地上。」火力班長高飛說。

「老實講，咱們這位小老弟排長，膽兒還是小。」排附說：「打一件事上看出來——」

「不容易啦，頭一回——」

「別忙，聽我講嘎——」

岡岡岡岡……周圍的落彈又密起來。

天色完全黑了，火光把掩體裡閃得一紅一紅的。這一波似乎特別劇烈，洞口的老兵們往裡面挪動，一個個本能的抱住頭上的鋼盔，曲著身子，無言的忍受著。

炸裂聲裡間雜著鑽人神經的滋——滋——的彈嘯……焦灼的等待著，砲聲似乎永不會休止了。腳底下慄慄的震動，背靠著的水泥壁慄慄的震動，就是空氣裡，鋼盔和頭臉之間一點點空隙裡，無一處不是麻人的慄慄的震動著。最叫人惶懼的還是不時的間以強烈地震一般，地盤狠狠的搖動。彷彿把人裝進甚麼箱匣裡頭，那麼惡意而歹毒的狠狠摜過來，搡過去……

人在噩夢裡想醒而醒不過來的苦撐著。繁密的砲擊一波湧上來時，直覺得出來意不善的洶洶氣勢，那個時際等待的是這一波就會過去的。可是這樣永不會休止的持久下去，人的等待便漸漸轉化成了戒懼；砲彈老是打在忽前忽後，忽左忽右的近處，把人吊懸得半死。老是這樣打轉轉的折磨人，總不會有好果子吃的。人等待的便是下一發砲彈，不偏不倚的打一個正著，砰然的煙飛火裂……

人是數著一發一發的落彈往下活著。生命是這樣讀秒下去。再也扎實不過的事。一聲炸裂沒把自己迸掉，這命就算多壽了一發砲彈。。

「……最長的一夜……」砲聲裡聽不清是誰呻吟著。

人是被震撼得從現實裡虛脫了。鋼盔如同鐵砧頂在頭上，四面八方的鐵槌圍上來擊打，叮咚叮咚，夾著追命的大鐵榔頭，洞洞，洞，洞洞洞。樂隊的小鼓和大鼓貼著人耳膜擂打無節拍的鼓譜。人被粉碎著。人的意識被孤立而至簡單到無辨存亡的植物狀態。

大鼓終肯緩和了擂打。歷時十五六分鐘——有人報時。但多半都不大相信只才這麼一會會兒。感覺上，大半夜過去了也不止。

「幾點了？」

「七點……七點快半了。」只有謝水牛的手錶是夜光錶。

大家也不相信時間還這麼早，卻也——

砲擊開始時，誰也不曾注意是甚麼時間，現在只能商量著估計和推測。

掩體裡漸又恢復了生氣。一度歷時十幾分鐘的冷感過去了，難忍的悶熱又開始煎熬著人。

起始進入掩體的那一刻，老兵們身手矯捷——或不如說是老謀深算；動作迅速的著好了裝，攜帶好了武器，寧可忍著砲火的威脅，蹲伏在洞口外面，猛喝猛叱的把那些從失火的澡堂裡跑出來似的新弟兄往掩體裡頭趕，看似一種感人的友愛的照顧。

「操他二姨的，裡面比牛×還熱……」避著新兵，他們才說實話。

「你住過牛×？妹子的！」

重新恢復了生氣，又漸漸的不安分起來。經過一度最險惡的時刻，大家似乎是因著落下這條命，顯得分外的亢奮，抬槓和玩笑又在各個角落裡進行著。對於危難和痛苦，這些兵士看來是患了嚴重的健忘症和短視症。

「剛才你講排長怎麼個膽兒小來著？」高班長又想起給這一陣好厲害的砲擊打斷了的話頭。

「這啊，我也不知道怎麼講才是；排長這人——」

「人又不是鐵打的金剛，鋼鑄的羅漢，誰不多少有點毛病！」李會功似乎總要多維護著點兒他們的排長。

「不是那麼講法兒；」排附抽著七七牌軍菸，「我講排長膽兒小，是指他緊張得要命，唯恐丟了一個兵。剛不久，邱火貴，弄不清怎麼回事，冒冒失失猛朝外衝，已經跑出洞口又給排長抓回來。你猜怎樣？打射口裡瞧見他那棵樹苗折了——也不知道是飛片打的，還是蹦起來的砂石砸的。你沒瞧邱火貴那小子，他爹娘中了彈也不過如此，急得直蹉腳，猛叫著他那棵樹苗要能趕緊扶一扶，用土煨煨好，還有的救。排長可是一頓好刮——『你爸爸媽媽肯讓你這樣？』那邊掩體裡，私下都當口頭禪掛在嘴上了……」

「那可是實情哪。爸爸媽媽扶養你成人，容易嗎？邱火貴這個混球！」

「還有嘞；過會兒喬頌安又給尿憋得受不了，要出去，要不就尿褲子了。可是排長不准——你爲泡尿把命送了，不怕你爸爸媽媽傷心死？」

「也是老實話嘛。」

「這也不能說排長怕死。指揮官就應該負部隊成敗存亡全責的。」

「怕死是怕死——看是怕誰死罷。」宋志勳副班長像是替他們排附下註解。

「就是這個意思。」

「那……這一陣砲打得遠了，奶奶個頭的，是個好空檔，喬頌安該抓住時機放水了。」

「誰曉得，」楊排附說：「排長是叫他尿在褲子裡，也不准出去的。」

「那咱們這一號的，排長可以放心了；」宋副班長帶點玩笑味道。「沒爹沒娘的——」

「一樣。剛才排長還非要自己跑過來交代不可，攔住洞口不准我出來。讓我頂了一句——當眞你是軍官，保了軍人險的？排長才沒話說——」

「這話得趁熱聽。」李會功蹬了揚排附一腳。

「這還興吹的！臧班長他們都親耳聽到的。有甚麼好吹！」

「吹牛皮又不犯死罪。」李班長是頑固出了名的。

「報告班長——」

「他媽的謝水牛！」裡頭，謝水牛要跟班長說甚麼，被周金才阻止了。

李會功喊著問過去，裡頭唧唧嘎嘎的竊笑，卻沒有人回班長的話。

「搞甚麼鬼！一會兒沒捱砲，肉就癢了——」

「不是啦，班長，」陶登魁下士喊起來，「周金才褲子濕啦。」

經這一公開，那些竊笑被化暗爲明的跟著公開起來，大夥兒笑得東倒西歪。

「要命，奶奶個頭的，怎那麼沒出息！班長替你換尿布罷。」李會功嚷嚷起來。

「這好，東西一點紅，成了東西一泡尿了。」

「無獨有偶嘛。」排附也接腔過去。

「這下周金才跟喬頌安，該結拜兄弟了。」

「報告副班長，給周金才發幾塊尿介子罷。」

「拜甚麼兄弟啊——乾哥哥乾弟弟，還是濕哥哥——」

洞的一聲，紅通通一團火，眼看著擁進洞口裡來，一下子把掩體打得靜寂無聲。

又來了——大夥兒意識裡這麼一掠，嘴說不及，已經熟悉了的那老一套，嗞——嗞——岡——砰——……又沒頭沒臉的潑過來。

似閃電而比閃電殷紅的烽火，照亮了掩體通往班營房的碎石路上，黃炎倒在那裡，像從哪裡掏出來的一堆爛泥。

剛才的一小陣間歇，本來足夠他從二三八號掩體奔回營舍。只因稍稍那麼一猶豫，眼看離營舍左前方小碉堡不到三十碼，耳邊廂只聽得噗——的一聲，好似吹燈一樣，緊跟著震耳欲聾的炸裂，心臟都要給崩掉了。一股熱風把他狠狠搡了一把，人被打倒地上。

砲彈繼續著這裡那裡的爆炸，好半晌，黃炎以爲自己完了，或者負了重傷。臉前，一閃一閃的青紫光裡，恍惚間他發現自己的左手齊腕斷掉了。

老兵們多半有那樣的經驗，他聽說過，掛彩的當時，人總是對於痛苦沒有知覺的。他愣了一下。我的手完了……然而並無預期的恐慌或絕望。他只是有些不敢去觸動這個巨變的現實，怯怯的拖延著，希望頂好還是不要變得太壞。慢慢的他試著去抬起這隻沒有了手的小臂，嘗試著一點點，一點點抬起。像是擰開了水管一樣，血嘩啦啦的順著手臂流下——那不是血，那是埋沒了他的手的砂石，紛紛的撒落下來。他清清楚楚的感覺出整堆的砂石從手背上滑落，童年玩砂的那種喜樂。他還不肯太快就樂觀起來，迎著亮光的證實。手的剪影，完完整整伸展在眨著不同光度和光色的透空裡。他伸屈著手指，關節的滑轉，和節皺間擠壓的那細微的知覺，一種不曾有過的經驗——不是失而復得的驚喜，是撿來的一個意外，或者因失而復得才第一次發現到自己是個有手的人。

大約三十碼左右，他被制壓在這裡不能動。當他發現到左後方不及五碼遠有個很大的彈坑，隨即考慮都不考慮，迅速退著匍匐，滾進彈坑裡。

幸好是延期信管——黃炎爲自己慶幸，一面抖抖領口和背上嗄嗄作響的泥砂。現在，根據公算，一個彈坑不可能落進兩顆砲彈，他趴在這裡，似乎比在掩體裡還感到有仰仗些，且能仔細的觀察觀察他的排防區裡災情到甚麼地步。

從聽覺上判斷，約莫是瓊林那個方向，島的蜂腰地帶落彈最密，聽來像滾開的稀飯鍋一般，咕嘟咕嘟的吵鬧不休。金西這邊，至少還可以一發一發的數得出。

這使他直覺的猜測，敵人可能企圖在蜂腰地帶登陸，以便輕易的從中間掐斷，把金門本島刀斬爲二。

伏在彈坑邊口，眼睛齊著地線窺望過去，迎著明暗不定的霧光裡，黃炎所不放心的營舍——自然是營舍裡的電話機和一些損失不得的文書——營舍東端已毀掉一部分，黑濛濛的剪影，看上去像一床破了角的蓆子，破口處橫橫豎豎的棍棒。幸而不是燒夷彈。也許並不是直接命中，砲彈只是打那裡拐過去，震成那樣子。

還有他所不放心的，歸正義那個山地籍上等兵留在裡面的小碉堡，他一再調整窺望角度，都無從看得到它。

蹲在二三八掩體洞口，兩個掩體的電話都搖不通，使他急切的倖望他排長室裡的電話也許還能使用。像這樣龜縮在地洞裡，他這個排被打得孤零零的跟外面隔絕了起來，等於耳聾眼瞎的等死，他開始不能忍受自己的顢頇。那架電話如果尚有作用，無異那是他這個排對外的唯一通路，而他不去爭取——至少沒有去證實，那就是他的有虧職守了。再就是留在那個小碉堡裡的歸正義——也許那裡遠比這邊的掩體安全，那裡也需要有人警戒，可是情況不明，他不能用推測或甚麼理由，放心的不去管他。一個指揮官，儘管他是小得不能再小的頂起碼的指揮官，隨時瞭解和掌握自己作戰地區的全盤情況，無論如何，那是頂基本的條件。而他斷乎不可這樣的不夠條件——只爲著可恥的苟安。

他自然知道，這樣單薄的掩體，實在不當甚麼。可是他躲在裡面，就是苟安；把兵士們塞進去，一個都不准出來妄動，卻又是此刻必要的措施。分別就在這裡。作戰綱要沒有明文教給他這個，他只是憑著直覺來處理，而這樣的處理，使他心安。如此而已。

向前躍進了兩個彈坑，黃炎已經接近營舍。一切變了樣子，許多已經長成的樹木，盡被彈片斬得遍地的枝椏。斷裂的樹幹，一個式兒被剖出屍肉般慘白的斷面，給這樣黑夜裡，處處綴著些白色斑點，近乎幻覺的晃動著……

「口令！」呵止的聲調吼過來。

黃炎遲疑的頓了一下，「勝利——歸正義！」回應著，心裡一股歡喜。

「排長？」那也是極歡喜的一聲。

他躍進到碉堡裡，有些喘，「還好罷？」

「還好。報告排長——」

「沒辦法派人來接班，這麼久了。」

「沒有關係啦。報告排長，怎麼這樣一直打？要打到甚麼時候？」歸正義急切而認眞的問。

「排長怎麼能知道。你一個人，害不害怕？」

「不怕——報告排長，我們全排都……」

他聽出這個山地籍上等兵口氣裡透著顫音。「全排安全，就擔心你一個在這兒。」

「不要緊。就是……就是砲打得太厲害，我都以爲……全排只剩我一個人在這裡了。」

「沒有那麼嚴重。」他考慮撤回這個警戒，但是掩體的工事，未見得比這座小碉堡堅牢，而它目標又小。讓歸正義在砲彈底下冒險一百多碼跑回掩體，是他絕不願意的。「要不要派個弟兄來給你做伴？」

「不要，排長，一定不要。」

歸正義表示得很斷然。他也只是出於安撫的意思；與其派個弟兄頂著砲彈過來，倒又寧可把這個兵撤回那邊去了。

他問起歸正義是否留心到裡面電話響過鈴。「沒有聽到。可是房子打倒了很大一塊……」

這使他放心了；不過也有些羞慚，像是小時候在外面瘋夠了回來，一進家門就忙著偷偷打聽爸爸找了沒有，媽媽找了沒有。

他排長室的電話完好，只是落了很厚的灰砂。慌促的搖了搖，仍然是斷了線。拆下電話，又把公文箱打開，匆匆點了點作戰演習的計畫命令，塞進身邊圖囊裡。但是有人闖進來。奔跑的腳步拍啦拍啦的好重，剛一聽到，人已到了跟前。

「排長，是我——那國璋。」

「你怎麼跑來！你……」他厲聲的呵叱著，想罵人卻又算了。

那班長搶過他手裡的電話機，「報告排長，快回掩體去罷。」

「你不要回去，陪著歸正義在這邊——他一個人。」

「用得著嗎？」那班長動作很快，躍至門外。

這要怎麼說，用不用得著，他也不知道。他只是憑直覺的認爲，那國璋要是隨他回掩體，又要冒一次險。對付這位韓戰場上跑回來的班長，又不好拿「你爸爸媽媽……」來阻止。

「你看嘛。」他冷了一下，心生一個小計：「無所謂的。歸正義也不是你班裡的。走罷，我們回掩體去。」

尾上的話，好像害怕讓那班長識破，才加上去的。

「那我去好了，」那班長反應較慢，已經躍進一個彈坑了。才轉個方向，「電話機我就帶著了。」

他停下來，蹲伏在彈坑裡，沒有作聲，望著那國璋的黑影奔向小碉堡那邊去。

黃炎的心裡似乎多少有點羞慚。他不能確定這樣耍小心眼兒，是否也算權術。他的中將爸爸很少背地裡論人長短，卻對一個來他家做客，在他眼裡從不曾見有那麼優美風度的將領，私下和別的客人說起：「憑他的才華，才幹，都是上乘，實在沒有必要玩權術……」不知爲甚麼，那麼平平常常的一句話，給他留下好深刻的印象。他弄不清楚是因中將父親太少批評人，以至偶有那麼句閒言，反而珍貴起來；還是他太傾慕那位將領的丰采，一句話使他深深的幻滅；抑或是彷彿他生來就對「權術」有種說不出道理來的憎惡。

島的蜂腰地帶，仍然是開鍋稀粥的咕嘟咕嘟鬧著，糜爛在密得可怖的轟擊裡。他試著探首尋找那個方向，竄起來幾次，才倉促的掠到一眼那遍火海——地獄之火，密密麻麻的閃跳著毒焰……離著那麼遙遠，想像裡屬於地圖形象的島的中央細部，他感覺到眞會禁不住那麼惡狠的轟擊，島從那裡陷裂著斷掉。

恐懼和惶亂的戰慄已經過去——那是作爲軍人的頭一道關口，一個死字，人生的最大艱難。他開始發見，人一旦靠近死亡，居然這樣的索然而麻木，思維也不再出現。他只是直覺到死是十分的輕易，沒有甚麼意義，空的，幾乎是假的；反被另一些甚麼給壓迫著，勾引著——爬著，不知道哪一段線壕被毀，電線炸斷了，縮成好幾圈，被他爬行的手所觸著。那種以黑膠絕緣的被覆線，溫柔的滑過掌心。何等的親愛，他抓起電線來，情不自禁的送到嘴邊，好像這就能通過話去——或許斷的是通去排裡的那一段，從這裡起，一直通到連部總機的線路都是完好的。他眞想把那班長喊來，帶著電話機來試試。他太需要連長，即使連部的任何一個人。那種需要已經簡單到只要聽見他們的聲音就好；如同一個人溺在大水裡，只想抓住一塊浮木，不管那塊小小的浮木對他有甚麼用處。

一聲噗——的，他所熟悉的吹燈的聲音打耳邊搧過。他知道不妙，用盡力氣把自己貼緊地上，恨不得把自己嵌進地層裡去。

等著，致命的爆炸。可是甚麼也沒等到，砰登砰登，到處爆炸，卻不是向他吹燈的身邊這顆落彈的位置。

居然這麼運氣，一顆打得這麼近的不爆彈。一顆瞎火，不知爲何這樣子的優待他。勇氣忽然百倍，他開始龜著腰往二三八號掩體衝刺。

臧班長敢情已發現到他回來，等著接他的接力棒似的，迫不及待的出了洞口。他吼過去：「進去，進去……」掩體裡的兵士衝著他齊喳喳的不知嚷著甚麼。好像他是隻回巢的老燕，一窩嗷嗷待哺的乳燕等著他打食回來。

他前腳進來，後腳便跟著塌了天一樣，潑下一片感覺上的黑。他跌在蝟集著或蹲或坐的弟兄們身上。那是一波鼓進來的火煙，打得他站不穩腳。

一陣緊逼一陣的轟擊，不容他張口。他爲他們方才那樣的嘈雜在生著氣。

兵士們完全的安靜了。

先前那一刻較久的間歇，本以爲這場砲擊差不多該過去了，卻又黏纏的重來起這一通……這樣緊逼得人透不過氣來的轟擊，重複得使人又陷入萬無生理的恐懼裡。

靜默中，他感到下顎、脖子和前胸一帶有隱隱的刺痛。用手一撫摸，碰上去就受不了。這使他十分詫異。

「報告排長，剛才電話通了一下下。」臧班長擠近他身邊，大聲的說。

「噢？」

「連長打來的。」

「怎麼說，連長？」黃炎放棄了去求解自己受了甚麼樣的傷，會這樣辣辣的痛。

「沒有說上兩句，就又斷了。段福元接的電話，連長只交代了加強戒備，原地待命——段福元，過來給排長報告一下。」

砲聲遮住了呼叫，兵士們一遞一的喊進去。

手電筒照過來，段福元上等兵從人縫兒裡扁著身子過來。

砲擊仍然激烈的持續著。

連長的簡單交代，使得黃炎對於自己的處置越發有了信心。

幾個人一起推測，敢情連裡有人出來查線接線了。但照連長的簡單交代看來，可能連和營、和團之間，也都斷掉了聯絡。

下顎到胸膛一帶的刺痛，又在他的感覺上蠢動起來。手老要去觸摸，又不敢碰。

他考慮到要不要去吩咐劉明輝話務士相機出動查線。可是在沒有接到命令前，他認爲除了警戒，還是不要妄動；他仍然堅持不肯因爲自作主張而折損一士一兵。他摘下身上的手電筒，照照自己下巴，「你們誰幫我看看，到底是怎麼了。」他一直想不出道理，是炸藥灼傷了麼？是砲彈裡含有甚麼化學成分，或甚麼射線？……

臧班長接過他手電筒，跟著他的指點照著。廖樹穀、曲兆修，兩位副班長都湊近來檢查。他自己虛指著位置，這裡，那裡，碰都不敢碰一下傷處。指到胸前時，他發覺已不能低下頭去。脖子只要稍稍的一彎，皮膚因摺曲而互相稍一接觸，那種辣辣的刺痛便使他猛提口氣，幾乎呻吟出來。

「這是扎了甚麼進去了。」臧班長說。見他的排長這麼護痛，還不好下手來試。

「誰指甲長些？」廖副班長看看自己的手指。

「是刺啦——甚麼草刺。」

大家做工做得一個個都是禿指甲，還是曲兆修勉強的湊上來，像替他修面，按住一邊腮頰往上推，使得下巴的皮膚繃緊些，方便摘刺。

曲的口裡有微微的唾臭，隨著呼出的熱氣薰過來。

他忍受著。這是個細工，他得屏息的等候著。

第一根刺拔下來，挑在指尖上給他看。直著脖子，好像很矜持，他看到一顆等邊三角形的黑刺，長度約莫三公厘。「很多？」他問。想不起在哪裡招惹了來的，也不明白當時為甚麼一點感覺也沒有。

他叫曲副班長先替他把頷下的刺拔掉，以便他可以轉動脖子，可以照著鏡子自己來清除。

他有點忍受不了撲鼻的口臭。

外面那麼凶惡的砲擊，掩體裡卻在這兒慢工細活的挑刺兒。這叫他覺得實在突兀，似乎於情於理都很說不過去的味道。

「報告排長，報告排長……」

洞口那邊似乎有人喊著。

難為了曲兆修這位副班長，細工累得他一腦門的油汗。「誰，那是？」他的喉結一動，大約使得一根已經捏住的三角刺又滑脫了，他聽到曲兆修一聲惋惜的歎氣。

臧班長過來跟他說，團部來通報，孔瑾堂在洞口上。

「孔瑾堂？」他不能相信，這麼打得人抬不起頭的砲火，叫那樣一個又胖又蠢，反應遲鈍的兵出來傳令，怎麼可以！

「報告排長，報告排長，」整個洞口都被那麼大的塊頭堵住，人喘得接不上氣。「……團長命令，九點鐘——九點鐘，第三號反擊案生效，第三號反擊案，九點整生效。」

背書一樣，硬生生的背得不很熟。

「口頭命令？」做排長的問。

「報告排長，請你複誦命令。」孔胖子不理會他的反問。

他連忙重複一遍胖子適才傳達的命令。「沒有別的啦？」他緊接著問。

「沒有了。」

一見孔胖子往洞口外面退去，他伸手過去拉住，「連部去過了？」

「去過。」

「連部怎樣？」

「……」胖子愣著不作聲。

「連部是不是都安全？」

「哎哎，安全，安全。」

「孔瑾堂，你留下來，我找位弟兄替你跑——」

「不要，排長。我要，回團部。」

「傳達完啦？」

「哎哎，團部只叫我，叫我跑我們老連，和一連。」

他連忙再問湖南高地那邊的情況，人卻跑開了。

所好附近的砲火緩和多了。他蹲在洞口，望著烏黑的外面，不時的一團兩團的火光，閃得人眼花。

怎麼行？怎麼可以？行動那麼笨重，反應又慢，目標又大的胖子……他蹲在洞口一直發獃，失去了甚麼似的凝視著甚麼也看不到的孔瑾堂跑走的那個方向。

在他的背後——他意識著背後那一張張看似浮腫的臉，恍惚感覺自己是個窮困潦倒的爸爸，負債難償的面對著向他討吃討穿的孩子們……在他昂著頭，讓人給他挑剔脖子上的刺時，手電筒的餘光裡，他瞥見兵士們那一張張油光光看似浮腫的臉。那一陣砲擊正緊，他懂得他們那種眼神在仰望著甚麼。掩體保不保險呢？目光從掩體頂轉移到他的身上，那目光在央求他給他們一點甚麼擔保，保不保險？保不保險？保不保險？……人是被這樣至爲簡單的憂慮和惶悚，反覆反覆的疲勞著。

眞的是疲勞轟炸……

敵人的詭計敵情目的在此——疲勞轟炸……

但是他能給他們甚麼擔保？他比他們多有多少把握？他的不敢肯定的判斷，敵方火砲最大的口徑可能是一二七、一五二。雖然聽得出來大多數是空炸的殺傷彈，但仍有不少的延期信管，栽進地下再爆炸上來。那麼，憑他們這座工事，十公分的水泥頂，積土不夠五十公分，不命中則罷，一旦中彩，一發八一迫擊砲彈，也就有的熱鬧好瞧了。

但他做排長的，能跟兵士們直言這個嗎？尤其是新兵。

經過方才的一番闖蕩，全憑動物性的直覺那麼闖蕩過來，自覺已經突破了那道只求活命的原始防線。此刻他所關切的，似已不止是掩體工事的保不保險——那樣滾著爬著，連野草的刺都抵擋不住，惹來了一身，還有甚麼遮掩來著——反正砲彈落到掩體上，誰也搪不過，不會有一個人生還。人在稍事習以爲常之後，生存意欲的細胞便又開始分裂，一點點複雜起來……今天一清早——雖非恍如隔世，卻也像好幾天前的事了——還在耍性子的黃家老姑奶奶，照那個執拗的壞脾氣看來，她肯進到犯了忌諱的防空洞裡去麼？移交部隊曾告訴他，前年一、三月四次砲戰，先後落彈四千多發，那些老公公老太太卻都抵死不肯進入防空洞或陣地裡的工事。那麼，這樣嚴重的砲擊，那棟洋房能抵得住甚麼呢？……副司令官，七月將軍，中將爸爸的老友，從他們陣地走後，是否還貪看許多別的單位防務，適巧尚在返回防衛部的路上？……還有孔瑾堂，到處去跑著傳令，有妻有兒的笨兵……還有邵大尉正在那邊賽籃球；還有黃偉明，留在村子裡；還有小白菜，兵士們的大眾情人，那麼單純的賣弄風情……

他沉默著，不自知的在清除著胸前衣襟上的草刺。

多少牽牽掛掛的人物，忽然都那麼親愛起來，爭寵似的擠著抗著要進到他心裡來……

方才，搶命一般的跌跌爬爬在爆炸和火煙裡的那個人，此刻再一回味起，似乎那個人壓根兒就不是他自己。當時乃至現在，他都無由使自己感覺出甚麼鬼的英勇來。人只是生瘋了一樣，或者中了甚麼邪道。那和他小時候去搆那枚鵓鴿蛋，該是差不多的一般危險。那還是在故鄉自家的田莊上，槍樓的堞孔裡養著不知多少家鴿。伏在只有他胸口高的堞口裡，身子探到牆外，俯垂下去經常可以在那些堞孔裡摸到一枚兩枚白得晶瑩的鵓鴿蛋。只有一次，發現一枚鵓鴿蛋看得到卻搆不到，一心一意的要得到它，想它想得要命，用飯勺，用捕蝴蝶的長柄網套，都沒有辦法彎進那個堞孔的鴿子窩裡，白白惹得那些鴿群一陣一陣拍翅打轉的吵鬧不休。只差半隻手臂，只差那麼一點，眼睜睜的到不了手，把人給迷死。後來他居然叫來兩個僅僅六七歲的堂弟，他伏在堞口裡，讓那兩個小鬼一人抱住他一條腿，把他頭朝下，倒掛金鉤的縋下去。再一點……再一點……每叫一聲，兩個堂弟便把他再放一點。鵓鴿蛋如獲至寶的到了手裡，塞到口裡含著，由著兩個小鬼把他往回拖。肚皮拖拉在磚稜上，刮得死痛，但是終於得到了那枚魂牽夢縈的鵓鴿蛋……然而三層樓那麼高，下面是青石砌的基盤，兩個小鬼只要有一個滑了手，另一個也必然抓不住，那眞不堪設想……爾後，人長大了，每一想起那樣的懵懂無知，便不由得頭皮一緊。

多麼無謂的一枚鵓鴿蛋！

然而冒著彈雨弄到手的文書和電話機，是否也夠無謂透了的……

那個時候，眼裡、心裡、腦袋裡、夢裡，只有一枚鵓鴿蛋；比月亮還皎潔，此地球還大的鵓鴿蛋，只差半隻手臂便可到手，除掉猛跟自己窮吼：得到它，得到它，得到它，別的甚麼都不值一顧了。

而方才那個時候，差不多是又一度的重複了；斷了線的電話機，被他自己嘲弄的「無線電話機」，一心一意的只要得到它。

兩樁無謂的蠢事，人是這樣被注定在愚昧的輪迴道上重複著麼？只見一利和只見一義——天哪，搶回一架「無線電話機」，小小的裝具，也算得「一義」！——有甚麼區別呢。冒險犯難，一定是有意義的？一定能使人自感英勇？他覺得無謂，有一種自欺和被訕笑的索然之感。

脖子底下似乎還有未清除掉的刺。他自己輕輕的試著去拔除。彷彿有些領悟，他不很清楚；人生是否付給徒勞和揮霍的項目太多了些？被砲擊而死於非命，和頭下腳上的從槍樓上跌下而死於非命，這兩者需要加以區別嗎，還是不需要？

背後，他知道有幾個弟兄在商量著，計議怎樣出動去查線。當然，實在有那個需要，急切的需要，或者不會比鴿蛋的誘惑小些，他信得過他們。沒有人差遣而已懂得自動自發了的可愛的兵士，他受著感動。戰爭已開始在造就人了麼？……他是顯得十分優閒的試著在掐脖子上的草刺，耳聽著稀落多了的砲聲。如果說這是一場以疲勞轟炸爲目的的砲擊，那麼，疲勞的該是誰呢？該歇歇手，坐下來休息休息了罷，辛苦的砲手們！

兵士們還在計議著查線問題。他聽不十分清楚，只是從漏過來的一言半句，推斷出他們有不少困難。缺少備份電線，似乎是決定性的阻止了他們行動。老虎鉗是有，要不要絕緣膠布呢……

他知道哪裡有斷了的整圈被覆線可以利用。但弟兄們比他有頭腦，他們商量著，三架電話，能接通一條線就夠了。另兩條即使被砲打得柔腸寸斷，拾拾綴綴，湊合著來接通二三八號掩體的電話，一定夠長的……他聽了覺得可笑，人在這樣的時候，還是在盡可能的自私著；這些兵士只想接通他們這個掩體的電話——自然，他們找得出充分的理由，他們的排長坐鎮在這裡。

有的又在提議，看看通去哨所的被覆線能否拆到一些來用。

「我倒有一根兒，長是很夠長的。」他聽見全排最矮的余琦一等兵，嗓門再壓也壓不低的說，「可惜沒有用——我這根兒。」

「拿來湊合湊合嘛，有一根比沒一根兒總好。」

「你要？好。」仍然是酸酸的，「我來找給你——麻繩；曬衣服的。」

「你小子……」

一直他認爲這個陝籍的小排尾，人很忠厚老實。生的是五短身材，臉比身子還長，弟兄們喊他部長，很像那位國際上頗負盛名的彈道學專家的當今國防部長。人眞是不可貌相；長相笨拙，平時從不多言，這樣兵荒馬亂的節骨眼兒上，反有餘情這麼滑稽起來。

也許我正需要這樣——他回過頭去瞥了一眼。裡面一片漆黑漆黑。但是看見和看不見似乎都無所謂，他等於看了余琦一眼，不由自己的含有一種莫名其妙的敬意。

不知誰點上馬燈，蹲在地上找甚麼。燈光從下面照上去，一張張獃滯的面孔都像浮腫了一樣，仍然都在望著掩體頂。留有一條條模板形狀的水泥頂蓋上，有閃燦的凝結了的水珠。那些浮腫的表情，彷彿在擔心這樣無休無止的暴雨，屋頂會不會漏雨，甚至塌陷下來。

「就這麼一勁捱揍下去啦？……」角落裡，有人在暗處幽幽的說。

在架設連的坑道裡，也是一樣的，大家在咒怨著。

特別是邵家聖，開始時的興奮過去了，時間持續久了，就打心底煩上來。「龜孫砲兵，吃飯的，我操他奶奶裝熊了……」

比誰都更感威脅的，該是他們這一夥還穿著球衣的籃球隊的隊員們。「媽的，沒想到把老子困在這兒了……」一個個焦躁的叫著。也沒誰還有餘情去惋惜六十八比六十九雙方都有冠軍希望的這場不了了之的球賽。

球員們爲他們半裸著，感到分外的一點仰仗也沒有。儘管武裝起來，也不過頭頂多個鋼盔，身上多套外衣，像這樣天搖地動的砲彈橫飛，甚麼也擋不了。

坑道本就很扁窄，不夠用的，又擠進這些紅紅綠綠的球員，大股的汗味悶塞在這裡，溫度可能比任何別的工事裡都高得多。

可是比起凶猛的砲擊、坑道裡壞透了的空氣，以及周身黏黏涔涔的汗腥泥沙氣，更使邵家聖難以忍受的還是毫無儲備的香菸不大的工夫就抽光了。幾個菸鬼子的脾氣都顯得暴躁起來。

他在打守總機的李朝陽那根香菸的主意，為時已久。人總有不好意思的時候，加上又是個士官；若不是胸前符號，他連人家姓甚麼名誰都不知道的。好幾次想張張口，都又算了。

「勞勞軍罷，」到底還是忍無可忍，伸過手去，「我看你是不會抽菸的……」他是仗著對方不知道他是個軍官。

那枝香菸吊在嘴上，濕了好一截。一直都沒見這位中士有點火的意欲，叫他著實的看不順眼。砲擊太強太密的緣故，李中士沒有聽見他說甚麼，側著耳朵向他。似乎也沒大懂他伸過手去的意思。

「慰勞慰勞咱們國手，夥計……」邵家聖不好意思的又重複了一遍，「來枝伸手牌兒的罷。」

李朝陽摘下嘴上香菸，孩子似的藏到背後。

「怎麼，」李中士叫著：「寶島牌的。」

「不管甚麼牌子的，來罷，別糟蹋了糧食——」

「不行。副司令官給的……」

「總長給的，也還是要抽的。」

李中士頭搖像荷郎鼓兒。「不行。我要留紀念。」

這樣的扭著，越是把邵家聖的菸癮吊起來。

「好好好，」邵家聖抖抖懷裡抱著的褲子，口袋裡找出一張紅票。「怎麼樣，五塊錢，成交。」心裡，他想著，媽的，一根香菸簡直可以逼得人賣身。

這位中士，顯然是個很強的死心眼兒，考慮都不考慮的直接搖著頭。頂使邵大尉冒火的，這位中士存心要吊他胃口似的，把香菸橫在鼻子下面，一再一再的用力嗅著，不知有多迷醉的鬼樣子。香菸裡有葡萄乾的甜馨，和大麯酒的香氣。這個不會抽菸的中士，生平第一次懂得香菸這玩意兒為甚麼叫做「香」菸。

「嗳，」邵家聖還是不死心，「怎麼這樣轉不過心眼，你留著五塊錢作紀念，還不是一樣……」

李朝陽沒有留心這位厚臉皮的球員又跟他開出甚麼條件。他嗅著香菸。這是中將的氣味，使他依稀聞見盧溝橋上騾馬和駱駝的糞香。那裡，盧溝曉月，是他幼時去過的地方，數過一遍又一遍，總是數不準橋上到底多少尊石獅子。那是人們傳說的神話。石獅子裡面有狂韃狐子假裝充數，所以永遠數不清。可是中將說：「四百八十五尊。絕對沒錯。」李朝陽自己是土生土長的宛平人，但在這之前，他慚愧自己枉為宛平人士。

一位中將，那麼認真的告訴一個兵丁，四百八十五尊石獅子。差著十級的中將和中士。多麼寶貴的這枝寶島牌香菸。菸紙上他工工整整寫了三個小字「四八五」。五塊錢就賣掉？而中將還該在砲火中的路上，他記掛著中將的安危。

那一聲砲響，曾把吊在唇上的這枝香菸震落，掉在掘起的紅色鮮土上過。中士沉鬱的唇角那裡，綻開一絲兒嘲笑。砲聲打近了，排長嘟嘟嘟的吹著哨子，把大夥兒往坑道裡趕。中士立在壕溝邊上，一直不曾想到要隱蔽起來。爲著震落的這枝香菸，犯了甚麼忌諱似的，心裡好不快。

眼前還清晰的見到，那厚實的闊背給夕陽鍍上一層金，彷彿反光一樣，反射著壕裡壕外歡笑的回聲。

來自對岸的俄製砲彈，不容人辨識怎麼一回事的連連打下，彌天彌地的掀騰起整個島上熱騰騰的烽煙和飛沙。夕陽如火，辣辣的燒起一片赭紅的殺氣。

李朝陽茫然像根樁子豎在那裡。有人從壕溝裡伸手上來，拽他戰鬥綁腿上面的褲管，他沒理會，只管記掛著中將一定正在回太武山的途中。

他看看撿起的香菸。啣濕了的一端沾著些紅泥。再看看遠得發藍的太武山。那裡被濃煙圍困著……

中將難道就那樣的料敵如神，那樣的懂得打仗？眞就那麼敏銳的嗅見了火藥味？或者在金廈海峽上空，他看到了盧溝橋的蜃影？……

這位穿球衣的老兄，伸手要他這枝珍貴的香菸，要不到又亮出錢來買。不行，要抽的話，我早抽了；別管我會不會抽菸，他沒有把它看做一枝香菸，待會兒他要找出日記來，把它夾在裡面。寫著「四八五」的，副司令官頒贈的一枚紀念章。他輕蔑的瞥了一眼穿球衣的軍官，和那頂不倫不類的軍帽。其實他認得這個傢伙，十九團的，出頭出角的太保軍官——這是他給這個鬼混的傢伙夠客氣的封號。雖然他們通信營是個師配屬單位，也早就熟識這個人物了。

第一砲打過來，適巧他在看錶，十八時三十五分。別人說那是炸山——做坑道和取石子鋪公路。「開玩笑，炸山有這麼響，有這麼濃嘟嘟的黑煙？」他說，眼睛盯在來金門前新買的手錶上。

這隻手錶，這位中士總是寧可讓它快一點——對自己的一種愚民政策。和袍友們共有的一個盼望，打仗。

有盼望的人，似乎都是一樣的，都想要時間快一些。要過去的，快一些過去。要來的，快一些來。唯一能夠做的，把手錶撥快一些。

他知道，打他這枝香菸念頭的太保軍官，一定很惱他。要是我有一包菸，中士跟他自己說，甚至一條菸，我情願統統都送他。可是我要留下這一枝，待會兒夾到日記裡，永遠保存著……

「班長，」另一邊守總機的大個子一連聲的叫喚：「班長班長班長……」

整個坑道都被這樣的叫喚驚動了。

外面，繁密的砲聲忽的間歇下來。一時好靜寂。

給人的感覺是，好像砲彈也被這位大個子連聲的叫喚給嚇住，停留在漫空裡不敢往下落。

「幹麼啦，熱粥燙著嘴了？」

「火牛一號搖不通了。」大個子鬆了勁兒的說，整了整耳機。

停留在漫空裡的砲彈，好似被水壩攔住的大水，愈聚愈多。終於閘門一開，大水千軍萬馬的奔瀉下來。坑道裡，人被震動得一驚一驚。戴在大個子頭上的耳機也給震歪了。

方班長沒有聽清顏下士說的甚麼，側耳湊過來。

「火牛一號線路斷了。」下士大聲重複了一遍。

「火牛一號說甚麼？」

砲聲一口氣也不肯歇。

「斷個孫子啦！」大個子壞脾氣的吼著。

砲彈密無間隙的炸裂，很惹人厭的阻撓著人的喊叫和收聽。

「甚麼斷啦？」班長叫著。

「火牛一號！」

「火牛一號斷啦？」

兩個人像在吵嘴。

「用問！」大個子下士又戴上耳機。

方班長愣了愣，回轉身來，「查線，誰去？」衝著班裡的弟兄咆哮。

「誰替我代班？我去！」只有李朝陽靠得近些，聽到班長咆哮的甚麼。他舉了舉拳。

「我去！」李又補上一聲，把寶島牌香菸送回嘴上啣著。

「砲火太凶了，等這一陣過去……」

他只看到班長發黑的厚嘴唇，猛張猛合，沒有聽到多少。

「小心哪，小李子……」他已背上了電話機，班長又暴起粗粗的脖子嚷嚷。這一回李朝陽聽得清楚，憤憤的回罵過去：

「我操。你是個娘們兒，嚕嗦！」

他知道班長聽不到，才這麼頂回去。香菸又送到嘴上，他看了那位太保軍官一眼，走出去。

「小李子，小李子嗳……」班長跟到洞口。

李朝陽兩手扒在壕岸上只一撐，人已縱身翻了出去。蹬灑下一些紅紅的砂土。

熱風鼓進來，彷彿是李朝陽留下的。硫煙那股衝鼻子的辣臭，也跟著撲面湧過來。方班長愣愣的蹲在洞口。過了一會兒，李朝陽蹬過的壕岸那兒，又撒下一撮紅砂。那些製造熱風和硫臭的彈群，就飛落在附近。坑道裡的光度不時的變化，一陣子黃黃的，一陣子暗下來。靠近洞口的人，臉色也跟著爽朗一陣，苦兮兮的一陣……

做班長的癡情似的望著外面，抱住腦袋想哭，「小李子噯，小李子噯……」那樣子喚著，親熱得不能再親熱，令人聽來非常之莫名其妙。

面前，這麼小小一場短劇，倒是叫邵家聖暫時淡忘了難忍的菸癮。

他懂得那個班長的情感。

說起來，他也算是通信兵出身。旅部通信連裡幹過一年多的架線兵。最早的一段資歷。班長和班兵之間，有那麼一份說不出所以然的情分。後來兵當久了，才發現部隊裡號兵和通信兵，說不出道理來的，單獨有種大哥二哥麻子哥的傳統的情分。

記起當年大妙峰山下，一次連夜的趕著架線——其實只是沿著山溝，兩人一組，輪流合提著DR4的線盤，嘩啦嘩啦的一路走著，一路放線。

搞到半夜，班長吩咐休息一下。大家摸黑各找了個地方，坐的坐，躺的躺。大概因為過了午夜，人很睏倦，靠在一塊大石頭上居然就睡著了。想不透怎會貪睡到那個地步。

迷迷糊糊的醒過來，瞜著睡眼四處看看，一個個黑影還是坐的坐，躺的躺，「別忘了喊我……」記得自己黏答答的招呼了一聲，人又非常放心的睡回去。也不知多久了，醒醒睡睡的，黑地裡的黑影還在，就又繼續的盹下去。可是矇矓中似乎意識到，怎麼會休息了這麼久，宿營了不成？……人就清醒了過來，「咳，你們把這裡當旅館啦，媽臭×！」撇著才學上口的天津話，罵著，自己也揉揉眼睛準備起身了。

但是沒人應，一個個睡得比他還死。摸著爬過去，推推就近的一個黑影，推錯了，一塊大石頭。去推另外一個黑影，又是石頭，老天，這一下可慌了。那些凸在土上的大塊大塊黑石頭，硬是騙了他，立時他就嚇傻了。那麼個荒山野谷的鬼地方，就剩他一個孤鬼……

人是又急又怕，哭了起來。還算他夠乖巧，摸著了山溝裡才扯的電話線，握在手心裡，把方向辨別了一下，就那樣讓電話線在虛握的手裡滑著，腳底下高一步低一步的，沒命的哭著往前追趕。追到北斗星直上去，才隱約聽到前面輅車嘩嘩的響，趕有兩個鐘頭的山路也不止。

天已透著可疑的曙光。

一見到班長，一肚子的寃屈不知怎麼發作才是。大聲的號咷，擂鼓似的搥著班長，鼻涕眼淚的怨著：「你都不喊我，都想把我扔掉不管了……」哭得好無賴，只剩沒賴在地上打滾撒潑了。

那是小兵和班長之間的情分，特別是在通信部隊裡。現在他想著，別的兵種裡，班長那麼慣小兵，實在不很多。想想那麼無父無母，無親無故，誰疼你？誰管你？眞是要多委屈有多委屈，而班長居然忘了清點人數，說走就走，把他丟下了……

砲聲剛覺得歇了一點，他看到那位班長忙不迭的跑出洞口，攀伏到中士方才翻出壕溝去的那裡，伸長了脖子翹望。

那裡，有李朝陽蹬出一個缺口的新土，特別殷紅。齊眼的地面上，只有一片無序的污糟。那比最壞的天氣還污糟的地面上，除掉彌天的煙砂，甚麼也看不到。

「小李子，他媽的李朝陽……」

方班長無意識的窮咕噥著，一面四處眺望。地線上一個人影也看不到。

砲擊又消除了疲勞似的，重再開始成群結隊從頭上嗚著咻——咻——不知有多得意的唿哨，猖獗的劃過去，劃過去……鑽刀劃在玻璃上的嗞——嗞——劃過去。然後是整疊整落的玻璃，嘩——嘩——令人驚心動魄的碎了，粉了……

坑道裡的電話鈴響起來，連的線路中心和火牛一號，重又恢復了正常傳話。

「小李子，老班哭了——你這個寶貝！」大個子對著送話器叫。

「我操他，」李中士在電話裡撒村，「老班怎這麼娘們兒——」

話說了半截，電話裡傳來鑽耳的爆炸聲，把這個守話機的大個子刺得跳起來。

「小李子，操你的，趕緊給我回來。」班長湊近送話器喊著。

「線路通了，老班叫你『腳緊』哪。」

「嘮叨！——」李朝陽只丟下這一聲。

聽到那邊試聽的電話機喀嚓一聲的卸掉，「回來了。」大個子回過頭去跟他班長說。

一齣小小的短劇，斷續在邵家聖的眼前這樣演出。他冷眼的瞧著，心卻是不由得熱熱的。小李子，班長，大塊頭……他看到戰爭，看到通信兵的大哥二哥麻子哥，他所熟悉的。

師的配屬部隊，人頭不大熟，連枝香菸的來往還不曾建立，但是仍然親切起來。在這樣被砲火圍困成孤島的坑道裡，又是和自己出身拉扯上血緣的通信部隊。他努力使自己感覺到日子精采了起來，大丈夫能屈能伸，區區香菸算得甚麼！要打起來了，戰爭忽然這麼近在眼前，這不是有點兒像小時候看著大人斬斬剁剁忙年那麼快活得要命麼？

眼前這光景，砲聲再凶猛，不過開鑼而已。然而就這麼砲聲一響，大兵們便立刻一個個書歸正傳的認眞起來，畢竟兵就是兵，兵就是打仗的玩意兒。打仗沒有甚麼好；危險、拚命，平時想不到的困苦都來了——最現實的，眼前他就鬧著肚子和菸癮的饑荒。可是當戰爭隔離在遠處的時候，甚麼猥瑣無聊的問題都百病叢生了，你叫哪一個兵打心裡頭主動的認眞起來，都不大可能。兵就是這麼個玩意兒。……他想到被喊做老賊的黑皮主任那份長久持有的樂觀和信心，不得不承認他所視爲老奸巨猾的所謂年歲和經驗的意義……

可是我也很夠偉大——他爲自己辯護似的喃喃自語著。他兩眼望著不時撒下石屑的坑道頂。黯淡的光度裡，那些被鑿作大塊起伏的石摺，眞如洶洶的浪濤。應對最高統帥的那個垂詢，他衝口就是「打仗」，誠誠實實的一無造作。現在確是確實了，兵士們就是要用戰爭來豢養，沒有別的代用品。

那個小李子中士，他懂得，若沒有戰爭，一枝香菸算甚麼！值得那樣子當寶！也許恰恰反過來，放在平時，一枝高級菸，適好可以引出一大堆牢騷：瞧罷，高級長官，高級享受，小兵活該一輩子見也別想見到甚麼聽裝的寶島牌……那是可以斷言的。而且牢騷得毫無理性，穢言穢語，不堪入耳的氾濫……

至於他邵家聖，最有自知之明的吊兒郎當的傢伙，自然是不例外的需要戰爭來豢養。砲聲一響，周身血管便身不由己的僨張起來，已不再是屢次的大演習裡，出於潛在意識底層的求戰需要，給自己製造實戰的幻覺來過癮的那種手淫式的假設滿足。

跟別人一樣，不知是第幾發砲彈打過來，才判斷並非開坑道的爆破。一時才驚慌了起來。當時他剛換下場，找手巾抹汗。一見太武山濃煙沖天，立刻第一個念頭湧上來，元首是否還在島上。然後，跑進架設連的坑道來，一直的他都在擔心著這個。這個使他不知憂愁滋味而竟憂愁起來的變化，是否戰爭在那裡起著作用？……

給最高統帥開了那一趟車，他這個人還是憋不住的講出來了。可是團部裡沒有人肯相信，主任更是當作童言無忌的衝他嗤了嗤鼻子，冤得他無處可去申辯。從來，對甚麼爭論他邵家聖都不曾認眞過。爲人不抬槓，免把和氣傷，幹那傻事！爭得臉紅脖子粗的，好沒味道。但這次他簡直誓死力爭了，卻無人相信，冤沉海底的不得平反。不知爲甚麼有那麼大的勁頭，似乎也是戰爭的一種神祕的甚麼在變化著人罷。

畢竟，他是不能不表欽敬和引爲自慚的──在他渾渾噩噩，一向快樂無比的日子裡，來到戰地，不過是捱了一針稍稍莊嚴感的興奮劑；而戰地生活的枯燥，使得素來都不要委屈了自己的他這個人，半出於恐慌，半刻意安排，越發把日子過得比金門任何一個人都要精采。本著發展交通爲現代化建設之母這個要義，除了副團長那裡，他和勤務連、通信排、汽車排、保養排這些有車輛裝備的單位，都建立了至爲親密的關係。因此，在金門這個地方，他已是十足的有車階級，他的遊樂不外是去塔山找魏聖人吹牛，去塔後跟女兵們窮泡，去頂堡吊沈芸香那個小妞兒，另外，靈歸靈，肉歸肉的去陳坑、山外、金門城等那些地方去尋歡……就在他過得如此精采的日子裡，戰機已迫在眉睫，而他毫無所知。現在，被這樣從未經歷過的凶猛的砲火制壓在地層底下，一身汗濕和泥沙的球衣，傻瓜一樣，寄人籬下的躲在這裡，處在完全捱揍的窩囊情況，方使他感到一種茫然的虧負。特別是思念著在自己渾渾噩噩之中，古稀高齡而被尊爲革命軍之父的國家元首，卻在酷暑裡奔走在最前線，部署、安排、掌握著機宜、去看他的子弟兵們、親嘗他們的甘和苦……穿的是一雙擦得很亮，卻已盡是皺縐的黑皮鞋，那麼健步的攀登太武山的巔峰……

朝陽演習還不曾解除，他沒有甚麼可作依據去判斷老元帥是否還在島上。

邵家聖的心裡感到很低沉……在他，這樣的情緒實在不多。

被砲擊阻在這裡，他有平時所沒有的充足的空白時間給自己使用。他想到自己跟大家一樣的無知；一致的都把開始轟擊過來的砲彈當作尋常的工兵炸山，誰也不曾想到仗是說打就打了起來。但是來在前線的元首不會不知道，不會不事先料得到，就在今天，手錶上的日曆告訴他，今天，八月二十三日，戰火終於爆發了。一個多月前，參謀本部就從取消武裝部隊休假，開始有了措施。繼而宣布金馬前線和台灣全省進入緊急戰鬥戰備狀態。這樣彰著的行動，已經明示了戰火已在眼前，只有大兵們，久訓不戰的弄疲掉了，都沒有當作一回事。可是元首不會不知道，不會不事先料得到就在今天，八月二十三日，不光是這樣瘋狂的砲擊；砲擊不過是一場攻奪戰的前奏，接連而來的必是一場慘烈的火併……而老元帥明知如此，卻在前天，說不定就在昨天，乃至今天，不計艱險危難，親臨前線坐鎮。那麼一把年紀……

他沒有自責的意思——他的人生沒有這個。但他感到低沉，近乎自慚的垂著頭，抱著腦袋伏在自己的膝蓋上。身子底下墊著軍服，雖然身上等於沒穿甚麼，仍然周身的悶汗。對於飢餓和菸癮的忍受，似乎漸漸的覺得理所當然，或者理所應該。那個小李子此刻還該在砲火裡滾著爬著。

一種他所不自知的以苦行折罪的宗教情緒，在他內心裡暗暗的滋生著……

馬燈底下，黃炎再一遍的閱讀第三號反擊案中屬於連排部分的任務和作爲。生效的時間將要到來，一切都已準備停當。他和排附交換了一下指揮位置，他在和二三九號掩體內的弟兄們一起的屏息等待著。

唯一使得黃炎有些抑鬱和焦灼的，當這樣數著分秒在等待的一刻，他想到他所曾研閱過的十個反擊計畫案，幾乎沒有一項是針對眼前的情況。顯然，指揮官和作戰參謀們的構想中，似乎不曾假想敵人有這麼一著——這樣持續兩個多小時，用暴風雨一般不止不休的砲擊，把整百噸、整千噸的黃色炸藥和鋼鐵，投到這彈丸之地的金門島群。

這是一片陰影；他不敢想像金門本島和所有的離島，基於不曾針對敵人火砲猛襲所作的戰備設施，能否吃得下這整百噸、整千噸的黃色炸藥和鋼鐵。

差十五六分鐘到九點，他開始下令準備提前出洞，進入陣地。他實在已經不敢想像海灘上的軌條砦和雷區，已被破壞成甚麼樣子，他的內心焚燒著痛苦的焦灼。

然而就在這時，他已率先出了掩體，又被逼著退縮回來。

業已歷時兩個多鐘點不曾稍見衰歇的砲火，忽然發瘋的格外凶猛，像一垛又一垛高牆迎面打下來。

整個掩體都在搖晃，閣閣閣閣的震顫著……

「絕對不准攜帶電筒，留下來！」做排長的大聲呵斥著。他發現不知誰在試著手電筒，在那裡一明一滅的調整焦距。

這樣密的砲彈，衝得出去嗎。他急切的摸弄著手錶。

一股又一股猛得發硬的高熱氣團撞進來。

兵士們咳嗽著。人是被震懾得委瑣不堪。這樣下去，即使不被直接命中，人也要被硫硝的熱煙給嗆死。

最嚴重的一陣砲火當中，不知多少鐵榔頭從人的腦殼裡頭往外砸出來。

「這下完了……」

他聽見高班長叫出來。

他也這樣想，眞的，怕要完蛋了。他是眞的感覺到，此刻——下一時刻都不敢說——整個島上，只剩下我們這個掩體了。這樣不可思議的轟擊，整個島上不可能還有人活著。連二三八號掩體，甚至連太武山裡的坑道，他都不敢倖望他們還存在……

「排長，排長，你聽——」高飛急切的叫著，扯住他猛搖，「排長你聽這甚麼響……」

光——光——……

共共——共——……

那是剛硬而清脆的聲響，遠處的，近處的，齊聲的響起來。夾在炸裂聲裡，異常的銳利。

「我們這邊的……」李會功好像不敢確定的試著說。

「沒錯，我們砲出口的聲音。」

遠的，近的，共光共光的愈來愈密的響起。

「我們反擊啦！我們砲兵開始啦……」

「喔，反擊嘍……」

大家叫嚷起來，興奮的一片騷動。

聽那喜欣的叫嚷，那一發發反擊的砲彈，簡直是從他們每個人自己的槍口打出去的。

「他媽的，砲兵——！」

黃炎直著喉嚨喊出口令，把嗓子都喊岔了。

他握緊卡賓槍，率先的躍出掩體。

黑野裡，到處刺眼的火團，閃著眨著青烈烈的電光……

人的官能一下子被解體了，麻木了。

散兵坑、機槍陣地、交通壕……到處趴著兵士，趴在砂石裡，被砲火制壓得昂不起頭來，人是被熱病一樣燒炙著，潑火著……

參謀本部戰報：昨日十八時三十分至今晨六時，敵軍砲擊金門島群五萬七千五百三十三發。

中華民國四十七年八月二十四日

午夜過後，砲擊在聽覺上似乎逐漸稀落。這像被暴雨阻在途中避雨的行人，發覺雨聲漸小了的那麼得到安慰。

不過所謂稀落，也只能說是人員被殺傷和工事被燬的公算減小了而已；一種理論上的安慰。實際上這樣的冷砲盲射，更加使人有無從防備的命運感，人們的神經反而繃緊著。

在砲火的光影裡，到處出現著查線的通信兵，猴子似的奔著、跳著，四肢並用的爬著。伏在地上看過去，使人產生一種錯覺，那些猴群總像在落彈爆炸時才跳躍活動。從這一團爆開來的火光，躍進到另一團爆開來的火光裡，近處，遠處，就這麼在一閃一黑的視覺上動著和休止。

那是令人不安的躍動，令人跟隨那些躍動把心提在半懸空裡。

「算了罷少爺，忙個甚麼勁兒……」黑裡，聽不出誰的口音，在向那幫通信兵那麼求情的呻吟著。然而彷彿是從自己口裡說出的，或是自己將要說出口的。

伏在彈坑裡的黃炎，禁不住這話的提醒，忽感到眼睛一熱，咽喉狠狠的抽緊了一下。彷彿藝術欣賞中，心裡深處被某種共鳴作用所觸發。叫他顧不得手上盡是泥沙，揉了又揉眼睛。那一聲呻吟的求情，正替代了他的心意。算了罷，算了罷，那些被喻爲作戰神經系統的電話線，反正已被破壞得柔腸寸斷，反正必須用傳令兵傳達了，而且反正前腳剛接上一段，後腳又炸斷了一段……算了罷，躲躲罷，別這麼徒勞了罷……這正是黃炎所一直提心吊膽，甚至爲此而一時忘了身邊的落彈——那是他已熟悉了的，噗——吹燈的一聲，接著，打嗝一樣的，身體被彈了一下；聽覺有段真空；接著，要被活埋了似的，大量熱烘烘的泥沙覆到身上來……

他還沒有辦法理解這種近乎神祕的能源——爲何砲聲一響，就把漠不相關的彼此打得這麼的親近；好像快乾水泥，見了水就凝固一般。平時只把「三軍一家，官兵一體」理所當然的視作標語，妝點妝點中山室而已。在那一團一團迸放的火花裡，一隻隻跳躍的猴子，背著話機、線盤、工具袋，誰是誰呀，不沾親不帶故的，哪個也不認得哪個，算了罷少爺——差不多衝口而出：「你爸爸媽媽……」

那些通信兵，尋常的日子裡不是沒見過；三五個人一組，也是背著帆布包的電話機、線盤，還有叉線竿，肩著竹梯，沿路沿街的去查線。老見他們懶懶散散的扶著梯子，或是靠在樹幹上乘涼，哼著或吹著口哨，「嘿，曼波，曼波一個曼波嘿曼波……」沒有誰比那些傢伙還吊兒郎當。誰沒見過那些討厭鬼，誰又曾管他們誰是誰來著！

然而此刻，把他們看作不知多親的親人，無能爲力的爲他們擔心著，算了罷少爺，求求你們罷……他很熟悉那些通信兵，那是舊日。此刻，卻又太陌生他們了。舊日只見到他們在街上、路上，爬在電桿上，攀在電線上，吊兒郎當的架線、查線。總是把軍服褲子拿去營區附近吃兵飯的小裁縫鋪子，偷偷把襠子改淺，褲管改窄，以便褲子能夠箍到胯骨那裡。如果上身打起赤膊，則黑深的肚臍必然暴露在外。那是他們所崇尚的一種時髦，被他黃炎劃定爲現代中國兵士第三代的自成一格的服式。

對於他根據軍帽和腰帶的穿戴形式，而把國民革命軍分出三代來的敏銳的觀察，中將爸爸曾經非常激賞，卻又故作不以爲然的蔑視狀。

「不信的話，爸你稍微注意一下看看……」那是他下部隊之後，頭一次休假回家跟他中將爸爸所作的心得報告之一。

在他看來，此根據年齡還可靠——只須從軍帽戴在頭上的斜度，和軍褲穿著的樣式，便可以判斷一個兵士的兵齡；尤其是心理年齡。大凡參加過抗戰前期，甚而溯至剿共、北伐、東征各戰役的現代中國軍隊的第一代兵士，帽子總是戴在後腦，帽簷往上翹起，把腰部煞得蜂腰一般的細。那是匯合了中國農民和武功的傳統習尙所表現的風格。從知識青年從軍之後，第二代的兵士們開始把軍帽水平的戴在頭上，也許和那個時期戴船形軍帽有關，然而直接受到都市文明的影響很大，一般的禮帽、運動帽、童子軍帽，都是那麼戴法；水平的，稍稍右斜的，俏皮而倜儻。腰帶則顯然是放任了；規定是放鬆了許多，容許塞進三個手指——班長檢查服裝便是根據這樣的標準。然而兵士會偷偷的將銅環再挪出五公分，塞得進兩個巴掌。出於一種自由意識的要求罷。自從廢除募兵制，在辦得最完善的徵兵制度下的第三代兵士，把中學生和時裝的怪樣子帶進了部隊，兵源又是大宗的出自受到東洋文明影響的台灣民間，當然，儀隊的那樣洋洋得意的神氣和誇張的扭動也加進了一些情趣，於是軍帽低到把眉毛都戴了進去，整個後腦勺兒留在外面。褲子則窄得捆在身上，似乎一蹲下身子便會四分五裂的掙綻了線。一種現代物質文明的壓力，象徵著人類作繭自縛的不安。褲腰總是低到肚臍之下，上身顯得出奇的長。外加鞋子釘鐵掌，拖拉拖拉的步態，所有這些造型，雖然多少帶著一副邋遢相，卻透出一派勞苦的氣概。

對他這番識見，他的中將爸爸本是屬於只可訓子，不可寵子的老一代人，尚不免情不自禁的流露出激賞之意。至於老不肯表現得嚴肅、正經的邵大尉，畢竟還不失爲性情中人，「要得。」二郎腿蹺得更放肆，以便沖淡那種深得吾心的讚歎，「慧眼！慧眼！——不過你這要吃點虧了；叫我有些不好意思的……」說著還把那頂魔術師的小帽強調的往後推了推。

難得這兩個人的贊同，得之不易。對他自己的觀察力，確是備增自信的。砲火之下紀念到這些，倒另是一番溫厚親密的滋味。

那些通信兵，便是在第三代兵士這種服式上表現得最新銳的一種整體似的劃一。

就是那樣的兵士，幽靈而鬼祟的出現在最大的驚險裡。平時你是無視於他們的，那麼漠然待之的，甚至令你側目，散漫得不像個兵樣子。然而，此刻你爲他們濕了眼睛，擔心無已，求著他們不要這麼把生命當作兒戲的徒勞，無可奈何的把他們看作小兄弟一樣的心疼著……

戰爭是殘酷的麼？……這是黃炎首次經歷戰爭，也是概念上首次對戰爭的多心。那麼——他自問自答的說：戰爭至少不是絕對的了……

「報告排長，」留在掩體裡的話務士，不要命的喊叫著：「連長電話，連長電話……」

那樣失去節制的喊叫，像出了甚麼大事，叫人懷疑：值得那麼興頭麼？——可是感覺歸感覺，黃炎早就跳起，不管坑坑窪窪的直奔二三九號掩體。

但他沒跑幾步，人跌下來。一顆炸出玫瑰紅的砲彈，頂面那麼一閃。雖然很遠，卻使他好似一下子掉進了深井的吃了驚嚇，人倒下來。眼前，失明般的一片死黑。他趴在地上，許久都分不出方向來。

電話裡一聽到連長的聲音，使他可也見到了親人一面似的哽咽了半天。

不僅是連長的聲音，單是話筒一貼上耳朵，那嚓嚓的電波，已把他感動得幾乎要連連的親吻著那話筒。連長的每一聲垂詢，都似第九交響曲裡快樂頌的合唱那樣，從那邊潮湧過來。

他給連長報告了排裡的情況，四名戰士負傷，但都是急救包可以收拾的輕傷。連長指示下來，陣地裡戒備的兵員，可以相機分做兩組，輪流回掩體休息。村子裡的居民，盡力照顧和指導他們獲致安全。軍民傷亡人數，隨時報告連部。而外，防地含村莊，先作腹案區域分配，天一破曉，即行分區清查落彈數量，速報連部。

就著馬燈的暗光，黃炎速記下連長的交代。

凝視著手裡的原子筆，電話已放下老半天，人仍在木木的發愣。

心上的負荷一下子減輕了大半，彷彿天下所可能有的最壞不過的事情都已過去了，且都有了信賴，他幾難相信曾有過那麼一場驚恐萬狀的噩夢……雖然，遠處、近處，冷清多了的砲聲，還在提醒他，噩夢未必就這麼過去了。

上半夜，不過才三個多小時前，約莫九點差一些，達至高潮的那一陣凶殘的砲擊，簡直像整個地球都被打得亂滾，眞的，他和他親愛的弟兄們眞的覺得——不如說是認定，只怕整個島上，只剩下他們這一小撮人了。眞的，不可能還有誰存留下來。一種愣等著下一秒鐘就完蛋了的絕望，使人寒冷的空茫著。如果有幸活著——那是千萬分之一的機會，說不定天一亮，便發現全島已被敵人占領，只有他半個排的人，還在情況不明的頑抗著，最後悲憤無已的集體自裁。

然而從連長的電話中，黃炎才知道，不僅他這個排，二、三排人員也都完整。全連除了六〇砲排的掩蔽部半毀，兵士一亡三重傷，連部通信士邱添財、傳達士吳長松，負傷較重，已經急救後送往八〇五野戰醫院，而外便是三排的班營房全毀，二排和他這個排排部營房的部分損毀。這樣的損失雖然令人憤恨，但照想像的估計，又幾乎是不可解的輕微……

他把連長的指示處理之後，二班人員已陸續回來掩體休息。

在他拿起話筒，正想試搖個電話給團部邵大尉時，臧班長卻代替話筒，嘴巴貼近他耳邊來：「報告排長，」很小的聲音，「李班長正在著急，周金才失蹤……」

「怎麼回事兒？」他只覺得腦殼一炸，愣眼瞧著馬燈光裡，臧班長那張灰撲撲的臉子。左額上的大亮疤也被遮在黑影裡，看不大清。

接著臧班長給他報告，陣地重新分配警戒位置時，李班長才發現少了周金才，現在在搜索中，生死不明……

周金才的神態立刻在他的眼前出現，小小厚厚的嘴唇，你常以為他在吹著口哨。還有那滿臉紅糟糟的青春痘……

「周金才是不是？」劉明輝大概一旁聽去了一點私房話，插進嘴來。燈光裡，這位話務士一臉參與甚麼機密的神色。

這兩人齊瞧著劉下士，等他下面的重要情報。

「你曉得？」臧雲飛催促的叮了一聲。

劉下士臉貼得不能再近的湊上來，「根本就沒出去好不好。」倒扣齒的崛下巴，看上去他說這話不知有多不屑和凶狠。

「有這種事——人在哪兒？」臧班長問。

「一直都躲在那邊角角上。起先還把我嚇了一跳。」劉明輝翹起大拇指，往肩後指了指。

「這不把李會功給氣死！個老子的，怎會出這種孬種兵……」

「好罷，等等再處理。誰去通知李班長一下罷。」

「我這就去。」

「叫李班長不要忙著發脾氣。也許有甚麼原因——」

「排長還不知道，小子早把褲子都尿濕了——」

話務士笑出聲來。

「怎麼跟喬頌安一樣？」排長說：「好了，我來處理，先別張揚出去；總要給人留個體面是罷。」

瞧著臧雲飛出洞去，黃炎兀自搖搖頭。一時他還不知道該怎麼來處理這件事。

給政治處的電話搖通了，邵家聖因爲參加球賽，不知躲到了哪裡去。接電話的曹組訓官告訴他，大致說來，全團人員裝備損失輕微，與團防區內落彈情況不成比例。曹組訓官也有同感，在砲擊最激烈時，也認爲全島只剩他們一位主任和六大軍官的六分之四了。

在先，黃炎原本認爲要不是他這個排特別幸運，便一定是因爲自己第一次親嘗砲火滋味，不免誇大了慘烈的感度。

但是連、營和團，全都特別幸運麼……

身經不知多少慘烈戰役的老兵們，尤其是衝過北緯三十八度線奔回自由祖國的那班長，也都認爲縱使韓戰場上聯軍的地毯式轟炸，也遠比不上這場大雷雨一般凶猛的砲擊。

一直他都大爲不滿和不安的——在敵人數百尊火砲可以抵到鼻子上來的砲口下，以及米格機一收輪子便已臨頭的鐵翼下，他所看到的種種工事，沒有一處不是顯得單薄而草率。可是只要他對此提出意見，總是被人諷爲學院派，笑他沒有親身經歷過作戰，未免估敵太高。——這倒像是認爲他有怯敵之嫌了。

情況較壞的還是砲兵部隊。黃炎見過兩處砲兵陣地，那種只有僞裝網作隱蔽，毫無掩蔽工事可言的缺乏抗禦設施，眞叫他擔著心事。固然，以野砲性能論，那樣倒是可以發揮機動，避免暴露砲位，但以金門這樣的防禦性質而言，前者並非必要。當弟兄們咒罵砲兵爲何還不還擊的時候，他是藏在心裡暗暗的灰冷著。那些一無遮蔽的砲陣地，太可能被敵砲一舉而燬得連個砲栓也不剩了。當時他曾無望的想著，縱使那些加農砲的口徑大於對岸的，然而口徑大，體積大，除了射擊還有甚麼其他的意義？只怕除了更容易被命中，再沒別的作用了罷。

但是到後來，那些等於光著屁股的大砲，在敵砲濫射了那麼久之後，竟然那樣堂堂陣容，振振有辭的還擊起來，那也是他不能相信的。

他仍只能說，這是一場僥倖的應戰。否則，敵人的企圖何在？難道只是志在貿然的製造一個火熱、胡鬧而恐怖的周末？那太不可思議了。

雖則單以一個步兵團的狀況來判斷全般，恐怕還是爲時尙早。不過金西，特別是從古寧頭到壟口這一帶，應該是敵方選擇的較佳登陸地帶。而這個地帶的正面和縱深，正是他們十九團的防區，正應該是敵人首先要集中火力摧毀的區域。但是，損失輕微。陣地正面的海上和海灘，在嚴密的監視下，毫無一點動靜。

放下電話，他竟感到有些悵然若失。先前他曾那樣的叫著工事不夠，太馬虎，現在經過大半夜的惡戰，不用同僚們諷嘲他，反而輪到敵人使用那麼強烈的砲火來反駁他的學院派了。

砲擊差不多是停止了，全島在出奇的沉寂中。黃炎巡視著他的陣地，重又聽到熟悉的海潮聲。人有些宿醉後虛弱的清醒。

他勸阻了李班長的怒氣，又派了楊排附去村子裡探視那邊的情況。然後是邵家聖從架設連那邊打來的電話——

「過癮罷，親愛的千碼侯？」邵家聖像是等了許久，來不及的開頭就這麼一聲叫過來。

他還沒來得及回口，連連四五發冷砲爆炸在附近。

「我聽到了，」邵家聖嗄著嗓子笑開來，「不錯，又酥又脆……」

眞像一場能把人嚇醒過來的噩夢……黃炎說著他的感覺。確乎是場噩夢，驚心動魄。可是禁不住夢醒——如果就損失那麼輕微的程度來說，醒回來的現實，卻不是夢裡的那麼不堪設想……

「先別忙著樂觀，或許只才上了開鑼戲——跳加官甚麼的，壓軸還在後頭。」邵家聖說。

「我不信還能精采到哪兒去。」

「你不信有甚麼用！」邵家聖又格格的笑開來，「又不是特爲你信不信，才要唱壓軸戲的。」

「怎麼樣，大官？你是消息靈通人士，好朋友都怎麼樣，沒甚麼罷？」

「我現在是寄養在人家這裡，不方便到處通電，不過聖人那邊，放心好了——」

「怎樣，魏仲和？」他連忙問。

「別管他，放一百二十個心。他們那個坑道，已經挖到十九層地獄。不過，千碼侯閣下，你看眞是生死無定，孔瑾堂，你看——」

「你說誰？」

「你還不知道？——胖哥不是？」

「怎麼啦，孔瑾堂他——」他迫切的問。可是話沒落口，喀喳，電話斷了。像是對方突然發了脾氣，把電話狠狠掛斷。

「喂喂……喂……」他叫著。半晌這才發現根本就是電路斷掉了。

兵士們擠過來問孔瑾堂出了甚麼岔子。捻得很小的馬燈焰子，影影的照出些油垢垢的灰臉。

黃炎看了他們一眼，默不作聲，心向一個無底坑裡沉落。

臧班長從他手裡接去話筒，把電話機拖過去一點，搖電話去團部打聽。

黃炎僵著，望著洞口那裡……

掩體外似有若無的現出天光。迎著亮兒，洞口那個長方框子裡，任孔瑾堂那肥笨的身體怎樣轉動，似乎總只能現出那一堆臃腫的一部分。那個卑微的小人物，此刻在黃炎的感覺上，比洞口的長方框子大得多多了……。

……報告排長，請複誦命令……

剛覺得這個遲鈍低能的胖兵，彆像那麼回事的傳達命令，想必團部那邊環境真的很適合他，使他得到造就，那麼靈通得叫人難以置信……

是命麼？後悔和自責，把黃炎困惱住了。也許不該讓他調去團部……

臧雲飛的電話一直沒搖通，不是總機沒空，就是接線兵回一個「講話中」，弄得向來瘟瘟的這位老班長，鬆了電鈕，把話筒摔到皮機上。

然而還需要證實甚麼？好像那樣還可以挽回一些無可改變的既成事實；或者也算是替已故的孔一等兵盡盡一點心意……

掩體裡很快就傳開來孔瑾堂的事。每個人在鬱悶著自己，眼前重複著那些活生生的景象……爲著報數老是跟不上，不知捱上多少拳頭；但是那張浮腫比肥胖的意味更重的大臉，始終用一種尷尬和抱歉的苦笑迎人，使得做班長的拳頭不得不中途減掉五磅的打擊力，只能意思一下而已。

一直的總是受累於那一身的肥笨。不僅是整齊報數，別的甚麼操作課目進度也都跟不上。射擊預習時，單是教給他如何的閉左眼，如何體會頭道扳機，就不知傷了多少神，氣得班長和戰友們罵他罵得不忍心，轉移目標罵起訓練中心怎麼訓練出這種兵來。

講地圖判讀的比例尺，怎樣假設比喻都沒有辦法使他懂得。他是很認眞的要弄明白，所以顯出很難過的樣子，怯怯的請問比例尺多少錢一根，哪裡買得到，他想買一根回來，自己慢慢的算算看，不要耽誤了大家的時間。

講彈道，也是單爲他這個人費盡了唇舌，用這個譬喻，用那個比方，甚至用對著高處撒尿所形成的拋物線，解釋給他聽。可是，他雖十分勉強的點點頭，仍然一臉的茫然。

在初抵高雄碼頭的那個颱風夜晚，人家薑糖茶都已喝進肚子，早就把寒氣發散了，只他一個，磨磨蹭蹭的，等到集合了，靜聽團長訓話時，他才忙完了晾衣裳那麼簡單的小事，開始享受他的一份生薑紅糖茶，喝得那麼響。

多少惱人的、煩人的、令人可笑的那些瑣瑣細細，如今都成了珍貴。死亡的唯一的建設與利益，乃是死者的一切都在悼念裡美化了，升値了……那就是生命？

——報告排長，請複誦命令……故陸軍一等兵孔瑾堂的最後遺音。那麼，生命到底是甚麼？……生命從那具肥笨的身體上離去，此刻，那個生命到哪裡去了？……

孔瑾堂的噩耗，一直使黃炎陷溺在那種生命無由的玄虛裡，鬱鬱的無以自遣，化不開心裡那份沉，和那份無端的寒冷……

剛展露了一點點作爲，他就去了。他肯瞑目嗎？從沒有得到過適合他所長的機會讓他去施展過。他得到了，卻又連同自己的生命一併付出去了。他甘心嗎？他不會甘心的……

夜色和天光，總算現出一絲絲可疑的界線來。

排陣地的正面海灘，此刻還無法辨識沿著海岸線裝設的軌條砦到底被擊毀到甚麼地步，雷區也不知道會糟蹋得怎麼慘……敵人若不能把那些障礙毀掉，並且是徹底的毀掉，登陸是有困難的。當然，敵人必是集中可能的火力，用來優先的摧毀這些障礙。那是不堪預想的一種破壞，幾乎他對於即將來臨的黎明感到害怕起來，不敢面對他的陣地前緣被作踐成甚麼樣的一副慘相。

那已不僅僅是如何善後。善後只是一種結束，而這裡，只才是一個開頭，這使他有千萬頭緒抓不開的惶悚。對他們——特別是對他戍守第一線的這個排來說，也許，正如邵大尉呵呵大笑裡藏著的一份戒懼，跳了一夜的加官，壓軸大戲在後頭。兵家慣用的拂曉攻擊，將在下一個時刻裡火熱的上場。

含括他這個排的古寧頭至壟口的一帶海灘，應是較佳的登陸地帶。然而敵人會選擇你所認爲的較佳地帶來登陸麼？敵人不會那麼規矩。但是敵人會照你所料的不會那麼規矩的選擇這個較佳地帶麼？敵人會出你所料的就這麼規矩的選擇了你所認爲的較佳登陸地帶的。不過敵人會果不出你所料的出你所料的作了如你所料的選擇麼？這樣永遠判斷、永遠推演不完的虛虛實實的循環，是像狗追自己尾巴一般的頗饒趣味的；然而卻是一個當事的指揮官陷身其中，空捉迷藏，難下決心難得人發瘋的痛苦。那麼多的將帥，似乎是十二員罷，齊聚在南威荷大廈等待最高統帥艾森豪的決心時，被參謀長史密斯將軍忽然感覺爲「孤獨而寂寞」的艾帥（那是多麼眞切的觀察；當那個關口，誠然誰也不能替代或分擔一點點他的如焚的憂心，一如誰也不能替代或分擔一點點他的生、老、病、死），他所選擇的，不是隆美爾爲他選擇的海峽最狹部分的加萊地區和六月二十號以後的日子。那個決心下在六月六日諾曼第登陸前二十六小時。下決心之前的片刻，他被一位戰地記者形容爲「肩頭的金星每顆像有一噸重」。那已經是艾森豪和隆美爾捉了四個多月虛虛實實的迷藏之後了。

那麼，前幾日，也許現在還在島上的最高統帥，想必憑他那豐厚的經驗，業已推斷出敵軍的企圖，甚至確切的D日和確切的敵人主攻的目標，才在戰雲密布（天，昨晚之前誰曾見到了！）的開戰前夕，親臨前線來部署和面授機宜。那麼，副司令官的高度暗示是否已經等於宣達了最高統帥的預料？那麼，如果古寧頭到壟口這一帶地區被推斷爲敵軍主攻目標，便萬不會在砲擊開始了兩個多小時之後，才由團部傳令按照第三號反擊案實施，且延至九時方始生效。顯然，敵人的行動企圖，已被判斷不在金西這邊登陸。砲火雖然這麼猛烈，也只不過相當於愚弄的轟炸，也許是佯作姿態而已。

那麼，整整一夜的焦慮的憂心，豈不是完全徒勞！

他自責起來，不屑於自己的一無信心。一夜過來，他都不曾想到這些。他是確知前兩天最高統帥曾在島上；儘管別人都不相信邵大官人，但他相信。他懂得邵家聖那個人。邵家聖是吹牛成性了的，但是從來都是嘲弄自己，窩囊自己，從不曾誇耀過自己；即使誇耀了自己，也是誇耀那些既塌台又不正經的臭事。那正是誰都愛聽他吹牛的緣故。要他挾權威以自重，他是不會有那種幼稚的虛榮的。

但是首次嘗受戰爭的黃炎，就算有學富五車的兵書修養，也不能幫助他，使他不是一個新兵。砲擊陡然開始，連老兵們都不免張皇失措，更何況資格這麼嫩的他。人在那樣的光景裡，變得異常的單純了；所有屬於人的智能和尊嚴，幾被剝削精光。爾後，冗長的摧殘，數著分秒的苦捱，砲火漸漸剩下較單純的音響和震動的意義，恐懼才開始平凡下來——那是說，人從泛然的直覺恐懼裡走出來，回到尋常的現實。前者譬如人在碰上突來的侵犯之際，只有閉緊眼睛，縮縮腦袋的本能反射。後者方是水來土掩，兵來將擋的有效反應。

人的思想一旦又恢復了無駕馭的雜亂和繁忙，牽掛於是驟增，情感豐富而脆弱起來，熱烈的思念起所有的親人——告別式的那種思念，彷彿今生今世再無一面的濫情著；即使老使他傷神的那位姑奶奶，也令他有生與死之別的感懷……

今天清晨——一夜不曾闔目，沒有一場睡眠來隔開，似乎無從意識到那已是昨天的清晨，他黃家那位姑奶奶還曾好煩人的取鬧了一場。可是在砲火下，上弦月失色的冷在東天那片一無是處的黯淡裡，卻又好叫人焦灼的牽掛起那些小綿羊一般乖的他這千碼侯屬下的子民們。

一無采食，甚而要反哺的吾土吾民，平時或只是一種容忍的義務，唯獨在這樣生死頃刻間的光景裡，人似才品出了那份厚厚重重的情深，鍾愛起人際的純粹和單純。他用一點也不自認爲過分的所謂絕望的懺悔在自責：好啦，作瘋作邪的老姑奶奶，再也用不著去傷神了。或者更省事，村子裡連一具屍體也尋找不到，省得你千碼侯去為他們料理喪事。

在瘋狂炸射的砲火裡，他依稀看到那座小巧的洋房已沉進漫天瀰地的火煙而盡成瓦礫。橫橫斜斜幾根梁柱，猶在乏力的飄浮著幾縷殘煙。梁上的燕子巢已然燃成黑陶。他記得十分鮮活，那巢裡有窩還不曾生出翎翅的乳燕，巢下墜著遮糞的芭蕉扇……在不歇的砲火裡，寂寞而細緻的念著，怨著，心上有回春乏術的憾恨……但是楊排附回來，給他報了佳音，把他這位袖珍軍政府首長心頭上沉重的負擔給輕輕的卸下。

村民們盡都由黃偉明硬逼進以前守防的部隊給他們所築造的防空洞裡——那兩座看似浪費，被遺忘了的防空洞，黃炎下去看過，事實上遠比他排裡這兩座掩體堅實得多。那是使得司令官背了過，被立監兩院的委員指為擅自改變國防鋼筋水泥用途的無數民用防空洞中的兩座。所有在他轄下的二十九口老小村民，除掉包括小白菜在內的三個人在砲擊前出村子沒有回來，其餘的全部安然無恙。

「這是託排長的福啦。」李會功這個槓脾氣的老兵，從來不要這麼恭維人的。即便是寒暄式的順嘴人情，也一向懶得開口的。

「房屋哪？」

「啊，房屋？——你瞧我這個粗心！」楊排附頓了頓。「你瞧我這一直線的腦子——」

「這個楊排風！」李會功插了句嘴。

「我是只想著人安不安全了，一到村口就直奔亮著燈的地洞去，一心只記掛著那些老老小小全不全囫，倒把那些房子——不行，我這再去看看。」

「你瘋啦！」他拉住爬起來就跑的排附。冷砲還在這裡吊一發，那裡吊一發。

「開玩笑，你現在趕去替他們蓋新的？」李會功說：「你還是接排長的班，讓排長去目盹一覺罷。」

「噯是。排長你去稍稍休息一下，整夜都沒闔闔眼兒——」

「誰還不是！還餓了一夜。」

他推掉兩位老弟兄的好意，眼看天就亮了，要辦的事多得很。他把已經分配好了區域的清查落彈工作交給楊排附，「未爆彈不要動它，等工兵來處理……」他叮嚀了又叮嚀這個，自己離開三個人趴在裡面很寬鬆的彈坑，直去陣地前緣的崖頭去。海灘那邊的防禦工事是他最焦慮的，迫不及待的要觀察一個究竟。

穿過陣地，兵士們似乎都很安詳的各守自己的射擊位置，雖然砲火又好像熾烈了一些，要在天亮前多饒幾砲似的。

那邊的探照燈一夜都不曾亮過，他這才留意到。

崎嶇的礁石區已在天光裡依稀可辨。本就是一片雜亂的布局，甚麼變動也看不出。再向前方眺望過去，隱約可見拍岸的白浪蠕動著一條燐光的曲線。海和海灘都還沉睡在灰黑一片裡。

「沒有甚麼……」他說。

他關心的專注著甚麼也看不見的海上，自己也弄不清自己的語意何在；是跟自己說，還是詢問他身邊的大班長。

「看不出有甚麼情況——一直。」高飛還是以為排長在問他了。

「開始漲潮了罷？陰曆是七月初，好像。」

「七月初……九，不對，初十。」高班長說，「老還覺得是昨天。」

「那應該是小潮。」

「這時候該退潮了。」高飛不由自主的看看東方的天色。

偶爾的砲聲裡，兩人的對話顯得異常的清冷而孤單。

黃炎努力掙扎著視力，想能穿透灰暗的瞅住東方，像在噩夢裡努力想醒來的那麼用不上力氣。然而他要看清的不是東方的天色，而是太武山下，地線之下的景物——或者不如說是情況……敵人如果乘夜暗登陸，不能不把潮水列為主要條件，那麼，一兩個小時前就應該已經完成登陸。那樣的話，不管敵人選擇了島上甚麼地方的灘頭，此刻，將不只是這裡那裡的零星砲聲，而是代之以激烈的槍戰、近戰。夜空裡，將不斷的會懸起輕飄飄的照明彈，悄悄畫著的曳光彈豔麗的彩弧……

沙灘從灰暗裡漸次的淡出淺淺的奶黃，曙光不肯讓人看出腳步的從黑裡輕移金蓮而來。沙灘上一時仍還看不出甚麼變動。此時，軌條砦的水泥墩則像城堞般的朦朧著，但是顯然不似尋常那麼等距離排著方糖一樣的齊整；缺了的，移動了位置的，變了形的……

海面上，黑夜眞就像一面大幕，看不出移動的在向後面緩緩的收攏，能見度尙不及兩三百碼。那裡平靜得出奇，含有僞裝無事的一種造作的平靜——

突然，正面海灘上猝不及防的，憑空放射出一撮火芒，迸起一兩丈高的砂叢，好似陡生出來一大簇僨張著毒芒的熱帶灌木——然後，又像另一回事的，砰——的一聲，無端的響到腦門上來。

一片空寂……

那叢黑色的砂雨緩緩的落下——緊接著，同一個位置，同一樣的光芒迸起了砂叢，同一樣的景象重複了一回……

這兩個人出於本能反射的手按到鋼盔上頭，等著腦門上的一聲爆響。雖然聽覺緊隨著視覺之後不及多少分之一秒，感覺上還是長長的一刻。而兩個人等來的，只是悶悶的不足一道的一聲。

「表演給我們看了。」黃炎略略的挺了下身體。

「一個地雷報銷了。」高飛說。「不過划得來。」

「未必。雷區殘缺不全了，不光是報銷一枚地雷。」

海灘已經清清楚楚袒裎在眼前，卻不是意想中的那麼糟糕。也許海沙的鬆度大，就是剛剛爆炸的那顆重砲砲彈，也並沒有留下顯著的彈坑。或因流沙很快又把那深坑注滿了。

夜幕已撤至對岸，只剩下些晨氣罩住遠山。從望遠鏡裡看到對岸的大嶝，仍如往昔一樣，寥無人跡，但是有上升的灰煙，非霧也非炊煙，靜止在辨識不出甚麼地物的上空，一股，又一股，有三四處，或者更多。

這提醒了黃炎，用他的望遠鏡，從左向右一點點扇式的察看本島……由三一高地那邊下來，經雞鳴山，約莫浦邊的位置，有類似的灰煙升空。那裡除了村舍，似乎並沒有甚麼軍事設施。再向右尋找，夜來他曾一度顧慮的瓊林和後村，卻爲三六高地遮住，甚麼也看不出，也沒有那種引升到上空去的灰煙。背著曙光的太武山，則是黑藍色的大塊剪影，給人的視感，差不多也就是剪影那樣的平貼在東方的天際，往常似乎也就是那樣。但在整個島的上空——他放下望遠鏡，改用肉眼仰望，那是尙未成雲的青褐色的氣體，彷彿張著一個天幕那般平整，平罩在高空。他不復記得平時是否這樣。是否徹夜的砲火，製造出了這樣煙層。

李會功班長提著步槍過來，高飛扭過頭來跟他說：「這下，咳，給工兵找來大麻煩了……」李會功站那裡，看著海灘，看看軌條砦的水泥墩有的整個翻倒，有的滾到一旁。潮水退去很遠。李班長一下下咬著臼齒，從他的闊顎上看得出來。他像個老農，站在一場颱風蹂躪過的田頭，默默的凝視著災難。他那枝拎在手裡的步槍，也像一柄鋤頭那樣的沉默。

「排長，」他轉回身來說：「孔瑾堂要去看看罷。」

黃炎很遲鈍似的看看這位班長。

「先跟團部聯絡一下罷——連長也要去看。」他說。

「跟誰？——張監察官？」

黃炎點點頭，「團部楊人事官也行。」他說了就走開，像要逃避甚麼。

全島——只能說是聽覺所及罷，已有好一陣子不再有砲聲。一切似乎隨著天大亮了而漸趨靜態。可是也因之而千頭萬緒起來……

他聽到背後高飛在向李班長問起孔瑾堂的眷屬。不知爲甚麼，有一種聽到人暗地裡議論到自己短處的慌張，步子便不由得加快起來。他決定去村子裡看看，那邊必定有許多需要善後的所謂民事，他要去了解一下……但他停下來，望著向他走來的兩位班長，仍然有那種被人尾隨著索債的不安。排裡要處理的事很多，警戒要換班了。半毀的營舍要立刻收拾和清點損失。落彈的數目馬上要報告給連長。早餐供應有沒有問題。團裡、營裡、連裡，隨時會有命令下來……放著這些使人分身乏術的事務，走得開嗎？……忽然他用不著心虛的多心起來——文玉仙，被弟兄們公稱小白菜的女孩。那麼急急要去村子裡做甚麼。那是個慣會給人製造嫌疑的是非人物。雖然不一定是出於她的本意。沙漠裡的一朵仙人掌花。不必說他們這個排，這個連，連那邊通信營的官兒和兵兒，也都爲這棵小白菜發生奇形怪狀的騷動。——先不要去村子裡，他召集了四位班長聚集在二三九號掩體的電話機跟前，商量那些千頭萬緒而又立刻要開始的行動。周金才的問題還不曾處理，他看了一眼擠在大鋪角角裡蜷得像一隻龍蝦在死睡的那個小兵。又把要發作的李班長給暫時按捺下來……

「忍耐一下，忍耐一下……」一再的安撫著李會功，正待討論是否要給掩體增加積土，那是和防彈無關的一種心理建設，楊排附跟進來，報告清查落彈的結果：

「二百七十一。」

「二百七十一？——含不含未爆彈？」

「不含。瞎火兒的相當多，都插了標記。栽進地裡頭的恐怕還多。」

「那要使用地雷搜索器搜索了。」高飛一旁說。

「做了標記的未爆彈，有數字罷？」

「五十七發。」

「給連長報告好罷——未爆彈也要報。」

「打在一起？」

「當然分開報。」

他瞧著排附搖電話，心裡算著平方碼的平均落彈數。洞口人影一閃，黃偉明竄進來，「報告排長，」人未到跟前，先就叫開來，「攔不住，怎麼也攔不住，這個老蚌殼！我……我……」

「啥事兒，值得這麼猛嚷嚷！」李會功迎過去。

「我……我講排長事體忙，管弗了你這閒事。旁人也幫忙講，講死了弗來事——」

「你那口上海矮話，誰聽得懂！」高班長冷過來一句。

「人呢，來啦？」黃炎問。

「後頭。」黃偉明氣得扠起腰來。「夜裡廂砲打得交關凶個辰光，蚌殼偷偷摸摸出去了，都弗曉得。害我出來找，找弗到，回來，她都又在洞裡廂了，抱著首飾盒——」

「這個老財迷！」高飛罵了一聲。

「她要怎麼樣，跑來？」黃炎望望洞口。

「老蚌殼弗要跟我講，也弗要跟旁人講。猜她是少啥個金銀財寶，氣虎虎跑得來——」

「好啊，」臧雲飛酸酸的說：「看這要哪一個給她破案子——門談子！」

「排長別理她，我去對付對付。」

黃炎沒理會高班長，外面清理那些斷樹枝和亂石頭的兵士，正阿婆長、阿婆短的喳呼，他走出掩體來。

到處高高窪窪的彈坑，也難爲了這位姑奶奶，枴杖也沒拄，一小步一小步挪得好快。不過還好，那位小白菜的爸爸，文里長，一旁連攙帶扶的陪著。

扛著樹幹樹枝或肩著石塊的兵士們，等著看熱鬧的停下來。他瞪了他們一眼，把他們一個個瞪走開。

老婦人果然抱著一個閩漆的小匣，見了他，呱呱啦啦大聲嚷起來。那種方言一說快了，黃炎就一句也聽不懂，除掉夾雜其中的罵人的那些壞話。

黃炎迎上去，到了跟前，老婦人把那小匣子往他懷裡一塞，抓住他胳臂，眼淚一把鼻涕一把的直嚷，戴著螺絲轉轉兒金戒指的手指頭，伸不直的戳到他鼻子上，不容還口的罵著，唾沫噴到他臉上。

眞眞的是無可理喻，不知道是否老糊塗了，沒有數清裡面到底少了甚麼——就是眞的少了，這樣的時候，性命都不敢保，還爲一點身外之物這麼要了命的胡鬧……

他請文里長把老婆婆勸回去，答應會設法來查明這事。

「黃排長，阿婆噢，她意思是講——」

「好好好，」他不得不敷衍，「一切拜託，里長。不到砲火完全停了，大家千萬不要隨便亂跑……」

可是他被老姑奶奶抓住衣袖不放，斜著肩膀脫不開身。

「我跟你講，黃排長，」里長好像勸架的樣子，夾在中間用半生不熟的國語說：「阿婆的意思，你知道，一整夜都沒有聽到你們放槍、放砲……」

黃炎只好停下來，歪著肩膀，遷就著老姑奶奶不肯放開的一雙枯手。可是，甚麼鬼意思！他旁顧一下過來的兩位班長，只有苦笑的份兒。放槍放砲難道要對你老太太負責不成？放槍幹麼，打天？

「好啦好啦，我們會放槍的，請你告訴阿婆……」他敷衍著。心想，這眞是夠民主的，讓老太婆來指揮作戰了。

「阿婆意思噢——也是聽我們大家在講啦，阿婆也不懂得，大家都講怎麼國軍都躲起來了，也不開槍……」

他是懶得去爭辯，沒有味道，一心只想擺脫這樣無聊透了的糾纏。

「阿婆是講，你們一定沒有槍彈砲彈，沒有錢買槍彈砲彈。當然，阿婆是好意啦——」

「有啦有啦，」他撇著方言，直接跟老姑奶奶說，「多得很啦，阿婆，放心啦……」

「……你烏白講……」

他只聽懂這一句。

「我跟你講噢，阿婆呀——她回去取私房，黃排長你知道啊。要你拿去給司令官變錢買砲彈、槍彈。你不要見笑，她不知道打仗的事啦，我勸她也沒有用。總歸是阿婆一番好意……」

「拿去，拿去，」姑奶奶含著一嘴的怒氣，搡搡他懷裡的首飾匣。「拿去。沒有錢，不跟阿婆講，騙阿婆……」

這些話他倒都聽得懂。首飾匣的尖角，戳得他胸口好痛。

「阿婆，你聽我講——」

「免講，免講。阿婆不要聽你講……」

老姑奶奶搖著滿頭的銀絲，不要聽他解釋。有一綹白髮咬進那乾癟的嘴角裡。

他有口難辯，把自己的彈匣，翻出來給老姑奶奶看，又就近打開臧班長、高班長身上的衝鋒槍彈匣，讓老姑奶奶曉得彈藥好充足……一面他撫摸著被戳痛的胸窩。他感到，這位老太太還戳痛了他別的甚麼地方——在他身體裡面，內傷，說不出是哪裡，是他撫摸不到的一個所在。

他還要說甚麼，瞧著老姑奶奶那雙生著白翳的眼珠，他有些哽咽的樣子……

參謀本部戰報：

一、八月二十四日六時至二十五日六時，敵砲向金門島群射擊三萬七千二百四十三發。

二、八月二十四日二十時四十分，敵魚雷快艇八艘截擊我運輸船隻。我護航艦隊即予反擊。計擊沉敵快艇二艘，傷一艘。

三、八月二十四日十九時三十分。正當砲火劇烈之時，敵米格機八架竄入金門上空活動。

中華民國四十七年八月二十五日

鋼盔往桌上一丟，人倒進竹靠椅裡，好一聲長歎。「他奶奶的，老子決心改行了。」大家都太熟悉，不是邵家聖，不會這麼大的動靜。

鋼盔仰口向上，猶在不穩定的晃盪。人像斷了頸骨，腦袋仰後去，又垂到胸前，蔫了秧子的葫蘆。也不知是誇張，還是眞的累成那樣子，一口又一口大喘著氣。

他凝視了一下穩住不動的鋼盔，似乎有些眼生。再看襟帶上不很清晰的兵籍號碼墨字，他知道又抓錯了。這才想起怪不得一路上老聞著一股腦油臭，還以為照顧了一早上的收屍工作，把鼻子薰瞎了。

「唉，司馬懿之才——事後方知。甩蛋！」

他一個人自言自語。爲了證實一下，把鋼盔抓過來，臉埋進去，擂著鼻子，小狗兒似的嗅嗅嗅唆的聞了幾圈，「嗯，是這個氣味。」他跟自己點點頭。

令他惱火的還是他那見血休克的老毛病，反而不爭氣的「不治而癒」了。

指派預備隊出公差給老百姓收屍掩埋，是他邵民事官的差事。他民事官可以不用親臨現場，但爲了放心，還是東跑西跑的到處去招呼了。上司倒還體恤他，怕他受不了血腥，舊病復發，吩咐他說，反正張勉是非去監督不可的，何必一樁工作占去兩個人。也難爲這位上司還記得他那個毛病。可是對張勉這個凡事頂眞而乏幽默感的同袍，說不上甚麼疙瘩，就是心裡不舒服；張勉去，他不去，說不出道理的就有點兒不甘心。除非——其實那是靠得住的，休克了；拚著昏倒一場，給人一個力疾從公的觀感，小型的壯烈，爾後，才可以是「非不爲也，是不能也」的理直氣壯，不必再事必躬親的去幹這種殯儀館的臭差事。

可是就是那麼不爭氣，「才無正用！」他跟自己說。還有比那樣更不忍卒睹的慘烈麼？平時就是打靜脈針，注射管裡滲進一點點血絲，見了都會像給地震搖了搖的暈那麼一下。而一場砲擊後的狼藉血肉，哪還能看！但是他反而沒事兒。

「所以早就告訴你，以戰練兵嘛。」黑皮上司可也抓住了洋理，「不打仗，百病叢生。早就跟你說過不是？還在那兒將信將疑！服了是罷？……」

既然該休克而不休克，他邵家聖也不是可以裝死的那種孬種，只好乖乖的幹了。只是牢騷之多，誰也拿他沒辦法。

「又是誰把老子鋼盔掉包了。再不自首，老子可要口不擇言的罵人啦……」他心裡有數，亂抓鋼盔是他自己的臭毛病。他是偏要這樣蛇癢蛇癢人，尤其是面前只有張勉和他的上司。

不用看過去，他就知道，斜對面的黑皮上司在看一份當地的小張軍報——實際上是在用一種監視的冷眼，一直在密切注意他。這可正助長他的氣焰，裝著不知道，故作一副目無尊長的傲慢，惹惹上司，以便瞧他不順眼，找麻煩找到他頭上來——不管那是垂詢，還是刮一頓鬍子，隨便哪一樣都好，只要理他就成。

「你說是罷二舅？」他跟和他一道收屍回來就忙著坐下來振筆疾書在寫甚麼玩意的張勉打招呼。「等退了役，二舅，咱哥們兒也算有一技之長了——吃殯儀館這行飯，夠塊料子了罷？」

「甚麼？殯儀館？」還沒進入情況的張勉，傻瓜一樣的望望他。

他也知道，幹政三的，凡事認眞慣了，十有九個都很缺乏幽默感。很乏味的一種人類。不過喊他二舅，照樣還是應了，那已經是對他邵家聖這個人，無可奈何的容忍。他就有那種功夫——亂給人封號，是他的歪才。不單如此，人家不接受那個封號也不行，他能黏黏的鰾上你，還聯合了所有的人，用那個封號不改口的喚你，約定俗成，公認公稱，大家全都喊習慣了，你也聽習慣了，彷彿被催眠了，不得不應下來。

明知乏味，他又重複了一遍給張勉解釋：「民事官，退役下來，可以輔導就業到殯儀館去。這懂了罷，二舅？」

「別開玩笑；退役還是哪一天的事！」

就有這樣開不了竅的人，邵家聖心灰意冷的長嘆一聲。你是豬腦子！心裡不禁這樣呸過去。

「很奇怪嗳，老邵，」這位少校放下筆，歪歪頭，不解的瞅著面前的資料。「昨天這一夜，砲打得鬆多了，傷亡反而比以前多出將近一倍。主任你看這是個甚麼道理？」

邵家聖本來是注意聽著這個所謂很奇怪，到底會是甚麼奇事，聽著聽著，不覺洩氣的扭回頭來，不屑的歪歪嘴。他是一向看不慣那種凡事請示狀——你請示甚麼？那表示你做參謀的對問題不肯深入，有虧職守。

「甚麼道理？沒有道理。打仗還有甚麼道理講？」邵家聖攔在上司前面，搶著把這位少校監察官給噌回去。「告訴你罷二舅，跟做新娘子一樣，頭一夜害怕，躲躲藏藏，二夜就不在乎了，今夜第三夜更壯膽，還要加一番。不信的話，你等著瞧——」

「嗳嗳嗳，文明點兒好罷。」張勉好像要了命的忙著制止他這麼葷。

「幹麼？又違紀啦？」邵家聖說：「你做二舅的當然輕鬆，只要看看人死透了沒有——」

「一樣的，彼此彼此。」

「誰跟你彼此！敢情風涼話說著順嘴。」

「還不是要一個個去驗屍，一個也馬虎不過去，你又不是沒親眼看到……」

瞧罷，那樣也算功勞，也要守著上司丑表一番——他心裡說。人死了，尤其是死於砲火，連個整屍都落不住，誰個不是一眼就看出死活來，還要檢驗？好像挺繁重的業務似的。要說煩人，惱人，有比他民事官更要命的麼，「平時辦喜事，戰時辦喪事，包辦紅白喜事——這樣的革命軍人也算幹到盡頭了……」這種牢騷，從昨天他就拿來苦惱他的上司了。可是黑皮主任一直裝聾作啞的不理會。這比起老百姓的不聽勸告和指導，更使他來氣——你裝孫子罷，我就不住的嘀咕，你別想耳根清靜。他冷了一眼仍用那張小報遮著臉的上司。

「改行，老子非改行不可……」他是那麼一無忌憚的嗆呼著，「別說幹政工沒出息，幹步兵也只有捱打的份兒；反正，都不是人幹的……」

「那就幹饅頭罷。」

報紙後面，上司冷冷的說。

好了，他心裡說，丟進去那麼多的石頭子兒，總算聽到了響兒，見了點兒水花。

「這個仗這麼打下去，等著瞧罷，淨看砲兵挑大梁，你只好不發一槍一彈，愣等著打你個碎屍萬段……」

望著水泥頂，清清楚楚的一塊塊模板留下的形狀，人會錯覺著這不過是躲在一塊塊小木板子釘成的大箱子裡。衝著那樣的天花板說話，表示他根本不要跟一直裝聾作啞的這個上司搭談甚麼。

「幹砲兵也不簡單喔！」少校又認眞起來。

「有甚麼不得了啊！老子也念過兩天Sine，Cosine。洋學問比別人比不過，跟你張二舅較量，還是略勝一籌，聊堪自慰。」

衝著這位同僚瞟瞟眼睛，翹起一邊嘴角淺笑笑——老子非堵得你跟害場痔瘡差不多。

斜對面的上司站起來，「人哪——」拉起自思自歎的調子，「嗯，貴乎守分！」上司經過他身旁時，把那份小張軍報扔到他面前，然後從壁上取下鋼盔，「留意電話，我在團長那邊。」

望著丟下這個交代走出去的上司——身材已有些中年胖，一出去就三步併作兩步的跑著穿過十足像是井底的坑道天井，那背影眞的夠土夠蠢的。

「卻原來也是這麼怕死——無怪乎螻蟻尚且貪生了……」他是故意把殘忍的尖笑，尾隨那個背影追送過去。

「你別瞧扁了我們主任；」張少校似乎有些不服氣的說，「前天夜裡，砲打那麼凶，你不知道，一整夜他都東跑西奔的，去師部，去政治部——」

「噯噯噯，二舅，我沒說你是啞巴。」

邵家聖抖抖報，把竹椅子嘶啦一聲拉轉個方向，決心不要理會這位不識眉眼高低的乏味人物。

他朝小報打量了一眼，「哈哈，老賊，用心良苦，給老夫充當起私人祕書來了……」

他是存心嘔人的樂起來。

報紙上，一眼看到有塊邊欄用紅筆圈著一個長方的框框。他勾回頭去瞧瞧，上司坐過的桌子上有枝紅藍鉛筆，好似忙著向他招認那樣，至爲惹眼的翹在那裡。那是擔在一座陶瓷筆架上，像尊小砲，對正著他瞄準過來。

「哈哈，哈哈，嗚——呵呵呵呵……」樂得他拉起平劇的調子唱將起來：「卻原來，賊是個，有意的人……」

邊欄的一篇特寫，勾在紅筆框框裡，標題是「文武雙全的宋欣甫」。

一瞧著這個，就勃生起滿心的譏誚，皺著不屑的鼻子。他捺住了性子馬馬虎虎瀏覽著。無非滿篇的濫調——實習記者的造作忸怩，猛用著驚歎號，你要感動呀，流淚呀，把偉大、神聖、崇高……所有這些字眼兒統都批發了過來，濫用得又乾又廉價又一無生氣。說來說去不過是一個砲兵連的政治幹事和第三砲的兵士們，合力爲打壞了的砲陣地堆了一夜的沙袋。砲長耳膜震失靈了，政治幹事接下話機，代替砲長下達射擊口令，監督各砲手繼續操作云云。「文武雙全」就是這個意思？

「大概，哼，也只有你這位剛果來的活老百姓，才會大受感動……」繼續的他用一種充滿惡意的嘲笑，把手裡的報紙看做那位黑皮上司，衝著那段特寫點頭晃腦的直挖苦，「下達口令有甚麼了不得？又下達得兒口令了。媽的，電話怎麼指揮過來，砲長就怎麼下達。只要不聾不啞，誰都幹得來。又文武得兒雙全了又！」耍完了小丑的念白，接著故意大聲讀著記者先生描寫的現場射擊口令：「榴彈！瞬發信管！兩發！高度二三六五！仰度三四八！方向三〇五！……」驚歎號是一長串的用下來，大概表示大聲喊叫的意思。而那種外行透了的錯誤百出，使他笑得人要從竹椅子滑到地上，既然上司不在，他就要做給不解風情的張勉二舅瞧瞧。

「我操他哥的，你採訪嘛就去砲陣地實地打聽個清楚——沒吃過豬肉，你總瞧過豬走，你這不是氣死砲兵，哄死老百姓啦……」他笑得揉著肚子，「得打個電話，抗議抗議。」他給自己下了命令。歪過身子去把話機往自己跟前拖拖。

軍報社電話一直在講話中，「抗議的讀者很多罷，」他安慰自己說。總機轉總機，轉來轉去的無事忙了半天。「勞駕，接兩兩三。」他向總機要了黃炎電話。可是黃排長去了連部了。

「高班長嗎？」他聽出接電話的口音。幹過通信兵，聽覺總是訓練得很靈敏。「我邵大尉。」他說。

「嘿，邵參謀！報告參謀，你好罷？」

「好，吃得飽，睡得著，淨看打砲。替老百姓收了一上午的屍。高老飛，我要改行了，知不知道？」

「參謀要改行？升官啦？」

「升棺材！——要開殯儀館去了。」

「那好。我來跟參謀當夥計。」

「當夥計幹麼。算你老高一股。」他把話筒換了下手，騰出右手來給自己點菸。「連部開會去啦你們排長？」

「聽說有個大官重傷，要咱們志願去輸血。」

「何止一個，好幾個大官受傷了。」對著話筒，他吐口煙進去。

「到底是大官兒命值錢，是不是，參謀？」

「用說！」他欣賞著煙從話筒裡徐徐的婀娜出來，呵呵氣去逗著玩兒。

「不是我說，要是咱們小兵受了重傷，誰志願給咱們輸血？參謀你說是罷。」

「你是甚麼血型？」

「O型。」

「那好，我是B型，到時候別怪我不肯輸血給你這位小兵。」忽然他記起來，「噯，高老飛，你幹過砲兵的，我記得。」

「參謀好記性。可提那幹麼？還是在大陸上幹過，好多年了。」

「那咱們同過行。」他心裡有數，不說出來。在砲兵部隊，他混過半年不到的副指導員。靠他過人的記憶力，雖也是大陸上的經歷了，他還是自信，即使在老砲兵面前，也照樣大轤架兒充內行。

「你幹的砲長，還是砲手？」

「第一砲手。一〇五榴彈砲。」他聽得出高班長的得意。

「專門關砲門，拉火兒？」

「參謀眞幹過砲兵?」

「還是吹的啊!」

「不過，還有咧，」老兵像他鄉遇故知的那麼樂，「還要開砲門，檢查砲膛，還得看讀後座量。」

「不賴，老行業還這麼熟練。」

「怎麼，參謀，要調我回砲兵去呀?我給參謀磕頭都行。」

「免了。我有那個牛皮的話，金門盛不下我了。」他把聲調放低，說體己話的那麼親密：「說眞個的，老高，天底下可有比這還窩囊的沒——捱揍，還不了手。這兩天，可淨看砲兵出盡風頭。你我幹步兵的，不是他奶奶的——」

「別提了，參謀，誰都是悶了一肚子的鳥氣。」

「你看，連報紙上也淨是砲兵在那兒露臉，這些新聞記者齊夥兒吹砲兵卵子，眞他奶奶的狗朝屁走，人朝勢走，咱們捱揍是白捱了。」

「有啥說的呢，參謀，」老砲兵歎口氣，「白捱了，還要去輸血……」

「還要去收屍咧，眞是幹回頭了……」

牢騷發不完，兩人對著電話，越來他越覺著有些像在說對口相聲。

「你看，參謀，其實也挺甚麼的，宋幹事不也上報了嗎?」

「你認識?」他急促的溜了一眼那個特寫的標題，「宋欣甫是嗎?」

「不是老三連的特務長嗎?後來轉政工，不知甚麼時候調到砲指部去的。如今看人家踑起來了……」

邵家聖有點不是滋味。那種幼稚的報導，居然也有人看。像高飛這些老兵，整天像個管家婆一樣的忙裡忙外。除掉對對愛國獎券，敢說平常根本沒空兒也沒習慣看報。可見這篇粗劣的報導，賴不賴的，倒有不少人看到它。眞眞叫人不服。

「眞是老話說的好，人不可貌相，海水不可斗量。」高飛說：「人是生得靦靦腆腆，瘦筋喳喇的，打起仗來倒有一手。」

「你倒相信報紙上那麼吹。」

「吹麼是吹了點兒，可也不容易；想想一個政工人員，砲長那一手也不簡單，能馬上就接過手去——」

「哈哈，」他又冒出那種極盡尖酸的嘲笑，「幫著扛扛沙袋，搬搬砲彈還差不多。就算替砲長撥接電話，照葫蘆畫瓢的發發口令，勉強還湊合過去。要說他有本事檢查準手、裝定諸元、瞄準線，監督砲手操作，嘿，那不是開玩笑！」

「那還不是湊合局兒嘛，哪能那麼頂眞呢，參謀！還有啦，砲長嘛——」

「那也得有本事湊合罷，」他簡直不高興這個老兵起來，「憑他一個政治幹事，懂得甚麼叫做空氣調節器，甚麼是後座量，各部機能他知道？懂個屁……」

「那當然，隔行如隔山。想情嘛，其實那位砲長也只耳朵臨時閉了氣，別的還不是照樣招呼得住……」

這麼看來，像這種實心眼兒的老兵，一旦相信起甚麼，或者不肯相信甚麼總都是刀槍不入，別想還能把他扭過頭來。

「這不去說它；」邵大尉火火的，只好轉移目標，「還有，你看報上那些玩藝，不是笑話鬧大了——高度二三六五，有這回事？命令下得那麼顛顛倒倒，你這位第一砲手弄得清楚？眞是，唬人也要挑個好口子罷。」

「那是外行……」老高也跟著笑起來。

「你說你能信那些鬼扯淡！」

「參謀這話不假。盡是胡鳥扯，根本唬外行的。可話說回來，寫文章的，十個裡面十個老百姓，也不好太怪他們，能寫到那樣活眞活現，也算不錯了……」

唇舌費了這半天，算甚麼呢？自己還不如一個無知的老兵有氣量。老兵那種寬厚，幾乎給了他碰壁的感覺，眞叫無味。他只能原諒這些沒讀過多少書的老弟兄，總是把讀書人看得天高，根本不懂得文章好壞……他只能拿這個寬慰寬慰自己。

他瞥了一眼還在埋頭疾書的張勉——好在，他想，罵了這半天，起碼還有這麼個傢伙一旁收聽，也算聊堪自慰了。

政工官凌明義、保防官鄭祖蔭、組訓官曹家龍……都陸續回來。快到開飯的時候了。

「本人絕食。」邵家聖給大家宣布。

實際上，整一個上午，照應著殯葬那些血肉模糊的老百姓屍首——即使重傷者，也是一樣的不忍卒睹，胃口是倒盡了，想起來便噁心得難過。

開始再次的把他對那篇特寫報導的嘲笑，向這些所謂的六大軍官重新推銷一次。若不這樣，似乎仍叫他難平這口氣。

小張的軍報在大夥兒手裡傳閱著，他是不住的陪在一旁下註解——不如說是惡意的糟蹋人。他把聲量放開來，不讓黑皮主任聽了去總不甘心。

可是這樣一再重複，漸漸自己也感到厭惡起自己。何必呢！眞眞的深惡痛絕那麼一篇值不得計較的小文章麼？我這人怎麼忽然這麼無聊了起來？好事好到這步田地！

然而三天砲戰下來，打得轟轟烈烈，分派給他這位民事官的卻是查報民間財產的損失，老百姓的傷亡，忙著接洽送醫的送醫，送葬的送葬。他只感覺著一肚子窩囊氣，好比人家熱熱鬧鬧摸了八圈，贏的輸的都是吃了消夜一扔就走了，剩下自己跟在後面收拾麻將桌，倒菸灰缸，掃一地的這個殼，那個屑。

一直的他引以爲得意的，不止是給國家元首、三軍最高統帥開過一趟車子；重要的還是上了那樣的意見——兵士們最需要「作戰！」即便戰地指揮官，也未必有我小小一名上尉這樣精到、妥切、直中要害的見解罷……在當時，完全不曾經過思考，就那樣乾淨利落的出了口。「人嘛，走起大運來，福至心靈。」他跟誰都這麼吹，也是給自己解釋。因爲事後愈是反省，愈是欣賞起自己眞知灼見得驚人。

的確是那樣；老兵是主觀的求戰心切，新兵則在客觀上更是迫切的需要戰爭，以便把他們磨練成地地道道眞正的兵。

砲聲一響，看那個來勢，他就越發的認爲，這一場戰役打下來，不問將來打到甚麼一個地步，敵人企圖得到這個島是千難萬難；那麼對我方而言，照態勢觀察，乘機反攻的可能性既然不大，則唯一的意義，不外是——以戰練兵。

能夠和他縱論這個戰局的，只有他的頂頭上司和一營二連的排長黃炎在他心上有點分量。但他必然的不會和前者交換甚麼意見。他心裡明白，並且強制著自己不要承認他的觀點是受了這位上司整天嘀嘀咕咕的影響。彷彿可以滴穿石頭的簷水，滴滴答答的那些個惹人生厭的嘀咕，業已不斷的滲進他不自知覺的意識裡。害人不淺哪，這個老賊！一面罵著，也就不禁身不由己的偷偷承認，可能就是那樣罷，受了老賊的潛移默化，以致碰到節骨眼兒上，不加思索的便應時而出——作戰！

但是不能承認這個；不能向黑炭認輸。老子也有十年的老資格了，能連這麼一點點卓見也沒有？天王老子都休想影響我。

可是三天的砲戰打下來，兵士們所迫切需要的「作戰」，說甚麼也不該是這樣子窩囊的打法。

無論如何，陸軍作戰總是以步兵爲主，其他的騎、砲、工、輜、通，都只不過是配合或支援。而以陸、海、空各軍種來說，陸軍也永遠是居於主力地位。可是今天，砲兵居然獨立作戰，唱起獨角的主角戲；而所有步兵全都龜縮在地層下，等著捱揍。「把老子卵子都氣炸了！」到處聽得見他這麼喳呼，「把老子鳥都氣彎了！」這樣的打仗也能解老兵的饞勁兒而又同時造就新兵嗎……

罵著，工作照幹。不幹，推給誰呢？他那位上司一直不理會他的牢騷。直到方才，才瘟瘟的，酸酸的，丟下那麼句話：「人哪——嗯，貴乎守分！」老賊，只會那樣的虼蚤人，沒別的能耐。

我是要打仗的，樂意打仗的……那是他誠誠懇懇的誓願。不管他有多吊兒郎當，有多羞於正正經經；在他不自知的忠心裡，那是一種莊嚴的呼喚。但他所要的，所樂意的，不是這個樣子的打仗。

頭一個整夜，被困在架設連坑道裡的邵家聖，雖然一籌莫展的被迫接受著屈辱，但不如說有了很震驚的盼望；敵人勢必在黎明前登陸，攻占這個被鋪地的砲彈打得稀爛了的島子。到那時，男性們所嗜好的，至少是他所嗜好的，那種轟轟烈烈的凶險和混亂，將要打破這七八年來麻痺而枯乾的日子——一直在打著仗的所謂「長期」抗戰，也不過八年而已。

然而在老兵們渴求著流血，新兵們必須流血的這種情勢裡，卻要兵士們去輸血，多叫人喪氣……

黃炎從連部開完會回來，迎著他的是兵士們沉不住氣的怒容。他能敏感得到，只等他一宣布輸血的事，兵士們便立刻會忿懣的叫囂起來。兵士們有權抗議這種不合理的措施。如果眞有那樣的事，他也會在連部的會報上提出抗議。畢竟這樣的事不是可以硬以命令往下壓的。否則，那是違法的。

當然難怪弟兄們發生反感。先就有不知打哪裡來的流言，傳說防衛部的高級長官受重傷，需要兵士們輸血急救。連部來電話通知開會。高班長接的電話，不知怎麼的誤傳誤聽，說是爲輸血問題要排長去開會商討。他不能相信這個。在他去連部時，弟兄們已鬧嚷嚷的不安。他聽到有人（似乎是二班的楊威）叫著：「算他是天王老子，休想，他媽的當兵的血不値錢哪……」可是哪有那回事，會報上他提請指導員注意類似影響士氣和團結的謠言。高級長官有兩位身受重傷，都是在巡視防務後回防衛部的途中遇上了砲擊。這是未經公開發布的事實。至於輸血的事，野戰醫院的血庫儲量不足應付突然這麼多的傷患，當然那不僅僅是高級長官，更多的負傷軍官、兵士、老百姓，都在急需著血漿。但是謠言把這個情況裡的大部分剔除了，留下足以傷害到團結和士氣的一小點來到處散布。如此，他即興的發現到一點，並且在會報上提供指導員考慮作成建議案，呈報上級參考。所謂謠言止於智者，畢竟智者太少，不智者也不能勉強或速成爲智者。尤其群眾的智能又常因情緒激動的感染而不可思議的降低。任何謠言，如無空穴便無風可來，所以謠言總是有事實可以印證，由狡獪的取信而增加散布速度和面積——不管所依據的或只是事實眞相的百分之幾，千分萬分之幾。那麼對於謠言的防止，便不是硬性的防堵或撲滅所可收效，反不如把有關的事實眞相和應對措施，盡量排除不必要或次要的顧慮，而加以公布周知，則多麼歹毒的謠言，也可不攻自破。

連長似乎很欣賞他這番高論，立即裁決請指導員作原則性的建議。至於輸血謠言，連長表示他的措施可以立即生效，囑令他們四位排長回去後馬上處理。

回到排裡來，黃炎所遇上的是那樣一張張要帳的臉，兵士們還在被困於那個謠言。若不是一群砲彈及時的打在陣地前的海灘（那裡，工兵部隊正在作業），把大家趕進掩體，情緒給打散了，他的這些親愛的弟兄們，準是等不及的要從他做排長的這裡取得那個證實，好把貯藏了足夠的牢騷爆發出來。

在洞口處，黃炎坐在一張李班長給他送過來的麻紮子上。

他不要說話，提著衣領抖涼。從掩體一眼望出去，本是稍有些斜坡的一大片濱海的開闊地，曾使他幻覺過那是中將父親打高爾夫的淡水河畔的那片球場。現在在烈日的直射之下，地表已大大的潰爛。被砲火翻掘了又翻掘的紅色泥土，看來是那樣瀝血的痛楚著。

「上面，並沒有那個意思——叫我們去給高級長官輸血。」歇過了好一會兒，做排長的冷冷的說。

「我也這麼想，混蛋才會下那樣的命令。」

高班長手裡在結著僞裝網。

「就算是高級首長需要輸血，能要多少血？——這樣興師動眾的通令捐血，全金門二三十萬大軍，游泳池也灌滿了……」

大夥兒似乎感到了他們先前那些放肆的叫嚣，已使排長不悅，不禁都沉默了。而經他們排長這麼一說，天眞的兵士們很明顯的現出一些不必要的愧色和不安。

「捐血是需要。醫院裡到處躺著受傷的官兵，還有老百姓。血漿不夠，只有眼睜睜看著一個一個沒救的完蛋。不過捐血也有限制，要大家出於志願。還要看年齡、看血型，也不是由著大家愛怎麼就怎麼……」他繼續說明這些。背後有老鼠般的輕微騷動。

砲彈稀疏的爆炸著，島上的砲兵也像對症下藥，不大起勁的還擊著。

「知道是哪位高級長官受重傷了嗎——你們？」望著他這個排所屬的那片潰爛的領土，他頭也不回的問著背後的弟兄們。

依然是沉寂和小小的騷動。他等著。

他們那片領土上，兵士們付出太多血汗和勞苦栽培的樹苗，被砲火毀去了一半也不止。

「我們還要樹苗——跟上面申請！」連長曾那麼頑強的咬緊嘴唇，告訴行政官立即辦理。好像那是對敵人唯一的反擊。

他曾跟盧行政官提出七百棵的需要數量。

「聽說——」高飛打背後試探的問過來，「部長也在島上？……」

「部長安全。」他的聲調控制不住的往下沉落。「副司令官，現在危在旦夕。」

「甚麼時候？」

「哪裡受了傷？……」

背後，齊嗟嗟的問上來。急切的，彷彿要趴到他背上來問個仔細。

「那天看過我們陣地回去，」他說。轉過身來朝著掩體裡頭。「回防衛部的路上。」

整個掩體裡，重又沉寂下來。

好像一種運動開始前的預備——一隻貓預備跳上牆去，必須向後頓挫一下。兵士們的沉寂，便是那樣，沉寂片刻只是爲著又一番的喧嚷。

「那我們去捐血！」高飛首先發難。

「別人管不那許多，副司令官負了重傷，還有甚麼話說！」

「副司令官是打我們陣地回去的……」

「我們全體去……」

……

做排長的冷然看著他的弟兄們。瞧，他心裡說，智能又在急驟的降低。

但他看不清弟兄們的面孔；被洞外強烈的陽光刺了這半天，視覺已刺得很盲，一時還適應不過來掩體裡黑深的沉黯。

「去那麼多人幹麼？你們要弄清楚，血又不是特爲輸給副司令官的。現在去捐血，只准許二十二歲以下O型血型的去，不能超過全排人數百分之十，免得影響戰力。」他迎著亮看了看錶。「連部一點鐘開車，我們提前開飯。」

一時掩體裡大事騷動起來，有的拿出血型牌證明，有的解開腰帶翻過來給班長看，都在搶著表明自己有多得天獨厚的生而爲O型。另外不夠格的則在那裡搗亂，亂放冷槍。

「不行，翁克棟，你還想冒充二十二歲啊，見你的大頭鬼！」

「報告班長，姜永森有梅毒，別害死人了罷。」

「幹你！是你阿足傳給我的？……」

……

一個個都好像要過年了的興奮。

掩體裡不足兩班人，夠資格捐血的卻有七名。這七個人各不相讓。

「二班出一個，按順序。只准去四個。其他的以後機會還有的是。」

黃炎沒有料到會有這麼多人。眼看著這些弟兄們像小孩子一樣的吵鬧，入選的就像中了愛國獎券，落選的一樣又發著牢騷，簡直是不可理喻的一群小獸，他只有搖頭的份兒。

這是砲戰以來，他們第一次走出連的防區。

二噸半卡車，在盡是彈坑和傾倒的行樹的路面上躲閃、顛跳，時不時搖晃著可怕的斜度，叫人以爲駕駛兵喝醉了酒。

沿途遇上一夥又一夥的兵士，冒著隨時都有冷砲打過來的危險，在搶修道路和清理殘斷的樹木。一路上，車上車下叫嚷著招呼，莫名其妙的對著鼓掌，誰也不知道誰給誰喝的甚麼采。彼此原是陌生而又陌生，在向來都是漠然的彼此之間，從來沒有過這樣不明所以的感動，說不出打心裡湧上來一股親愛。

卡車駛上中央公路，一片改了觀的景象，立刻叫人恨得心痛……

那樣平滑、筆直、潔淨而光亮如緞的高級路面，連一根菸蒂也不忍心丟上去的，彷彿眞會把緞面燒出洞來。可是從卡車上一眼望去，大批的兵士和車輛群集著在沿途搶修。路已像一條被胡亂斬剁的爛海帶，裂的裂了，洞的洞了，翹了邊的翹了邊了。路兩側縱深密植的行樹，連根掘倒的，腰斬的，斷枝斷梢的，似已沒有一棵完整的樹。

這麼一幅災禍場景，繞著行進的卡車緩緩打著旋轉，好像一個周身受了創傷的患者，在醫生面前轉動著身體聽從檢查。那些密密麻麻的傷口，讓人瞧著會麻到自己身上來。

在顚跳得令人憤怒的卡車上，隨時可從殘缺的行樹間極目望得很遠，很遼闊。胭脂紅的大地盡頭，時有給豔藍的海鑲嵌進來的缺口。胭脂紅的胸腹上，則不時出其不意的爆起一窩一窩煙菌，像從地層下天然頂出來的甚麼礦屬氣體。沉沉的砲聲總是趕不上的跟在後面傳來。田地在那些行樹間斷續的旋轉著。有些爆開在較近處的煙菌，會從黑煙裡面輻射的竄出一綹綹的白芒。直線的竄出去，再曲線的徐徐的弧落而下。

卡車上載著全連志願而合格的二十名捐血者，帶隊的黃炎坐在前面的助手座裡。他是用四肢把自己用力的撐在那兒——兩手分別的揹住了放平的擋風玻璃的鐵框和座位下的鐵箍，兩腳蹬緊在底板的斜面上，像一種愛生悶氣的蝦蟆，一遇上甚麼侵害，便運著氣功把自己全身繃得石頭樣兒棒硬。一路上他就是這樣的抵抗著卡車壞脾氣似的顚搖。

被大家說來說去，訛成「芭蕾舞醫院」的八〇五野戰醫院，位於面臨料羅灣的一帶白色斷巖的山根下。那種土質是花崗片麻岩長石，經過高嶺土化作用，分解而成的磁土層。遠遠看去，那是一片耀眼的白，彷彿那裡天生就該設立一座醫院。

醫院最大的一棟兩層樓病房，老遠就瞧見被損壞得很嚴重，一面邊牆塌剩了樓下的半截，張著驚獃了的黑深的大口。醫院門前原是一片廣闊的花園，卻像要改建甚麼的工地，整個被翻掘了。似乎沿途所見的，哪裡都沒有這裡毀壞得厲害。原來的朝鮮草草坪，破碎在坑坑窪窪的土堆裡，成了一塊塊瘢疤的苔蘚。彷彿一種放久了的甚麼麵食，乾裂而生著綠黴。有的水泥磨石露椅被打爛了，露出魚刺似的鏽鋼筋。那上面附著些碎塊，大致尚可辨識屬於露椅哪一部位的流線型的塑體。

眼看著這些，人已回想不出每日晨夕，養息的傷患們曾在這裡優閒的徜徉，俯仰間細數晶瑩的朝露，和天邊早出的星斗，和拍岸的潮水那一波一波的律動……

卡車駛不進醫院，大家跳下車來，成單行的走著清理出來的——也許只是許多來來去去的腳步硬走出來的，彎曲而起伏的小道。

一進醫院大門，人就被驚嚇住了，怎麼會有這麼多的傷患。

在各自被閉鎖於自己陣地內的這兩天裡，似乎並不曾發現到有若何嚴重，可是好像漏斗一樣，多少生命的損害全都群聚到這裡來了。

黃炎把弟兄們安排在已經聚集了一些看似也是趕來捐血的兵士的門廊下，他自己領著三排的一位周班長進去接洽。

一走進穿堂，便沒有下腳的空，到處都是傷患和照顧傷患的人。詢問處被一層層的人牆包圍著。轉回身來看看掛號處，那邊的老百姓更多，鬧嚷嚷的，還有的在吵架。

「我們直接去找外科室罷。」他回顧一下周班長說。

「好像在樓上。」

周班長拉住一位匆匆的看護兵問外科室。

「去掛號！」看護兵拐掉周班長抓住他的胳膊的手，粗著脖子吼過來：「找甚麼外科室，你家裡開啥！」

周班長暴跳起來，「我操你娘，你是吃槍子兒長大的？」罵著，出手就要揍人，被黃炎一把攔住。

看護兵臉都沒轉過一下，逕自走進擠擠挨挨的人叢裡去。

周班長大冒著火，被他勸著往樓上去。

兩個人走來轉去的好不艱難，走廊、甬道、連樓梯轉角小小那塊地方，也都沒有空處。人經過這裡那裡，地上躺著的，歪著的，坐著的，還有的躺在很占空間的抬來的竹笆上、門板上，人像走在泥濘裡找著下腳的乾地一樣，兩個人提起腳來，一步一步試著走。那些爛糊糊的血肉，直叫人腳心癢索索的，渾身發麻的起著雞皮疙瘩。

周班長餘怒未息，搶在前面問一個辦事的士官，出口就找外科主任。

外科室裡只有這麼一個人。「你去飛機場找罷。」辦事的士官頭也沒抬一下。

周又要發火，黃炎忙加制止，很禮貌的詢問這位一直埋著頭在填註甚麼表格的士官，問他捐血在甚麼地方。

「不知道。」含含糊糊的應了一聲。

「誰個知道？院長知道？」周班長又忍不住了，撞倒了牆的那麼一聲。

「院長？」士官這才捨得昂昂頭，不屑似的瞥他們倆一眼。「你們去飛機場找罷。」

於是周班長可有得罵了，甚麼官僚啊，擅離職守啊，這樣的時候還跑飛機場，有甚麼好事，還不是迎送大官……眞是個牢騷桶子，蓋兒一打開就這麼猛往外頭漫。他是怎樣喝止，也堵不住那張嘴。

「你瞧，排長，他媽的這不是捧著豬頭三牲找不到廟門！」

「別著急，再去找他們行政室問問。」黃炎勸導著。「我看他們醫療人員都很累。人疲倦過度，總不免有點脾氣……」

他安撫著這位班長，努力使自己溫和。作爲兵士之一，這一類的憤慨，他是十分諒解的。砲火正式正道的打了兩三天，又沒有機會給步兵們施展施展，難得有像捐血這種義擧的時機，不管這是一種英雄感，還是功臣意識，兵士們都是不能容忍被如此冷落的。

焦躁的天氣，焦躁的人，到處衝鼻子的不堪的氣味，越發令人不耐煩。腳底下碰觸的，盡是使人又厭惡又寒心的殘肢，和被血肉浸染的衣物甚麼的，使人感到這是一片糜爛的狼藉。爲甚麼會這樣子慘重？……雖然昨日凌晨在電話線修復之前，他的想像要比這更加不堪。但畢竟那番想像曾被推翻。此刻似乎又是重新再來承受另一片鮮血淋淋的現實，於是又成爲一種意外——叫人極爲不甘和痛楚的意外。

也許——他是努力的寬解自己——這裡不過是個漏斗，從一四八平方公里土地上的二三十萬大軍和五萬居民裡，產生這麼些傷患——橫著比站著要多占三四倍的空間，也許尙不足百人罷。算得了甚麼！「河裡無魚市上有」，少將爺爺的一句閒話憑空冒了出來。那麼，這只是個魚市場而已。

然而這樣的寬解自己是一回事，眼前的景象給他的撞擊是另一回事。

儘管在這樣壅塞的傷患裡，一眼看得出來，婦孺老弱占著絕大多數的比例，但在黃炎的感覺和認爲，問題不在這種表象的有形損害。在他讀過的二次大戰和戡亂的戰史裡，如出一轍，納粹和共黨都曾驅使大批的難民，加重對方的牽累和遲滯軍事行動。面前的景象使他聯想到那種利用敵方的惻隱心和責任感，轉化爲作戰行動弱點的難民戰。這種加重野戰醫院負荷的狀況，雖未必就是敵人作戰計畫中的目標之一，實質上總歸是於我不利的。當初他讀著那些戰史時，也曾天眞而憤慨的想著，戰爭本就是殘忍的，堅決的割棄那種包袱，那樣的忍心應該拿得出來。如今現實擺在眼前，親眼看著醫官們領著看護兵就在走廊裡、甬道裡忙著急救療治，他曾把法軍、聯軍、國軍那麼認倒楣的背起難民那個大包袱，嘲弄爲宋襄公之仁，現在方始調理明白，重要的差異還是在仁的對象。

他領著周班長穿過第二病房。在感覺上顯得偏僻的庭院裡，一個景象使得未曾有過戰場經驗的黃炎，突然心驚起來。他的第一個反應是避過臉去。

那是蓆子覆蓋著的一具具屍體。

當頂的陽光直射下來。蓆面上反射著一種異樣的甚麼——他說不出，模稜的感覺。一如從蓆子下面凸現的模稜的物狀。似可辨識，又不可辨識。

近乎幼時燈下聽講鬼故事，不敢回頭看看背後，又不放心的老要看看背後。他還是忍不住的走著回顧了一眼。有一張蓆子底下，潑出一攤黑髮。陽光照樣在那把黑髮上，修飾著光澤。那裡，怎麼會有死亡？……然而那是一種流湧的凝結……

照片上的瀑布，固定的流……

他想到戰果和戰績的意義。所謂戰果和戰績，歷來都被肯定爲勝利者的專利。然而爲甚麼不作興是壞的果實和成績？那麼，野戰醫院是否可作勝敗的戰果和戰績的判斷的一個所在？……那是會叫人糊塗一時的弄不清勝利和失敗的意義的。

「護理長，林主任請你過來一下。」對面走廊上，一個看護兵向他們這邊叫過來。

這使黃炎和周班長一愣。那個兵硬是望著他們倆這麼喊著。

「知道了。」好不耐煩的一聲，從他們倆的背後應著。

黃炎轉回身來，一個穿著白罩衣的黑高個子匆匆的走近來。

他攔住，「護理長，我們來了二十二位——」

「不要找我。」又黑又乾的這位護理長，瞪大著一對充血的眼睛，不等黃炎再說下去就發煩的吼起來，一面狠狠撥開黃炎攔在他肚子前的手臂。

「你請聽我說，」黃炎退著解釋著，「我們是來捐血的——」

「告訴你，不——要——找——我！」

人生得黑，牙齒特別白。一定有人喊他過黑人牙膏。他那麼居高臨下的衝著人腦門吼，像一顆顆吐著子彈那麼猙獰。

「那要請問你，該找誰接洽？」

「你們也是軍人？」黑人停下來，雙手一扠腰，扠得很高，手按在胸肋上，一派教訓人的架式。

「你們奉誰的命令，一批又一批的！」

「要奉甚麼命令，」周班長比賽著叫，「你們這麼官僚——」

「你們這麼老百姓！軍人可以隨便捐血的？你們個人有權作主？開甚麼玩笑！」

周班長早就忍不住又要比嗓子，揮拳捋胳膊的，但被黃排長制止了。「你請聽我說，」護理長走向對面去，黃炎追著，好像要苦求多大的人情，「弟兄們一片熱心，尤其聽說血庫存血不多，副司令官又是從我們陣地出去負的傷——」

「誰說的！」護理長停下腳步，還是瞪著那對盡是血絲的環眼。「血庫有的是血！就是一滴也沒了，也不能抽軍人的血，你知不知道！」

他們停下來的地方，正靠近蓋著蓆子的那些屍體。

護理長又一扭頭的大步大步走去。

黃炎仍舊尾隨著，但還有甚麼好交涉的呢。他想到副司令官，父親的老友，前天在陣地裡眞該讓他知道第二代都起來了。也許現在去看看他，給他一份喜悅，那總是件好事……

「請問副司令官的病房——他是家父的好友……」

可是高個子的護理長根本沒有意思要黃炎說甚麼，上了走廊就往樓梯上衝。一雙長腿，一步兩階的搶上去。沒見他又了幾步，人就不見了。

「要看副司令官是罷？」一個不相識的兵士一旁問了一聲。

他忙著轉臉過來，熱切的瞧著這個進了醫院以來，第一個碰見的溫和的兵士。他認出就是剛才喊護理長的那個。

「副司令官去世啦。」

「啊！甚麼時候？」

「夜裡。兩位副司令官前後不差一個鐘點。」

這使他感到極大的震撼。「趙副司令官也……現在在哪裡？」

溫和的兵士已經走上樓梯，「機場，」他回過頭來說，「恐怕已經起飛了——飛機。」

黃炎愣在那兒，看著那個兵士慢呑呑的上著樓梯，那短袖草綠軍便服的背襟上，從腰際那裡往上黑濕了兩大片汗跡。

「你們不要怪護理長的脾氣壞，前天夜裡到現在，沒闔過眼。」以爲他人已經上了樓，卻還停在樓梯轉角那兒，俯視著他們倆，慢言細語的說。

「謝了。」

黃炎漫然的回應著，人有些痲痺的發愣。他似還不大明白這是怎樣的一回事。或者，還不太肯接受這樣的變故。

烈日澆灑著這一片殘破而忙碌的野戰醫院，這片景象從他眼裡消失……他看見那個闊厚的背，背上馱著比別人多而且炫目的金燦的陽光……

七月將軍，殉職於八月的戰鬥……

你們要隨時戒備，這個仗熬不出八月——也許就是下個鐘點……

言猶在耳，但是誰曾留意的謹記著來……不必說弟兄們，他自己也是當作耳旁風一樣，不曾在意過。

參謀本部戰報：八月二十五日十八時二十五分，國軍軍刀機八架在金門上空與敵米格機四十八架遭遇，作戰八分鐘，擊落敵機兩架。

中華民國四十七年八月二十六日

排陣地正面海灘上，軌條砦和雷區被砲擊破壞得很嚴重。工兵部隊雖然冒著砲火搶檢搶修，總不是三兩天的工夫可以完成。而且屢修屢毀，屢毀屢修，成爲不分勝負的拔河，令人感到那是一種徒勞。

在這樣的情況下，排的警戒任務異常沉重。縱使許多加強構工、搶修公路和鄉道等種種勤務，第一線的排連全都豁免，但自己陣地裡的工事不能不自己來加強。更還有村民們的防空洞堆土，一樣的需要排裡去支援。這樣的情況，弄得四十個大人，得當作七十八十個人才行。

自從二十三號來，頂著那麼單薄的掩體，心提到喉嚨管兒的苦熬了那個最長的一夜，這兩天裡，只要砲擊稍一稀落，或者隔著一會兒附近沒落砲彈，兵士們不用差遣，也不爭甚麼勞逸平不平均了，一個個抽空就拖著圓鍬、十字鎬、籮筐、扁擔、還有從老百姓那裡借來的農具，給掩體加土的加土，堆沙袋的堆沙袋，挖交通壕的挖交通壕。村子那邊，也替村民挖了細工的交通壕，從每戶通向防空洞。老百姓使用的交通壕不能比軍人的，出入口要多做，每個出入口都做出坡口緩和的土階，好讓一些腿腳不靈活的老人上下方便，免得沒傷於砲彈，倒是摔傷了，跌死了。

兵士們幹這些硬活粗活，已不是以前那樣的算盤珠，撥一下，動一下，不撥就永遠不動。就是撥了，要是不夠嚴，一樣的暗地裡偷懶、投機、磨洋工。如今認眞的搶工起來，日子可也不是滋味。一天下來，個個都累得七癆八傷。人一躺下，連個眼皮都抬不起，一躺下就張著嘴扯呼嚕。但是夜間警戒反比往常增加一倍也不止。四位班長就有兩位把眼睛熬得發炎了。楊排附則虛火上升，火走到牙上，搗著胖得像個拜拜紅龜的半邊肥幫子，哼哼喲喲的，猛服止痛藥和消炎片。那位嚴老太太弄了些屋簷下吊著的乾野草煮的涼茶送過來，發誓說喝下去包好，哄著娃娃似的哄這個老孩子服她的丹方。

「我操他，別把你們楊排風那半個臉也給整胖了。」邵大尉挺感興趣的說。

兩個人——他跟黃炎，屈坐在吉普車旁邊一塊蔽蔭的沙地上。

「看這個態勢，不是三五天能了結的……」

黃炎把一個鳳梨罐頭底兒朝上的倒著往嘴裡空。

「用說！」邵家聖笑著，「我看，狗日的打的是如意算盤；不把咱們打得告饒，他是不歇手的。」

他側著臉，興趣的瞅著這個饞得可憐的少爺排長，止不住抖著肩膀笑。彷彿眼看著對方上了他的當，喝著受了騙的甚麼玩藝。

空罐頭倒著空上半天，才那麼吝嗇而艱難的落下一滴。脖子都仰痠了，只落住那麼一滴。卻又因爲沒有對準，滴到了下巴上。

「別那副可憐相罷，下次給你帶個一打來，吃得你鼻孔往外冒。」

「不然。就這麼差上一口，才有味道。」黃炎舔著嘴唇，一圈又一圈，一面咂得叭叭響。

鳳梨罐頭是他捎來犒賞黃炎的。照他說，那是砲火下，他幹民事官唯一發的橫財。後方老百姓大批的勞軍物資湧了來。分配到團裡的，當然由他領來再分配。「反正拿單位來除罐頭，總除不盡

——小數點的罐頭，我還沒那麼快的刀來切著分。這個餘數嘛，十罐八罐的零頭，對不起，就慰勞咱們勞苦功高的爺們兒罷。反正還是勞軍不是……」

「你沒去六三高地勞勞軍？」

「誰，你說？——聖人？」

「還有誰！」

「你倒念舊。」邵家聖不以爲然的冷笑笑。「操他哥，他沒來勞勞咱們，已經忤逆不孝了。得啦，師直屬部隊頂占便宜，跟咱們團級單位平起平坐，師部拿當寶一樣，伙食又好，吃得肥賊一樣——青蛙吃成了蝦蟆。你還記掛著他——小子，比咱爺們兒福氣多了……」

聊起魏仲和的近況，「現在跩了，大二擔都由他們蛙人運補。過一手，肥一口。鳳梨罐頭打我這塊集散地上過一下，就落下十罐八罐的，你想這小子現在有多肥！」

黃炎是當作笑話聽，譏嘲的點著頭，點得很誇張。

「你不相信是罷？」

「相信，相信。」

「小子，忘恩負義，允了我弄顆八一帽徽——允了個把月，還沒兌現。輕諾失信！」

「還沒去對岸開過葷？」

「操他。我看，每個師都弄了個成功隊，還不是花拳繡腿，布置個櫥窗而已。」

「別糟蹋人了罷。」黃炎說。手裡轉著罐頭，欣賞上面的商標紙。

「說櫥窗還算恭維了。說得厚道點兒，那不是太監的那話兒——」

「不行不行，每下愈況了。」

邵家聖又一下子扯到北平西山的那些太監，有的闊得很，還養著三房四妾。「你到故宮博物館都見不到的珍物。」他說。

「該做蠟像展覽的。好歹那是中國醫學獨創的傑作，也是帝國時代的物質文明——」

「重要的部分應該裸體；或者還有醫學上研究價値——」邵家聖笑起來：「想想眞惡劣，跟前跟後的鰾著，要那個老太監掏出來看看，簡直的迷上了。還說好說歹的哄著：看看嘛，又不蝕耗。要不要交換了看，先看我的，見識見識——」

「要命！給他看啦？」

「逗他啦。解著褲扣逗逗他而已。他要眞看，也騙不去我這個老實人。問他上不上澡堂子——小哥子問這幹麼啦！慢言慢語的，脾氣好得很。眞的一根鬍子也沒有，瞧著像個老太太。後來，還是不甘心，又約了兩個搗蛋鬼——李松林嘛，二十團的文書官，你怕不認識——操他，三個搗蛋鬼夥著又去了趟西山，想找個太監，給看便罷，不給看就來硬的——給他來個看瓜。」說到這裡，邵家聖把臉揚著扭過去，表示一種功虧一簣的惋惜。

「怎麼？」黃炎催著。

「本人畢生遺憾——三個人跑遍了西山、碧雲寺甚麼的，找邠了，好像預先得了情報，全都躲起來了。那些闊太監，深宅大院的，當眞去叩人家門環，進去看人家那話兒？別找罵啦……」

一吹起那些紕漏軼事，邵家聖就眉飛色舞的快樂無比，題材則永不匱乏。也許因爲再不正經的人，比他都規矩得太多，所以沒有誰不是放下正經事，樂意聽他胡吹八吹，藉以滿足滿足自己潛意識裡需要越軌而不方便越軌的隱藏的欲望。

躲在吉普車的陰涼裡聊天，黃炎貪戀著疲倦裡難得這麼輕鬆輕鬆的樂趣，一面又不放心兵士們需要指導的那些操作，幾次想過去招呼一下，都被邵家聖阻止了，「幹麼，一定要那麼事必躬親？本官紆尊降貴來找你少爺吹牛皮，還不是丟下一大堆的軍國大事！……」

「你看那幾個傢伙，不行。」黃炎轉過去，欠欠身子叫過去：「宋志勳，你告訴他們，不能再往上加土了。」

對面那座長長的好似半截火車車廂的掩體，頂上和地上好幾個兵士，沐著斜陽，正在開始把剛運過來的大堆新土，下面鏟著送上去，頂上的在那裡鋤平，一個個不知有多賣力。

「哪裡還禁得起再加土！」黃炎又補過去一大聲。

「加就加呦，」邵家聖說：「心裡多分仰仗，總是好事。你別那麼緊張，這個仗才開頭，三五天打不完的。你這樣不眠不休，緊張過度，只怕敵人還沒打垮你，先就把自己給整死了。你學學本官就沒錯，除了第一夜給憋在人家坑道裡沒咒兒念，連根香菸都求不到；我告訴你說，這兩天，本官已經完全恢復了戰前生活水準，武俠小說照看，消夜照吃，金門城照去——別瞧不起那幫子六宮粉黛，比咱們還適應，叫你我鬚眉愧煞人也——」

「怎樣，大官？你這位老病號，恐怕只好門診門診湊合了罷——我都想像不出怎麼倉皇應戰法兒。」

「客氣！照住院不誤。今早一起床，猜怎麼？小六號還孝敬碗兒熱呼呼兒的雞湯呢——就盤腿床上把它喝了。操他，就是做了皇上又該怎樣。」邵家聖咂著嘴，好像雞湯餘味還留香齒間。

「恐怕是鳳梨罐頭換的雞湯罷，大官？」

「沒那話。本官素來守正不阿，你還是不知道的？勞軍物資怎麼可以那樣改變用途——」

「不然；資格鑑定問題——勞軍對象雖非軍人，總是軍用品。」

「我跟你說，」他沒理會黃炎那點幽默。「雞湯倒是一位老總孝敬的——整雞燉的純湯，想不到我這位姑老爺還沾了光。」

「眞的住院啦？」

「哪天騙過你少爺！」

「不是說，軍官住院要師長批准才行？」

「那要看是誰罷，不是吹的，怎樣？有意思的話，本官神通廣大，就是要軍長批准，也包給你弄得到手。」

這一類的不正經，他倒從來沒跟守身如玉的黃炎逗過。「怎麼樣？你是名花有主了的，怕負了周大小姐情深似海？」

「那是托詞。我還沒那麼好的道德情操。實告訴你，臉皮太薄，我一直很怕羞。」

「我這是殘花敗柳，少學我亂七八糟的也好。」邵家聖說：「別看我是風流小生一個，還是投你的票——從一而終。」

「家風有關係罷。」黃炎想了想說：「不過，不算你們邵府的。」

「算上我邵府的也沒關係。我是我們邵府的異種。你那位飛將軍老哥——也是？」

「他臉皮可厚。大概，伉儷情深罷；跟我可能不是一個道上的。不過。也許——」

「昨天那場空戰——也是這個時候罷，」邵家聖看了看日頭，「要比這晚一些。會不會有你那位厚臉皮老哥？——打的眞夠熱鬧。」

「他現在飛C119。」

「不賴！」他說的是昨天傍晚那場偏南方上空的一場空戰。

昨天下午比現在這個時候晚一些，沒等緊急警報發完，一批又一批的米格機臨空，看著就像老家裡每到冬天，遇上大晴天的傍晚滿天上試風的烏鴉一般，上上下下的盤旋竄擾。

「戰果不曉得怎麼樣，你這位消息靈通人士該知道的。」黃炎問他。

「你們眞是孤陋寡聞，『正氣中華』出號外——八對四十八，打掉兩架。」

「那是打掉米格兩架！」黃炎亢奮的欠起身子來，坐姿成了跪姿。

「你閣下一來，就該告訴我們這個捷報的。」黃炎又說。

「人家中午就出了號外，你們又不瞎不聾的。」

隨即黃排長扭過身去，就近喊了一聲正在給樹苗培土的高飛，要他把這個空戰捷報趕快傳播給弟兄們。

掩體兩頭的出口那裡，都照著搭涼棚的樣子，埋幾根椿子，上面幔著碎布結的僞裝網。掩體的西端，幾個兵士不知從哪裡挖來的一堆草皮，正在一塊塊的往掩體頂上鋪著。

整個陣地裡構工的兵士們，立時吼叫起來，有的往天上扔鍬或大塊的草皮，以示慶祝。

「好像是新扯起來的嘛。」他指的是僞裝網。

「效率高得很，一下午就完成了。」黃炎又示意了遠處的二三八號掩體。那邊也做好了僞裝網。

他沒有留意到，那裡的掩體頂上已經完全敷設了草皮。也許就因爲那一片灰綠，把他的眼睛瞞過了。

「不錯，反應敏捷——昨天來了場空襲，今天就完成對空防禦。」

「是你給老先生上的奏本嘛。眞的，當兵的就是要打仗；戰火一起來，不分老兵新兵，勁兒大了。看看我們排附，牙痛成那個樣子，還不分晝夜在那兒拚——」

「牙痛不是病，痛起來要命。」邵家聖說來很輕鬆。

「功勞是我們這位排附的。」

「你那些寶貝上得了道兒？」

「好得很。沒想到一打仗，我這個排長反而好做了。」

「那個叫甚麼的小子——差點把我這個大官摺倒的那個？」

「那是誰……」黃炎翻著眼睛想。

「那小子我眞他媽的擔心——還有那兩位，把你們副連長給釘了的——」

「你別哪壺不熱提哪壺了罷。」

「反正你麾下是人才濟濟。」

「都表現得很好。」黃炎說，還在時不時的看一眼空鳳梨罐頭。「兵都是好兵；只要經驗一場砲火，心定了，膽兒磨練大了，用起來都是上等好手。」

「多新鮮哪，『上等』兵嘛。」

「要咬文嚼字一點兒——上等的兵。」

「就是一個怕不怕的問題。」

「不過，手伸出來，五個指頭，總沒辦法一樣長短。」黃炎有些吞吞吐吐。「有的硬是嚇破了膽，從頭天晚上到現在，還沒走出掩體一步。我還在瞞著上面，想能用甚麼辦法——」

「幾個？」邵家聖樂起來，一臉等著看笑話的歹意。

「一個還不夠頭痛，還要幾個！」

「簡單簡單，學三顧茅廬張飛那一手，後面放上一把火，準把諸葛先生請得出來。」

「張飛小時候大概燻過兔子。」給小樹苗培土的高飛，就近掃嘴過來說。「咱們老家——邵參謀你那兒也差不多罷；冬天打兔子，就用燻煙那個老法子。」

「那棵樹秧子還活得成？葉兒都蔫巴到梢上了，還承你在那兒栽培。」

「別提了，邵參謀，但凡是個人，種出這種樹來呀！」

高飛好似像受到了侮辱的嚷嚷著，一面用眼睛在那邊做工的兵士裡尋找了一下，「陶登魁那小子，你不知他有多差勁；見天都要憋上兩大泡熱尿，給他這棵苗子上肥，早上一回，晚上一回，偷偷尿，還自以爲是祕方，怕人家學了去。瞧，硬把棵好樣兒的苗子給燒死了——他娘的，熱尿呀，你說這個混球！」

「妙，他是紅樓夢看多了，學著神瑛侍者灌溉絳珠草來著。其實老高，你也別那麼費神，早死早託生，下輩子還要幻化女身，託生林黛玉來報陶登魁雨露之恩——還眼淚債來了呢。」

「那好！硬捱他小子給折騰死了，不來報仇，就算饒過他了——」

咻——冒冒失失的，砲彈流馳了過來。

咻——咻——彷彿貼緊人腦門上擦過去。

遠處轟隆轟隆的開始著那種煩人的震動……

「心裡正想著呢，今兒怎麼放假了——」

邵家聖一語未了，噗——的一聲，眼前甚麼一閃……

邵家聖最溜活，就地一滾，人已在吉普車肚底下。

黃炎卻有些發木，像被點了穴，瞪著前面不到兩公尺遠，一棵木麻黃樹根那裡，抽冷子張開一個洞，像從地底下打出來一顆甚麼。

他完全知道這是怎麼一回事，但是坐得直直的，規規矩矩等著照相的姿勢。

不斷的——砰——砰的連連幾聲，黃炎被狠狠一下打倒，臉栽進土裡，好似腦袋一下子丟出去好遠的感覺……

嘩嘩嘩的落土，熱砂淋著人，一種戲謔的掩埋。

還是碰上了，到底讓我遇難了……我報銷了……

這樣的時候，人大抵只有這個意識，試著抬抬魂靈的頭……

哇哇的一陣直叫，大約是掩體那邊，人被這叫聲所刺激，緩緩的蘇醒起生機。

忍受著持續的那種鈍重的打擊。貼胸的地表在掏著人心，不規則的一下下，一下下的往胸口撞。

滿目的煙塵，直覺到這一陣抽瘋似的癲亂暫告收歇。

地線上，這裡，那裡，冒出鋼盔來。

黃炎把槓在大腿窩底下的空罐頭盒撥開，發現自己鋼盔滾到吉普車後輪那裡。心上略感到些安慰，像把丟掉了的腦袋重又撿回來，等不及的往頭上安，也顧不得鋼盔裡一下子土石，澆了一臉一脖子。

「救命呀，救命呀……」那邊尖叫又起。

軍隊裡有這樣的叫聲，似乎唐突得刺耳。兵士們並不曾被教導過不可喊甚麼救命，可是一旦喊出來了，便會公認這是很丟臉的事。

咻——咻——……

又一陣砲擊開始，逼命似的爆炸在此起彼落著……

二三八號掩體西端的偽裝網那裡，一個兵懸空吊著，看上去是一隻手臂朝天伸直上去，好像賣力的高呼甚麼口號。

砲火仍自密集在他們這一帶，黃炎重又被迫臥倒在地上。臉前一株閉攏著葉子的含羞草，枝梢上挑起一朵淺紫的絨球球花，不買帳的那麼挺立著。

他從不曾這麼仔細的觀察過含羞草。那小小枝椏裡，結著帶刺的種籽，縮小的毛豆角。他的顎骨這裡，還有兩顆怎樣也挑不出來的草刺。不知二十三號那天夜裡，扎了滿臉滿胸的刺，是否就是含羞草上的這些毛毛針。

他伏臥在這裡，似乎感覺到背後的上空，敵人們猙獰的蝟集在一團，集中了惡意來對付他這個排。

他感到不解，那個兵似乎是第二班的何尚武，剛才那一眼，他只看到一點模糊的側面。別人臥下的臥下，進掩體的進掩體，躲到交通壕的躲到交通壕，爲何獨他一個人豎在那裡鬼叫。

「那是誰，在那表演特技來了？」吉普車底下，邵家聖探出頭來問。

只見高飛蝦著腰，碎碎的小步子跑得好快，往掩體那邊跑去。

何尚武，那是錯不了的，大家喊葷和尚的小胖子，孩子耍賴的樣子，猛甩著兩腿。這才瞧出人是懸空的吊在那兒。但遠遠還看不出頭緒人是怎樣掛到那根僞裝網柱子上的。

到處都還在落彈，煙火裡土石雜物的迸上天去。高班長臥倒了一下，又一口氣竄過去，把何尚武攔起兩腿抱住，像要幫助那個小胖子去搆高處甚麼東西，用勁的往上嵯著。一陣騰騰的煙硝和揚塵從那旁飛滾過來，只能模糊的看到高飛似乎把何尚武救下來了，兩個人摟住，急促的拱進僞裝網下面的掩體裡去。

彷彿夏日裡常見的陣雨，砲擊的目標似向東面移去。

漫天的煙塵，靜止著，等著慢慢的升空或沉落。

吉普車這邊這兩個人，瞧著那兩個進了掩體，愣愣的，不時對看一眼，似乎都很不解，猜想不出適才那兩個傢伙到底搞的甚麼鬼。

兩個對望著，彼此都頂著一張泥臉。邵家聖好像還曾流了口水，嘴角上黏了一小坨兒泥沙，像半個花生殼子。他跪著爬起來，繞著吉普車，檢查擋風玻璃、車身、帆布篷和輪胎。

「我看，貴排得辛苦一下，替我座車挖個掩體，免得這麼敞著頭捱揍……」

「閣下座車時大時小，那麼有彈性，不要叫我們爲難好不好。」黃炎爬起來，拍打身上的灰土。

「那就挖兩個，一個大的，一個小的。」

邵家聖冷著臉開玩笑，坐在駕駛座裡，發動著車子，這才放心的熄火。

「剛才，給這陣子砲彈打來了靈感。」他說。

「葷的素的？」

「不葷不素，」邵家聖咬牙切齒的說，「這兩天我都腦筋傷透了——爲那些死老百姓！」

黃炎知道他又要牢騷的甚麼。「死老百姓」，那是種咒詛；屬於軍人對那些不懂得軍隊規矩，缺乏軍事經驗的人，所表示的輕蔑和譏誚。

「願聞其詳。」

「你可知道，這幾天，老百姓傷亡得那麼重，到底爲的甚麼？」

黃炎把這個打腦子裡過了一過。那是不消說，缺乏戰時常識，防砲擊的設施不夠，反應遲鈍……可以隨便找得出一大堆理由。但他知道，邵大尉的才智比他高得多，又是實際在做著民事工作，這一大堆理由，不必等甚麼靈感不靈感的。

「告訴你說，你這位千碼侯想必很了解民間疾苦——」

「沒那話。本侯爺牧養的子民，可沒找閣下的麻煩。」

「好，算。」他止住黃炎的辯護。「告訴你說，那些傷的，亡的，十有八九，嘿，都是已經進了洞又跑出來的——命逼的嘛。」

「不會是爲了好奇，看熱鬧罷？」

「熱鬧看他。嚇得龜孫一樣，還看熱鬧？」

「也許不放心家裡。」

「猜得差不多。你知道，這些死老百姓，十有八九，不是怕牛被打死了，就是怕驢子被打死了，有的還趕回家去，把兩隻下蛋雞捉到防空洞去。就爲的那些，把個小命都賠上了。你說——」

「那有甚麼辦法！牛、馬、驢子，人家靠著吃飯的生產工具。」

「對，進了棺材還吃飯。」

「可是不進棺材不還得吃飯？」

「我管飯，成罷？」

「這也是靈感？」

「你別動，聽我慢慢道來啊。」邵家聖點上一枝菸，望著遠處還在不斷落彈的砲火。「我回去要連夜擬個草案……」他想了想說：「也許行得通，不然的話，整天給他們不是送院，就是收屍，我要掛冠求去了。」

黃炎等著他說下去，也隨著那目光，遙望著隔一道三六高地冒著的烽煙。

「就叫做『戰地民眾財物……損害償付辦法』好了。」邵家聖沉吟了一下。「規定死條牛賠多少錢，死條驢子賠多少錢，打壞了一間房子賠多少。哪怕一頭豬，一隻小雞，甚麼甚麼都一律照市價償付，由縣政府——或者防衛部負擔。你說宜當不宜當？」

黃炎似還沒有完全進入情況，沒經甚麼思索的說：「那得不小一筆錢罷？」

「怕甚麼，這兩個錢——中華民國還出不起嗎？該用的就不要省。」

「我明白了，這樣——」

「還有，反正，現在老百姓送醫院也好，死了埋葬也好，防衛部還不是要補助一大部分錢！」

「你能保險那樣的話，老百姓就沒傷亡的了？」

「大大的減少，我敢拍胸脯。」

黃炎品了品味兒。「瞧不起你也動起正經腦筋來了。」

「那是怎麼說！食君祿，晝夜奔忙，你侯爺今天才知道下官的辛苦。」邵家聖一直驅著空罐頭盒子玩，盤足球一樣的要使它舀進地上的沙子。「不過你也說對了。人是走到哪一步，說到哪一步。我邵家聖也是愛用腦筋的人？我還要多活幾歲呢，傷那個神去！不過話說回來，不動腦筋則已，動起來，也得趕上三個愛因斯坦。不得了嘍，你別瞧不起人好罷。」

「好啦大官，你還要叫人對你怎麼欽佩得五體投地才行！」

「欽佩幹麼？用不著。你們別表錯了情，把我看得愛民如子甚麼的。人不爲己，天誅地滅，不是整天這麼包辦喪事，把人弄瘋了，我肯動這個腦筋？防衛部又沒津貼我研究費，我吃飽了飯沒事幹啦？」

「你不要自欺欺人罷，大官。」

「笑話，我還要領績學獎章呢。」空罐頭盒始終舀不進沙，一煩，亮起一腿把它踢去好高好遠。

「沒有誰比在下還了解你的了。」——黃炎偏過臉去，避開那一腳連著罐頭盒踢起的飛沙。

「幹麼，砲彈都受得了，這點兒風塵受不了啦？」

「你別打岔。」黃炎說，「你閣下是稍微幹了一點正經事，就覺著很不體面，忙著給自己找個歪理做藉口。我不反對你玩世不恭，那也是一種才智。可是要緊當口，你比誰都頂眞，都負責，你別想瞞人——」

「哈哈，」邵大官奸曹的大笑起來，「興這麼栽贓的！」

「你甚麼弄瘋了！給死得那麼慘的老百姓收屍，你不傷心難過？你不把共產黨恨得咬牙切齒？——

——」

「人心是肉做的；鐵石心腸能有幾個人！」

「著啊——」

「少著罷，要照那麼多照片幹麼。」他提提一邊嘴角要笑，「拿你們那位小白菜來說，有朝一日砲火之下香消玉殞，誰見了不憐香惜玉的傷心一番！」

「知道你閣下又來了。」

「眞理只有一個。你不要不務實際；把那條迸到三丈外的玉腿捧回來，逗到屍體一起，換了你，該怎麼想？」

「只有閣下才有那份閒情。」

「那才怪。」邵家聖扭過臉去，好像再也不要理這個不解事的好朋友了。

「那麼一條玉腿捧在手上，你能不觸景生情？說你這個人很眞，這上面你倒又——」

「抱歉，下官這方面的學養經驗都太差。」黃炎陪著笑臉。

「這我原諒你。不知者不爲罪。你想想看，活著時，肯讓你摸一下？成嗎？別犯了猥褻罪罷。非等那麼冷冷的，僵僵的，才肯做殼兒讓你擺布；任你怎麼摸，怎麼捏巴。有道理嗎？」

「那就怪不得了，你閣下居然也是孫殿英一流的風流將軍。」

「恐怕不一定是漢奸才幹出那種傑作罷。」邵家聖啞著嗓子叫起來。逢到興奮時，他總是這個樣子。「你這方面學養經驗缺乏，那不能怪你。當然，你這位侯爺的采邑上沒死了人，敢情說得起風涼話。你可知道，打前天起，每天天一亮駕起卡車到處去收屍，那是甚麼滋味！傷心難過是不是？當然，人心是肉做的，親愛的同胞嘛。開始還算好，往卡車上抬，腦袋削掉半個的，肚腸拖了出來的，有的看起來很面熟，似乎還跟你同席吃過喜酒，鬧來鬧去的。瞧著，心裡敢情挺沉重的，止不住兩滴清淚。是很難過。平常心腸都很硬的弟兄，一個個也都眼睛紅紅的。可是很現實咧，等你一個又一個的抬多了，血淋淋的，爛糟糟的，把人累得七死八活，站都站不穩，胳臂瘦得抬不起來，你不煩？這還不說。弄得一手一身的那些，天又這麼熱，那氣味把你三天前吃下去的都薰出來了，你還有餘情去哀悼？去憑弔？你能怪弟兄們開罵嗎？你知道的，勤務連那些老爺兵，本來頭就難剃，派到那樣倒楣的公差，操他，夠火的了，你還好責備他們把屍首那麼扔來扔去的？一個個衣裳都弄髒成那樣，回去都不知道該怎麼洗，很現實的問題，傷心掉淚也不當甚麼。再說，頭頂上，囉囉……砲彈沒停過，誰個命也不是賒帳賒來的。那個樣子拚得聲嘶力竭，上對得起天，下對得起地了罷，你還非要要求人家傷心掉淚不可？不傷心掉淚就是沒心肝？——人是誰打死的？有人過問這個沒有？……」

黃炎沉鬱的聆聽著，手裡拄著的圓鍬，下意識的一下下鑿著腳邊差不多和石頭一樣棒硬的紅砂地。他那樣一下下的鑿著，他自己也不十分確知，是對邵大官的一種一再首肯，還是想在那樣的絮叨叨裡，刨著，掘著，尋找出甚麼他能異議的瑕疵。

重又拱出掩體叮叮噹噹敲響了工作器具的構工的兵士們，這裡那裡的不時傳來哄然大笑。遠處，約莫是料羅灣的方向，尚在傳來密密的、沉沉的砲聲，如同夏季裡，海洋上常有那種不知多麼遙遠的滾滾沉雷。

黃炎點點頭，「以前，你給了我不少帶兵的訣竅，官校沒有給過我那些。現在你又給了我做參謀的要領了，也是官校沒有給過我的。我這是——」

「狗屁狗屁。」邵家聖跨上車子，準備要走的架式。「參謀也者，參參陰謀而已。——怎麼也學起恭維人來了，不是下官給你的罷？」

「恭維總是有企圖的，對罷？咱們這裡也勞勞你大官清神，像周金才這種不肯走出掩體一步的情況，我不希望公事公辦；可是紙包不住火，團部裡也替咱們相機打點一下，給我留個緩衝的時間，我來慢慢想辦法處理——」

「對不起。鐵路警察，本官管不了這一段。」

「好啦。多管一段也累不著閣下。」

他知道，只要張口，邵大官沒有不答應的。只不過要想他正面答應下來，那是少有的。

「那他大小便怎麼辦？」

「憋著啊。又不是三歲小孩，抱出去把。」

「那不是要憋出尿毒來？」邵家聖說，不以爲然的扭過臉去，「哎呀，別理他，等憋急了，你攔都攔不住。」

「別提，頭一天就把褲子尿濕了。」

邵聽了，笑得直搥方向盤，氣憋得半天說不出話來，「我天，我天……那是哪個，叫周甚麼來著？」

「周金才，排部傳達。孔瑾堂調走了，把他調抵了那個缺——」

「我要認他做乾兒子。操他，上行下效，他怎麼跟乾老子第一次上火線一模一樣！」

「報告排長，」高班長走過來，重給幾棵遭了蹂躪的小樹苗培土。「還有邵參謀，你都見過這種妙事沒有……」

「是何尚武不是？」

「寶啊，眞寶啊，弟兄們都在那兒笑他『和尙跳舞』。那根樁子頭上，不是釘的有扯鐵條的大釘子嗎，他小胖子眞叫絕透了，砲一響，慌得從掩體頂上縱下來。誰知他是怎麼搞的，按住樁頭往下跳，沒按住，手一滑，人是跳下來了，手錶帶子掛到那根大釘子上，人就那麼懸空吊在那兒，上不著天，下不著地的……」

「怪不得，我就想不透是怎麼回事。」黃炎笑起來。

「我還怪弟兄們怎沒一個去救他，沒人心的。掩體裡的弟兄都以爲他葷和尙故意在那兒耍寶，氣得罵他耍寶也不挑個時候——」

「奇景奇景！」喜歡逗樂子的邵家聖，大加讚賞。「哪買的手錶，有那麼結實的錶帶！」是在哪裡買的，高飛也不知道，於是認眞的伸長了脖子去喊何尚武。

「對，問清楚，咱們都換那種錶帶。」邵家聖一臉不懷好意的正經。

高飛回頭瞧一眼邵參謀，手罩在口上，提提氣，還待大聲叫一遍「何尚武」，忽覺得邵參謀話裡有話，不好意思的鬆下勁來，傻哈哈的咧開了嘴，僵僵的收不攏。

遠處大約金門城的方位，砲彈密集的打在那裡。黑煙升上來，一股又一股的，好像比賽誰升得更高，一股跟著一股的往上沖著、湧著。

「隨時戒備喔，手腳都放溜活點兒。」做排長的交代了高飛。

圓鍬、十字鎬……都暫時停下來，大夥往那個方向觀望著。

邵大尉坐在車上未動，沒有甚麼新鮮的好瞧，群眾就是那樣盲從。邵家聖用兩隻手指攏成方格，罩在右眼上，閉上左眼，從方格裡瞄那一張張半邊照著夕陽金光的臉膛，「別說，還眞有好鏡頭呢——木刻的一樣……」一個人獨自念叨著，心裡卻想的是另樁事——上海辣斐戲院附近一家鐘錶行裡，他摔過一隻金錶。

他跟黃炎和高飛聊起他的軼事……

「你們怕還沒見過那樣結實的手錶——你們那位葷和尙不過錶帶結實一點而已。」邵家聖跳下駕駛座，拉起孩子們過年摔那種摜砲的姿勢。「舉這麼高，摔到水泥磨石地上。等到店老闆拾起來，居然還喀喀喀照走不誤……」

那年，搶在所謂局部和平之前，部隊快速撤離平津地區，參加了青島外圍的清剿戰役，然後撤退到上海。那天看完了辣斐戲院上演的「孔雀膽」——那是藉元朝一個故事，影射聞一多被刺的話劇，看得滿肚子氣出來，正不知怎麼發洩；腰裡纏著青島做生意的姑媽和小妗子給的五十多塊銀元，居然使他遷怒到這上面來，不知要怎麼作踐掉才能稱心。看到一家挺像樣的鐘錶行，心想不如買隻手錶把錢占了，也算留個紀念，免得把很當用的幾個錢零打碎敲的抖光了，甚麼也沒落住。

而且身上有個值錢貨，甚麼時候蹩著了，隨時可以化錢用用。

「光聽說，十里洋場上的人最勢利，那一下我可領教了。」邵家聖一吹起來，就像過足了癮的鴉片鬼子，精神奮發極了。「你猜怎麼著？——一進去，這邊櫃檯轉到那邊櫃檯，轉來轉去，操他，沒人睬。看中了一隻金殼金帶子錶——土啊，金晃晃就是好的，要燒包就好好燒燒罷。還是沒人過來招呼。滿店的夥計，看也沒看你這個小丘八。氣得我掏出一塊大頭，敲著櫃檯玻璃，買錶！你不理老子，老子就大聲拉氣的吆喝：買錶嘍！買錶嘍！怎麼沒人哪？——乾脆，老子就跟你耍老粗——」

「穿的敢情是軍裝罷？」高班長搭話上來問。

「豈止是軍裝，還是棉軍裝。戰場上滾了爬了，連身歪兒的睡了，一冬過來，髒得像炸油條的。洗又沒辦法洗，棉花都墜到底襬這裡，走起路來，框裡框噹的，老覺著腰裡佩著一圈玉帶，一跑路就直打屁股。那副皺形兒，怕真是不打眼兒，不像個買得起錶的……」

有個頭髮梳得往下滴油的夥計走過來，像個兔子，「敲碎玻璃，儂賠得起哦？」兔子說話了，斜吊著眼，瞥著他這個小兵。

按住了火氣，他說：「操他，不是還沒敲破嗎？甚麼熊玻璃，你兔兒崽子就禁不起這麼敲？」他是存心把那個「敲」字用南方發音。

兔子裝作沒聽懂。

他指指櫃檯裡的那隻金錶，「拿出來看看。」

「……」店員睨著他，眼皮耷拉著，要理不理的。三天沒吃飯，軟得說話的勁兒都沒有的熊樣子。

「聽得懂中國話罷？——這隻手錶、拿、出、來、給、老、子、看、看！」

那隻手錶似乎有千斤沉，好像捨不得賣似的，瞧那個慢吞勁兒。氣得他心裡直罵——兔兒崽子，我看你不是三天沒吃飯，是三天沒捱進了……

「了不起傾囊都給你，五十塊大頭，敢情差不多罷。心裡盤算著，也沒細看手錶是個甚麼牌子、多少鑽、防不防水，其實也不懂，土得可以。——念書時，我是不學好，青島的小太保裡多少混得有點小名氣，戴的是日本貨『半鋪炕』，也不用錶帶，弄根蔴繩拴在手脖兒上，那是個記號，一出手就知道你是道兒上的。操他，這樣金晃晃的手錶哪天見過，敢情不便宜，先問問價錢罷——多少？」

兔子翹起小拇指，插進油滴滴的頭髮裡，小心又小心的刮著癢，深怕撓亂了一根髮絲。似乎很久一段時間，兔子店員那白眼珠子睨著他捏在玻璃上立著的那枚銀元，他是耐住了性子等著，心裡直冒火——老子耐得住你兔兒崽子，等著你慢工出細活兒的脫褲子罷。

「你們猜這小子怎麼做的買賣——『好，賣給你，五塊大頭吧。』伸手就要把錶收回去，料定老子買不起的熊樣兒。」

「也許……以爲你閣下身邊就只有那一塊大頭罷。」黃炎說。

「也許罷。」

當然，那隻金錶絕不止五塊銀元。金圓券貶值後，買賣上都用銀元做標準。他那時幹的是下士，身上有的是錢，也沒計較關餉關了多少。當月除了扣還借支，到手上是二塊二毛五的銀元，實際還是折合的金圓券，四五十萬的樣子。他只記得在外灘外白渡橋頭上，賣了塊大頭給洋錢販子，金圓券是二十二萬八千塊。照兔子店員那神態，也瞧得出來，好像說——就算五塊大頭賣給你，你小子買得起嗎？……

今天是我青島幫到你上海來打碼頭了……想著，反而沒火氣了。打腰裡解下小妗子替他縫的纏帶，沉住氣頭，把銀元倒在櫃檯上，五塊一落，整整齊齊排了十堆，剩下的三塊筒到口袋裡。

「五塊大頭不是嗎？」抬起頭來，和和氣氣的睥視著有些錯愣的兔子店員。

推過去五塊銀元，有押寶的味道。他把手裡那隻金錶舉起高高的，摜到地上。然後，面不改色的轉過臉來，再推過去五塊銀元。最上面的是塊墨西哥鷹洋，他把它換了一枚袁世凱幣，像個挺有風度的賭佬，不動聲色的說：

「照那個錶一樣的，再給老子來一隻。」

整個店裡立時都被驚動了，圍了上來。

「來呀，」他指指地上的錶，「照那個樣子的，再拿一隻來呀！」

臉色煞白的店員，看著又覺得幾分可憐。可是氣堵在頭上，不是輕饒人的時候。「拿來啊，開的是錶店，捨不得賣錶？」緊催著，逼得可憐的兔子下不下蛋來。

蠻子們吱吱喳喳的，被搗了巢的燕子一般，他一句也聽不懂。有個年長的店員過來說情，從地上把手錶拾起來。他瞥了一眼，錶蒙子玻璃有了裂紋，但是秒針居然匆匆忙忙走得好興頭。

「就像你們那位董和尚的手錶一樣，不可思議，敢情都有異稟。」

「精采，精采……」黃炎、高飛，都鼓掌直叫好。

「後來呢？」天眞的高班長，忍不住問道。

「後來？你放心，那是要把立場站穩的。不能讓人家說，仗著一身老虎皮，強買強賣的欺負老百姓。是不是，老高？」他掏出軍用香菸來讓著，「沒關係，抽一枝。剩餘物資——公家的招待菸。」

點上火，回想了一下說：「老闆出來了，挺著八個月的肚子。說好說歹，錶只是裂了玻璃，換個蒙子，免費奉送，慰勞慰勞勞苦功高的前方將士嘛。——幹麼，老子存心訛你啦？帳桌上抓過電話，打給總機，要到連部，找來班長報告，我這兒被人欺負了——辣斐戲院隔壁的鐘錶行，班長看著辦罷。免得雙手難敵眾拳，萬一失了蹤，部隊也有個地方好要人——」

「我看他們不敢罷？」高班長似乎很有經驗。

「當然不敢。不過以防萬一。其實眞正的意思，還是把那些勢利的傢伙嚇上一嚇。果眞要援兵的話，那還得了！弟兄們正好沒仗打，一聽說哪兒要打架，恨不得放下電話就騎著電話線趕去。老闆慌了，打躬作揖，只差沒下跪。一邊求情，一邊跺著腳，直罵那個兔崽子『小豬玀，擦那娘個皮——』」

「可以了，」黃炎插進嘴來，像要替誰講情。「得饒人處且饒人，可以手下留情了。」

「你這是宋襄公婦人之仁！老子不教訓教訓那一大窩子還行？」他說。「你們知道罷，當時，上海局勢已經很緊急了；謠言傳說戴戎光把江陰要塞一百根條子賣給了陳毅，京滬鐵路已斷個孫子了。我可正告了那個懷大肚子的老闆，還有那個兔兒崽子——你們一夥勢利鬼，狗眼看人低，有你今天這麼對付國軍將士，就有你被新四軍掃地出門，後悔來不及的那一天……」

手錶不要了，五塊大頭也不要了，「反正老子花五塊大洋買了隻手錶摜著玩，娛樂也娛樂過了，手錶算你白拾去的，彼此都不吃虧。」

「耍得漂亮，邵參謀你這一手！」高飛翹起大拇指。「那五塊錢足夠換個錶蒙子的了。」

「我就是要他們口服心服，不要前腳走出門，後腳就罵開來。」

「那他們是沒好罵的了。」

「好在那隻金錶還算添歡人。要是不禁摔，爛它個球了，好意思五塊大頭就打發掉？別看我邵家聖無惡不作，至不濟也還不至於把五十塊大頭看得大，把咱們堂堂國民革命軍的榮譽看得小。是罷，黃大少爺？」

「爲國爭光，爲國爭光。」

「得啦！別往臉上貼金。」他就是受不了那種正經。「憑你，手面上有這麼闊？何止一揮千金——折合金圓劵，一百多萬，就這麼一下子——」他做著一個揮灑的手勢，打了下響舌，不知有多得意的，直把一張蒼白的娃娃臉笑得充血起來。

「走了走了，」他發動起車子，「扯淡扯上這大半天，一寸光陰一寸金哪，你們都不知道這麼愛惜光陰的！」

車子要起動了，上等兵張簡俊雄跑來，一把抓住擋風玻璃框框，「報告邵參謀，」泥手罩在口上，結結巴巴的說：「你說……你說要去太武公墓的——」

「別緊張，現在不去。」

「不是啦。我是請問邵參謀，甚麼時候要去，帶我一下行不行？」

「你聽我說，今天七月十二，大後天中元節——」

「是啦，是啦，我知道。我也要去給孔瑾堂燒燒紙，鄰兵了這麼久，也沒有給他送葬，一點情意也沒有盡到，他要怪我了。」

他看了看這個上等兵土土的臉子，「給你們排長備個案，我會打電話給你們排長的。」

「還有噢，謝水牛也要去，我們都是孔瑾堂左右鄰兵。」

「你們排長知道就行了。」

「謝謝參謀，謝謝……」

「不謝。好了傳名。」

豎起一根食指，貼貼鋼盔前緣，算是給這個上等兵還了禮。腳底下一踩油門，誇張的扳動方向盤，「各位，不死的話，後會有期。」

吉普車在不是車道的壞路上蹦跳，彷彿駕匹劣馬般的過癮。

他聽到背後兵士們對他連聲的呼喊。他騰出一隻手臂，往後面揮了揮，漂亮而瀟灑的告別手勢。

「人總是要活得這麼熱熱鬧鬧才有味道……」

他跟自己說。

參謀本部戰報：

一、八月二十五日六時至八月二十七日六時，敵軍砲擊金門島群一萬一千二百五十五發。

二、本日一時二十六分，我軍艦艇兩艘在東碇海面與敵砲艇三艘遭遇，擊傷敵砲艇一艘。

三、敵方向我金門守軍廣播，揚言登陸金門迫在眉睫，警告我守軍從速投降。

中華民國四十七年八月二十七日

排的兩座掩體中間那塊空地上，晚餐擺好了。

兵士們集體洗擦工作器具剛回來，手上淋淋漓漓的水，好像忽然之間顯得逍遙自在起來。掀起菜缽子上蓋的鋁質盤子，軍用罐頭牛肉，搭著黃豆來紅燒，似乎還放了些辣椒粉，漂著油汪汪的番茄紅，單是這道主菜就夠開胃的了。單純的兵士們爲了這個拿穩了的享受，快樂得你惹我一拳，我惹你一腳的胡鬧起來。

然而就在這時，對岸砲出口的響聲傳來……

兵士們已經有了經驗，從砲出口到落彈爆炸，大約是從一數到八的光景。

大夥兒把飯菜往掩體裡搶，蜂擁的砲彈在排陣地前方的海上和沙灘上鋪開來。

爆炸的震動太近，人往掩體裡鑽，砲彈一聲聲追著，一發發都像打到屁股上來。

海上矗著水柱，沙灘上爆起沙煙。那是覆盆的暴雨，眨眨眼的工夫，上頂天，下拄地，一面喧騰的煙牆豎在眼前，裹脅著一股赭黃色的殺氣，朝向兵士們的頭頂上發展過來。

掩體兩端的入口堵住了整疙瘩的人，後面的兵士臥倒也不是，拚命的推擠也不是。另一端的洞口已經沒有人，這一頭的兵士想繞過去又怕來不及。落彈極明顯的一波波挨近陣地裡來。

人餓著時，脾氣總是很大。掩體內外一片的叫罵。

砲擊一直發瘋的不歇。晚餐就那麼湊合了，吃得人不飽不餓的——或者飯是吃飽了，卻沒有飽足之後的那種滿意安適，就覺得老是缺那麼一口似的。

近一兩天，落彈少了許多，一面兵士們膽量也練壯了起來。可是遇上這樣比二十三號似還激烈的砲擊，這才覺得仍然叫人膽戰心驚。大夥擠在又熱又氣悶的掩體裡，又剛塞進一肚子的熱飯熱菜，還有辣得人冒汗的辣椒，人卻不時的打身子裡頭往外發著寒戰。

那種全島恐怕只剩他們這一小撮人的觖望之感，重又沉沉的重壓到心上來……

還擊的砲聲比較清脆而剛硬，地面似乎一樣的也跟著被震撼。

持續了一個多小時的砲擊，這才又把人慢慢的麻木些，安頓了些。

靠近洞口的廖樹穀這位副班長，忽然發了神經似的，撈過自己的步槍，唰，唰，拉了兩下槍機，霍的跳起來，順手在三班副班長的鋼盔上搗了一槍托。

「操娘，瘋啦！」曲兆修回身掏了廖樹穀的大腿一拳。

「老子出去看看彈著，操他奶奶的，你好生看家……」廖樹穀把鋼盔帶子扣扣緊。

洞口外僞裝的棚架下，地上瀝瀝拉拉的一些白米飯疙瘩。「你們眞作孽哗，大陸上沒飯吃，你們這麼糟蹋糧食……」

廖樹穀躲著那幾撮白漂漂的飯疙瘩，試著伸出一腳，深怕踩著了，以致這個暴殄天物的罪孽算到他的帳上來。

排附喝叱的喊他，他是充耳不聞的跑開來。砲彈咻——咻——的打頭上過，這個他是知道用不著怕的。暫時的，選了散兵坑蹲了下來。

薄暮裡，能看到砲兵陣地那個方位，隔一些稀疏的雜樹，吐著砲彈出口的火焰。

砲彈迸起的泥沙，彷彿岸灘上的海濤，一浪一浪的潑上來，再緩緩的，緩緩的落下。

廖樹穀傻望著砲陣地一口口噴著的火花，摸著懷裡的步槍，感到自己這根傢伙好像廢物，一根燒火的棍子都不如。

背後，掩體裡喊出話來，「副班長，排長命令，誰都不准到外面去，叫你馬上回來……」

「連部來的電話……」砲聲遮住了那喊聲。砲聲過去了，又喊過來。那是班長。「連部命令，除了必要警戒，甚麼人都不可以到外面張望。」

「我擔任警戒，必要吧！」

廖樹穀頭也不回的喊了一聲，遂跳到崁頭邊上，在一個廢棄了的臥射散兵坑裡，把鋼盔往腦後推了推，抱著步槍趴下來。

也算是表演表演罷，在新兵的眼裡——瞧瞧你們的副班長，有沒有種！他回過頭去，看了碉堡一眼，「操他奶奶，吃的是罐頭，住的也是罐頭，甚麼鬼日子！」他跟自己嘟囔著。

不時有迸灑過來的砂石，敲響頭頂上的鋼盔。老家裡，頭場雪多半是先下這些砂石一樣的雪糁子，然後越下越大，雪片兒，然後雪花，眞的是像漫天飄著鵝毛一般。

嗅著，一再的四下裡嗅著，硫磺的氣味之外，這才發現甚麼時候抓錯了鋼盔，一口別人的腦油臭。也不知是自己抓了人家的，還是人家抓了他的。

儘管擔心著：不要是自己作死，命逼的跑出來，中了頭獎；但是無論如何，這兒比那個罐頭盒子裡涼爽得太多了。

掩體裡，熱是其一，更還有五味俱全的人氣，濃得似乎成了稠稠的膏子。

「拜託，拜託……」崔志峰上等兵，躬著腰，撥弄橫三豎四擄著出路的那些個腿腳，一路排除故障。

「報告班長，崔志峰要出去。」

「要上天！」那國璋沒有好聲氣的嚕道。

「不是啦，報告班長，我要解手！」

「懶驢上磨屎尿多，你就不能憋會兒！」

「要出來了，班長……」差不多帶著哭腔。

被崔志峰碰到的，擠到的，不當心踩到的，可都沒有一個肯饒過人，「眞他媽的嚕嗦！」可憐的上等兵好像成了公敵，被大夥兒一搭一對的罵著，留難著。

「大還是小？」那班長倒是唯一關心他的人；口氣裡透著柔柔的和悅。

「大。」崔很受感動的說。

「侉子，」跌跌絆絆的爬到門口，崔志峰沒忘掉回頭來叮囑一聲：「別占我位置嚎，我馬上回來。」

「小子，你還回得來——肉包子打狗罷。」

不叮囑那一聲倒還好，叮囑了那一聲反而提醒了李九如，索性往外邊挪挪窩，把崔志峰留下的空缺補上。

「包涵點兒，」李侉子塊頭大，不免要擠到人。「年頭不好，不是排長死掯活逼，龜孫子才像鞋楦這麼死塞在這兒。」

別看不乏是三十歲上下的老弟兄，得寸進尺的爭著挨近洞口，比三歲的孩童還頂眞。

崔志峰眞是費了大勁兒，在大夥兒玩笑的刁難下，臨到洞口，一下子平衡不住，又跌坐到他的副班長懷裡，「喔喔，對不起，副班長。」

「奶奶個熊！屁股癢啦，瞎哩吧咭的往你副班長槌子上坐！」

「眞那樣也找不到你；那天九號說你『莫翹啦』，對不對？」李九如從裡頭搭過話來。

「你要不要試試，侉子？」

大夥兒裡裡外外的跟著哄笑。

暮色漸濃，爆炸的火光開始有些耀眼。凝結在掩體頂蓋上的水珠，專門冷不防的滴進人後領口裡。

「操他！」那國璋罵的是淘氣的水滴。「崔志峰，你要跑哪兒去解？」

「我……我跑一圈兒。」停在洞口，先把褲子解開的崔志峰，彎著胳膊比畫一下。

這一陣砲彈，似乎是算準了對付他的，迎頭痛擊的把他嚇阻在洞口。

「臉憋黃了罷，我的兒？」後面又有人糟蹋他。

崔志峰不管背後那些缺德的鬼話，內急已到忍無可忍的地步，急切的踏著腳，用來分分心。他等候著砲彈稀落後，一面把草紙準備妥當，摺疊整齊，以便保持高度的機動，隨時出擊。

好事的弟兄們扮起啦啦隊來，鬧烘烘的嚷嚷著，給一個拉好了起跑姿勢的選手加油。

只見他崔志峰一弓身子衝了出去。他一手從胯襠底下把褲子後腰扯前面來，袒露出整個白白的屁股，另一隻手持著整疊的草紙，罩在後頭，準備隨時結束，隨時擦個乾淨。就那樣兩腿半分彎的跑出去，快馬加鞭的，像是平劇《五花洞》裡的武大，盤著腿跑得溜快。

一出掩體，由不得收斂了。砲彈雖稀落多了，但仍舊是一處處的火團在附近開花。人是一面跑著，一面一截截的掉落。小孩子騎竹馬的樣子，很快就兜了一個大圓圈，安全返航。事兒就那麼順利的辦完了。

「幹伊娘，王八蛋跟在老子屁股後頭炸……」崔志峰繫著腰帶，接受大家歡呼他的凱歸。

對於枯坐掩體裡的兵士，這確是很有娛樂價值的一場熱鬧。

「那你小子一定沒擦乾淨。」他的副班長說。「趕快到裡面去，別迎風站在當門，害人都聞你的……」

「嗯——你都聞這個臭法！」侉子爲了維護既得利益，誇張的猛抽著鼻子。「你頂好就蹲在門口外邊，將就點兒算了。」

大夥不由得跟著一勁兒抽鼻子聞。其實憑良心說，除去五味俱全近乎伙房裡的沃水，和殘留的煙硝氣味，並沒加進來若何異味。

洞口的曲兆修把蠟燭點上，往放在地上的鋼盔頂滴著蠟燭油。砲聲繼續著，卻已遠去。外面一片靜寂，亂草棵裡的秋蟲很快的恢復啾嗚。

大家根據崔志峰的心得報告，討論起有關如何安全排洩的問題。

「就像崔志峰那樣，不也是個辦法！」

「那好，咱們四十條大漢，每人繞場一周，跑那麼一圈，好砌出一堵圍牆了。」

「省得做工。」何尙武說，小氣的笑著，似乎很欣賞自己這樣的幽默。

「對了，崔志峰，明一早你就要去拾糞。」

「要命，弄得滿地都是，叫他去吃掉。」

……

新的主題是集中火力來攻擊崔志峰。

「其實，聽到對岸砲出口，機警點兒，還是來得及跑進來的。」

「那要是還夾著半截呢——帶進來？」

「我看哪，最安全的是多準備點報紙，鋪在地上，完了以後包起來——」

「你留著消夜，是罷！」

「得啦，都別光研究出貨；進貨問題才嚴重呢。像今天這樣還算好，讓出時間給你做飯。就是這樣，也沒讓你吃得安。老子現在就餓了，要多久才熬到天亮？砲要這樣打下去，明天早上豆漿饅頭也得免掉。等到連餓兩頓，我看你們還有沒有貨好出。」

「還有陳貨。」半天沒有人搭腔，段福元冷冷的說。

做班長的又關懷起崔志峰，問他乾淨沒有。要還沒出清存貨，好半晌沒砲聲，趁現在去卸個乾淨。

「不解了，明天再說。」

「那你夜裡不准窮放屁——」

「他媽的侉子，你不講話，嘴巴會長死了口子？」那國璋叱著。「崔志峰，進去，回到你老位子上去，安分點兒。」

有了班長吩咐，李九如只好挪挪屁股，往一旁擠擠，整個一圈子人都跟著騷動起來。

「操他哥。鋼筋水泥有的是，不修工事，窮鋪甚麼大馬路，把人擠得像豬……」有人乾脆站起來，咕咕噥噥的罵人。

「報告班長，想個辦法罷。眞的，這麼蒸饅頭眞受不了。」侉子說：「砲停了還不准出去。沒意思。」

「你有辦法你想好了。」

「眞的？」侉子不作聲，似乎眞的考慮了一下。「乾脆，沒事兒幹，憋也是憋得難過，砍椽子比賽，誰先出誰就算輸。輸的就輪流站著，大夥兒都鬆快些。」

「就知道你沒好話。操他，你先來好了，給大家做個示範也好。」

「我們那會駐北平時，你都猜猜看，我們比賽啥？比賽掛手榴彈；最高紀錄掛過五個——德式的，知道罷，五個，不輕呢。」

「那算本事？想當年，咱們掛卡柄槍，掛過三挺——」楊威吹起來。

「叫他掛，叫他小子掛，吹牛！」

「侉子，把老楊褲子扒掉，叫他試試看。」

一陣子鬧嚷嚷，就近的弟兄纏住楊威，胡亂的撕扯起來。

「他媽的！」老楊掙扎著。「聽話也不會聽，十八九歲的小子，拿今天去比啊？那昝子，哼，解小手要用手扶著才行；不然的話——」

「差勁兒！」

「小子，還要用手……」

又是一片嚷嚷。

「不用手怎麼行？」楊威慢聲細語的說，「那不是刺到臉上啦！」

整個掩體裡鬧成一堆。有的摀住肚子直喊腸子痛，有人笑得猛咳嗽，氣要抽斷了的樣子……。

「好了好了，」臧雲飛班長酸酸的說，「給村子裡聽了去，明一早老阿婆又好來鬧了，罵你們開晚會不請她老人家來看。」

「頂好老蚌殼子現在就找來，看看咱們下一個節目——楊老威操卡柄槍。」

彷彿浪潮一樣，一波哄笑過去，又是一波哄笑。

「不要鬧了……」

有人打洞外叫進來，好令人掃興的一聲。

洞口，他們的排長對著裡面打手電筒，一下子刺得人張不開眼睛。

手電筒熄掉，靠門口那根立在鋼盔上的蠟燭，焰子忽然顯得異樣的蒼白，像抽光了血。

燭光照出排長的全身披掛，打著戰鬥綁腿，這樣燠熱的天氣，叫人看著都會周身冒汗。

「楊老威，」李傍子衝著黑地裡喚一聲，「你不是要借排長的卡柄槍用嗎？」

一陣抑制的，嗤嗤的竊笑……

砲聲又起，沉沉的滾動在較遠的地方，大約料羅灣那個方向。天色已經黑透了，雖那麼遠，島的上空仍有淡淡的影影的閃光，彷彿晴朗的夏夜常見的那種明滅在遠天的露水閃，襯影出洞口處蹲下身子的黃排長。

「還有半個多小時好準備。今天提前一小時進入陣地，實施第五號反擊案。現在是——」手電筒重又按亮，「七點二十五分。對錶。」

兵士們開始騷動，爲了裝束，也爲了往裡擠擠，給他們排長讓出空位子。

「報告排長，今天我們金西比哪一天都打得凶，全島起碼有十萬發，我看。」

曲兆修老半天都很沉默，大家好像這才發現有他這個人。一向這位下士副班長總是愛嗐呼的。

槍背帶環之類的響聲，兵士們在叮叮噹噹的匆忙著。

「照判斷，」黃炎就近跟兩位班長說，「今天可能是把我們金西當作主要目標，集中火力射擊我們這一帶。大家一定要提高警覺，嚴加戒備。當然，指西打東也有可能，虛虛實實都是說不定的。要隨時督促弟兄們保持高度機動……」

掩體裡，似乎因此更爲緊張、急促。

「都聽見了罷？」排長大聲問著裡面的弟兄。

「都聽見嘍。」有點一呼百應的氣壯。

「聽見甚麼？」排長又問。

卻半晌不見回聲。

「我不是問我說的；你們聽見喊話了罷？」

「聽那些狗屁幹麼！」李侉子嚕人似的，接過去回了一聲。

「操他先人板板兒，勸咱們快快投降哩，要不然，一個也別想活命。」臧雲飛慢聲慢氣的唧噥著。

「我操他爹，眞是說的比唱的還好聽。」

「叫咱們把『美帝』趕出去，『美帝』在哪兒?鬼話連篇也不看看甚麼節氣……」

一時間，大家都有意見。

「也別說，很有道理；」關紹昌這位全排之寶，酸巴唧唧的說。「咱們不投降，當然他狗入的休想有一個活命。排長你說對罷？」

「嗯，有道理。」做排長的應著。他懂得，這樣的應和，比正面誇獎還有用。

「周金才怎樣了，排長？」

「提他幹麼？」曲兆修攔住姜永森，不樂意讓他問這個，好像那是他們排長身上動不得的瘡疤。

「我希望你們能學著體諒人一點……」

這話他剛在二三九號掩體那邊就曾講過。

遠天一閃一閃的亮光，襯映出黃炎的身影。那樣的一隱一現，在人的視覺上構成奇特的幻象。每當閃光熄暗的瞬間，掩體口一片黑，現出這個排長發白的身影。於是在那反覆的明滅之間，那裡就構成同幀的照片和底片在互換著……

「排長不是問你聽到喊話沒有嗎？」

李會功爲他班裡有這麼一個沒種的兵，一直感到很丟臉，不知道要抱歉，還是要護短的好。

算來已經整整四天四夜，周金才沒有離開過掩體一步。

開始時，這位要強的班長很火，叫兩個弟兄硬拖他出來。那兩個兵手被搵出了血，有一個被踢傷了踝骨。黃炎趕過來，厲聲的禁止這麼蠻幹。

「慢慢來，」然後他勸解著。「由他慢慢習慣了，適應了，就正常了……」

這樣的兵，這樣的情況，像他資格這麼嫩的排長，來硬的，他是知道絕對不可以。可是軟的又該怎麼處理——他勸導過，多方藉著比喻和事例來談，終是不生作用。他是有自知之明的，像這樣光憑兩片嘴皮，還是等於正面攻堅的硬碰硬蠻幹——一種不懂得槓桿作用，把抗力矩弄得大於施力矩的愚行。然而他總是沒辦法找出一個可以使上巧勁兒的支點位置來。

「慢慢來，急不得的……」黃炎也只有這樣無計可施的重複著，安撫火爆脾氣的李班長。實際上，也等於是安撫他自己。

整整的四天四夜下來，好心的鄰兵暗中給送進飯來。起先，周金才不肯吃。黃炎知道這事，進來勸他，跟他講道理，「要是你覺得，因爲躲在裡面不肯出去，算是過失，沒資格吃國家的飯，那就這樣好不好呢——算我排長處分你，關你的禁閉，這就是禁閉室。那關了禁閉也還是要吃飯的，是不是……」

周金才眨著眼睛，頭埋得更深，感冒了似的一下下抽著鼻子。

掩體裡很暗，做排長的視力雖然已經適應過來這種暗度，但仍舊看不清立正在面前的這個上等兵是個甚麼樣的表情。

「想開一點兒，周金才。」黃炎說。「排長知道，你也是身不由己的……」

「報告排長，眞的關我禁閉好了。」

總算這個周金才肯開腔了。嗡嗡的嘟噥，幾乎聽不清說的甚麼。

「本來這就是眞的嘛——關到你自己肯主動的出來爲止。」

「那我……」周金才衝口出來，但又頓了頓，把話呑回去。

黃炎耐心的等候下文。

「報告排長，那就照關禁閉的規定來……那……那我吃白飯、鹽開水。」

笑意在黃炎的臉上。

「好罷，」臨離開掩體，黃炎回過頭去，看了看那個看不很清楚的兵。「不過，這是前線，你們是國家的寶，營養還是要注意。」

然而四天四夜下來，周金才躲在掩體裡不肯出來，已經不是普普通通的畏戰。他的心理左右了生理，飯吃得少而又少，實際上已不是羞於享有，而是完全失去胃口。乾糧中的硬餅乾、牛肉乾、薑糖等，以及軍用罐頭的雞凍、紅燒牛肉、鮪魚、豬肉碎、酸菜，所有這些都逗不起這個上等兵的食欲。來得更嚴重的是完全沒有便溺，也沒有言語。

「有這種裝孬的兵！」李會功爲他班裡出了這樣不光彩的臭事，排長又不准他蠻幹，一直的又羞又惱。「我沒帶過多少弟兄，奶奶個頭的，我總見過不少，也打過不少仗，聽也沒聽說過有這樣的孬種！」

李班長脾氣給惹得如此暴烈，使黃炎想起被艾森豪逼著去向捱了打的兩個住院兵士道歉的巴頓將軍。

老兵們也許眞的沒有過這種經驗。但在他讀過的戰史中，倒是不乏類似的記載。二次大戰期間，南太平洋一些荒島上的美軍，往往進駐島上不到一兩個星期，便患上一種叫做「岩石熱」的疾病，近乎精神分裂的症狀，很影響了美軍在南太平洋上的戰力。而令人著惱的是那些患者無需醫藥治療，只須離開荒島後送，那種怪毛病便霍然而癒。

類似的情形，在歐、非戰場美軍參戰的初期，也曾頗爲普遍的發生過。那些由恐懼而精神失常的患者，似乎很接近周金才上等兵的這種症狀；槍砲一響，臉色便白紙一樣的失血，嘴唇發青，周身近似瘧疾一般的發著寒熱，戰索不止。患者被後送醫院的比率與日俱增。但是一住進醫院之後，便又能吃、能喝、能睡、能玩，完全正常。所以無怪乎那位魯夫巴頓巡視醫院的時候，順手用鋼盔不分輕重的揍了一頓在他看來分明是在窮泡病號的兩個壯得像公牛的大兵。

但是神經強韌的中國兵士，似乎不會差勁到那個地步。

金門島群中，那麼多星羅棋佈的離島，大半都是寸草不生，連淡水都要仰給於外面運送的珊瑚礁——魏仲和他們蛙人，就經常擔任那種運補任務。這和那些勃生著熱帶闊葉植物，有大量可以食之袪暑的椰子的南太平洋荒島，壓根兒是不能相比的。可是中國大兵在那麼艱苦的離島上戍守，一駐起碼就是半載，卻依然故我，安然無恙。東西方民族差別如此，來到前線，他方才有這個認識。當初他的少將爺爺曾說：「中國有世界上最好的兵。」在黃炎的感覺上，那不過是出於一種民族自尊自大的誇傲而已。在他當時初萌做個軍人的意念就在半生不熟的情狀裡，或者毋寧說，像白金漢宮那種頭上頂著一隻黑獾的御林軍，或者裝扮得像大飯店的僕歐那樣子花梢的西點學生更令他著迷一些。

少將爺爺似乎察覺出了他的不很心悅誠服，雖然噏動了動嘴唇，沒再說甚麼，可是卻拿一雙凌厲的眼色，蔑視了孫兒一眼。

「不過，爺爺，」他覺得似乎應該向那樣不很友善的眼色駁辯一下才是。「你就不知道，像當初接收台灣的那樣軍隊，扁擔挑著籮筐、鍋灶，一身邋邋遢遢，甚至於還打了補釘的灰軍裝，那該叫重見天日的台灣父老同胞夠多失望啊——如果忽略了軍容的話？」

爺爺冷笑了笑，打斷他的話頭。那是所謂嗤之以鼻的那種不屑，鵝毛扇指著他說：「爺爺怎麼不知道——你怎麼就認定了爺爺不知道？陳儀已經伏了國法，知道嗎？他的罪豈止是通敵，知不知道？當初中央派他來接收台灣，你可知道中央撥了多少軍費給他裝備部隊？你可知道他有多膽大妄爲，居然都給他吞掉了。要說他死有餘辜，一點兒也不冤枉的……」

這他不能不相信；那時候少將爺爺供職軍政部，主管業務便是全國軍隊被服裝具。少將爺爺能夠一清二楚說出那筆軍費折合關金多少多少。在抗戰勝利的當時，全國兩大特殊性質的光復區，派出去的「王師」還會差麼？第一流裝備的新一軍和新六軍，派遣到淪陷了十五年的他們老家東北三省，那麼，派到日本侵占了五十年的台灣省來的部隊，會差到哪裡去麼？

「固然說軍容很要緊；沒有軍容，就沒有軍威。可是話得說回來，講究軍容可不是叫你花哩胡梢。軍隊到底是打仗的，不是光擺擺儀仗，熱熱鬧鬧耍花槍的，對不對，啊？……」

爺爺那一對凌厲的眼色，一直沒有放鬆的逼視著他。彷彿單靠語言尚嫌不足，還要輔以眼色才能叫這個不夠乖的孫兒心悅誠服。

但是不管怎麼說，至少，那樣凌厲的眼色，使他看到叱咤風雲的那個時代的祖父。或者那是屬於慈祥老人逝去的輝煌的偶一迴光罷。

可是作爲軍人世家的一個小輩，他又怎能不悅服祖父的閱歷呢。下部隊之後，他才算是親近了包括邵大官在內的中國大兵。他有些憎惡自己，爲何人在那樣無知的年紀，總是強不知以爲知的專跟長輩們的經驗拗著來。也許，不必說成叛逆那麼嚴重；但當生命的急驟成長時期，似乎就該理當如是的在生命中充滿著懷疑和否定。

給少將爺爺三周年忌辰掃墓的時候，黃炎曾爲此在墓碑前默思許久，像個小老人一樣的徘徊不去。也說不上是懺悔甚麼的，沒有那麼嚴重，事實上也反省不出有何內疚或不安。他只覺得有許多話要跟爺爺訴說，卻有一種走告無門的愴然之感。

然而自認爲可惜在爺爺去世之後才得到的一些所謂識見，又算甚麼呢？來到前線才又在另一種時空裡結識了中國大兵；「中國有世界上最好的兵」，他替自己肯定了許多。特別是葉朝平跟他談的那些。

在電話裡，他幾乎聽到葉朝平的顫抖。那對黃炎很重要，那是給他的許多肯定所下的箋註，他覺得。

如果不是葉朝平給他搖來電話，像這樣慘烈遠過於頭一天的砲擊，他的判斷眞會身不由己的以爲敵人將配合著招降喊話，勢必要把金門島群打得陸沉了。

葉朝平部隊的駐地在機場附近，重砲陣地之一也在那裡。「天哪，黃炎子孫，你還活著！」對方一聽到他的聲音報名，便像中了特獎的直叫起來。

他又何嘗不是呢。他有風雨故人來極爲親切的感動。他回叫過去，感到這才叫做眞正的「慶生會」。所謂劫後餘生，風雨同舟之類的意思，給了他血肉相連的實感，不再是勉人爲善的格言所給人的一種冷感的空空概念。

「哈，別自作多情！」強力送話器在震耳的砲聲裡，發揮了高度的效能。「西線無戰事——今天，我們這兒生意清淡得要命，眞的。就像隔著水域看大陸一樣，我們這兒都眼睜睜看著你們金西一帶水深火熱的，不知道熬不熬得過今夜——」

「我倒不信你們那兒有那樣好的風水。」

「老天，跟你黃炎子孫發誓，一顆砲彈也沒分到，遺憾透了！」

「我聽見了，你騙鬼才相信。」是否眞的在電話裡聽得見砲聲，他自己也確定不了。他只知道充耳盡是地動天搖的迸炸，好似夜深人靜，打翻了整盤彈珠滾落到地板上的那種傷人神經的聒人的動靜。

「你聽見的那個？那是咱們砲出口，又都是重砲——」

「這麼說，你們是隔岸觀火了……」

「噯，差不多就是那樣；不過，有隔岸觀火之名，無隔岸觀火之實。火裡燒著黃炎子孫，沒那麼輕鬆。憑良心說——」

「那——這樣集中火力對付我們金西，企圖何在？」幾乎是質問自己似的，黃炎吼叫著。外面砲火凶狠得使他擔心有了新的情況。

葉朝平仍在哇啦哇啦的叫呼著甚麼，黃炎已說了幾遍「好了好了，不跟你嚕囌……」，葉朝平還在不住嘴的加快速度猛扯淡，好像好不容易抱到了一挺機槍，嘟嚕嘟嚕沒完兒。

望著掩體外的天色，彈煙烏毒，給他一種天黑了的恐慌。

聽著葉朝平奮昂的哇啦哇啦，一面分心的惦記著可能正在進行中的某種新的情況，並且茫然問著自己該拿甚麼主意對付敵人衝著他們而來的企圖。或者，起碼應該及時跟連長請示請示，把自己的推測給連長報告一下才是。可是這樣子占著電話線，眞有些急人。說不定只有這條線路還未被破壞，而連部此刻正有甚麼重要的指示下來，卻一再搖不過來，那就眞夠要命的……

「……當然，你是科班出身，見多識廣，學有專長，要罵我大驚小怪。」這位預備役的軍官不知怎麼會饞成這樣，似乎憋了十年沒講話了。「你今天是正宗的帶兵官，指揮官。不像我，客串了三百六十五個饅頭就走路。你嘛，強將手下無弱兵，個個驍勇善戰，你見的多，不稀罕——」

「好了好了，老同學幹麼來這一套！」

「你以為我恭維你！」電話裡聽得到呵癢似的笑聲。「要恭維的話，也得把金門的將士上上下下先恭維完了，然後才能輪到你這位起碼官兒。說眞的，該恭維的，首先是咱們砲兵——我是服了！」

「你這個吊兒郎當的傢伙，也有你這麼服人的時候。我倒以為你——」

「你不是擔憂過你手下那些新兵嗎？」

「對，強將手下無弱兵。」

「我可沒那個意思；你以為我諷刺你？」葉朝平說：「巴巴的打電話給你分憂來了，反而不放心起老同學。你那些新兵，說眞的，沒問題罷？」

「甚麼問題？」黃炎嘴裡是逞強的把對方給碰回去，心裡卻一下子就想到周金才。

「也許步兵表現的機會少一些，是罷，只怪你們倒楣。」葉朝平說。「我看，打起仗來，分甚麼老兵新兵！我這兒，你是知道的，跟砲陣地挨得這麼近，你沒親目所睹就不會相信。好能打呀，老天，你不知道，怎麼一個個都生龍活虎了起來！在下——我太感動了。那些充員，你知道，新兵呀，和我一樣，和你也差不多，沒聽見過砲聲的。聽到砲聲，我的小腿肚兒就轉到前面來了，就像游泳池裡抽筋了那樣。眞是他們老資格的弟兄說的，新兵怕砲，老兵怕機槍，一點沒錯。可是你能說他們不怕嗎？我只能說他們是不懂得怕。陣地是露天的，防空網和那些樹枝子不都等於零？一個個新兵抱著砲彈往上送，帶著跑步，前面掛了彩倒下去，後面的遲疑都不遲疑一下下，超過屍體跟上去。老天，誰瞧得起過他們！我是感動得毫無辦法，要不是任務在身，我眞要衝進他們裡頭去，發瘋的追隨著他們幹。踏著他們的屍體也罷，他們踏著我的屍體也罷。以前，我是抱怨過，幹麼單單把我葉朝平給分發到前線上來，現在倒怨人家挺在第一線上拚命打仗，幹麼單單把我安在第二線，婆婆媽媽管管這個槍，那個彈，蹲在保了人壽險的銅牆鐵壁裡隔岸觀火……」

黃炎只有嗯嗯啊啊的應著。雖然滿心焦急，卻有一種欣喜。那麼一個從不拿甚麼當回事兒的搗蛋鬼，居然朗誦著新詩一般的發出那麼激動的顫音，向他訴說那些。葉朝平和邵大尉看來是同樣的玩世不恭，卻是兩種路道。葉是裡裡外外的一致，哪天也不曾有過甚麼念頭要給國家做點兒事，給社會做點兒事。把這些英勇啦、壯烈啦和葉朝平拉在一起，總似乎是方柄圓鑿那麼的不相匹配。邵大官則不過表象是那個調調，甚至只是偏愛那種造型而已。所以對於葉朝平，在電話裡他聽著，感動著，莊嚴著……以致凝神的癡傻起來。話筒不經心的從耳上拿下，黃炎凝視著它，彷彿握著一柄手鏡，對鏡照著自己。

然而映在手鏡裡的不是他。手鏡裡在向他播放著激烈的軍樂。他看到鏡子裡那個顫抖著嘴唇的葉朝平，就像過去常有的那樣，指著他黃炎的鼻子，把玩笑演得異常逼眞的臭罵著他，以致把四周不明眞相的人都給驚住了。

他自然知道，那個寶貝這一回斷不是把假的演成眞的；那是眞實的，不是表演出來的。

如果照葉朝平所說，一打起仗來，似乎凡事都可以那麼樂觀了。他當然信，他早就有相同的經驗；許多解絕不了的現實而實際的問題，都不知消散到何處去。那麼，周金才呢？——那是一根刺，是他砲戰頭一夜被扎的刺，現在還留在下顎的肉裡。一根挑都沒辦法挑出來的刺，沒有甚麼妨礙的。他有過經驗，皮肉的生機自會把它排除掉，可以完全不管它。但是沒有挑出來的刺，不管多微小，多沒有妨礙，終歸是令人時時記掛著的身體上一個異物，動不動便去摸弄，而那總是碰不得的，使人感到微痛的一個小小的隱私。

那麼，把周金才送去砲兵部隊的鐵砧上敲打敲打去。或者，他倒眞願意敵人看中他們這個排，選擇他們所戍守的正面這個灘頭來登陸，藉此實驗實驗實戰的意義和效用。

那卻是不可想像的……

在昏暗、搖曳不定的燭光裡，他看到周金才夾在擠塞的弟兄們中間，一樣也是跟隨大家整裝，緊著彈袋和戰鬥綁腿……。所不同的是，那張黯然的長臉上，有一種木木的滯重，動作也似乎一無是處的迂緩。他沒有辦法想像，當灘頭上出現了蜂擁的登陸的敵人，這個被他的班長罵作孬種的上等兵，能夠像那些使得葉朝平大受感動的英勇的新兵那麼一無畏縮，從龜縮這麼多天的掩體裡提槍衝殺出去……

那個調去團部的笨兵孔瑾堂，在砲戰頭一夜所表現的那種變異，便已使黃炎相信了戰爭之造就人的魅力。他倒寧願相信不可想像的情況會一樣的在周金才身上呈現出來——因爲所謂的不可想像，也並不是甚麼充足的理由。而有了充足的理由，則又是不難想像了。

可是他做排長的，不曾盡責嗎？不曾有確鑿的經驗使他不可想像嗎？

他曾努力，曾那樣耐心的安慰和鼓動這個兵。就是所謂的因勢利導吧。他曾派這個兵留在掩體裡接聽電話，屬於追認式的，遷就現實的一種指派任務。但是電話鈴響了半天，一再吵鬧的響著，掩體外面構工的人都聽見了，卻一直沒有人接。而周金才，木頭人一樣，守在電話機跟前不爲所動，似乎連聽覺也都不生作用了。

能指望這樣的兵英勇起來嗎？只要能和大夥兒一齊出進，作息，便已經不再是問題。

「慢慢來，李班長。英雄本無種，是不是？時間可以解決一切……」

這樣安撫李會功，卻不能安撫他自己。

砲聲依然是密密的，煩人的，炒豆子似的爆響。閃光使人一失明，就要很一會才能恢復。黃炎回過頭去看看掩體外翻攪的情況，自己也心虛的膽怯起來。

僞裝網織在明滅不已的砲火裡。潰爛的坡地被繼續擊打著。無理……無有休止……永無了結的冗長……

「等等，暫時安靜一下。」

進入陣地的時間已到，他向弟兄們打著向下按一按的手勢，一面自欺的寬慰自己，這不過是一場陣雨，我們屋子不會漏雨，過不多會兒就會停的……

他想到葉朝平那邊，地是乾鬆的，天是晴朗的。那邊的人，乃至台澎本島的人，只在偶一舉首間，泰然的看到西北西的方向，正在雷電交加的暴雨中。

不過就是那樣……

不得已耳的漠然。

參謀本部戰報：八月二十七日六時，至八月二十八日六時，敵砲射擊金門島群一萬六千零四十七發。參謀本部軍事發言人對於敵軍廣播向我金門守軍招降一節，不屑置評。發言人說：「我們知道他們將會進犯金門，但是他們一定知道我們會怎樣對付他們。」美國國務院發表書面聲明：「中共此項直接威脅和猛烈砲擊金門，使人想起北平的黷武主義和侵略性的擴張主義，此與北平一再自稱的和平意向完全相反。」

中華民國四十七年八月二十八日

看了一陣壯觀的空投，黃炎這才捉住一點空兒，尋一塊距離弟兄們遠一些的陰涼地坐下來。他背靠到一棵被砲彈斬斷只剩下一公尺多高的木麻黃樹幹上，人彷彿癱軟得一點兒力氣也沒有。厚厚的，沉沉的，一封尚未拆開的信，從褲後口袋裡掏出來，長歎一口氣——安適而有所期盼的昂昂首。

很大派的那種西式信封，左角印著周軼芬就讀的大學名銜和地址。使他備感親切的那一路歪斜下來的怪字體，不自知的一抹嘲笑爬上他曬黑了下半邊的臉子。那上面有一塊塊癬狀汗斑。他取笑過她，寫不好字的人總是用些怪體來遮醜。笑她的字左傾。

好像這將是一番了不起而又十拿九穩的享受，他是存心的要把這個享受多拖延一會兒再開始，他先不急於拆封，重又挪挪身體，調整一下安適得不能再安適的姿勢，把兩條腿貼地伸展得直直的。

天是大晴響亮的好天氣，十點多鐘的太陽還不很討厭，把他左方幾株樹影投過來。陽光被樹葉篩下一枚枚金幣，撒到他身上。他縮回一條曝著較多日光的腿，一面跟自己溫柔的商量——可以開始了罷……這是黃炎從打得人抬不起頭來的砲戰以來，所接到的第一封信，說得上是烽火中抵得萬金的家書——他似乎很有把握信上寫的必是他家中上上下下的事。

清早，從一張開眼，黃炎就沒有歇過一下他這兩條可憐的腿。一趟跑團部，營部跑了兩趟。大批的鋼筋、水泥、有關的工具撥下來。陪同著團部營部的作戰官勘察地形，把整理雷區的工兵部隊幹部請來指導。他們這個排必須搶築坑道式的排掩蔽部，立刻就按圖打樁子開工。連裡支援了一班人給他，加上撥交第一線陣地的都是特製的快乾水泥，所以限定五個工作天必須完成。這就確實夠他緊張的了。

信是一到連部就拿到手。單是他這個排，就有十多封。

要說忙得連看信的時間都沒有，眞叫人不能相信。可是周軼芬的信，塞在褲子後面的口袋裡，帶東帶西，老像有隻手跟在背後拉扯他。拉扯到現在，才抽出一點空來理會它。那倒不單是周軼芬的手。她可還不曾跟他親暱到那樣；在感覺上，她那個人似乎永遠也不會那樣不可理喻的跟他拉拉扯扯。跟在他背後拉扯他的，還該有母親以及其他親人的手，彷彿一直尾隨的央求著他：理我嘛，理我一下下嘛……（那倒是周軼芬小時候常有過的口氣）。可是剛才把連長送走，弟兄們也一齊放下工作休息了，又適巧上空一架又一架的運輸機飛來空投，看了好一陣，這才算是有暇轉回身來，握住這些個手，等著他們將向他作怎樣的傾訴——

阿炎
……

發瘋！他鼓一下胸，算是無聲的斥責。

其實那是無所謂的，一直她都是這麼喊他。他們周家是南方人，愛那樣的表示親切，也不管他們北方人不習慣，聽來有多貶人。但是在信上這還是第一次如此的稱呼他。幹麼忽然改口呢，有用意嗎？取單字的名字就這麼不方便；連名帶姓，太疏遠，單叫一個字，又親暱得過分。但周軼芬素來在信上不避諱的直稱他一個「炎」字，如今改了口，哪個親，哪個疏呢？是否有甚麼存心的區別？若是屬於後者，有意疏遠些，又是爲的甚麼……

他自嘲的笑笑，厭惡起自己，不曉得甚麼時候起，這麼無聊的，多心而瑣碎的娘娘腔起來。

請先不要罵我，當我驚聞戰火燃起了的那一刻，我差不多要發瘋。我叫著，阿炎，為甚麼你常那麼倒楣……

不是差不多，根本就是眞正的發瘋。

他懂她那個意思，官校同屆畢業那麼多的同學，彼此高中時代或學齡相仿常有來往的同學，包括她哥哥周軼鼎在內——何獨你黃炎這麼倒楣，你又不是那種沒有辦法的人家的子弟……

有甚麼辦法呢，那時我的感覺，你不能——我自己更不能制止我不要有那樣的感覺。我好怨恨，好惡毒的咒詛，雖然一時我也不知道我該怨恨誰、咒詛誰……

報紙和電台只報導敵砲濫射金門，向所未有的激烈，傷亡和損害的情形，一點也不知道。

打電話到你們家去，老是打不通。等打通了，卻沒有人接。我害怕極了，只好趕去你們家裡……

一種屬於男性的欲望，獲致了不明所以的滿足，這使他感動而有趣的自得起來；近乎施虐的殘酷的快意，眼看著一個女人，爲了他，那樣要命的憂心如焚，急切焦灼得好不惶然。

……可是，為甚麼那樣的漠然——街頭、公車上，芸芸眾生，你們麻痺了麼？你們不知道、抑或無感於這樣重大的變故？我不能原諒你們這樣漠然，我絕不原諒，絕不！對於如此冷血的你們！……

瞧瞧，這麼個熱血沸騰的女郎！

不錯，只有你關心著這樣重大的變故。然而所有的那些不關心，並非不可理解；因爲你在芸芸眾生的眼裡，一樣的也是表現著不可原諒的漠然，除非你曾在街頭上、公車上，表露了你的憂心、急切，乃至失措的哭泣，把你的心理呼叫出來。可是不要忘了，你也是一個不善面部表情的中國人。他想到邵大官的體會，中國人不善面部表情，所以產生了獨獨在臉譜和身段做表上極發達的中國戲劇。

或者，在芸芸眾生裡，獨獨沒有一個人和你一樣，有個倒楣的密友正在激烈的砲火下生死不明……

一家人都聚在你的臥室裡收聽廣播。我不懂那是甚麼意思——在你的臥室裡。

怪不得門鈴一按再按，索性把指頭死死按在電鈕上，真急切得要讓電流走火燒起來，沿著電線直燒進去……

整個的人要癱軟在你們家門前。那樣久沒有人應門，想必舉家如何如何了……你可知道我會想像得多麼可怕！絕望！悲慟……

如此看來，不必用甚麼國家民族的大主題寫進我的墓誌，以便備極哀榮；單憑擁有這麼一個被好事的同學公推爲系花的女孩，那樣的爲我魂牽夢縈，服孝舉哀，那麼，果若我有幸如她想像的那種使她「可怕！絕望！悲慟！」的結局，那我可以不要青天白日大勳章，可以不要國葬，我可以甚麼都在所不計了。

可是誰都是爲著誰呢？

樹陰裡，東一片，西一堆，挺著些勞累的抓住一點時間就躺下來的兵士，誰都爲著誰呢？生命是權且寄存在每個人的身上，隨時要攫走就攫走，爲著誰而那麼心甘情願的認命呢？爲那些發財的和貧苦的？享福的和受罪的？爲那些冷漠得可恨，甚至害怕他們軍服上的惡臭，掩鼻而過的潔癖的上流人，或者像侮辱邵大官的鐘錶行店員之類的那般勢利的小市民？……

一排人整起隊來，根本看不上眼怎麼樣人多勢眾；但是一這麼橫躺下來，看著卻是好大的一片。他想到一排人需要多大的一塊墓園……

天氣這麼好。沒有砲擊，也意味著天氣難得有這麼好。

他有些憎惡起知識分子。最懂得國家、民族、社會、人類，然而，卻也最爲實踐著一種斤斤計較爲了甚麼，得到了甚麼；一種惡性循環，所以他們必須高調著國家、民族、社會、人類，用概念來遮羞著他們的實際。而面前這些兵士，被視爲無知識、低知識的一群，豎起來勞動，橫下來睡眠！甚至長眠，所爲所求的究竟在哪裡？僅僅的那麼一丁點兒，知識分子所不屑的，所恥之的那麼一丁點兒……

誰爲著誰？——有人爲著我擔心受怕，但是誰爲著這些兵士呢？尤其是誰爲著那些老弟兄呢？有沒有誰爲這些兵士叫一聲屈：你們怎麼這麼倒楣！

真的，我真莫名其妙，一家人為甚麼都擠在你的臥室裡收聽廣播。好像有一根長線，從你的碉堡直通到家裡你的臥室。害得我腿都軟了，上不去樓梯；阿鐘給我開的門，似乎非常不耐煩，只說一聲：都在二哥房裡。就搶甚麼似的一步兩級、一步兩級的直奔上樓。好像我來得不是時候。

你會想像到，我是又一度的如何害怕起來……

事實上他們能收到甚麼呢？——不過是報紙上的新聞的重複，除了獲悉一夜之間落下砲彈五萬七千多發，再也沒有甚麼新聞。而我軍安如磐石，損傷輕微這種滑頭的公式新聞，怎能令人信賴……

原來彼此是這樣的同感，雖然各自處在迥不相同的兩個空間。

然而，五萬七千多發砲彈，在後方，只不過是個概念。

五萬七千多發砲彈，究竟有多大的殺傷威力，給人怎樣恐怖的脅迫和侵害，叫一個親歷其境過的他來形容，他是沒有那個能力的。就是昨天整整一個長夜，還又重複了一次更勝於五萬七千多發的慘烈的轟擊，他仍然無法形容那種感覺經驗……

蟄伏在工事裡，比盼望甚麼都更期切的盼望著天明的那種冗長的寂寞等待，他曾以太夠從容的時間——不如說是太過難熬的時間，需要設法去打發——反覆的苦費心思，想要在下一封家信裡，或者有一天需要寫甚麼回憶錄的時候，他將怎樣來形容這種深深的刻進生命裡的——最裡面一層的強烈的感受……

不但有從容得令人心煩的時間供他思想，並且，一直不歇的砲擊與他的感受平行，供他分分秒秒的隨時去品嘗著那種滋味……但是苦思的結果，勉強的，不滿意的，他覺得只好用一個人被無數的惡犬包圍著吼叫、襲擊，來形容那種難以言傳的被砲擊的感受。

他清晰的記得有過一次可怕的失眠——甚至起因已經不復記憶，那是無關重要的——突兀的印象，是那條不知誰家該殺的老狗，不緊不慢，規律得彷彿某種機器運動，那麼喤喤吠叫，一聲一聲如同打到心上來的石塊，心都被打腫了。輾轉反側在長滿了荊棘的床上，心懸空的吊著，懷恨的數著，捱過了一記，等著下一記……本來也許不會怎樣嚴重的那次失眠，結果卻活活的爲了那一聲一聲打得人心腫的犬吠，等著下一聲吠而硬熬到天明。

好苦的經驗記憶……

但是比起這種被成群的惡犬圍攻，竄上竄下的犬叫、襲擊，不定下一秒鐘，咽喉便被死死的噬住，頭皮被揭掉，肩骨給齧得刺出肉來，卻手無寸鐵，一點招架的棉薄之力也沒有……像這樣的窘境，則那種遙遠的吵人清夢的獨吠，相形之下多麼微不足道！

而所謂五萬七千多發砲彈，在周軼芬那麼一位無憂無慮的大小姐世界裡，只怕連喚起近似那種失眠的經驗也是缺乏的。

也許當她讀到最新的戰訊——「本日敵砲濫射金門島群一萬餘發……」大小姐的心情會寬鬆了許多。然而她卻想不到，如果這一萬多發砲彈，盡都集中起來給了他們師的防區，甚至團的防區，那和五萬七千多發均勻的分配給全島，是否該有個差別呢？不行，他搖搖頭，跟自己說，這完全是兩個世界……

收回一條腿，他把另一條蜷得有些不舒服的腿舒展出去。一隻負有甚麼重要任務的高腿螞蟻，正匆忙的在信紙上奔走著。眼睛重又回到周軼芬的信上——

……先不要怪我；我老是感到你們一家人，都是那麼古裡古怪的。一家之主嘛，官居要津。你那位騷包的兄長，無論如何，在空軍裡也算中上級的軍官。而家人擠在收音機前，甚麼事也不管，等著聽新聞報告。這算甚麼嘛……

問起伯伯在哪裡，從前一天晚上放下吃了幾口的飯碗，被電話召了趕進部裡去，一直沒回來。軍用電話線一直不接，總機只有一個回答：講話中。自動電話也一直撥不通。這樣，好像伯伯也弄得和你一樣的情況不明了。而那位黃大隊長，遠在屏東，感覺上似乎也跟金門一樣的遙遠，長途電話好不容易要通了，人又不在。滿客廳大張大張的報紙，東一份，西一份，沙發上，地板上，到處都是。問起誰來，都一無所知，誰也不知道他們那位烽火中的親人到底怎樣了。我懷疑，並且替你們這樣一個家庭難過。一個雖非顯赫，卻是代代相傳的軍人世家，應該這樣嗎？——應該像這樣沒頭蒼蠅一樣，惶亂而失衡的瞎摸亂爬嗎？

我感到，即使作如是想，對你們這個家族都成為一種侮辱。收音機一直的是在播送了一段軍樂，便跟著一段重複了又重複的新聞。我一直在思索，想能尋找到不致含有侮辱性質的理解，想能得到你們這個原本很光彩的家族之所以如此的可能答案……

甚麼答案？這——彷彿也提醒了黃炎，第一次去試圖理解。

難道說，只因遠離戰時生活方式日久了，已不適應類似的突然變故了嗎？——對於一個軍人家庭來說，那是會和不服水土一般的困惱著人的。那麼，果真如此的話，那將不僅僅他們一家了；說得嚴重些，那將是關乎全局的，簡直有些可怕。

……明明已經是午飯的時候了，可是沒有舉火，好像都不知道飢餓了。不是可笑麼，難不成就這樣靠著收聽新聞來填飽肚子。這還在哪兒呢？有一天反攻大陸，也許你們昆仲三位都在戰場上，每一個戰役都需要許久才能結束，才有消息回來，那又將怎麼辦？甚麼都停擺了下來？全家禁食？遙遙無期的乾熬下去？那會是有意義的事嗎？……

道理是番道理，然而其中多少總有些偏鋒罷。

中將爸爸淹沒到統帥部的戰時軍務裡去，大隊長的長兄也正該爲了空運空投在戎馬倥傯中。可以想見的，所謂一家人，不過婦女和未成年的大孩子、小孩子，除了急於獲悉他的安全，還能做些甚麼努力呢。而在無法得知他的下落的情況裡，那便只有去確定「我軍安如磐石，金門固若金湯」，沒有被大砲轟沉，沒有被吃掉，其所以百聽不厭，收聽重複的新聞播報，不過就是求得那一點點的安心。那麼，此外那些婦孺們更還能有些甚麼作爲呢？即使存心的用禁食之類的苦行來替他祈福、折罪，也不見得很壞罷！

前面，她還曾在車上、路上，咬牙切齒的好恨那些人的冷漠，這裡卻又如此的只見其一，不見其二。畢竟周軼芬還是一個好重情感的女人，理性仍然是有些欠缺的。

他們周府的血統裡，素來是含有多量的靈通、精明、冷靜而講求實際的遺傳因子。以他黃家祖孫三代（大哥的孩子還小）任一個誰，與周府的人都是無以倫比的。當然，她是看不中一窩沒頭蒼蠅的，那麼，怎麼樣去講求實際呢？——除非弄架專機把他黃炎接回去……那是辦得到的，按照派專機的權限，陸軍中將正好夠格，空軍運輸大隊長的長兄也不必說的。可是那才眞是荒唐得不要命了！但是此外，他便再也不知道還能怎樣靈通、冷靜、精明而講求實際。

想起中將爸爸所謂中國人有辦法沒辦法的高論，少將爺爺也常是無可若何的歎著：「我們家的孩子，都太傻，太沒有心眼，不是直肚直腸就是靦靦腆腆，不過也好，吃虧人長在，甚麼事總得有個傻子領頭才行……」那麼，一家人，即使中將爸爸和大隊長哥哥兩父子都在家，又能怎樣？眞的，在周家，專機派不出也還是派得出來；而他黃家，派得出也還是派不出來。總不過是祖傳的

「有所爲有所不爲」的那一套酸論罷！

然而周軼芬那番婦人式的怨懟又當如何呢？如果當前線砲火連天之際，街頭上和巴士上便不該現出冷淡、漠然，那麼，整個後方軍民人等，是否一律都該愁眉苦臉，茶不思，飯不想，一個個弄得胃酸過多才對呢？

準此，那麼憑甚麼反而又不滿起他們黃家亂摸亂爬像窩沒頭蒼蠅呢？

那似乎是說不通的；前方戰火一起，後方就該跟著擾攘不寧。市場禁屠、酒店關閉、戲院整修內部，人必須如在「制中」，臉上不可被人窺破有何得色、喜色……是該那樣麼？等到前方倒下了，後方也跟著倒下了，「此其謂前仆後繼也」。他不由得嘲弄的笑笑，打算在覆信裡這樣的損損周軼芬。

不過，「遙遙無期的乾熬下來，那會是有意義的事嗎？」她自己倒又翻雲覆雨的倒起自己的帳來。不知道是否因爲是個女孩子的關係，還是他們周家的人總是這個樣子——就後者來說，他們周、黃兩家幾乎是恰恰相反，長於應變者便拙於深思；而長於深思者則又拙於應變。周家是不大固守原則的，無所謂統一或理則。但是他們那種敏銳、靈通、精明，則絕不是他們黃氏子弟所可望塵的。和一直在一起長大，交往了十多年的周軼鼎、周軼芬他們相比較，便可以輕易發現到這些個長長短短。這使人感到，人生的完美，該有多麼難求！……

……請原諒我對阿姨的不滿——我知道，她對丈夫，永遠是沒有她自己的意見的。我不敢胡說八道的批評阿姨一輩子都是在逆來順受的依附著丈夫——伯伯也並不曾怎樣的逆著她，我看得出來——他們非常恩愛，恐怕少見有那麼耐久的美滿的婚姻生活罷。如果說夫婦應該一體而不應該再有所自我，那麼為甚麼伯伯的自我仍然還那樣強烈，而阿姨根本就沒有她自己？這是不公平的，但她甘於這種不公平。這就叫恪守婦道？

想想看，在這種情況裡，作為一個妻子，一個母親，難道無權知道自己的丈夫如何，自己的兒子如何嗎？她對國家的貢獻還不夠？還必須和一般的市民一樣，直著耳朵從收音機裡討來一點兒重重複複而又未必可靠的新聞？我並不認為那會牽涉到甚麼特權還是怎樣。一點點做妻子、做母親起碼的條件，電話打不通，難道就算了？就這麼乖，這麼聽話……

彷彿他自己受到很冤枉的責備——母親被指摘了，兒子的感覺如何？他緊緊的咬著嘴唇，停下來，有一種被掃了興的不快。

他明白，不完全爲的是母親被小輩隨便的批評了，也不完全是對周軼芬那種酬庸意識——新時代的所謂權利和義務意識——感到不滿。但他有說不出的杌隉，心上蛆蛆的蠕著蛇癢人的難堪……

……太叫人感到不平了！這不像是被人視為無能而可以隨意打發嗎？這是叫人難以忍受的。我堅持著一定要陪阿姨去部裡找伯伯，或見見伯伯的僚友或上司，我們甚麼分外的要求也沒有，不是嗎？如果沒辦法探聽出你的安全，至少也得確知前線的情況如何，金門被砲火毀成甚麼樣子，保不保得住，你那個地區是否嚴重……作為把兩個兒子都獻給了國家的母親，這一點點要求，誰敢說那太過分了？……

不錯，那應該是人情之常，無可非議。然而若是只把一個兒子獻給了國家的母親，可不可以那樣的要求呢？還有把三個、四個，或者更多的兒子獻給了國家的母親呢？如果所有把兒子獻給了國家的母親全都提出這一點點的要求呢？……

……可是阿姨怎麼說？真氣死人！我覺得放棄權利，應該和逃避義務同樣的不可原諒。阿姨執意的不肯——沒有理由的不肯。而唯一成為她的理由的，卻是所謂的：這要把你伯伯氣死！

好罷，既然害怕把丈夫氣死！那你就為你的兒子情況不明而愁死了罷。想必後者是不大重要的，因為你只有一個丈夫，兒子卻有三個。大概是這樣罷……

由而我想到中國婦女可悲的命運。

然而這該完全歸罪於男性中心社會的男性專權嗎？我想，不爭氣的婦女，其本身的放棄權利或者反而更為重要。時至今日，設若還有人在那裡大聲疾呼提高女權，聽來似乎是瘋話了，至少也似乎是無病呻吟了。然而實際的情形如何呢？我不知道是否時髦比實際更易使人熱心。似乎是這樣罷。

這幾乎使黃炎有些感到怵目驚心。

可是人各有自己的生活方式，絕對有權抉擇或據有各自的生活方式；猶如周軼芬不滿母親的生活方式之不智；當然，他也不必去不滿周軼芬的生活方式。

也許那是受到父母的榜樣影響，也許O型血型的性格就是這樣的。無論如何，對於好能逞能的女人——包括從一歲到一百歲的女人，都使他感到是由男人裝扮的女人那樣的味同嚼蠟。就像兵演兵裡總是用紗巾包著頭的假扮的女人那樣叫人喪氣，且有一種說不出的不潔之感。

對於周軼芬，他不願有這樣的感覺，看著她長大。小時曾像個小尾巴，墜在他和周軼鼎兩個男孩後頭，跟東跟西的去瘋。爲了巴結他兩個帶她玩，不知有多乖，叫幹麼、幹麼。記不得甚麼時候起，周軼芬高姿勢起來——起碼是平起平坐；有意見了，有主張了，甚至有些事情上，需要聽她的。說來那也沒有甚麼不好，也許就應該那樣。在戀愛和婚姻上，男性年齡再大多少，似乎與占否優勢都並無若何意義。生命成長的悲哀，也許就在這裡吧。

……真是怪死了。好嘛，既不肯去，打電話罷。不是很怪嗎，為甚麼一打就打通了？或者在阿姨看來，連給伯伯去電話，也會氣死他的。所以我懷疑，家裡根本不曾打電話給伯伯；至少，也不很執著。也或者只打了一兩次，沒有打通，就正好算了。結果，事實證明，不怪我的疑心。

阿姨接過電話去，一點也不是我在疑心，阿姨的臉色好滯重，甚至發硬。我真的不能相信三十多年的夫妻，誰也難以相信，有緊張的理由嗎？我們兩家，到你我已經是三代世交，走動來往也夠親密的了，但到今天，我才發現到這些近乎祕密的尷尬。如果不是面臨這樣一樁事故，誰也想像不到——即使你，也未必想像得到阿姨竟有如此不堪的流露……

這樣看來，在這一代的小輩眼裡，長輩們還有甚麼好的位置？……

眼睛停留在信箋上，但是一個字也沒有看進眼裡，晃晃的一行行墨槓槓，彷彿水底下的甚麼，經過折射呈現到視覺上來。一種失去距離感的恍惚，令人眩然。

他想到少將爺爺那一代的高論，他也曾那樣認爲不値一文的輕視過，不肯輕信。爲甚麼？爲何他們這一代都像天然的，本然就帶著這種底子！——記得老年人論斷起小輩們的體質時，常說：「老三嘛，火底子，動不動就上火。他大哥呢，一出生就帶來一身濕疹。人家就是濕底子，也沒有過那麼重的濕氣。……」還有所謂的甚麼寒底子，熱底子……那麼，他們這一代該是甚麼底子？——叛逆的底子？矯情的底子？獨立自由的底子？……

然而會是那樣？母親那樣的緊張，是流露了甚麼？爲何不是一種等候判決的心理——如果她已經是在擔心著可能的不幸，那母親不會害怕命運即將向她宣布的無情的噩夢？一面但願盡快的得到消息，一面又偷偷的希望延遲一點再讓她知道嗎？爲甚麼偏執的認定那是母親的「懼外」？會「懼外」到那種地步嗎？「這要把你伯伯氣死的！」單憑這句話，就能肯定母親整個的心理狀態麼？爲何不是一種體貼？……若非以這一代本然的那種叛逆的底子去衡量人，周軼芬怎麼會產生那樣的疑心呢——而且幾乎是一種刻意的疑心。

……時窮節乃見！我知道，無關乎窮，無關乎節。說是一塊試金石麼？似乎也嫌過分了。阿姨是上一代人，沒有過過社會生活，小規模的舊式美德，顯然見不得門外刺眼的陽光……

天哪，我不該這麼長短長輩的，原諒我太為這事感到激奮了。我不知道說甚麼好，你一定罵我語無倫次吧。但是一個將軍之家，居然為了一個出征的子弟陷在戰火裡，而至這樣的無措，無主……

爲此，他是大爲反感起來。那叫做無措、無主嗎？

沒有辦法——他是承認這個的…他樂意贊同「中國人一天有辦法，中國一天沒辦法」的庭訓。這豈止是母親那樣見不得大門外刺眼陽光的婦人沒有辦法，他們全家誰都是一樣的沒有辦法。

不過嚴格的說，辦法怎能沒有！那太簡單了，簡單得壓根兒扯不上甚麼辦法不辦法的。掛一個載波電話——用不著勞中將爸爸親自通話，交代一聲隨從參謀就行了，打給他的師長，或者團長，不是舊屬、僚友，就是學生，那還不是一句話！……而且不必那樣，聯一那邊的傷亡或失蹤名單，隨時可查，再方便不過。

可是中將父親會不會那樣？他開始推斷父親的心理——天空如此清亮，一群家鴿掠過上空。人不明白鴿子們靠著怎樣的指揮和默契，二三十隻鴿子，如一個整體的轉彎了、低翔了、飛高了、飛低了，不會有一隻逸出——像孔瑾堂那樣慢半拍。牠們沒有向右轉走、向左轉走、向後五步快跑等等的口令。與其說他是推斷父親的心理，不如說是在內心裡扮演父親那麼一個性格的角色。當周軼芬接通了電話，「伯伯，我是軼芬，阿姨跟你講話——」之後，那將是怎樣的一種推演？……

「我是……」

母親不會走上來就報名的。誠如周軼芬這個鬼丫頭所論斷的，見不得大門外刺眼陽光的婦人。

母親小規模的美德裡，沒有電話禮貌之類的修養——且又是跟自己的丈夫通話。

那麼——「很忙是罷？」

「嗳。」

他極熟悉，父親跟母親搭腔，總是那麼吝嗇。好像言語是要花了大錢買的，不得不儉省著用。使用的是電報式的經濟文字。

「金門那邊……怎麼樣了？」母親確實會問得很不理直氣壯。

「看報了沒有？」

「那是昨天呢。」

「廣播比較快些……」中將爸爸不一定就是出於守口如瓶的甚麼軍機保密。但是從來他就不樂意讓家裡知道他在外面做些甚麼。

「廣播還不也是在炒冷飯！」

「你就是爲這個打電話來的？」

「我們老二呢？知不知道怎麼樣？……」

「情況不明。」

「好不好打聽一下？」

「那不是大海撈針！二三十萬大軍擺在那兒，你掂著棍子去找我們兒子？」

這樣衝人的話，母親聽慣了，母親是嚥得下去的。

「那你這個做老子的，是怎麼做的？」母親不會說出這種話的。

「怕不止我一個罷。那麼多做老子的，還不是只有等著看報，聽廣播！」

「那我怎麼辦？」

「替兒子擔心的媽媽，只有你嗎？人家媽媽怎麼辦，你就怎麼辦嘛。」

……

但周軼芬的信上說，電話打通了，他那位中將爸爸不在，飛去澎湖了。

那樣倒好。爸爸不在，免得說些傷人的話，白白讓母親爲了兒子受一場委屈。

這麼一封長信讀下來，儘管讀著，沿途產生一些不快甚至反感，可是不管怎麼說，家裡那種比他的想像要嚴重得多的情況，周軼芬讓他知道得這麼細緻而眞實，好像活生生的推演在他眼前。而且她所給予母親的安慰——那不光是語言上的勸解——她是那樣曲曲折折的想盡辦法，好像領著母親走九曲橋那樣，一個轉彎，又一個轉彎，在違章建築的小家小戶裡，摸索了多少小街，小巷，總算找到了——最後在主管兵力兵員單位那裡，中將父親一位舊屬，把已經獲得的新的傷亡名單詳細檢查了一遍，給了母親一個非常肯定的保證。那麼，再也沒有更好的甚麼可以使母親安心的了。作爲一個大學女生，完全沒有涉世的事務經驗，而除了周軼芬，更還能找出第二個人有如此靈通練達的麼？

雖然，屬於周氏家風的這些作爲，會和中將爸爸的大道之行也扞格不合，可是父親那一套硬頭硬腦的人生哲學，似也未見得就那麼絕對罷。

……看到一夜一天未曾闔目，而且已經兩餐未進的阿姨，能夠那樣恢復正常的用了晚飯，真願她能有一夜的好睡。可以盡力的，為甚麼不去盡力呢？能說這是越分麼？……

對於一個丈夫不在身邊，兒子又在砲火險境裡的婦人來說，這種關切和努力，還不夠麼？

可是還有無數吃不下飯、睡不著覺的母親呢？

兵士們爭論著空投的麵粉袋會不會摔裂了，一面在繼續構工。他一一的望過去……他們的母親呢？何止兩餐未進，又何止一夜一天未曾闔目！

他在心裡約略的推算一下砲戰第二天所發的信，已否到了母親手上。這幾天都在傳說著，空中和海上的交通已經完全斷絕。那是可能的，否則也不會實施空投補給。但是今天來了這一大批信件，想必交通又告恢復了。他感到很安心，不光是爲他自己；這些兵士們的平安家報，就會在這一兩天內，爲他們的母親一解懸念。

還好，黃炎跟自己喃喃的說，我這個排還算完整；我這些弟兄們的母親，還沒有一個要爲她的兒子哭泣——他卻存心逃避的不去想孔瑾堂的未亡人和遺孤。雖然他大爲不滿這樣的自欺。然而，多麼的無可奈何！……

參謀本部戰報：八月二十八日六時，至八月三十一日六時，敵砲射擊金門島群共一萬三千四百零八發。美國政府官員聲稱，八月二十九日晚間，美國政府收聽中共廣播揚言：「美國侵略者必須滾出我們的領土。」該官員引述部分該項廣播稱：「金馬的官兵們，你們已經面臨選擇生死的緊要關頭，不要繼續把自己的性命作美帝的賭注。……如果你們不選擇投降，你們將會全部毀滅。中共軍隊將會像在朝鮮戰場一樣，給美帝國主義一個迎頭痛擊。」

中華民國四十七年八月三十一日

「這裡是『戰地之聲』，在南十五號坑道發音，敬請收聽……」

在邵家聖滔滔不絕的牢騷告一段落的片刻靜寂裡，政工官凌明義，把案頭一盞自製的克難煤油燈移到臉前，權充麥克風的樣子，繼續報告：

「親愛的聽眾，剛才各位收聽的是邵家聖先生所主持的時事評論，謝謝收聽——」

「丟你！」一個紙團衝著凌明義的鼻子丟過來，邵家聖學著那口廣東官話：「見地及星，昔系評論，謝謝休聽——丟你個稀飯，先把你國語出出小操再開黃腔！」

這座建在湖南高地地下的半坑道式掩體，三面都是以地層土石爲壁，正面則是厚度七十五公分的鋼筋水泥牆，兩個單門。掩體前硬是人工開鑿的大約一個籃球場大小的天井。如果放水進去，毋寧更像一座游泳池。天井上空整個架著僞裝網，乍看像枯了葉藤的絲瓜棚。在未曾發生過空襲的情形下，僞裝網唯一的作用，似乎專司隔絕了陽光，免得在東曬的上半天裡，陽光從兩個單門透進掩體，烘烘裡面可怕的潮氣。

爲這個不得人心的僞裝網，被諷爲「戰地之聲」的邵家聖式的牢騷，每當有陽光的上午，便隨時播放著笑罵，那差不多已經是固定節目了。

但是本日節目內容，除了保持原有的笑罵，卻又增加了新的主題——掩體門前的僞裝網下面，堆放著剛撥發下來的一疊「忠靈袋」。

「癩蝦蟆爬腳面——不咬人，可蛇癢人！」

看來，邵家聖很幼稚的，帶著厭惡的踹了一腳那一疊比麻袋好不多少的粗帆布口袋。

「你啊——怕死鬼！」曹家龍誚貶他。

「呵，瞧你曹先烈視死如歸罷。」他就討厭曹家龍那種裝模作樣。「只有你們組訓官才做事，咱們都是吃飯的，怕死的——」

「你把它當作睡眠袋，鴨絨做的，不是也很心安理得了嗎？」

「噢，可以『當作』的？我今天才知道你閣下可以把大便『當作』饅頭吃的。那你今夜就請睡鴨絨睡眠袋罷——現在也可以，『當作』布袋裝，最新式的巴黎時裝，來罷夥計……」說著，邵家聖當眞扯過來一條布袋子，抖開來，鬥牛士的架式，「請君入甕！」他把袋口撐開，給老張和老鄭打了暗號，搶過去抱的抱，拉扯的拉扯，就往曹家龍頭上套，「來來來，試試合不合身——雲想衣裳花想容嘛，可憐飛燕倚新妝嘛……」

這其間經過監察官張勉和保防官鄭祖蔭扯手扯腳的合作，硬是把曹家龍塞了約莫六七成的塞進袋子裡。

「擦哪娘！擦哪娘……」

把組訓官的粗話都逼了出來。平時人倒很少聽過他這麼個規矩人這麼罵人。

「套量嘛，這樣比較合身。」張監察官一旁用撫慰的口吻說。

人是老半天才從帆布袋裡掙脫出來，整得臉紅脖子粗。

這位職司部隊教育，爲人板板正正的特業軍官，剛從帆布袋裡掙扎出來，臉上充血還不曾退，便忙不迭的從胸袋裡取出套著黑色漆皮鞘子的牛角小梳子，不知有多愛惜的梳理起那一頭向來都是一絲不苟的油滴滴的小分頭。

邵家聖把脖子都笑紅了，笑得失聲的全身抖動著，彷彿痛成那樣了。

「娘啦個擦Ｘ！觸霉頭曉得不啦……」還在一下下細心的梳著。好像多梳幾下，可以把忠靈袋沾上去的霉氣給梳掉。

「他媽的老曹，你這話有問題，把成仁取義看做霉頭？誰教給你的政治認識？」邵家聖抓到了話柄。

「保防官，記下來，記下來；組訓官安全有顧慮，這可不是鬧著玩兒的……」

「好的，這個資料太寶貴了。」

可是這些玩笑都打不動老曹的心，手順著油亮亮的髮絲輕輕的撫弄著。似乎是否還有根亂絲兒，才是他最大的安全顧慮。

「放心，想睡也睡不到的——」邵家聖拉長了調子，老聲老氣的說。「晉等考試還是要好好考考的。不管怎麼說，落口棺材睏覺，這少校還是要升的，對不啦？」

「哎呀，我看你甚麼都要爭。君子爭千秋，不爭一時，曉得哦？」

「呵，我還爭鞦韆呢；小人嘛，怎比得閣下！吃菜打衝鋒，辦公打瞌沖，你還是弗曉道格？」

這又挖苦了曹家龍的老瘡疤。

也算得上是個小典故了；當初這位組訓官初來報到，跟邵家聖編在一個飯桌。新到職的組訓官吃相不大中看，活該又碰上邵家聖這個缺德鬼整他。舊話重提，挺不好意思的。

說來也不好怪人家欺生，整他。一口稀飯要八九上十粒花生米。總是小事，看著像是兒戲，但新到一個單位，正需要廣結善緣的時候，好歹團體生活嘛，不能有我沒有別人。

後來邵家聖整他，約合同桌的另外四位，曹家龍的筷子不出動，大家按兵不動。他筷子一出動，五雙筷子就跟他一致行動。他揀一顆花生米，大家各揀一顆花生米。他十顆，大家各十顆。很卡通的動作，好像班教練一般的動作整齊劃一，眨眨眼工夫，一盤花生米就光了。而這位新來的上尉，也夠大智若愚的——或者也是寬宏大量的不予計較罷。到下一頓飯，仍是照樣，這才他發了一點兒小小脾氣，筷子重重的搗了一下盤底兒，罵一聲：「神經喔！」不過也並沒有明確的對付五個同僚中間的哪一個，只是衝著盤子漫然的斥了一聲而已。

然而經過人家聯合制裁，似乎還不很夠徹悟；筷子出動的頻率雖經管制而顯著的降低，但在另一方面，卻表現了是個熱心的肉食主義者；一聲開動令下，總是先挑精華部分，差不多是翻江倒海的把肉塊、或肉丁、肉碎，分出優先層次的尋找。等到挑光了之後，再及於其他的素菜。以邵家聖爲首的五個同桌所提出的對策，是在等候開動口令的片刻裡，共同把菜裡所有的肉類一一挑出來，丟到餐桌上，大家都不要吃。這樣，才算迫使這位新到差的組訓官服了水土，規規矩矩歸化於這五位很不夠寬厚的新同僚。

這個吃菜打衝鋒的小典故一經重提出來——其實只能算是影射，邵家聖的聲勢，更顯得有些奪人。「想想看，你們各位，死嘛，也分出等級來了；成仁呃，對不對？這成仁也分出等級。要是泰山鴻毛之分，倒也罷了。這明兒不是要分出一級成仁，二級成仁，三級成仁來了？閣下，老曹，有何特殊見解？」

「這要甚麼特殊見解！按規定來，這是沒辦法的事，軍人以服從爲天職——」

「我就知道閣下有這張牌好出。」邵家聖搶過來說。「既然如此，那也用不著甚麼教育了，反正都按規定來嘛，閣下可以休矣，光吃菜可矣……」

於是邵家聖的「戰地之聲」熱熱鬧鬧的開播，二十千瓦的電力，隔壁團本部那邊都收聽到了，不時有掌聲之類的反應傳過來。

「好啦，你們有資格睡棺材的哥子，你們好生苦幹去罷，你們才是國家眞正的心肝寶貝。咱們嘛，都是小老婆生的；爺爺不疼，奶奶不愛——」

「誰說我不疼？」鄭祖蔭算捉住了占便宜的機會。

「好，你要疼——只要不怕疼，星（新）媳婦上炕——你就罄等著釘吧。」邵家聖學著司令官的土腔說。「你別神氣，你也是睡口袋的命哩。咱們都是同命鴛鴦，是罷，是罷？我來看——一個、兩個、三個……」指頭點著四周數過去，把在場的傳令戰士也算上，那一疊忠靈袋，似乎還多出一兩條來。

「多出來的，給你得了；」邵家聖指著老曹說。「你是喜歡雙份兒的。」

「給老鄭啦！」張勉把已經從肚子胖起來的鄭祖蔭挑出來。

「對，找到好主兒了，一屍兩命——敢情有五個月的喜了罷。」

「給凌明義得啦，箱子裡頭再吊個裡子也未始不可。」

「還是給咱們曹二舅。」邵家聖說。「他是三伏天也離不開棉被的凍死鬼，給他一套裌的——入秋，一天冷一天了。」

接著，邵家聖又回到自己節目裡來，繼續的發表讜論；從棺材爲何不叫做「忠靈箱」，證明愈是不值錢的貨，愈是美其名。如同上海人把油炸花生米叫做「油呑果肉」，蘇北裡下河的人把水肥叫做「金汁」。

「油呑果牛——怎麼樣，老曾，上海矮話講個地道不啦？」他用惡意誇張的上海土音，窩囊著曹家龍。

「對，對，講得地道。」隔間裡的他們的上司，對「戰地之聲」發生干擾，「所以欺世盜名——邵家的聖人就是這麼塊料。有道理。」

上司的干擾過去，一時間，都鴉雀無聲的靜寂下來。

「主任，可有句話沒有？——強將手下無弱兵？」

他是故意逗人發噱的做出蒙冤的樣子，朝著看不到對方的那個藍布門帘丑丑臉：「把主任的清夢吵醒了不是？」他跟大夥兒擠擠眼，讓人體會他又在糟蹋他的上司「吃飽了就睡」。

「剛說你受了表揚，總算成器了！」上司狠狠的傳話出來。

「大器晚成嘛。」

「眞是山難移，性難改！」

「主任，沒關係，要是上面後悔賞給了我那個表揚，我繳回去。上面也不要太講情面，儘管收回成命。」

黑皮主任出現在門口，手扶著門框，另隻手插在腰間，眼下現出深深的笑紋，一派「看穿了你」而又不欲「揭穿了你」的落拓和忍讓。

「你看像不像？——活活就是成了精的老狐狸，恨得你牙癢。」逢到上司如此對付他，過後他就這麼說說出氣。

「眞的，那個功，我繳庫——替國家節省點兒。」

「留著罷。說不定實施之後，老百姓傷亡數字顯著減低，也算你立下大大一場戰功。司令官一高興，特准免掉晉等考試，保舉晉升少校，那不是也就撈到口棺材睡睡了！」

「對，主任眼光遠大；那我這才叫『升棺』——棺材的棺。」

「好歹，是位校官了嘛。」

「得，憑我這塊料，已經到頂兒了。」邵家聖說。「咱們那個小地方，自古以來全縣還沒出過第二個上尉呢。這明兒裝忠靈袋，有幸追贈我個少校甚麼的，地方上要給蓋廟的。主任你信不信？」

「邵武聖廟嘛。」老鄭趕緊接上腔。

「邵武聖庵！」凌明義跟著糾正。「要住小尼姑，才夠我們邵武聖的胃口。」

「丟你的稀飯！你別目光如豆，光看到老子今天只夠資格用條口袋草草收拾就算了——虎落平原遭你犬欺。等著瞧，有那麼一天，故陸軍大尉邵某某的衣冠塚，成了咱們那個縣分十大名勝之一。

逢上春祭秋祭，縣長議長都要去遙祭國殤的。懂不懂？」

「那可眞叫風光！」

「所以主任不是常常教訓咱們嘛——你們要眼光放遠點兒呀，要有抱負呀，理想呀，是不是金玉良言，你們要牢記在心哪……」他是帶針帶刺兒拐著上司的一路數落下來，而且一臉氣得死人的那麼正經。

「恐怕啊——我看，嘿！」做上司的依然那個瀟灑的姿勢——好像爲了要表示不爲甚麼所動，所以才那樣。「要說目光如豆，錙銖必較，恐怕只有沒經歷過作戰的人，才會那樣。我是這個看法。」

「對極了。」他接過來說。「主任這番高見，眞是一針見血。噯，各位，你們誰沒作過戰的，舉手看看，有幾位是太平官？」

「你倒好像身經百戰過。」

「客氣，這還是吹的！哈哈——」丑角的笑法。「百戰沒有；大小戰役十幾二十回合，總是有的。」

「你打過勝仗？」凌明義插進嘴來，但是有些文不對題。

「操他，你以成敗論英雄？」

「我倒想請教你，」團主任說，「你參加過的十幾二十回合戰役，有沒有人陣亡？」

「那用說！賭錢一樣。多輸少輸而已。打仗難道還有郎中？」他環顧了大家一圈，「對不對，你們各位？」似乎要以徵得大家默認的方式，進行統一戰線，來孤立他的上司。

「那我就問你，陣亡了怎麼處理？」

「那還不是——」話接得太快，發現中了上司的埋伏，立刻機警的停止前進。

「還不是甚麼?」上司追問著。「還不是——來得及的，挖個坑，蓋點土，記個記號。來不及時，還不是只好那麼晾著，等著野狗來肉葬!」

「那太平常了。時間從容的話，土堆上再澆點兒石灰水，算是了不起的厚葬了。」鄭胖子附和著說。

「好像說……那樣可以防止野狗來盜墓……。」

「有此一說。」

「不可靠。」參加過中原黃泛區會戰的張勉說。「照盜墓不誤。不知道你們經驗過沒有，一場大會戰打下來，清理戰場的時候，那些野狗才不怕人咧——死屍吃得眼都紅了，趕都趕不走。弄得不好，活人牠都照樣竄上來咬你一口，得耗掉幾發子彈才行——」

「那好，讓咱們老凌碰上，可以過個肥年了。」

凌政工官一聽這麼損他，直皺著鼻子。「誰敢吃那種吃死人的狗?別叫人倒胃罷。」那樣子的一臉厭惡，好像已經誤吃進了嘴裡，吐都來不及吐。

「吃人者，人恆吃之嘛。」

「你聽他瞎撇清!」邵家聖轉過去，衝著老凌說：「你們偉大的老廣，嘿，四條腿的東西，你們除掉桌椅板凳不吃。」

……

扯淡著這些戰場上的回憶和經驗，由騎科轉政工的張勉，見識過夠多的場面。在黃泛區的戰役裡，戰車每次出擊回來，履帶裡都塞滿了血肉。「要跟莊稼戶借招鉤——知道罷，兩個齒兒的。」說著彎起食指和中指，比畫出樣子來。「刨土用的傢伙。就用那個來刨履帶縫子裡亂糟糟爛糊糊的人肉；大家都叫做『給戰車剔牙』。」至於那些趕來湊熱鬧的野狗，開始時並不敢輕易下口。「到底是狗，對人終究還是存幾分戒心。轉來轉去的，不知道蹭蹬多久，挺有耐心的。然後這才試著對死屍兩隻腳拉尿；轉過來一遍，轉過去一遍，一點點往上移過去，最後才試著對頭上，臉上，一遍一遍的拉。非等到確實證明你不會動一動了，這才下口。——精靈得很咧。不過，一旦死屍吃多了，吃紅了眼兒，可不就那麼慢條斯理的辦手續了；慢說死人，就是活人，手裡沒有傢伙的話；再不然，要是一兩個人落了單兒，好，那牠能像瘋了一樣，衝你撲上來就咬……」

大家專注的聽著，這個監察官越說越有勁兒，即興的想起一件稀罕事兒，一條畜生也許下口太狠，牙齒嵌進死人骨節的韌筋裡，拔不開來。等他們清理戰場發現到的時候，那條老黑狗已經掙扎得筋疲力竭，動都動不得了，翻著眼珠兒看人。

「這話得趁熱聽——冷掉就成了鬼話了。」邵家聖表示著很難堪的不屑。

「除非你是鬼耳朵，才把人話聽成鬼話。」戴著血型戒指的手，做出烏龜爬動的樣子。「騙，你是這玩意兒。」

「你才是那玩意兒。」他可不能吃那個虧，是他造出來那種發誓罵人法的鼻祖。

「後來呢？」傳令戰士王承義執著的問。

「後來還有個甚麼好結果？一起拖進坑裡給埋掉還不是！」

「聽見沒，老凌？暴殄天物，又是上品——黑的嘍，一黑二黃，三花四白。」

「活埋啦——那畜生？」王承義還在贅著問。

「那還禁得住兩槍托！」張勉用夾著香菸的手掌，作勢劈了兩下。「說也挺可憐的。咱們走近去，直翻著白眼看人。說是吃東西吃紅了眼兒，眞沒錯，白眼珠子眞的是紅赤赤的，帶著殺氣。再可憐也沒辦法呀，喉嚨裡唧唧唧直叫，你總不能把牠嘴巴掰開，幫牠把牙齒撬出來罷。那就只好一鍋爛，給那個匪幹陪葬了——算那小子福氣不小。看那小子派頭，起碼是個營級幹部。只有營級以上的，才有資格穿膠底鞋。」

「公狗還是母狗？」邵家聖總是比較關心這些。

「誰還有閒工夫管那些！」

「差勁透了。要是條母狗，說是陪葬還算過得去。是罷，各位？」

「所以說——」黑皮主任咳嗽一聲，把嗓子清了清。那似乎表示一個人要正式正道的發表點意見了。「中外古今，有誰個作戰能把喪葬的事務準備這麼周全的？不錯啦，該知足啦你們。公家已經盡其所能的照顧大家了，別不識好歹，無事生非，淨在那兒擾亂軍心！」

臨回到裡面去補覺，這位中校主任連連的打著呵欠說：「拜託拜託你們『戰地之聲』，聲量略微開小一點兒好罷！」

瞧那麼樣的睏法，看來昨夜又是整一個通宵了。

「哪有道理要這麼緊張的！」這樣的時候，誰也擋不住邵家聖要饒上點兒小話。

「夠光罷？」凌明義摸摸自己下巴，笑他被上司刮了鬍子。

「幹麼？你是要割包皮，還是開痔瘡？」

「你才喔——你才要動手術嘍。」

「我就我。再摸一遍看看，夠不夠光滑，免得藏細菌甚麼的。」

凌政工官被他堵得一時反應不過來，咧起大嘴，傻哈哈的笑得無可無不可。

「其實，哼，我倒眞那麼窮極無聊，跟你們校官爭棺材呀？哏，有些事兒，實在欠妥，叫人看不過去，你這位督察大人有責任的——」

「好好好，我那口棺材反正也用不著，讓給你——我寫轉讓書。」張勉說。

「我做二房東。」

「隨你貴官怎麼處理。」

「你別美得把你『言官』的責任都忘乾淨了。『隨你怎麼處理』，多方便哪，孔瑾堂的案子結不了，你是幹麼的，吃飯嗲？」

「抱歉。官卑職小，人微言輕。」

「又還嫌你棺材墓碑小了？」

把孔瑾堂的後事提出來，那是多少含有點兒喜劇味道的……。

孔瑾堂該是他們十九團的第一位陣亡將士。人都受不了他那凡事慢吞吞的性子，幹甚麼都老是搭不上板眼兒的慢半拍，這事卻搶了第一。說起來也算有他的憨福，第一個殉職的戰士——誰料到這個仗一打起來就沒完兒拖了下來呢——團裡當作大事處理，一口上好木料的好棺；事實上小一些也裝不下那麼肥胖的塊頭。棺上覆著國旗，下葬到太武山公墓，入祀忠烈祠。飾有雲頭的墓碑還在硃著，三兩天內就可以豎碑了。

「夠不錯的，是罷？憨人有憨福啊。」邵家聖聲量又不自覺的挑高起來。「可是怎麼樣，御史大人？你知道的，簡報一下罷，怎麼樣了？——不是人事官說，咱們都還不知道呢。到現在，你們各位知道罷，孔瑾堂睡的那棺材，到今天還報銷不了呢——不合規定嘛，是罷，御史大人？你是法令規章專家，報銷不了，笑話不笑話！怎麼辦？結不了案怎麼辦？」

「老兄啊，你操心太多了！」張勉回到位子上辦公。

「我才不用操這個心咧。我就是要冷眼看看。那再把孔瑾堂倒出來。把人當作月餅，裝錯了盒子，倒出來重裝，是不是？」

「小子，你少缺德罷。」凌明義插嘴說。

「又少缺德了，丟你！」他又學起廣東官話。「人可眞是禍福無常。說孔瑾堂憨人有憨福嗎？怎見得不是塞翁得馬？孔瑾堂泉下有知——他那個人，你們都沒我清楚；活著時，老被人指摘，被人取笑，連生得那麼胖，都覺得是自己的錯。如今泉下有知，曉得他睡的棺材成了問題，又好心裡難過了……」

前天，陰曆七月十五，中元節，邵家聖本來已經把允了張簡俊雄的事忘記乾淨了。張簡俊雄請他的排長打電話來，這才提醒他，弄了部吉普車，開來黃炎的陣地，載人去太武山公墓。全排的人，都爭著要去祭祭他們的戰友孔瑾堂，弄得誰去誰不去都相持不下。

「好罷好罷，你們統統都去，抬著吉普車去，省得燒汽油。」

邵家聖好優閒的坐在駕駛座裡，燒上枝菸，打算靜候他們爭吵一百年的那副神情。

載著黃炎、李班長和孔瑾堂的左右鄰兵，駛上中央公路。東南方，大約飛機場那個方向，正在冷冷清清的落著砲彈。

隔那麼一段距離聽到的砲聲，差不多像敲打著某種金屬的大桶子。聲波震盪著大氣，鏜……鏜鏜……那是在有一下沒一下的搥著一面厚厚重重的大鑼。

「邵參謀，你經常開車出來跑？」背後，謝水牛叫著問他。

「嗳，家常便飯。」

「你眞勇敢噢。」

聽那口氣，憨厚得很可愛。

「勇甚麼敢！」他說。擋風玻璃推前去，平放到引擎蓋上，一張口說話，風就猛往嘴裡灌。公路修復如新，車子開到六十邁也不止，他是正在過癮著。

「沒有經驗墊底兒，你勇敢起來？」

風是隨著車速加強，熱烈的撲打到臉上來。揪住機會，他總是要大過飛車癮的。

「邵參謀，你這是寶貴經驗哪。」李會功班長，彷彿品味了半天，才品味出了道理來。「一點兒也不假，膽子是要靠磨練的。」

「現在噢，我們充員噢，你知道嗎，差不多都很勇敢了。剛到金門時噢，大家都害怕，太近了，和共匪。最害怕的噢，還是水鬼啦——」

「哪裡甚麼剛來金門時！一聽說要被開來金門，就害怕起來了。」謝水牛玩笑說。

他聽見謝水牛的話尾上拖著自己挖苦自己的笑聲。好像這個小兵講的是自己小時候尿床之類的可笑的事情，也是蠻可愛的。

「說起害怕來，沒有誰生來就有副賊膽的。頭一回拉上火線，沒哪個不是倆小腿兒直打小鑼的。」

「邵參謀也是噢？」

「邵參謀也是人嘛。」

「班長呢？」

「哪個不是一樣？班長也沒生兩個膽兒。」李班長回答說。

兩個兵士似乎都很快樂，感到放特別假一般的充滿了娛樂欲望。而且忽然之間跟班長走得很親近似的，簡直想伸長了脖子唱唱歌甚麼的了——如果不是專程來祭奠孔瑾堂的話。

「現在做駕駛的，也都磨練成精了——經過這兩天砲戰打的。」邵家聖把車子減速了些，側側臉跟黃炎說。「一個無名英雄像，一個無愧亭，這兩處都是匪砲的標定點，駕駛人員都摸清楚了。你儘管打好了，摸清楚了這個，哼，中央公路上通行無阻。」

「讓土匪聽到了，不是氣死！」李會功搭訕說，學著高級長官那麼的稱呼敵人。

「還有，我跟你們講——」邵大尉往後座側側臉。「你們排長、班長，都是經驗豐富，比我行，我不跟他們講。你們兩位不知道摸到竅門兒了沒有；我問你們倆，聽到對岸砲出口，假設是衝你們陣地打來的，那你們有多少時間好用？」

車子迅速躲開一個已經填補了沙石，還沒有鋪上水泥的彈坑。車裡的幾個人，好像裝在盒子裡，狠狠的左右搖晃了一下。

也許沒有聽懂，或者沒有聽清楚，兩個新兵半天沒有反應。

「你倆都仔細聽著，邵參謀這都是寶貴經驗喔！班長也不知道的。」

「客氣客氣。」扶著方向盤的手，跟後座的李會功揮了揮。

「是說……邵班長——喔邵參謀，你是說，對岸大砲打出來，到打到頭上，中間有多長時間是不是？」

「丟。」

「張簡你有數過錶沒有？——我沒有數過。」

「差不多噢，三秒鐘有沒有？」

「你瞎猜！」邵參謀說。「看甚麼錶！你還那麼從容不迫的看錶？」

「數到十。」做排長的上車以來，這才第一次開口。他一直在想著孔瑾堂那個模樣，最後到二三八號掩體來傳令的那個景象，以及未亡人和遺孤的撫恤種種。

「記住，你們倆。」李班長一旁叮囑著。

「我來數數，」謝水牛乖乖的數起來：「一——二——三——」

「太慢啦，要數快一點。反正啊，有你快跑三十步左右的時間。足夠是罷，李班長，足夠就近找個彈坑躲躲的了。」

「足夠了。」李會功應著說。

兩個老實兵試著數，認眞的練習著，時不時你指摘我快了，我褒貶你慢了，小孩子一樣的爭持不下，找邵參謀給他們做裁判。

「你們都別死咬住驢鳥往兩頭掙。像孔瑾堂，你數到十，他還沒數到五呢，各人速度不同，要自己去聽著砲聲數幾遍才可靠。慢慢兒來，反正你相信，有充充裕裕的時間給你躲就是了。」

「這可等於邵參謀給你們上一課，千萬記住噢。」做班長的跟兩個新弟兄說。

「不過，也不是甚麼時機都能用得上的。碰上像頭一天跟大前天那樣，炸豆兒是的，你還數個卵子！」

車子停到公墓前牌坊一側的空場上。那裡已有好幾部大型的車輛。

從牌坊這裡往前走，到紀念碑和祭殿，一路上不少的人來往著，帶著祭品的，克難花圈的。還有攜著整串錫箔元寶的，風裡飛翻著耀眼的銀光，看上去倒像是那人穿了一身甚麼儀典用的裝飾。

找到陸軍上等兵孔瑾堂的木板墓碑。算來也只不過五六天的光景，墳土已經零零星星生出一些針狀的草芽。好像等不及的得到這麼一堆新土，趕緊的繁殖起來。

孔瑾堂調來團部，是他邵家聖建的議，實在是同情他那麼個肥笨的體型待在班排裡太苦了。可是這該怎麼說呢，沒想到愛之反而害之，留在班裡反而無事。黃炎是有福氣，擺在第一線上，完完整整的一個排，唯一陣亡的只有這一個。神差鬼使的他那麼多事，把這個胖兵打他排裡拖出來去送死。

「你這小子，走運透了！」他瞥了黃炎一眼。主要還是見這位少爺排長那麼悲戚兮兮的，他還習慣不了做一個軍人而竟這麼小兒小女的情感起來。

這樣子的光景，他邵家聖不得不像逃避責任似的認爲那是定數，命該如此；孔瑾堂命該砲戰的第一回合就得殉職，但是黃炎卻又命該走的官運，命該他帶的一排人裡頭不可折損一兵一卒。上等兵和排長兩個人的命既然這麼犯沖，好啦，你這個愛多事的邵家聖，夾進來串個腳色罷。結果，罪過算到你頭上，送你一份歉疚，窩囊窩囊你，當作你串演了這個腳色的酬勞。

事已過去多日，也無所謂甚麼自責自讉了，命該如此嘛，誰都不要怪。事先誰能把事情看到底呢？要是曉得夜裡要尿炕，熬它一夜不睡總可以。這可誰都料不到的。要怨只有怨敵人大發神經，忽然戽過來那麼一場砲火。而擊中孔瑾堂的，不會不是俄製的一二七、一五二……

「瑾堂呀瑾堂，走了倒是福氣……」李班長把散落的燒紙往火裡偎偎，不住的抽著鼻子。「胖子，你行動不方便，早走一步也好，省得擔心受怕。咱們後死的，要替你報仇……。孔瑾堂，你放心，國家會好生照顧你家裡的，孩子也會由國家扶養教育的。你睡這兒也放心好了，咱們在金門一天，總要早晚送點兒錢來給你花花的……」

陽光底下，火焰失色的飄散著。

心情再有多麼沉壓，也仍然禁不住老沒正經的邵家聖把李班長這麼黏黏叨叨的數說，聯想到黛玉葬花上面去。差不多衝口吟出「儂今葬花人笑癡，他年葬儂知是誰……」可是細想想，誰說得定自己不是孔瑾堂的下一個？又是誰來墳前燒把紙了？

他也湊了近去，蹲到張簡俊雄挪開的空位子裡。他是羞於規規矩矩的把情感認眞表現出來，手攏在焚化錫箔的火焰上。太陽曬得死人，他卻那麼突兀的，烤火的樣子蹲在那裡。

「小子啊，孔瑾堂，」他烤著火說：「黃泉路上無老少，白髮人送黑髮人。胖老弟，你老班長說的不錯——先後之分。人總歸是一死，後死占不到甚麼便宜，睡忠靈袋，不如你挑的是個時候，也算重如泰山，夠心安理得了。瞧瞧整個金門打得像蜂窩一樣，你躺在這兒，夠多安穩，多有福氣！要說你睡的這口棺木結不了案，別管他，你放心安安靜靜睡你的，別不安。你還記得船上事罷；甚麼士兵不能進官艙！邵參謀把你領進去，誰敢哼一聲……」

可是邵參謀站起來時，兩個兵爲他紅紅的眼睛裡含著淚光，不由得也跟著肅然起來。經常跑來他們排裡，排長的好朋友，他們太熟識這個吊兒郎當的上尉了。他這樣的人居然也有傷感的時候？

「眞甩！」也不知罵的是誰。紅著眼笑笑的。「煙燻的，煙燻的。走走走，上車回去。」

車子發動時，邵大尉又伸長脖子回頭看看。「也別說，選這個地方，好風水。正巧是太武山的死角。瞧，連根樹枝都沒傷到。五六年前就看到了今天這場砲戰，不知哪位看的陰陽，有這麼好的眼力。」

「是說咧。」李班長也跟著讚歎。「要是把死者弄得翻屍倒骨的，那多甚麼……」

「是啊，又不能給他們一人築一個碉堡。」他的傷感，總是那麼容易的就過去了。

「幹麼？你們當笑話聽？沒人心的！」他又找到了張勉頭上。「大概這些繁文縟節的法令規章，唯一的好處，我看，該是你們這一號的吃飯傢伙。」

「甚麼話！」老凌一旁搭話說。

「甚麼話？——唐巧古畫。」忽然想起來的看看錶，抓了頂鋼盔就走。「淨跟你們這些傢伙扯個甚麼淡，把要公也給誤了。」

他剛要走，老凌趕上去奪他手裡的鋼盔，「你小子就愛這樣亂抓！」

「別胡鬧，師部開會去，間不容髮，間不容髮……」

兩個人糾纏了半天，還是讓他抱住鋼盔溜掉了。

「打死打不死，反正都會還你。」已經看不到他人，又折回來。陽光穿過絲瓜棚子似的僞裝網，飾了他一身花花的光影。「各位，勞軍罐頭會，你們都有好處的。胖二舅，給你雙份兒。」

半晌，凌明義還氣虎虎的扠著腰，豎在當門那兒。

「你都不知道這小子有多亂。」胖胖的光胳膊指著門外天井，要求大家給他主持正義似的。「現在全師的鋼盔恐怕都被他搞亂了。你們等著看嘛，等他小子回來，不是敞著腦袋就是又抓了別人的鋼盔回來……」

他是不甘心的一頂頂鋼盔找過去。翻一頂過來看看，就有人護著：「嗳嗳，別動，那是我的。」找到末了，洩氣的一屁股坐下來。

「怎麼樣，沒有誣賴他罷？他自己鋼盔又不曉得丟到哪裡去了。」

沒有人搭腔。

「亂仔！」想起來又補上一聲：「我丟他老毛嗨！」

參謀本部戰報：

一、八月三十一日六時，至九月二日六時，敵砲射擊金門島群二千三百二十發。

二、本日零時三十五分，我軍艦四艘在料羅灣海面，先後與敵魚雷快艇十二艘激戰，擊沉敵艇十一艘，重創一艘。

蘇俄《真理報》今日提出警告：任何方面對中共構成威脅，均等於對蘇俄構成威脅。

中華民國四十七年九月二日

那個曾打破全運一千五百公尺徑賽紀錄的長人，每日清晨都是那樣例行的邁著鹿一樣輕柔的長長的腿，在營防區裡，順著幾條交叉啣接的道路，跑上五千公尺左右的那麼一周。天天，天天，每個清晨都是這樣。

晨間的夜霧尚未退散，操作的兵士們，遠遠看去，都是半個身子沐在地氣裡動盪。似乎只有那麼個長人，那麼惹眼的凌駕雲靄之上的飛躍著。他那樣穿越在殘落不齊的行樹間，眞就是一匹奔逸的鹿，影片裡慢動作的那麼輕捷，柔美。

村頭上，剛給老人們送過豆漿饅頭回來的段福元上等兵，跟著他的班長後面——臧班長是去看看村裡兩座防空洞還需要怎樣加強——兩個人剛走出村子，就碰見那個長人迎面跑來。

「營長早。」兩個人靠到路邊，同時舉手敬了禮。

長人一路規律的喘著氣，遠遠就聽得出來，吸吸吸吸，呼呼呼呼，那麼不緊不鬆的大聲呼吸。人是只著一條運動短褲，腰裡塞著一條白毛巾，鏗鏗有聲的跑鞋，敲著路面跑過來。

那種規律的呼吸，似乎是不容破壞的。長人只揚了揚手，回了兵士的敬禮和問早。

兩個人停下來，一齊目送著他們營長的背影。那是標準的倒三角形的水光光的汗背。

「眞是風雨無阻，」臧雲飛搖搖頭，帶著歎賞的說：「連砲彈都無阻。」

「叫我天天這樣，恐怕做不到。」

段福元說著，原地邁著步子的跑起來。

「媽的，看人家拉屎你腚癢癢。」臧班長笑罵著，不以爲然的冷眼睨著段福元那樣蠢蠢的原地練腿子。

「嘿，蠻難的。看看營長跑得蠻輕快。」

這個上等兵不服氣的試了再試，想能學到他們營長那樣的跑法。

沒有經過長期的苦練，眞還跑不出那種中距離長跑的步式。腿是直直的邁出去，分列式的正步那樣，怎麼能伸得那麼直呢？段福元費解的歪腦袋研究自己這麼不聽使喚的笨腿。營長不但是打直了腿邁得那麼遠，上身微往後仰著，而那彈後去的腿，差不多高到勾得著臀部。

努力了老半天，空飯盒請班長暫時替他拿著，邁出去的腿仍然打不直。這簡直叫他不服。

「瞧你那身蠢肉，去唱五花洞罷，個老子的！」臧班長白眼珠瞪得老大，憋住不要笑。

回往陣地去的路上，時不時的想起來，還是不服氣，又再踢蹬一陣，不知有多死心眼兒，但還是不成，惹得他班長笑得直揉肚子。

回到陣地裡來，兩個人發現到他們那位營長已跑了一大圈，來到他們排上，停留在新做的還不曾完工的坑道那邊，同他們排長講話，還有團部下來的張監察官。好像在商量甚麼，有個兵士，那是話務士劉明輝，也在插嘴說著甚麼，有點指手畫腳的——遠處看去，在長官面前實在不好動作太大。

看樣子又不是商量坑道的工事。「出甚麼事了嗎？」臧班長走著，口裡跟自己說。「這麼早，監察官下來了？」

那位營長一面聆聽著——那麼高的身材，應該說是垂聽著，一面乾毛巾按在胸肌上急驟的擦著，好像一局拳擊下來，連忙的摩擦周身肌肉那樣。

臧班長湊近去，沒等給長官們敬禮，一聽談的是周金才的事，立刻替他的排長不放心起來。

「……要不是主任交代時，已經很晚了，昨夜就該來的……」監察官張勉說。「主任還特別強調了——問題不解決，永遠是問題，所似……」

周金才不是他臧雲飛班裡的兵，但幾位班長都爲這事發煩。排長嘛，年輕，心軟，閱歷還是太淺，不知道厲害。本來是樁閒扯淡兒的小事，依著他們四位班長共同的意見，三下五除二的早就解決了，哪興由著那種兵裝孬不出掩體！要說怕死，誰不怕，螻蟻尙且貪生。說怎麼也不通的，人家都把命掛在帳上，獨你周金才的命値錢？別人不說，就論排長罷，中將家的少爺，還不夠金枝玉葉！你周金才老子不過是個兵工廠的副領班，你周金才當兵前，也只是個三等三級的鉋工，我就不信你能嬌養到哪裡去……

可是排長就是不依他們班長們蠻幹，還笑李會功是甚麼巴頓將軍。建議排長給上面報個備，至不濟也該讓連長知道一下，偏又害怕傷了周金才的甚麼自尊心。去他的蛋！有他裝縮頭烏龜，還有他鳥的自尊心，不要臉的東西，連他班長的臉也按在地上蹉了。我要是李會功，排長是排長的一套，我有我一套，老子不整死他才有鬼哩，我倒不信邪……

「不過，」黃排長好似挺有理的樣子，侃侃而談的向兩位上級申辯著：「要說影響戰力，四十個戰鬥成員也不少他一個。再說，我已經讓他接了話務士，也不能說他沒有參與戰鬥——」

「你們連長呢——康連長的意見呢？」營長仍在用毛巾一處換過一處的摩擦著肌肉。

「我不能那麼無能，凡事請示，讓連長來操心這些瑣事。」

「像這樣的事故，不能不視爲特殊問題，應該隨時反映，就是你做排長的已經作了適當處理，也該反映上去。至於不讓連長曉得，老弟，你恐怕推不掉失職的過失。」張少校搖著頭，好似很替這位老弟惋惜。

「可是絲毫沒有貽誤戎機，影響任務。營長最清楚，第一線上像我這個排這樣完完整整，兵力絲毫沒有損耗，全金門數不出幾個來……」

這樣好像挺有理由的申辯，臧雲飛一旁瞧著，雖然很服他這位排長肯爲部下扛事，卻又不能不替他的排長著急。你跟上面爭執這些幹麼，少爺？把上面惹火了，吃虧的還是你這位起碼官兒。臧雲飛挨近去，偷偷扯了扯排長圓領衫的後襟。

黃炎自然看得出來，這位也算很熟識的監察官，人是和他剪的平頭髮式一樣，愣稜角角的，禁不住他幾句不順耳的頂撞，臉子就立時發板了。可是像這樣的排裡的事，跟團部隔著多少層，團部能夠充分了解嗎？憑藉著甚麼來處理呢？這不是三言兩語說得清楚的。正因爲如同這位少校監察官所說的，這是一個特殊問題。既然特殊，就不宜引用通則來處理。

「不然，老弟；」張勉說：「特殊問題有特殊問題的現成法令做處理準則，倒用不著你來傷這個神。」

但在黃炎看來，這該怎麼說呢……真是不解風情。在李會功和其他三位班長屢屢嚕囌著建議他向連長報備一下的時候，黃炎已在心裡略有了準備，他已想到需要解釋時，他該持有些甚麼理由。可是拿那些理由來跟這個理平頭的監察官分辯，憑那樣稜稜角角的神經，豈不會一個一個簡簡單單就被駁倒嗎——

——一個小兵的人格尊嚴，應該被尊重……

——這樣沒出息的畏戰，他自己先就已經不要人格尊嚴了。

——我想，一個人怕危險，怕死，是合理的；不怕危險，不怕死，才是非人性的。

——這麼說，貴排四十位大員，三十九個都是沒有人性的嘍？

——我不是這個意思。使一個人從怕死、怕危險的本能，提升到不怕死、不怕危險的境界，有兩條路可走；一是使一個人認識和相信人生還擁有比活著更重要的事物，一是超理性情操的修養。

——那麼，你打算替這個怕死、怕危險的兵，安排哪一條路？

——這兩條路都不是可以立竿見影的。除掉這兩條合情合理的路，並不是沒有別的路可走。路，多的是；麻醉是可以的，像義和團那樣。強迫是可以的，像人海戰術那樣。誘惑也是可以的，像拿破崙那樣。可是那都是邪門兒，不是正統的練兵和帶兵之道。

——這樣說來，那就只有聽讓你這個兵躲在掩體裡頭，聽其自然嘍？

——時間最厲害。時間產生習慣。就像馬戲團表演高空特技的團員一樣——

——要是個個都等著習慣了，才能擔任任務呢？

——這不是個普遍問題。

——別人爲甚麼不怕危險，不怕死，就只他一個人這麼害怕？

——所以這是個特殊問題。

——你既知道這是個特殊問題，你可知道特殊問題的處理程序？爲甚麼不以最迅速的方式呈報上去？爲甚麼不立刻處理，解決，爲甚麼隱瞞？爲甚麼不貫徹命令？爲甚麼戰鬥成員中允許有貪生怕死，苟且偷安的例外行動？爲甚麼？……

他是沒有辦法答覆這些無其數的爲甚麼的。

「我想，事情膠著在結果上，並不是處理問題的好辦法。」營長摩挲著下巴，沉吟了一陣說。接著，像是爲了沖淡一下他自己含有指摘意味的詞鋒，特別向張勉客氣的笑笑。「好不好這樣呢？我們深一層去了解一下這個兵的恐懼心理，然後再商討個妥貼的處理方法。黃排長，你有甚麼意見，說說看。」

黃炎咬著大拇指甲，想著甚麼。

楊排附送過來一件軍常服上身，「營長要披一下罷，早上很涼。」

「謝謝，謝謝。」營長接過那件漿燙平整，剛抖開來的板硬的軍常服，隨便披了半個光赤膊。

「不管怎樣，」營長跟監察官說：「我們並不如他們了解基層狀況，是罷？」

顯然這位營長有意表示了一種護著自己部屬的微妙的意味，黃炎敏感到這樣的一絲親情的暖意。好像那件軍常服是披到自己身上來的。這使他不由得覺著自己頂好盡量溫馴一些才是。一個剛直的，或者比較倨傲的幹部，大凡碰上上級這種調查，近乎不信任的舉措，似乎總會直覺著被找麻煩的反感。

可是營長既然表露了這種親一層的和懂得尊重下級的意味，他便決定把那些所曾準備了的理由，一一的給營長提出報告──雖然那些並不是他對於周金才心理狀況的可靠的判斷。

營長品味了一會兒他的報告，「我同意你所謂的『習慣』。張監察官呢，請指教指教。」

「我沒甚麼意見。不過，我要有個處理結果，回去我好面報主任。」

營長的臉孔冷了冷。這個，黃炎留意到了。不過那是不易覺察的，很細微的變化。好像那邊升起的朝陽，看不出移動的在移動著。

「再說，」張勉搔著他的平頭。「等著這個兵去習慣了砲火，那太甚麼了……我想，那不妥貼；起碼，那不是一天兩天就能習慣的。倪營長，你認爲呢？……」

是罷，黃炎跟自己說，沒出我意料，那些理由是不會被這位監察官所承認的，更不用說還會接受了。

他注意著營長的反應。

那張清癯的長臉，緊緊的收歛著，像是唯恐現出甚麼表情，走漏了他的心事。

這位少校營長，身架是那樣的修長，細瘦，看得出來底子並不是一般所謂的運動健將，生就四肢發達的那種體型。那是後天的功夫，出於意志堅強，持久苦練出來的。如同一個人生來就本不是讀書種子，結果下死功夫讀了一肚子學問。然而看上去總是給人一種不十分和諧的感覺。

「那……」營長著力的摩挲著下巴，嘴唇閉得很緊。從思索裡他抬起頭來，用那對似很憂鬱的眼睛，看了看監察官，又看了看黃排長。「……我覺得……我們該找這個兵談談。」

「報告營長——」

「倪營長，你請方便，你還有事罷，不好拖住你……」

倪營長友善的笑笑。「這是怎麼說！我營裡的事不是？職責所在，怎麼可以不管。那我們現在——早飯還早罷？」

「還有一會兒，」一直待在一旁的臧雲飛，看看錶說：「營長就在我們排上用早餐罷，還有監察官，從來沒有賞光過。」

「怎樣？」營長也看了看腕上手錶。「現在高級司令部流行早餐會報，咱們也趕趕時髦罷。怎樣？」

決定要在這個排上早餐，一聲交代，臧雲飛忙著去張羅。「報告營長，進掩體去用罷？」楊排附仰臉看看天上。那副神情，好似擔心天氣不妙，怕會隨時落一陣大雨下來。

地霧散盡，天空晴朗得透明。初秋時令，太陽已在向南回歸，不似夏至時，日出在太武山的背後，差不多要到夏令時間九點左右，太陽才姍姍露面，現在卻已遍地泛著橘紅的陽光。

新構築的半坑道大型掩體，進度神速極了。砲彈越打得緊，兵士們越搶工搶得來勁兒。只四五天下來，差不多只剩堆土工程。這位長人營長由黃排長領著下到裡面來巡視。

地還沒有打水泥，坷垃窪疤的砂石，人像落腳在砲彈打過的爛地上，幾乎沒有一塊平整地可以兩腿垂直的站穩。四壁的模板也還不曾打掉。模板是用彈藥箱的板子湊合的。靠亮口處，看得出木板上那些黑色的噴字，倒的、正的、側的、斜的、半個的，那麼自由的散落著，可認得出來，然而沒有甚麼所謂的可讀性。

掩體裡光線很暗。這樣的狼藉，害得人探險似的摸索著，腳底下老是深了淺了的沒有個準兒，他是擔心著營長那麼高的身架，不當心腦袋碰上模板的釘子、鐵條甚麼的。

「有工兵來指導嗎？」張監察官出於驗收習慣的，指頭在模板上這裡叩叩，那裡敲敲。

「有的。」黃炎接過張勉趕著送來的手電筒。「不過排裡有三位弟兄，都是幹過水泥工的。老弟兄也多半都很在行——」

「要好好監督哦，性命關天的事，可千萬不能有一點點大意。」監察官諄諄告誡。

「這你儘管放心，」營長那高個子，適巧踏在凸起的砂石堆上，頭幾乎碰到頂板。營長帶著笑聲說：「你還擔心他們偷工減料？」

監察官沒作聲，也沒再繼續去敲打身旁的模板。

「你們很行，夠快的了。不是才三四天的工夫嗎？」走了兩步，營長又停下來說。

黃炎感激的望著他的營長。雖然這麼暗法，誰也看不清誰的面孔。

「不，已經五天了。今天把水泥地打好，頂上再加積土，今天一天差不多可以完工。」

「夠快的了。」

「弟兄們都好賣力，只要頭上沒有嘶嘶響，砲彈打得再近，沒有誰會停下手來。」

從另一頭出來，在一段洞口的露天坑道一側，黃炎特別指給營長看了也是用鋼筋水泥築成的便所，說明怎樣從地下排水排糞到外面的崖頭下半密封的土坑裡。

營長一再的點頭，卻憋不住的笑著說起砲擊最嚴重的時候，排洩一次要斷續好幾回，他眞擔心大家腸胃要中毒。「也許一褪下褲子，失去安全感，膽兒特別小——怕死後還落得個不體面，不能那麼場台……」

幾個人笑了一陣，營長問起周金才的排洩問題。

「好幾天了——」黃炎解說著。「除了二十三號夜裡，把褲子弄髒了，一直都不知道他怎麼解決大小手。他自己是不吃不喝，差不多半停食狀態。弟兄們好心逼著他，有時勉強喝點豆漿，或者青菜湯甚麼的，可是看得出來，一點胃口也沒有……」

「他倒頑固個甚麼勁兒呢？人家弟兄們出出進進的，還不是啥事兒也沒——像這樣，又沒砲打過來，有甚麼好怕的呢？你們全排又沒傷亡——」

「那體力一定很差了？」營長攔著張勉的話頭，問他。

「那倒看不出來；反正也沒勞動，就只守著話機，早晚到洞口那兒喊喊人接電話……」

營長似乎有意不讓監察官發表意見，一再的問他這個那個。譬如砲戰前後的士氣有甚麼顯著差別，他不信營長會不了解，而需要來問他。

「關於這個，我很疏忽；我只是實際的感覺，疏忽了分析——」

「就是要聽聽你的感覺。」

黃炎有些茫然的思索著，平視著營長虯結著肌肉的胸脯。那一身並非「世界先生」那種發達得一無收攬的肌肉，可以看出如果不是勉力鍛鍊，將會是多麼清瘦文弱。

但他自知，對於營長他所隱含的敬意，絕不僅止於此。

「照我粗淺的看法，各軍種、各兵種，特性都不同。空軍和海軍，都有機會大大的施展。陸軍裡面，步兵的士氣看不出有甚麼大幅度的變化——也許只緣身在此中，不識廬山真面目。我的意思是說，砲兵一定是士氣大振；眼看著對岸這一處砲陣地被摧毀了，那一處彈藥庫被破壞了，不用說，戰志一定會提高了太多太多。再就是通信兵、工兵，戰鬥任務都很重，也是士氣受到很好的刺激。可是唯獨步兵，一點也沒有顯顯身手的機會，不如說是很苦悶，很覺得不如人——」

「我就是問的我們的步兵，尤其班排裡的狀況。」

「當然不能說士氣一點也沒有提高。像以前，構築工事，不管怎麼督促、鼓勵、甚至處分人，效率總是不如理想，還不斷的牢騷、謠言，還有很多無謂的摩擦、紛爭。有時候——營長恐怕很難相信，甚至軍用草紙，要像領餉一樣，一張張當作鈔票數，誰要是發現自己比別人少了一張，可能就是一場爭執，都能吵到連部補給士官那邊去，甚麼怪話都出來，簡直是不可理喻的胡鬧。至於任務公不公平，公差派得合不合理，問題多得叫人頭疼，有時簡直叫人寒心。可是現在，這些都不是問題了。大概，這就是最顯著的不同了。」

「嗯……嗯……」營長一直言聽計從似的頷首，專注的傾聽著，不時的，瞥瞥張勉。

黃炎繼續的說；「可是這太消極了。如果說，這樣就算是士氣提高了，未免太容易。而且這樣的士氣也沒有經過考驗，還靠不住……」

「我懂得，我懂得，」那麼高的身架，為了遷就人，背是微微的駝著。「從本質上說，目前這個態勢，與其說是在作戰，不如認為這是最著成效的一種訓練。別忙，我們步兵就會輪到的——」

「可是……」話頂到嘴邊上，黃炎又留住了，總覺得那會頂撞了人。

不過營長專注的等著他。

「營長的判斷是——敵人可能登陸？」黃炎盡量的使口氣婉轉一些。但還是感覺得出自己不以為然的那種輕蔑的意味。

可是那倒不是輕蔑營長的判斷不可信，他的意思——我們步兵就那麼被動的空等著嗎？

「戰爭的基本要素，不是一定要敵對雙方才能夠構成嗎？爲甚麼只想到一方的行動，忽視了另一方？」

「營長是說我們？……」

「我們自己的作戰計畫；動用步兵不過只是計畫中的一部分……」

他爲營長這麼敏銳的洞燭自己不曾說出口的意思，不禁深感傾服。然而一種突起的驚異，迅即取代了他對營長的感佩。「我們反攻?!」他不清楚自己這是向誰——或是向他自己——衝口而出的一聲驚歎。

近乎幻覺的，一直線向上引升著一種希望，幾乎不可置信。後來——他發覺自己從來不曾有過這樣子榮耀的妄想。作爲一個軍事學院培植出來的軍官，把戍守前線僅只意識作「這不過是個過場」，該是多麼漂浮的一種麻醉；那是不知被多少複雜的因素所混合注射的麻醉劑，可羞而又可鄙夷的……

他是那樣心虛的，虔誠的仰視著高他大半個頭的營長——其實那是一張貧寒得生不出莊嚴或威武的臉型，幾可以說是凡俗的，殘缺的。然而一如他的本是瘦弱斯文的體型，被後天修練的功夫所美化；屬於氣質的，而非裝飾皮毛的那種美化。

營長似乎不曾聽到他那一聲衝口而出的驚歎，顧自跟張監察官搭訕著，以主人身分的樣子，招呼著進到掩體裡早餐。

那曾給黃炎一直線引升上去的希望，帶有寒意的在緩緩下降。因爲他明白，營長果若專意給他透露那樣的佳音，不會又這樣若無其事的不了了之。這有一個可能，他誤解了營長的意思。

營長已經叮囑過，不要讓周金才敏感到他們是爲他而來。臧班長招呼著擺早餐，只說營長和監察官來看新築的工事。他們進來時，只淡淡的還了周金才的禮，裝做沒大注意他這個人。

黃炎善體這個心意，也特地囑咐轉告李班長避免進到二三九號掩體裡來。

彈藥箱上鋪著報紙，饅頭豆漿和白糖之外，又額外開了紅燒牛肉和酸菜——罐頭。

監察官客氣起來，「噯噯，不要這樣啦，隨便一點——」

「你們當心哦，」營長用筷子點了點黃炎。「監察官要彈劾你們浪費了——不按規定吃副食。」

「沒有沒有。這樣太客氣了。」張勉忙陪不是似的說。

「對啦，你是話務士是罷？」營長朝著那邊守電話機的周金才問過去。

「是。」

「勞駕給營部搖個電話，不必等我了。還有——」營長轉過來看看張勉。「怎樣，團部那邊也要招呼一聲罷？」

「對對，就便也替我搖個電話給團部，就說張監察官在這邊吃早飯了。」

電話打過，營長已經開動，卻招呼這個上等兵，把還沒動的單獨那一份移過來，一起用餐。

「你們排長很難得請次客，不吃白不吃了。」營長給這個有些忸怩的上等兵鼓勵著。「把打衝鋒的本事拿出來。別弄錯了，你也是主人之一，不能領頭客氣……」

聊著閒話，一頓不是趕時間的早餐，比平常延長了三四倍那麼久。周金才居然也吃起饅頭來。

閒話裡，周金才的家世，不很經意的，零零碎碎的聊出一些輪廓……

那是兵工廠造兵世家，可以那麼說。

已經是四代了——不單是這四代的直系血親，還有代代的男男女女扯進扯出的姻親、表親、老的、少的……子弟不等成年，一滿十六歲就進了兵工廠，彷彿根柢上從不曾有其他的職業觀念，十足的以廠作家，並且以廠傳家。廠裡從領工、領首，到鉗工、車工、銑工、鉋工、鍛工、木工、翻砂工，還有火工、琺瑯工、曬圖工……（周金才數著這些時，有種異樣的奮昂，人也灑脫了起來），從一等一級，到六等六級，沒有哪一個車間、哪一種工別、工等，不是有他們這個偉大的家族和親族占那麼一份兒的。就是婦女們，也都是進廠裡去做檢驗工甚麼的，沒一個吃閒飯的人。

周金才初中畢業後，一滿十六歲就進廠做了學徒小工。算他受的教育比較高，或許就因爲多讀了幾天書——營長取笑他，那是出於遺傳律中的突變——周金才做不兩年的工，就不要再幹這一行了。他也並說不出那是乏味，還是厭惡。那種過細的分工，從上工到下工的八個小時裡，永遠重複著單一的工作——沖床，沖砲彈殼，扳、推、按；扳、推、按；……千萬次單一的重複，永遠在日光燈下而非日光下的蒼白裡這樣的重複。即使他祖父，到了頂兒的老鉗工，廠長都敬他老人家三分，又該怎樣呢？永遠是銼子端在飛轉的鋼胚上，一聲鑽鑿神經的尖叫，便是刺眼的迸射的火花，一樣的是八個小時，千萬次單一的重複。人是孤單的——震耳的嘈雜中的孤單。人要用指揮一個團的口令那麼大的嗓門，去跟緊鄰的車床或沖床的夥伴講話，對方要側耳傾聽你叫上三遍，才能似懂非懂的，還是有些茫然的點點頭。沒有誰那麼發神經的老要破著嗓子窮叫，那麼，你就孤獨的重複你那千萬次單一的重複罷……

要改行，把祖父氣得半死。他是沒辦法了解這行業有甚麼好珍惜的。祖父早過了六十歲的退休年紀，還那麼勁頭的幹下去。而祖父爲這份乏味而令人不滿的行業，一直是十分的敬業和誇傲，他是沒辦法了解的。祖父那一手技術，他懂得，那是沒可說的。三年學好一個車工，十年學不好一個鉗工。他懂得鉗工端起銼刀來，不用下手幹活，就知道有多大的道行。一個好鉗工的操作密度，上下不能差出三絲來。掌握的度數全在銼刀上；所謂「鉗工端平了銼刀，走遍天下都吃飽」。所有祖父身上的這些，他都懂得的。但他就是不了解祖父爲何能夠一輩子樂此不疲——一個人怎麼能夠一輩子都只做著一種沒有變化的動作。

有一陣，這個未成年的大孩子，像給鬼迷住一樣，要把自己毀掉——不一定就是自殺，「從來我都沒想到要自殺。」這個上等兵努力在解釋他自己，「我只著迷要湊近機器跟前去，軋掉一隻胳膊，或者軋掉兩個指頭，那太方便了——」

「我敢說，你那是逃避兵役的心理作祟，你不信！」監察官說。

「不會。」周金才很斷然的表示。

「還不會！」

「眞的，不會。我那時才十八歲。還有，我們兵工廠工人，根本沒有拿服兵役當回事兒；一來，不打仗時，去當兩年兵，有甚麼關係！二來，一旦打仗了，就是全國總動員，我們造兵工人可以緩召。」

「結果，你只做到一點，是吧？」營長挑選了一塊半透明的牛筋，扔給周金才。

「……」上等兵不解的望著他的營長。

「結果你只做到一點——沒讓機器給軋到。」

除掉監察官——不知是吃得太專心，還是沒聽懂倪營長說的甚麼，別的人都笑了，連周金才都窘窘的笑開來。

後來，這個不安分的長孫還是跟祖父鬧翻了，「我不要再造這些殺人的東西！」那使老祖父瞪著一對簡直要掉下來的眼球，一口氣上不來，險些兒憋了過去。

「吼，這話不能這麼亂說。還有，對老年人怎能這樣！」張勉大不以爲然的收緊下頷，一臉的嚴重。

「說的是實話；對的，殺人的東西。」營長說：「不過，你是拿這話去堵你祖父的口的。你心裡未必是這個想法，對不對？」

「我想過；手底下幹著活，常常我都這麼想……」

周金才停下來，像要找甚麼，這裡那裡的看看。他指指盛豆漿的鋁碗，兩手比畫著。「差不多就是這麼粗的砲彈鋼胚，高壓機硬沖下去，把它通成空彈殼。那一聲聲鬼叫，吱——喲——，吱——喲——，眞像人中了彈，要命的鬼叫。」

「很有想像力。」

「不過你要能從另一方面想的話，」張監察官忙著說，「想到把土匪宰得那麼鬼叫鬼叫的，你就會越幹越起勁兒了。」

「那……」周金才有些爲難的苦笑笑，好像很抱歉沒能那樣的想過。

「應該想到的。」

「恐怕……那……恐怕想到也沒用。好像說，我把土匪恨得要命，但要我親手去宰他，恐怕……我手脖兒要發軟的……」

「靠想像不行的，那要看是甚麼狀況。」營長似乎認眞了起來。「面對面的肉搏起來，那就由不得你手脖兒發軟了；你不殺他，他可要殺你，考慮都不讓你考慮的。當然，讓一個人伸長了脖子等你宰，就算他是十惡不赦，你去殺一個不還手的人，那是誰都很難下手的。再說，就是下得了手，你也算不得英雄好漢。這一點，誰都是一樣。」

「是……」周金才很安心的點著頭。

幾個人暫時沉默下來，好像相約好了的。

周金才遲疑著，不放心的瞥一眼他的排長，兩手發慌的互搓著。

「報告營長，還有……」他說：「我我……我想，恐怕還沒有人眞正知道，一顆……一顆砲彈炸開來……有多大……多大威力——不不，我不是這個意思；我我……我是說，幹過造兵工人的，天天……天天都造這些殺殺……人的東西，摸弄太多，太多，太……太知道厲害了，打心眼兒裡……犯怵。像……這麼粗……一五五這麼粗……的砲彈……不要說裝……甚麼火藥，就……就是空彈殼打……打到腦袋上來，都都……都保險腦漿迸裂……」

「我懂得，我懂得。」營長的口氣非常和軟。

「我……報告營長，我我……還不是這個意思，我說……不大……不大清楚……」

一種難以言傳的痲煩，使得這個上等兵又懊惱，又無可奈何的搖著頭。他是激動得結結巴巴，膝蓋差不多在發抖，臉像呑下一口苦藥那樣的緊蹙著。

「這個我懂得。我懂得你的意思。」營長向前晃著身體，大幅度的點著頭。

「營長……不怕嗎？」上等兵吐了一番心事之後，似乎穩定了些，他下意識的掃過一眼營長只著一條運動短褲的身體。

「誰都怕死。你們排長說的，怕危險，怕死，都是合理的。」

「報告營長，我……是說，營長這樣光赤膊——」他煞住話尾，尷尬的笑笑。

「我懂你這個意思。對的，有層衣服在身上，心理上總多一分安全感。就是看在別人眼裡，也感到放心一些。其實也就是像你們這個掩體一樣，能當得了甚麼，不要說加農砲甚麼的，恐怕只要最小的一顆六〇迫擊砲彈當頂掉下來，都保不住險。」

「純粹的心理作用。」張勉插了句嘴。

「實際上……多少有點兒作用罷。要是碰上塊小彈片，爆炸的慣力消失了，落到身上時已經是強弩之末，那樣的話，一層軍服未始不可以發生作用，總是比直接碰到皮肉安全多了。」

「那樣的時機太少了。」

「太少並不等於沒有，是不是？這樣的假設還是可以成立的。」

砲聲沉沉的響起。

在掩體裡聽來，只能辨別遠近，卻摸不很清楚方向——那方向隨著人的頭轉向這邊，就變到這裡，轉到那邊，變到那邊。

「今兒這麼早班？」張勉走去門口看看這較早發動的砲擊。

砲聲響過一陣兒，馬馬虎虎似的重又沉寂了。

倪營長說起這幾天金門和其他離島，未爆彈的比率日見增加。經過檢驗，很少是雷管故障。值得重視的是，彈殼根本沒有裝藥。好些未爆彈送去防衛部，上面刻的有反共口號……

「我們也聽說了，以爲是謠傳。」黃炎說。

「不；確實是。」

「有利的謠言，是士氣高昂的表徵。」張勉好像背書一樣的念念有詞。

「周同志，」營長問道：「有一點倒要跟你請教（這話使周金才忸怩起來），鋼鐵的質料，你能憑經驗鑑定罷？——我是說，不用任何儀器。」

「外表看不大出；從斷面看，大概可以。」

「那你一定很內行。」

「哪裡！報告營長，純度到底怎樣，恐怕……」

「生鐵跟鋼，總看得出來罷？」

「那……那當然。」

「怎樣？照你看，敵人打過來的砲彈，質料如何？」

「這個……」

「報告營長，」黃炎忙接過去說：「周同志一直守著話機，出去的機會不多，可能沒怎麼注意。」

「那你不是浪費了人才！身邊現成的專家，不知道運用。」營長指摘起黃炎。「你們要練習著，隨時要動腦筋。我天天早晨跑步，尤其穿這種跑鞋，到處都碰著彈皮響。我早就想過，別看都是些廢鐵，要能收集起來，再有人鑑定，按質料分類，那是賣大錢的，很可觀的官兵福利。」

「你們認爲怎樣?」營長追問著，轉過來看看張勉。「純粹是敵人孝敬過來的禮物，不會觸犯甚麼戰時軍律罷?」

監察官似在思量著甚麼，經倪營長這一問，笑笑說:「那倒不會;有諸葛亮草船借箭的前例可援嘛。」

「有你監察官這句話，咱們就好辦了。怎麼樣，你們倆認爲?……」

「沒問題吧，你這位專家?」做排長的轉過來，徵詢他這位弟兄。他用避免被周金才敏感到的目光，感激而敬服的仰望了他的營長一眼。

「即說即做。黃排長，找人接替一下電話吧。我們現在就去看看。周同志，你把鋼盔戴上。」

周金才直盯著他的排長，有所央求的透著一種蹉跎。而他所得到的答覆，僅僅是排長丟給一個眼色，似是制止他跟營長申訴甚麼。

「報……報告營長，」周金才慌促的戴著鋼盔，「這還有一頂，營長戴上罷?」

營長似乎沒有聽見。「這是誰的?」他把背上的軍服扯下來，交給黃排長。

「營長還是披著罷。」

「用不著，熱起來了。」

砲聲在遠處，沒有多大勁道的響著。天氣晴朗朗的，乍從掩體裡走出來，視覺還不很適應，一個個瞇著眼睛。

周金才青著嘴唇，努力咬緊他所恨惡的戰慄，他羞恥的感到被許多眼睛注目著。畢竟重又見到違隔了九天之久的天日……

他望著早晨的晴空，望著頭上未戴鋼盔的營長。那倒三角形的光潤的背脊，給了他一種沉穩、無畏的感動……

就在上等兵周金才離開掩體不到半個小時的工夫，砲彈蜂擁向金西地區撲來，這一撮，那一撮的迸射著土石，破片。從一團團火煙裡，四處飛矢著絨條似的燒夷體的白色硫煙，畫出噴氣機凝結尾那樣的拋物線……

他們幾個剛還在那裡早餐的二三九號掩體，一端中了發延期信管的砲彈，從底翻到上，掀掉小半個掩體。煙霧裡現出梳齒般密排的鋼筋，根根歪扭著捲向天空。

掩體裡幾袋麵粉，飛撒了十多公尺半徑的一片雪地。

而周金才上等兵安全無恙。

這件事傳遍了戰地。

——一個人，命不該絕，那是有定數的……

這件事在許多人的心裡，被下了類似的這樣一個結論。

參謀本部戰報：九月二日六時，至九月七日六時，敵砲射擊金門島群二千九百六十三發。其中於九月三日曾向野戰醫院射擊五十四發，造成住院傷患官兵十三人死亡。

中華民國四十七年九月七日

天是晴得好高，好灩，好坦蕩。

團直屬部隊的康樂節目，進行著「大家唱，大家跳」。

接連好幾個日子，都是這樣的好天氣——那是說：無雲，無風，無雨，以及無砲火。除了九月三日落彈兩千多發，四日只有七百多發，五日一百多發，六日減少到三十發了。今天，直到午後四點多鐘的這個時候，還不曾落過一發砲彈。人們願意相信，照著這幾天來遞減的趨勢，今天可能就全免了。雖然敵人爲了避免暴露砲位，常在夜間施行砲擊。

築在團部坑道前緣地面上的土壟，生著稀稀疏疏近似荻類的茅草。有這麼一片綠，便愈是襯出砂質土壟臙脂一般的殷紅。

土壟坡上大部分坐滿了人——一片兵綠。

從土壟那裡延伸下來，一方紅土廣場上，兵士們圍上一個大圓圈，無數的手搧動，啪啦啪啦的擊著四分之一拍子的掌聲。沒有誰指揮，就那麼不緊不慢給場子裡跳著的土風舞伴著節拍。

那些康樂隊員分頭來請兵士們跳舞時，這些還不甚熱中此道，只樂意做純粹觀眾的陸軍大兵，好像要被拖去槍斃，賴在地上掙持著，鐵定的不肯。可是現在眼看著比較寶氣的，或者臉皮厚些的弟兄，一男一女結伴兒的牽成圈圈在那兒跳跳蹦蹦的，又不免像在觀禮集團結婚一樣，有些眼饞起來。

然而樂還是很樂，咻咻的打著口哨，不由自主的跟著拍手。就像沒甚麼交情的人結婚了，雖不很情願，份子還是要出，觀禮也就觀罷；照樣起鬨得熱熱鬧鬧的。

這樣的場合，不能少了邵家聖的一份兒。沒等康樂隊員過來拖，他就已經把觀眾裡一個女孩拖下水。

「看得出來你會跳的，還跟誰客氣！」

「跳不好嘛！」女孩有些喘，拖著屁股半推半就。

「又不賣錢，要跳那麼好幹麼？」

女孩不好意思的笑出兩邊嘴角下一對深深的小酒窩。

「跟阿兵哥不要來客氣。」他說。胖活活的，麵糰兒一樣的小手，握得他一手心的汗濕。

手攙著手，捉對兒的擺模樣。撇一隻腳出去，腳跟先著地。跟上去再撇一隻腳出去，這麼左腳右腳交替的扭著。媽的！心裡譏誚著自己，這不是幼稚園的小朋友做唱遊！——「你有沒有雞雞？」小男孩那麼友善的探問他的小舞伴，駐紮桃園的一所國民學校時，領一夥弟兄給幼稚園的草坪修草，一對小班的孩子夾在圓圈裡，跳著跟這個差不多樣子的舞，從他面前過，話都說不十分清楚，卻問得那麼認眞和關懷……

他笑起來。輪到換過左手去，跟女孩貼得很近很近的打了個照面。

「你笑我！」女孩嘟著嘴。

「笑你幹麼？」

「當然是——笑我跳錯了腳。」

「我連腳在哪兒都不知道。」他收了笑臉。

天呀，笑還不好麼。等我照那個小男孩那樣問你，那要看你怎麼回我了。

「娛樂嘛。」他說：「跳得開心，目的就達到了。你看我這是跳舞？——舞在跳我。」

兩個人回到土壟上坐下來。

女孩本就是紅紅胖胖的圓臉蛋，三個舞跳下來，擦著汗，臉蛋越發紅得像熟透了的西紅柿。

坐著不大舒服，邵家聖低下頭看，坡上有條被雨水沖的小溝，正坐在屁股底下。小溝一路彎彎曲曲的發展下去。粗砂的土質，一旦乾透了，便跟石頭一樣硬法，槓得人痛。「來，挪過去一點兒。」他往女孩這邊挨擠過來。

看看斜西的太陽，「等會兒散了，你就不用跟卡車轉回去了。」他跟女孩說。

「不要。」

「還早得很咧！完了還要到第三營去，你跟著她們到處跑？」

「那我……」

「那你走回去？可以嘛？」

「那我怎麼回去？」

「跟你說，在我們這兒吃晚飯。吃過飯，我開小車子送你回家。這樣還不好？」

「我不要。阿媽要急死。」

「你阿媽有甚麼好急的？又不是不知道你到哪去了。」

「要打砲怎麼辦——」女孩又抹一把汗，待要說甚麼，卻被那邊熱鬧的表演節目吸引了去。還是個貪玩的ㄚ頭！他跟自己說。

節目有點胡鬧，低級趣味的耍寶，女孩卻看得十分開心，翹著一雙胖活活的手，泰國舞的那種手勢，隨時準備鼓掌喝采。邵家聖瞟著女孩樂得顴肥凸起很高的側臉，想著言者無心，聽者有意的剛才她那半句話，他是那麼壞壞的笑著瞟她。那片肥厚的下唇，靠近唇角有顆小小的痣，隱藏在鮮紅的唇色裡不很清楚……

瞧著有些入神，後腰被甚麼觸了觸。他覺得出來那不是出於無意的碰到他。或許人在存心不良的時候，特別心虛的敏感。他反應極快的轉回頭去看看背後。

背後坡子上坐著好些人，一眼就看出鄭祖蔭小胖子嫌疑最大。小胖子專注著場子裡的表演，矯枉過正的坐得那麼正直，分明在那裡裝鬼。

小胖子穿著豬皮鞋的腳避嫌的蜷縮到屁股底下，那麼愚拙的表示與世無涉。豬皮鞋的高筒上面，褲角提到膝彎子那裡，一腿亂亂的黑毛。

「裝甚麼孫子，我殺你的豬，拔你的——」他偷襲過去，拔了小胖子的腿毛。

「你小子，下這麼毒手！」

「這算客氣的。」指頭間感覺到拔來了三四根粗粗壯壯腿毛。

「到這兒來保甚麼密，防甚麼諜？」他把手指上幾根腿毛放近嘴邊，吹一口氣給吹散掉。「小子你儘管記好了。本兒帶來沒？要沒有筆，我身上有——毛筆。」

「我記你？輪不到我。找張勉記一筆好了。」

「不錯，給寡人記記起居注。違紀還是違法，找張勉？」

「明知故問，你小子。」

「呵。你捻的哪門子酸？幹你！」

這一拌嘴，又把女孩吸引過來。大約曉得不是眞的吵嘴，來回的瞧他倆輕笑笑。

這張紅噴噴的圓臉蛋，從搭他便車那一次，他就覺得酷似王鳳美。

砲戰把甚麼都打斷了，工作忙起來，開不完的會，好像有十年沒去塔後找女兵們窮泡了。唯一他看得中意而早晚會約略思念到的王鳳美，也已如此之久的不曾見到。

至於這個女孩，沈芸香，只算從顫顫的車鏡裡看過兩眼，紅潤潤，一身的結實。「來頂堡玩兒啊……」甜甜的笑著跟他招手。有一對很別致的酒窩，稚氣的生在兩邊唇角的下面，又深又小。不過，多半還是因爲很像王鳳美的關係，叫人老記著。

頂堡那邊他是常去的。師部開會，跟師部政治部工作聯繫，領取勞軍物品等等。但是也還沒有到專意要去找沈芸香這個女孩的地步，只不過每天去頂堡，偶爾想到也許會無意中碰上。就在前兩天去師部開過會出來，眞的就沒想到的給他碰見了。女孩不但一眼就認出他來，簡直高興得要命。這也是他不曾料到的。「嘿，我家就在那邊，來我家玩……」女孩嚷著，手裡握一把剛割下來的空心菜，籃子擱在菜地的那一頭，說著就要領他去她家，連菜籃都不要了。

「改天罷。改天一定來……」可是想到眞該去認認門才是。「我來幫你割，軍愛民嘛，是不是？」

女孩家住在村西南角的一棵老榕樹下。原有的門樓和前院牆，已被砲火毀成廢墟。清理過後，只剩缺牙少齒似的一排斷殘的牆根。

「你們家眞走運，房子還這麼完整。」

「不，玻璃——好些塊玻璃都震破了，屋瓦也碎了好些好些；你看屋頂上……」女孩撒嬌噘著嘴說。那兩隻手合握著菜籃的提把，走著，膝蓋一下下有意的撞著菜籃，像給自己說的話打著拍子。

陽光穿過榕樹密密的葉縫，落下一些細碎的光影在那張紅潤的小圓臉上。由於噘著嘴撒嬌，兩腮越發鼓得滾圓，像是嘴裡一邊含了一顆龍眼。

「你們是不是都躲在那邊？」邵家聖指指那座鄰家門旁和豬圈離得很近的防空洞。

「我家後院有，你們阿兵哥幫忙做的。」

斜放在籃子裡的斗笠，被女孩裹在裙下的膝蓋那麼一撞一撞的，滑到邊口上，差不多就要顚出來了。

「來家坐坐嘛，只有阿媽在家……」他沒聽見這個，跟上去替她把斗笠往籃子裡撥撥。「回家去罷，」他往那門裡拱拱嘴，拉住女孩手臂往門裡送進去，「下次再來玩，好罷？你阿媽等著菜下鍋了……」

嘴裡隨便的說說，沒怎麼注意女孩回他些甚麼話。他是集中意識在一個感覺上，像拉住王鳳美的手臂上卡車那樣，手裡握住的是硬式網球那樣的結實。

他站在那兒，專心把這個發育很好的身體看了個周全。也許不盡是出於欲望，他有些惜憐的感懷。想起那個風頭很健，隨便賣弄風情的小白菜，沒等他找到機會去挨挨蹭蹭，卻在九三軍人節那天，參加婦女會到八〇五醫院勞軍，香消玉殞於砲火裡。

實在太暴殄了那樣大好的天物……

深深的瞧著眼前這麼一條活蹦活跳的金鯉魚，他一雙眼睛像魚鉤一般的釣進那個結實的，童貞的身體裡。

邵家聖是清晰的感覺著他所熟稔的那種欲念。他原不曾給自己捏造甚麼理由；他這種人，要怎樣就怎樣了，還要啥的理由。但是這麼一個身體，再見時——也許只是再聽說時，已經是血肉模糊了。那麼，與其被白癡的砲彈糟蹋了；在這個身體上遂行他的欲念，或竟是一種道德——用於正途的一種善行。就如同煮得透熟噴香的大白米飯，多大的食量吃了都是正途，丟掉一個小小的飯疙瘩卻是造罪造孽。

這樣靈感似的發現，於他的欲念來說，無異是火上加油，堂堂正正的助燃。

看看天空晴朗得這麼美好，迷人，如果我是敵人，我怎麼忍心把裹脅著無數生靈冤魂的那麼沖天硝煙，去玷污如此清灩的藍天！我是忍心不起來的。

而這樣清灩的藍天，萬里無雲，也是令人不能置信會從那上面落下醜惡的毀滅敗壞……直到此刻，邵家聖不曾改變——或不如說是得理不讓人的憑恃著他那個靈感似的發現；我是多麼道德的在「念頭著」沈芸香這個不容敵人糟蹋的女孩！

女孩手肘支在膝上，一雙手托住下巴，很兒童的咬著小拇指，那麼全神貫注，整個的人被一個吉他伴奏的夏威夷風的歌曲吸引了進去。

十六歲，升上去初中三年級。學校暫時延期註冊。父母帶著弟弟住在烈嶼那邊，開一爿雜貨店。他邵家聖所知道的大致就是這麼些。然而這都不怎麼重要；有甚麼意義呢，一顆砲彈飛來，可以使她成爲孤女，使她無家可歸，或者使她化爲一攤血肉……多少珍貴至寶，全不算數兒。那顆隱約在鮮紅唇色裡的小痣，被按在小拇指下面，他看不到。擠壓在手指兩邊的唇肉，綳緊得要裂開了的那麼紅亮。那是屬於內腔肌的鮮麗，從那上面他看到眼睛所看不到通體的美味……唯有那些才是頂眞實不過的。

當然，他還不至像兵士們那麼沒有含蓄；大砲發瘋時，自己的小砲只好吃齋。誰有多大的膽子去跑「八三么」？但他邵家聖萬事都要做先鋒隊的——憋得胃痛嘍！再多麼含蓄，他也早就虛張聲勢的喊開來了。

師部通報康樂隊演出配當時間，九月三日至七日一共五天，輪到他們這個團。他考慮都不考慮的就搖電話到師部去找康樂官。康甚麼鬼樂，非常時期還康他媽的樂！

康樂官回他的很乾脆，「視、同、命，令」，懶得夠瞧的。既是命令，兩下裡都樂得無事；一個不必解釋，一個不用申覆。那麼安全呢？——這個才是眞正的理由，一顆砲彈下來，人員那麼密集，誰負得起這個責任？

「這樣好嗎——等我把太武山搬過來，頂在你們頭上遮著，怎麼樣？」電話裡聽得出那股子瘟瘟的酸味兒。

「操他的。你是大衙門是罷？這麼壓人！」

「上級爲下級服務嘛。」

扯半天淡，好了罷，老百姓比較麻煩，嚇唬嚇唬他們，盡量少來康樂。兵士們的隊形注意一下，保持機動。康樂隊員嘛，先讓他們熟悉附近的掩體工事，借給他們鋼盔，聽到對岸砲出口，只要沉著不亂，還是來得及躲的……

「噯，貴官，」邵家聖又想起來另外的顧慮，「安全問題可並不止這個；我看哪，你們大參謀這些參謀作業，也是狗屁得很，你們是——」

「對了，你們是小狗屁。」

「隨便多大多小。」他頂回去。「你們是飽漢不知餓漢飢；你們衙門大，坑道大，聽說你們都把幾號幾號的挑了去，叫到你們大坑道裡——地下工作。」

「你少亂七八糟的造謠生事，我警告你小子！」

「好好，姑妄聽之。」

「甚麼姑妄聽之！你——」

「好罷好罷，沒有就沒有。」他說：「你們大參謀也該顧慮周到些，老總們已經嚷嚷著解絕不了問題了，再讓些小娘們來扭屁股，踢大腿，吊胃口，不是慘無人道啊！」

「嘿，等你來顧慮這些？等你來顧慮的話，天黑啦。」

「我不相信你還能拿出甚麼點子。」

「節目素得很，可以罷？」康樂官又酸起來。

「噢，素得很不是？」邵家聖頓了一下。「要麼是男扮女裝。得啦，認啦，命令嘛，樂得兮奉命行事……」

節目再素也不作用。兵士們聽慣了粗低的嗓門兒，聽覺特別敏感。偶爾鄰近的村童傳點童聲過來，都會惹得一個個神經過敏的豎起耳朵，等著看小娘們兒。節目再素，嗓子可是葷的，人也是葷的。讓他邵家聖這個老玩家去牽著手跳土風舞，節目夠素的，淡得像喝蒸餾水那麼無味。可是一觸到葦的手，還不是照樣像摸到了走電的花線。往天哪在乎過這個，掉到肉窩兒裡又當如何？——總怪這十來天的長生齋把人吊得犽兒犽兒的饞得半死，簡直個兒生冷不忌了。

他人坐在這裡，名為欣賞康樂表演，心裡卻在盤算別的。若不是沈芸香小鬼看得那麼開心，加上又是在團直屬部隊這邊演出，多少要招呼些他們康樂隊，他早就忍不住要拖著女孩去玩別的了。

「功德圓滿……」

「功德圓滿，功德圓滿……」

像是大年裡互道恭喜一樣，彼此都在慶幸平安無事的眞正落下了一場娛樂。

康樂隊員們和一些樂器、道具，忙著登車，邵家聖一旁遞遞傢伙，托托女隊員的屁股上車。

「給隊長告個罪，我就不奉陪了。沒招待，包涵包涵……」一再的拱手，非常江湖的味道。

「好說好說……」

「詹指導員，偏勞你啦。晚飯好好款待呀，多敬隊長兩杯……」

「上尉，別費心啦。」

「沒好的，戰地嘛，粗茶淡飯。」

人又轉過去囑咐了駕駛。彼此都喊著謝謝，再見，一再的揮手，喊著，不能再熱的熱情。然後又是帶開的隊伍，朝著車上起鬨的嘶叫著……

「怎樣，好像玩得很樂？」邵家聖回過頭來，瞅著女孩，手兀自停在頭上搖著。

女孩也在揮著手，快樂的向他點點頭。手臂舉得那麼盡力，再寬鬆的衣衫也把胸脯輪廓繃出來。他是著意的多瞟了兩眼。

兩部卡車穿行在行樹裡，載著胡鬧味道的歡笑，還在向這邊揮手喊叫。

「他們眞快樂！」女孩揮著的手臂還不肯放下。

「自己不快樂，怎麼能把快樂帶給人？」邵家聖點了枝菸。「怎樣？我看你對他們倒很有興趣，將來也去快樂快樂罷。」

「我啊？去當康樂隊？——才不配呢。」

「別自己瞧不起自己。」攬住女孩的肩膀，太哥哥一樣。再不開通的女孩，也想不到甚麼羞怯或避嫌，乖乖讓他攬著肩膀走。

「現在，你聽我說，先到咱們團部去玩玩，找幾本書給你帶回去看。待會兒吃了飯，我送你回家，你看這樣好罷？」

「書我要。我不要在你們這裡吃飯。」

女孩低頭瞧著自己的手。中指上戴著自己手工做的戒指，用精細的玻璃珠子，紅和白兩色穿成的一朵朵相連的小花。

「不要不聽話嘛。」握在女孩肩頭上的手，輕輕搡了一下，表示一種好友善的責備。

「你聽我說，現在我送你回家，我自己晚飯就塌掉了。不送你又不放心。吃頓飯還客氣？」

「那麼多人……」女孩忸怩著。

「有甚麼好怕的，又不要你一個個把他們吃掉……」

唇舌了好一會兒，沈芸香敢情纏不過他那股鰾勁兒，說好了等他去吃飯，把她安排在自己辦公桌這裡，點上一枝紅蠟燭，又是畫報，又是照片，又請她玩賞集郵簿，和蒐集得比他那頂小帽子的各種彩色章子豐富百倍的火柴盒。但他還是打來了一份飯菜，讓女孩一個人單獨的用，「怎麼能讓你空著肚子回去呢——好歹塞點甚麼嘛。」儘管女孩不時嘀咕一聲「阿媽一定急死了」，還是讓他蘑菇到快天黑，這才拉住她到通信排去，弄了部四分之三，送她回頂堡。

天空一現出這樣晴朗的晚霞，人的情緒似乎就低迴而不寧起來。第一天的砲擊就是這樣；這種天色所留給人的痛苦的噩夢，隨時人都可能打起囈譫，強烈的跳出串串的驚恐。

「今天還不錯哪……」女孩坐定下來，放心的歎一口氣。

金黃色的天空，被一枝看不見的赭石的畫筆在那裡暗自塗改著……

他懂得那個意思，看看錶，「別忙著叨咕，還沒到時間。」

車子一再的發動，老發動不起來，車身像要抖散了。

他想起老家裡把瘧疾看做一種邪祟。或許就因爲那種熱病是每天每天準時的來附身，本身就帶著幾分神祕。此外還有的就是瘧疾彷彿自有知覺；人若到了固定時候，還覺不出有甚麼要來的跡象，只好偷偷的高興著這一天也許躲得過去，可就是千萬不要說出口來。不然的話，稍稍念叨一下，靈驗得很，瘧疾眞像生就的有雙順風耳，老遠便趕了來，如鬼附身，那種徹骨得要命的寒冷，眨眨眼工夫就把人整得沒有人樣兒。

車子躲在半掩體裡，雖然發動了好一會兒才發動起來，他倒一點也不著急，謝絕了幾個閒兵要來給邵參謀推一把。毋寧多蘑菇一會兒，天色可以多暗一些。

四分之三的車子只坐這麼兩個人，好像壓不住重，曠曠盪盪顛跳得好熱鬧。

「坐穩噢，路不大好……」手按到女孩腿上，試著用點兒力的握了握，像是扳排檔扳錯了地方。

女孩眞乖，老老實實的讓他那麼握著。

如果不是路面不很平坦，時不時需要兩隻手掌住方向盤，他會貪戀的就那麼握在那裡。

「是不是訂過親了？」他瞥一眼女孩手指上的戒指。

他當然知道，分明那是女孩子們一雙靈巧的手愛做的小玩意，但是他得找話惹惹她。

「瞎說啦。」

「怎麼戴在中指上？」

「怎麼哪……」

「還怎麼哪！規矩嘛。」

「我不管。」女孩說。可是卻認眞的反覆看看那隻手，樣子有些遲疑起來。

「沒關係啦，算我給你戴上去的。」

「你說甚麼？」女孩很單純的勾過頭來問他。

「你阿媽已經答應了，你還不知道？傻丫頭！」

「答應你甚麼？」女孩還是很單純的問他。

「把你嫁給我。」

「亂講！」

「不信是不是，等會兒我們三個對面說清楚——」

「眞是亂講？你還沒見過我阿媽。」

「我們師長做的媒嘛，阿媽怎麼還沒跟你講呢……」

女孩不作聲了。女孩的手按在頭上的鋼盔頂上，似乎怕它滑下來。

「噯，沈芸香，跟你說正經的，等阿媽跟你講時，你反對不反對？」

「我不知道。」

「嗯，我知道——」他用眼睛略一搜索了前面的情況，心裡跳起來。「不知道的意思，就是很樂意是罷？」

「亂講啦。」女孩笑得不大自然。

「怎麼老是亂講亂講呢，跟你講的是正經話嘛……」

「好會騙人！」

「等會兒見了阿媽再說嘛。——帶子鬆了是不是？」

女孩手仍按在鋼盔頂上。

車子岔到路邊停下來。他伏在方向盤上，側過臉來看她，自己順手把「司未知」關掉。

天色很暗了。靠這麼近，勉強還看得清女孩罩在鋼盔底下的下半邊。

「來，讓我幫你緊緊。」

女孩眞就乖乖的聽他的，湊近一些過來。

他先把女孩頷下的鋼盔帶子解開，調整扣子上的折頭，手不由自主的有些顫抖……這麼沒用！他罵著自己。

女孩的兩片嘴唇微微張著，幾乎嗅得見那氣息，溫熱的，彷彿略有些淡淡的奶酸味。兩片嘴唇應該是鮮紅的。鮮紅裡藏著一顆小小的黑痣。她自己的小拇指曾把它壓擠得緊緊的綳亮著……邵家聖的手臂兜到女孩背後，一下子抱緊，嘴唇合上去……

一陣掙扎，匡的那麼一聲，好響亮，女孩的鋼盔掉到後面鐵底板上。

彷彿一隻小雞那樣，被捉到手裡，拍打著翅膀，驚惶的抗拒。緊合的唇間不時擠出嗚咽似的低吟……

女孩不再踢踏腳底下的鐵板，手垂下去，身體也一點都不扭動。好像一下子甚麼都放棄了，溫良得死過去了一樣，任由他怎樣怎樣……

女孩喉嚨裡呑嚥著甚麼，這給他極強烈的鼓勵，血液僨張起來。然而除了心臟造了反似的猛跳，屬於刺激的一種享有——那也是肉欲之一罷；而在觸覺上，卻幾乎是無味得難堪，枯燥……

不甘心的放開女孩，從背後搆過來鋼盔，整整扣子，替她給戴上。「扣好罷……」撫摸了一下女孩胖胖的腮幫兒，他聽到自己的聲音，好像生了鏽一樣的乾澀，感到羞恥和懊惱。

車子重又發動起來。夜暗中，防空車燈只照出很短的一段前程。

女孩經過那樣之後，一直的不動，也不作聲。和鋼盔對比起來，那張胖胖的圓臉，好小的深藏在那口大鍋底下。側看過去，迎著車燈一些微弱的餘光，只見得到她下巴尖尖的一點兒剪影。

想著很懊惱。沒有惱他自己的行徑，而是爲他那樣的慌張錯亂而懊惱。經過那麼多的女人——他自詡可以編成一個加強連，反而在這麼個不解事的小小黃毛丫頭跟前，過回了頭……

車剛彎上柏油大路，方向盤還沒來得及打正，和當面火光一閃的同時，身旁女孩要了命的尖叫起來。

火光裡現出一些行樹的黑色剪影。眼睛被閃得發花，幾乎盲了。車子岔進田裡，連連的顛跳，人像跨在一匹劣馬背上。他以爲一定要翻車了，狠命的踩著剎車，把四肢和身體撐得僵直僵直，等著車底兒朝上的翻過來……。

他只記得猛喊一聲「抓牢！」所有的甚麼都不聽他作主了。

車子停下好半晌，他才清醒過來——要不是左方一窩砲彈爆炸得半天的火黃，他還直發愣睜下去。

摸一把身旁的座位，空的，「阿香，阿香，沈芸香……」喊著，慌得越過空座，他跳下車來，急切的繞著車子，「沈芸香，沈芸香……」一路往車後喊去。砲彈雖在遠處開花，也刺得人像瞎了眼一樣。

「這下可操蛋了——」剛跟自己怨了一聲，人被絆倒下去。

一道道土壟子，這是塊地瓜田。地瓜秧子很盛，把他絆得直直的身體摔出去好遠，好似從游泳池邊上縱身下水的味道。

在他摔倒前正自怨著的那一剎那，他想到的是一個可怕的可能——車子岔進田裡時，方向盤已經是亂打一氣，阿香被摔出去了。接著，車子猛一掉身子，後輪打她身上呼嚕一下輾過去……

跌了這麼一下，人倒定下神來。正好，夜暗搜索，正就要這樣貼著地面去尋找。他把面前的地瓜藤摟摟，按按，清理了下視界，轉著頭四處眺望。

還算好，一個正要從地上爬來的黑影，在遠處跳閃的耀眼火光裡，蠢蠢的蠕動著。他像得了救一樣，跌跌爬爬的撲過去。

「怎樣怎樣？……」扶住女孩，急忙的追問，「沒事罷？……不要緊罷？」

女孩模糊的呻吟著，揉著一邊肩膀。

他趕緊搶過去，準備著這就要一把血、一把肉的抓到手裡。

但是那樣的呻吟，聽起來就不是出自怎樣嚴重的疼痛，手底下接觸到的，也不是預期擔心著的黏濕的，或者糟糟的甚麼。

「嚇壞了是不是？」他問了聲。

女孩由呻吟變調成賴人的哼哼唧唧。

「快，到車底下躲著。」

半挾著，半抱著，又是半爬半跑的直奔車子跟前。「當心頭，這邊這邊……」

「噯呀，鋼盔！」女孩叫著。

「噢，過來一點。」

「鋼盔丟在那邊啦！」

「還鋼盔！金盔銀盔也等會兒再說了。」

兩個人並肩趴在地上，喘聲都很大，很急促。邵家聖不放心的從低低的車底下朝外頭窺探。

砲聲很遠，沉沉的滾著五十加侖的空油桶一般。

莫名其妙的來了這麼一場，實在夠抱歉的。他簡直還有些不服氣——爲何沒有聽到對岸砲出口的響聲，也沒有聽到天上嘶嘶的嘯哨，在剛剛駛上柏油路的瞬間，迎面就迸起那麼一團團紅光……越想越不甘心。他還不曾經驗過這麼莽撞的突襲，事先一點點的空兒也沒給他，砲彈就那麼沒頭沒臉的潑下來……甚麼緣故，這是?前天還跟黃炎排裡的兩個戰士吹他開車躲砲彈的竅門兒，沒想到這麼栽了個跟頭。不知是引擎太響——車子轉彎時，他是向不減速的，甚至還踩足了油門，那麼一甩身，才覺得過癮——或者是自己給剛才那一胡鬧，人弄得神不守舍了……

現在不管那些個了，好好哄哄這個受了驚嚇的妞兒罷。手撫慰在沈芸香聳起的肩上。

「還痛不痛?」

附近的大砲，連連的發砲還擊。砲出口的響聲，那麼剛脆的震人。

女孩嚇得緊伏著臉前的土壟。

「不要緊，我們的。還痛不痛?」再次的，他貼過臉去探問。

女孩不作聲。但從女孩的頭髮一下下掃到他臉上，他知道她在搖頭。

「那就好，眞是sorry……」他放了心。這個情形，說別的甚麼抱歉的話。似乎都有些不好啓齒。「別處呢，別的地方有沒怎麼樣?」他的手在女孩背上試著一處處撫摸過去……

人是橫擔在地瓜壟子上，身子底下凸上來，凹下去的，開始覺得不舒服。他跟女孩要換個方向，跟地瓜壟子平行的趴著才好。女孩沒怎麼聽懂他的意思，不知道要怎樣順從。他幫助女孩把身體扳轉過去，頭向著車尾。這樣一來，面前開闊多了，女孩臥進壟窪子裡，安頓了下來。

扳轉著女孩身體時，邵家聖的欲念又被觸動。現在砲聲遠去，附近砲陣地大發威風的還擊，躲在這裡不知有多安實，好像又有了甚麼仰恃。他原沒有要怎樣，在草上親過了她；女孩甚麼也不懂，得到的幾乎是很無味的難堪。羞恥和懊惱，也就算了。可是手在女孩背上，順著那曲線有起有伏的撫弄，手的觸覺又引起他的不安……索性如何如何的念頭，差不多是即興的在蠱惑著他……

「走罷？」女孩怯怯的說。

他感覺得出女孩在挪動身體，不知是準備這就從車底爬出去，還是稍稍要躲開他一些。

「再等一下下。現在怎麼能走？」

這好一會兒，附近都很寂靜，除了些更叫人感到寂靜的蟲叫。不遠的番薯藤裡，有隻紡織娘發出傻笑似的喳喳喳喳的鳴叫。那麼沒心眼兒的傻哈哈著。

女孩確是要離開他一些的趴到另一條土壟上，和他中間隔了一道壟溝。

小白菜是那麼的被暴殄天物了……

他被自己的不可遏止的欲念鼓動著。先前被他譬為靈感的新發現——那是正途，善行，一種成全的道德……開始振振有詞的試圖說服他。

有甚麼比這天造地設更妙的機緣呢？這不是他預謀的安排，卻是最佳的安排……

幾乎是很粗暴的，他把女孩從地瓜壟上扳轉過來，仰面滾進溝裡，他抱緊她……

女孩抗拒著，徒然的嗔著：「不要嘛，不要嘛……」

他明白那不是堅決的不依，立刻用嘴把她堵住，緊緊的壓著。

她不再有抗拒，兩邊的土壟也限制了女孩的掙扎。但他撐持著自己，努力使自己沉穩下來，犯不著去觸犯軍律——那是重罪。他開始從容的撫愛這女孩，要哄得她願意。慢慢來，他囑咐自己。

女孩漸漸被馴服，乖得很愚蠢的容忍著他輕薄的手。在他褪著她的下衣時，女孩幾乎很合作的欠欠身，讓他方便些……

恰在此時，憑空的一聲裂人肺腑的爆炸，當頂砸下，紅光竄進車底下來。烘人的熱風，像甚麼固體那麼硬而有力的打在身上。

耳鼓嗡嗡的響著，黏住了聽覺，彷彿常態就是這樣的。

女孩嚇哭了，抱得他好緊，好像恨不得他有一部汽車那麼重，壓住她更結實一些，做她十公尺厚的掩體。

耳鳴繼續著，以致女孩嚶嚶的聲音，聽來像隔一道牆壁，又遠，又微弱……

砲彈緊逼著，地都被撕裂了的那麼震動，車子的鐵板上嘩啦啦的落著土塊、石塊，或者還有砲彈片，……車底板罩在身上，那動靜尤其誇大的恫嚇著人。

「不怕，阿香。」他自己的聲音，隔著耳鳴聽來像包在棉被窩裡。「不要怕，我們上面還有車子擋住，沒關係……」

天知道，他跟自己說，那層薄薄的鐵板倒能擋得住甚麼……

生死頃刻間，這種慌亂和絕望，彷彿一隻利爪一下子把他的五臟六腑掏空。

那嗡嗡的耳鳴，轉化爲一種絮絮叨叨的話語：

「……說你不信嗲，你們給哦等著瞧，哦可告訴你，槍砲一醒（響），你星（心）裡怎麼滋味？啊？你就直懊悔你這輩子好事做嗲太少，壞事做嗲太多，巴不得能再多活兩天，多做點個好事，補補。……哦先把這個話，說了擱在這，不信，哏，你們就等著瞧瞧坑（看）……」

那樣濃的鼻音的土腔，比沈芸香這女孩貼在耳邊的抽泣還響亮，比繼續爆炸在四周的砲彈還要震耳。

他知道，一直驅除不去的耳鳴，使得砲聲離著遠遠的，如同女孩戰慄的哭聲一樣，聽來似乎很不眞實。但事實上，地面的一陣陣震撼，他知道那些落彈，實在距離他們很近很近，只要略向他們這邊偏一偏的話……

一股濃稠的硫煙，把兩個人嗆得直咳嗽。

他不能不悅服了司令官那些鐵案如山的訓誨，生死間，這麼樣的印證了。

去你的鬼的正途罷，善行罷，道德罷……如今他方始理虧的惶懼起來，如果不是這場無端的砲擊及時趕來，他將給沈芸香這個女孩怎樣的正途、善行、道德……

似乎急於要挽回甚麼，表白再也不敢怎麼了的決心，好在這生死交關裡保住性命，他把身子底下女孩凌亂的衣衫一一的恢復回去。儘管沈芸香驚嚇的抱住他，不肯放鬆，他還是盡力離開一些緊貼著的身體，把已經被他扯上來的裙幅調理回去。

他已不能離開女孩，不必那雙手臂死命的箍住他。他只覺得自己必須充當女孩的掩體，不知該要怎樣更嚴實，更保險的，把這個渾身發抖的女孩遮蓋起來。

車子的鐵板上，仍在不時的承受著飛來的土塊、石塊、彈片……一一的都像打在身上。「不怕，阿香，有我了——要死，也先死我……」

他把身體往前匐匍著挪了挪，把芸香的頭抱在懷裡。頭是更重要些，那麼甜的圓臉蛋，那對別致的小酒窩，對於一個女孩或許更重要——而且那樣的酷似王鳳美……

砲擊繼續的你來我往，這顯然是憋了好幾天之後的一次大規模的砲戰。他這樣子的保護著一個女孩，感到很放心——彷彿躲在屋子裡賞著暴風雨，說不出的一種安全感。他想著司令官述說的親身體驗，那已成爲他自己的親身體驗。他從一個懸崖邊口被拉回來，現在又好似被保障著——我一點也沒傷害到這個還沒長成的二八佳人，不是嗎？我沒有傷天害理，沒有可後悔的，我會好好的活著的……

恐懼在緩緩的退潮，他軟弱下來；雖然他老毛病又蠢蠢欲動——那種對人生嚴正的一面，他總是無法肅然起來。他又有些要嬉誚了……

——咳，操他的，老奸巨猾……罵著說那種話的人。

——幹壞事嗎？壞事幹得嗎？我承認。可是，這場好事——給你這個老奸巨猾毀了……

「別怕，阿香，就快過去了……」

女孩不再哭泣、戰慄，好似熟睡的安靜，但是緊緊抱住他。

——這個老傢伙說的話，還眞值兩毛錢！

他們安靜的數著遠處和近處的砲聲……

參謀本部戰報：

一、九月七日六時，至九月八日六時，敵砲射擊金門島群五萬三千三百一十四發。

二、本日十一時零三分，我軍軍刀機隊在澄海以東二十浬海面上空與敵機十二架米格十七遭遇，經激戰後，敵機被我空軍擊落七架，擊傷兩架。

三、空軍大規模空投烈嶼成功。

中華民國四十七年九月八日

黃炎陡的從熟睡中坐了起來，摸過他的卡柄槍，眼睛直直的瞪著四周。天色已亮，他知道自己又睡過了頭。

坑道裡仍是一片黑烏。

縱使大白天裡，坑道下面也只等於薄暮時的光度。

此刻，這裡是沉暗的，僅僅從曲折的通道那邊，很捨不得的湮進一點點微光，勉強辨識出一片地面，走過去可以不致被甚麼絆倒。但像腰帶、綁腿或襪子甚麼的，忘記放在固定位置，不打電筒便別想找到。

彎起手臂來，仔細的看錶。他知道，這一覺又睡得像死豬一樣，從午夜到現在差不多快六個小時。夜來一場多日未見的劇烈砲戰，又把人整得累上加累。

幾乎每天每天他都是這樣，被甚麼驚醒了過來似的，一骨碌坐起來，習慣得不自覺的探手把橫在牀頭的卡柄槍搶過來。而三天倒有兩天，總是一覺睡到天大亮。

人始終這樣的睏倦，很糟糕的事，眼睛要好生擠擠，揉揉，半天才得清爽。也許新構築的坑道比較堅固，心理上有所仰恃，把以前睡都不敢放心睡熟的所積欠的覺，都聚到這時來償還了。

弟兄們都太體貼他，從不來喊他一聲（他規定自己六時起身）。他是自責著：構工、守夜、查哨，並不只是我一個人，大家都是一樣，我簡直的成了特權階級……

砲戰一開始，他就被弟兄們嘀咕煩了——他自己又何嘗不是猛跟自己嘀咕；把陸軍所有的兵種挨著數下來，步、騎、砲、工，輜、通、兵工……就數著步兵頂窩囊。一天一天的，除了構工還是構工，專心一意打點著，怎麼樣把頭頂上多堆點土；戰壕、坑道、種種工事，怎麼掘得深些，砌得牢些，像群地老鼠，挖窟子打洞，腦袋不出地平線，就這麼苟且透了的活著。弟兄們自卑的埋怨嘀咕得使他感到似乎最後都要歸罪於他這個排長的無能和領導無方了。

戍守在第一線上，不管怎麼說，原應該很是個戰鬥的樣子，隨時可以跟登陸夜襲的敵人火併一場。可是正如同兵士們的牢騷，狗×的孬種，離著遠遠的窮打砲，不敢過來。「沒見過這幫子龜孫，只會打手銃子的膽小鬼！」兵士們罵著，閒得像失了業，新兵也是一樣，自嘲爲「加蹦兵」。如果不在第一線，也許還顯不出這麼寒酸，叫人這麼喪氣。先是老兄弟們恨天不亂似的咒著要打仗，然後，新兵們連捱了幾天砲，膽兒壯了起來，一個個也都挺英雄的希望刺激，少不得也跟著充好漢，學著流裡流氣的罵人。

怎麼辦呢，這樣的壓力加在無可施展的排長頭上，他能怎樣？領著這些摩拳擦掌的弟兄們，把褲筒捲一捲，蹚著水過海去打頭陣。那是鬼扯。可是除非那樣，還哪兒有仗可以找來打？前幾天營長隨便的一句話：動用步兵不過是作戰計畫中的一部分……害他敏感的以爲營長暗示了甚麼機密給他。這兩天他才算勉強想得通，營長不過提示他，作爲一個指揮官，總要時時有突破現實的想像力，所謂戰爭藝術，不過就是從這一個點上起步……雖然營長眞正的意思何在，他並不能確定，但總是使他得到了這樣啓示……

而這樣的啓示，使他抓緊了突破現實的想像力，去追蹤著可以掌握主動的作爲。終於，他尋找到了——捉水鬼，多夠味的主意！

哨兵勤務不能有一絲怠忽，特別是夜哨，那是不消說的。一切可能影響到他們這個唯一任務的行動，談都不要談。那麼，他得另外安排。

雖然感覺到似乎不十分妥當——他這兩個，一個排長，一個做排附的，有些像要另起小伙，不跟弟兄們一道兒吃大鍋菜一樣；但他決定這麼做，並且不要向上面報備，我們這是不要加班費的加班是不是？不必聲張出去，對誰都要保密，別叫上級以爲我們企圖邀功。萬一將來一個水鬼也沒捉到，那又怎麼樣去交代？少丟人罷。他跟楊恆茂排附這樣的打商量。「不過，你得多辛苦一些就是的了。」

「這還有甚麼好說的！」

打三天前開始，他跟排附各領一組人，除掉查哨勤務照常，他兩個分別輪值上半夜和下半夜。時間上的劃分配當，是根據判斷水鬼可能出現時機，上半夜從二十一時到二十四時，下半夜零時到三時。每組一週輪上半夜，下週就對調到下半夜。至於臨時編組的人員，爲了避免影響正常的哨兵勤務，只就排裡現有的五名狙擊手，另再挑選了九名一等射手，把這十四個兵士分成兩組，每人每週跟隨他們的排長或排附輪值三個小時，守候在雷區後側的交通壕裡。那邊有一處弱點，一條天然形成的大溝，和雨水流經入海的一片袖珍三角沙洲，那是他們陣地的敏感地區，就像一個人身上護癢之處，下意識裡總是敏感著它的存在。

「總要勞逸平均，」做排長的把這些交代清楚之後，跟這十四個弟兄說：「每個禮拜。你們每人減免一次夜哨，這樣的話——」

「報告排長，這是幹麼？」

「沒必要，報告排長。」

「何必呢。排長，反而弄亂。」

……

幾個人爭著說。

「我們幾個蒙排長排附特別看得起，已經是莫大光彩，還討價還價要甚麼優待嗎？」

「排長的意思——勞逸平均，知道嗎？」排附一旁加註解的說。

「這樣不行。排長跟排附每天都要輪一次半夜，咱們已經夠輕鬆了，一星期才輪一次——」

「對啊對啊，……」大夥兒應和著，還有的說，這是過癮的事兒，別人求還求不到。

黃炎心裡略一畫算，既然這十四條好漢都不願每週減免一次夜間哨兵勤務，這對他的全排戰鬥任務便沒有絲毫妨害。不唯如此，每夜重要的六個小時，反而加強了戒備。這使他對於執行自己這個小小私房的戰鬥方案，益發沒有顧礙的充滿了信心。想起當初哨兵老鬧紕漏，他和排附、班長們共商大計，除了加派夜間複哨，想不出還有別的甚麼好辦法，卻始終沒有著眼在主動爭取戰鬥這方面打主意。——這是要感謝那位長人營長那麼一句不在意的閒話，在他身上發生了觸媒作用。當然，周金才的「復活」，不消的說，營長給了他太大的幫助，幾乎是一種造就。

黃炎把面前這十四條好漢一個個看過去，這裡面有把查夜哨的副連長當作水鬼開槍打傷了的黃偉明，有在往海港駛去的火車上偷寫明信片的崔志峰，有在二二六號登陸艦上暈船，罵得不像話，以至一到金門就關禁閉的李九如，有夜哨時把團部來查哨的邵大官逼得趴在地上不敢動而忘掉問口令的歸正義，有尿濕了褲子的喬頌安，有吊在僞裝網柱子上鬼叫的何尙武……幾乎每一個都有一段丟臉的窩囊事。然而哪裡像呢？叫人想像不出那些醜聞會發生在這十四條好漢中任何一個的身上。

但是他做排長的，太清楚這些兵老爺的底細。平時若是叫他們每週多站三個小時的夜衛兵，那不等於殺他們一刀！一切秉公處理，公平得可以拿到天平上稱，一樣的還是埋怨排長偏向哪個班了，氣恨班長跟誰過不去了，總是斷不了小話在那裡暗暗的你傳我，我傳你。他就親耳聽過李九如這個老傍，說他班長專門分配他挑土，余琦挖土，因爲在台灣時，那班長見過余琦有個漂亮妹子到營區來探親。余琦已私下裡把妹子介紹給班長了。邱勝芳夜哨打盹，被班長揍了，要告班長；那是個頭最難剃的強傢伙，怪他班長私心徇情。分明犯的是一樣的錯，罰他重，罰林印水輕，是因林印水送過李班長「火車茶葉」——他親眼看到的。林印水以前幹過火車上泡茶的，休假回去，帶回來好些小包香片送給班長。李班長不肯收，兩個人推來搡去的……。所有這些，都應該是小學生的糾紛。有的是他裝聾做啞聽來的牢騷，有的特意跑來給他這個做排長的報告。他得像個小學老師，給這些老小學生們調解、勸說，有時煩起來，忍無可忍，必須臭罵一頓，才能把風波平息下去……

然而砲火一起，甚麼不平、不公、埋怨、牢騷、說小話、雞毛蒜皮的衝突摩擦，都不知消散到哪兒去了。戰爭眞能使人長大嗎？造就人嗎？那些被政三・政四部門視爲特殊問題的問題，都到哪兒去了？

他想著邵家聖跟他聊過的那些臭事，多少不體面的猥瑣，都不該是堂堂正正的軍人幹得出來的，但卻幹著小學生的智能都不如的窩囊事。那是所謂「和談」的時期裡，第二期青年軍的兵士所作所爲。然而戰火重起之後，不管勝仗敗仗，一個個才開始長大……

但是目前這也算是戰爭嗎？——素來的戰爭，各軍種兵種總是以步兵爲主的；目前卻是戰史上找不出前例的作戰形態，一種各兵種無從整體協同的特異的作戰方式。雖然這只可能是戰役的開端，敵人投以這麼不可想像的巨額砲火，絕對是志在必得的要拿下金門島群，此去這場戰役的結束，只怕還很遙遠，是勝是負敢情尚在未定之天。然而截至目前爲止，到底這算是甚麼一種戰爭？……他被困惑著。可是弟兄們居然長大了，懂事了。不管屬於哪一種類的戰爭，他們——他一面打著戰鬥綁腿，野戰部隊和它的兵士，必須以砲火爲主食——那是一種快速度的發育素，可以使部隊和兵士一夜之間長大起來……

著裝完了，他停下剛要把身上拍打拍打的手，側耳聽了聽……

那是沉沉的聲音，近乎準備咬架的狗相對著恫嚇的吼聲。轟轟轟轟的，一定是空投的機群了。哏！他跟自己搖搖頭，我才起床，眞是腐敗……在第一線上睡懶覺……轟隆隆的機群，天不亮就從後方起飛了。他想到他的老大。

從實際經驗裡，他是發現到士氣這個東西，幾乎是神祕得不可解。它若是執意的要低落，你枉費多大的力氣都難提高它。及至一旦蓬勃起來，卻又按都按不住。這使他一下子聯想到可以拿來比喻的一樁愚得可笑的事——他在團部待命的時候，好傻瓜的被邵大官耍了一次。週末玩橋牌玩晚了，幾個人偷偷用煤油爐煮麵吃。麵鍋沸了，滾開麵湯頂著鍋蓋直往外噗。他慌忙嚷著：「開了，開了……」邵家聖故作緊張的叱著他：「叫幹麼，用勁按住呀！」他一慌，倉卒之間搶過一本厚書，理則學，壓在鍋蓋子上，雙手用勁捺下去……差不多要把單薄的克難煤油爐壓垮掉。

按得下去麼，滾開的麵鍋？——那是一股蒸氣呀。

如果不是科學證明，按說，固體豈不比液體強勁得多？液體又豈不比氣體強勁得多？然而實際上，卻依次的恰恰相反。

機群掠過頭頂，想必飛得很低，坑道裡不知哪兒有隻空桶甚麼的，震得嚶嚶的響著金屬體的共鳴。

他是不禁感懷到列祖列宗們卓越的聰慧；在那麼粗陋荒古的年代，便已識得氣體的渾偉，用氣體來命名那種「沛乎塞蒼冥」的玄妙的一種力量。那是儒家傳統中一直宗奉著的所謂——浩然之氣。

從古遠而世世代代的流傳著。流傳久了，流傳得惡俗起來，厭膩起來，不再惹人留心。然而此刻，他方始頓悟似的，領略了這一點。士氣，那是一種不可捉摸的，卻又是戰場上獨一無二的致勝的主力……

但畢竟那是頗費思量的——不知爲甚麼，憑著直覺活著，他是過得有些害怕去思想。於是，好像爲要急急忙忙擺脫掉一股莫名其妙的重壓，逃避著不要去花費那麼令人吃力的思想，他三步兩步的，帶著孩子氣的蹦蹦跳跳的歡躍，鑽出坑道。

好一個錚錚響的大好天氣，叫人衝動著，要忘形的旋起舞步，振臂的縱情長嘯一聲——想舊金門城那裡的「虛江嘯臥」石刻，敢情當年剿倭名將俞大猷也曾每個清晨都在貪享著充足的睡眠之後的金門這種朗朗晴空，才那麼感懷無盡的勒石爲誌。

西南方的遠處，清脆而鏗鏘的響著聯珠砲，鈍重的鐵器相撞般的，胡亂的，緊密的，那麼大事敲打著……

澄澈的晴空藍得勻勻淨淨。機群拉大著距離盤旋。木麻黃樹叢間，笨重的運輸機，一架出現在這裡，一架出現在那裡。從頭頂低掠過去，遂又隱沒了。

兵士們，村子裡的老百姓，一簇一簇的聚著觀望。喊嚷著。

「報告排長，這邊看得清楚……」弟兄們對他叫喚。

昨天，機群便曾向烈嶼試行第二次空投。

彷彿那是好動人的表演，人們簡直是欣賞了一場精采的空中飛人，不絕的掌聲，喝采……黃炎沒有看到，當時正在連部的坑道裡開會。等到散會後出來，他只趕上看到一架C46運輸機，在夕陽裡緩緩的返航。

「排長快點，排長快點……」弟兄們急切的喊他，另一處弟兄搶生意似的也在朝他叫喚。

遠天，高射砲和高射機槍在密密的吵鬧。

藍得那麼勻淨的晨空，機群在烈嶼上空輪番的飛旋。一架，一架，低低的斜翔著圓舞，眞的像是空中飛人的美姿，那麼不慌不忙，柔和而實際是可危的在迴盪，飄浮……

然而藍天上，被千百朵高射砲的彈煙在污染著。

那是無數枝隱形的墨筆，瘋癲的一下下向那片藍天上，和掠過那裡的飛機四周，拚命的點墨。

那麼繁密而急促。但是點著點著，似乎還嫌來不及，索性沾飽了墨汁，衝那上面甩筆，一甩就是一窩黑點，一甩又是一窩黑點，整窩整窩的墨滴甩上去……

兵士們驚歎著，不時的齊聲爆出呻吟似的呼叫。

一架架運輸機在密密麻麻的彈煙包圍中，低飛到不能再低的打著盤旋。看得人的心提到咽喉，時不時令人錯覺的發現機身中彈了，冒煙了……

但是有一架在彈煙裡，機尾那裡確是冒出一團黑煙，那和彈煙不是同一深淺的黑色，且也不是較圓的煙團。

立時引起一條聲的驚叫。

可是那一團黑煙散開來，拉長了，一路零零碎碎的散開，一一張起降落傘，一顆顆小菌子……

天真的兵士們立刻熱烈的鼓掌歡呼。

「怎麼樣？我說打不到就打不到嘛！」

「差得遠嘞，狗×的，白糟蹋彈藥……」

「他媽的，瞎費甚麼熊勁兒，癩蝦蟆想吃天鵝肉。」

到處是嘈嘈的吵鬧……

那些菌子彷彿有根線打橫裡貫穿著，串珠兒的挨著次序，緩緩飄落。

飛機安然的遠颺，天邊上盤旋著，折返航線……

高射砲砰脆的炸響之外，增加了重濁的砲擊聲，開始有黑煙自黑綠的列嶼島上升上來。

敵人打不到天上的，轉而打地上的了。

兵士們總是表現那麼直接，爲敵人窮凶極惡的地面射擊，四處都在臭罵著、咒詛著……

有的兵士互相打賭飛機空投的是甚麼物資——那只是白費唇舌的抬槓，誰也不能確知到底空投的甚麼。

做排長的黃炎。凝神遠眺著那一片被烽煙染髒了的藍天，裝做不曾聽到弟兄們那些無謂的激憤的爭執。他是一架架飛機追蹤的去緊盯著望。那四架運輸機，低翔成一個大圓弧。每一架飛機都使他頂眞的認定那上面是他的老大在駕駛，彷彿要刻意製造一股滾熱的甚麼，來撞打自己內心。他在享有那一陣陣通過他周身的戰索……

大嫂——齊安娜，他是很少想到她的；卻在此刻一再的出現。那個把穿戴打扮視作人生第一要義的女人，他不大了解，也不曾用過心去理解那個視摩登如命的，到底屬於甚麼一種心理缺陷。或者僅僅只是一種脆弱？隱私嗎？——雖然在他的意識裡，從不曾不以爲然，也不曾以爲然。作爲一個小叔子，不該是然與不然的，他沒有覺得到甚麼，僅只是一種——漠然的不解而已。

飛機闖進濃密的高射砲的彈煙裡，一度一度的被那整窩的墨滴塗抹掉，或地面升騰的黑煙所吞沒，一時看不得到。大嫂那個時髦的女人，就每在這樣的時刻裡，替身了那架一時失蹤的飛機，出現在黃炎眼前。

我應該也想到母親的，怎麼老是想到齊安娜……他在提醒自己，不要忽略了與那架飛機一樣有著密切關係的另一個女人。畢竟天上飛的那個人，母親也是把一顆心提到半空裡在憂慮著。可是一想起母親，一百次，一千次，總是不變的那副神態——提提眉毛，唉，由他去罷……一派無可奈何的忍受……

飛機飛得那麼低，彈煙在飛機頂上更高的空中密密的散布著。能說被擊中的公算不大嗎？像兵士們嘲笑的「差得遠嘞」嗎？……，他念著母親……你這一生過的是甚麼樣憂苦的日子，母親！

可是再長到多大歲數，仍然燒包得一塌糊塗的老大，懂得甚麼叫做害怕嗎？母親或妻室能在他心上占多點兒分量呢？也許身爲大隊長，用不著御駕親征的飛到前線來空投；但是中國空軍向有部隊長身先士卒的傳統，必要時，總司令都照樣要君臨前線空中戰場。特別是他大哥那個人，若爲別的緣故還則罷了，若是因爲危險困難而考慮，那是他忍受不了的。就在他黃道剛升上尉那年，那時駕駛的還是P51野馬式戰鬥機，爲著慶祝飛行一千小時，和另一個整數的一百分戰績積分——那樣的「雙巧」，不用說，那應該是個極傑出的空中猛虎——他和另一位僚友，兩架飛機在台北上空巡邏，居然相約好了沿著淡水河上溯新店溪，俯衝而從跨在河上的吊橋底下穿過去。聽來令人發麻的驚險。

然而甚麼樣的鬼把戲，爲的甚麼？

那樣無謂的走險，不知要過多少。穿吊橋的事，記了一個大過。本來是瞞著父親的，還是讓父親知道了去。「該死！」想不到父親竟那麼不當事的噌了一聲也就算了。至於母親，當然還是無可奈何的提提眉，「咳，由他去罷，上了天，還不是斷線風箏，你管得了？……」

可是記了那個大過之後不久，又來了一手。一位同僚乘火車去宜蘭，「哪班車？幾點幾分？老子明早正好巡邏，給你小子送行去……」

居然說話算話，二天一大早，駕著P51，眞就去追蹤那班列車，機翼簡直就要刮到了電桿。朝宜蘭去的鐵路，沿途不絕的隧道，一起一伏的山連山、丘陵連丘陵。在那些又小又短的谷隙裡，俯衝下去，升空上來；俯衝下去，升空上來，……怨不得中將爸爸罵他不如去馬戲團當小丑算了。

然而爲的甚麼？只爲的跟火車裡的僚友揮揮手？而且揮一次還不算，一次又一次的俯衝下來，揮揮手，再間不容髮的陡扳起機頭升空。那麼沒個完兒的黏纏、重複，過的甚麼癮！急得那位僚友老魏直罵他混蛋。「黃道，我的大少爺，你燒的甚麼鳥！……」後來只有唰的放下車窗，不再理他，等著回台北來給他辦追悼會。「作死，國家在你身上花了多少錢？……」那一次沒先前那麼輕鬆，父親狠狠訓了一晚上。

那樣的燒包，出自一種甚麼樣的心理狀態呢？他做弟弟的很想不透。或者也和他大嫂之過分修飾，一樣的是他這個做小叔的所不能了解的。同是職業軍官，又同是必須看破生死和私情的，而又多少有些瘋勁兒的軍人世家的子弟，即使以他黃炎現在正當血氣方剛的這個年齡來看人、看事、看物，仍然他還是理解不了他那位燒包老大的心理狀態。無論如何，那總歸是一種不可知的脆弱或者殘缺罷。這種觀感：使他發現到那伉儷倆的燒包和穿戴的過分，已經使他每逢想到他們時，或者以第三人稱的說到他們時，稱呼老大和齊安娜，似乎比大哥大嫂更合適而自然些。他是從這樣的直覺，確知老大兩口子過分到了甚麼一種程度。當然這發現並不意味著任何的不敬和不以爲然；那只是顯示他這對兄嫂的「成熟度」尙不曾高過他，毋寧說比他這個做弟弟的還天眞而單純。

比起從吊橋下穿過和追蹤火車給僚友送行，這樣的穿梭在密密的高射砲彈煙裡，會是甚麼一種激烈的滿足呢？他似乎覺得出，又覺得不出。也許正和滿足恰恰相反，那是一種激烈的發洩……

「報告排長，請排長判斷一下，到底空投的甚麼。」

「嗯——？」被張簡俊雄問這麼一聲，做排長的不很進入情況的瞪著這個兵。

「林印水他說，空投的是糧食。我噢，我說是彈藥，他還不信哩。」

「你有甚麼根據？幹你，你聽排長講。」林印水不服氣的歪著脖子。

「我沒有根據，你有根據！」

張簡俊雄手裡還握著吃了一多半的饅頭，瞧那副賭氣相，簡直要把那塊饅頭當作塊石頭，磕林印水腦門一個結實的。

「你是根據的甚麼？」黃炎問張簡上等兵。

「報告排長，你想噢——主副食每天吃多少，都是有定量，不會因爲打仗要多吃一些。可是噢，彈藥就消耗很多，一定要多多補給才行。」

「對啊，」黃炎說：「你把這個道理講給他聽，他不就相信了嗎？」

「怎麼沒有講，我講死了噢，他都說他不要聽。他講，我們打賭好不好。我講噢，你講怎麼打賭，你又不能跑到小金門去撿來看看。他講，他講，找排長給我們裁判。我講，找就找，不怕你找。排長剛才不是講我的對麼？他還罵我幹你哩……」

「報告……報告……」林印水口齒有些笨，一旁老要插嘴，卻苦於插不進來。而爲了這麼一點點的爭執，居然嘴唇氣白了。

「報告排長，我是講——」這一回他總算搶過去了，「我是講空投的是糧食，糧食又不一定是主副食。我講飛機一定投的是乾糧罐頭，好再從小金門運到大擔、二擔。那邊——我聽人家講。燃料很缺乏：只能吃乾糧和罐頭——」

「都對；你們倆都對。」黃炎跟兩個上等兵說。他並不覺得可笑，要給他們調解這樣的糾紛。「你們倆都有道理，都很有推斷事理的能力，連我排長都想不到這些道理……」

他是很誠懇的這麼說，且爲他的兵士由於完全的進入情況而作這樣的思辨，感到超過想像的欣喜。

「不過，」他約略想了想，而就在這個瞬間，彷彿來自靈感——他所從來沒有觸及的一個認識，從他的腦際掠過。「其實空投甚麼都可以，也許空投草紙還更實際些，你們倆不妨想想這裡面另有道理——」

到處又是一陣嘈嘈的叫喚……

濃煙裡，一架運輸機飛出來。

那邊的天空和地面都在被轟擊著。這樣的隔著一片海面遠遠的觀望，人只覺得天下的苦難，此刻都集中的傾注到那裡去了。在伸手搆不到、摸不到的地方，眼睜睜的作壁上觀，這使他們徒然的爲之焦灼、憂心。

「少爺，算了罷！」兵士們情不自禁的哼哼喲喲的呻吟。「又不是只有今天；下次再來嘛……」

「好啦，好啦，回去啦……」

兵士們像是虔誠的在禱告。有人眞的在雙手合十的叨念著甚麼。

「沒關係。打不到的。」也有人這麼不斷的，自欺欺人的嘀咕。

當飛機重又折回頭。又向烈嶼飛去時，人們剛剛略微落實的心，又提了起來，「哎呀，不要啦……」大家叫著。有人說這架飛機剛才飛過烈嶼時，不知道甚麼緣故，沒有空投，敢情要重來一次。

「下次罷，下次再來罷。」邱火貴求菩薩一樣的叨咕。

「不行啊，任務沒完成啊。」孫恆光說。

「其實啊——」這兩個兵的班長臧雲飛，接過話去說：「等會兒回去丟到海裡，個老子的，誰也不曉得。」

一旁的那班長揍了他一拳，「只有你這個孬種，才幹得出那種膿包事。」

「呵。你這個異種，也沒得啥子出息。」臧班長大約指的那國璋原屬滿族老籍。

飛機順利的投下串珠的菌子，從黑煙另一邊安然出現。

「怎麼樣？我說沒關係就沒關係，打不到的。」

「放你的馬後砲！」

「他奶奶的，打那麼多的砲彈幹啥子，龜兒子也不怕賢虧。」臧班長酸唧唧的說。

爲了那架飛機安全返航，大夥兒又開始胡調起來。

「報告排長，我明白啦。」張簡上等兵認眞的說。想不到這個兵悶聲了老半天，難爲他還在黏著那個問題。「一定噢……不是這樣講，不是這樣講；我有聽過班長講，我們糧食彈藥噢，就是斷了補給，也夠打十個月。是不是，排長？」

黃炎點點頭，看了一眼也等著排長給他們證實的林印水。「所以說，空投甚麼都行。」

許多兵士聚攏了過來，聽他們排長在講甚麼。

「……既然前線上甚麼都不缺，當然空投甚麼都可以。所以我們要認清楚，空投的目的就不是爲了補給了；一來，藉著不花錢的高射砲彈，訓練我們空軍作戰運輸，讓我們知道政府全心全意的在經營這場戰爭，已經動員了所有可能使用的力量，來支援前線，配合作戰。既然我們金門的糧食彈藥夠打十個月的，當然空投草紙要實際得多——從砲戰以來，你們的草紙消耗量不是增加了好幾倍嗎？……」

弟兄們笑起來，又都有些不好意思的控制著，事實確是那樣，砲擊激烈的時候，總是要斷續好幾回，才能出清肚子裡的存貨。

不過據他黃炎所知，金門島群的糧食彈藥，經常是保持八個月的儲藏量，並非如李會功告訴弟兄們的十個月。但也許是做班長的有意誇張罷，好給他的弟兄們打足了十分的氣。

至於他所說的，政府在動員所有可能的力量來支援前線，當然那是事實。大批的運輸機開始向大小金門空投物資，只是最近幾天的事。料羅灣那邊，海軍和陸戰隊的運補，規模才更爲壯觀。自從一週前，海上護航運補，制壓和衝破敵人砲火、魚雷快艇種種封鎖，而獲成功以來，除了他們第一線連排免除公差，所有金門本島部隊，沒有不是要輪流派至料羅灣去搶運物資。那邊海灘上的車輛，比台北市西門圓環還要繁盛，日夜不停的搶運船艦上卸下的一處處堆藏無窮的物資。

「氣派大，滿是那麼回事！可惜你沒有眼福……」邵大尉跟他描述料羅灣的搶運場面。「你們起碼該去觀禮觀禮，堅定必勝信念……」

始終沒辦法不趕熱鬧的邵家聖，甚麼新鮮事總是少不了他的一份兒的。

「老實說，」邵大尉好像私底下認錯似的，小聲跟他說，「現在該知道司令官那個老奸巨猾，是有那麼點兒眼光……」跟沈芸香女孩的好事多磨，閃過他心上一下。「中央公路，多少人不以爲然哪。現在看看，要不是這條陽關大道，我看是一點轍也沒有——那麼多物資堆積如山，車輛像螞蟻搬家一樣……」

邵家聖這樣讚佩無已，黃炎多少感到不對路的味道。「我看，這個仗是把你大官閣下打正了好多。」

「客氣，千碼侯。生就演歹角的料，燒成灰還撿得出幾顆大五葷的舍利子來。」

兩個人談起當初戰地司令官猛築高級公路，遭受到不知多少人非議，兩院委員曾在議會裡提出質詢和異議，就連麾下的軍官們、大兵們，也有很多微詞。有人甚至指說這位司令官想藉建設金門，表現政績，進而爬上台灣省主席的寶座。尤其砲戰初期，大多防禦工事嫌得單薄，兵士們抱怨水泥都給了老百姓。然而現在那四條通向料羅灣海灘的公路，如今成了大動脈和大靜脈管，來來去去形成暢行無阻的大圓環，接上中央公路，更是東西直貫全島，四通八達的深入島上每個角落。而唯獨有這麼一條寬闊的高級路面大幹道，車輛才能在時不時的砲擊之下，分秒必爭的高速飛馳。就算車輛被擊毀，或發生故障拋錨，六線道的路面，自有裕如的空間，無愁交通暢流受到阻礙。

「當初，我好像記得，閣下對這條中央公路是講話最多的一位罷。」黃炎調侃說。

「別這麼客氣。知無不言，言無不盡，孤家從善如流，爲諍臣者亦當如是——這也是好揭短的！」

也許是邵大尉把搶運的場面誇大得太壯觀，使他倒忽略了對於那樣冒險犯難的運補，去追究到底有沒有甚麼了不起的意義和價值。

在過去，燒包老大屢次發作的那些闖禍行爲，母親知道了之後，常是那麼提提眉毛，唉，由他去罷！——多麼無限量的寬容！今天，眼看著砲火裡進進出出無武裝的機群，每一架笨重的運輸機，他都慫恿自己相信他的老大在那上面。他是甚麼一種感覺和反應呢，抵得上母親無可不包容的胸懷嗎？……老大的那些行爲，過去他只當作趣聞，聽聽笑笑而已，沒有覺得甚麼不得了。就是母親所表現的淡然，敢情也不會邀得他有何感動。可是現在，心提起來，飛機上也不大可能有他老大，那只是在假想中去實實際際的感受了一番。但他不由自己的在心裡呼叫起母親——當我再歌頌母親時，那已不是隨便的由著一張無感的口順口而出。母親，我是發自肺腑的，虔誠的歌頌你，爲何你的神經禁得住那麼一再的，再三的被摧殘著……

回過來想到他的大哥。他不禁要發問，老大，你的官階高，你自然比我知道許多的國家機密。那麼，我問你，向一個可以持續作戰八個月而糧秣彈藥無虞匱乏的地區，作這樣冒險空投多餘的補給，這和你過去的那些死亡遊戲能有甚麼分別？唯一的相異處。也許你因此而恰恰相反的記上一個大功，而非大過。但撇開這些榮辱，從實際效用來看，有甚麼意義？——你甘心？樂意？你會一點意見也沒有……？

當然，飛穿吊橋橋孔和追蹤火車送行，都是毫無意義的——你這種人，似乎不怎麼注重意義不意義。可是單就事體的實質而論，以前你那種燒包行徑，不管怎麼說，總是自我的技術信任。然而穿行在密密麻麻的彈煙裡，豈僅是技術自信的那麼單純！爲著這樣不夠實際而又危險性太大的空投任務，我不相信你會毫不分辨值不值得——你的官階和職務，已有權具申你的意見，甚至裁定某種行動。一如我不會相信你能單純到像你用「孫五空」打趣你們空軍那樣的差勁；當眞你頭腦空，沒有思想？肚子空，沒有學問？口袋空，有一文要花兩文？眼睛空，目空一切的那麼驕傲？——也許只有最後一空，一到天上，四大皆空，比較可信。然而，我不信你會如你自嘲的差勁。單憑你編造出挖苦自己的這一套，你就不是一個不用頭腦，不懂得生活情趣的草包。

自從八月二十三日黃昏開始，半個多月的猛烈砲火，如今，敵人挑起這場戰火的企圖，已是再清楚不過；這樣用中外戰史上所不曾有過前例的「砲海戰術」，如陸上的一切行動、海上和空中的可能支援，統統制壓住，死死的封鎖住，把整個金門島群緊緊圍困起來，逼得你彈盡援絕，結果不是玉碎而同歸於盡，便是投降以求瓦全。

然而十六七天下來，金門島群已然默默的承受了二十萬發砲彈，那麼，怎樣了呢？金門島群一如象徵著它的那座身披鐵黑鎧甲的太武山，固若磐石，安然無恙。誰也不能相信像這樣發瘋的砲轟，敵人倒有多少彈藥能持續到八個月之久。那是不可能的事。那麼，讓它繼續罷，「指頭兒告了消乏罷」——邵家聖引用的西廂記語。

以貧瘠的金門島群來說，靠著人爲，已經豐富到了這種程度，大致的是沒有甚麼無法克服。不過炊事的燃料則可能有缺乏的一天，那確是值得顧慮的。就算是造林的成績至爲可觀，卻距離供應燃料還相去太遠。但是僅只這一點可能遭遇的困雜，說來眞把人氣死；在敵砲糜爛的轟擊下，後壟村的鷲子山一帶，和烈嶼的東林村一帶，先後被砲火翻掘出極可觀的煤礦。尤其小金門那邊，除去一層表土，便露出大量的泥炭。這個被譽爲自助天助的消息，這幾天不脛而走的傳遍各處。那麼，此外金門更還缺乏甚麼呢？——就讓敵人發瘋罷，所有軍和民，已轉入了地下，敵人封鎖得了地上、海上、天上，但是地下呢，奈何得了嗎？

如此看來，冒生死危難的這種海運和空投，似乎實在是多餘的。然而這樣卻是一種有力的反擊呢，地上、海上、天上，也是封鎖不了的。即使讓敵人看看，金門島群不可能被困死。單是這一點，便已值得陸海空軍三者可能遭遇的損失和所付的代價了。而省著八個月的糧秣彈藥不動，僅只消耗海運和空運來的現貨，那麼這就是正告敵人，要打這場仗，就準備打一場無限長的仗；並且無限長之外再加八個月。——這是怎樣的計算法？黃炎在回憶著微積分的一項公式……

四架C46型運輸機，好像臨去還要氣氣敵人，整整齊齊的編隊，通過金門上空返航。飛機迎著朝陽東飛，機翼下鍍著金金的閃爍。

就在人們放下心來，目送著勝利返航的機群時，這才發現在高得那麼深邃的藍天上，從南到東，扯長了兩道平行弧線的白色雲索，直升向不可想像的極高遠之處……

「不會是米格機啦……」兵士們在使自己寬心。

「奶奶的，它敢！」

然而憑甚麼米格機不會來，不敢來？

在對岸，近在眼前的龍溪、惠安，米格十七只要一升空，便等於飛臨金門上空。即使較遠一些的福州、澄海、連城、龍岩等各地的噴射機場，也比台灣各空軍基地之距離金門來得近便，怎麼能說不會來，不敢來？

C46所表現的沉著、優美，以及險象叢生的那樣出生入死，也許正因爲這些，已把人們的注意力搦得太緊，太專注，以致他們竟然一直都不曾想到地對空的砲火之外，還可能有空對空的威脅和殺機在那裡隱藏著。

他黃炎是不曾想到，他知道弟兄們也都不曾想到。

當一張張面孔爲凱旋的機群而歡喜的那個瞬間，藍天上不知從剛才甚麼時候就在偷偷畫著白色的凝結尾，那些面孔立時沉暗下來。雖然一個個嘴硬，心裡未必就敢斷言米格機不會來，不敢來，怎麼一點也沒有想到還有更險惡的危機已在頭上伺候了很久呢？

「要是他奶奶的米格機，不早就動手啦！」李會功嗟呼起來。「早就迎上去，把咱們這些螺旋槳笨笨邋邋的運輸機一架架打掉了，還等到現在？」

「哈，裝龜孫，誰也比不上它米格機。」宋志勳副班長也跟著說。

「捱咱們軍刀機給揙怕了嘛，你也要原諒人家啦……」

兵士們這才有信心，眞正認定了那是護航的軍刀機。接著好像比賽似的，爭說上月二十五日傍晚，八架軍刀機和四十八架米格機在金門上空打的那場空戰，硬是打了個零比二……八比四十八，打了零比二，這是確實數字。但是這些弟兄們記憶力有的故意不怎麼好，就把那數字損人利己的誇大得出入很多。妙的是沒有人更正那個錯誤，爭說戰果的弟兄們，一個個臉孔興奮得紅通通的，好像那「五架」米格是他們合力打掉的那麼得意。

這使黃炎想起這些陸軍大兵們，平時有誰看得順眼空軍飛行員；見了他們嚼泡泡糖，留分頭，挎著女人逛街，就掉過臉去嗤聲鼻子。包括他自己在內，就算自己親哥哥，也避免不了那種不以爲然。可是戰爭就會這麼改人的觀感，也是不可思議的事。

勝利返航的運輸機群已看不見了，但是機聲還斷斷續續的傳來。在人們不很留意中，那嗡嗡嗡沉濁的聲波反而會又高起來，好像飛回頭一樣。當然，那是不會的。

可是眼睛特別尖的弟兄卻大聲嚷嚷著，跳了起來——又是一批更多的飛機，在結隊飛來。

兵士們激烈的鼓掌，叫著莫名其妙的怪聲，叫著一架、兩架、三架……的數著。

「制空權在手裡，我們是占絕對的空中優勢……」黃炎喃喃的念著。他並不知道是說給自己聽，還是給弟兄們聽。

那是可以確信的——敵機至今還不曾空襲過金門島群。在砲戰發生之前，反空襲和反空降，都是防禦計畫的狀況判斷中，所占最大公算的想定。他知道這個。

參謀本部戰報：九月九日十時十五分，至九月十四日六時，敵砲射擊金門島群八萬四千六百六十五發。其間，九月十一日夜砲擊最烈，落彈五萬八千七百六十二發。

美國國務院宣布：美國與中共代表決定於明（十五）日恢復「華沙會談」。

中華民國四十七年九月十四日

吉普車停到女青年工作隊隊部的院牆外，車已停了，邵家聖又踏了踏油門，吼著吵死人的噪音。

房舍正面那邊的兩扇尋常百姓家的大門，都是關死了的。而這邊側門，也經常是緊閉著——幹麼這麼拒人於千里之外！門戶緊得像個尼姑庵……每次他來，就算說不出口，心裡也要這麼嚕一聲。

接著按喇叭。手壓在上面不拿起來。喇叭拖延著聲音長鳴。

他喜歡這樣，活得有聲有色。院子裡響起劈哩啪啦的腳步聲，那是叫人心花怒放的鼓號樂隊的奏樂。

側門打開，一下子湧出好幾個女兵，唧唧喳喳的迎上來。彷彿他是打了食回到巢裡來，被這麼一窩雛兒鑽動著小腦袋飢餓的歡迎著。

幾個女兵裡，有兩個穿著皮夾克，另外有的披在身上，或拎在手裡，全新的皮夾克。熟革的酸香，差不多是芬芳得撲鼻。

天氣一點寒意也沒有。雖然一早一晚需要加件衣裳，但這是下午，大陽還老高。

「幹麼一個個愛斯基摩人似的！」他注意到王鳳美，獨獨的靠在門口那邊，很平常的樣子，好像根本不曾打電話約他來，還不如迎上來的這幾個女兵——其中有被他整過的劉麗麗——這麼熱烈的迎接他。

然而她有種親切越過這幾個女兵感染給他；這和她落在後面，遠遠的倚門而立，一副沒甚麼事的神態，似乎恰恰相反。彷彿愈離著遠遠的，愈比誰都和他更親一層。這種感覺，給他一種撲面的春風那麼的柔、溫。

女兵們孩子氣的搶著告訴邵家聖，這些皮夾克可不是制式的服裝，也不是一般的勞軍品，而是元首夫人特地贈送給她們的。這天上午空運了來，事前誰也不知道，所以分外的高興。

「那好啊，你們眞都成了夫人掌上明珠了。」就近的，邵家聖從一個女兵身上扯下一件皮夾克過來，認認那質料。

「好酸呦！」

「眞可憐，沒人疼沒人愛的……」

女兵們這樣合起來取笑他。

「才不稀罕，壓根兒是充皮……」

但他認得，那是很柔軟的質料，地道的小牛皮。他從嘴上拿下香菸。

「眞不識貨，鄉巴佬！」劉麗麗皺著鼻子說。不存心吃人時，倒也蠻可愛的調皮相。

「鄉巴佬？讓鄉巴佬燒給你們看看，就知道眞皮假皮了——」

他作勢要把香菸按上去燒，嚇得陳春棉要了命的尖叫一聲，一把搶過去。

走近王鳳美，好紅潤健康的一張圓臉迎著他。

「怎麼樣，呼之即來，隨傳隨到，很聽話罷？」他雖然不由得遞過去情感的一眼。可是他不喜歡這樣正正經經的認眞起來，趕快用他一貫的油腔滑調給沖淡一些。

「這樣才乖嘛。」潘錦秀跟上來說。

「眞是乖孩子！」背後又是誰接上去。

心裡，他感覺到，經過這些天的天翻地覆的砲火，人與人之間不知是拉近了，還是反常了，似乎總有些兒不合他胃口似的，彼此顯得認眞了起來——或者該說是情感用事了起來。

王鳳美依然淡淡的，平常無事的樣子，跟他隨便的笑笑，像是笑他被潘錦秀她們吃了豆腐，這樣算是就那麼跟他招呼了，甚麼也沒有說。

走進不很大的天井，他仰臉各處張望著。「你們眞是天之嬌媳婦兒！」他說。門樓頂上有一片亂瓦，一看就知道，那要不是被打在附近的砲彈震毀的，便是空炸砲彈較大的彈片打到了那上面。

「就這一處呵，你們太走運了——」

「你去看看後進院子罷。」王鳳美這才第一次開口。

這是一個普普通通的家舍，三進院子，房屋比較多一些而已，又是舉家遠赴南洋所撇下的空房子。現在把正面大門封死，出出進進走的是側門，這樣可以使本是穿堂的三間門樓，打通了成爲一大間房子，作爲中山室。

女兵們繼續在那裡試穿皮夾克，脫下一件，又換一件。走廊下兩口開封的厚瓦愣紙箱，東一件，西一件的盡是皮夾克。

「這件是多出來的嘛。」他順手撿起一件，披到身上。「壓根就是男用夾克。」他曲解著。「你們穿起來都嫌大了，一個個武大郎似的——好唱《五花洞》了。」

「你說過不稀罕的。」

「正好八五花洞。」掃一眼過去，八個女兵。

「那你沒有資格。」

「那你就去潘金蓮。」說這話的，他記得自己最早知道她名子——陳星。聽她清唱過一段《起解》。跳青春舞曲最拿手。人不怎麼漂亮，牙齒略有些翹，尖嘴角，有些像伊漱蕙蓮絲——那個專演游泳片子的好萊塢影星。

「用不著找我，這不是現成的？」他回陳星說，指指那旁的潘錦秀——一個鼻梁高得有些損美的女孩。「噯，劉麗麗，是不是你說的，你們隊上有位潘……」對付這幾個女兵，他感到有種千頭萬緒的快樂。

「幹麼……」劉麗麗認眞的逗著夾克拉鍊，頭也沒抬的問：「我說甚麼啦？甚麼我們隊上有位——」

「甚麼沒資格，你剛才說的？」他又轉過去撩潘錦秀。雖然鼻梁太高，一樣的看著可愛。砲打得人又悶又饞，鑽到女孩窩裡來，好像大團圓一樣的開心，見一個愛一個的忙不過來惹人。

潘錦秀給問得一愣，半天才弄明白。「當然你沒資格穿，除非你調到我們隊上來。」

「沒那話，夫人的掌上明珠有資格穿，夫人的乘龍快婿就有資格穿。分甚麼家，破壞團結！」

「那就王姐那一件讓給你好了。」印文靜插嘴說。

王鳳美就在他左邊，文文雅雅的說：「小印，我沒惹你噢。」人是坐在一張長條凳上，皮夾克翻過來蒙著膝蓋，用枝原子筆在裡子上寫名子，描著筆畫。

王鳳美在鬥嘴上也非善類，卻淡淡的對付了印文靜一下就算了，頭也是沒抬，只顧描著一個「鳳」字。

他感到王鳳美今天有些異樣，一定有甚麼緣故罷。他把話岔開：

「你們未免太投機了罷；人家不在，你們幾個把好的都挑光——」

「得啦，」潘錦秀搶著說：「我們幾個兩點多鐘才從醫院回來。要是有得挑，好的也早給人家挑走了。」

「這樣的啊，好可憐。那我這一件不正好是多出來的？」

「多美呀，還有胡玲玲那個分隊沒回來哪——她們到金東去了。」

「到底沒冤枉你們。還是有人要拾你們挑剩下來的。」

他一面跟別人亂扯淡，不時的拿眼去覷王鳳美，希望能從她那裡覷到一點甚麼暗示。是她特約他來，電話裡又不肯說甚麼事。

可是這個鬼丫頭好像把他這個人忘了，只管低著頭，把那個「鳳」字描了又描，描成肥肥胖胖的毛筆字的筆畫。

他冷眼瞧著，女兵們把自己的皮夾克試著合身，挑定了，也做了記號，這才有工夫理他，跟他鬥嘴起來。但他舌戰群英間，留意到陳星一再的跟王鳳美咬耳朵，鬼鬼祟祟的，他猜得到那跟他一定有關。

但他猜不出王鳳美約他來，這麼公然，究竟所爲何事。可是要說公然，她又這麼含有避嫌味道似的，遠遠離著他，煞有介事的樣子。這使他覺得很不是滋味，好像做了傻瓜，被人暗算。

「喂，王鳳美，」他有點兒忍不住，直接起來。「巴巴的找我來，就爲著要炫耀你們這些爛夾克！」

「當然。要不請教官來，示示威，我們不是錦衣夜行啦！」王鳳美抬起頭來回他的話。仍然那麼淡然，若無其事的神情。

「可以開始了罷，王姐？」排球中鋒和閩南語教官的林春，停了一下打著毛衣的織針。

大家鬧烘烘的跟著應和。

「好啦好啦，吵甚麼嘛。」王鳳美可也捨得收起原子筆，從條凳上起來，看一眼半個天井的陽光。「時候還這麼早，沒見過像你們這麼急的！」

「是嘛，皇上沒急，大監急的甚麼嘛。」劉麗麗說。

他太曉得劉麗麗這個女孩。對於她說出這樣的話，他一點也不覺得逆耳。

「是啊，」他搭上腔去。「你們劉娘娘還沒急，你們急甚麼嘛。」

在他邵家聖隨便慣了的胡言亂語裡，像這樣含蓄，已是所謂的小五葷，他知道，劉麗麗這個鬼丫頭，連紅紅臉都不會的。

女兵們開始收拾中山室，一下子興奮的忙起來。

邵家聖還是猜不透這些娘子軍搞甚麼鬼。他靠著門樓後走廊的柱子，維持著諷嘲的神氣，閒閒的旁觀著。披在身上的皮夾克，他索性穿上。只他一個這麼逍遙的歪斜著身子，沒有骨頭似的靠在那裡，門牙抵著下唇。嗞嗞的吸著氣，一副吊兒郎當。

會議桌兼乒乓球檯的長桌，不知是誰在上面套被子。長久不見花被面，給人一種綺麗而家室的新鮮。套好了的棉被，疊整齊了抱走，印文靜和劉麗麗被差派把藍桌布抖開，往桌上鋪。

皮夾克整整齊齊的穿在身上，漸漸熱燥起來。

封閉的大門那裡，放著一面黑板。邵家聖想起破了褲子的事。她們請他來講過國際現勢——那是要從他這裡批發了去，轉賣給連隊戰士的。就是這面黑板，他在上頭簡單的畫著「巴格達公約」國家的形勢圖。正畫得來勁兒，背後叫著，「報告，教官你褲子破了……」叫得他中途停下來，板緊了臉子，轉回身來瞪住這些頑皮的女兵。

「哪個說的？」他問。但是畢竟不放心，手在背後摸著找。

「我——劉麗麗。」一個調皮相的女兵舉起手來。那是他和劉麗麗第一次認識。

其他女兵掩著口笑。

「以後要注意，尊師重道。不可以亂講——」可是話剛出口，手底下摸到了褲子中縫綻了線的地方，一兩寸的光景。

「事實嘛。」劉麗麗站起來，弄得椅子腿擦在地上，磨出很尖銳的一聲。「大家都看到教官褲子破了，推選我報告而已。」

他瞧著那女孩翹翹的尖嘴角，老是帶一些風情的提一提。說不很準那是嘲弄，還是撒嬌。

「你們隊長和副隊長不在，就這麼造反啦！」他有本領繃緊了臉，叫人看來辨不出真假。「你們分隊長也不管一管，坐視她們開教官的玩笑！」

「報告教官，我就是分隊長啦。褲子破了也不是開玩笑，我們給教官補嘛。」劉麗麗也有點令他眞假難辨。

倒是女兵們率多被他唬住了，不敢再嘻嘻哈哈。

不過「褲子破了」本身就很有點詼諧的意味。他不明白，特意換上一身漿洗整潔的軍服來上課，怎麼憑空出了個這麼樣的洋相。當然他不在乎這個，那就要看怎麼來處置這點尷尬了。

「可能嗎？」他問。「前線將士穿破褲子，有這個可能嗎？你們爲敵張目，當心！」

轉回身來繼續的畫黑板：左手背到後面，那是很平常的一種姿勢。手背壓在綻了線的地方。

他聽見背後一些從齒縫間濾出來的嘶、嘶……之聲。那是女孩子們啼笑皆非時的嬌嗔，諸如：死相，氣死，該死，要死……之類。

然而破軍褲是有的。換補制度規定，軍服必須非硬傷的磨損到直徑五公分以上的破洞，才可以繳舊換新。他自己就是被戰地司令官「統一戰術思想」的大講堂上提到過的那種搗蛋鬼。人家卡嘰的草綠軍服洗得褪成淡灰了，還是不破，眞叫人穿得不耐煩。那麼，就找塊水泥椅去磨磨罷，拿去給老張——監察官是負責鑑定磨損標準的。偏生這位老張做事呆（ㄞ）得很，辦公桌面對面不夠直徑五公分就是不行。他可叫明了說：「沒關係，老子再去加工。」當著面，就在掩體粗糙的水泥壁上磨給老張看。然而對岸老那麼喊話，「……美帝國主義者，已把台灣搜刮得民窮財盡，害得你們穿破褲子……」把兵士們惹得樂歪了，就像相聲說反話那麼樣的逗趣兒。

從齒縫裡吹著口哨，一面欣賞女兵們匆忙運動中的身體。在他看來，不管怎麼樣，所有女人的身體沒有一個不是迷人的。

自從那個弄得一無是處的夜晚之後，這幾天來——有一個禮拜了罷，每逢一陣砲打得凶了——尤其大前天，被釘在料羅灣的海灘上，一無遮掩，人被海沙埋進了大半截；那樣的時候，便總是自恃死不了，即使死了也沒遺憾，不由得慶幸自己的不欺暗室，總算那晚上沒做下虧心事。可是只要半天沒有砲聲，想想，又隱隱追悔的罵起自己小膽兒來。好像一種發酸的輕度牙痛，隱隱的，卻不是痛得跺腳搥胸的那麼追悔。若不去理它、想它，也就算了。

或者不如說，他更惱恨一些那位成事不足，敗事有餘的戰地司令官。半天聽不到砲聲，他就嘀咕起自己，你這個混球，一句話就把你小子嚇住了。可是砲一打得激烈時，人又照樣的歪歪頭，嘲弄的讚歎起來：此其一言興邦，一言喪邦之謂乎！很安心的等著這一陣砲聲過去……

不必說沈芸香那麼完璧的一個女娃，對他已夠新鮮得要命的了；其實單是非賣品這一點，就足夠誘惑他——那是他引為憾事，且是他所沒有過的經驗。

由於對中吉普車肚子底下未完成的好事深表遺憾，連帶又遺憾起更遠的，幾乎已被遺忘了的另一樁未完成的好事。那時青島鄰近的縣鎮四鄉，不斷的擁來有親投親，無親奔友的難民。從小訂親的未婚妻那一家人也逃難到他們家來。對他那個十一二歲的小媳婦，眞的，他是莫名其妙的時時覬覦著、窺伺著。實際上，十四五歲懵懵懂懂的他這個臭小子，到底要怎樣呢，他自己也說不準。他還記得有個遠親，但是走得很近的小表姑，因為臉上生了塊雞蛋大小的殊砂痣，很晚才找到婆家。出閣時似乎已經二十幾歲，嫁給人做塡房。照老家早婚的習尙，已算是老閨女。後來聽說這位小表姑有了身孕時，倒叫他好生納悶起來——女人到底長到多大才會生孩子呢？怎麼小表姑二十多歲才要生小孩；人家十七十八就做了娘呢。

就憑那麼迷迷糊糊啥也不懂的小混蟲，就作起怪來。有次娘叫他到地窖子裡去，幫他小媳婦抬簍木炭上來，居然一陣子衝動——天地良心，他跟自己發誓，實實在在一點也不知道自己要做甚麼，拉住那位小媳婦，一把按倒在洋麵袋子上，扯她衣裳。扯過一陣，人趴上去。怎樣呢，繼續下去？他不知道。只覺得那和他小時候常患的鬼風疙瘩差不多的味道。鬼風疙瘩剛剛要發作時，那是一種抓撓不到的皮下癢。又似乎是種苦悶。就那麼不講理的壓在一個小女孩的身上。而她就有那麼乖，連像沈芸香那樣略略的抗拒也沒有，不聲不響，聽任他在那兒一無是處的折騰……「不可能的，是罷？」不知是怎麼鬧得無聊，他跟魏仲和鬧扯過那樁憾事。「只裭到這兒，怎麼行？……」笑紅了臉比畫給小魏看。「就算有心要怎樣，也辦不到是罷？——你說多笨哪，笨死啦。」他罵自己笨得像豬一樣。「我就不信你沒那麼笨過……」眞是無聊，逼著魏仲和翻老帳，咬定誰都會經驗過不知也能行的天地玄黃那個階段。氣得魏仲和罵他是個天生的淫棍，不自反省，還一竿子打翻一船的人。「哼，看你是老實人，就是不說老實話。我就不信你跟那位麗雪姨妹青梅竹馬的，沒辦過這一類的家家酒……」

他是那樣的人，想起來當然很懊惱。自己的小媳婦，還不是便宜了別人！笨哪，他始終爲那樁愚行，懷恨自己怎會那麼個笨法。

他冷眼旁觀著印文靜和劉麗麗，兩人明明把藍桌布弄橫過來了，還在那兒扯來扯去，蓋住長桌這一頭，蓋不住那一頭，兩人各不相讓的對著埋怨。

「熊媽媽是怎麼死的，你們倆可知道？」他一旁冷冷的說。

兩個女兵停下手來，疑問的望著他。他怕她倆沒聽懂，又重複了一遍。

「狗熊的媽媽？你是說？」印文靜側著臉問他。

「小靜，別搭控，教官還會有好話給你！」畢竟劉麗麗機靈多了，同時也知道他多一些。

「甚麼意思嘛，教官？」

印文靜這個憨憨的小女兵，還不很甘心的追問著，卻又有點佯裝不太熱中的樣子。

「這你們都沒聽說過？孤陋寡聞。」他是慣用一本正經掩護陰謀。「你們聽說過沒有——熊媽媽帶小熊過河，你們猜是怎麼過去的？」

一時潘錦秀、陳星、林春，都圍過來，要求教官從頭講起。

「剛開頭嘛，用不著從頭重講。」他拿住和講國際現勢差不多的正經樣子。「熊媽媽帶小熊過河，小熊還不會游水，熊媽媽用嘴巴一隻隻叼過去。游上了對岸，怕小熊亂跑，就搬塊石頭把小熊壓住。游回來再叼另一隻，到了對岸再搬塊石頭壓住。不管多少隻小熊，都是這麼辦。所以只有最後那一隻是活的，其餘都被石頭壓死了——」

「不對呀，你是問熊媽媽是怎麼死的，熊媽媽並沒死呀！」印文靜不解的問。

他講得那麼正經，不由得女兵們不認真起來。

「還有，河這岸的小熊難道就不會亂跑啦？」

「河這岸的小熊，等著熊媽媽帶他們過河，當然不會亂跑。」

「熊媽媽是後來死了的？」連劉麗麗那麼刁鑽，也讓他逗上了圈套。

他不作聲，走過去幫兩個弄錯了方向的女兵，把藍桌布縱過來鋪。「你看你們倆，拉扯了半天，還對著埋怨呢，就不知道調個方向。這不是好了麼，怎這麼笨！」

大家還在等他的下文，催問他熊媽媽後來到底是怎麼死了的。

「熊媽媽啊。你們還弄不明白？——當然是笨死了。」

大家一時還沒愣過來。還是劉麗麗反應快，氣得連連的搥他。

「你不是明知教官沒好話，還怪誰！」他彎著一隻手臂遮擋劉麗麗的拳頭，笑得一臉的通紅。

「動手罷，你少尉打大尉，不怕暴行犯上，觸犯軍法？——這是在前線呢……」

「噯，不要太河東獅了罷。」王鳳美笑著說。

王鳳美捧來一落鋁碟，後面是短小精幹的沙金蘭，捧著花瓶。他還是弄不明白這些女兵神祕兮兮的搞甚麼鬼。

花瓶是一種大口兒的藍色藥瓶，花是野生的山百合花。

像這樣子被愚弄著，雖然不可能會是惡意，他卻不大甘心。好罷，我先玩玩你們。他做了點手腳，沒讓女兵們看到。然後，忽的叫起來：

「我的天，這麼走運啊……」手從皮夾克裡襟口袋掏出一捲紙幣，他幾乎不相信的瞪住這十元一張的藍票子。「這是怎麼回事？」他興高采烈的數起來，「嘿，發財了，五十塊洋錮……」

女孩們大驚小怪的圍上來。邵家聖那種興奮得發顫的神色，不由人不信以爲眞。

「是不是夫人賞的紅包，也許每件夾克裡都有一份兒……」邵家聖繼續表演。

印文靜第一個沉不住氣，翻開裡襟，手插進口袋裡找。氣得王鳳美和沙金蘭直罵她財迷心竅。但是罵也沒用，禁不住他再加作料；他裝作猜測，也許是齣「新征衣緣」，不定哪個多情的工人塞來的票子，知道這是夫人贈給前方女兵的征衣。說著連忙一張張檢查鈔票正反面，看看上面寫了甚麼

「一通款曲」沒有……直害得女兵們一面搜自己口袋，一面圍上來爭著看。

一場捉弄過去，又有邵家聖製造的另場熱鬧。幾個不饒人的女兵，萬眾一心的狠狠對付起他來。堅持要把五十元拿出來充公請客，他不肯，兩下裡不怕勞動唇舌的討價還價……

「哪有這個道理，你們說！」他躲著，嚷嚷著。「四分之一的上尉餉嘜，別開玩笑。」

「你就說你是鐵公雞算了。」

「你今天才知道？咱們大半輩子都過來了，你才覺悟？」他又占了劉麗麗的便宜。「咱們來談判一下，好不好？錢跟夾克，兩樣我總要落一樣罷？」

「不管不管，便宜都讓你占盡了——」

「教官好意思跟我們耍無賴，」陳星說。

「占你甚麼便宜，說具體一點好不好？」勾過頭去，他問林春那個大高個兒。

「夾克我們做不了主。五十塊錢你總可以做主罷？」

被幾個女兵纏不過，又眼看著王鳳美她們在那裡張羅布置，很可能有甚麼緣故要請他的客，加上捉弄她們這半天，也捉弄夠本兒了，索性就慷慨一下：

「我告訴你們，劉麗麗已經說我是一毛不拔。爲了洗刷這個惡名，五十塊錢，沾你們的光——主要還是我走運，提兩成請你們，天高地厚了——」

「兩成是多少？」

「十塊呀，小氣鬼，」劉麗麗撇著嘴。

「十塊錢夠幹麼的，一斤豬肉錢。」

「不行不行……」

女兵們唧唧喳喳的吵他。因爲纏不過他，就只好用這樣的聲勢來奪人。

「你們吃甚麼豬肉，不是減肥嗎？……」

「不管不管……」

「說你們欺負人，你們隊長還不信。等你們隊長回來，這一下可也人贓俱獲了……」

天井，大夥兒這麼鬧著，中山室那邊一直操勞像個主婦的王鳳美和沙金蘭，開始叫他們。

「喂，少爺、小姐，好休息一下嘴巴了罷。」王鳳美拍拍手，吆呼他們。那副神情，越發的是個一大窩子女的母親，在那兒喚著孩子們回家吃飯的樣子。

中山室裡的光景，使得邵家聖有些愣住。

「請罷。」王和沙兩人，那麼戲劇味道的分立廊口，施禮的讓著他們進去。

長桌中央，在不很亮也不很暗的室內，一簇燭光柔和的搖曳看。不止一枝的蠟燭火焰，給人一種喜氣的絢爛之感。

走近長桌，他才認出那是七八根土製的中式小紅燭，插在一塊蛋糕上——然而只能說，那是相似的，而非食品店鋪那種用上許多綴飾的蛋糕——。蠟油燃燒的煙氣裡，他嗅見甜食烘炙的一股膩膩的糖酸。蛋糕的四周，除了那座瓶花，還有幾盤茶點，貢糖、花生酥、長生果和南瓜子甚麼的。

「好啊，你們還有這份閒情逸致。誰是壽星？拜壽拜壽——」

「我們王姐是壽婆啦——」

「小靜，嘴不要這樣賤！」王鳳美叱著。

「那有甚麼好瞞人的，喜慶大事嘛。」邵家聖整整衣冠，拉著做戲的架式。「來來來，我來領頭，壽婆在上，我們祝壽團——」

女兵們一個個哄笑起來。

「你們笑甚麼，懂不懂得禮數的！正經點兒，過來站好。」

女兵笑得東倒西歪，碰到了桌子，蠟燭也倒了一根，桌布一角也給扯皺了，險些兒把瓶花帶倒。

「你知道罷，大尉，蛋糕還是我們壽婆的處女作呢，照著食譜做的，知道罷。」劉麗麗一邊搶著說，一邊讓王鳳美搥打著。

邵家聖覺出有點可疑，隱約發現這些調皮的女兵，在把他和王鳳美當作男女主角的取鬧著。這算甚麼，弄得他愣愣的看看這個，瞧瞧那個。可是這些傻妞兒，一個個只知道互相打鬧，不要命的窮笑沒完。

「裝甚麼佯嘛，還不就位！」劉麗麗過來拖他，背後你一隻手、我一隻手的推他，拽他，往長桌的中間拉扯，令人招架不了。

不明所以的存心戒著。可是人已被安排在對著天井的正位上。下意識的，他往一邊閃開些。但是沒等他懷疑出一個所以然來，沙金蘭，這個一身勁兒的小妞兒。張起一雙要準備鼓掌的手，發口令一般的叫著：

「開始——一、二、三、唱！」

「教官生日快樂，教官生日快樂，……。」

大家拍手唱著。

這才他恍然記起——或只能說是判定，今天是陰曆八月初二？

女兵們唱完了一遍，劉麗麗做了再唱一遍的手勢，領頭又重複回來：

「邵弟生日快樂，邵弟生日快樂，祝我邵小弟弟——猶如松柏常青……」

聽著她們繼續的唱下去，他弄不明白，她們——不如說是王鳳美，這個實際上並沒有交往很深的女孩，怎麼會曉得他的生日——而且是陰曆的日子，又是連他自己都忽略了的日子。

他想說：「你們弄錯啦……」跟她們沒正沒經的抵賴一下，但是內心被激動著，拿不下臉來。特別是王鳳美，多血質的小胖娃娃，那樣平靜而深意的看著他，心越發軟下來。那種耍滑頭的鬼話，已經滑到舌尖上，重又嚥回肚子裡。

生日快樂的歌唱了三遍，雖被她們占去便宜，但他沒有意識到要去計較那個。使他彆扭的是，頰上肌肉居然狠狠的痙攣起來……

「謝謝各位，謝謝各位……」強笑著給女兵們一一的拱手。他不記得曾有過甚麼甚麼使他這樣的受窘過。他把雙手擎過了頭的拱著，讓人覺得那是議員競選人沿街「拜託拜託」的味道，努力透著些油滑，好像想要挽回一些甚麼。「要是我還記得今天是我生日，我發誓，絕對跑到哪兒避壽去……」

他沒有辦法把話說得比這更俏皮一些。人莫名其妙的愚拙而軟弱下來。

在老家裡，按照北方人的習尚，不過五十歲，或者雙親健在，根本談也不要談過甚麼生日。沒有成年的孩子，更不要造罪。當了兵之後，除了早晚塡塡軍籍，壓根兒不曾刻意去記著自己的生日。後來軍隊裡興起集體過生日的慶生會，加菜、放鞭砲、部隊長送禮物，可是那也算是過「生月」。當初，陰曆的生辰未經折算就直接填進軍籍表「出生年月日」的一欄裡。中國曆法和西洋曆法多半差後一個月，生在陰曆八月，倒要做陽曆八月的壽星，這樣便把自己的生辰弄得很糊塗，有一大堆的數字要人去強記，好像假的一樣了。那對邵家聖來說，語言文字一類的玩意，他可以過目不忘，過耳不忘，可是一提到數字，他就頭大了。

似乎總是那樣，偶爾慨歎時光太快，芳華虛度，想到下個月一過生日就進入二十幾歲了，出於自憐的想給自己過過生日——一年到頭辛辛苦苦的，三百六十五天裡，就那麼一天是自己的嘛，稍稍點綴一下也不為過。但是到了時候，看報、辦公事、開會、跟人約會，時間意識又是陽曆幾月幾日，或者星期幾，一下子就錯過去了。要說不是記憶力搗蛋，卻又一天過去了，爬上床就又偏偏記起來了。這大概總是由於向來沒有過生日的習慣罷。現在居然有人有心的弄清楚了他的生日，折算成陽曆，又專心的記住，作了這樣的安排。他再怎樣矯情的蔑視情感，也不能不油然而生感激之情了……

然而他還是禁止不住要驅除掉在他看來很不體面的屬於情感脆弱的這種感激之情。「你們眞是清閒，還有餘情——天天都是死日，居然還想起生日！」

「這叫死裡逃生嘛。」刁鑽的劉麗麗接腔說。

「算了罷，你們還不是整天躲在坑道裡打橋牌！」

一時有一千張嘴包圍上來……

「別冤枉人啦，教官，你知不知道人家忙成甚麼樣子……」

「我們王姐前天冒著槍林彈雨，跑去山外羅神父那兒借來蛋糕模子，你眞不知道該怎麼報答我們王姐……」

「幹甚麼？」劉麗麗擺出分隊長的神氣來，「你們是給邵小弟祝壽，還是跟邵小弟吵架來了？——眞是失態！」

「好了，算我壽星老爺失態，差勁差勁。」邵家聖搶著說。放在往常，心裡卻有不安。劉麗麗那麼毫無芥蒂的坦蕩，使他罵起自己那麼欠厚道的整過人家。放在往常，就是剛不多工夫之前，還是那樣，玩笑來，玩笑去，舌戰這些巾幗英雄，原是他邵家聖的看家本領。

「來罷，」劉麗麗說：「先吹熄蠟燭，一起來。」

大家都聽從分隊長的吩咐，腦袋湊到一塊兒，壓擠得桌子搖搖晃晃。

「慢著。瞧你們這麼緊張勁兒，我也不懂那些洋規矩；要是不能一口氣把所有的蠟燭吹熄，是不是壽星就活不過去這一年？」

大家又氣得直罵他不圖一點忌諱，大生日裡這麼亂說。

「童言無忌嘛。」劉麗麗冷冷的說，隨即占了好大便宜似的，笑得好開心。

八枝蠟燭全都吹熄。「長命百歲，長命百歲……」他給自己禱告著吉祥話。蠟油氣味直衝鼻子，有細細的煙絲，從八枝燭芯子上飄升著。

土製的蠟燭，兩枝大些的，領著六枝小的。自己的年齡也被算得這麼準確。

他注意看面前直徑大約十二吋的蛋糕。焦黃的部分不大均勻。每枝蠟燭根底，爲著害怕蠟油流到蛋糕上，都特意串了一塊兩角硬幣大的厚紙片，圓圓的，修剪得好細心。他匆促的瞟了一眼斜對面的王鳳美。她正在注視看他，仍然那樣平靜而深意的。看女人，他第一次經驗到「心慌」。他可從不曾這樣倉卒的避開過。

「不是聽說那位洋神父的洋廟中彈了嗎?」

蛋糕上一稜稜的形狀，使他想起那個蛋糕模子。

「所以很吉祥呀——整個教堂都毀了，只落下這個長命百歲的模子，留給我們邵弟做長命百歲的蛋糕……」

「蛋糕模子有知，眞該把我們王姐看做救命大恩人的——」

「哪裡!蛋糕模子有知的話，也許還怪我們王姐呢!它要說，不如跟整個教堂一起完蛋算了，省得現在留下它一個，孤孤單單的，還要繼續給你們燒呀烤呀……」

女兵們雖然很少女兒態了，但是唧唧喳喳起來，畢竟還是女人們特有的那麼饒舌。

「還不是和我們人類的命運一樣!」陳星說。這女孩笑起來，更像伊漱蕙蓮絲。「生死有命，不可不相信。像我們最後面那三間屋子，三分隊跟四分隊的寢室，幸虧是白天中了砲彈，她們兩個分隊都在芭蕾舞醫院那邊。要是夜裡，看罷，一個都活不了。」

邵家聖也講起他們團裡有個排，一個新兵裝孬躲在掩體裡，躲有八九天不肯出來。但是剛被他營長哄出洞來——講到這兒，女兵們都知道了，爭著說那後半段……

照女兵們所說，那個兵前腳離開，後腳那個碉堡就被兜底兒炸了乾淨……

實際上周金才是離開掩體半個多小時以後，才落了幾發砲彈，打掉那個編號二三九的掩體一端。這事在你傳我，我傳他的途中，被一再誇張「巧」的程度，每張嘴都給這件巧事加了工。

劉麗麗等著他把蛋糕開了頭一刀移到一旁去分。他轉過去逗著陳星說：「你說的沒錯兒，生死有命，戰場上這種該死不該死的巧事太多了。不過，說白不錯，唱工如何？來段吉祥戲，給本壽星祝賀一番罷？」

「甚麼喲，就只會一百零一齣——還不能叫一齣；一段兒而已，單巧被教官聽去了。還不如請我們王姐來她最拿手的杜鵑花哪……」

他不悅意陳星這麼說，感到又被人套住了脖子。看著陳星這個女孩，沒見過誰有暴牙暴得這麼美的——當然，那兩顆稚氣的大門牙，只是有些微微露唇而已。那是很新鮮的迷惑，令人動心。可是從那麼一張可愛的口裡，說出那樣酸話做甚麼？強調他和王鳳美成雙成對兒嗎？他不樂意這樣。好像除掉王鳳美，別的妞兒都沒有他的份兒了。這是他不能忍受的。

適才那一陣感念的激情過去了，一切又似乎來得不很投他的胃口。

蛋糕模子是兩天前就借來了。可見小王這個鬼丫頭是個預謀的有心之人。憑良心說，這個比起來不大愛饒舌的，生得結結實實的壯女孩，不是隨便哪兒都找得到的，甚至曾因沈芸香那麼像她，差點兒連累了人家——那個女孩如果不那麼小，也不致叫他自覺羞恥和鄙夷——王鳳美自然是個動人的女孩，配他太綽綽有餘了；自己是甚麼一塊料嘛，人貴自知。可是問題不在般配不般配，他不樂意被人套住脖子。感念王鳳美這個情分，以及這幾個女兵對他倆的公認如何如何，好似打了雙環扣兒，或更多的扣兒，套到脖子上來，那是怎麼感覺，就怎麼不適的。

兩枝大一些的紅燭，六枝小一些的，二十六歲，正當年呢。要結婚的話，按規定還有兩年。要是命定捱套住脖子，至少也還有兩年正好玩玩的自由活動時間，幹麼這就要被套住？被套住了之後，專屬一個人，跟天下所有的女孩從此無緣，豈不誤盡蒼生！——這是他絕難下嚥的。而這樣被人暗算了似的，視爲傻蛋；他是寧可被人目之爲壞蛋，也絕不能忍受人家把他當做傻蛋，捧在手心上滾著玩的。

大家又鼓了一次掌催促，王鳳美仍然不肯唱，忙著張羅茶水和切好的一塊塊三角尖尖的蛋糕。

唱個鬼，哥哥，你打勝仗回來，我把杜鵑花插在你的胸前……哥哥妹妹的，少那麼肉麻。其實，一開頭就坦坦然然的唱唱，也倒罷了。愈是這麼推諉、忸怩，愈好像強調了甚麼……

「好啦好啦，我看你們是沒有誠意。」眼看著僵僵的，空氣開始無味起來，自己也像個傻瓜一樣，在愣等著甚麼。於是他又忍不住要用胡鬧來沖淡沖淡。「你們既然不肯唱，人壽不如自壽，聽我的——」

但是左邊的潘錦秀，右邊的印文靜，硬扯他坐下來，不讓他唱。

他看看這兩個女兵，心想，還好，沒有現鼻現眼的把王鳳美安插在他身旁。

「壽星等會再來。」她們還是存心不良的非要王姐先唱杜鵑花不可。

老天，他心裡頭直叫。你們把這兒當作新房鬧啦。

「討厭，又不是歌女，讓你們點唱！」王鳳美分著蛋糕。「有錢出錢，有力出力嘛。人家已經辛辛苦苦做了蛋糕，你們還不識好歹。」

「對啊，我來出力。」他說，又站了起來。「我來用力唱一個歌。拋玉引磚——」

「也好。壽星先唱。讓王姐隨。」

瞧，誰唱誰隨？又是存心影射。他歪歪嘴，表示不以爲然。

大家起鬨的亂嚷嚷，拍著手喝乾采。

「不唱了。」他坐下。「我這個人，就這麼賤。叫我唱，我又不唱了。不叫我唱——」

「好好好，不叫你唱，可以了罷，教官？」又是齊聲的起鬨。

「好嘛，不叫我唱，我就不唱嘛。人總不能老是自討下賤，是不是？」

「沒見過這樣的老油條！」劉麗麗氣得直搥桌子。

也許這便是中國人的性格；儘管這些男男女女已夠率真的，可是碰上這樣誰來開頭表演甚麼的時候，總歸你推我，我推你，各自都有不表演的理由。多半是感冒還沒好啦，嗓子不行啦，甚麼甚麼的。等把情緒弄得好清了，這才有人被逼著出來開頭。而一經這樣發難，一個個有例可援的漸漸灑脫起來，感冒也霍然而癒，嗓子也恢復正常了，一個比一個精采。

陳星還是唱了她的一百零一段兒，邵家聖用嘴巴又拉胡琴，又打板鼓。陳春梅、林春、潘錦秀、沙金蘭、印文靜、劉麗麗，都有拿手的玩意，王鳳美反而賴到了最後一個。

大夥兒催著她們王姐。王鳳美避嫌似的偏不要唱杜鵑花。這時候仍還在軍中流行的康定情歌、寶島姑娘、玫瑰三願、紅豆詞、雨不灑花花不紅……女兵們搶著給王鳳美提示，但似乎都有些草木皆兵，她都不要。

「我只會唱軍歌。」她說。接著唱起來：

「從軍去中國的青年，集合的喇叭已經吹響……」

剛唱了一句，大家便都手呀腳呀的打著拍子，跟著唱和起來……

這個鬼丫頭！他心裡說。手底下，他是幾個指頭叩著桌面，給配上小鼓點兒。看她生得那麼厚實，沒想到還是刁鑽得很。這樣的軍歌，最容易引起共鳴。一唱起來，大家必定身不由己的跟著齊唱，就不必一個人獨唱，以致愈唱愈怯。

歌唱完了，拍子停了，小鼓也不敲了，剛那麼一靜下來，邵家聖酸酸的接著唱起來：

「從軍去中國的青年，要繳的學費已經花光……」

女兵們大半都曉得他那段醜聞，立刻被逗得人仰馬翻的笑起來。

他冷著臉，很困惑的樣子，好像弄不明白大家笑的甚麼。

「再接著來呀……」女兵揉著肚子，竭力的止住笑，催他唱下去。

「還接著來？學費花都花光了，還來！」

女兵們不依，說這樣不算，一定要他做壽星的好生來段壓軸戲。

「來段兒國際現勢如何？」回轉身去，看了看背後的黑板，作勢要找粉筆。「今天教官褲子沒破。」

被鬧不過，一副的無可奈何，「好罷，給你們來段兒老西北軍的軍歌得了——」等著大家靜下來。「喝口茶，潤潤金嗓子。」他跟自己說。「這要踏著腳唱，才是味道。聽著……」接著，又咳了咳，把嗓子清清。

「三國那個戰將勇——」地道的，要多土有多土的侉腔。「首推那個趙子龍，長——坂那個坡——前那個逞——英雄。還有那個張翼德——」

這一來，可把女兵們逗得笑死了過去。一個個笑得你倒我身上，我壓在你身上，叫著肚子痛。

他笑了笑，趕緊又板住臉子，依然那副惶然不知所以的神情。

女兵們直笑得求饒的呻吟起來，滿眼窩的淚水，求著「不能笑了，不能再笑了……」

王鳳美算是比較最不苟言笑的一個，也揉著肚子，眉毛倒成八字，乍看眞像泣不成聲的那麼傷心。

他是莫名其妙的傻在那兒，面面相覷的望望這個，又望望那個。妞兒們不看他還好，看到他那副傻相兒，越發捲土重來的又笑得倒下去，彼此搥打著，抹眼淚，叫著心痛……

他奶奶的！他罵起自己，你邵家聖不是成了個弄臣了，弄得這些嬪妃宮娥樂得不要命……

儘管思想是種運動得再快也沒有的東西，但是沒等他那個自罵自的意思收一下尾——劈雷一般的那一聲震盪，當頭砸將下來……

他只覺得眼睛一花，毒辣的火煙頂面蓬開來……

一時間，甚麼都被這一刀砍斷了。

巨大的震盪之後，人落進眞空裡，有好長好長一段可怕的死寂……

死了？換了另一個世界了？……

怎麼會一點兒也不曾聽到砲彈嘯空而來的聲勢？……意識彷彿被擊得粉粉碎，半天，這才慢慢的開始還陽。往回凝聚。壞就壞在這些猛笑個沒完兒的妞兒們……

待他神志慢慢斂結，回到原位上來，這才他發現自己已經蜷縮在長桌底下。

一桌底的身體，身體擠著身體，一點聲息也沒有，好像全都完蛋了，只留下這一大堆肢體……

屋瓦還有一塊兩塊的落下，好清脆的碎裂。

「樂極生悲，樂極生悲……」他嘟嚕起來，念著南無阿彌陀佛似的。

死寂了這半天，遠近似乎都不曾有繼續的砲擊，眞是莫名其妙的一發冷砲。

「樂極生悲，樂極生悲……」邵家聖還在念著。

「都是你啦，惹人家樂極生悲。」和他差不多頭頂頭的潘錦秀抱怨起來，兩手還抱在頭上。

「都是你們啦，」他學著那個腔調，「我哪兒像你們那樣樂了？」

他高興自己恢復得這麼迅速，壞心眼兒的把「樂」字咬著入聲的吐出來。

頂在他臉下面的，是被窄褲裹得滾圓滾圓的肥臀，一時還識別不出是哪一位的所有物。

他又有些不覺技癢，抱在胸前的手指顧自動了動，好誘人的滾圓。但他立刻把自己這雙賤手管制了——又是那種重複過來的自覺，非常惱人。他厭惡起來：砲聲一響，總就是把人的心地攪得這麼軟弱而清醒……

「不行！」他叫起來，自己好似這才忽然醒了過來。「換地方，這兒怎麼保險……」

此刻，對岸的敵砲也許正在那裡根據觀測所得的彈著點，忙著修正諸元。雖然塔後這一帶，除了她們這支並非武裝的「木蘭部隊」之外，沒有甚麼別的軍事設施，可是誰能說得準那樣的濫射，會打哪裏和不會打哪裡呢。

「還要跑那麼遠，才不要哪。」

身材那麼高大的林春，卻苦兮兮的抖著聲音，聽來好生的不襯。

邵家聖堅持要換地方。他奔出側門，看了看他駕的車子。

砲彈落在牆外二十碼遠的路心，感覺上硬是像當頂轟下來。

遠處開始落砲，方向是飛機場那邊。據判斷，可能有飛機降落。那麼，這一帶該不會是目標了。

而那發砲彈，就是試射，爲何會打到這裏來？偏差得太離奇了。

「敢情給老子祝壽來了，」他回到天井裡來。「禮砲——大尉，只有一響。」

女兵們還有些驚魂未定，怯怯的蹉跎在中山室的廊簷下，一個個臉色都不很正。王鳳美那張多血質的圓臉，還是青青的。

「繼續，繼續，禮砲放過了，咱們繼續……」他把手罩在口上說。

「嚇死我了……」憨憨的印文靜，手重疊著摀在心口上，歎口氣。

「眞差勁兒，還巾幗英雄！」

他看看自己身上落的灰土，拍打著。他身上還穿著巾幗英雄的皮夾克。

參謀本部戰報：

一、九月十四日六時，至九月十九日二時四十分，敵砲射擊金門島群二萬六千二百九十四發。

二、昨(十八)日十八時左右，我軍機群於金門上空與敵米格十七型噴射機兩批計三十架遭遇，經激戰後，共擊落敵機六架，另可能擊落一架。繼又於金門近海，擊沉敵魚雷快艇三艘。

美國國務院宣布：昨在華沙與中共第二次會談。外交部黃少谷部長今在立法院鄭重表示：我政府對任何有損中華民國權益的談判，絕不予以承認。

中華民國四十七年九月十九日

李會功班長嘀咕不下一百次了，黏黏叨叨的說：

「……得啦，財神爺，千萬千萬別再這樣拿性命開玩笑。你說這餉關到咱們手上，倒有啥意思……

……」

老兵又夾起一大塊抖抖的紅燒牛肉，迎著亮光，指給財務官看那肉塊裡透亮的筋肌，「瞧這，地道的眼鏡兒，還是數著咱們軍用罐頭扎實。」

紅燒牛肉塞進財務官飯碗裡，往飯裡頭按，像盛情款待一個老遠來的甚麼表親。「吃掉吃掉，你別再放回來，別客氣……」

「你們這才太客氣啦。」

「跟在自己家裡一樣啦。吃得飽飽的好上路辦事，還要再趕三個連不是？」

「也不一定。來得及就多跑幾個連，來不及就少跑幾個連。只能盡力而爲了。」

「不容易，第一線上，這麼分散。」李會功翹著又肥又闊的厚嘴唇。「說眞個的，下個月，他奶奶個頭的，要還是這個雄樣子——砲彈不住點兒往下下，財神爺，你可千萬千萬別再這麼冒險啦……」

排長去營長那邊還沒回來，楊排附肩胛中了砲彈破片住院，由他李會功代理排附，全排數他最大，難得這麼獨當一面的做主人，生怕讓貴賓冷落，就這麼一直嚕嗦沒個完。平常他是少有這麼多話的。

財務官也是一再的說，大家盡忠職守，各有崗位，哪能因爲危險，就輕易放棄職責……

「常言道得好——」老兵眞就像個地道的主人，只顧殷勤勸客，自己反而沒怎麼去動飯菜。「錢這玩意，多有多花，少有少花，沒有就不花。眼前這光景，再多的錢也沒處可花。所以說啊，早一天關餉，晚一天關餉，都是一個局兒。你三個月關一次，哪怕半年關一次，多久都行。再說，錢到手上派不出用場，他奶奶個頭的，老攢著，反倒累贅，凸凸隆隆的。你瞧，塞在這兩邊，不是正奶著孩子的兩個奶膀子……」

老兵說著，還用筷子後梢指指自己野戰軍便服胸前隆起的兩個口袋。但是這樣子重三倒四的囉唣，老兵仍還覺著道不出心裡無以表達的誠意；而且愈囉唣，愈有些莫名其妙的心虛起來。「不瞞你財神爺說，」他是體己的把聲量收斂得很低很低。「咱們可是闊得薪餉有沒有都不放心上了——這是跟你財務官不外氣，才說這話；咱們這些弟兄，撿砲彈皮可撿發財了。你剛才來時，敢情看到咱們陣地裡，左一堆右一堆碼在那兒的彈皮了。別瞧不起一朵一朵燒糊了的飯鍋粑，好價錢呦……」

其實沒甚麼好神祕兮兮的這麼小聲，守著兩個同桌進餐的副班長，用不著怕給甚麼外人竊聽了去的。可是代理排附的這位老兵，偏那麼嘁嘁嚓嚓的說著私房話，不知有多機密。奉公守法已經成了老兵的第二天性，對於未經明令公布規定的作爲，總是下意識的覺得有點理虧的樣子。

「照這樣說，也不光是貴排這樣罷。這筆財，大家都有份兒的——說起來，這可是意想不到的作戰加給，算筆橫財哩。」

「要是給對岸知道了去，」曲兆修副班長接口說：「奶奶個熊的，能把些王八羔子氣得得了氣臌病。」

「這你財神爺就不知情了；咱們這個排，與眾不同。咱們排裡有個鋼鐵專家——就是那位……」筷子指指另一窩兒蹲著用飯的士兵，周金才正縮著脖子喝湯。「鋼鐵專家，咱們搶的彈皮，都是經過鑑定的，不是純鋼的不要。你像哪是俄造的，哪是土造的，咱們都是睜眼瞎子，瞧著都是一個雄樣兒。人家專家就不然了，手上掂掂弄弄的，分得清清楚楚。不怪唐榮鐵工廠來的人，一看就說咱們的成色好，出的是好價錢，還奇怪咱們這個陣地怎樣得天獨厚。他哪知道，咱們淘汰下來的彈皮不知倒有多少，都埋到坑道頂上的積土裡了——多多少少那總頂點兒事……」

「做生意的人，鼻子可眞尖哪。」宋志勳說。

「其實也不是甚麼唐榮的。」

「不是唐榮鐵工廠的？」李會功眼瞪得老大。

「這我清楚。」財務官說。「掛的唐榮的名，其實是金門當地人——再認眞說，其實是廈門幫，會做生意得很。你們都聽不出廈門口音？」

「會做生意，那是不錯。」老兵說。「不過很識貨，不是外行，也還算規矩，肯出好價錢……」

爲著證明大家眞的不會睺睺兒的等著關餉，李會功反覆的找出許多理由來，「眞的，弟兄們個個都是滿腰黃兒……」也不管人家財務官懂不懂他那些土話。又說起要是在後方，那可恨不得一個月發兩次餉才行。「幹麼呢？——犯不著你們財神爺這麼冒生死危險，是不是？……」另還有一些話，心宅厚道的老兵，說不大出口——你們這些搞財務的，終歸是老百姓呀，沒受過嚴格訓練也沒閱歷過打仗。砲彈打來了，你要是沒有眼觀四面，耳聽八方那個能耐，又躲得不得法兒，那還說甚麼槍底下來，砲底下去……可是這話說出來要傷人，穿著軍服不像個軍人，還要這麼冒險犯難的深入到一個個陣地、小據點，甚至碉堡、哨所裡去發放薪餉。要勸阻這些半軍人半老百姓的財務人員免了這樣叫人擔心的勤務，老兵感到還眞不是三言兩語就能生效的。

有好一陣沉默，彼此努力加餐的扒著飯，老兵想著：這樣口口聲聲的財神爺，財神爺，心裡不禁好笑起來。現在，把這個「財神爺」當作恭維，說的，聽的，都挺順理成章，誰也不必心虛心驚。要是照過往老軍隊的情況來說，這個雅號可一點也不雅，別拿這個糟蹋人罷。在老軍隊裡，誰曾幾時瞧得起過管錢的人員？消極點兒說，誰對他們都沒有好感——錢又不是你打家裡帶來的，何必摳得那麼死緊……若是就積極的意義來說，十個財務十個富，近水樓台嘛，靠山吃山、靠水吃水嘛，指甲略留長一些，不必懷著良心如何如何，刮點兒油皮，就儘夠養得一個個肥頭胖耳……老軍隊裡的積習是一；加上儒家安貧樂道，淡泊清高之類的觀念影響——錢是銅臭的，商賈是低人一等的……像這種隸屬聯合後勤總部的財勤隊，過去的中國軍隊是沒有的；管錢的官佐大半是主官的小舅爺，敢情被兵士們對立的視爲一派異類；只覺得這幫人整天在那裡圖謀不軌，盤算著怎麼揩油、中飽、怎麼替姊夫甚麼長搞家業底兒。而最令人反感的，莫過於這種穿軍裝的老百姓，人家拚命打仗，他們拚命搞錢。在老軍隊裡，幾無一人懷疑過是否那會是一種無端的栽贓，「天下烏鴉一般黑嘛」，可以這樣一言以蔽之，不致冤枉到誰。

然而時代往前走，財務獨立了，把中國軍隊千百年來大小首腦吃空缺之類的積弊掃除了。這位年輕的財務官，陸興中尉，一副金絲眼鏡，斯斯文文，天生那麼一副管錢人圓圓活活白淨的臉蛋子，看來眞該是中國人想像裡的財神爺。這樣子砲火裡跑到排陣地來發餉，豈不就是專司財運，打天上下界的五路財神，自非昔日專門給自己找財運的財神爺。

「其實啊中尉，」宋志勳副班長說，「憑你這把刷子，該去吃銀行飯的。至不濟，到大公司去做個會計，也甚麼——」

「人各有志嘛，你小子就是見錢眼開。」曲兆修給了宋志勳一個白眼。

「哼，你見了錢眼不開。奶奶個熊的，你瞎摸瞎揹的才死要錢。」

「錢是好的。不過君子愛財，取之有道，但看錢來得是不是正路就是了。」財務官說：「當初，我也是怎麼也沒想到，搞起財務了。憑著一股熱血，爲太平艦復仇嘛，不是好多青年學生都響應從軍了麼。眞沒想到，被分發到財務學校學生班了。當然，視力有關係。人——有時也得相信命運是不是?誰也拿不定一輩子要吃甚麼飯的……」

「這話有道理。不是趕上亂世，操他，哪曾想到扛槍桿兒扛個小半輩子……」李會功慨歎起來。

「不是趕上亂世，你守著那兩畝薄田，還不是一年四季啃地瓜，還臭美咧。」那國璋也湊了熱鬧過來。

「噯，對，不是趕上亂世，還欠你一個鐵路局長沒幹上——扳你洋鬼子鬧罷！」兩個噌來啐去的班長，年輕的財務官笑了。「理想，人人都有的。算算年齡，我還要競選中華民國第九任大總統呢——當然，那是做學生時，不知天高地厚的作夢。」

「那也是說不定規的。」

「是嘛，那是照著憲法規定的總統年齡來算的，別的夠不夠條件就另回事兒了。」中尉財務官放下筷子，照著做客的禮數，筷子謹謹愼愼的橫擔在碗口上。「比方說，我們收支組有位同事，羅正文，國學好，數學也好，又喜歡摸弄機械，少見有那麼全才的。他是打定了主意，要發明甚麼人人都可以用的中文打字機——不像現在這樣，又慢又笨，又要專門訓練過的人才能使用，成了小姐們的專業。他老兄是先從中國字的構造上研究，已經下了三年多的苦功。半年前一道來金門，在松山機場等飛機的時候，還說，這趟來金門，可能對他的研究工作非常有利，使他提前完成中國字的筆畫分類——他是帶了一大箱的卡片，重得咱們倆合著提才提得動。誰知半年後，人在機場上躺下來了。年齡不大哩，又那麼有理想，有幹勁兒，多方面的才能。可不像我這麼不知天高地厚的作夢——」

「陣亡啦，這位……？」兩位班長和兩位副班長，幾乎是同時的問出口。

「回台灣探眷嘛。」陸興中尉說。「本來慰勞假已經奉命取消——緊急戰備不是嗎？可是他母親病危，不能不回去看看。正巧是上月二十三那天回去的。沒想到回台灣第二天，一看報紙，才知道他坐的那架班機起飛後，不到三個小時就發生了砲戰，打得很激烈。一得到這個消息，急得很，打了載波電話來，問他的卡片怎樣，說他馬上申請飛機回來。本來他是很可以乘這個機會，多在後方賴幾天。可是他說仗打起來了，責任重起來了，老母親已經送進總醫院，反正有哥哥嫂嫂照顧，病再垂危也顧不了了。回台灣的第四天，就又搭了飛機回金門。同機還有四位回去參加總部短期講習的收支組同志，也是沒等結業就搭機回來的。飛機是冒著砲火降落，這五位財務官一下飛機，跑沒多遠，還沒來得及躲進機場的掩體裡，就被連連幾發砲彈打下來，五位陣亡了四位，魏錦根、覃季常、楊壽恆，還有這位羅正文，一起四位，都成了壯志未酬身先死……」

這位中尉財務官，款款的說來，倒有些情見乎辭的戲裡說白的味道。兵士們聽著，不覺有些動容。

然而在他們排裡，乃至連裡、營裡，人員負傷有的是，還不曾聽說有人陣亡。現在中尉述說的這些，聽來卻顯得很遙遠，像個故事。那麼，如果爲了一個故事，或者爲了一齣戲，傷感了起來，那是這些大兵們認爲羞恥的。在野戰部隊裡，往往舞台上悲劇進入高潮之時，台下的大兵們會有好怪的笑聲喧騰起來。爲了防止自己表現出要被恥笑的「情感脆弱」，這種毋需教導而強逞心腸硬的英雄意識，在大兵群中已是相當普遍的一種心理。

「那位病重的老母親，也不知怎樣了。」

自居主人的李會功，出於一種待客的誠意和禮貌，彷彿不得不作點兒婆婆媽媽的反應。

中尉財務官搖搖頭，要說不說的猶豫著。手指下意識的捺在碗口的一雙筷子上，滑來滑去的撫拭著，眼皮垂得低低的。

「唔，那些卡片……」中尉嗡嗡不清的歎氣說。

他這樣，使人覺得他惋惜一部機器之不得誕生，遠過於悼念一位殉職的同袍，似乎無情了一些。

這位由於金絲眼鏡本身的光澤，顯得一雙眼睛裡閃灼著激情的中尉財務官，冒著砲火趕到這個第一線排上來，不但發了薪餉，同時在那麼細緻的剪貼每個兵士薪餉手牒的小條條當中，和一頓午餐的時間裡，卻帶來了不少各處戰地裡發生的古怪故事。

或者在戰火之中，生生死死都來得那麼詭異而譎邪，喜歡神話的中國人總會在這樣非常態的時候，產生出許多神祕玄虛的故事。

尤其像目前這麼一場形式很特殊的戰役，似乎更宜於發生這一類的故事。有的兵士——那是說，不止一個，也不止黃炎這個排的弟兄——活眞活現的述說，夜哨時親眼看到小白菜回來。那個九三軍人節在野戰醫院隨婦女會勞軍被砲擊身亡的文玉仙，大家看到的都是同樣的一個景象。一身的白，穿過南面那排相思樹林，輕飄飄的像被風吹著的吹進村子裡去。而且還逼著人非信以爲眞不可；因爲一個人看到不算數，夜間複哨，不能兩個人都看岔了眼。

這件事使得陸興中尉的談興更濃。中尉的故事比誰都多——在這樣特殊的戰爭裡，想不到顯得那麼樣流動性很強的，倒是這般財務人員。砲火的封鎖，把一塊塊的空間分割開來，人是被隔絕著，財務人員反而媲美戰地記者的見多識廣。

如果說羅正文的殉職經過算是故事之一，那麼陸興中尉現在在講他的故事之一了。

半個月前，在烈嶼的龜山海灘那裡，從對岸廈門方向漂來一具浮屍，給守海灘的哨兵發現，打撈了上來。

屍」。

那是一具赤身露體的女屍——若是放在昇平世代，人們有較多的閒情逸致，那要被稱爲「豔

浮屍是照著規矩漂過來的；因爲據說溺死的人，三天後浮上水面，總是男屍面向下，女屍面向上，那個女屍就是那麼仰著面，那麼安詳的，睡熟了似的，載沉載浮的漂過海來。

如果確是從對岸廈門漂來，那麼，兩岸間最近的距離也在五千公尺左右。橫渡這麼一片水域，中間還須繞過檳榔嶼一些無人的礁石，遙遙的漂流過來，已經很夠離奇了。而屍體既未腫脹，也沒有一些些腐蝕，殘缺。幾乎就像睡得甜甜的那麼嫻靜。當地的軍民人等，對這樁奇事沒有一個人不是覺得費解和關心。所以在駐軍和老百姓會同起來，把女屍入殮安葬在龜山山腳下之後，不少人帶著香燭紙箔，去祭悼這個無名氏的少女芳魂。

這個還不足爲奇，古怪的事發生了——

安葬第三天，第一個發現女屍，把女屍打撈上來的那個戰士，正在碉堡裡擦槍，跟鄰兵聊天，突然中風了一樣倒下來，昏迷了過去。

夥伴們把人扶起來，只見兩眼發直，失魂了一般，瞧著四周，好像一個夥伴都不認識了。恍惚半天，開始說話了，女孩子的腔調，說的是這位戰士根本不會講的廈門方言——

「我叫王玉蘭，家住廈門何厝，今年十七歲，天天到海邊上拾蚵仔……人家都偷偷的說，你們這裡是天堂，我們那邊是活地獄。我每天拾蚵仔的時候，都不由得隔著海，多看你們這邊天堂幾眼。心裡想著，像人家講的：你們穿的是漂亮衣裳，吃的是白米飯……

「五天前，中午時候，日頭正當頂，我在海邊上拾蚵仔，三個戴紅星帽子的流氓，攏來欺侮我。

大天白日，把我拖到土崁後面，我衣裳統統被他三人撕光，我拚死掙開了，沒命的跑。可憐我這樣一絲不掛，叫我往哪裡逃？我被他三人追著沒有辦法，只有跳進大海，不問死活，總算逃出了活地獄……

「可憐我臨死也沒有見到天堂。我是把清清白白的身軀領到天堂裡來了。勞你們善待，我魂靈定要保佑你們這一方，將來我還要給你們帶路，帶你們打回去，替你們親人報仇，也替我自己報仇……」

這麼一來，整個烈嶼的村民全都驚動了，馬上合起心來，各方奔走樂捐，要給這個王玉蘭修建一個「烈女祠」。現在錢已逗了不少，只等這場戰事一過去，馬上就可以給她修個小廟。

可是好多善男信女，等不及修廟，都冒著砲火，老遠跑去女的墓上進香。既然這樣，附近的老百姓只得先搭一個很簡陋的小棚，設了供案，給大家方便。

現在，那裡日夜不斷的香火繚繞。應該說，那是一座頂年輕的小廟堂，供奉著一位頂年輕的小神祇。

「別瞧不起那麼一座小小茅草棚，香火盛得很。」中尉從胸前口袋裡，掏出一本小小的記事簿，指頭沾沾嘴唇，一頁頁翻著找。「我這裡還抄了兩副對聯，貼在棚子柱子上的。一副是駐烈嶼那邊的部隊長落的款，你們看，上聯是『抗暴捨生全節義』，下聯是『長留貞烈在人間』。……你們再看這裡，當地一位老鄉紳題的：『一縷貞魂常佑烈嶼安泰；萬眾同心共掃幽州狼煙。』你們要不要抄下來，很有意思。這是有憑有據的，可不是我隨便的信口開河……」

兵士們比領餉熱切，團團圍住這位年輕的財神爺。雖然有的不免半信半疑，表示姑妄聽之的樣子，但興趣還是很濃。

「我看這事兒……有些個玄。」那國璋班長去抄著那兩副對聯，不以爲然的點著頭。他是第一個把自己的小本兒拿出來的。

「當然，很玄。像個神話。」財務官說。「不過，在科學還沒有辦法研究出這些道理時，我們如果堅持要否認這些怪事的話，那我們這樣的固執，不也是成爲另外一種迷信了嗎……」

「這話有道理，有道理。」代理排附隨聲應和著。

顯然這個老兵只是出於待客的殷勤，客人怎麼說，主人怎麼好。看得出來，對於財務官的高論，老兵可並不曾稍加品味或思索。老兵甚至沒有聽完全，也許不很懂，半途裡就插進嘴來，稱讚財神爺有道理。

中尉財務官的故事之三——

大擔島北山那裡，駐軍們克難飼養的家禽中，有一隻大公雞，美豔得像隻鳳凰，過年時已經是隻成雞了，沒捨得殺，養到現在足有四公斤重，遠看簡直是隻火雞。

八月二十三日那天傍晚，這隻大公雞冒冒失失的啼鳴起來。就像夜裡報明時那樣，噗啦噗啦的拍著翅膀，得意洋洋的叫得那麼響亮，一遍又一遍的拉長了聲音叫。

「作怪了，這個鬼雞！」

弟兄們聽了感到很犯忌。有那樣的說法，公雞要是不按時候的亂啼，不主荒年，就主兵亂，且有凶主之嫌。反正那是很不祥的兆頭。

「瞧這傢伙，活得不耐煩了。我看你是熬不到八月十五了罷……」

構工回來的兵士們，聽不得這種叫人厭惡的啼叫，商量著乾脆不等中秋節，這兩天就宰掉加菜，破破凶氣。這麼大的一隻雞，一個班裡每人簡直可以分食到毛重幾近一斤的雞肉……弟兄們正一面收拾工具，準備開飯，一面這麼三下五除二的算計這隻大公雞，嘴說不及，砲打了過來，唏哩嘩啦的打得人昏頭轉向……

「怎麼樣，我說沒好事兒罷。叫的不是時候，聽著就屹癢人——」

「小李子，明兒就宰掉牠。」班長當作命令下了。

坑道裡，兵士們恨那隻大公雞恨得嘴饞，想像裡品味著罐頭雞肉所沒有的那種勁道。有人就專好啃啃骨頭，咂咂骨髓。但罐頭裡的雞骨頭，都是爛得不擋牙的。

兵士們討論起清燉還是紅燒。有人提議白斬，可以保持鮮美的原味。兵士們是用這種白吊胃口的談論，在打發肚飢難忍的滋味，來打發坑道裡把人悶熱得要死的焦躁，以及互相隱瞞的內心裡像是打擺子似的驚懼的冷戰。

第二天，需要清理陣地和搶修工事的善後工作太多。大家一忙一亂，敢情忘記乾淨，就把大公雞的小命權且留住了。雖然有人提議要把牠宰掉，祭奠祭奠不幸陣亡了的排裡的弟兄。

這一天裡，從午間到晚上，砲是一波過去，歇一歇，又一波的打過來。而這隻活得不耐煩的公雞，越發豁出去了，一陣過了又一陣的那麼拉長了聲音啼叫，直恨得躲在坑道裡的弟兄們牙癢。

「你再叫，你再亂叫看看！」小李子眞就摸出菜刀來，水泥階上狠狠的碭了碭，「你再敢叫一聲，老子就來宰掉你……」虛張聲勢的嚇唬了一下，菜刀又丟回坑道去。

雞是養在一片岩棚底下，還有兩口小豬，很安全，離坑道五十碼左右。大公雞是不信邪，又叫了，好似存心氣氣人，叫得更響更長。小李子跑回坑道去拿菜刀。可是人剛進去，砲打來了，構工的弟兄也都趕進來。大家倒的倒下，坐的坐下，等著砲停。像是夏季裡，人老被陣雨往屋子裡趕的一般，等著雨停了好再出去幹活兒。

砲停下來，兵士們再出坑道搶工。時間是那麼迫促，人好像「好了瘡疤忘記痛」，又顧不得大公雞的作怪了。可是情況重複起來，大公雞每一啼叫，就激起性子壞的兵士竄回坑道去取菜刀，而又總是來不及再出去殺雞，砲彈就呼嘯而至，暴雨一樣的打下來……

這樣的重複了幾次之後，兵士們終於發現，這大公雞成了精確的警報器，牠一啼叫，就準是對岸的大砲將要射擊。這之間不過是一兩分鐘的時間，屢試不爽。

現在，那一帶的守軍已把這大公雞尊爲「神雞」，認爲牠是給大家帶來幸運的守護神。無論何時，只須大公雞展展雙翅，引頸長鳴，立刻就去敲響鋼軌警報，兵士們迅即轉入地下。

對於敵砲的濫射，原是無法事先防備，現在有了「神雞」，大家簡直像投了「戰爭保險」一樣，兵士們安詳的構工，操作，篤定極了。

中尉的故事之四——

一個由副連長領著加強排戍守的小小離島，上面除了礁石還是礁石。草是不生的，樹木更不必說。以前連淡水都要仰賴三十分鐘舢板航程外的烈嶼。爲了深鑿一口淡水井，一位士官爲地層下的瓦斯中毒而死。可是兵士們在這樣的荒島上，要生活、要構工、要開發；重要的，當然還是要作戰。眞是說都沒辦法說的艱苦。

島上，副連長帶去一條渾身油黑的土種狗，生得個頭不算大，毛是略微有些長和蜷曲，寂寞的弟兄們「老黑，老黑」的喊著，拿當心肝寶貝的疼。

老黑跟隨著副連長查哨，在每一個黑夜，在那麼死寂的礁石島上，潮水是不歇的吼哮著，風雨熬著人，永續的那麼環島巡查……。待哨查完了，這老黑便會很習慣的來到第六和第七哨所中間，死守在那裡，也不管是甚麼樣的天候。

那兩座哨所中間的地形最複雜，也是敵人最可能摸上來的地區——儘管這兩個哨所配置得相距那麼近，仍然不能叫人放心。

去年，六月二十四日下午，對岸兩百多門大砲，突然向烈嶼猛烈射擊，歷時七十多分鐘，落彈九千多發。那座小小的礁石島，連帶的也被打上兩百多砲彈。島上作為指揮所的岩洞中彈垮掉，老黑的主人——那位中尉副連長，和一位副班長，被坍塌的岩石壓在下面。事後整整挖掘了兩天，才把兩具屍體找到。這是去年的事，去年六月。

戍守的步兵加強排，每三個月換防一次。接防的部隊要乘夜暗渡海過來。交換完畢，交了防務的部隊要搭乘原船於天明之前返回烈嶼。

副連長陣亡後，老黑並沒有顯明的異狀。每夜，跟隨著排長查哨，仍然在六號和七號哨所間守夜。大家都說，畜生畢竟是畜生，懂得甚麼；誰養誰就養了。

可是換防之夜，大家開始上船了，老黑不見了。

副連長既已陣亡，弟兄們總感到老黑該是他們長官的一個遺族，需要備加疼愛，不能丟下不管。

深夜，整個島上，弟兄們到處在老黑老黑的叫喚。

接防的兵士們對於四五十條大漢爲了一頭小土狗，那麼興師動眾的搜索，尋找，覺得未免天眞得滑稽。雖然交防的弟兄們跟他們說，這個老黑不知有多乖，有多通人性。

漆黑的島上，弟兄們執拗的到處呼喚，那麼焦灼、動情，顯得很嚴重。接防的弟兄們終被他們對於殉職的長官那番情義所動——這些新來的兵士才漸漸了解，他們不是爲了一條狗，是爲了已故長官的遺族，於是也幫忙四處去呼喚，尋找……

時間是延宕得夠久，終才聽到老黑咦咦咦的低鳴，像是狠力擦玻璃時會發生的那種尖聲。他們在駐守了三個月那麼久，也不曾知道的一個不打眼兒的岩縫裡，找到了有意躲在裡面不肯出來的老黑。

打著電筒，好話哄上半天，近乎求告的這才把老黑請出那道深深的岩溝。但是牽他上船時，拽緊了繩子不肯動。弟兄們只以爲牠怕水，看在已故的副連長分上，只好抱牠上船。

加強排回到烈嶼，天亮後就沒有再看到老黑。你問我，我問你，誰也記不清最後看到老黑是在甚麼時候。

弟兄們很難過，推測老黑一定是乍到新環境很害怕，亂跑亂跑的，被誰捉去殺掉下鍋了——誰那麼饞斷了腸子，大熱天吃鬼的狗肉，也不怕上火！

好幾天過去，弟兄們已經絕望的放棄尋找了，卻從離島上傳了信來，半個鐘點舢板航程那麼遠，執拗的老黑，泅海回去了。

從那天以後，直到今天，一批批進駐那座離島的兵士們，都做過老黑要好的戰友。老黑一直駐在那裡，成了那座寸草不生的礁石島上土生土長的酋長了。

換防的時機總是在夜暗裡。老黑已經成了精，那一整天，老黑像是有所預知的，跟每一個收拾裝備的弟兄表現出平時所少有的突出的親熱。

等到入夜，接防的新弟兄上岸，老黑總是端坐在指揮所裡，等著他們一一的進來，用牠的嗅覺一個一個去認識他們。牠坐在那裡，一副好有擔當的神態，與其認爲牠是被列入交代的一項營產，不如說牠儼然是位監交官。牠昂首坐著，仰視兩個指揮官的交接，然後陪同——照牠岸然走在前頭的那個氣派，該說是引領著新來的夥伴，進入每一座哨所，事必躬親的那麼認眞。然後，再到舢板泊岸的海灘上，目送回返烈嶼的老戰友一個個登船而去。

老黑果眞就有那樣的通人性嗎？駐過那座離島的兵士，總不由得想到那在冥冥中，指使牠的已故主人的英靈，兀自留在島上不去。

不管弟兄們怎麼樣的認爲，老黑牠是一成不變的；不論怎麼樣惡劣的天候，風雨無阻的進行牠的巡查和夜哨。例行的環島一周後，就像牠的老主人在世時那樣，然後死守在第六和第七哨所中間那個地帶。

老黑是自成一個哨所，一棒打到底，死守到天明，不要換班。

在牠的露天哨所裡，沒有監視區域圖，沒有目標寫景圖，沒有各種警報記號和飛機船艦識別圖。但老黑的哨所卻是全島最重要也是最堅強的一個環節，誰對那個一無設施的露天哨所都放心——尤其是去年歲尾，一個寒夜裡發生的那個情況之後……

那夜，潮水漲在上半夜，強風裹著飛砂呼號。分不清是濃霧，還是牛毛細雨，抑或是被岩岸撞散了的浪花捲上天去，然後飛撒下來。空氣是那麼鹹鹹的，黏答答的，撲打著守夜的兵士們。

那是老黑巡查過後，應該回到牠露天哨所去的時候。然而第七哨所又出現了老黑。哨兵感到有些奇怪，牠不該這麼快又開始第二次巡查。

「嘿，老黑呀，是不是這個凶鬼惡煞的天氣，你也緊張起來了？」

哨兵探過手去撫愛。只是老黑不似平時那樣，用牠冷濕的鼻尖，或溫熱的舌頭來親人。牠躲開了哨兵的手，發出低低的吼叫，恐嚇人似的。這傢伙反常了，哨兵不禁這麼想。

老黑悶悶的噎在喉嚨裡低吼，那是一種尖銳的嗚咽。躲著愛撫的手，卻一勁兒朝哨兵身上撲。

「冷是罷？回去得啦。回觀測所去，那邊暖和多了。」這個哨兵好聲好氣的說。

老黑仍然低吼著。哨兵把牠推開，叫牠回去。牠是黏纏的又撲上來。

這個哨兵，棉大衣的領子扶起來，扣得嚴嚴的，鼻子嘴巴都圍在裡頭。他怕老黑聽不清，扯下棉大衣領子，重又一個字一個字咬清楚的跟牠說一遍，趕牠回到指揮所又是觀測所的岩洞裡去避避寒。

老黑走了。哨兵很高興，老黑這麼乖巧，聽懂他的話。

第六哨所裡又出現了老黑，一樣的低吼，尖銳的嗚咽著，一面撲上撲下的縱跳。

「進來避避風罷，老黑。」哨兵蹲下來，張開手臂，等牠投懷送抱的拱進懷裡來。

然而老黑只管吼著，一掉頭又跑開了。

第七哨所這邊，再度的出現了老黑。仍舊那樣的急切，衝出去，又折回來，咬哨兵棉大衣的底襬，掙著向外面拖。

哨兵終被糾纏得沉不住氣，「走，領路！」冒著刺骨的冷風，衝出哨所。

老黑前面帶路，領頭衝下岩坡。

這哨兵覺得離開哨所不放心，摸索到第六哨所，招呼他鄰兵一聲。

「對啊，老黑今天是有點作怪的樣子……」

老黑大概發覺哨兵沒有緊跟牠下去，又縱回來，繞著他打轉，爪子還在哨兵身上猛抓，猛刨，喉嚨裡急切的嗚咽著……。

兩所哨所離得較近，招呼了之後，第七哨所的哨兵這才回來。找到老黑衝下去的那片岩坡，試步往下摸索。

哨兵試探的下了一段坡子，蹲下來，瞇著眼睛窺覷。視界裡，高高低低的礁石，凌亂錯落的翹立著。若是黏住任何一個目標久了，似乎就是個可疑的人影，蠕蠕的向自己走過來……。「夥計，瞧你神經的！」哨兵拍拍不安的老黑，安撫安撫。心裡卻在想，臉給風砂打得生疼，這種惡煞當道的壞天氣，啊，海可正饞得慌，甚麼都呑得下的，何況水鬼的小筏。水又這麼徹骨的冷，人帶筏子都下去，還不夠塞大海大浪的牙縫兒呢。

正這麼想著，眼前陡的聳起一個黑影子來——就像砲彈落進海裡，擊打起的水柱那般的陡然矗立上來。

哨兵心口裡喀登一跳，端在手裡的半自動步槍，連連的扣動扳機，火花一下下迸開來……

第六哨所立刻接應上，發出警報信號。懸吊著的砲彈銅殼，被擊出金光閃閃的惶急的亂響。

一抹斜下去的岩岸，狼牙一般的礁石叢裡，老黑到處竄著狂吠，彷彿有十條老黑在那裡馳騁衝鋒。

探照燈打過去，弟兄們怕傷到老黑，不敢輕易射擊，只好迂迴著，四下裡包抄過去，刺刀都上上了。

然而這樣的不便輕易放槍，反倒硬是活捉到了一個水鬼。另一個水鬼是被第七哨所的哨兵槍殺了。

論功行賞時，無論如何，老黑應居首功。師部的人事參謀卻爲難起來，不知該怎麼簽辦這件乏例可援的「狗事案」。後來師長面報了曾在視察那座離島上和老黑合影過的司令官，這才紅鉛筆下了一道手令：

「忠犬老黑作戰建功，著即比照上等兵待遇，發給糧餉。」

老黑，一條半長毛的黑狗，由是而成爲受到國家俸給有案的一名戰犬。

戰地財勤單位裡，有這麼一份特殊的名冊。在冊列著許多名種軍犬的末尾處，加上了這麼一位——上等兵：老黑。

而根據中尉財務官的最新快報：

一條狼犬，自大陸游來大擔島。這是上個月底的事。狼犬取名「希路」，雖未建功，卻是一頭反共的義犬，暫以上等兵待遇補給。所以老黑的後面，又增加了一名軍犬。

「還要續上一條——那國璋。」

李會功說這話時，已經先彎起胳膊，抵禦那國璋的襲擊。

「……怎麼這麼沒輕重！」老兵捱著揍，格格的笑著。「操你……給你個上士，蠻對得起你了……人家老黑，希路……也只才上等兵……」

如果「希路」也算個故事，那該是中尉的故事之五了。可惜這個故事的情節太簡單，太平板了。然而五六千公尺的海域，投奔自由的人是有一個知性的目標的，然而一條無知的狼狗，這樣的橫渡海峽，來到自由的島子上，倒眞的叫人想牠不透。

參謀本部戰報：

一、九月十九日二時四十分，至九月二十二日六時，敵砲射擊金門島三萬一千零二十三發。

二、九月十九日十九時三十五分，至十九時三十九分，北茭敵砲射擊高登十八發。

三、九月十九日二十三時，我砲艇兩艘在金門西南十三浬海面，與敵魚雷快艇三艘遭遇，被我擊沉一艘。

四、九月二十一日一時至三時二十二分，我海軍巡邏艦隊於閩江口擊沉敵砲艇一艘，重創一艘。

美國國務院宣布：本日在華沙與中共代表舉行第三次會談。

蘇俄總理黑魯歇夫致函美總統艾森豪稱：任何對中共的攻擊，均將引起核子報復和世界戰爭。艾氏已將該函件原封退回，未予作答。

中華民國四十七年九月二十二日

從凌晨一點多鐘到現在，人經過一場過度的奮昂，彷彿連時辰都鬧亂了秩序；甚麼黎明、夜暗、拂曉，甚麼凌晨、黃昏、薄暮……應該說，這下半夜裡，地球發了一點神經，自轉的規律忽這麼不正常起來。

說是凌晨一時許，誰能確定就是那個時辰呢。只能說大致是那個時候罷。當把這個就全般戰局而言不過是場小而又小的戰鬥經過向上級呈報時，營作戰官持筆在等他這個排長詳細報告「時、地、人、事、物」，他感到莫名其妙的一陣可笑的衝動。想了想——下意識的看看錶，他覺得靠著回想是沒有用的，只好說：「一點多鐘罷，好像是。」

當然是可笑的，時間觀念還沒有深刻到，或警覺到那樣的地步。情況發生的那個瞬間，以及緊接著很是那麼回事的拚殺起來的過程中，誰擔任計時呢，到底歷時多久呢？——時辰進行的自身已經紊亂了，全副感覺集中在獲取目標的緊急裡，爾後便是匆匆忙忙的善後事務，會勻出剩餘的感覺去關照別的麼？——歷時大約二十分鐘左右。關於時間部分，他只能這樣報給營作戰官。

黃炎發現，如果爲了交差，虛應故事，也許可以隨時報出較準確的時間來。就像徵兵制度下的充員兵和「充員官」那樣，不耐的熬著在營時間，用減法來計算過一天少一個早餐饅頭的方式，隨時報得出自己還剩多少個饅頭——還有多少服役的日子。如果那樣的守望偷襲水鬼，不是出於志願或士氣的支持，只求熬過那三個小時的輪值，趕回坑道去睡覺，那麼，他和排附所率領的十四條好漢，每個人都會時刻數分數秒的看著手錶苦熬，而隨時報得出較準確的時間來。而他們這個任務編組，值上半夜班的，本可睡一覺再來值班。像這樣荒寂的戰地，七時就寢絕不算早，那就有將近兩個小時的好睡。十二時交班後，再有五六個小時的睡眠，應該很充足了。可是好漢們總是八點鐘過了不久，就耐不住的提了槍過來。到十二點該交班了，還是磨磨蹭蹭的多拖一會兒，跟接班的閒扯扯，或者一言不發的陪著坐一陣，三催四催的才走。至於下半夜，也是這樣，經常提早來接班，而三點鐘到了沒到，也不大去管，心裡總記掛著，要是水鬼正在此刻摸上岸了呢？

這一夜就是這樣的，他領著張磊提前來接班，「有十一點沒有？」代理排附的李會功，迎著排長問。他沒有作聲，跳進交通壕。

「我來看……」喬頌安彎起手臂舉上去，等著隔一片小海灣那一邊的探照燈亮過來。

「不用看。我跟排長出來時，十一點四十五。現在大約五十分了。」

「會那麼晚啦？沒有罷？」李會功說得像廢話一樣的無味。

探照燈亮了，匆匆掃了一下又走掉。

喬頌安沒有報時，這三個人也沒問。

過半晌，探照燈已亮了兩次，「甩子！」李會功啐過去一聲。

「好像才半呢。」喬頌安這才放下手臂來，不怎麼肯定說。

「慢多了，你那個江西貨。」

「快啦——！」李班長很無理的說。

聽著潮聲。四個人都沒再言語。

只好數著潮聲。他曾把手錶脫下，貼在耳上計算。大約每隔九至十秒，海浪撲打上來一次。那是一成不變的，固定的，無分天候和風力。然而卻不會給人單調獃板的機械感……每每他都想能品味出到底那是甚麼道理。那湧上來，又衰下去；湧上來，又衰下去的聲勢，他不知道該說給人的是一種期待，還是一種撫慰，或者那是人在鬱悶的時候，痛苦的時候，從一聲長長的歎息裡所得到的舒散和寬心……浪潮湧上來時，有時是鼓動了滿天的星斗，把銀河都淹沒了，有時是密不分點的馬蹄馳騁，塵煙裡飈著鮮豔的旗旌……那和耳朵貼著海螺所聽到的潮聲相近，給人的是豐滿的素聲波，素節奏，那麼寬容的任人怎樣用感覺去禪悟它，創造它，愛把它編成甚麼聲音，甚麼節奏，就是甚麼聲音，甚麼節奏。

他有些自卑的承認，他不配懂得這些，只好用感覺去領受。然而人的意識活動永遠不能安分下來，有時他會把這潮聲去和探照燈的明滅重疊一起，像是想求得兩者最小公倍數那樣的在默默計算。探照燈差不多是每隔二十六至二十七秒，亮起來，從左至右，那麼輕描淡寫的掃過海面一遍。差不多是每分鐘有兩次明滅。當浪潮在探照燈光裡湧起時，他默記著，然後去數。浪潮在黑沉沉裡，顧自的進前來，退回去；退了回去，進前來……土風舞進退的舞步，裙裾在陽光底下飛翩，明暗裡有叫人訝異和喜悅的變色、變奏、變形……要數到下一回正是探照燈亮起來的同時，浪潮也適好湧上來，這其間，兩者錯前錯後的，總像緣慳一面的配搭不上……然而天長地久的守夜，人有充足的耐心去等候。好似這麼樣的數下去，人可以專意的爲此活著也沒甚麼不好。

但是伴隨在一旁的弟兄，用甚麼來打發這份寂寞！也靠著去感覺海潮，感覺探照燈、天上的星斗，來排遣這種黑夜裡的空等？……

張磊在催促代理排附和喬頌安回去。交接的時間應該早就過去了。他聽見李會功打了一半又按下去的呵欠。

「別在這硬撐了，班長。」張磊可也捉住了李會功的短處。

「小孩子家，多嘴！」李會功索性躬下身子點菸。

做排長的也忍不住催促。

「行，排長，我再靠靠。回去也是翻身打滾兒的，半天才睡著。」

「喬頌安，回去了。」排長轉過去吩咐。

「報告排長，我得跟班長一致行動。」

張磊笑了笑。噎在嗓眼兒裡鬼裡鬼氣的笑聲。

「有甚麼好笑！——給你按倒打針。」喬頌安嗡噥著。

「報告排長，喬頌安是怕連坐法——班長不退，列兵退，殺列兵——」

「哪有這一條！你造謠生事。」喬頌安伸過槍來，槍托搗了搗張磊大腿。

「好，就算沒這一條。另一條是有的——班長褲子沒尿濕，列兵褲子尿濕了，殺列兵。」張磊話到一半，就擠到李班長另一邊去躲開了。

「不要鬧了。」李會功攔住喬頌安。

「到底是班長班裡的啦，這麼護著。」

「這還用說！」李會功的香菸沒抽幾口，就又塗熄了。「噯，張磊，班長護是護你，不錯。你那張刻薄嘴，也要修修德才好。」

「是，班長。你還是下班罷。」

張磊這話又使他班長不樂意了。李會功聽了不作聲，握著半自動步槍，打張磊背後錯身過去，順著交通壕往那一頭走去。

「你還不趕快跟過去。跟班長同進退呀。」

「你嘴巴要害豬嘴疔。」

「噢？」張磊說。「只要頭上不生禿就好。」

有個「禿子尿炕」很粗俗的流行歌，大兵們愛拿來怪聲怪氣的哼哼唱唱。等喬頌安回過愣來，張磊已經挺溜活的縱出交通壕，跑到排長另一側，又跳回到壕溝裡。

喬頌安不甘心的在黑裡磨蹭著，乾巴巴的走開，踩著腳底砂石，漸次的遠去。

就在李班長和喬頌安離開後不久，情況發生了……

正就是那個位置，平時下的大雨，岸上出水匯流沖成一帶小小的三角洲，那兒發出一點異聲——彷彿規律的潮聲憑空蹭蹬了一下。

他發現自己的判斷果然正確。在先，他曾請到前任排長魏仲和來給他們顧問顧問。那位蛙人也認爲，如果由他渡海來摸哨，也將選擇那個地帶。因爲出水口那裡砂石時有流變，那裡布不布雷，總都是雷區中的空格兒。儘管雷區完整，對部隊登陸足可抵擋一陣，但對零星一兩個人摸過來，卻並不很保險。對方縱使不可能大模大樣的攜帶笨重的地雷搜索器過來，卻還是有些簡易的方法，是可偷偷開出一條安全走廊——魏仲和隨便就舉出兩個方法。不過方法雖簡易，究竟費時，既有這麼一條出水口的小小三角洲和接連進來的旱溝，對方可能早就觀測得一清二楚，選擇了這個所在。如此看來，照古代擺陣，不知這麼個空格兒該是巽門，還是坎門。或者是誘敵以巽，而以坎迎敵，實實虛虛恰是最佳的風水。

現在，就是這麼一個缺口，正張著嘴巴等待。一道美食已送近來，他和張磊同時嗅見了誘人的香味。

在黑暗裡待久一些，視覺原是有很高的適應，雖比不得狗貓，卻照樣可以使用六倍望遠鏡。可是探照燈破壞了這種視覺的適應能力；那點兒不時掃過的餘光，實際上並發生不了甚麼照明作用，反而徒然擾亂了視力。在這個當口，他感到被掣肘的煩厭。

他所使用的六倍望遠鏡，向來在白天裡就標定那個距離，調整得很準確。此刻他眞懷疑被誰動過了，就是在探照燈的餘光較強的瞬間，那裡的情況也一點都觀測不出甚麼來。

「眞是搗亂！」他一次次努力，都告白費，索性放棄了望遠鏡，改用目測。

「我看——」張磊低聲說，「報告排長，要不要跟他們電話聯絡一下……」張磊指的是那個探照燈。

他感到很安慰。別看這個一七幾的傻大個，油嘴，反應倒是這麼快，很能善體人意。

「發現甚麼沒有？」做排長的問。

「不安靜就是了。」張磊跟排長挨得很近。「很快，排長，搖個電話要不了多會兒——」

「不用；轉來轉去的。」

「我跑去跟班長說，找他打過去。要求他們要就熄掉，要就對準我們這邊——」

「不合適。」他稍一思索了下。「方向配合得不好，反倒把我們位置暴露了。還有……免得打草驚蛇。」

說話的工夫，兩個人的眼睛沒有離開一下下目標區。湊準了探照燈的餘光較強時，似乎確是發現有些異樣。不知是否心理作用，那裡似有很惹眼的甚麼在動。可是探照燈光回去得太快，來不及辨別清楚，眼睛又被黑暗蒙上一層翳子。

耗著耐心的死等，沒有再發現甚麼。依靠默契，做排長的伸手在張磊的肩上捺了下。

他看到張磊點點頭，就顧自順著壕溝向左側搜索下去。

當然，常是這樣，很可能又是一場遊戲；緊張了一陣，甚麼也沒有發生。他往下面走著，眼睛盯住那個地帶。前兩天就曾是這樣，他領著姜永森下士，兩個人明明同時發現到一團黑影在軌條砦一帶蠕動，確信那是他們欣然迎接的獵物。他也是這樣繞向左翼，企圖先斷去他們退路。可是瞎貓等死老鼠的守到夜色發白，探照燈熄了，海灘上已看得清清楚楚，甚麼也沒有。兩個人執迷的還不肯服氣，賴到天破曉了才回去。而剛才發現的那點可疑，似乎還不如前次那麼真切，當然更沒有多少把握。

這麼久的等待，對方唯一的可能，自然是在清除地雷。但對方如果確是選擇上了那一帶雷區的空格兒，便只須一路探測過來，用最簡易的探測方法，不必作挖雷的作業，那就絕不需要這麼久的磨蹭。

黃炎已經來到交通壕的頂頭，這裡的視界並不良好——從這裡向坡下俯窺過去，有很多凸起在地表上的礁石，阻擋視線，並且容易造成假象，混亂視覺。不過再下去一百多碼就是那條不很深的旱溝，距離小小的三角洲，不及一百碼。相去這樣的近，任海潮多麼澎湃，差不多一般的聲息，都應該可以偵聽得到。

他守在這裡，和上次一樣，他所熟悉的那種近乎氣結的窒悶感，彷彿一隻八爪魚又緊緊箍住他。不錯，可能甚麼也沒發生，只是一場遊戲，捉迷藏，或者「官、打、捉、賊」，總得輪到一個倒楣的做鬼，讓大家追。不過，一旦不是遊戲了，那將是甚麼？——一意識到這個，他便戰慄起來。沒有接受到這種血肉相拚的經驗的軍人，算不算完全的軍人？就像制度化之下，一個健全的軍官必須擁有主隊職和慕僚職的經歷一樣。而如果不是一場遊戲，那麼這就要眞刀眞槍的經歷一個血淋淋的軍人的現實了……如此，焉得不戰慄！——要親手殺人，活生生的人。官校教育，教的就是如何殺人，殺更多的人，理所當然。但是殺第一個人，竟然是這樣的，好像要殺自己一樣的令人驚懼而亢奮，而且艱難……

碎石塌陷的一聲，起自面前的旱溝裡。

他驚覺的縮下身體，屏住呼吸。

等候了片刻。等著，他仰臉望上去。太專注於諦聽了，視而不見的望著天上的星斗。鋼盔把他的腦袋往後墜著，人差點兒仰倒。也許那只是自然的塌落；溝岸本不是黏土土質、那些砂石鬆了，鬆到一個極限，便顧自坍塌了。

他咬緊牙齒，避免磕響，慢慢的舒直身體，讓眼睛提升到地線上窺望……到此刻為止，還仍然是場遊戲。若有一個全知者，俯視他和一次塌落的砂石這樣捉迷藏，又戰慄，又打著牙骨，豈不太丑了……他為自己這個時候還有餘情意識到自己的尊嚴，愈是覺得自己是個丑角。

當他稍稍側過臉去，由於實在窺察不到甚麼，不得不再借重聽覺時，他的耳朵還不曾怎麼貼近壕壁，那咚咚咚的腳步聲，藉著地體誇大的傳導過來。差不多閃電一般迅速，他判斷總不會是張磊。張磊不會輕離那個位置，也不會冒失的這麼樣的快跑。一轉過去，一個黑影剛蹲伏下來，另一處黑影半彎著身體聳起來。透空看得很清楚，距離很近，已經越過了他的位置。

「口令——」他差不多岔了聲，卡柄槍已經端平瞄準。

那第二個黑影剛向前邁步，重又臥倒下來。

他又問了聲口令，幾乎同時扣引了扳機，嘩嘩就是四五發子彈掃出去。

他打的是先前那個黑影，蹲伏的目標至為清楚。

但是子彈出去了，只見跳彈的紅線滿天跑，子彈不按規矩的嘂哨著怪聲，目標中彈了沒有，他一點也沒有數兒。

上面隨有響應，他聽出張磊的半自動一聲一聲執拗的釘著打下來。他原要跳出交通壕，沿著雷區的內緣封鎖住水鬼們的後路，進而逼使他們進入自己陣地，然而張磊持續著那樣的射擊，很有把握似的頂眞著，使他出不了壕溝。那兩個目標已經失去了，他只有近乎盲射的封鎖旱溝這邊。

可是昏熱的射擊中，上空忽然大亮。不是張磊，不知道那是誰發射的照明彈，一種不習慣的光度灑落下來。

他看見一個人往坡下跑，連忙用射擊來阻擋。那下面就是雷區，他知道那不是自己人，但是本能的去阻止。人跳出交通壕來，潛在一帶礁石下躍進。子彈不斷從頭上從耳邊兒擦過，一道道劃著傷口，空氣給劃得陰陽怪氣的叫痛……

那是很短暫的一刻，被料定的，眼睜睜看著那人一腳踏進爆閃的光團裡。從地下僨張出來的一束紅心黑漿，把人噴上去，彈起一個空心倒觔斗。景象是那麼明晰。觔斗沒有完全翻過來，便隨著那些黑漿散開來的無以名狀的塊狀物一起墜落下來……

匡——匡——……對岸砲出口的響聲清晰的傳來。

他口裡喊著糟糕，急轉身來翻落進交通壕裡。

照明彈飄在夜空，怪怪的白光裡現出照明彈自身燃燒的一股白煙和隱約可見的小小降落傘。怪怪的白光照下來，坡地上差不多出現了四五個嘶喊角逐的黑影，對面那架探照燈索性轉向這邊來。

沒有人再開槍。

砲彈連連的落下。那是標定好了的，不知多少門火砲集中轟他這個陣地一帶。潛在壕溝裡往回跑。這樣的砲擊是他們事先所料想到的，並不感到意外。但是一下子出動了那麼多的弟兄，這樣密集的砲火，勢必要有傷亡了。偶一抬頭間，正見一顆砲彈爆開來，一大蓬斷樹的枝葉飛盪在空中。

鋼盔被飛砂走石打得叮噹響，他急於要發令，射死水鬼，速回坑道，不可再貪戀活捉。但是砲火逼人，從壕口望出去，遍地的閃光，眼睛花花的，甚麼也看不到。那架探照燈好似退去很遠很遠，只成了白紙剪的一個小圓片兒，冷冷清清的貼在那兒。

坡地上除了持續的爆炸，再沒有其他的動靜。

也許——不必是也許，那是太有可能的，至少四五個人同歸於盡了。

划不來，這樣划不來……他差不多要喊出聲。一面撫牆摸壁的順著溝底往回趕。交通壕裡居然落進過一顆砲彈，他被掘起的土堆絆倒，跌進很深的彈坑裡。栽得不輕，踝骨給磕碎了似的，痛得咬緊牙根，彷彿整個神經系統都集中糾結在這隻腳上。

壕溝被轟塌了很大的缺口。砲火弱了些，這邊的大砲在還擊制壓。他揉著踝骨，人是彎得像隻明蝦，歪在彈坑裡。他感到自己眞像個丑角，淨在最應該英勇莊嚴的時際，碰上這樣尷尬。頭一天砲擊的夜裡，他不是渾身彈痕纍纍，而是滿臉滿胸扎了些不相干的刺草。現在又抱著腳脖兒倒在這裡，簡直是哭哭啼啼的呻吟了。

回至坑道口，人還應該有些痾，可是剛才哨兵翁克棟報告他，水鬼已經帶進坑道，除了宋志勳副班長大腿被飛片擦傷，送去衛生連，所有人員完整無損。他立刻痛也忘了，人也不痾了，不知要感謝誰才好，一路感恩著天地萬物，搶回來。

弟兄們衣冠不整的擠塞在坑道中間，上層床頂上也爬滿了人。馬燈的燈光從人叢裡層透出一些來。他聽見李會功的侉腔在問著甚麼，另有好幾張嘴也插進去問長問短。

「那你就寫好罷……」

「……不行啊，要鬆綁才行……」那班長像是代爲說情。

「問甚麼？」黃炎在人叢外面說。「馬上跟連部聯絡，請示連長，是直接解送團部，還是師部——」

「副連長在這。」他話沒說完，弟兄們就忙著讓開來，齊聲報告他。

「嘻，恭喜你啦，黃排長。」彭副連長打人叢裡探出頭來。

副連長也是滿口土土的侉腔，剛才他聽成李會功在那裡問話。他跟副連長又道歉，又道謝。

水鬼坐在一張小凳子上，兩手綁在前面，安安靜靜的放在光腿上。背上不知誰個好心，給加了件上衣披著。那一頭沒調理的長頭髮，濕濕的披散下來，把低垂的臉遮去了大半。

「你看殘忍不殘忍，給吃了不知甚麼藥，說不出話來。」副連長跟他說。

那班長讓開來，讓他坐到副連長一旁。

「不曉得是不是裝的。」臧班長說。

他坐下來，坐在床邊上，一直凝注著面前這個人，上下打量著。彷彿陌生得像個別的星球來的人。

「另外那個……中地雷了。」他跟副連長說，忙又轉回來問道：「你們一起幾個？」

「三個人。」弟兄們搶著說。

「問他，他豎了豎三個指頭。」那班長說著，自己也豎起手指來。

「既然肯答覆問題，我看，恐怕就不會是裝啞巴罷。」他認爲。

外面，砲聲還在繼續。

「我是判斷吃了甚麼藥。以前二擔抓住的一個，好像也是這樣。」

「來三個，那是跑掉了一個？」這話，他自己也不知道是跟誰說的。

「也許給他們自己的砲打掉了。」

弟兄們在那裡張羅，安排使這個水鬼筆談。

他仍然被一種奇怪的陌生給迷惑著——這究竟是甚麼樣的一個人？或者說，應該是怎樣的一個人？……體型上並不似兩棲偵察隊的蛙人那種「世界先生」型的肌肉派。毋寧說，那一身的筋骨尚不如他這個被列爲「中排」的體格。他曾注意過上了年紀的老農，和出苦力的老工人，力氣仍還很有一把，但是身上骨是骨，筋是筋，就是沒有肉。然而面前這個人，不過二十剛出頭的樣子，爲何也正是那一身的蒼老？他吃的甚麼？他玩球嗎？拳擊嗎？或者機械操？是否整天就泡在水裡單練泅水這一項？他只知道魏仲和他們蛙人把蛋和豬肝當飯吃，吃得不敢再吃，很緊急的在用番茄減肥。生活上的陌生，使他沒辦法想像這些水鬼用甚麼樣高單位的營養把身體鍛鍊成這樣一身蒼老的筋骨。

他瞧著這個陌生人，想著這個陌生人，一面耳聽副連長跟他說——剛才電話又斷了，用SCR/536跟連長請示過。單等砲擊稍一稀落，就派車子來，要把人直接押解到師部參二去……

「你們要趕快休息。」副連長側耳聽聽外面砲聲。「等會兒車子來，不定是連長還是我押去，你們很辛苦，不要再耗了——尤其李班長，現在已經三點多了，還沒眨過眼兒，你看……」

「哪裡話，副連長，三夜兩夜不睡覺，算啥呀！」

「去睡去睡。」副連長看看弟兄們。「怎麼你們都像過三十晚上樣兒！」

「報告副連長，一年有這麼一次喜事，也不容易了。」

然而哪裡闔得上眼。送走副連長和水鬼，大家歸寢。整個坑道漆黑，好容易安靜下來，可是還不斷有人冒出一句兩句話來，擔心那個水鬼如果沒有解藥，能不能活到天明。

那個水鬼猛寫著，乞求放他回去，不然就要完蛋。很幼稚的簡體字，大家像認扶鸞的鸞文一樣，連認帶猜，上下順著句的揣摩，才算弄得個含含糊糊的意思。可是誰敢說那是眞的還是詐的呢？副連長說，只好經過師部再奔野戰醫院設法急救。

他，黃炎，挺在自己鋪上，兩眼泡在黑漆裡，仍然想著那個兩頰刮削的陌生人……

一場對他來說，算得上眞刀眞槍的「惡戰」，他還像是做了場夢一樣，繼續恍惚著。常有這樣的夢的，十分逼眞而過癮。但是睜開眼，也就是這樣子，黑漆黑漆的深夜。聽著弟兄們此起彼伏的鼾聲……只有一點不同；夢醒過來，會再翻一個身睡回去。此刻，他輾轉著，想著那個過度勞力而消得無肉的戰俘，陌生得像是另個星球上來的人。他只看到一下下那對空虛的眼睛。在濕散的長髮底下，那對眼睛吸引著他的憐恤……

他聯想到狩獵的歸途上，受了傷被縛住的獵物的眼睛。

當李會功給這個被獵者沖了杯牛奶送過去時，他接觸到那對藏在獸毛下的眼睛。

「牛奶是解毒的，喝一點也好，多少中和一些……」他幫忙解勸著。

在他懷疑自己是否又犯了宋襄公之仁時，似乎發現了一點，這個他所刻意經營要捕捉到手的小獸，他是確實感到在大有斬獲的狩獵之後的那種勝者不武的鄙夷。多少人圍獵人家一個！……

然而那是敵人的慣技，以大吃小，以小積大，把國軍五百萬大軍零打碎敲的吃掉。那麼，這麼小規模的以其人之道，還於其人之身，算甚麼呢，值得耿耿於懷麼？……

但這還是不夠的，或者說那和他的憐恤無關聯，解除不了他的自我鄙夷。多少人圍獵一個，圍獵到了而見死不救。應該放生的；我們鄙夷敵人那樣奴隸著他們自己的戰士。但我們不釋放，弄得他毒發而死，便是我們殺了他，這罪幾乎不在敵人。然而他設想著，當魏仲和派去對岸執行任務時，如果我們害怕他回到故鄉，一去不返，或者不放心他被俘時必以自戕來滅自己的口，而逼使他吞服「活來死去」的藥物，那麼我們將是活在一個甚麼樣的體制之下呢？我們能忍受那樣的不被信任麼？……

他發現了一點，如果這個獵物並不曾被迫吞下取法苗女放蠱的那種毒藥，這獵物將可活下去，由野獵而家畜，而和我們一樣的被信任著，成爲這個戰鬥體的一員，那麼我的惻隱，不忍，甚而自我鄙夷，將從何而生？可以無中生有嗎？他追索著，追索下去……

他摩挲著下巴，不經意的把那顆刺摳了出來，忽然如釋重負的輕鬆起來。

那還是上月二十三日那夜，扎進下巴、下頷和脖子上的許多無名的草刺。其他都清除了，唯獨這一顆，太短，太細小，怎樣也拔不出。在太陽底下，照著鏡子，也一點都看不出來，卻就是不能去碰它。洗臉時，要躲開它遠遠的。每天洗臉，好像因爲這樣的躲著，總是感到半個臉都不曾洗到。

好頑強的一顆刺。雖然不去觸及它，便甚麼感覺也沒有，也不算怎麼礙事。可是人肉不能羼假，愈是有顆刺扎在那裡，愈是有意無意要碰著它不可。此刻，沒想到就這麼漫不經心的把它去除了，眞是大快人心。

他繼續輕輕的摩搓著兩個手指，刺還在指間，能夠感覺出那不過等於一粒極微的細沙。

今天是九月二十二日，適好一個整月了。這一顆小刺，似乎存心要賴住整一個月才肯離去。莫名其妙的，他又有些捨不得這就把指間這粒細砂拋棄掉。是不是新生的細胞，繁殖到某種程度？就把它排拒到體外來了？或許，他剛才摩挲下巴時，也正是它瓜熟蒂落了，才會輕易就把它搵了下來。

他珍惜的摩搓著指間的細沙，另隻手摩挲著原先扎了刺的地方。現在是光光滑滑了。雖很鬆暢，然而有些不習慣。不過一個月而已，卻會這樣子了……可笑！

參謀本部戰報：

一、九月二十二日六時，至九月二十四日零時零一分，敵砲射擊金門島群一萬四千四百八十發。

二、本日十時四十四分，我軍軍刀機群在台灣海峽上空與敵米格機一百餘架遭遇，共被我擊落十一架，為反共戰爭以來最大一次空戰，亦為唯一使用少數「響尾蛇」飛彈對付敵機的一次戰鬥。

中華民國四十七年九月二十四日

……

「對符人事官的報告，大家還有甚麼意見？」

團長注意著自己面前厚厚的一冊「革命軍人日記」，頭也沒抬的又問了一遍。

圍著四張辦公桌拼成的會議桌，主任、副團長、三位營長、營指、四大軍官、政工六大軍官和直屬連、排長，一共二十八位大員，成內外兩圈的坐著。

符正文人事官，就八月二十三日至九月二十二日這一個月期間所提出的兵員損耗和防區民眾傷亡統計、分析和檢討的報告過後，已先後有二營營長和通信排長發表了意見，並且提出了建議。

團長問了大家是否還有意見之後，會場無人反應。

「邵民事官呢？」副團長問，伸長了脖子找。

副團長是個富富泰泰，五短身材的小胖子。那短短的脖子，怎樣伸也是伸不長的。

邵家聖坐在外圈一個不打眼的角角裡。

從檢討會還沒開始，到會人員坐等幾位團部首長時，邵家聖就喳喳呼呼的公然宣稱：「喂，各位，本席是已經吃了消炎片，今天決心不發言的。各位要發言，隨便貴體哪個部位發炎，那是各位職責所在，本席不便干預。不過我要提醒各位，這個會，大家要是不節制一點，是要開到下半夜的……」

他擠在那個不打眼的角角裡，就是存心不要發表意見，甚至可以偷空兒打打盹。

應了有，他半弓著身子起來，「報告副團長，沒有意見。」

「你這位對減少民眾傷亡有卓越貢獻的民事官，沒有意見？」

——你這個小歡喜佛，出我的洋相幹麼？邵家聖心裡臭著，卻不得不站直了身子。

「對了，你這位本團第一個立功的軍官，還該繼續立功的。」

團長那對淩厲的三角眼，正對著他瞪過來。

「這一下，消炎片失靈了……」身旁的鄭祖蔭上尉，嘁嘁嚓嚓的說。

「報告團長，」邵家聖說：「關於『家畜賠償規定』，已經發現有偏差。有關防止偏差的建議，簽上來了，明後天團長可以看到。」

「哦？」團長沉吟了一下。「怎樣的偏差？——執行上的，還是規定有漏洞？」

「我想——這是單純的民事，沒甚麼需要和各部門協調的，所以不必在會報上提出報告，免得耽誤大家的寶貴時間。」

團長點點頭，不作聲的瞧著他，但也沒有意思要撇開他，繼續進行會報程序。

邵家聖站在那裡，不便這就坐下。

「如果執行上有偏差，是不是監察官也有責任？」

「簽呈已經會過了張監察官。」

「你可以先給團長簡要的報告一下。」他的上司黑皮主任說。

邵家聖挨蹭了蹭，「是這樣，團長，剛才團長表揚了我，誇獎我是砲戰裡，本團第一個立功的。我感到很慚愧。因爲，恐怕我也是第一個要將罪折功的了……」

老天！他心裡叫苦，這要多少廢話才說清楚！找村子裡小阿嫂燒的牛肉不知怎樣了，他得自己去調調味才行。照這樣的進度，六點鐘能結束就算早的。他已邀了魏仲和、黃炎和心儀已久的葉朝平，幾個人小聚一番，主要還是給黃炎慶慶功。我看，這要操蛋。會本來訂在兩點，師長臨時把團長找去，拖到三點半過了才開始，一兩個鐘點是絕對開不完這個會的。他只好長話盡量短說——

「老百姓現在是得其所哉了，牛馬豬羊比放進保險箱還保險，不但保險還有高利可圖。牲口給砲打死了，政府既然照市價賠償，肉還照樣照市價自己賣錢。我入他，便宜可都讓這些老百姓占盡了——」

團長打了個手勢，讓他停停。團長說：「用不著這麼不平。老百姓日子過得也不寬裕，早晚碰上一次這種損失，就是多饒上一點便宜，貼補貼補，也不爲過。再說——」

「報告團長，你不知道這些老百姓有多混球；固然是——現在沒誰像砲戰剛開始時那樣，爲了條小豬，冒著砲火去找，去追，把命都貼上。不錯，老百姓傷亡是減少了，可是道高一尺，魔高一丈——我這個比喻不大恰當，不過，也差不多，現在砲一響，團長，你不妨留意一下，老百姓把牛馬豬羊都往外趕，這像話嗎？台灣老百姓納的稅，讓金門老百姓這麼吃，說不過去。」

「會不會只是少數——人是良莠不齊的，不過也不好以偏概全，一概而論。種田的老百姓，自己養的牲口，沒有不是當命一樣愛惜的，我想也是少數圖小便宜的，才會這麼無情無義對待家養的牲口。」

「團長是仁人君子的想法。這可不是十塊八塊的小便宜。」邵家聖一激動起來，嗓子就啞嘎嘎的像面破鑼。「一頭牛，小牛犢從一生下來不到十公斤，到斷奶時三十公斤左右，是一律兩百塊錢。成牛一般是三百公斤左右，差不多要賠償到三千塊錢。這個錢是穩拿的。現在牛肉零賣劃到市秤八塊一斤，比台灣便宜到三塊錢。老百姓拿了賠償還不算，零賣牛肉還不算，現在聽說還有人打主意要把牛肉冰鎮了，運去台灣再賺台灣納稅人一筆錢。你說這叫不叫人冒火，當然要想辦法快點彌補這個漏洞。團長剛才說，老百姓對自己養的牲口，沒有不是當命一樣疼的。話是不錯的，可是就有人要錢不要命。團長是拿君子之心，度小人之腹。把牲口往砲火裡趕的，可大有人在。張監察官跟前有這個數字，最近十天裡，牲口損失的數字直線上升，這就可以證明，牲口損失既不是意外事件，也不是少數人在搞鬼。家畜賠償規定，本席是始作俑者；立功在前，罪過其後，既然引咎辭職辦不到，只好呈請師部轉報防衛部，盡快修正這個規定。本席報告完了。」

團長聆聽著，身體微微的前後晃著，眼睛凝注在桌面上。他已經報告完了好一會兒，團長還是不聲不響的保持著那樣無意識的晃動。

大家等候著。

邵家聖偷看了看錶，四點已過十一分，心裡直記掛小阿嫂燒的三斤牛肉和晚上的小聚。

團長沉默了好大一會兒，這才抬起頭來看看他。「解鈴還需繫鈴人哪，你提出了辦法沒有？怎樣挽救？」

他真害怕如此的陷進去，弄得沒完兒。奶奶個髭的，他心裡說，這不是濕手插進麵缸裡——怎麼甩也甩不乾淨了？

「我的建議是——」邵家聖只好簡要而又簡要的說明：「賠償當然還是賠償，死了的家畜收歸公有。」

團長靠到椅背上略想了想。「很好。……很會動腦筋。各位還有更高明的意見沒有？」

大家沉默著。「報告！」凌明義舉手。

操他！邵家聖心裡破口大罵起來，這關你政工官的鳥事，通你哪條筋！……他瞅著老凌大得像個深坑的嘴巴，恨不能一拳通進去，堵死他。

「報告團長，邵民事官這個辦法好雖好，不過要由軍方來收死了的家畜，不大方便，也不好處理，我想，不如乾脆規定，凡是故意放到外頭去的家畜，被砲火打死的，一概不賠償。反正他們還可以當肉賣錢，老百姓也無話可說——」

「那就廝纏不清了。」邵家聖顧不得會議秩序，立刻反駁過去。「甚麼是故意放到外頭，無意放到外頭？怎麼鑑定？牛馬不下田做活兒的？不放啃青草的？誰家的牲口是塞在床底下養的？我們現在還沒給老百姓做那麼大的坑道，讓老百姓在地底下養畜生呢。至於誰給牲口收屍的問題，防衛部養那麼多的大參謀是幹麼的，防衛部自然會考量到。我們不過把基層發現的問題反映上去而已，連提出辦法都嫌僭越職權了。你幹麼不尋摸個磅秤送去防衛部，買賣牛肉不能連個秤都沒有罷……」

他是說得口沫四濺，啞嗄嗄的連泥帶水一齊湧出來。團長凶巴巴的三角眼難得隱現出笑意來，那對他更是一種鼓勵，索性一無忌憚的撒野起來。

「我不過是提點參考意見而已，裁決還在團長……」

凌明義顯得很軟弱的分辯著。他把頭扭過去不理。他是很火；政治處幹麼自己出自己洋相，辦公鄰桌，甚麼眞知灼見不好下去再談，非在會議上提出你那些點子不可？想在團長面前賣乖討好求表現？門兒也沒有……

「火氣這麼大……」團長喉嚨裡帶著肉肉的笑聲，差不多含有調解意味似的。「多提意見，大家對這個還有甚麼高見沒有？……」

……

檢討會進行到五點半鐘，坑道裡早就點起煤油燈。然而還沒輪到政工部門。團長終也只好宣布休會，明天午後兩點再繼續開會。

幾位首長剛一離開，邵家聖從擠在最裡面的角角那兒跳上會議桌，「各位長官，對不起，本官有要事要辦，先走。」他這麼招呼著，人已三步兩步越過來，一跳下桌子就跑出去。

「明天，哈，開一年的會，老子也陪得起。」他攀住三營的指導員肩膀，沒正沒經的推搡著往前走。「照這麼牛性子開會，小小團部——入他哥，要是國防部，不是要開個一年半載！」

「怎樣，貴官，我們晚上有羊肉，一起罷？」

「洋相出盡了，輪到吃羊肉了是不是？」

「眞的，保證宰的克難羊，不是砲打的。」

「好啊，有的吃，好事兒。」

走著，經過門前堆放的忠靈袋，他把這位營指導員的雙肩當作方向盤，扳轉過來，往他自己辦公的坑道裡推著。

「回去了。」營指往後抗著身子，「不早了，明天散會再來跟你吹牛皮。」

「那你請吃羊肉是虛讓的？」

「虛讓甚麼？走啊。」

「你沒誠意——我得抓頂鋼盔跟你去啊。」

他鋼盔是拿了，主要是看看黃炎他們三個小子是否有的已經來了。屋裡空空的，出門才碰見新到差的副主任，匆匆的趕進來。彼此招呼了一聲，他仍舊攀住這營指，通過天井往土階上爬。

「不年不節的，幹麼殺豬宰羊？」他問。

「昨天哪。昨天整一個月，慶祝勝利嘛。」

「你們勝利啦？那麼便宜！」

「怎麼不勝利？防區落彈六千多發，沒傷一兵一卒……」

「對了，你們三營，躲在後頭挺安逸——」

「得啦，明天就換第一營了，你還不知道！」

「有這等事！哈哈，恭喜恭喜，你們享福也享盡了。」好像一旁看了笑話，他大大的拍打著這位老好人的背，繼之用拳頭猛擂。

「輕點兒，輕點兒。」

「還是小閨女？……」

「弟兄們倒是老早就巴望了。」這位營指導員說。「你別以爲做預備隊就享福；工比人家做得多，公差也出得比人家多，尤其搶運補，砲火連天的，你以爲比他們第一線的安逸？——站在乾灘兒上看得鬆快！」

「好啦，看你們拉上第一線去立大功了。人家第一營捉過水鬼，第二營拿了全師戰備第一，等你們第三營登陸廈門去了——再見再見！」走到岔路口，他把老好人往前一推，獨自走開。

「噯噯噯……」營指導員還死心眼兒的呼喚著。「怎麼變卦了——說著說著的？」

「昨天宰的羊，今天才請我去吃剩的？」

他把手裡的鋼盔作勢要丟過去的樣子，就勢一個轉身，直奔村裡去。

「你這個傢伙！噯，給你留了羊鞭噯……」

「你自己補罷，補足了勁兒，好去搞廈門。」他啞聲叫著，頭也沒回，往背後揮揮手。

牛肉燒好了，他忙著嘗嘗鹹淡，肉是爛得可以。一家人圍著他看，味道再差，也不好說甚麼了。

牛肉是在一口大砂罐裡燉的，小阿嫂幫忙往他預先拿來的鋁鍋裡盛。看看差不多盛出了三分之二的樣子，他端了鍋就跑。

「太滿了不好端……」背後一片呼聲，他也叫著。

「邵參謀，邵參謀你的衣裳……」小阿嫂還在叫。

「明天來拿，今天不換。」他頭也不回的叫了聲。

衣服是請小阿嫂洗的，一個月二十五塊錢，一斗米的錢，不便宜，但早晚這麼燒燒菜，方便多了。小阿嫂也許因爲還是個不很舊的新娘子，不大懂事，有一回大聲大氣的跟他嚷嚷，指給他看內褲上一塊茶色斑，直怨著打了幾遍肥皀都洗不掉。

「油漆。沒關係。」他順口打發著。

「油漆有這樣顏色啊，不是啦……」

他還以爲這個小阿嫂要存心逗他。

「老油漆嘛，變顏色了。」

小阿嫂這才有些相信的樣子。囑咐下次帶點汽油來。

「不管它了，又不是外衣。」

「我看你要穿它打球哩，下次還要帶點汽油來褪一褪的好。」砲戰以來，人再瘋也跑不起八三么，把人憋得褲子沾了油漆。

「好的，我自己褪，謝了謝了……」他應付著。

——很有意思，這位小阿嫂，到底是念過兩天書的……他跟自己讚賞的點點頭。

鋁鍋的兩個把手傳熱，漸漸有些燙手。出了村口，鍋子放到一垛砲打剩下的小半截兒斷牆上，探手到褲子口袋掏手絹。

天短多了，看看手錶，還沒到六點，天色已要灑黑的樣子。

對岸砲出口的響聲傳來，好像連發似的咕咕咕……的響著。他急忙把手絹包了包鋁鍋把手，嘴裡說了聲「不要掃興噢」端了鍋子快走。

打罷，他說，有便宜牛肉吃，好得很。公是公，私是私，公私分明。

老百姓送過牛肉給他，說不上賄賂，給官長們加菜嘛，被他連筐子甩出坑道。我邵家聖無惡不作，就是這點清白，節義廉明……八塊錢一斤的牛肉，本官還吃得起。

砲聲響在遠處，心理沉穩多了。但是端著湯湯水水的鍋子沒辦法拉開大步跑，再急，也只能這樣小碎步的快走。索性他學著武旦跑圓場那種兩腳生風，身軀不動的身段兒溜著。這樣，也一面給自己取樂了。「喝，倒端起來了啊，也不怕灑了？」——他是一旦一丑的跟自己說白起來，「我們這不是蓋著蓋兒了嗎！」「你也不怕焐餿啦？」「我們這兒椏了個縫兒哪……」

正想著這把式不練還是不成的，小快步走沒多遠，兩小腿肚兒就給扭得又痠又熱，噗——一聲，口說不好，背後喀嚓嚓的爆開來，腸子都要震斷了。一股燙人的熱風，不知有多歹毒的把他打倒在地。他只感到身不由己，讓人提起來往前一摜，跳水似的，竄上好遠好遠，跌得不輕……

似乎存心取笑他，那鍋蓋兒像脫了軸的車輪，得其所哉的滾開來，呼嚕呼嚕的滾著，地不平整，還帶著點蹦跳……

「我操你祖宗的，你跟老子來這一手！」他破口大罵，直搥著地。

砲彈繼續落著，炸裂著……

待他往兩三尺外歪著的鍋子那裡匐匍過去，胳膊肘也痛，膝蓋頭上也痛，火燒的一樣。就算沒傷了骨肉，也一定狠狠塌了層皮。他停下來，把歪掉的鋼盔扶扶正，先解開袖扣檢查手肘。「土地爺，小民算是孝敬你老人家了——當心燙著舌頭……」他是眼睜睜看著一大片牛肉湯的熱氣在那紅土地上氤氳多姿的冒著。

袖子摟了一半，他放棄了，怕見了自己的血，萬一又休克了才不是玩兒的。

該這幾個小子沒口福……忍著痛，也顧不得砲彈還在左近爆炸，鍋子撈到手，裡面居然還有幾塊牛肉，和淺淺一點紅湯。數了數，大小五塊，一人嘗一塊罷。多的一塊，猜拳。可是那些散落在地上的一塊塊牛肉，實在可惜，收拾回去，開水涮涮還是可以下酒的——正好小阿嫂手頭重，燒得鹹了些。

爬過去，把鍋蓋兒拾回來，反過來蓋到鍋口上，他開始罵著，苦笑著，一塊塊連泥帶沙的撿著還有些燙手的肉塊，堆到鍋蓋兒上。使他不解的一點，這牛肉是掏錢買的，又不是貪來的，爲何到了嘴邊兒又漂了——眞是煮熟的鴨子又飛了，沒道理的。

這麼一來，倒是可以端著無湯之鍋拉開大步快跑了。他龜著腰，雖然膝頭的皮肉拉扯得痛，又磨著褲筒，也顧不得了，冒著砲火沒命的跑。這麼憑空一場無理取鬧，那三個小子不知是短在路上，還是沒出來。照時間算，已經來到了的，機會可不大。

一下到土階，好似就有了仰仗。砲火還是很凶猛，他在土階的半腰上停了停，眼睛適好齊著地線。凡見得到的爆炸，煙火，無分遠近，盡都同在一個水平上重疊起來，那樣的四周圍繞著。這景象分外誇大了烽煙遍地的慘烈，特別是在這樣薄暮的時候……

再看看手裡端的這個爛攤子，一氣眞想連鍋摜掉。

魏仲和已經到了。「你這個好吃鬼，有得吃，比誰都跑得快。」

「來晚了，你閣下又有得說了——」

「打海上蛙式過來的？」

「蝶式。」

「老子倒是旱地上蛙式了半天。」他把鍋子往自己桌上一頓，又再摟袖子。

魏仲和這才注意到鍋蓋上糟糊糊的那一堆。「我還以爲是尖尖的一鍋哩，原來兩層？」

「少臭人。來，給老子看看，傷得怎麼樣……」

他把手肘反伸過去，湊近帶玻璃罩子的煤油燈，自己還是不敢看一眼傷口。

「奇怪，越怕血，越要出事——」

「出血啦！」他感到頭一暈。

「眞能自憐，擦了點油皮，也值得這麼大驚小怪。」

「對，別人皮肉，當然痛不到你身上，沒人心的。再給我看看這邊……」他又換了右手肘過去。

「快點兒，老子身負重傷，還得去給你們幾個餓鬼打點飯來。」

然後又檢查了腿傷，他一直都不敢先看一眼。

魏仲和還帶了兩盒貢糖來，這才他發現到。「說你土，你還非土不可；鄉下人上城來走親戚了不是！」兩個人開始和稀泥，一人一個漱口杯，筷子夾著一塊塊沾了泥的紅燒牛肉，攪在杯子裡涮著洗。

「我看，」魏仲和停下手來說：「乾脆，找個大點的傢伙，盛多些開水，誰吃，誰自己涮。誰不怕沙泥，就少涮兩下；誰——」

「對，涮火鍋。你少那麼懶，省下那麼多力氣往甚麼裡頭用！」

他又把煤油爐點起來，洗淨了的牛肉再加工一番。沒有作料，把剩的小半瓶辣豆瓣醬統統倒進去，熬得滿屋子辣香。

這才黃炎和葉朝平連袂而來。外面砲聲仍還不曾完全歇下。

「風雨故人來，烽火故人來……」衝著葉朝平這位新朋友，他是施出少有的禮貌。

葉朝平從機場的福利社帶了兩瓶高粱來。「好，我這兒也準備了兩瓶，」做東道的邵家聖立刻意氣昂揚。「咱們正好一人開一瓶，酒杯都省了。」

嚇得魏仲和首先嚷起來。

「你少這麼沒出息。」

「難得大尉這麼豪興，咱們今晚上要不醉無歸。」葉朝平眼鏡閃閃的，好像本身就是個發光體。

「聽見沒有，聖人，不醉就是烏龜。」

兩張小小的辦公桌──竹子腿，薄得往上翹邊兒的雜木桌面，挪到一邊角角裡併在一起，四個人圍下來，邵家聖硬是一人派瓶高粱，「你喝不完，抱著也像個人樣兒嘛。」他衝著聖人吼，「哪有一開頭就打退堂鼓的道理！把你們蛙人的臉都丟盡了。」

被他自謙爲「回鍋肉」的紅燒牛肉之外，還有皮蛋和酥花生，加上魏仲和的貢糖，擺了一桌。他邵家聖做主人很行，「各位，咱們先定定軍心；主任副主任，都在那邊陪團長喝馬屁酒了。咱們六大軍官，除了在下身兼二職，其他四大軍官，都是早睡早起身體好的，寢室在隔壁，八點鐘一過，是神歸天，是鬼歸墳，是人歸灶君，咱們這兒敞殼兒樂了。等會兒咱們那位對頭上司準是喝得濘濘釀釀的回來，就挺那裡頭，只怕他那口如雷貫耳的呼嚕，反倒把咱們給吵著了。所以，各位只管放開量，不樂則已，要樂就樂個徹底，一點兒不要顧礙。今兒主要是給咱們黃老弟慶功一番，還有喬遷之喜，一併舉行。砲火連天，難得這麼盛會，咱們這樣功業彪炳，敢是有資格今日有酒今日醉，哪管他人瓦上霜。咱們圖的甚麼嘛——不對，怎麼剛聞見酒味就醉了！要不得……」

另外三個都嗆出笑來。

「酒不醉人人自醉嘛。」魏仲和說。

「噯，大尉，你消息怎這麼靈通？」黃炎問起這個。

「幹甚麼吃的！早兩百年前就知道了。嘗嘗這個加了外紅的牛肉，嘗嘗，還不賴。」邵家聖銜著葉朝平這個預備役軍官說：「來，來，你我一見如故，客氣就殺風景了。」

「大官兒，別忙著這麼早就把他鬆綁，他老兄的酒品一向不大高明。」黃炎提出警告。

邵家聖舉起酒瓶，邀著三個人一起先碰碰杯。「要論酒品之差，怕還沒誰比得上本官這麼登峰造極。別管後事如何，放開量！……」

黃炎用「葉朝平有個好消息」，逗起談興。葉朝平那個連，目前擔任的是飛機場警戒任務。

「本來是很輕鬆，這個任務。」葉朝平嚼著花生米，薄薄的嘴唇，又有些倒扣齒，一副能言善道的機靈相。「可是能把人累死。警戒嘛，當然是維護機場安全，包括飛機、塔台機器跟工作人員。沒甚麼，派派哨兵，查查哨而已。還會有人來劫機場？——可是仗是打得怪，任務也出得怪；飛機既然需要安全降落，咱們既不是高砲部隊，又不是砲兵連，負責制壓制壓圍頭跟蓮河那邊的大砲。咱們怎麼保證飛機安全降落？——咱們也不是托塔天王，漫空裡把飛機雙手托住，放到山坳的掩蔽部去？」

「喝酒。且喝且談。」邵家聖不時的努力勸酒。「對，也沒那麼長的棍兒，乾脆把飛機給頂在半空，安全多了。」

「跑道上塡彈坑，他們是這麼警戒的。」黃炎幫著說。

「不錯，那也是『路遇不平，拔刀相助』，蠻俠情的嘛。——來，趁熱。」

「要命！跑道那麼長，不落不落，一天也要落個幾十上百發罷。」魏仲和發愁的說。

「要命的是，這個苦活兒，多半是夜裡搶工。飛機天不亮就來，你得在降落前把跑道塡得四平八穩。這還不說；飛機一降落，砲是打得下雨一樣。飛機還要再起飛啊，起飛前還得再把彈坑塡平壓平啊。整天整夜就這麼折騰，苦死了。」

「來，咱們好生敬敬你這位勞苦功高的將士。」

「他苦啊？你們看錯了人。他現在是專門跟大老闆打交道，最高級的差事。」黃炎說。

「嘿，最高級了，電影院的領票小姐。我敬你，大尉，我喝到這兒，你隨意。」葉朝平握著酒瓶的手，彎起大拇指，指甲標著一個記號。

「本人酒量不佳，酒膽還可以，從來沒跟人隨意過。」他照著朝平的水位，也給自己掐了個痕兒。

葉朝平把自己比作電影院裡領座位的服務員。飛機降落了，他得帶著弟兄們接乘客。螺旋槳還在攪著強風，砲是必定打得很烈，天還不曾亮，他們要打電筒照路，扯住乘客直奔最近的掩體暫時躲避。有時會有電話特別交代，有貴賓光臨，那就更叫人緊張，還要拎著整串鋼盔，代替花環往貴賓們頭上套。那些貴賓起碼都是總部級以上的首長，又不便拖著直跑，多少要放慢些腳步，遷就著。

「那可真是接大差。」

「眞正的大差。」葉朝平說。「大差可接得多了——總統、副總統、院長、副祕書長、部長、總長、次長、總司令、副總司令，還有層層的主任。辛苦，責任也很重大，不過，也很過癮就是了。」

「了不起，了不起！」邵家聖難得這麼正色的讚賞人。「充員官兒也英勇起來了。噯，大官們怕還沒有誰知道閣下是哪個府上的少爺罷？」

「認得。至少，部長是認得。」黃炎說。

「部長跟我們家老太爺都是戲迷，深交還談不上，常在戲台底下碰面聊天而已。我這個小戲迷跟他也算很熟就是了。不過，也還是我憋不住，提醒了他老人家一下，才認出來。」

邵家聖一顆顆花生米往嘴裡丟，「咱們這位兵部尙書，是不是眞的平易近人？沒架子？」

「當然，要不是那樣的人，我也不會腆著臉毛遂自薦了。」

「噯，好消息可以拿出來下酒了罷。」黃炎一旁催著。「咱們兵部尙書，還給他這位小小一名哨長透露了個國家機密呢。」

「沒那麼嚴重，戰術武器而已。而且，也不過是猜想。說不定只是捕風捉影。」

「部長說他是塊當記者的好材料。」黃炎幫腔說。

葉朝平笑得很得意，咧著嘴，倒扣齒的下巴往前伸出好長。「我說了：『部長，不幸我選錯了系，我讀的是法律。』部長說：『那就更恰當了，我都差一些被你套出口供來了。』其實，他老兄也很滑頭。起先，我也沒存心怎樣，只是怨著，這樣縮著頭捱揍，要捱到哪年哪月。雖然咱們有的是捱揍的本領，也沒揍傷到哪兒，不過總不是長久之計罷。部長說：『依你之見呢？』我說：『很簡單嘛，轟炸嘛，把所有的大砲小砲都給它摧毀嘛，連鷹廈鐵路都給炸斷——』

「辦不到。」魏仲和說，「我們根本就沒重轟炸機。」

「部長說得更乾脆，『你準備跟俄國開戰？』一句話就把我堵死。」

「薑是老的辣。——來，爲咱們老生薑乾一杯。」

這兩個都大口的喝了，葉朝平舉著瓶子等魏仲和。「隨你多少，我這裡加倍奉陪。」

這才三個人注意到，魏仲和的酒瓶，酒面頂在瓶頸裡，沒見少去多點兒。

「不行不行，哪興這樣喝酒的。新朋友面前，你也不怕丟人？」

「嗯，丟人，等會兒醉了才更丟人哩——」

「聖人，我有兩句話要說。」看得出來，黃炎似乎要找題目勸酒。「承蒙大官瞧得起，擺下這個慶功宴給我慶功，我是絕對不敢掠他人之美。不過捉到水鬼這件事，是絕對值得慶祝的。兩位也許都還不大知道，我這個小小的步兵排，狙擊手和頭等射手，差不多占一半的人數還強，這是誰的功勞？我接這個排才兩個多月，我有天大的本領，也訓練不出這麼些人才。沒有這麼些人才，我敢妄想臨時編組捉甚麼水鬼？你說你這位前任排長，應不應該居首功？還有就是，事先我們請了聖人來給我們指點。這次戰鬥經過，證實了戰術指導的正確，完全是勝利成功決定性的因素，你說你應不應該又居首功？——噯，你們兩位看，這樣雙重建功的頭號功臣，應不應該是這個慶功宴上的主客？咱們應不應該好好的敬敬酒？——」

「好了好了，你這場迂迴戰，迂迴得夠遠，夠辛苦的了——」

三個人搶著打斷聖人的話頭，車輪戰的分別敬他的酒，討價還價，鬧了半天，總算把他逼得把瓶頸部分喝下去，水位降到了瓶眉那兒。

「好了，咱們再來聽取一下，老生薑透露了甚麼好消息。」邵家聖已經在唱紅生戲。

「最好的辦法，我只有猛給他老人家戴高帽子，恭維他是國際知名的彈道學家，國內僅有的造兵權威——」

「那也是實至名歸，算不上恭維。」

「可是，當面說出口了，自然就成了恭維。當然，絕不是虛意奉承，對他那種實事求是的幹家，虛僞反而惹他反感。接著我問：『難道我們就弄不到新武器來降住敵人？』部長反問起我來：『用原子武器？』當然，誰也不敢冒這個大不韙；我們弄不弄得到原子武器，那還在其次。我說：『傳統武器裡，也不見得就沒有足可降得住他們的罷？他們最大口徑，也不過是俄造一五二野戰砲。』部長笑起來，很可愛。曉得罷，部長的顎骨結構，跟本人一樣，也是地包天。一笑起來，臉更長。不過，我這個地包天，嘴唇太薄，免不了給人一副尖酸刻薄的印象，比不得他老人家敦敦厚厚的一派長者之風。我問他：『我不想知道我們有沒有，或者弄不弄到手。我只想求教部長，就部長所知，目前世界上，有沒有降住二一七、一五二的重武器——我是說，絕對壓倒性的，一舉就可以使得敵人膽戰心寒，亡魂喪魄的。』部長說：『飛彈嘛——地對地的導向飛彈，又準確，又具威力。』我問：『我們有沒有？』部長說：『快要有了。不過，那是軍援武器，協約規定用作防衛台澎，不包括金馬。人家給的東西，人家指定了用途，只好聽人家的。』我問；『我們自己製造呢？』部長說：『建一座飛彈工廠，談何容易！』我說：『買呢？』部長問我：『錢呢？』說著還伸過手來，跟我要錢。我說：『沒想到我們會窮到這樣，連飛彈都買不起。』部長說：『台灣並不窮，不要說飛彈，我們要發展原子武器也可以。台灣納稅能力不下於我們抗戰時期四川、雲南、貴州三省合起來的稅收。可是你願意為了製造原子彈，把台灣搞得民窮財盡嗎？』我是無話可說了，不過我還是問了他老人家：『部長這麼一說，我們只好堅忍卓絕下去了？』部長又笑起來。『國家不會坐視你們前方將士這樣苦熬下去的。我們量入為出嘛，買不起太貴的武器；便宜些的，還是可以買。』我說：『那我們就該趕快買了。』部長笑笑，沒說甚麼。我知道這一笑，裡面有文章，趕緊追著問：『是不是我們已經買了？』部長不作聲，望著掩體外面。我又問：『是不是已經買到手了？』部長看我一眼，一下子好陌生，好像根本就不認識我是老幾，剛才跟我談了半天話的，根本不是他。我是不管，老臉皮厚的緊迫釘人：『是不是已經運到金門了？甚麼時候可以啓用？部長是不是親自趕來指導？……』我是把自己所能提出的問題都提光了，弄得我自己都詞窮了。可是他老人家，嘿，你說怎麼？好像根本就沒聽見我跟他嚕嗦些甚麼，戴上太陽鏡，整了整頭上的船形帽，正好司令官也從塔台那邊趕到了。最後就是那句話：『葉少尉，你該去當新聞記者。』我說：『部長，不幸我讀的是法律。』部長已經跟司令官握著手寒暄，還又回過頭，丟了句話給我：『那更恰當，我都差一些被你套出了口供。』弄得司令官，連部長自己的祕書，都有些莫名其妙。我還聽見他老人家跟我們司令官說了：『了不起，你麾下的幹部，很厲害。』大概是抬舉我的罷。……」

大家為這番描述熱鬧起來，齊向葉朝平敬酒。看上去，他是生得很單薄，加上眼鏡，尤其斯文，可是酒量似乎很行，也很豪氣，四個人，只有他的酒瓶，差不多已經喝去一半。

至於這花錢買的武器，究竟會是甚麼玩意，葉朝平好幾天以來都在猜測。根據部長不願透露一絲風聲這一點，他尙懂這點分寸，跟誰都不曾講過。他自己雖管了一個時候的兵器，但那算得甚麼呢，他自認兵器知識太貧乏，方才他是先到黃炎的陣地，曾跟這位老同學談起這個，找科班出身的老同學猜想猜想看。

「依你之見呢——我們的大學士少尉？」邵家聖已進入微醺狀態。

「依我之見——我認爲，憑空猜想，那是無從猜想得起的。」黃炎有條有理的說。「我們需要先有個假定，好把範圍縮小。我們假定這種花錢買的武器，一定是軍援項目以外的武器。美國基於本身利益，所謂太平洋集體安全，在美國來說，不過是得過且過，只求苟安，也難爲他們發明了所謂圍堵、有限戰爭、不求勝利的戰爭。所以美國的對外軍事援助項目，總不外是防衛性武器。從基本上，我們自己買的，必然是攻擊性武器，這個範圍就小得多了，是不是？」

於是幾個人開始就這個範圍猜測。重轟炸機要除外，原子武器和飛彈除外。戰車是攻防武器，軍援項目倒是有，但是用在制壓敵方砲兵，那是派不上用場。這樣的話，還是只有以砲兵制砲兵。目前，金門最大的砲是一五五加農，已經算是重砲兵了。根據黃炎提供的知識，重砲兵還有八英寸榴彈砲。不過比起一五五加，除了彈重兩百磅，重一倍多一些，射程反而減少四分之一還多。那就不是壓倒性的武器。這樣的話，便只有求助於「最重砲兵」了。就他黃炎非專門知識的記憶所及，有八英寸加、二四〇厘米榴和二八〇厘米榴。要是圖射程遠，自然是三萬五千公尺的加農砲。要是圖威力強，二八〇的砲彈重六百磅。

「也許還有更大口徑的砲，恕我孤陋，我這個道行，也只到此爲止。」

「二八〇榴彈砲的最大射程多少，知不知道？」魏仲和問。

「啊？」黃炎頓了頓。「你喝一大口，我告訴你。」

「對，這一大口要喝。」

「那我不問好不好？收回收回。」

「不行，哪有這麼臨陣退卻的！」

「灌，怎麼樣？」邵家聖掃一眼那兩人，作勢站了起來。

「好好，一大口一大口。」

「眞是敬酒不吃吃罰酒。」

六隻眼睛盯著看，魏仲和很誇張的一仰臉，酒瓶底兒朝上，喉嚨裡居然咕嘟一聲。酒瓶放下來，酒似乎沒見少。

「聖人，你是櫻桃小口。」

「別賴了，做功倒刮刮叫。」邵家聖矯作著惱了的樣子。「你當我沒留意，打馬虎眼兒，酒瓶倒過來，居然連個泡泡都沒見。不行，重來。」

鬧了一陣，這位蛙人終於又呷了一小口，苦緊了臉，連忙夾塊牛肉過嘴。

「你那是吃毒藥，哪裡是飲酒作樂！」邵家聖看不慣的甩過去一眼，轉過來等候黃炎。

「二八〇厘米的榴彈砲，最大射程也在三萬公尺左右，合華里差不多是六十多里了，鷹廈鐵路的大橋是搆得到的。」黃炎像在報告甚麼軍國大事似的那麼莊重。「不過……要是八英寸加農砲，那晉江、同安、角尾、海澄，差不多都可以囊括在射程之內……」

猜測的範圍既然縮小到八英寸和二八〇，似乎沒有必要再在這兩種最重砲裡取決哪一種。邵家聖忙道：「那不是你我哥們兒的事。咱們要管的大事還多著。喝酒，喝酒，萬事莫若喝酒急。」

接著他們又聊起活捉水鬼的經過，「所以，」黃炎下結論的說：「這一功，還是貴鄉長李會功的，不是他那一手擒拿，後事如何，還在未定之天。」

「怎樣？」邵家聖找著蛙人說：「不是吹的罷，我們老鄉還有退板的！別看不起我們小地方，淨出英雄豪傑，還出聖人——不是你這樣酒色財氣四大皆空的窮聖人。這文治武功，了得的！」

「對，還出綠林好漢，響馬土匪。」

「成則為王，敗則為寇嘛，焉可成敗論英雄！」

「聖人，你應該說，我魏某人的排裡還有退板的麼？」

「是啊，強將手下無弱兵嘛。」魏仲和順竿兒爬上來。「嗳，這麼說，該請李會功來的，那才是名正言順的慶功宴。」

邵家聖直搖頭。「還等你提議！我們上下三十里不到的小老鄉，我還想不到！可是這些老士官，規矩太大，你請他來，他就能板板正正坐在那兒，活菩薩樣兒。再不就是你們大官飲酒作樂，他老兄一會兒把牛肉熱熱罷，一會兒去沖沖茶罷。你喝也喝不安，吹也吹不盡興，醉都不便醉一下，士官面前出不起那個醜的……」

他吹起他那些酒醉之後的醜聞，把人肚皮笑破。有一回吃了老百姓喜酒，八成醉的光景，算是控制住的，硬撐好漢走回來。誰知酒吃得快一些，走在路上後勁兒才發作。「醉臥沙場君莫笑嘛——人是倒在路上了，爬著找水喝。得虧有部軍車過去，發現了，駕駛倒是挺有良心的，拖上車，問我駐地哪兒，我是人事不省，回了他話：『六二〇，把我送去六二〇……』害那位駕駛折騰半夜，也算他最後覺悟了，把我送到那兒……」他指指那邊的電話機。「呵，六二〇，既不像部隊番號，又不像軍郵信箱，虧他老兄曲曲拐彎兒的想到這個上頭來……」

「嗳，還有萬華那一次，給我們副連長送行的那一次，還記得罷？」魏仲和提醒他。

「那一回也蠻熱鬧的。聖人保的駕。不知道迷的甚麼一股勁兒，非要對著人家的水果攤小便不可；說怎麼也不行，換個地方也不行，鈕扣都解了。多虧聖人孔武有力，硬把我拖走了。」

「還多虧沒穿軍裝啦，要不然——」

「本人這點分寸還是有，穿軍裝絕不在外面喝酒。」邵家聖說，「送成副主任的那一次，有你沒有？」他問黃炎。

「怎沒有我？不是我找到廁所去，才——」

「對對。一個個馬屁精，都去伺候主任跟副主任了，害我一個人東搖西晃，胡撞瞎撞的摸到飯店的洗手間去。先還模模糊糊記得對著白磁小便池解手，刺得幾顆大大小小的樟腦丸亂滾，挺有趣兒的。索性打起司勞克，一球一球的趕。後來就不省人事了。好在吉人天相，我們黃老弟馬屁之餘，良心發現，東找西找，算把我給找到了，好像是跪在那兒是不是？……」

黃炎已經笑不成聲。

「怎樣，黃大少爺？你閣下是目擊者，下面交代給你，如何？」邵家聖點起一枝雙喜菸來。

黃炎笑得屢屢中斷的，才勉強把經過講清楚。

一夥同仁把主任和副主任送上車，各作鳥獸散。只他黃炎，本來約好了飯後再去撈場電影，卻發現大尉無形失蹤了。回到飯店去找，茶房沒大注意到。三樓上有人家辦喜事，他怕大尉醉裡懵憧的跑去胡鬧，上去找了一圈兒，沒見人影，又回到二樓來。一時有些內急，跑去洗手間，一溜小便池，隔出一格一格，有一格裡，下面露出兩隻腳來，皮鞋底兒朝上。他走過去，只見有個人跪在那裡。「說怎麼，也不會有哪門邪教的教徒跪在這樣的地方禱告罷。再挨近點兒看，說眞的，一點也沒想到這是咱們團花，等見到一小便池的蛋花湯，才恍然大悟，咱們神聖的大尉，怎麼落難到這個地步！——」

「這一點，我倒還隱隱約約記得。下巴擔在小便池邊上，中間有個窪腰，這麼托住，大小正合適，訂做的一樣。涼陰陰的冰著，挺醒酒的。」

「最妙的是，醉成那樣，還死要面子呢。」黃炎捧著肚子笑說。「看那個樣子，我是沒辦法把咱們大官運回營房了，只好就在隔壁旅館裡，開個房間給他休息。等給他安排好了，睡下來，冰毛巾給搗在腦門上。咱們大尉還一把拉住我手囑託呢，一句話三喘氣，交代後事一樣，『老弟，先回去，我要好生睡一覺。回去後，千萬別跟他們些寶貝說我喝醉了。千萬千萬噢。』你們說，妙不妙？」

「我是懷疑你在那兒捏造；反正我是醉得甚麼都不記得了，由著閣下瞎編。」

「完全保證。」

「根本不合理嘛。瞎編我別的還說得過去；像我這個從來沒要過臉的，醉得不省人事了，還虛榮起來啦？可能嗎？」

「也許……酒後吐眞言嘛。」蛙人說。

「噢，你這樣賴酒，是害怕吐眞言？有甚麼難言之隱，聖人？」

「今天這個盛會，」葉朝平笑得差不多了，眼鏡脫下來擦眼淚。「大官打算表演哪一手？」

「這個啊？……世事難料。不過，酒少話多，又喝得這麼斯文，今天沒有人會醉，你們都放心……

……」

門口那邊有腳步聲。那是硬皮鞋沾著砂子，走到水泥地上來的嚼冰渣的聲音。夜已很靜了。

「老賊回巢了。」邵家聖說。

這位團主任，一從那邊進了洞門，就衝這邊看過來。

除了邵家聖，三個人都喊著主任好，站立起來。

「怎麼，這麼雅興！」做主任的略停了停，走過來。

這才邵家聖站起來，「看樣子——主任是雅興過了。」

「誰說！」團主任的腳步有些不穩，眼圈有些紅。

邵家聖替葉朝平介紹了一下，附帶說明是給黃炎慶功。

「該給你道賀，恭喜恭喜！」團主任跟葉朝平握過手，又忙跟黃炎握手。

「主任不能乾恭喜。」

「咱們不講形式，是不是？——魏仲和，久沒見了，好罷？」

「好。主任好。」

「下一個立功，該看你的嘍。」

「謝主任。」

問起葉朝平的單位，邵家聖一旁簡單介紹了葉的家世，並且抽空抓過一個茶杯過來，把聖人的酒瓶拿來斟了大半杯。

「主任不講形式，這個內容還是要講究講究的。」他把酒雙手送過去。

「邵家聖，」團主任顧左右而言他，也不接他的酒。「我看你是很有辦法，專門結交閥閱世家不是？」

「噯，對，主任明察秋毫，像咱們這樣出身微賤，不能不攀龍附鳳，爲自己前程想想。」

「你們別見怪，我們是冤家對頭，一張口要不帶針帶刺兒，就過不了癮。」主任笑道。

大家陪笑著。

「好，你們盡興盡興，不奉陪了。」團主任給葉朝平拱拱手，順手又跟黃炎和魏仲和招呼了一下。

「主任，你看我們這個慶功宴多寒蠢，似乎，該追加一點甚麼罷？」

「好的，」人已走開，又回身過來。「原則同意，交給你辦。不要太儉省了，蝕了我們團部的體面。」

望著這個主任進到隔得很簡陋的小間裡，四個人這才重新歸座。

「老滑頭。」邵家聖咧咧嘴，低聲說。「老實講，這個人長處很多，短處也不少，好吃是其一，見了吃的就走不動了。今天是你葉大少爺在座，不好意思——」

「大概，在團長那邊已經酒醉飯飽了罷。」

「照舊！貪吃的人，都有個橡皮肚子……」

大家望著那個小間，裡面點上了燈，打藍布門帘裡透出微微的光暈。

「不過，」邵家聖說。「廉潔是沒話說的；不管你是到下級單位去，還是跟老百姓接洽事情，他是叮了又叮，告誡了又告誡，『手紙你都要自己帶著，一根香菸都不可以擾人家的。』可是你要請他喝兩盅，絕對賞光——就這個毛病。」

「那也很好伺候嘛。」葉朝平說。

「好打發。」

「邵家聖！」那邊，上司喊過來。

「有！」邵家聖攢住了勁兒叫著應道。

「那麼大聲幹麼，三更半夜的。來一下。」

挑開藍布門帘，團主任坐在床邊脫襪子。「拿去下酒。」嘴巴指指桌上兩盒月餅。

邵家聖遲疑了一下，「夫人寄來的罷？」

「拿去——別管誰寄來的。」襪子就著床沿一下下的抽打。

他拿了一盒。「意思到了，行了。」拿了出來，也不管上司還在背後叫他。

酒繼續吃下去，一個個醉意湧上來，開始吹葷的。葉朝平的一瓶酒先光了，「大官，」把瓶子倒過來，空給大家看。「我交差了。」

「不行，又不是論瓶子算的。」邵家聖把剛才倒的大半茶杯酒遞過去。「我看聖人就是宰掉他，也沒轍兒了，閣下代他罷。」

聖人忙把酒瓶送過去，「要代，代這個——」

「你眞會順竿兒爬哩。」邵家聖伸過臂去擋住。「我看，你既非聖人，又非蛙人，你簡直丟人。」

爭執了好一陣兒，葉朝平接過茶杯，把酒重倒進自己空瓶子裡。那手顯然有點兒不聽使喚，抖抖的，灑了些酒出來。

「醉了，」黃炎說，「還吹是不倒翁哩。」

「早得很。我看你是差不多了。」

「沒那話。」黃炎的醉意已經很重，但爲了證明絕對沒有醉，提議到外頭去拿大頂，較量較量。人在沒醉時，總是強說醉了。一旦醉了，卻又絕口不肯承認。這四個人裡面，只有魏仲和，堅持他已醉透了。但是他聲明，樂意給他們拿大頂比賽做裁判。

陰曆八月十二的大半圓月，正掛在當頂，夜天晴得像玻璃磚，看不到底兒。那稀疏的僞裝網，就該是玻璃磚上的浮雕花紋。

坑道前的天井，月光鋪進來，彷彿刀裁的一般整齊。黃炎一出坑道門，投進方方正正的游泳池裡似的，一縱身就撂過去一個螃蟹，接著，葉朝平、魏仲和，學樣兒的跟上去，一個個把自己撂下水。

剩下邵家聖，當門立著，兩腿有些站不穩。「魏仲和，人家練武把子，你清醒明白的夾在裡面起甚麼鬨！」

「有種也亮一下嘛。」

「娃娃，老夫耄矣！不中用了。」平劇的韻白。

「只得裝孬了。」蛙人撲著手掌上沾的沙子，也跟著撇腔拉調。

可是邵家聖試了試姿勢，連連撂了兩個螃蟹。甩得很遠，踉踉蹌蹌，險些撞上直陡如壁的土崖。

四個人攏過來，大致取了個位置。

「比久還是比多？」黃炎舌頭發硬。

「多怎麼比？胡鳥扯！」

「誰先倒，誰輸。」

「要分出名次，好『爬樓梯』，那才……那才公道。」

魏仲和不懂得「爬樓梯」，黃炎大著舌頭給他說明。那是拚酒的一種方式，酒杯排起來，依次一杯杯多上去的斟酒，誰先倒下來，誰喝最多的一杯，依次推下去。

「好，就這麼來。」蛙人興奮的拍手贊成。

「好個鳥！拿大頂敢情是你看家本事……」

有個人影從上面投下來，落在他們眼前。四個人抬頭瞧上去。

「哨兵，」邵家聖仰面招呼著，「多包涵點兒，你要是問口令，我可答不出來。」

哨兵持著槍，居然還靠了靠腿，「報告邵參謀，你放心，替你警戒。」

「謝了。」

「辛苦了。」葉朝平附上一聲。

「少嚕嗦！」黃炎催促著。「來，預備，我發口令。」

四個人站好位置，頭對頭的蹲下去，雙手撐在地上。

「不行，」葉朝平提出異議，「這樣不行，等會兒豎起來，臉都朝外，誰投機都看不到。」

「那就轉個身罷——有道理。」

四個人重新部署，屁股向屁股的蹲下去。

「預備——頭要低到地上。」黃炎發著口令：「預備——起！」

月光下，只見八條腿亂馬倒槍的齊往上踢、蹬。

魏仲和有的是功夫，人又比較清醒，當然是一豎就豎起來。接著是邵家聖，有點冷門。只有葉朝平，人家三個都倒豎得很穩當了，只他一個還在頭朝下的蹬單車，一次又一次的力爭上游。

「葉朝平要扣分。」魏仲和說。

「他是存心要喝大杯嘛。」黃炎口齒不清，聲音倒著出來，不像他的嗓子。

葉朝平終算豎直了。

「加油啦……加油啦……」哨兵壓低了嗓門兒，對著下面吆呼。

「看我們要狗熊了。」邵家聖噎著喉嚨說。「不行，老子要喝大杯了，完蛋了……」

「別被他心戰了去。」魏仲和提醒另兩位。

魏仲和彷彿栽進地裡的那麼篤定，只有他顯得清閒。那兩條腿一會分開來，左右的分開，又前後的分開，一會又合併起。再不就是靠著兩臂把身體撐上去，自由自在的轉著腦袋，看看這個，看看那個。

葉朝平苦撐著，搖搖晃晃的，到底還是第一個倒下，倒得很重，大約是向後倒去的關係。

「地太硬了，」這個預備軍官揉著後腰，一面運動著上肢。

輸贏本來已告分曉，但是翻觔斗的興致隨著酒性大發。地是的確太硬了，把忠靈袋拖過來鋪上。「這是在死神背上翻觔斗。」葉朝平說。幾個人嘻嘻哈哈跌成團兒。

翻了一陣，邵家聖提議把褲子脫掉翻，三個人立刻景從。脫掉長褲的確靈活多了。幾個人大翻特翻，直翻得天昏地暗。

團值星官被驚動了，趕來制止。四個人已經又換了新的遊戲。一人穿進一隻忠靈袋，手把袋口提到兩肩，一蹦一跳的比賽著，看誰個先跳到土階那兒。

「那我們……那我們這該是……在死神懷抱裡大躍進了。」黃炎的舌頭越來越大，外加粗裡粗氣的喘著。

砲聲又起，團值星官勸著他們進洞。「好的——好的——」邵家聖應付著，「等我們把軟棺材收拾一下——其實就這麼完蛋了也好，省得人家費手腳——往口袋裡裝也挺麻煩的……」

上面的哨兵叱著問口令。

砲聲近過來。回答口令的聲音，黃炎一聽就聽出是李會功。「好了，」他說，「酒有人包了。」

「誰，俺老鄉？」邵家聖問。

「你當然聽得出來。」

「唉，大小還是當個主隊職的好，喝醉了酒，還有人來接駕……」邵家聖一鬆手，忠靈袋一下子滑到腳脖上。

土階上頭，踢踢踏踏的響著腳步聲，急促的一路下來……

火光閃在地線之上，一發一發連著紅色的閃爍，大半圓的月亮，火光裡變得那麼面無人色的蒼白……

參謀本部戰報：

一、九月二十四日零時零一分，至九月二十七日六時，敵砲射擊金門島群一萬八千八百六十二發。

二、昨（二十六）日十八時三十分左右，我軍刀機四架，在南澳海外上空與敵米格機十六架遭遇，我空軍可能擊落敵機一架。

三、昨日赴金門戰地採訪的中外記者，所乘之水陸兩用戰車被敵砲火激起之浪濤湧翻於料羅灣內，韓國崔秉宇、日本讀賣新聞安田延之、台灣新生報徐搏九、徵信新聞報魏晉孚、中華日報吳旭、攝影新聞社傅資生等六位記者同時罹難。

美國與中共代表在華沙舉行第四次會談。

美國副總統尼克森說：「一個領袖的責任是領導輿論而非附和。現在台灣海峽的危機為何？不是金門與馬祖，也不是台灣，而是整個自由世界在遠東的地位。我相信美國人民認識此點，他們將會支持總統所持的立場。」

中華民國四十七年九月二十七日

一營和三營換防之後，黃炎的一排人隨著拉到後面來做預備隊，和連部偎在一起，好像忽的失業了。雖然各種公差勤務，反而比在第一線上還重，還苦。

邵大尉曾在酒後，笑他這是「功成引退」。這幾天預備隊的「後方」生活，卻使黃炎在從不令人懷疑的傳統戰術上，發現一個可嘲弄的，但也是值得商榷的問題．那也許是潛意識裡不甘爲預備隊，而至於如此的吹毛求疵。

不分中外，一般的兵力部署，無論爲攻、爲防，差不多毫不例外的作著固定式的運用。一個師，必是把兩個團擺在前面，一個團留在身邊做預備隊。兩個團又各把兩個營擺在前面，各留一個營做預備隊。四個營則又各把兩個連擺在前面，各留一個連做預備隊。八個連則又各把兩個排擺在前面，各留一個排做預備隊，而十六個排，則照樣又各把兩個班擺在前面，留一個班做預備隊。這麼樣的算下來，偌大的一個步兵師，擺在第一線上與敵戰鬥的，便只有三十二個班，也就是只有三百二十個兵。這似乎從來沒有人留意過。認眞的說起來，倒有些聳人聽聞的樣子。

然而他不很相信，十九世紀後半葉以來，那許多的名將、名軍事家，不可能沒有發現到這種大有問題的用兵。

但是截至目前爲止，全世界都還在毫不以爲意的沿襲這個毋庸懷疑的基本戰法。

他打算深入這個問題，寫一篇論文。但他沒有信心，一個沒幹幾天的小小步兵排長，似乎不配去討論這個。他把這個發見，先跟自己的幾個班長交換意見，已經獲得熱烈的認可。那當然不夠；他還要繼續去求教連裡的連長他們，營裡的營長他們……他要一關關盡他所能接觸到的，一一去徵詢意見，起碼他須證實還不曾有人已經發現到這個，而建立起自己的信心。也許，必要時，還須去跟中將父親討教一番……

跟大尉談起這個，又遭到取笑，「不錯，文治武功，你是要占全了。」但邵大尉是支持他，他懂得大尉那個人。就如同他把捉水鬼的戰績，報功給李會功、張磊、喬頌安他們三個，大尉知道了，也只不屑的笑笑，「這麼一來，不成功便成仁，他們三位成功，你閣下是成仁了——怕拿到獎金要請客不是？」大尉還提醒他：「獎金調整了，知不知道？——死的一千，活的五千啦，硬是六千塊的花紅，不會善財難捨？……」

報功報了上去，李會功不知道是怎麼曉得去了，跑來釘他，纏他，求饒似的央請他補報。

「公事已經到師部了，你去改吧。」

看看拗不過排長，老兵乾巴巴的粗臉上，有過意不去的尷尬。老兵環顯一下四周幾個弟兄，也都不幫他講話，頗覺眾寡懸殊，不得不勉強吞下大家好像已和排長串通了的一片好心——多不應該的好心！

「這樣很好，有空我再跟你談談。我現在很忙。」黃炎揮揮手說。

老兵要走開又不走開的回到自己鋪頭上。人已坐定下來，還在那裡直愣愣的瞪著一個不知甚麼，木然不動。

「喬頌安，」黃炎喚了一聲就近的這個一等兵。「你……過來一下。」

一等兵搶過來，「排長叫我？」躬著身子，低聲下氣的問，一副小心伺候的樣子。

「你們都是哪裡聽來的？」

「排長說的是……」

「連裡報上去，你們怎麼打聽來的？」

「這個嘜？……好像是……李班長聽鍾排長講的啦……」喬一等兵說著，一面留心排長的臉色。

瞧著李會功傻坐在那邊，背駝駝的，生了病一樣，黃炎忽然心有不忍的感觸。他看一眼手裡有關卸載運補物資的一疊公文，只好暫時放下，走近李會功，拍拍老兵的厚背。

「你聽著，會功，別扯到甚麼人情不人情的上頭去。這又不是捏造，你還怕承擔不起！別那麼迂——」

「話不是這麼說，排長，事情明擺在那兒；下半夜是排長的，這是一。情況是排長發現的，也是排長處理得好，指揮得好，這是二。排長——」

「坐下來說，」他先坐下，拉拉這位老班長。「你別一呀二的。不是你領著弟兄們支援，砲打得那麼凶，早就讓他給跑了。要緊還是你那一手擒拿。」

「凡事總要品個理，排長。」

「這麼處理，大家都很服，不就是理嗎？」

「大家還不是都聽排長的……」

老兵這麼化不開，他做排長的，不得不坐近些，說體己話的低語著：

「你聽我說，這又不是甚麼謙讓、客氣。爭功諉過，軍人大忌，當然要不得。可是眞的甚麼諉功爭過，又未免矯枉過正，不合情理。先不講別的，我們只比較比較看；先說我排長，國家是把我們這般新制軍校的軍官，看做至寶一樣，這你是知道的。我這樣下到部隊裡來，不過是實習實習而已。說穿了，造一個經歷，懂罷？過一過水，再去所謂深造。我還指望在這裡連、營、團長一直升上去？除非現在就反攻大陸，開始行動……」

幾個閒散的弟兄，見他們排長跟班長這麼說悄悄話的樣子，倒是知趣的一個個走開了。

這是棟半永久性的班營房，斜陽穿過木板拉窗，極整齊的一長排黃條紋，印在通鋪的白單子上。九月底的戰地，接近傍晚的這種時候，似已頗有秋意。營房兩端的大門開敞著，令人倦怠的秋風，不經心的一會會兒吹進來，略帶一些令人不適的寒意。

注意著這位班長沒有甚麼反應，黃炎繼續說下去：「今天，就是給我記上個一大功，兩大功，幹麼，我要那麼些『公的』做甚麼！至於獎金，你是知道的，對我的經濟情況來說，那是多餘的。」他望著對面的拉板窗外被隔成一條條的遠山和遠天——那是大陸的山和天。他說：「還有，我這麼年紀輕輕的，忙甚麼！可是你李會功呢，按年齡說，按軍齡說，你都是我的老大哥。十七歲當兵，快二十年了，一直轉戰南北，沒功勞還有苦勞。照著從前人事制度沒上軌道的那個年頭，不要說軍長、師長，就是團長也有權下個條子，大小給你個官兒。憑你戰功，資歷、能力——就只憑你掛那兩處彩，別說小小一名排長，副連長、連長，也早幹上了——」

「那……憑我這塊料……」李會功不以爲然的冒出一聲來，隨又含糊不清支吾著，有頭無尾的嚥下話去。

「今天是一切都照制度來了，反而弄得個人吃起虧來。可是這並不能怨制度。要建立現代化軍隊，就不能不實行精兵主義。不過，一個制度建立起來是不容易的，產生不良的副作用也是不可免的。那就要把眼光放遠些，放大些，要看到百年大計，也要兼顧時代潮流。以正規的學院教育培養出來的高素質軍官，做軍隊骨幹，去面對將來打知識，打科學，打學術的戰爭；還有無形的戰爭——建國的事業，這是天經地義的事，對不對？……好了，那麼這個制度即使叫一些人吃了虧，影響到個人的出路、前途，國家也不得不硬著腦袋去做，是不是？……」

接著，做排長的舉了個例子，「譬如說，現在台灣省有些省民，不很同意政府的某些措施，甚至於埋怨政府，其中之一就是處理小偷，刑罰太輕。我聽了不止一個人講，充員戰士也跟我講過；

都說從前日本人整小偷另有一套嚴刑峻法，抓住了不是槍斃，就是剁掉手指，所以小偷被整得差不多絕跡了。可是我們政府呢，抓住累犯才送外島管訓，兩三年就又放出來了。當然，單就效果來說，日本人那一套，當然靈驗得多。可是一個講法治的文明國家，一個治理自己國民的政府，能動不動就傷人、殺人嗎——辦不到。雖然殺人比較有效，可是一個從事民主建設的政府，要進步，要開明，要根底上有效，就不能走回頭路。走回頭路就是退步，落伍，守舊。那麼，一個民主政府難道除了嚴刑峻法，就沒辦法整小偷了嗎？不會的，用民生主義所作的社會建設，就是根絕小偷的治本之道；怎麼會用得著殺人呢……一個新制度，一定會產生新的困難。既然這樣，那就要找出新的方法來解決；不宜用老方法解決新問題，更不可以因爲新的困難，就放棄新的路，又走回頭去……」

老兵很用心的聆聽，似乎感動得就是想再嚕嗦，也不便張口了。

「用我排長跟你比，」黃炎放心的繼續說：「表面上看，的確不夠公平。一個是養尊處優，受到國家用那麼巨大的財力來培植，可以說是天之驕子。一個是沒要國家花一文錢，煩一點神，本領都是父母心血培植出來的，可是倒把青春全都獻給了國家，生命也交給了國家。付最高的代價，取最低的報酬，似乎永遠只配幹個大頭兵，看不出來還會有甚麼大出息。這一類的牢騷，我是聽得夠多了。牢騷該發的，不平則鳴嘛——」

「排長，當然啦，這你是——」

「我知道。你不用說，我知道。這一仗打下來，打到今天，一個月零四天了。最大的戰果，敵人把我們所有的牢騷打光了，不平打平了，士氣打高了。大家對敵人懷的仇恨，和……」他略停了停，想找一個詞兒來形容「敵人沒有甚麼了不起」，可是，輕蔑、輕視、輕敵……都不合適，只好含糊過去。「總之，弟兄們的精神力量是集中了起來。當然，因爲時時刻刻都面臨生死關頭，生死之外的所有問題，都成了次要而又次要，這也是士氣提高了的因素之一。還有就是……好，我們先別分析這些，總之，士氣已經提高到極致，到了頂點，像周金才、喬頌安，被大夥公認的孬種。還有黃偉明、張簡俊雄——都是你班裡的，傷到了副連長，捅那麼大的漏子，可是現在呢？簡直像奇蹟一樣，叫人不能相信——要不是親眼所見的話。」

「是這麼說。」李會功把剛才捺死的半截香菸，又點上火，抽了起來。

老兵雖很急切的要跟他的排長爭執，好像縱死也不能接受這場戰功。但是雖爭執得那麼著急，毛毛躁躁的，要命了一樣，卻一直不忘把一枝香菸分做三次來抽。

香菸的缺乏，該是戰火下抽菸的兵士最大的煩惱。

「若果是照咱們過去打仗的經驗來說，」老兵停了停，搓著眼睛。可能因爲菸頭太短，點火時燎到了睫毛。「——其實，也說不上甚麼熊經驗啦，奶奶個頭的，只不過扛著槍桿，拖著大砲，走了不少地方；聽到的，看到的，多多少少長了點兒見識。如今晚兒，也有人說，咱們部隊，今兒進基地，訓你十三週；明個又是進基地，訓你個十八週。訓來訓去，還不都是不出那一套——這個教練那個教練的，啥用！久訓不戰，大夥兒給弄疲掉了，反而問題愈來愈多。是這麼說嗎？我看哪，也是可信可不信。總是說，訓嘛，不訓又幹麼呢，陰天打孩子——閒也是閒著。說起來，甚麼都是假的；槍聲一響，部隊往火線上一拉，啥問題都解決了。可是，果眞就這麼容易嗎？排長，你說說看……」

「也許，理論上可以成立。」黃炎點著頭，用很大的幅度動著，鼓勵這個平常不大多說話，只管悶著頭幹活兒的班長，鼓勵他繼續發表高論。

「打仗的事，若果照那麼說得容易，不是比喝口水兒還簡單，那不是開玩笑！」老兵極不滿的撇著大嘴。「若果一個部隊一天也沒訓過，往前線上拉拉看。拉拉看嘛——拉不到前線就拉垮他奶奶個頭的了。不錯，一聲開起火來，誰也沒那個閒工夫，甚麼占缺啦、升級啦、待遇啦，又是甚麼營養啦、衛生啦，操他，還是沒逼到那個地步，一泡尿都要省著捨不得一次喝。這軍隊嘛，打仗是回好事，道理說得通；可是打仗是要分勝仗敗仗的。當眞一打仗，就啥問題都沒了？誰說這話的？讓他打場敗仗試試看，叫他看看還有問題沒有——要想打勝仗，就得士氣高；要想士氣高，就得打勝仗。一個左腳，一個右腳。往前走，就得兩隻腳交錯著進。往後退，也是一樣。沒見過一隻腳留在原地踏腳，一隻腳走去老遠的——」

「妙論，妙論……」做排長的讚賞著。

這妙論，其實論得他做排長的有些心虛起來。好像只有這樣讚賞讚賞，可以給自己掩飾點甚麼。

老兵有些不好意思受到這樣的恭維，尖起老長的嘴唇，連連抽著就要燒到嘴上來的菸頭。好像也是掩飾點兒受到讚賞的得意和尷尬。

「說實在的，這種經驗、看法，書本上未見得找得到……」做排長的繼續對這個老兵追加讚賞。想到老兵的耿直，顧忌不到傷不傷人，他的那點兒心虛就落實了，讚賞也成了由衷的眞心話。

「就拿咱們丟掉大陸這場戰事來講罷，」老兵一反平時的沉默，好像可也抓住一個最佳時段，要把五臟六腑統統吐個乾淨。「仗是沒停的打過——我說的是戡亂；排長，你那時怕還在讀小學呢，是罷？」

「差不多。臨離開北平時，已經進初中了。」黃炎說。

老兵點點頭，品著甚麼滋味似的，一再點著。

出出進進的幾個兵士，被他們班長難得這麼高談闊論給吸引住了，用一種以爲出了甚麼事的詫異目光，挨近來注視著。

「那——當時的情況，排長多少也會知道一些。你說當時，關外、關內、華北、華中、大大小小戰場，何止幾百幾千個！打勝利第二年，三十五年下半年以後，就沒打過甚麼像樣兒的漂亮仗。唉……士氣越打越低，打得人喪氣呀，排長，你都不知道。」老兵一臉的苦不堪言。

黃炎沒有搭話，但用一種認眞而肅穆的目光，鼓勵著這位難得如此披肝瀝膽的代理排附。

「士氣是越打越低。甚麼道理呢？——老吃敗仗。本來，勝敗兵家常事，沒甚麼不得了，可是打得太喪氣了。這就要問，幹麼老吃敗仗呢？——士氣提不上來呀。怎麼又士氣提不上來呢？——老吃敗仗嘛……」

這麼一對一搭，好像表演腹語特技。

「沒說的，這就像狗逮尾巴，窮打轉兒打不完。要想找出原委，就得一刀剁下去，剁出個口兒，不能這麼窮打滴溜轉兒。要說部隊跟幹部都訓練不夠，也是有個因兒，不能不承認；可是訓練不夠，照說，那是後來的事兒了。早先，眞正要咱們的命，排長，你說是誰？」

老兵略停一停，望著他，像是出題等著要他回答。

「聽聽你的意見。你是過來人。」他說。

「沒別人；」老兵一扭頭，不知有多不屑的皺起鼻子。「沒別人，馬歇爾那個老半吊子！沒錯兒的。當然，如今檢討起來，大家夥兒都很客氣，管教育的，說是教育失敗；管訓練的，說是訓練不夠；管軍紀的，就說軍紀鬆懈了；管保防的，又說洩密是主要因素……多啦，就我這個做了十二年的班長來說，我也認爲我們班長該負全部責任——這就像排長今天上午跟我們談的，整整一個步兵師，就只三十二個班長領頭在那兒打仗嘛，班長怎能不負起全部成敗責任嘛，是不是，排長？」

老兵歇口氣，打胸前口袋裡取出塑膠質的菸盒來。

「沒別人，都是馬歇爾那個老半吊子。」老兵重複著，表示他既一口咬定了，就絕不輕易放口。「儘管一萬個人說出一萬個原因，我李會功——別瞧我沒念過幾天書，我還是認準了馬歇爾這個二百五，我操他，罪魁禍首，害苦了咱們，該下十八層地獄——拔舌地獄。這我太清楚。我見過，三人小組，在北平，我們還做過警衛。人嘛，愣大個兒，天冷，掛著清水鼻子。個兒大有啥用，奶奶個頭的，又不是木頭。木頭大，出柴火，人大幹麼？人大愣，狗大獃，眞沒說錯；一副愣頭愣腦的傻鳥相，給周恩來玩得直翻腚……」

李會功，這個老兵開出來的一筆帳，清楚得令人驚異。印緬遠征軍，自從史迪威那個搗蛋鬼滾蛋之後，就一直打勝仗，日軍被打得落花流水。老兵講起他們機械化裝備的精銳部隊，自從廣州受降之後，部隊一拉就拉到關外，從熱帶拉到寒帶。「當時，老毛子正趁火打劫，大搶大擄咱們東北的工廠、軍需、機器，還有日本關東軍全部武器裝備。大連、旅順，都被老毛子搶先霸占，岸砲密密排著，不准咱們登陸接收東北。你看，咱們苦苦的跟日本打了八年，東北老百姓打九一八算起，受了十五年的苦，結果，我操他，老毛子撿了個現成的，還強橫霸道的占著中國土地。不讓中國軍隊登陸自己的領土，有道理嗎？……沒辦法，咱們委曲求全，只好改從陸上開出山海關。」

弟兄們一旁聽出了神，一個個長久之計的，坐小板凳的坐小板凳，坐鋪頭的坐鋪頭，安頓下來，比正式正道的上講堂還專注的傾聽著。

「不管怎樣，東北捱老毛子搶得一空，剩下個空殼子，我們還是把失地一城一鎮的收復過來。老毛子是不敢出面開火，小股土共、韓共，禁不住打，仗是打得很順利，預計元月底可以把整個東北光復過來。不管老毛子怎樣賴著不肯走，憑那種爛軍隊——眞的，一點不假，爛得要命，汽車是燒木炭的，走著走著就拋錨，司機得跳下車來搧火。還是怪羅斯福老糊塗，死拖活拽的拉著史大林參戰。老毛子根本就抽不出正規軍，都是些雜湊民兵，還有西伯利亞放逐的囚犯。隊伍那麼毫無紀律，硬不是咱們對手。排長知道罷，照著談判協定，年前十一月底，老毛子就應該撤出東北的，可就是不要臉的賴著不走，存心要等張家口那邊流竄過來的八路軍，好把關東軍的武器裝備交給他們。我們不管，繞過長春，分頭往哈爾濱、牡丹江推進。眞的，排長，老毛子除了耍刁撒賴，眞還不敢跟我們正面衝突。眞的不是吹牛……」

老兵有條有理的談著。對於黃炎來說，等於上一課活的戰史，兵士們也都津津有味的聽著。

「唁，沒想到，一月十三號，停戰令下來！我們就地待命，一動也不能動了。當然，不光是東北，全國都是一樣，部隊從此停下來，等著罷。那時咱們多少軍隊？你們可知道？」老兵問他的弟兄們。「說出來嚇人——全國三百五十四個師，正規軍，這是陸軍；海空軍不算。共產黨哪？海空軍根本沒有，有個軍隊樣子的，拼拼湊湊，連八路軍，帶新四軍，十八個師，連國軍零頭都不到——那些土共當然沒算。想想看，不能比的，入他！可是停戰哪，和平統一啊。咱們看得清清楚楚，你停你的戰，和你的平，不說關內到處捱打不還手，單拿東北九省來說，喪氣呀，老天！當兵的不甘心，天天半夜裡起來，生火烤半履帶的裝甲車引擎，天天都指望著隨時奉令出擊。可是眼睜睜看著林彪那個肺癆鬼，領著大批大批土隊伍，打陝北過來，老鼠搬家一樣，繞過張家口北邊，大股往東北流竄，從老毛子手裡接下關東軍武器裝備，把四野成立起來，前後只兩月工夫——不會錯，兩個月工夫，我可記得準。以後，怎麼說呢，果不其然，三月初，操他，動手了。一月十三停的火，三月初打起來，可不只兩個月的工夫……」

聽著，一種悲劇感的壓力，沉沉壓下來。大家馱著這份鬱憤，寂靜的傾聽著。

「四月十五——這日子到死咱也不會記錯，四月十五，老毛子正式撤出長春城。可是第二天，林彪就用人海戰術把長春吃掉。咱們退出長春——沒有命令開戰嘛，只有退讓。能說國軍沒有紀律麼？沒有命令就是不能打，國家要統一嘛，內戰要停止嘛。當兵的哭啊，哪有不准還手的道理！咱們捱趕出長春，又趕出四平街。老半吊子馬歇爾怎樣？也沒話可說了，只得認爲是共產黨違反了停戰令。可是奶奶個頭的，有個鳥用……」

老兵興奮的述說著，兩個嘴角積聚著小坨兒的白沫。一枝菸抽到底，豁出去的樣子，無暇再分三次來抽。

「說到這兒，咱們也不能一竿子打到底，有史迪威、馬歇爾這兩個老混蛋，也不好把所有爛帳都算到老美身上。說實在的，魏德邁、陳納德，朋友還是朋友，明眼人終歸還是明眼人，國軍增援了七個師到東北，這兩位老兄在運輸上還是出了不少力，幫了大忙，運輸機動員了不少，海上，也出動了不少運輸艦。好啦，增援部隊一到，加上老先生親自飛到瀋陽督戰——他老人家敢是也火透了，不光是咱們當兵的火兒——你就瞧那個士氣罷，五月十九拿下四平街。壓不一個星期，拿下長春。先頭部隊北奔哈爾濱，東下吉林，眞的勢如破竹。那個時候，林彪的土隊伍雖說很夠勢力了，到底完成編裝不久，訓練還談不上，新兵大半部還用不上來關東軍的武器，先前打的是我們不還手，這下國軍發了威，可有顏色看了。好時機啊，再好不過的時機，乘勝追擊，全面勝利眞是近在眼前。可是怎樣？老半吊子又要了他命一樣，一再一再的叫著停戰。想想，那麼個要緊的節骨眼兒上，停戰，那不是存心幫共產黨的忙！我眞疑心他馬歇爾是馬克斯兒子，史迪威是史大林兒子。就他姓馬的、姓史的兩家，害苦了咱們。不說了，傷心傷到底兒。我入他馬家八代，史家八代，十殿閻羅得一層層扒他老小子馬皮，個臭馬屎！永世不得超生的……」

老兵忘形的罵起來。好厚道的一個老實人，若非傷心傷到了家，斷沒有這樣惡毒的道理。那雙垂著眼袋的眼睛，原是長期睡眠不足，經常的赤紅紅的充血，此刻看來，卻叫人擔心他隨時會冒出眼淚來。

黃炎插進嘴去，提到美國國務院，從抗戰後期，就被拉鐵摩爾、戴維斯一派國際共黨所把持，連羅斯福都被迷住了，要不然，也不會訂下雅爾達密約，把中國東北和大連、旅順兩港都出賣給了蘇俄。

老兵愣睜了一陣，似乎在品味著排長所提供給他的這個史料。「那就無怪了，打窩裡爛了……」老兵洩氣的說。又忽然想起來的直著眼，「好啊，那就對了——後來共產黨一再違反停戰令，美國有言在先，調停無望，就答應給我們政府貸款，買武器彈藥。可是咱們在大沽口接到的一批美國運來的武器，你猜怎麼樣？砲沒砲栓，槍沒槍機，接了一批廢鐵。我們還說出了匪諜了呢，你看……」

大家慨歎了一陣，老兵又絮絮叨叨談起「六七」第二次停戰。那以後，戰局就開始江河日下，不可收拾。那是令人不忍卒聞的血淚凝聚的活戰史……

對黃炎來說，那像一團團黏黏的泥丸，一團團的打到心上來。那些泥丸黏上那麼多的憾恨、惆悵，積淤的堵在胸口兒裡，悶鬱得化解不開……

這麼一個整天閉口不語，悶著頭幹活的老兵，看似個迷迷盹盹的獃瓜一樣。尋常輪到指導員上課，這些老兵總是拎隻小板凳往樹蔭底下一坐，你講你的，他沖他的瞌睡。你冷眼瞧著，好扎眼，心裡直罵，這些不知長進的老弟兄，貧乏、愚昧、暈暈糊糊的混日子。叫他們拚命是拚得的；出操打野外，甚麼動作，甚麼情況，都是乾淨、利落、標準、一點都不含糊；唯獨一上講堂，就那麼老大起來，從不關心大環境如何，大形勢如何。他做排長的，也給他們上過不少的課，也是一樣。新兵膽兒小，怕事兒，規規矩矩聽你的。就是這幫老資格，一副不屑的神氣，哏，你那套，少賣罷，比比雞巴毛也比你多幾綹。閒話太多了，打瞌睡已經算是給你留面子，還要要求他們甚麼？然而老兵們果真如你所輕蔑的那麼貧乏、愚昧、暈暈糊糊的混日子麼？你知道的，他都知道。他知道的，你卻未必知道。

臉前這個老弟兄，地地道道的基層那麼一名小小的戰鬥兵，只識槍對槍，刀對刀，眼光再遠，也未必遠出步槍射程之外。而這個其貌不揚的老兵，何等清楚！那麼千頭萬緒的一幕時代悲劇，交給教官們，可以開門課；交給參謀們，可以研訂多少計畫方案；由一個將領來分析，再精闢，再中肯，不足為奇。但這是個老兵。單純的老兵。那麼複雜的事物，到了老兵這兒一過，便都純淨起來。可是卻那麼的鋒利，眞像個打蛇的老手；打那麼龐雜的問題，打在七寸裡。老兵不懂得甚麼分析、研判、枝枝葉葉的麻煩。照著老兵那麼痛心疾首的訴說看來，他自己從書本裡求得的那些，是未經格物致知的假知，甚而至於只是爲著考試而作的強記，比起老兵的這樣融入生命，他的那一些，該是多麼低廉而虛僞的一點點兒知識。

老兵吐訴了那些之後，顯出很愉快的神情。

「連周金才這樣丟人的兵，都挺起腰桿兒來了，還有甚麼好操心的呢？」老兵說著，連忙四顧左右。「喂，周金才，班長可不是老要窩囊你，知道罷！」

「排附嘛，就是存心窩囊窩囊我們大頭兵，也沒甚麼可說的嘛，應該嘛……」

這個一臉重重粉刺的上等兵，回話回到半途，就已被班長樂活活的兜著後心拍了一大巴掌，

「誰派的排附？入你的！」

幾個兵士鬧嚷嚷裡，王義亭下士一派代言人的神氣，替大夥兒說了話：「班長這個大功一立，排附都不要幹啦，要幹就幹排長啦……」

「腳掌呢，還排長！」老兵憋著笑意——那是憋不住的。「你小子要篡位啊？啊？」

「要篡位的，大有人在，輪不到我們啦。」王下士把眼睛往張磊身上溜。

「對啦，這還不是水漲船高，大個子早就摩拳擦掌等得不耐煩了，這下又建了奇功——」

「老子等你的屁股才等得不耐煩！」

「不過大個子要篡的是副班長。」

「志向不大。」

兵士們見班長高興，也都高興得口不擇言的亂嚷嚷起來。

「也別說，」黃炎插了句嘴，「可能升軍官。排長的可能性自然很大。」

於是大夥兒可也有憑有據了，鬧著班長請客。老兵是老實人，給鬧得下不來台。

「請客還太早。」還是黃炎給解圍。「你們班長這一功，大家是要好生慶賀慶賀的。」

「排長！……」李會功意味深長的喊了一聲。那口氣裡，確是有千言萬語要申訴和商量。

「受之無愧就得啦，別迂了。」做排長的握著那份公文，擺一擺，制止了老兵。

黃炎走出來，迎著夕陽和簌簌的秋風，忽覺得自己有所不該。幹麼憑空把人家的希望提得那麼高呢？——當然，升軍官和升排長並非不可能，但並不大，甚麼意思呢！而且從根本上說，這種論功行賞的安排，妥切麼？正確麼？難道沒有施小惠之嫌？不會是近乎玩弄權術？……雖這只是內心的自我指摘，他可以找出許多解說給自己辯護，但卻感到沒有多少意義。彷彿要向一個知友解釋誤會，那是很無聊的。

而無論如何，他是多了一番了解李會功這個士官，這仍是可喜的。就他對於陸軍士官制度和士官素質的一向不滿而言，也算有了一個新的認識，甚至新的信心，這仍然是很值得的。

在過去的日子裡，這些老氣橫秋的士官，在他看來，除掉擁有頗為豐富的戰場經驗，別的方面，著實找不大出還有甚麼比新兵高出一籌之處，而夠得上士官料子。他曾回想到幼時跟著兄長去機場玩，不經意所得到的那些見識。在當時，貪玩、貪新奇，自然並不曾留意和懂得那些。但等到面對這些士和兵不分的現實時，他便不禁在記憶中去認識空軍的士官制度和士兵素質。在機場裡，無論是待命的跑道頭、俱樂部，或塔台、雷達站，特別是修護部門，那裡很少見到軍官，差不多就是士官當家理事了。眞的，那些士官眞當得士官用；地位、職務、技術、才能種種，硬是和陸軍士官兩個族類似的那麼不同。陸軍士官眞的不值錢，一個排裡十多個士官，士不士，兵不兵，連他做排長的都連帶的要感到自卑起來。

然而，從李會功身上，方才有一個新的認識——認知的喜悅，應該說。

他想到中將父親曾說過，圍棋是數學，象棋是哲學。對他的認知——剛得到的新的認識，一時無以言說，在心裡，他給自己設了一個比喻——也許不少人和他一樣，把圍棋看得比象棋高級。實際上，兩者的棋道不是一回事，就如同不同名數不能相加減的道理一樣，怎麼能相提並論呢？而空軍的士官，或者也正是這樣罷——一是數學的，一是哲學的。精密的地勤，和千變萬化的火線，各有不同的所需。

當然，新的認識——認知，並不就是否定了陸軍士官素質的客觀缺陷。但他懂得了，並且獲致了岸然的信心……

參謀本部戰報：九月二十七日六時，至十月一日六時，敵砲射擊金門島群三萬五千九百三十七發。

蔣總統昨在中外記者招待會上闡述金門保衛戰之意義，並表示反對減少外島駐軍，及有關外島現在地位之任何改變。

我駐聯合國首席代表蔣廷黻博士對聯合國大會發表演說，表示我決保衛每寸領土。

美國與中共代表在華沙舉行第五次會談。

中華民國四十七年十月一日

元首的座車緩緩行駛在密植的林間，蔽天的綠蔭裡，路像是永遠走不到盡頭。

這種長於抗旱，適合鹼性砂地的木麻黃，樹齡不算大，然而三兩年卻已成樹了。

人造的森林，或已有千百萬株。風吹過這裡，嘯起濤聲，倒有一種地老天荒的萬古王氣。

喜歡山林和植樹的這位元首，座車駛過，一眼望不到這人造森林的邊際，頻頻的頷首，讚賞他麾下子弟跟他有此同好。

澎湖，這串鐵索一樣盤踞在台灣海峽的連綿島群，被譽爲前線的後方，後方的前線，這裡是支援金門前線的中途站。

砲戰進入第六週，這裡差不多已成元首行轅。元首一個月間六次來去金澎兩地，這是昨天。今日清晨便又秋祭國殤——特別是悼念尚在酣戰中的這次金門戰役安葬在這軍人公墓的陣亡將士，這已不是通常的國家例行祭典。

祭文裡有告慰英靈的新事。元首祭告完畢，特別在那位抗日名將的墓前徘徊良久，方始離去。

那位首先應戰日本侵華的戰將——亦應是二次大戰第一個掏槍反法西斯蒂烽火的鬥士，在這次金門戰役的頭一日，也竟是第一位成仁，那會引人深深感懷的。

座車穿行在人造森林裡，一些吉普車載著盡是當代的軍事精英，隨後扈從著元首。

祭祀，悼思，總是令人低迴。車隊拖曳著寂然的文靜。林梢湧起蕭蕭松鳴，未聞有車輛引擎的吼聲，車行似乎也顯得很緩慢。

林裡，看來盡是沒踝的浮砂，依稀可以聞見沁人的海腥。車隊直放海軍軍區。

陽光彷彿素無季候感的普照在海灣裡，永遠都是那樣不慍不火，遍灑下一海港鮮麗的彩色。在澎湖，這是難得有的無風無砂的天候。

海港外，水平線上點點可數的戰艦在待命。祭文中的新事在這裡準備停當，等候元首親校。

這位在戰場上南征北討，叱咤風雲三十餘載的元帥，要親自來看巨砲裝備。這次戰爭當進入第二週即取得優勢的時際，本可以主動的結束。在唯恐戰爭擴大，已與共同的敵人進行到第五次華沙會談的盟國方面，自是力主迅速結束在他們看來打不出勝負，並且恐懼被捲入的這場戰爭；就是元帥麾下的參謀團也有的因爲重視有形戰力的耗損，而曾具申意見及早終止這場戰爭——特別是軍需儲備可耐一年以上的金門島群，那種在敵人密集砲火中的海空運補，幾乎成爲無代價無必要的冒險和走險。然而這位元首執拗的要把這戰役延續下去，一週又一週的加濃著戰雲，不惜親自坐鎮著前線的後方，後方的前線，以古稀高齡來去日落數萬發砲彈的金門戰場，直到他自己看到他所需要的成就，以及讓他的麾下的參謀眼見士氣打了出來，完成對他們的點化和證實他的企圖無誤——那不光是海、空軍和陸軍的通信、砲兵、工兵、運輸兵，以及擔任搶卸運補的岸勤步兵，即是從前被視做軍屬的軍醫、軍需、軍文，都也愈戰愈勇，愈戰愈是超職位的從不斷創造發明立功裡矯健起來，這才他的幹部們後知後覺的深深體念到這位最高統帥的境界——以戰練兵。至此，統帥方始下達決心，確定用一個絕對優勢的握在手上的勝利，結束一場他認爲目的已達的戰爭。在盟邦害怕支援重轟炸機等攻擊性武器的現狀裡，統帥的這個決心，經過擁有國際地位的彈道和造兵專家的部長先生設計，稟報統帥，裁決採用最經濟有效的方案，購來兩尊到目前爲止，全世界口徑最大，射程最遠的巨砲。現在，巨砲將從這軍港裝載，運往前線。

遙長的海軍碼頭；靠近右端，已爲元首安排了簡單的座椅、几檯，和藍、白、紅三色條紋的遮陽海灘傘。

將領先已到了很多，齊集在碼頭上翹候。驕陽裡，閃耀著一片金飾和金繡。肅然的神色上，見得出這些將領善體他們所追隨的領袖這番但求盡心的至意——因爲這種啓運看來似乎原不必這麼鄭重其事。

從遙長的碼頭上，可以看到右翼海岸一字排列著四艘登陸艦，悄悄的等待著。艦首門朝向金色沙灘大開。啣接登陸艦的跳板那裡，一路向沙灘鋪展開機場跑道那麼寬坦的鋼板。就在那上面，傲然蹲踞一頭大獸——一尊碩大的巨砲。

陽光，給龐大的砲身澆洗了一片蛇藍——油油光光的，的確是那樣，清亮、嶄新，彷彿適從藍色海洋裡浮升上來的一頭獨角鯨，一副酋長的傲岸，乍乍出水，周身似還在不斷的淋漓。

這尊全重五十多噸的巨砲，因爲本身具有自走的性能，所以兼具要塞砲的威力和野戰砲所需要的高度機動。但此刻，巨砲是這樣的沉靜，幾乎還含些羞態。巨砲好像完全自知被重託的使命，自有那副擔當和成竹在胸的沉穩。

以憲兵開道車爲首的車隊，越過一帶丘陵緩坡，駛向海岸而來。但是元首座車卻遲遲的在減速，要停不停的樣子。後面的車隊也跟著慢行下來。

元首座車略略往回倒車，岔上通向右首海灘去的柏油路。

一見這樣子，很顯然，這位統帥不樂意下到爲他準備了的碼頭上來，隔著老遠去眺望巨砲。於是碼頭上的將領們立刻迅速的向海灘那邊運動。

陪侍元首下車的是那位彈道和造兵專家的部長先生。也許因爲隨從元首祭祀的緣故，這位五短身材的「兵部尚書」，服裝特別整齊，不似平時以船形帽爲註冊商標的那副隨便穿著。

元首並沒有披掛五星特級上將的元帥戎裝，只是一身草綠呢質看來頗有些歲月的中山裝，和一頂深灰呢質禮帽。元首拄著裝飾性質的手杖，一路聽取那位部長面報種種，一路頻頻頷首的向巨砲這裡走來。

待校的砲兵和海軍，由指揮官發出口令，和報告校閱項目。

「好……好……開始。」元首撫著帽頂，略欠了欠呢帽還禮。那雙矍鑠的目光，似已迫不及待的從指揮官赤紅的闊臉膛上，迅即轉向那尊巨砲。

履帶式具有自走力動能的巨砲，乍看之下，該是輛在二次世界大戰中也還不曾見過有這麼霸氣的巨型重坦克，又像是一架少說也有起重力百噸以上的吊車。砲管之長、之粗壯，恰似這起重吊車載著一座預鑄鋼筋混凝土的羅馬式圓柱。背著陽光的黑深砲口，可以爬進人去。那是一張呼號的口，宣布甚麼重大事項的完成式的口，單是那履帶上緣，便高過一旁操作的兵士大半個腦袋。

五短身材的部長先生，一直陪侍在元首身側，指指點點的在解說巨砲的諸元和性能。

砲兵們開始在爲他們的統帥操砲。一切都是電動操縱，兵士們反而不似操作一般重砲那樣，不必匆忙得像是早期默片裡的動作，那麼鬼鬼祟祟，神經質的結棍。

砲管以一種山人自有道理的篤定，穩穩的昂升，昂至最大仰度千餘米位，昂然矗立向雲天高處，就那麼傲氣的無言，不求人知的自信著。然後，接著以同樣的沉穩，作八百餘米位的方向轉動，目空一切的兵家氣概，無敵的橫掃千軍之勢。那是砲中元帥，一派尊榮，屬於天闕的威嚴，令人屏息和肅然。這巨砲，彷彿就是這位老元帥的圖騰，以一種指日可下的勝算的旗麾，揮師西進。

砲管定位在那裡，直指晴空，充溢著但憑這鐵腕便可撥雲見日，偃息下台海風暴的一種堅決。

五部裝載砲彈的車輛，也是巨砲的整套裝備之一，看上去和駁車差不多。僅是車身空重，便相當於一般兩噸半卡車的十二倍。砲彈則由履帶起重自動運轉裝填。五百多磅的一發砲彈，也就像人體那樣的大小，橫躺在起重車承運的槽盤裡。

彈道和造兵專家的部長先生，特別向統帥說明，這種巨砲由於具有高度的機動性能，放列時間臨界於零，絕不受到變換陣地時無法迅即發揚火力的限制，尤其不易爲敵發現砲位。同時，爲了達到最高精度所須施行的檢驗射擊，可以免除，故可獲致奇襲和震駭的效果……

在中國的新制軍史上，這位部長先生，留德的哲學博士——英國哲學家羅素的著作裡引用他的論點，德國因而把他從耶魯敦請到漢堡研究了七年哲學——尙是主持軍政的第一個文人。眾將領之能從猶未習以爲常的觀念裡心悅誠服於他，除了他那篤實務實的作風，再就是他這種造兵家的專精和成就了。

操砲完畢，這位古稀高齡的元首，似還意猶未盡，拉著黑色手杖，健步走上海灘。也許元首因是砲科出身，出於青年期的感懷和鄉愁，元首繞行著巨砲一看再看，頻頻的頷首稱好，一面不住的垂詢那位赤紅臉膛的指揮官，有關這巨砲的最高射速，以及震撼力、破片有效區域的橫寬和縱深等等。

巨砲確然是個宏偉的龐然大物。砲身左側的操作台，足可擺下一桌酒席。元首扶著欄杆攀登上去，不知有多疼愛，有多細心的，檢閱整個砲身，繼續詢問身邊的指揮官和那位部長先生極細緻的有關諸元。砲身反射著雖然已至十月卻仍溫熱得很的日頭。指揮官的背上已然滲出兩條倒懸的稻穗形狀的汗跡。

從操作台下來，眾人滿以爲這麼辛苦的老元帥該要回駕了，不料又直奔那邊沙灘而去，顯然還要再去巡視另外兩艘登陸艦。那兩艘艦的坦克艙，另尊同型的巨砲和附屬裝備已經完成裝載。

潮水在漲，艦首大門的跳板已部分浸水。這樣一來，要把兵士們忙壞了，每十多人一組，陸海軍的兵士們夾雜著，合力搬運鋼板，架到跳板上，好伺候他們的統帥通過，進入底艙去巡視。

二〇九號登陸艦的艦首門下，剛架上一塊不及半尺寬的鋼板，另一組兵士正又搬運來了一塊，打算併列的架上去，可是他們的統帥已經等不及的踏上來，因他深知漲潮中搶灘的急迫，不能給他的子弟們徒增困難。

踏上這臨時搭上艦門的跳板，元首不忘給那些搬運鋼板的兵士們揮手，表示謝意。那張白潤如玉而略現壽斑的面孔上十分慈祥的浮起慈愛的笑容。

而左右陪侍的人員，踏不上那麼窄的臨時跳板，便只好蹚進水裡，分從鋼板的兩側跟上去。那位文人部長也不例外，一下子兩隻褲管就濕了大半——個子那麼矮，這一點是要吃虧的，一濕就濕到大腿上。

時已過午，潮水在繼續上漲。

先前停在岸上的那門巨砲，已緩緩的開進坦克艙。待這位元首離去時，四艘登陸艦趕著潮水，已在急忙的收跳板，封閉艙門，收纜，一刻等不得一刻的在倒車入海。那些陪校的將領，隨也紛紛回往碼頭上去。

目送著車隊上路，艦上岸上正待鬆一口氣，元首的車隊繞著環島馬路，不意又折過頭，駛向這邊的碼頭而來。

座車停到了碼頭上，元首下得車來，透過墨鏡，昂首看了看當頂的太陽，隨即交代了身邊的軍區司令，吩咐命令下去，所有陪校人員立即解散回去。元首還特別叮嚀已經濕透了半個身子的那位專家部長快去更衣。雖是他的部屬，他還是以別號相稱，自自然然的一種親敬。若不是心懷慈愛，公務上招喚部屬，職位冠以姓氏便也理當如是；就算免去姓氏直呼其名，也夠得上客氣而近乎一層。然而總還是不夠這親和敬的倫理眞情——那是唯有儒者的人世才有的意境。

整隊，宣布元首交代的至意，又是一番解散的禮儀，元首脫下禮帽，狀至愉快的四下裡招呼一遍，餘下幾位身邊的隨員侍從，這才由軍區司令引至先前準備了的另兩柄海灘傘下休憩。

隨員跟過來，持著兩瓶不知是軟水或特定的某種礦水，似有固定配量，照著瓶上的刻畫，兌在一隻玻璃杯裡，放到元首手邊的檯几上。看來那不過就是一杯清透的白開水。

這位以承繼中國文化道統自期的國家元首，生活方式一向是清淡、嚴謹和儉樸，純粹中國政治家的傳統。然而唯獨從不飲茶品茗的這一端，似又不甚中國。也許，以他那清教徒式的寡欲主義者看來，排斥任何嗜好，會比維護無關大體的國粹，更具高尙的意義罷。

而由於這位最高統帥的行誼，影響所及，軍中多數的將校也都習常於飲用白開水，並且幽默的把這種飲料稱之爲「中山茶」。

大凡一位畢生獻身疆場的老將軍，泰半都有某種或某一方面的頑強的固執罷；這位元帥面向著耀眼的灣港，一直兀坐不動。透過深茶色的太陽鏡，他是那麼密切的注視著港灣內外的艦艇在那裡頭頭是道的運動。

侍從人員送上望遠鏡，元首也沒有理會。那樣的凝神專注，人們或可想像，對那兩尊巨砲，老元帥是這樣的寄以重託。他那樣目不暇顧的執著，似乎必須目送著載運巨砲和護航的艦隻完全消失到視界之外了，方始認可這所費不貲而敵方尙難獲得的巨砲，才得眞確的發揮威力，置敵人於無從還手，完成爲他所期望的勝利，而放下心來。

沒有人好去驚擾他們的統帥，海上約略的起風了，陽光灑在海面上一片星燦。空中有斜橫過大半個天的噴射機凝結尾，和同溫層的半透明的碎雲，這是一個令人飛揚的晴麗的日子……

參謀本部戰報：十月一日六時，至十月四日六時，敵砲射擊金門島群二萬三千一百一十一發。

參謀本部軍事發言人稱，美國以RB-57偵察機兩架，及C119「空中車廂」若干架贈送我國，以增強我空軍偵察及運補潛力。

美國海軍軍令部長並為聯合參謀首長之一的勃克上將，於接受紐約先鋒論壇報駐華盛頓主任杜諾溫訪問時稱：「蔣總統不能放棄那些島嶼，我們不能請求他把它們放棄……。他會守住那些島嶼，但是我們不應壓迫他放棄那些島嶼，或企圖迫使放棄。……這是我們本身安全的基本原則，和我們本身的利益。這是一個基本的理由說明台灣為何應該保持自由。」

美國與中共代表在華沙舉行第六次會談。

美國駐華大使館發言人證實，美駐華大使莊萊德接獲杜勒斯國務卿來函，表明美國對台灣海峽當前危機所持立場，美國無意在面對武力之前，自遠東退卻。

中華民國四十七年十月四日

「班長，四點了……」

凌晨，隔著蚊帳，衛兵剛在李會功的頭頂上輕喚一聲，立刻，兩對面的上下鋪，好像突鬧了地震一般，大事騷動起來。

儘管不可能還有誰熟睡未醒，或者賴床，李會功跳下床來，還是喝了聲：「起床！」

天還很暗。月光倒是蠻幫忙，多少給大夥兒一些照明。

可是因著興奮，很嘈雜。

「造反啦，你們！」班長看不過去，又大喝一聲：「保持靜肅！」

李會功這一聲雖很見效，但卻禁止不了兵士們一面著裝、收拾寢具，一面喊喊嚓嚓的相告；這個說三點鐘就醒了，那個說過了十二點還瞪著倆眼睛，一點睡意也沒有……

只有少數幾個愛乾淨的有心人，頭天晚上攢了點水在面盆裡，端到外面去漱洗，大夥兒都當作非常時期似的，寧可臉也乾巴巴的，口也黏嘰嘰的，只管豎在那兒抽菸，三五個攏在一起窮吹窮扯，等候出發。

隊伍跑步帶到營部，車輛已經分配妥當。黃炎帶的三個班，登上第二部卡車。村子裡百家爭鳴的雞啼，給人一種似夢似醒的恍惚。

夜還很寒，車隊陸續的上路。

貪嘴的兵士已經等不及的嚼起隨身攜帶的乾糧，躲在車犄角裡，好似耗子，喀嗤喀嗤的啃著。月光底下，風，大事鼓動，人像浸在涼水裡，浸得透透的。

車子駛上環島北路，再轉環島南路，直奔料羅灣。

這將是十分艱險的一天。先是興奮，登車之後，便不禁有一種慷慨赴義的誇傲；迎面的大風起兮，似更助長了這樣的氣概。

可是，沒有甚麼，每天每天，都是如此……坐在駕駛身旁的黃炎，和弟兄們同樣的感奮，不過因爲身爲排長，他得有所抑制，不好流露出來而已。但是一經想到每天這樣的時候，總都有許多公差被派到，開來料羅灣搶卸運補物資，他們這不過是頭一回輪到罷了，並非全金門只有他們這一夥兒出人頭地，單獨來擔任這項任務……這麼一想，倒覺得有些可笑，實在沒有甚麼好誇傲的。

他不很懂得這樣的給自己灑灑冷水——還不致構成澆冷水那麼重——會是出於甚麼一種心理……是否自己開始老成中了，或者，已經就是老成了。向來他是很惱人家把少年老成當作恭維來讚許他；好像那麼一來，人就庸庸碌碌，沒甚麼前途可言了。

然而，對於所謂熱血澎湃的蔑視、不屑，這種態度卻又是他所熟稔的。他曾經常被這種態度所取笑，每當他十分認眞的慷慨激昂之際。

那是邵家聖的一貫作風。那麼，近朱者赤，他是否已經感染了這個老兵油子的濾過性病毒菌了？

然而，也不壞，那種作風。

老實說，從反省裡，也曾發現自己一直不自知的在心儀著邵大官人的那種性情。的確，也不壞……好似給自己的不應該，找找藉口。那該是一種率眞罷，起碼，那是有助於某種程度的冷靜的。無論如何，熱血澎湃，總是一種美德；然而卻常常顯得不很絕對；至少是常常留下某些後遺症。在軍隊裡，這種美德的需要，似和個人的官階適成反比。對於邵家聖的性情，在他，如果僅止於心儀，並非刻意的模擬，則縱然受其影響，也是出於自自然然的。那麼，那就未始不可放開胸襟，聽其自然去吸取或排拒也就算了。

但即使如此，邵大官人也還是一樣的傾服和大受感動於運補的場面。他曾向他吹過那些，想必那是不能不傾服，不能不大受感動的場面了。然則，連那樣性情的人，都無以抵擋熱血澎湃了，他們這些凡人豈不是理當感奮和引以爲誇傲了麼……

然而，多麼現身說法！不覺間，這卻又以邵家聖爲準起來——邵大官人既是這樣了，何況我們……爲甚麼呢？爲何那麼樣的不應該，一到了那個老兵油子那裡，就十分的應該了……好像那是個標兵，一點也不高人一等，可是只因他在那裡，被注意著，當你通過他的面前，你就必須因著他在那裡，而改變你的步伐，你的動作……沒有甚麼道理好講。

車抵料羅灣，新鋪的柏油路直插進沙灘，差不多延伸到海邊，大家還沒有發現已經到了；心裡還在等待著車輪陷在沙灘裡的那種滯濁的感覺。

即使坐在前面的黃排長，因防空車燈照射得不夠遠，也不曾發現已經到了目的地。他只知道車子轉一個彎，又一個彎，路線弄得他莫名其妙。車子彷彿又開回頭了，這是往哪裡去來著……才這麼不解的在迷惑著，車子又開始倒退起來。

他瞧瞧身旁的駕駛兵。夜暗裡，靠著車燈的餘光，只看得清駕駛兵側臉的輪廓。

「排長——」駕駛兵臉也不轉一下的低喚他。

心裡好生詫異這個弟兄眞夠靈通，經他暗處這麼看一眼，便曉得他有所疑問，似要跟他解說甚麼——可是車子倒著倒著，停下來——

「請先下車罷。」駕駛兵說。「等會兒下到坡底就不方便了。」

黃炎略感不解的瞧了瞧這位不相識的弟兄，隨即一個人乖乖的下車。

卡車繼續倒車，路面漸漸低進沙灘地層下去。他走在沙灘上，跟著愈倒退愈矮了的卡車朝前走。

海灘上盡是運動中的車輛和人員。和浪濤聲混合著的轟轟的車聲裡，不時吹起惶急的哨子，或呼喚部隊番號的尖叫。掃來掃去的車燈很暗淡，好像一對對睡眠不足而至發炎的眼睛。但人的視覺還是讓它們給吸引著，以致多少有些照明作用的月亮，被冷落在斜西的天邊，沒人去理會。

他傍著倒退的車子往前走。車子像要倒退進地道裡，他和車上的弟兄們差不多一般高了，車子煞住，停了下來。

他跟車上的弟兄們招呼了。車尾欄板放下，正好平落在地平面上，弟兄們用不著跳車，如履平地的走出卡車來。

大家稱讚不已這樣的設計，要給這玩意取名字。

「也是十九團的罷？」聯絡人員過來接頭。

「對，十九團第二車。」

「請過來集合，分配任務。」

黃炎把隊伍交給李班長，留在原地待命。他自己隨同聯絡人員過去，會集同團的另三位帶隊的排長——有一位似乎是副連長。

好似劃分戰鬥地境線——然而這豈不就是戰鬥——任務分配和說明都極簡單清楚。由他帶隊的這三個班，將負擔此刻還見不到的黃旗與藍旗之間的搶卸和裝載任務。

聯絡人員給他們說明了，他再回來給弟兄們宣布。海岸上黃、藍兩面旗子，相距兩百碼左右。在這個區域裡，無論搶灘的LST，還是LVT——他照轉聯絡人員所說的，當然，碰上LVT，所謂水鴨子來照顧黃、藍區，那是走運、省力太多了——立即以最迅速的方式搶卸，搬運到這邊黃旗和藍旗之間的車輛上。如果砲擊太激烈，便暫時到後面三百碼處黃旗和藍旗之間的掩體裡去躲避，待機繼續搶卸。

現在剩下的問題是，黃、藍區裡，搶灘上來的可能只是兩艘水鴨子，也可能一下子湧來三四艘登陸艦，接著又是另一舟波的大批水鴨子。既然這樣的無從掌握，那麼，要不是閒的閒死，便一定忙的忙死；或者不是人員過分密集，反而窒礙了行動迅速；就是人員不足分配，搶卸耗時，徒然增加了艦艇和物資受損的危險機會……

時間還早，海上除了暗霧，甚麼也還沒有。他和三位班長就著沙窩坐下來，吃著乾糧，把可能的情況一一作了假想，針對著分配人力，彼此留著腹案來應變。

坐等著，大家又聊起不知哪個這麼會動腦筋，想的絕招，設計出這樣的車道。在鐵路上做過工人的那班長，說這和火車的「端木月台」很像。但還是另給它取名叫「卡車月台」。也有人叫它「陸軍碼頭」、「旱碼頭」、「卡車交通壕」。

「車停在裡頭，奶奶的，輪胎都保了險——破片包打不到。」李班長說。

「引擎也保險了。」

「所以說，這中國人哪——」臧雲飛瘟瘟的接過去：「不動腦筋則已，動起腦筋來，硬是要得，愛迪生也要改名換姓叫愛迪死了。」

「那牛頓呢？」宋副班長冷冷的問。

「哪還有啥子牛頓吃的飯！——牛腦殼兒嘛鈍鈍的。」四川土腔一經誇張，就很逗笑。「愛因斯坦也只得捲鋪蓋兒，氣得把毛毯都撕爛個槌子的嘍。你們大家還都不曉得！」

……

大夥兒扯鳥蛋的樂著，卡車的駕駛也過來湊起熱鬧，告訴大家說，發明這個「旱碼頭」的，是個工兵連連長。就因爲這個發明，記了一大功，又得了作戰獎金。

「我們這裡，讓我介紹一下，也有一位。」那國璋伸手去，狠抹了一下李班長的後腦杓。「活捉了水鬼，也是又記大功，又領了作戰獎金，馬上要升官兒了——」

「去你奶奶的。」李班長回敬了一拳過去。「亂摸亂摸。鬼手洗了沒有——一夜過來！」

「眞還忘了洗，摸了一夜老雀。」

「剛還又摸了一下——老子親眼看到的。」臧雲飛也插來一腳。

班長級的玩笑，對弟兄們最具啓發性。大家又是一陣譁笑，都跟那班長學著，你搶我的腦袋摸，我搶你的腦袋摸，都緊跟著聲明還不曾洗手。沙窩兒裡，整團兒的倒的倒，爬的爬……

「稍微靜肅一點兒罷。」做排長的明知掃興，不得不干預一下。他是把語氣盡量放緩和一些。兵士們的喧鬧，稍稍偃息下去。可是隔不多遠的沙灘上，也是轟然的一陣嘩笑揚起來，揚得很高，還帶著掌聲，零零散散的落下來……。那和岸邊的浪濤一樣，洶湧上來，多大的氣勢，要捲到天上去了，又頹然的衰落下來……

這樣子，差不多像在舉行月光晚會了。

卡車駕駛聚來好幾位，都是躍躍欲試的大賣他們的先進經驗。就在一位駕駛指著的那邊路上，好幾對車燈蠕蠕的過來，一看便知是小型車。駕駛兵跟大家說，那是海軍的一位副總司令，每天坐鎭在那邊面海的掩體裡，親自用無線電話指揮艦艇。

這位駕駛兵很有見識——但也許是東一句、西一句聽來的罷。他說，本來，讓一位副總司令在這裡指揮，未免過分。而且那座沙窩裡臨時趕築的掩體，也太單薄，犯不著以副總司令之尊，天天那麼冒險犯難。可是兩天前，一艘登陸艦，補給物質還不曾卸完，鍋爐艙附近中了枚砲彈。根據判斷，即將引起連鎖爆炸。那是間不容髮的危機。可是這位副總司令很有魄力，當機立斷，除了指揮鄰艦從速駛離現場，退回海上，立刻下令給那個中彈的登陸艦艦長，全艦人員一律撤離——搶卸的陸軍部隊，當然更不用說。按海軍的權責講，棄艦是椿比天還大的要事，需要得到海軍總司令准許。但當時的情況萬般緊急，不容許電訊往返。只因這位副總司令坐鎮這裡，敢於負起這個責任。結果，全艦除了一位鍋爐間的輪機士，沒能來得及逃出，所有人員全部安全上岸。不然的話，整個軍艦爆炸了，後果眞將不堪設想，不知要傷亡多少海軍官兵。

「天亮就可以看到，在那邊。」駕駛兵指著一個方向說。「整個一艘登陸艦，全都紛紛爛碎了，兩天下來，還沒清理完……」

兵士們開始胡亂猜想，有的認爲這位海軍副總司令，要受越權的處分。另一派則堅持應該動獎。正好又可以打賭了。

不過，是獎是懲，賭這個輸贏是很難分曉的。

兵士們問起排長來。

做排長的聽見了弟兄們私話：「排長說獎就獎，說懲就懲……」他想了想，插進嘴去說：「這位副總司令既然肯負責任，當然不會計較甚麼獎，還是懲。就是觸犯了刑法，救了那麼多人，吃上官司也還是心安理得的，是不是？」

兵士們於是偷偷爭論起來。押懲罰的一邊，咬定了排長認爲要受懲罰，逼著對方拿香菸出來。另一邊當然不肯，硬說排長不過是打個比方，不能這麼死賴皮……兩下裡各不相讓，那是永遠撕扯不清的。

「所以說，有位副總司令坐鎮在這，又這麼敢作敢爲，」駕駛兵硬還要拉回到自己原先的話頭上。「還是很頂事兒的，別說。」

「差不多了；副總司令一到，船是有消息了。」另位駕駛兵說。

「那是不見兔子不撒鷹的。」

「今兒陰曆幾兒了？」那國璋注意到了月亮。

「天亮二十二。」臧班長帶著無來由的歎氣說。

「說你老百姓，還不服氣。日子是打零時算起，還是打天亮算起？——老百姓一個！」

「老百姓不要問陰曆吆。問陰曆嘛，操他，就得照老規矩——天亮才算又一天。龜兒子，曉得規矩麼？淨怪老子『養不教，父之過』，要不得的——」

「嗳，對對，那我認錯就得啦……」

鬧鬥嘴的功夫，左方遠天上，連連升起好幾個鮮紅的火球。

海灘上被引起一片叫聲。

「嘿，到時候了……」駕駛兵說，拍拍屁股站起來。「注意點兒啦，各位。」

接著，那個方向傳來四五聲遙遠的悶響。

「圍頭那邊？還是蓮河？」有人問。

「問早安來了……」

「眞問早安來了——ㄍㄨㄥˇ！ㄉㄨㄥˇ！ㄇㄠˇ！ㄋㄧㄥˇ！……」離去的幾個駕駛兵裡，一個寶貝好像用以自娛的這麼自語著。弄不清他是用砲聲形容good morning，還是用good morning來形容砲聲。反正那個寶貝是把自己逗得很樂，留下唧唧嘎嘎的笑聲。

大夥兒在注意正面海上。

月亮很衰弱了，不圓不扁的懸吊在西天上。雖然看來脹得很大，卻是一臉浮腫的病容。

海上有霧，能見度很低。

「大家都請多多留意各自安全……」聯絡人員閒閒的走過來，閒閒的囑咐著。

「鬼東西，這麼機靈。」老兵罵著敵人。

「雷達罷。」另一個隔了好一會兒，應著說。

焦灼的等待裡，說話是愈覺冷冷清清。

「還早。」聯絡人員說。「就是現在換乘LVT，也差不多還要一個小時。大家盡可能多休息——」

正這麼說著，海上，似乎貼近遠處的水平線那麼低，快速的畫出一條又一條閃亮的弧線……那是隻看不見的孩子的手，在黑板上壞脾氣的畫著粉筆。且畫且擦，且畫且擦。

無數的弧線，間或在結尾處閃出紅色的火團兒。

這才聽見圍頭方面發砲的響聲，密密麻麻，炸玉米花子似的，聚成窩兒的崩裂著。

海上另又一組一組的畫出整束整束的弧線，短得多，也急促得多，卻不是從圍頭那邊拉長了過去的。那些染有彩色的弧線，非常紊亂的，在黑黑的海天間持續的鬼畫著。

海戰發生了，大家緊張的觀望著。

那是護航的戰艦還擊罷，反方向的弧線大量的發作，色彩撩亂而緊急。

「操他媽，出動了不少砲艇，看這樣子……」聯絡人員寂寞的自語。

海上傳來的是嘈雜的爆裂聲、沉重的、清亮的、悶濁的，連發或單發的……不同的震響匯聚著，誰都要插一腳的鬧在一起。

「揍啊，狠揍他妹子的……」廖樹穀下士狠狠的罵著，掄起雙拳，狠狠的一下下相擊。兩隻拳頭不知哪隻是敵，哪隻是我。

「一個都不要讓它跑掉，龜孫子！」

「小砲艇來打驅逐艦，不是找揍！」

「以卵擊石。」

……

兵士們像運動會看台上的觀眾，用不上勁兒的著急著，只有猛加油的份兒。

海上這樣往返交織的彩色弧線，像是甚麼鋒利的尖刀，來去急切的亂劃在一面黑色大幕上。從劃破的細縫那裡，漏進來幕外的五光十色，不斷的爆著火花。而那些精細的縫子，隨劃隨又密合了起來，是劃在橡皮上。

設若這不是戰火；或者，設若不是敵我相搏的激盪之情令人發癲；或者至少這是一場軍事演習，那將是一幅多夠喜慶之美的構圖。

島上的砲群開始還擊，整個金南區砲聲震天價吼叫，地面跟著搖動。這是最令陸軍大兵們大快人心的了。

天色在不覺間泛白，海仍還沉在迷失的夜霧裡。聯絡人員說，天一亮，那些砲艇或魚雷快艇就得趕快逃走。現在沿岸許多防空的高射砲，都已兼用作防海的平射砲，打砲艇和魚雷快艇，最是夠味不過；因爲是雷達直接瞄準，命中率高得驚人，最是敵人海上的剋星，這也是空軍地面部隊的一項新發明。

兩岸，以及艦砲、艦上的機關砲等的砲擊，似乎漸漸有些衰疲了，但海面上的空炸砲聲一點點近過來。

月已沉落到大陸綿亙的山脈裡去。

暗裡雖瞧得見岸邊的白浪，聽著濤聲也很近，此時才在曙光中發現隊伍離海灣約三百碼左右，而那些插進海灘的「端木碼頭」卻在他們前方百多碼處。兵士們都感到詫異，都說轉了向還是怎麼，暗裡，一直以爲從碼頭那裡下了車，就是待在原地待命，弄不清怎麼退到這邊來了。

有的弟兄發現了這個，耐不住要往前移動，但被他們按兵不動的排長制止了。

從這裡回頭望過去，寂靜的沙灘上，平行的四條灰黑水泥路，從坂頭遠處的樹林裡，四股叉似的伸張過來，插進海灘。每股叉齒末梢的這一頭，再分出許多枝椏，每根枝椏末端，便是這種卡車月台。從月台裡頭各各露出車身欄板和一部分駕駛座間，看上去，那些高出地平面的車身欄板，好似一路排著擺放整齊的公園露椅。

天亮得很快，海霧也撤退很快。

但遠處貼近海面的彈煙，黑騰騰的代替了海霧，似乎海戰仍酣。

左方，料羅或下湖的對直線上，發出整串砲出口的震響。在充耳的砲聲中，那是與眾不同的異聲。接著，非常兌現的，彷彿伸出左臂，從北碇離島那裡延伸出去，砲彈排成直線的一發發爆過去，炸開乳白乳白的濃煙，一直向海心延伸過去。

「煙幕彈嘛。」兵士們說。

乳白的濃煙，繼續向外海延伸出去，形成一面龐大醒目的雪牆。化學砲持續不斷的補充著煙幕彈。做排長的告訴弟兄們，那是掩護艦艇登陸的彈幕，用以遮蔽蓮河一帶敵人的觀測……

講著話的工夫，海上砲火的濃煙裡。掙脫出第一舟波的水陸兩棲戰車，一排五輛，拉開得老遠。從岸上遠遠的望去，只像一小方、一小方的黑木塊，漂浮在水面上，排列得很整齊。緊接著，第二舟波、第三舟波……許多舟波次第出現。

「我們可以往前推進了。」黃炎排長交代三十位弟兄。「眼觀四面，耳聽八方，放靈活點兒。各組絕對不可以分散，要保持機動……」

三個班，已經分做六個組，各由班長和副班長分別率領，帶到第二線的黃旗和藍旗之間，照著他們排長指示，六個組等距離的擺開。

再望向海上時，水陸戰車另一路從極右翼那邊展開登陸的陣勢，也是一舟波、一舟波的排得整整齊齊，眞有一種堂堂陣容的味道。海面上差不多已經布滿了這一小方、一小方的黑木頭塊。約莫估計著，少說也在二百輛以上。岸勤的弟兄們都在摩掌擦掌，一個個跳跳蹦蹦，彷彿接力徑賽準備接棒的選手，好不焦灼的等待著。

雖然四二化學砲築成的彈幕，遮住了敵人的觀測，但從海上到處散漫無章的落彈，見得出敵砲盲射一氣，距離目標出入很大，但在各舟波橫成的方陣裡，仍有不少落彈，到處空炸著整團整團的火煙，或者聳起高高的雪柱，使得岸上的人提心吊膽得要死。

「得啦少爺，又不是閱兵，散開點嘛……」李九如大個子蹲在那裡，瞪著那些整整齊齊的舟陣，急得直抓腳底下的沙子。

「加足馬力衝呀，夥計！」

「我看這玩意兒，叫是叫做水陸兩用——哼，水裡，可沒甚麼咒兒好念。」他們的那班長說。

「你們還不知道哩，」那位一直鰾在附近的聯絡人員——現在看清階級了，輜重中尉，跟那班長這個五人組說：「這種LVT，最缺德的是安全航行時間只有一個半小時，超過這個時間，機件排水就會失靈，上不巴村，下不巴店，那才要命……」

「菩薩，可千萬別來這個。」那國璋望著海上，雙手合十的禱告著。

「菩薩保佑，菩薩保佑。」張烈也在念叨。

「這要給媽祖娘娘磕頭才行……」

一陣陣鼓動上來的戰車馬達吼叫，間斷的傳來。岸上的人看在眼裡，只覺得這些戰車，硬是一點速度也沒有的樣子，愈近，看來愈是隨波逐流，無能爲力的漂浮。把它取綽號叫「水鴨子」，眞是叫絕了。活像孩子們玩的塑膠鴨放在水盆裡漂著，然後搖動水盆，就只見小鴨子六神無主，隨著水晃盪。

在岸勤的陸軍弟兄們密切注視中，忽有一發砲彈拔上去高高的水柱，硬把一輛水鴨子凸起來，幾幾乎就掀得肚皮朝天了。登時，引發了海灘上多少人同聲驚叫，天塌了一般。

那邊，臧雲飛那麼個酸酸的瘟雞，也情不自禁大搧合著翅膀，揮起兩臂直嚷。他自己都不知道嚷的甚麼。

人們光注意這些受苦受難的兩棲戰車，遠處，濃煙裡，不知不覺一排三艘大型的船艦出現了。

「嬢，嬢，不碟不碟……」李班長似乎發現得最早，岔了聲的叫起來。

待大家注意時，已經是四艘。

對李班長急不擇言的叫嚷，只有王義亭懂得那種土得不能再土的土話。「聽見沒？我們班長又講土耳其話了。」王義亭下士，給他的班長下注釋，那個意思是：「你望，你望，不是的啊，不是的啊。」

班長睨了他一眼。「跟大人學甚麼嘴！」

「我們班頭啊，」這個下士有點得寸進尺。「他那個地方，說話最簡省，猛加apostrophe。不信，你們留意聽好了，兄弟隨時為各位服務，負責翻譯——」

「放甚麼洋屁！」

李會功臉紅紅的，翹起老厚的嘴唇，也不好認眞追究那句洋話是怎麼糟蹋了他。

大家還以爲那是護航艦，送佛送到西天的多護航一程。漸漸才見出艦身很寬，甲板以上的裝設比較簡單，才判斷是LST。

「各位，三生有幸，今天規模特別大，各位可要狠狠辛苦了……」輜重中尉雙手罩在口上說。

「沒關係，敞殼兒幹。」那國璋回應了中尉。

水鴨子陣愈近，愈往左偏去。

煙幕彈背後，太陽似乎上升了，雪白的彈幕上，一遍一遍的透著粉紅的暈色。天上晴得反光的稀薄的白雲裡，一圈圈畫著平行的三條噴射機凝結尾。

砲擊雖是盲目濫射，還是跟進著向海岸這邊移過來。那些滾鍋粥一樣的水柱，這裡豎起來，灰心的落下；那裡又豎起來，一塊石頭落了地的垮下來。灰藍色的大海裡，到處聳出白花花的銀樹，又似人造的噴泉。在聳起數丈高的水柱略一發獃的瞬間，那是雪花似的刨冰，積得那麼尖尖的、高高的、陡削的……隨即，一塌呱子垮下來，融化了，乾乾淨淨的重又融回海水裡去。

砲彈迸散的水花，有的已經濺到岸灘上來。

水鴨子方陣愈向左翼偏去。

余琦那個小五短，大搖著頭歎氣：「完了我看，我們沒有生意了……」

「應該勻開來搶灘，那麼擠在一起！」崔志峰上等兵說。

「你瞧，部長，」喬頌安隔著一個崔志峰，勾過頭來衝著余琦說，「早要知道這樣噢，把你阿妹帶來，站在我們這個區域，水鴨子一定都往我們這邊開過來。」

家裡有個漂亮妹子，總是令左右鄰兵念念不忘。

「去你的，禿子！」曾有過尿濕了褲子紀錄的喬頌安，也是令人無法忘懷的。

「嗳，梁紅玉，你們知道罷，韓世忠的——」

公認的寶貝關紹昌，話剛說到一半，一發冷砲落到海灘上來，兵士們立刻臥倒。

只顧著饒舌，砲彈爆開來，大家才本能的就地伏下。

大量的砂子，先是整坨整坨著力的打在人身上，然後，另外再自空中紛紛灑落，下著砂雨。

半晌，聽覺上一片空白……

喬頌安首先抬起頭，傻瞧著不到十碼遠的彈坑，幽幽的罵著：「我操他親娘的……」

兵士們都在跟著罵，拍打著身上乾的砂和濕的砂。

戰車的吼聲，忽然之間，不同凡響的震天價發威起來。

第一舟波已經在遠處上岸，好似可也脫離苦海，大吐一口悶氣，加足了馬力直衝上沙灘。看過去，登陸的地點，和他們這邊還隔著四、五個岸勤區。那邊的兵士們開始迎上去，有人舉著長桿的小旗子在那兒指揮。

大夥兒都先後站了起來觀望，叫人瞧著眼紅，那些岸勤的兵士，好像可也中了獎，一夥一夥的攏上去，犯了搶的猛掏水鴨子肚裡的五臟六腑。

第二舟波一登岸，立刻向兩側分散，鄰區的兵士也走了運，有的甚至蹦著跳著迎上去。廖樹穀這位副班長領的弟兄，開始計算起來，像那樣的話，後面的舟波繼續向兩側分散，最後是否能勻出一兩輛輪到他們這邊來。

大宗的砲彈，傻瓜一樣的紛紛落在空海上。那一帶，又像起開了鍋的粥，咕嘟咕嘟的翻滾。

「瞧，龜兒子，」曲兆修副班長忍不住的罵：「白在那猛砍椽子，也不怕腎虧……」

「太可惜了就是；砲彈皮我們撈不到了。」關紹昌還在伸長了脖子，抖著領口裡的落砂。

「怎麼樣，你說梁紅玉——」

「還梁紅玉！涼了，不談了。」關一等兵拿白眼珠睨了崔志峰一眼，好像認為過了這半天，還提這個，眞有點不識相。

大夥兒都在乾巴巴的瞧著那邊熱熱鬧鬧的卸貨，看樣子，他們這邊是沒有多大希望了；那些卸空了的兩棲戰車，直奔內陸開去，後來的搶灘戰車就抵那些個空，不再朝兩翼分散過來。

再看右方那一大群水鴨子，離他們這邊更遠，更沒有大指望。

黃炎問起負責聯絡的輜重中尉，像他們這樣派來的岸勤隊伍，過去有沒有過一輛LVT都不曾接到，以致白白的跑來，愣在這兒失業了一整天，好像參觀似的只管看著別的區域在那裡風光……

「別忙，少尉，他們海軍自然會指揮，大家要均攤任務的。」中尉指了指正面看來慢得要死的四艘登陸艦。「瞧罷，說不定就來光顧我們這幾個區了。放心，就是想躲也躲不掉的。」

「那就好……」副班長宋志勳一旁聽著，眞就像心上一塊石頭落了地似的，舒了一口大氣。

「可是，接LST的話……」輜重中尉又說：「也不知道該說你們走運，還是不走運，那要累死人的……」

「那才叫過癮哩。」上等兵邱勝芳抱著雙臂，斜身站著，說過這話，換了隻腳來稍息，身子向另一邊斜去，不知道是甚麼用意。身體扭曲得變了形。

左翼那邊的兩棲戰車，還有四五個舟波在驚濤駭浪的海上掙扎前進。但人們發現，有輛戰車，獨自一個落單在舟波的方陣後頭，似乎發生故障了。

「操蛋，操蛋……」鄰區也有人發現到這個，大驚小怪的直嚷。

「這下子不是要命！」

「沒有甚麼不得了。」中尉放下望遠鏡。「每一回，總會有一輛兩輛熄了火的。」中尉又看了一陣望遠鏡說，艇上有人下海在搶修排水器。

「我老天爺！」林印水下士瞧著那個情況，半張著口，傻瓜一樣。

尤其，拋錨的水鴨子附近，又一連落了幾發砲彈，眞叫人乾使勁又使不上勁的急切。

歸正義這個山地籍的娃子，兩手猛搓，說不出話來，只在那裡鑽木取火。

還有叫人把心提在手裡的——敵人的砲擊雖稀落得多，但是很明顯的見出，敵砲開始在集中火力，對付那四艘登陸艦；接近海灘這邊，清清楚楚的沿著一條橫線，一砲砲的在吊著，形成一道封鎖線。四艘登陸艦要搶灘，就得衝過這道封鎖線。

「看怎麼鬥這個法罷……」何尚武喃喃自語。這個上等兵，從前是二號胖哥，孔瑾堂調離之後，他是升等了。

鄰兵段福元，則在那裡苦嘰嘰的頓足。眼看著登陸艦就快接近封鎖線了，「怎辦，怎辦，幹伊娘……」跺著腳，口裡這麼直叨咕。

「還早哩，還早哩……」頭號胖子喃喃著，不知要安慰自己，還是安慰誰。

「再早，也得闖這一關哪。」

實際上，除非鳥瞰，像這樣登陸艦和砲火重疊在一個水平面上，誰也估不透兩者之間距離多少。

「他媽的，弄得不好，登陸艦要往兩邊岔開了。白巴望半天，上了門的生意又吹了。」

「曖，買賣恐怕又做不成了。」張簡俊雄隨聲附和的說。

「你們還買賣哩，人家都在那兒拚命啦。」他們的副班長崔志峰噌過來一聲，一面緊張的注視著即將闖關的登陸艦。

島上的砲兵，敢情是接受了海軍求援還是怎麼，本來已是疏疏落落的射擊，忽又重振聲威的在向左側對岸發砲，努力要把海上的封鎖給制壓下去。

登陸艦沒有轉變航向的跡象，大家憂心而振奮的等待著。

右側的另批水鴨子，已經開始在搶灘。那邊倒是一片平靜，幾乎沒有一發砲彈去騷擾。陽光在那邊敷設得非常均勻，海是打了粉子的藍。敢是有一處凸起海面的礁岩，目視不到；只見那裡很規律的，每隔一小片刻，便一轟而散的激起好高的浪花，輻射的大大噴將開來，白花花的耀眼。起先，他們還以為那是落彈。

也許出於疑心，經過島上大事還擊，敵砲著意構成的那道封鎖線，火力似乎漸見衰竭。起碼，彈煙和水柱，稀疏多了，不時留出極寬的空隙。

看上去，登陸艦們應該是有機可乘了。敵砲想補充那些間隙，似乎也頗欲振乏力的樣子。

登陸艦仍然那麼笨笨的蠕動，你急它不急的一副瘟相。令人懷疑是否已停在那兒不敢前進了。

封鎖線上雖有極寬的空隙，但每處空隙卻是為時很短，要鑽空子衝過來，也絕不容易。

從左向右數的第二艘登陸艦，首先衝向封鎖線。剛爆炸的彈煙，明顯的裹向艦身。看得出來那艦上的艦長必定很刁鑽機靈，艦身略偏了偏，朝著彈煙最濃處衝過來。陸軍的弟兄們體會得出，那和他們往彈坑裡躲，應該是一個道理。

但那仍然是生死存亡只在刹那間的懸蛋事，叫人捏一把冷汗。陸軍岸勤的兵士們瞧著這光景，齊喳喳的驚叫成一片，只恨使不上勁兒。

至少，這一艘是安全脫險了。

「娘咧，我不要看了。」李九如大個子苦兮兮的說著，眞就背過身來。「再看下去，我要得心臟病死翹翹了。」

「白長那麼大塊頭。」翁克棟笑他。

「人大膽兒小。」

「那東西也小。」冷上一會兒，鄰兵姜永森接上一句。

「小不小的，你這麼清楚？——嘗過？」李大個子背仍朝著海，臉也沒回一下的說。

接著是左數第三艘登陸艦在闖關。

岸上的人屏息瞪著眼睛，等著開寶似的瞅著。又是一番重複的提心吊膽。登陸艦是其慢無比，擂鼓喧天的翻騰，它還是我行我素的寧可濕衣，不願亂步。岸上和海上這麼對照，眞有點兒急驚風遇上了慢郎中那麼個味道。

登陸艦從砲火的水煙中慢吞吞的出來。

大家沒再叫，鬆了口氣。

但立即又一片亂嚷。那艘艦靠右舷的一側，帶著股黑煙。雖然煙勢不大，總是一定中彈了。

李九如忍不住，還是回頭過去看了。

「沒關係，走得還很平穩。」張磊好像在說吉祥話，流利得自己都沒甚麼把握。

「不平穩那還得了——不是沉啦！」謝水牛不大識相的說。

「噢？你懂得？你幹過艦長是罷？」

「謝水牛幹過艦長——的兒子。」黃偉明拾過話去。

「你才幹過艦長孫子哩。」謝水牛占了便宜，咧嘴笑。

「噢，都會笑啦，抱來給爺爺看看。」

「人個水深火熱的，你們還笑個鳥！」李會功班長喝叱著，臉子拉得老長。

中了彈的登陸艦，拖著黑煙繼續航行，這把陸軍兵士們糾著心的注意力全都吸引了去，對於隨後闖關的兩艘，倒是沒有多少餘情去關注了——另外那兩艘業已安全的突破了敵砲封鎖，很快就超到速度顯然在減低的第二艘登陸艦的前面來。

中彈的登陸艦，方向正對著他們這個黃藍區。在黑煙漸漸淡下去，可以看到甲板上水兵們忙著滅火的操作時，就更確定這艘受了難的艦，萬無一失是他們這個排的了。

砲擊漸向海岸移過來。

「二二六！看呦，二二六！」張簡俊雄跳起來。

「二二六，眞的是二二六！」

有的兵士還不曾弄清楚這是怎麼一回事。艦首上白色編號確是「二二六」，然而這也值得這麼歡呼麼……

分開的六個組，感染了流行症似的，一一的傳過去，你一嘴我一舌的呼著二二六，二二六。

「老子回去就買愛國獎劵——一定中特獎。」張簡俊雄以第一個發現這「二二六」自居，高興得要死。

「那我中二獎好啦。」鄰兵林印水，跟著樂得直搥他後心。

那個叫人像地獄一樣難熬的海上長夜，現在又成爲叫人珍惜的回憶了。兩個人並排在挺烤人的艙底鐵板上。這一個講他將來一退伍，就要和阿妹送做堆的難處。一直像親兄妹一樣的好，怎麼可以呢，很叫人噁心的……那一個則還想回鐵路上去混混。當然，再做泡茶的車僮就沒甚麼出息了，起碼能在餐車上跑跑，學著做點西餐甚麼的……兩個人的共同回憶，且又有點患難之交的味道，二二六號的出現，使他倆忽然分外的親切起來。

二二六號登陸艦昂昂然向海灘進展而來，一副肅穆莊嚴的氣派。似乎中了彈很失面子，現在和岸上的陸軍漸漸接近了，一定要強挺起勁兒來，多挽回一些自尊才是。不過拖在艦身一側的黑煙，已愈來愈稀，不算甚麼一回事了。

和二二六號艦他鄉遇故知的一陣激奮過後，張簡俊雄和林印水說著說著的，拉扯上了孔瑾堂。那個海上長夜，孔瑾堂是到處吐得一塌糊塗，惹得沒有一個人不是把他討厭個死。他倆做鄰兵的，更是近水樓台先得「穢」。他孔瑾堂那麼早早的就走了，好像就因爲大家都討厭他，連造物主都覺得造出這麼一個不得人心的小人物，很不好意思，不得不把這個黃胖子早早的收回成命。

兩個人每聊起這個來，都很內疚沒有稍稍的好待一些這位夥伴。不管怎麼樣，他倆受害最重，厭惡也最深，當然，罪過也應該最大。這使兩個人沉默了下來，都懷著點兒心病，時而不安的互看一眼，心照不宣的搖搖頭，苦笑笑。

臨時，做排長的又調度了一下。因爲三十位大員如果一起擁進一艘登陸艦去搶卸物資，必定顯得壅塞，影響行動迅速。而且裝車很要緊，如果不能充分運用卡車上的小小空間，只顧把物資搶著往車上亂塞，一部卡車拖不了多少東西，這是他剛才沒有顧慮周延的。於是他留置曲兆修副班長領的第六組，跟駕駛們合作裝車。三個組進艙搶卸，兩個組留在海灘上轉運。聯絡人員，那位輜重中尉衝他直點頭，同意他這麼調配。

登陸艦像隻燒木炭的老式熨斗，熨在打著大縐的藍底白花緞子上。艦後是不斷湧上天去的水柱或水霧，和濃濃的彈煙。

登陸艦熨向海灘上來。岸上有個海軍軍官跑向前去，仰著臉，手罩在口上喊著探問艦上的情況。

艦首上，一個個穿著臌臌的救生背心的水手，頭上戴著大鋼盔，又肥又蠢的像些橄欖球員。有幾個擺著雙臂答覆。弄不清那意思是艦上安全無恙，還是聽不清岸上問他們甚麼。似乎後者的可能性比較大，因爲岸上也聽不清他們在嗒呼甚麼。

登陸艦在一陣重濁的機械運動響聲裡，鏟進沙灘裡來。海水一下子氾上來好遠好遠。那位海軍軍官連退數步，還是被濺濕了半個褲筒。

看得出來，艦首還在貪心的不肯罷休，一再使足了力氣往前鏟著，鏟著。

輜重中尉面向著登陸艦，平舉著雙臂，阻止背後的岸勤士兵向前挨進。在迫近的砲聲和掀騰的水聲中，兵士們焦灼的等候著。

艦首兩扇大門緩緩的向外張開，接著像條大舌頭的跳板也是那麼慢條斯理的朝沙灘壓下來，要給醫生看舌苔的樣子。整個的表情看來，彷彿是個頑皮的孩子，伸舌咧嘴的扮著鬼臉。

一切穩妥了，輜重中尉的兩臂，試了幾試，這才斷然的揮下。

眞像是一群餓鬼放了生，五個組一齊奔向前去，其中三個組鑽進坦克艙。像找到了甚麼寶藏，興頭的不知窮嗒呼些甚麼。

沙灘上開始落砲，這裡一發，那邊一發，到處下著沙雨，揚起沙霧……

開始是一束束鋼筋，兩人一組的抬出來。岸上的兵士等不及的迎上去，搶劫似的，接過來抬著就跑。

大口徑的砲彈落在附近，沙霧彌天，一時對面看不見人。但是一對對抬著鋼筋往卡車月台直奔的兵士們，一對也不曾停下來。前面的怕陡一放下，傷了後面的；後面的也是一樣，怕把前面的一下子砸倒。每束鋼筋，少說也有兩百多斤，有的來不及調整，只掮到整束裡較長的一根，八分粗的鋼筋直咬進肉裡，咬得人齜牙扭嘴。有的比較沉得住氣，頭鑽進鋼筋迴彎子裡抬，重量分擔在兩肩上，似乎就耐得久些。而且趁著鋼筋的彈性，一起一伏的那個勁兒，配上兩人協調一致的腳步，又從容，又有節奏，健步如飛的那麼跑著。

鋼筋裝上車，走回頭的那國璋和翁克棟，正碰上臧班長和段福元這麼一對，哼哈哼哈那麼趁住了勁兒飛跑過來，「看啊，老臧，想不到用上你老行業了。」那國璋取笑著，還又乘人之危的狠揍了一掌臧雲飛扭得飛快的屁股。

翁克棟認眞起來，追著問他的班長，臧班長以前是幹甚麼的。

「開玩笑，你又當眞了。他們四川不是全國出了名的滑竿兒！」

「那臧班長以前是抬滑竿兒的？」

「開玩笑開玩笑嘛，還這麼贅。虧你是人，要是卵子，不把人墜死啦。快著點……」

再抬第二趟時，像周蔭祖、邱濟貴、孫恆光他們幾個，就都學乖了，一個個把上衣脫下來，窩成一團兒墊在肩膀上。或者像張烈、邵雲龍，胳膊伸進鋼筋迴彎子裡，挎書包的式樣。掮一部分重量，手再幫忙挽一部分重量，也是減少一些肩上壓力的辦法。反正是一個個自求多福，各人都有自己的一套妙法兒。

這情景，尤其艦首上「二二六」那三個大字，叫黃炎想起剛來金門的那天，在這裡巧遇葉朝平，彷彿還像昨天一樣的新鮮。不過那時是太平年月，「去滾兩個輪胎——身先士卒一番。」臨揮手再見時，葉朝平曾瀟瀟灑灑丟下這話。言猶在耳。他也正在身先士卒，扛著包水泥，跑得飛快。

這方面，他做排長的，就沒辦法給弟兄們示範了。扛水泥不比盤單槓、雙槓、墊上運動，甚至射擊、野外運動等等。像張磊、王義亭、李九如幾個大個，一扛都是兩包。就連李、臧兩個班長，年近四十了，一樣的也不含糊。拚力氣，他是只有認輸的份兒。

好在，讓弟兄們發現有的地方強過排長，也未始不是調劑……

從卡車月台那邊空著手迎過來的臧班長，見到排長扛著水泥，一語不發，揚起胳臂就從他肩背上把水泥袋搶了過去。

五十公斤乍一從身上拿掉，人是旱地拔蔥似的，驀的好像提到半空裡，身子輕飄了起來。大概是看不過去他這個排長，一包水泥就壓得直不起頭來，兩條腿也不當家兒的亂叉一氣了。

他愣在原地，瞧著臧雲飛好像扛隻木棉枕頭那麼不當一回事兒，大步大步的飛跑。可是他停在這裡，還得控制住呼吸，不要讓弟兄們看出他累得大喘粗氣。他想到自己這塊料，不比葉朝平那個預備軍官強多少，只夠資格滾滾汽車輪胎而已。

「排長，」臧雲飛轉回來，追上他，跟他並排走著。「洋灰，排長不要扛——」

嘴說不及，忽來砲彈爆炸的熱風，把兩個一起打倒在地上。

眼前一抹黑，腦殼兒好似齊著眼睛揭掉了。大量的沙在埋著人。爆炸得這麼近，他做排長的，怕的就是這個，不等塵埃落地，就已經成了本能反應的，趕緊抬起頭來，找著看彈坑在甚麼地方。

砲彈把深處的濕沙都翻掘了上來，彈坑很容易發現。彈坑周圍附近，似乎瞧不出有人。他放下心來，連忙爬起，快步跑向登陸艦去。

「排長，行了，人手夠。」臧雲飛追在後面喊。「洋灰，扛不得，硬是燒頸項嘍……」

可見這位老士官，沒拿打得這麼近的砲彈當回事，還沒忘掉關心排長的脖子。

他回頭甩一眼，「你沒脖子！只有排長長了脖子！」他噌了這位趕上來的班長。他懂得——不如說是他已跟老兵們學會了那套用噌人罵人表達情感的一種方式。

瞧了一眼臧雲飛厚實像木頭做的那張寬臉，還有額角上甘肅省地圖的一塊長疤，想起這位老弟兄跟他擺龍門陣，聊過「投軍別窯」的那段兒情。新娘子還沒怎麼舊，小兩口關在屋裡，原是要話別話別，新娘子只管哭哭啼啼的沒完兒。沒怎麼舊的新郎倌，差點給逗出兩滴英雄淚來。說點甚麼呢，哄哄勸勸嘛，沒那一套，說都說不出口的。「眞沒見過，哪家屋裡有你這個樣子臭堂客兒；」薛平貴罵王三姐：「老子還沒死哪，號你個啥子喪！入他先人的……」除此而外，實在的，這兒女情長的一番離愁別恨，再沒別的更好方式來表達了。

說起來，在他這個排裡的老弟兄當中，臧雲飛還算是文化程度很高的一個，並不是個粗漢，尚且如此，其他可以類推了。

登陸艦底艙裡，下來了一批水兵弟兄搶卸。這使做排長的重又應變的另作調配，抽出兩個組到岸上去搬運。

艦裡開始往外滾五十二加侖裝的柏油筒。跳板上一筒接一筒的衝著岸上滾下來。相撞的動靜，在底下懸空的跳板上震動出很空洞鈍重的響聲。

身先士卒的排長，搶了一筒過來滾。沙灘上陷腳，柏油筒在摩擦係數極大的沙灘上，推動起來也不是簡單的事。不過還是比扛水泥省力些。

帶著玩遊戲的意味，沙灘上一時熱鬧非凡，推著，滾著，比賽著。地面不平，以及推力點不妥當，一會兒互撞了，一會兒又在那裡調整方向。做排長的不一下工夫，就落後了好幾個弟兄。

特別是這種柏油筒裝車，更見出卡車月台的妙用，平地上滾著滾著，就滾上了卡車。

「作戰獎金該多發點兒，一點不冤枉。」那班長捋著袖子說。好像發給那個發明卡車月台的工兵連長的獎金，是他那國璋出的錢；捋捋袖子，發狠拚了，乾脆把錢發光算了。

這邊，也活該他黃炎倒楣丟醜，柏油筒越滾越大，布膠鞋也越來越重。那麼整千帶萬的柏油筒，獨獨他挑上了一筒不知是裂了縫，還是開了焊的。登陸艦底艙裡的溫度本來就很高；大陽一昇上來，沙灘上也是夠熱的。融出來的柏油，見沙子就黏。滾著黏著，滾雪球的一般。脫落下來的柏油和沙子混合物，雙腳跟在後面再一一的黏上鞋底，這可就熱鬧了。

無獨有偶，何尚武那個專門出洋相的兵，也中了跟排長一樣的彩。弟兄們還沒發現排長也正在後面同樣的遇難，都在拍手看笑話，叫著：「都來看，都來看，老和尚推壓路機了……」

他直直腰，歇下手來，索性繞到前面叫過去：「喂，過來位，幫排長推推壓路機……」

弟兄們熱熱鬧鬧的接過手去，三四個人擠抗在一堆的推動著。他拍拍手，手上也盡是黏黏的，沙沙的。低頭看看自己兩隻大鞋，走兩步試試，活脫脫就是卓別林——撇著外八字又試了幾步，把自己都給逗笑了。

海上，重又響起密集的砲擊。岸上大家只顧搶卸物資，這才被引起注意，發現又一批登陸艦出現，隱約在一片剛剛湧起的濃煙裡。

這好一陣，兵士們已疲憊了，不大意識到砲擊甚麼的。尤其四二化學砲，爲了維護那面雪山一般的彈幕，一直是在持續著發射煙幕彈。而那種咚——咚——咚……規律如春米的砲聲，似乎更容易習慣了人的聽覺，而不被注意；當然，那是自己人的砲擊，無害的砲擊，也有關係。至於敵人方面，騷擾性的砲擊本已漸告衰之，兵士們也已不放在心上，沒想到敵方這又一下子發瘋的把火力集中到了海上去。

大家分外加快速度搶卸，互相喚叫著加油。一時間整個海岸大動起來，好像農家遇上雷雨臨頭，在搶收場上曬的穀子。

「看著不怎麼的，這麼裝貨！」大汗像淋了一頭的雨，張磊帶著小跑，跟一旁的王義亭說。

「嗳，眞經搬。」

「看樣子，一上午都搬不完。」

「不能說破。寶船，不說破的話，永遠搬不完——」

一聲巨響，把所有岸勤的兵士都震懾了。有的已是本能的就地臥倒。

大家回過頭來，朝著本島四處翹望，瞧不出甚麼來，好生詫異。

地是被震動得那麼厲害。如果那是一發砲彈，而有那麼大的震撼，彈煙一定直沖雲霄。聽那巨響應該是來自本島太武山一帶。但是大家遍視了半天，那個方向甚麼動靜也瞧不出。

有人亂猜，先說是原子彈，又說是重磅炸彈。當然，稍過一會兒，天上甚麼也沒有，這些胡亂猜想都不攻自破。等再仰首望望天空，仍只是一些碎碎的高層雲，和幾條存留已久，已斷作好多截的噴射機凝結尾。天空安靜得很。

西北天邊，有極遙遠的隆隆聲，很沉，很陳舊，似乎是夏日裡一些不相干的遠雷。兵士們懷著不解，一面重又恢復搶卸勤務。

海上的砲火仍然毫不減色。登陸艦們在濃密的火煙和水煙裡掙扎，時而露露面，又被掩埋回去。

「很可能……」輜重中尉還在那裡懷疑的觀望著，發覺黃炎挨到身邊來，側側臉說：「大概……新來的巨砲發揮威力了。」

「巨砲已經運到了？」

「前天。」中尉回答他。

輜重中尉的估計，點破了黃炎心裡不敢說出來的疑猜。他是原以爲敵方有了甚麼新武器，譬如對付坑道的一種超延期信管的地下爆炸砲彈……

「嗯，眞的很可能。」好似爲了肯定信心，他把中尉的話拿來重複一遍。

「不過，能不能制壓住——」

嘴說不及，又是震掉人心臟的轟然那麼一聲……

地眞的是搖動著。

但這是另一個方向，四二砲發射的那一帶地區。

「沒錯了。」半晌，輜重中尉看看黃炎說。

兵士們都又暫時停下來，四處觀望。

「這是……另外的一門？」黃炎問。

中尉揚揚手，做了個制止的手勢，一面誇張的表示他在側耳傾聽，等著巨砲發射後的下文。

插進海灘裡來的四條大幹道上，車輛如串珠一般的暢流著，來的，去的，井井有條的馳行。

這一次，那種沉沉的遠雷聲，自東北偏北的方向傳來，尾上似還拖曳著空曠的回聲……

中尉高顴骨的臉膛上，展現出得到了證實的喜色。

「也許是另外一門大砲，不過，也可能還是剛才那邊的那一門。」

「有那麼高度的機動性！」黃炎差不多要叫起來。

他看了看巨砲先後發射的兩處方向。這麼最重型的火砲，居然能如此神速的運動，眞叫他難以相信。

中尉似乎察覺出他的一副傻相，「沒問題，」中尉告訴他：「像那種履帶式的自動推進，運動起來，我親眼看了，走在這樣沙灘上，速度絕對不下於一般戰車……」

照著這位輜重中尉的描述，巨砲在他的想像裡完成了造型——猛犬式的坦克，捲起滾滾塵煙，堂堂皇皇的奔馳而來……

「那——」他想了想說：「這麼高度機動，不光是野戰變換陣地迅速，這種性能根本就是最佳的自衛。」

「對，說的是嘛。除了空中偵察；地面上要想根據發射位置來觀測砲位，那是連影子也捕不到的……」

兩個人默契的點了點頭。黃炎轉回身去，待要再去滾個柏油筒，但是沒跑上兩步，便發現到一個新的情況，腳步放慢下來。

「喂，中尉，瞧瞧，是不是靈驗了？」他回過身來，且退且指著側背的海上。

除了四二砲打樁一般，還在規律的發射著煙幕彈外，海上一片寧靜，餘煙暈散在半空。四艘登陸艦，整整齊齊的向海岸駛來。似還很少人注意到，不知從何時開始，敵砲已完全停止了射擊。

他要盡快向弟兄們宣布，放心大膽的幹吧，敵砲已被制伏了……

就連四二化學砲，也已停止了射擊，令人不能置信的，耳根忽然這麼清靜了下來。

車輛聲雖然遍布海灘，相形之下，卻像是無聲卡車。深入海灘的四大幹道，遠遠看去，竟像四條履帶；不是車輛在那上面行駛，是停在那上面，由著迴轉的履帶帶動他們，一邊向岸灘運轉來，一邊向島的腹地運轉去……

傳達士張弦給排長送過水壺來，他飲著水，眼從水壺底沿上遠望著寧靜的大海、藍天，滯留在海天之間的，原子彈蕈狀雲似的暗紫的煙暈……臉上的大汗和著嘴角漏下的冷開水，淅淅瀝瀝的滴答著……。

眾人都在仰望那直上青空的煙雲……

參謀本部戰報：十月四日六時，至十月六日零時五十分，敵砲射擊金門島群三萬一千二百一十七發。

中共「國防部長」彭德懷於北平廣播宣布，為了人道主義起見，即日起停火七日。

中華民國四十七年十月六日

岸勤第三日，黃炎把火力班加上排部兩名傳達兵帶上陣，留下第一班在家看守。這個調度，調節勞逸是一回事，眞正還是爲的昨天一下子傷了張簡俊雄、周金才、黃偉明三個兵士。

昨天爲這三位弟兄，黃炎在野戰醫院裡耗掉大半個下午。一回到排裡，就有電話。通信下士劉明輝報告他，這已是邵參謀第五次打來。「先打來時，說沒甚麼事，請排長回來後給他去個電話。可是聽說排長去野戰醫院照顧周金才他們三個了，就一次又一次的電話來問嚴不嚴重……」

黃炎很疲倦，聽這一說，心裡不由得感激有人關懷。

「大官，別來無恙？」他接過話筒，倦乏的強打起精神。

「噯，別來無恙。怎麼啦，聽說你毛(麾)下連連折了三員大將……」

對方故意的一串別字，逗著樂子。他熟悉邵大官的這套毛病，好心的想叫他放鬆下來。

「少這麼逗罷，大官，還有這個心腸！也不體諒一下咱們小官小兵的，水深火熱裡怎麼討生活——」

「別窮雞巴緊張。」啞啞的笑過來。「對，大官的日子好過，醉生夢死嘛。閣下焉知大官這兩天過的甚麼淚灑相思地的日子——好啦，先聽聽你下情上達罷。怎樣，不嚴重罷？」

他大致的述說了下，張簡俊雄傷勢較重，滿臉的碎片，一隻左眼有失明的危險。另兩個沒有甚麼大礙，彈片多半飛進眼肉裡，取得出來的盡量取，取不出來也沒多大關係——大夫如此說。

電話裡講著這些，眼前一一的溫習著那些令人發麻的血肉……三個弟兄裏，黃偉明最輕，叫得最厲害。也許上海人就愛咗呼，「噯喲哇……噯喲哇……」叫得很塌台。後來索性大聲疾呼的「擦哪娘」起來，罵醫官「不是個神（人）」（也難爲他生死交關還能撇著國語），不該不打麻藥針就給他動手術……

昨天，負傷的岸勤弟兄似乎特別多，後來醫官也證實了這個。也許那和前天巨砲發威有關。那兩砲打得對岸當天晚上喊話，責備這邊不講人道，不該使用原子砲，反反覆覆的罵上大半夜。那和黃偉明放肆的大罵外科大夫，似乎差不多的味道。

前天，巨砲還擊之後，對岸的大砲小砲，整個下午和徹夜，全都鴉雀無聲的老實了。從望遠鏡裡觀測，敵人到處在搶著構工，出動了大批的軍工和民伕。想來那些陣地的工事被巨砲破壞得夠瞧的了。而就在昨天，大概一夜過來，工事整理出了一點頭緒，乘者老羞成怒的餘憤，天還沒亮就等不及的調動所有火砲，集中火力對付料羅灣和海灘，打得他們岸勤兵士直不起頭來。

搶灘的水鴨子，一方陣一方陣的湧過來，開鍋的餃子一般，給掀騰得翻滾。那些海軍陸戰隊的哥兒們，平時都是一身流氣的叫人瞧著不順眼，現在瞧得人直想哭。相比之下，岸上的人覺著這麼腳踏實地的牢牢靠靠，還在怕狼怕虎的躲在沙窩子裡不敢出頭，簡直是罪過。一個個不等水鴨子上岸就衝過去，海水聳起半天高的潑下來。人是一衝出去就往下倒。不說誰也分不清誰是臥倒，誰是給海水打倒，或是掛了彩，自己也分不清是怎麼回事。人只知道倒下又爬起，爬起來又倒下去，由不得自己作主。就是後來親娘親媽直哭直叫的黃偉明，不是他班長見他一屁股的血，喊他停停，還照樣一肩一顆砲彈扛著飛跑。

野戰醫院一下子塞進來那麼多的傷患，那是除了頭一兩天砲戰，從沒有過的如此嚴重。傷患這麼多等著急救，也無所謂手術室和手術檯了。黃偉明就是被按在病房的病床上動的手術。半個屁股簡直像蜂窩，洗淨了消毒之後，有些傷口頂起鮮紅的肉，有些砲彈碎皮還留了點在外面，看來那腫脹發亮的半個屁股，很像嵌著楊梅或葡萄乾的麵包。醫官臉貼近著，拔豬毛的樣子，一點點去鉗著葡萄乾，三個大漢按住頸腳。那黃偉明眞叫塌台，滿頭滿臉盡是鬼叫出來的汗水、眼淚，和黏黏的鼻涕、口涎。

「忍著點兒，革命軍人嘛，」醫官直起腰來歇口氣，口罩拉到下巴底下說。「有麻醉的工夫，手術就完了。馬上好，再咬咬牙——」

黃偉明是咬著牙的；不是咬著牙忍，是狠狠咬牙切齒罵不絕口。他做排長的感到很抱歉，帶出這樣沒教養的兵。好在野戰醫院的軍醫們，都被壞脾氣的傷兵給磨出來了，見怪不怪，不是比嗓子對罵，就是看了笑話的嘻嘻哈哈，從不動氣。倒是張簡俊雄的傷勢，很叫人頭大。眼球擦傷了，雖然萬幸萬幸分毫之差，碎片不曾迸進去，但眼球消毒卻是件極麻煩的事。目前僅能做到的治療方法，只有在張簡俊雄這個上等兵的體內繁殖傷寒菌，讓高熱來給受傷的眼球殺菌消毒。

「當然，人是要吃點苦頭。」醫官說。

「眼睛可以保得住?」電話裡連長授命他代理簽字。但落筆之前，不放心的，他又再問了遍主治醫官。

「只能有四五成希望。不過，要不趕緊這麼處理，百分之百的要壞掉。」

「後送呢？——不是有個蛙人用了專機後送過？……」

「沒那個必要。目前，總醫院也只有用這個方法治療。這也不是甚麼性命交關的重傷——當然，你要能找到位陸軍中將，那就又當別論了。」

主治醫官末了給他來了下幽默。彷彿知道他就是陸軍中將的兒子。

在他，這卻不成幽默。陸軍要中將以上才有權派專機——心上閃過一道電光似的希望。然而那是虛妄的；那希望也便如電光一閃，過了也就算了。

他只有把副班長宋志勳留在病房照顧。那不是個好差事，要眼睜睜盼著一個人患上傷寒，發熱的燒起來。醫官說，高熱會把人燒得中了邪魔一樣，很不好照顧。「隨時來電話罷，宋志勳。」黃炎只好這麼交代，趕緊逃回來。

「……這不是完全不照道理來？眞沒道理……」他在電話裡，質問起邵大官人。

「噢，你是要講道理啊！講道理的話，閣下，仗就打不起來了。」

「我不是那個意思。你聽我說，大官，第一線上待了個把月——連砲戰前的打砲在內，兩個多月，一個人也沒傷；總共那麼一個命該陣亡的，又神差鬼使調走了。砲打得最凶時，排部營舍打垮掉半截，掩體塌了，也還是一個人沒傷我的。閣下還糟蹋過我是員福將。看吧，整個一頭大牛都衝過去了，角沒撊到，蹄子沒彈到，尾巴梢兒反而把人抽得跟頭踉蹌的，你說這可有道理！……」

「我還以爲要講甚麼大道之行也呢。大時代的巨輪下，人命如草芥——」

「你說得當然輕鬆。別忘了，當初團長把四十條人命交到我手上——」

「別那麼迂，二少爺。四十條人命裡少了顆眼珠子，這個仗你打得漂亮到頂兒了，還想怎麼樣？那才更妙呢，左眼不是嗎？打靶不用閉眼睛了。」

話筒裡啞啞的笑聲傳過來。黃炎想到火車從縱貫線岔到海港的那頃刻間，張簡俊雄眼尖，第一個叫著「壞咧壞咧」。他知道這個上等兵有點難處，曾跟班長打聽所剩下的七十幾個饅頭吃完了，能不能不要退伍。李班長走過來給他報告，翹著又厚又長的嘴唇，要笑不笑的似乎不大好說得出口。張簡俊雄爲著怕跟阿母收的養女送做堆，想能逃幾年，拖到阿妹另嫁別人了，再退伍。他問李會功：「你是怎麼跟他說的？」老兵又是要笑不笑的望著排長，「我怎麼跟他說——我說你這是把我們這當做防空洞了。光躲也不是辦法，把你阿妹的青春都誤了，多對不起人……」他做排長的，好像也被這位老兵感染了要笑不笑的難爲情。老兵的口裡冒出「青春」來，叫人覺著有些突兀不襯。「你跟他說這個有甚麼意思——」李班長忙著搖頭辯護，「我說了，班長不好給你答覆甚麼，班長替你請示排長看看。」他要了解一下多少有些詼諧意味的這種逃婚，是出於甚麼原因；是沒情感？是那位養女阿妹生得很醜？還是別的方面不中意？或者是個殘廢？……這些都是不必細想，就能脫口而出的疑問。李會功笨嘴笨舌的來不及回話，只好一勁搖頭否認排長好像刹不住車的滑來的連串問題。

「排長你就沒想到，這小子是把那個小童養媳婦完全當親妹子疼，賭咒打一輩子光棍也不要跟親妹子結婚，弟兄可都笑他死心眼兒……」

李會功那一口重濁的土音，聲音都是一衝一衝頂出來的。講打仗能瞎狠瞎狠的講得挺有味道；講這些小兒女的事，竟好似嘴裡含著橫來豎去的棍子棒子，舌頭調不過彎兒。講著的工夫，發覺排長愣在那兒賣獃，似乎沒再留心聽，就覺得沒有勁道兒，弄不大清是排長另有心思，還是自己講話不耐聽，講著講著的，像進站火車，輪聲零零落落的漸漸停下來……

「嗯？怎麼樣？」做排長的經老兵這一住口下來，反而愣怔過來。

他是想到他和周軼芬，一直情感很深，卻一直熱不起來，是否也是屬於類似的兄妹之情。以往，他曾以爲周家的人都極冷靜，周軼芬雖然比較不很那麼講究功利，畢竟仍是在那種家風薰陶裡大了的……

也許弟兄們的神經比他粗糙，這並沒有甚麼值得嘲笑的。但弟兄們慣於那樣，嘲笑一切的正派，而他們本身又並非反派。他一聽到李班長講了一點兒頭，就異常敏感到那種勉強不得的無可奈何。那不單是血親的手足，他經驗過比這關係疏遠得多的，血親之外的姻親，也是同樣產生著某種厭惡。有過一次，放學回家，那該是高中時候的事，他的床上睡著齊安娜。大約從老遠的南部來，很乏，家裡數他那間偏居整棟樓房最後間的臥房比較清靜，就歇息在那裡睡著了。他原沒有想到裡面有人，推門進去的動靜很大，人是放心的睡得死熟，一點也沒受到驚擾。天熱衣薄，睡態又那麼放肆，那使他那樣大的男生只要稍一注視，便會心驚肉跳的戰慄起來的。

他是很羞恥的多看了兩眼，喉嚨頓時緊起來，眼皮上的血管急驟的顫跳……

但一經意識到那是大哥的女人，就不能忍受的厭惡起自己，厭惡起這個女人，乃至大哥。那是屬於患有潔癖的人所誇大的齷齪感。

對那麼一個於他做小叔子無法勉強自己意識作大嫂的女人，尚且如此，他自然體會得出張简俊雄的難處。這使他敏感到周軼芬對他的那種自絕；他們之間雖還不會嚴重到生出生理上的厭惡那般地步，但是親兄妹式的坦然，似乎從沒有過存心避開別人而單獨約會的需要。至少，他發現，他們實在太缺乏互相侵占的積極意欲。並且，他發現男女的情愛本就是糊塗和神祕。任怎樣往還親密，一犯上那種俯仰無愧的坦蕩……他不知道該怎麼說，無緣嗎？絕緣嗎？然而婚姻生活似乎挑剔歸挑剔，也不可能不挑剔，可是還是照舊的天長地久著。他彷彿看到將來有了家室的日子。

張簡俊雄那種想要繼續服兵役的念頭，天眞是夠天眞，那是可以成全的。不過萬一那隻左眼完了——百分之四十的希望，那意思無異告訴人不必抱甚麼希望了——那麼，乖乖的回家得啦。門對著進站的鐵路，當作甚麼好風水的一再誇傲著那棵大王椰子樹，回那個家裡去。獨眼龍，不得不把自己削價求售，沒有挑剔的了。而且說不定不必等吃完七十幾個饅頭，一旦出院就必須換上便衣，留下一隻眼睛，帶著另一隻眼睛，孤孤單單的還鄉去……

「得啦得啦，哪這麼些大慈大悲，」邵大尉在電話裡刮他。「既然矢志保國衛民，你就準備好隨時殺人放火，良心生了老繭子才行——想不到事到如今，還要教你閣下少尉大學士出這樣小操，罪過罪過……」

「糟蹋人也挑個日子好不好——」

「廢話少說，明天還輪不輪岸勤？」

「還有五天呢。哪有那麼便宜！」

「好了，明兒一早，沙灘會。」

「兜風，還是觀戰？」他問。

「好啊，你當是本大官整天遊花看景來了——」一個震耳的噴嚏，「——又不知哪個妞兒念著本大眾情人了。跟你說，劉玄德攜民渡江，本官這兩天日子不好過，陪了五十加侖唾沫也不止……」

問他給誰做甚麼說客去了，神祕兮兮的賣關子，只說明天海灘上見了面就知道。

現在，天到這般時候，太陽老高了，卸運已差不多完成，他邵大官影子也沒見一個。黃炎站在一塊略略凸起的沙灘上觀望。車輛來往頻繁的視界裡，瞧不出甚麼跡象——那是說，四條海灘大道上，開過來的盡是一色的大卡車。空飄飄似的流行著。邵家聖那個傢伙若來海灘，不大會乘這類車子。

除了四二化學砲照常發射煙幕彈，到此刻爲止，敵砲還不曾發射一發過來。砲戰以來，像今天這樣，該是向所未有的奇蹟。但是聯絡軍官建議他轉告弟兄們，這樣暴風雨前的寂靜，或者更恐怖，不定隨時隨刻，砲彈一下子像潑水一樣的潑下來，整個海灘會翻個滾兒。心裡要不存個底子，到時候來不及跑，來不及藏身，火力太凶猛時，能把人逼得走投無路，逼得跳海。

今天搶卸的仍和第一天的類似，盡是些建築材料。弟兄們見了水泥就害怕。頭一天扛水泥扛下來，一個個都把脖子燒紅了。隔天過來，脖子上起乾皮，碰都不敢碰。大家怪起那位輜重中尉不該不提醒他們。其實他們的李班長一開始就警告過他們，只因砲火喧天的，搶都搶不及。水泥一百公斤，已夠把人壓趴了窩兒。可是砲火逼得人搶卸心急，底艙裡堆到甲板的水泥包老不見少，恨不能一趟扛上個三包四包。那麼緊急，又那麼貪心，誰都顧不了脖子上還要墊衣裳甚麼的。大家也沒想到會這麼嚴重。今天誰都學乖了，把上衣脫掉，頂在頭上披下來，只是前天留下的舊創，還是整得人一個個咬牙切齒，罵這罵那。

這樣看來——耳裡聽到的，盡是國語的三字經和閩南語三字經——他想，也許當兵的就不興離開砲火，就像魚離不了水一樣。砲火裡，這些兵老爺們個個奮勇，哼嘿哼嘿，大正月裡玩龍玩獅子一般，砲火就權且當作鞭砲了。只見滿海灘打足了氣的皮球，蹦東跳西的。砲越打得緊，一如球拍殺來殺去的越是揮得來勁兒，球越歡兒得要命。那個光景裡，這些兵老爺們就是騰得出口來嚼嚼罵罵，也是萬眾一心的恥笑那個窮打砲的只懂得捋管兒，你能我勝的比賽著蠻不在乎，彷彿那是還擊敵人的有效武器。

現在敵人沒動靜了，那些有效武器便掉轉過來對付自己。脖子摩擦得痛嘛。一趟就扛一包罷，犯不著那麼搶命，也犯不著腳不點地的把腸子都跑斷掉。海灘上的彈藥物資堆積多了，也是值得罵罵的——全天下，沒有甚麼人比那些該死的駕駛兵更愛投機偷懶的了；要不怎會上百部的卡車來來往往的奔跑，海灘上的彈藥物資總不見少……。這樣看來，人總得有個敵手在那裡頂著，不然就挺不起勁頭來了。恐怕也不怪弟兄們罵那些駕駛兵，都該是一丘之貉，有你岸勤弟兄鬆勁，就興人家腳底下少踩兩下油門去猛衝。到了地頭，磨磨道道的喝個水，抽根菸，開開玩笑，然後懶懶的發動引擎。車子已經起動了，又想起來一句話交代交代，或者罵回去一聲，罵得很俏皮。砲火底下，明明可以搶個來回兩趟的；看看這麼十月小陽春的天氣，放眼一片太平氣象，島上有了巨砲，終把敵人制伏了——這已經是無人不知，沒人不曉，對岸敵人用喊話來報導這項新聞，這比過去任何心戰喊話，都是唯一比較可信的消息。忙甚麼呢，慢慢來，堆積如山的物資，再搶運，也搬不完的。今天搬不完，還有明天。海灘上多放一夜，也不會霉掉爛掉……

登陸艦的肚子已經掏空，弟兄們都聚在那些旱碼頭周圍等著卡車過來裝車。人力過剩，談天說地的，扭著廝鬧的，追著撒沙子吐唾沫的，鬧得一個個像出來郊遊的小學生一樣。他做排長的愣在這裡，也無聊得要死，考慮著要不要接洽輛車子，讓弟兄們先回去一部分，留一個班在這裡就夠派用場的了……

耳邊兒憑空聽到一片唧唧喳喳的喧嚷，他轉過身來，注意到不遠處——那是綠、白旗區，停進月台裡的卡車上，散出來服飾異色的一窩人。他有點詫異，發現那是一夥看似中學的男生和女生。兵士們更是敏感的注視過去。「嘿，嘿，來勞軍了不是……」有的弟兄嘴快，在那兒喊著。學生裡夾著老師，也有穿草綠軍服的女兵。

這樣不很合宜，如果是來勞軍的話……黃炎不禁感覺著自己的意見。砲擊隨時供應，讓這些孩子們跑來，反而給岸勤的弟兄們徒增心理負擔。但是這才忽又想到了邵大尉的電話，原來是這麼回事……

那一夥學生裡，沒有邵家聖的影子。差不多二十多個孩子，似乎也有小學生。但從每個孩子攜帶的包袱、小提包、或手提箱看來，似乎並非跑來勞軍。

身後又傳來一片唧唧喳喳的喧嚷，他回轉身來，鄰區這邊黃、紅旗區，又一批孩子從卡車裡跑跑跳跳出來。一眼他就看到邵家聖，舉著握拳的手臂，高聲喳呼著，等候孩子們向他集合過去……

「快快，動作快點，船要開了……」

他聽到邵大尉著名的啞嗓子在叫喚，這才想起電話裡所謂的「劉玄德攜民渡江」。

他把隊伍交給臧班長，自己挨過去。

孩子們讓老師和女兵照顧，邵家聖往海邊走去。雙手扠在腰裡，鋼盔底下罩著一副太陽鏡，一派晝夜奔忙的神氣。他走在沙地上，腿提得很高，一面四處尋望著——居然視而不見向他走過去的黃炎。這一帶沙地特別鬆散陷腳，不知甚麼緣故。人走在上面有長途跋涉的味道。

有個海軍軍官走來。他那麼個大忙人，也許專意要找穿米黃色軍服的海軍人員，以致別的都沒放在眼裡，黃炎已跋涉到他臉前，他這才愣了愣，豎起一根食指貼貼鋼盔簷，似理非理的招呼過來。「今天碰上西線無戰事了——看看，挑的多黃道吉日！」

「皇叔要駕返台灣了？好差事啊——」

「哈，駕返瑤池還差不多——好事兒還輪到老夫？」那張剩在黑眼鏡外面的白淨子臉，故作寒寒的不滿。

海軍上尉走近來，招呼了聲。

「回頭來找你，先公後私。」邵家聖忙著跟海軍上尉接洽，跟他忙中偷閒的丟過話來。「忘記問你，閣下的勢力範圍在哪？回頭好來找你。」

他指著那邊黃藍旗區，告訴了邵家聖。

「知道了，正黃旗，回見。」揮了個瀟灑手勢，近乎納粹式的軍禮。

「當心點兒大尉，上船時，當心那條腿。」黃炎比畫著。

「絕不會歷史重演。」納粹軍禮的手落下來。

黃炎側身過來，望著那一窩大包小包背著拎著的孩子們。隔一處旱碼頭，又送來兩卡車的孩子。他一張張的小臉兒認過去，想認認孩子們這樣離鄉背井，會是一種甚麼反應。把他們送去大後方，那是十分需要的。已經十月初旬了，據他所知，各中小學還沒有辦法開學，拖下去總不是回事。望著晴晴朗朗的藍天，無風無雲，平靜得彷彿永遠都不會再發生甚麼事故。他是眞心的默默祝禱著，希望對岸千萬不要造罪，傷害到這些無辜。

孩子們跟父母難分難捨的離情大概已經過去，只見迎著刺眼的陽光，那些緊皺的小臉兒上，盡是毫不掩飾的奮昂。金門是個窮僻的地方，卻是擁有南洋無數蔗園和橡膠園的僑鄉。這些孩子們或許先天的就有那種民性外向的血統罷。他瞧著他們嘈嘈鬧鬧的奮昂，想像不出他們和他們的父母會需要邵民事官陪上五十加侖的唾沫。

孩子們讓老師或女兵們領著登艦，有一夥兒居然高聲齊唱著進行曲式的軍歌：「熱血滔滔，熱血滔滔，像江裡的浪，像海裡的濤……」唱得很氣壯，隊伍也行進得挺有精神。其實沒有甚麼，學校的教室裡，操場上，或運動會上，尋常都有這樣好嗓子的歌聲，和兵士們看來根本瞧不上眼的步伐。那首歌又已經是二十年前的老歌了，沒有甚麼好新鮮的。但是黃炎很受感動。一時間，彷彿那是一種無窮的希望，從這些孩子們的身上光芒四射出來。他從來不曾想到，或感覺到，希望——會是一種這麼激動人的東西……

歌聲和步伐聲從登陸艦的坦克艙裡傳揚出來。那裡面很兜音，有沙灘上所沒有的脆亮。聽得出孩子們著力的踏著腳，別的學校學生似乎也跟著響應了，竟然鋪張的雷動起來。

拍岸的海潮，在助長著這小小的聲勢。黃炎逃避甚麼似的走開，大步大步的邁著那一段陷腳的沙灘。他看到弟兄們被吸引著，齊瞧著登陸艦那邊，一面有議論。如果單從他們的神情看去，只能猜出他們在觀望和議論一樁很可笑的事。

仍有一輛輛的卡車在運來學生，地方上的幹部也來了些。高高的登陸艦甲板上，早有些男孩女孩聚到船欄上往岸上招手、喊叫。好像第一批上船，就該是搶到了冠軍的那麼神氣活現。

公事接洽完畢，開船要等潮水，邵家聖到處上上下下的走動，跟誰都那麼親熱的扯上幾句。縣長他也一樣的熟識，「怎樣，父母官？——不在其位，不謀其政。聖人這麼說過。我們把你治下的子民都裹脅而去了，作何感想？」土土的縣太爺還沒來得及弄清這位小民事官的意思，人就已經不見影兒了。

甲板上，艦橋蔽蔭處，沈芸香終於讓他找著了。四、五個女孩拉手抱肩的黏在一起，一個個大驚小怪看著他和沈芸香這麼熟。「好好念書，別跟我一樣，不學好……」他這麼過分作狀的正經，先把沈芸香逗得摀著臉笑了。

「沒甚麼好笑的，生離死別，這麼無情無義……」他是板著臉子，喝叱著訓人。

另外那幾個女生，只知他是逗著沈芸香玩兒，也都一知半解的跟著偷笑。

「還笑！再笑給你們打針……」他嘰嘰咕咕的走開。背後響起公開了的笑聲。

他臭起自己來——你就這麼無聊，占人家小女孩無知的便宜……

互惠嘛，便宜也占了，被占便宜的也並沒吃虧，反而開心得要死，多兩全其美！讓女孩開心，女兒樂，積陰德的。老子積了不少陰德了……他在嘰咕著這些。

走開不多遠，忽然想起來甚麼重要的事情似的，「嗳，沈芸香，來一下，有話問你。」他停下來，望著沈芸香把隨身的小手提袋交給同伴，欣然走來。調虎離山之計，知道罷？……他又在跟自己說。鞋底的鐵掌，輕輕磕著甲板。等女孩到了跟前，他往船尾走，女孩跟在後面。

「到哪裡去？」這個一副小相，叫人不信馬上要讀初三的女孩，走著，忍不住的問。

「還不知道要去哪裡？好糊塗。台灣嘛。」

「不是啦，現在要去哪裡？」

到處的男孩女孩，彷彿來艦上參觀，這裡那裡的走動，奔跑。沈芸香似乎有些顧忌。

「去哪裡嘛……」問是問，女孩還是乖乖的跟著。

許久沒再去找這沈芸香，女孩似乎大了很多，感覺出她的不馴。那是所有女孩長大到某個時期的通病，開始對於男性過敏的防衛。

這麼多的人，你怕甚麼？「打算給你推下海去。」他側側臉，跟沈芸香說，還是往船尾走著。也許正因爲眼睛太多了，有所顧忌，難保不讓同學們撈去說人閒話的材料。

這裡人不多，邵家聖扶著靠近船尾的鐵欄杆，等著沈芸香跟過來。

「怎麼，就這樣走啦？」他問。搗著臉點上一枝菸。

女孩沒搭理他說的，如履薄冰的試著往欄杆這邊過來，一面引頸俯視著下面的海水。

「眞怕把你推下海去？傻ㄚ頭！」

「可怕，這麼高一個……」女孩子就愛那麼自己嚇唬自己。像瞎子摸路，手伸過來剛剛觸到欄杆，又像被燙了一下的縮回去。「算了算了，我不要靠到這。」

邵家聖一直默默的注視她，她沒看他，但一定知道自己在被太陽鏡後面的眼睛密切注意著。人是顯得有些矯作。

就那麼可憐的一點緣分……似有淡淡的悵惘，好似空裡飄著的蜘蛛網，絡到臉上來。不舒服，也不是很不舒服。風吹在女孩身上，厚厚的制服也還是把那身材清晰的凸出來。曾經那麼溫良的由著他，慣他，現在一下子遠去。酷似王鳳美的那張圓圓甜甜的臉蛋，連那兩片肥活活的紅唇也是王鳳美的。可是都遠去了，從此刻的對面而立，就將漸漸的遠離，時間的和空間的無限拉長了去……眞的也或者就是生離死別，甚麼甚麼都落入一個無可如何的無底深淵裡去……

有些事情眞是說不出甚麼意思，完完全全只是風吹草動的無謂。或者眞就會是一種永遠的離別，使他認眞起來，身不由己的意識轉位到沈芸香這女孩的那一面去；以後她將擁有一個永不可與人道出的純記憶的機密。一個男子，跟她這樣過，那樣過，給她開蒙了那麼些。當爾後的婚姻生活開頭時，乃至已經尋常了的，生厭了的，不再美好了的床笫種種在重複著時，會不會總又印證到起初的那些天地玄黃，宇宙洪荒？會罷。每一個女子是否都曾經歷過那種史前的無謂時期？對那些無謂的侵擾是懷恨？是美？……而臨到她再回頭去印證那些太初的時候，卻已是生死兩不知的全然陌生了……那就是人生麼？

後腰抵在欄杆上，他冷眼瞧著這個說怎麼也不敢接近船欄的女孩，不知道此刻她是否在記憶，或在意識著曾被他如何如何了的她自己的嘴唇和身體。……或者她是否知道他在記憶，並且意識著他曾如何如何了她的那些……。這樣追問下去，永遠沒完的。好像初學畫樹，一個枝椏一個枝椏的往上加，往上發展，畫得得心應手，不能自已，畫到圖畫紙的邊口，還不甘休。

「分發到甚麼學校，來信說一聲，將來回台灣好去看你。辦得到罷？」扯咕半天廢話，他才說了句正經的。

「好嘛，當然辦得到。」這一聲似乎又很乖了。

「別好嘛好嘛的，明明應付人。」

「不會。」女孩偏偏頭，可以看做撒嬌罷，清湯掛麵式的頭髮掃到制服肩帶上。

「還不會！」

「就不會。怎麼是應付人？」

「信寄到哪？」

「我有信箱號碼，在我包包裡。」

「我不信。哪裡來的？」

「你裝書給我的封套，是別人寄給你的，上面就有信箱號碼……」

他點點頭，表示相信得很勉強。「就算你有罷。你兩個弟弟是哪條船？」

「當然也是這條，剛才還看到他們兩個。」

「走，找找去。」他拉住沈芸香。「認認，免得將來路上碰到，揍得他倆鼻青眼腫，還不知道揍了誰……」

「你要揍他們做甚麼？」女孩問著，很聽話的讓他拉著走。

「那可說不定。看不順眼的話，我這個拳頭很犯賤的……」

「教官！」不知哪裡有人喊過來。當然，一聽就知道那是哪個女兵，就在附近。

「嘿，沙金蘭。」他看到了，隔著官艙的圓窗，皺鼻子笑的搗蛋鬼。「你在那兒偷看人哪。」

他攙著女孩走近窗口，低低的添了一聲：「偷看人，相親是不是？」

「替教官相親。」短小精幹的女兵，嘴是不饒人的。

「站在甚麼上面？」他咧咧嘴，取笑了對方，不等她反嘴，忙著用恭喜她回後方堵住她口。

「暈船怎麼辦，教官？」

「教官不暈船，沒關係。」但他還是於心不忍，把準備給沈芸香的暈船藥拿出來，分了兩顆，遞進窗口去。一面他給女孩介紹，託付沙金蘭，一定要用心照顧這個小妹妹……

「教官愛民如女，敢不從命。」沙金蘭倒是認眞的問起女孩分配的艙位。

臨走，女兵又喊回他。他一個人走過去。「要不要買帳，教官？」

「買甚麼帳？」他裝傻。「台灣一無親，二無故，沒甚麼託付的——」

「好嘛，不買帳就不買帳嘛。到時候，不要怪我做了教官的情報。」女兵揚著臉點頭，不知多有仰恃的那麼神氣活現。

「噢？這樣？要做你就做罷——教官只有情人，沒有情報。」——你們這些吃人的人！他心裡直咬牙。但他有的是鬼主意，超到前面堵這個女兵的嘴。「是不是要傳遞情報給你王姐，有個小妞活像她？——可惜了可惜。遲到的情報，當草紙還嫌硬了呢。——好啦，再見。一路順風，不吐不瀉，槽頭興旺，六畜平安……」

揮揮手，攙起沈芸香就走。心裡他說，你那點兒精明，少耍罷。王鳳美那兒，他是確實備了案。也不一定要和王鳳美怎樣。對女兵們他總是常存戒心，可是也犯不著認眞，樂趣還是無邊的。這幾天王鳳美正替他把老家帶出來的套頭毛衣拆了，開水燙了——據說清了五遍還是黑水，姑妄聽之罷——挑了一個樣子讓他中意，重新給他打著。起碼這樣的福利還是令人貪圖得很的。

從扶梯下到底艙，到處擁擠著不安分的孩子們。暗裡，邵家聖塞了件小玩意到女孩的褲袋裡。他是連著整個一隻手塞進去，並且逗留在裡面動著。

「小紀念品，猜猜看。」他把一枝四色原子筆貼著女孩的腿腋移動著，讓她感覺。

「鋼筆——我有嘜。」

「猜對一個字。」

「原子筆。」

「還差兩個字——算了，不要你猜了。」他抽出手來，筆留在口袋裡。女孩並沒爭執或排拒他的手，但他知道自己的鄙賤，再停留一會兒，不會有好事。

找到了沈芸香的兩個小弟弟，又和一起的幾個女孩逗，招來一叢叢的孩子圍著他，比場晚會還精采，又是鼓掌，又是唱歌，無意識的喊叫，到船上播報要啓碇了，這才他背著一背的歡呼，再見，很過癮的離艦。

底艙裡擠來擠去，又碰見人高馬大的林春了，「教官，一起去台灣算了嘛。」

他知道這個高不可攀的女排中鋒，話裡有話。「你要找教官一起私奔哪！」

「免得淚灑相思地嘛。」

「眼睛眞尖。你看，教官替你們做了多少工作……」他是慣用那種戰術，且說且走，且走且退，不讓對方插嘴。「把他們逗樂些，省得你們一個個去哄。你們要善體教官的一片苦心才是啊……」

不過，心裡頭他可對自己大爲不滿，未免太招搖了罷。下到海灘上，他還在嘀咕自己：你是向來避免十目所視，十手所指，引起公憤的。「沒辦法，兒女情長，英雄氣短。鐵打的漢子一旦爲情所苦，也成了繞指柔，對不對？……」他跟自己解說。接著，又趕緊否認了起來：「笑話！哪這麼些鬼雞巴玩意，無情荒地有情天——不對不對，有情荒地無情天。老子歷盡滄海難爲水，早就太上忘情了……」他的自說自話，又是點頭又是搖頭的，早已經看在黃炎眼裡。

「公事完了，大官?」黃炎略迎上去幾步。

邵大尉醒過來，兩肩一塌，十分辛勞的舒舒口氣。「你還是不知道的——大官一向公私不分。」坐到水泥包上。「給口水喝——乾得起皮子了。」接過黃炎的水壺。水泥一包包堆上去，正好有個靠首給他靠身子。

「前線就這點好，投老夫胃口——公私不分。戰亂戰亂嘛，是罷。來，坐會兒。」拍拍身邊的空位，他說：「好久沒找你二少吹牛皮了——三日不見，如隔一秋。」

聊起這幾天東勸西說那些冥頑不化的學生家長，他就來氣。「像要拐他們孩子去賣的，操他，我算拿他們一個個混球沒轍兒。」

「看我面子，消消氣。」黃炎側過身去叫喚：「高班長，身上帶菸了沒?過來孝敬孝敬我們大官——」

「絕不接受下級招待——不食周粟。」反而他自己掏出一包雙喜，給弟兄們一散就是一圈。「你也糟蹋一枝罷?」剩下最後一枝，給了黃炎。

那邊，登陸艦開始倒退。艦首聚集著多少小手，不知跟岸上甚麼人擺著臂，尖尖的叫喊。

「這些鬼孩子!……」邵家聖走了氣似的，癱在靠著的水泥包上。他感到沒了勁道，說不很準是爲了甚麼。兩條腿放肆的懸空垂著。

吐出一口煙，瞧著自己的肚子挺起來，他是不肯承認爲的是甚麼這樣子鬆了勁兒的……

沈芸香，哏，那艦首上有沒有她在招手……匆匆的瞥了一眼。邵二爺，你少那麼娘娘腔!他臭了自己一聲。

參謀本部戰報：

一、本日七時三十分，我軍軍刀機六架在馬祖東南海面上空從事例行巡邏任務，遭遇敵機二十餘架米格十七圍攻，經反擊後，擊落敵機五架，擊傷其兩架。我機損失一架。

二、金馬當面敵軍繼續構工活動。

行政院長陳誠表示：中華民國堅決反共抗俄政策，絕不讓和談騙局發生任何作用。外交部長黃少谷復於台北扶輪社演說，重申反共政策，決心保衛金馬，任何會商均不得損害中華民國主權。

美國與中共代表在華沙舉行第七次會議。

中華民國四十七年十月十日

邵家聖一下子把油門踏到底，故意鬧起一股噪音，好讓座下的吉普車替他吼出一聲不屑。

「還有比本官還大的官？聞所未聞！」衝著黃炎，他像翻了臉的啐著。

實在的，邵家聖很掃興。本是前天在海灘上約好了的，今天雙十節，要好好瘋上一瘋。「國慶豈可不慶——不要忘了先烈們歷盡險阻艱辛，拋頭顱，灑熱血，奮鬥犧牲，締造民國……」他是永遠不乏振振有詞的大道理的。「戈培爾那點兒道行，算個鳥！小鬍子還拿他當寶一樣……」大約除此而外，也找不出甚麼靠宣傳起家的人物來較量。他拿柏林最後被圍，戈培爾自己握著麥克風喊話的那一套末技來糟蹋。

「你這位宣傳官，我看，除了——」

「幹麼，我這位宣傳官？欠誰了，該誰了？」邵大尉搶過去說。「選擇題，看你是點哪道菜罷——你是要好話說盡，好事做盡？壞話說盡，壞事做盡？好話說盡，壞事做盡？還是壞話說盡，好事做盡？」

黃炎眨著趣味的眼睛，在那裡略事思索。

「別那麼費事。但看你是要言行一致，還是口是心非。」

「我看你閣下硬是全才，這四樣你都兼而有之。」

「承蒙誇獎。願聞其詳。」邵家聖要笑不笑的憋著。

「不是瞎恭維；對女孩，閣下是好話說盡，『好事兒』做盡。對敵人，自然是壞話說盡，壞事做盡。對老百姓——閣下的民事，一向是壞話說盡，好事做盡。至於……每次幹不正經的事，你閣下也有慣例，好話說盡，壞事做盡。」

邵家聖被冷冷熱熱的這麼又是讚揚，又是揭短，憋住了笑，一再的點頭晃腦。「對，對，到底受過正規科學訓練，觀察、分析、演繹、歸納，很有點兒組織能力。不過，不能那麼刻板，大呆(ㄞˊ)了，辦不成事。哲學、科學、兵學，三者要融一爐而冶之才行。像你那樣橋歸橋，路歸路，還妄談甚麼實者虛之，虛者實之，運用之妙存乎一心！」

本來，戰火中的國慶，一切慶祝儀式和節目全都免了。不過鑒於敵砲被制伏，參謀本部樂得兮做個人情，宣布國慶日停止反砲擊一天。而防衛部也有通報下來，除警戒勤務加強戒備外，部隊得在駐地休假一日。這一天運補停止，岸勤自然也免除了。這樣的情況完全適用於他們在海灘上預定的約會，拉上魏仲和，三劍客去遊久違了的金門城。電影有《小情侶私奔記》和《龍虎干戈》。找個小館兒打打牙祭。「然後，我跟聖人去八三么走走……」這也是說定了的，「烽火連三月，不知肉味。寡人有疾，你得體諒體諒，人家單嫖雙賭，本官非有人陪著才能盡興。不過，二少，放心，名花有主，絕不拉閣下下海。你再去看部片子，等我跟聖人完成任務，再來會合……」可是預定的計畫很周詳，到了時候情況變了，一批外國記者來戰地訪問，還有大官陪同。通報前腳剛到，邵家聖後腳開了車子來。這樣的大掃其興，焉得不氣得他直罵人。

兵士們也罵人：

「幹伊娘，剛搬出來，又要搬回去，甚麼玩意！」兵士們煩得要死，收拾著剛剛打掩體搬出來還沒有攤開見見太陽的私人衣物和書籍。

「有種的話，砲打最凶的時候來訪問嘛。」

「是啊，砲都不打了，入他哥，來訪問個鳥！」

「嗐，就是要來訪問你小子的，還不曉得啊？——把老子都牽累了。」接巧話的張磊，總像是隨時伺候在人家左右。

天氣是真的好得叫人只想要到處去瘋上一瘋，正如他們公稱大眾情人的邵參謀給李班長的招呼：「是啊，老李，三日不見，如隔一秋。」接著念起平劇韻白說明來意：「看今日天氣晴和，我不免請你家公子郊外走走。敢勞老院公通報一聲……」像這樣的天氣，在旱季的金門並不稀罕。稀罕的倒是大家已不記得人間尚有休假這個東西，居然有了一天的休假，而且是在停戰狀態下。剛露臉的太陽，看來比哪一天都朝氣勃勃的新鮮。

樹影千條萬條的抽過面前的引擎蓋，抽著平放的擋風玻璃，晃得眼睛發花。展望田野上一片金閃閃的陽光，邵家聖越發的冒火。魏仲和也不要去找了，車子折回團部，「把老子雞巴都氣彎了……」一路上，惱起來就自說自話的罵一聲。

車子快近汽車排，想想又不甘心這就把車子交掉，獨自回去睡大覺。武俠小說最近奇缺，家裡是蹲不住的……去塔後，看看王鳳美織的毛線衣，就便也探探虛實，你道如何？……他跟自己商量，並沒獲致自己同意。……說不定新聞記者正在那邊——女兵，一定是目標之一。既稱記者團，想必人數不少。蛙人那邊也是深具吸引力的。不去觸那個霉頭。沈芸香那丫頭又走了。要不然，倒是個節目。……若是照原訂計畫，一個人獨自去執行，未始不可。可是沒多大意思；看悶電影，喝悶酒，悶聲不響的規規矩矩去排隊買票，那他受不了。他是把「獨樂樂不如眾樂樂」經常掛在口上的，那是玩笑。實際他要拉住聖人去架他的勢兒。衝著魏仲和，直認不諱，「狗仗人勢嘛——人仗狗勢也可以啦……」別看小小分隊長一個，到了八三么那樣的地方，幾張？——送過來。加票——分隊長的好朋友，還有甚麼說的！加多少？——小子，司登式衝鋒槍，一頓三發，老子哪來那麼些彈藥，打算在你這住院啦！車子打汽車排背後繞回團部，臨時決定，去醫院看看那個倒楣鬼張簡甚麼去。國慶日，一個人孤單單躺在那兒，怪可憐巴巴的。他這個民事官床底下，有的是一次一次分配剩下的尾數勞軍品，饞鬼們誰吃誰吃，經常存的有甜的鹹的罐頭，帶點兒去慰問慰問那個眼珠子掛彩的傷患。他曾在電話裡開了黃炎的玩笑：虧你怎麼帶出這樣沒出息的兵——害左眼？一定偷看女人尿尿了。

嗜嗜呼呼的回來，責備同僚們知有國慶，不知有國殤。大家給弄得愣怔著，不知這個亂子又發甚麼瘋。「這話又說回來，沒有國殤，焉有國慶……」人是匐匍到床肚子裡找罐頭，有的滾到很裡面，受了潮，商標紙脫落了，搆出來的是光屁股罐頭。他整過人事官凌明義——我算跟你這個大嘴老廣三生不幸，無緣無分。凌明義見了甜罐頭，不管鳳梨、楊桃、橘瓣，都像見了命。「好，幹人事的，拍拍你老人家的馬屁，多給你一罐——到時候，給老夫請個青天白日勳章……」三個鳳梨罐頭，每個都鑽了兩個小孔，把汁子空出來喝了。心眼兒轉不過來的傻瓜，直罵鳳梨公司偷工減料，拿乾鳳梨來勞軍。同僚們不相信，罵他老凌不知造了甚麼孽，沒汁子的都報應了他一個人，弄得凌明義有口難辯……「這小子，賤得很，」坐到桌子前來黏貼脫落的商標紙。凌明義就在對面，他是坦坦然然的糟蹋著人，「你不整他冤枉，他也皮癢，對不起他……」

「誰啊，你自言自語說的哪個？」老凌整著服裝，無心的問。

邵家聖笑得抖起肩膀，「告訴你，不認識。帶你去，又太遠。不過，跟閣下同宗就是了。」

「我們姓凌的還找不出這樣賤的料子。」

「你客氣。絕無僅有而已。」不懷好意的笑著。

大小差不多的罐頭，居然湊起了半打。他找繩子來捆，到處找不到。「你們這些饞癆，把勞軍的罐頭吃剩這麼點兒了，把繩子也吃光了？我操。」罵著，找著，瞥見凌明義小心翼翼的在梳理頭髮。金色小梳子，梳著，另隻手很女性的撫拭著檢查有無亂絲。他是斜乜著眼睛笑。一瞧著那樣太過專注，以致把一張大嘴糾得尖尖的皺相，他就不由得想起早餐的花生米來。

「你別不務正業，只顧笑這個，笑那個。」凌明義還在不放心的試著撫摸那一頭油滴滴的亮髮。

「對，老子不務淨業，你務淨業，那就快點梳洗打扮罷，人家外面排隊等著了。」

「丟你！」

「不曉得丟誰呢。噯，誰把繩子吃了，快吐出來。」大聲喳呼著。

鄭胖子拖拉著豬皮鞋，嚓啦嚓啦的響進來，「找繩子幹麼，上吊啊？」

「捆豬。」邵家聖等在那兒接話。

「來了沒有，小鄭？」老凌手持小鏡子，左右顧盼的照著。

胖子給問得發愣。

「聽見沒有，問你買票了沒——這麼冒冒失失闖進來？」

鄭胖子落了便宜，傻笑了。

「丟你。問你新聞記者來了沒有。」

「問我幹甚麼？我又不是新聞記者他爹。」

「噢，梳洗打扮這半天，原來要招待記者啊？早說嘛……」邵家聖終於發現到目標，繩子有了，「閃開，好狗不擋路，擋路無好狗。」他把凌明義轟起來，抽走凌明義的竹凳子，拖過來四腳向上的放到桌邊上，動手解起綁在裂了榫縫的凳子腿上的麻繩。

「噯噯，怎麼可以——」老凌攔著。

「噯甚麼？等會兒給你帶回來，怎麼不可以！」

「不可以。馬上我要坐的。」

「可以，這個先給閣下湊合著坐坐。」順手把鄰桌桌角上大半截蠟燭撈過來，豎到凌明義臉前。

「委屈了，一切爲勞軍嘛，是罷？」

提著罐頭，臨走他匆匆囑託那兩個：「各位，招呼一下，本人野戰醫院出任務去了——知不知道？休假，這麼公而忘私，得了！」人已走出坑道，嘴裡還嘀哩嘟嚕著：「中華民國軍官，要都能這樣公忠體國，哼哼，還愁國不強，民不富！……」

踏上土階，一抬頭，那上頭散散落落聚著些人，瞧著很扎眼，「哪來這一股雜牌軍隊！」他跟自己說，「非我族類嘛……」

看上去，雖也是一片草綠軍服，卻有不少異色的褲子，鋼盔上有白色噴漆字，橫排著「記者」和「PRESS」。「操他，中英對照！」一時，他在土階上遲疑了下來。「今天是怎麼啦，老是這麼碰頭碰臉的……」

把罐頭換到左手，得提防眞有甚麼大官陪同。他遲疑了一下下，還是蹬蹬蹬的上了土階。黑皮主任一定也夾在裡頭，去出出上司洋相去……他心裡說。

上了岸——他是把政治處他這個坑道叫做「賊船」，把土階上頭的地面叫做「岸上」——約略掠過那邊一眼，被他視爲「番邦人士」的記者群裡，似乎確有新聞面孔的大官，也戴著鋼盔。離著十來步之遙，漫然的敬禮過去，隨即行色倉卒狀的急急躲開，跑向停在那邊樹下的吉普車去。

他的耳朵很尖，方才經過那裡，只在他舉手送過一個軍禮去的瞬間，上下還有十來步的距離，人群裡傳出來的那個嗄啞有力的浙江口音，立時他就斷定那位陪同外國記者團的所謂大官到底是誰；而且講的是古寧頭大捷的湖南高地的戰績。

把六盒罐頭搆著放到駕駛座裡邊，背後有向他跑過來的腳步聲。他是很敏感而又有點反感的意識到：防衛部的傢伙們，爲了維護所謂的安全，無聊的跑來干涉他了。反正，還不是叫我趕緊把車子開走——凝著誰啦，這麼大驚小怪的……他是不理那個碴，跨上車座，伸手去開電門，故作無意的側側臉，看一眼來人——心裡閃過一個意念：閣下，你總不至像上次老先生那樣，又來徵用我的車子罷，那才眞是我命該如此了……當然，那邊路口上，停了約莫二十輛車子，說怎麼也用不到他擔這個心。這才他注意到來人，一個瘦高眺兒，放慢腳步，已經走近前來。

「不認得啦，邵家勝？」瘦高眺兒似乎爲了要他好辨認一些，把鋼盔脫下。「老遠我就瞧著你小子，還吊兒郎當那個鳥樣子……」

要說鳥樣子，這傢伙才是鳥樣子——手臂伸直了指著人，側著腦袋，兩眼直直的……當年長辛店、西苑、六郎莊那一段沒志沒氣，和稀泥的日子，立時熱熱鬧鬧的隨這人來到眼前，眞叫人不亦樂乎。

跳下車來，出手就照對方腰眼裡掏了一拳。「操他，二舅，以爲你老人家早就作古了呢，還是那個鳥樣兒。眞是夢中相逢！」

「老夫聽說了，你小子可能在金門，打聽不到——登報尋人，你小子沒見到？」

他是賭血咒沒見到。不過人卻一愣，忽把對方看做傻瓜似的笑起來。「對啦，一字之差，一字之差——任官令把老子上家下勝那個勝字改成聖人之聖了，害你老小子千里尋父——」

「我是想，憑你小子人緣兒，該有人見了報告訴你一聲罷？」

「哈，人猿，還泰山呢，登的甚麼沒人看的雄報！」

「雄——報？金門第一家大報。」

「看樣子，閣下混得不錯，跟洋記者後頭逮洋屁吃，想必是這第一家大報的報長甚麼玩意了罷？」

「承您抬舉，還不敢上那麼高——爬高跌重。」老長的手指張過來，等著握手。「來一下罷，當年一起摸屁股的老夥計了。」

「摸甚麼屁股，那麼斯文；一起捋管兒的罷。」待要伸出手去，他又連忙縮回來，藏到背後。

「得啦，他二舅，哪那麼些洋禮來著！」

細高䠷兒兩眼又直了，一張臉笑得很憂苦。「幹麼，還怕高攀了老夫？」

「不用領教了，不用領教了。還練那個鳥雞巴雄玩意？」他是兩手躲在背後，搓著屁股，一面搖著頭，故意的笑得很難堪。

兩個無惡不作的老夥計意外碰了面，興頭得糟蹋來、窩囊去的寒暄了一陣，又略道一番別後各遭了幾世幾劫，才拉扯了點兒正題。

這個當年惡名在外的「大嫖把子」邱崑，他們那個三多牌——病號多、違紀多、禁閉多的缺德排，好事兒沒有不是他邱崑領的頭。每到一個地方駐下來，頭件事就是背包裡扯出那個尺半見方的寶貝帆布袋，就地取材裝上個四五十斤石頭蛋，針線包裡備有錐針和細麻線，把袋口縫死了。左手丟，右手接，右手丟，左手接，一早一晚練上個百十下手指功夫。兩手練就了搦玻璃杯都能搦得碎的硬功。軍隊撤到廈門，得了重傷寒，把他撇在市立醫院，部隊過海直接到台灣來。兵荒馬亂的，實指望他活不了了。那個節骨眼兒戰死了的同學看多了，心磨硬了，居然不以爲意的就那麼分手了。臨離開那個塞滿了傷兵的病房，這個「大嫖把子」半昏迷挺在地上，身子底下只有一條軍毯，好在發的高燒，九十月的天氣，也就像眼前這樣，凍不著人。「好了、大嫖把子，安心將養罷。」手按在額頭上，燙得像剛起鍋的烙餅。「好不了呢，該你命短，誰也替不了你。好了呢，幹甚麼都行，你可千萬別一時混球，幹他娘賣七的八路軍起來……」眞是少不更事，對一個病危的老夥伴，放那些個臭話。

「還記不記得，他二舅，給你的那些臨別贈言？」

「你小子從沒說過一句人話，還會有啥好屁放！」

「我看你這條小命，撿來的，還眞禁得住摔蹬——」

「用說！眞禁得住摔蹬。」邱崑不時回頭去，不放心的瞧瞧漢夷雜處的那一夥兒。

「大難不死，必有後福焉——」

「嗳，對，等著瞧老夫飛黃騰達罷。操他，老夫向來還沒提拔過後進，到時候，過過癮看，也提拔提拔你小子——上十年了，沒出息還在小團部裡鬼混。」

「廢話少說，你也是上十年了，爬到哪一磴啦？」

那邊，元首的長公子，領著一群記者團已緩緩的行至高地的頂上，猶在指畫著講述甚麼。照他邵家聖拿手的古今官制對照，這位長公子的職位可不怎麼顯赫，勉強可以比敘爲清代軍機處章京，又近乎唐代尙書省的僕射。若是在那兒講述當年湖南高地的壯烈戰績，這個人是夠資格的；古寧頭大戰，他知道，這人以平民身分留在這個島上，輔佐指揮官指揮作戰。也該是一個人的機緣——敵軍萬餘之眾，乘夜暗登陸，全島電訊大半斷絕，又是情況不明的深夜，那位指揮官不慌不亂，眞個是沉著應戰，指揮若定的大將風。不用說，瞧在這位長公子眼裡，自然十分激賞，又是極輝煌的一場大勝仗，必定要在當時也是平民身分的引退中的元首面前大大的美言讚許一番。自那以後，那個指揮官之扶搖直上，歷任要職，自然也是意料中理所當然的事。

邱崑先不答他爬到了哪一磴，翹起大拇指，指指自己領章，「這不是？有眼不識泰山？」

那是朵梅花。「燒甚麼，你也不過比我稍稍出息那麼一點點。」他掐著指頭比畫著。瞧邱崑那一身草綠野戰服，搖搖頭，惋惜的笑笑。「我看也不怎麼的，不信你能跟右僕射搭上了邊兒。」

「那敢是還差了一大截兒。」一張以憂苦做底子的瘦長臉，坑騙拐詐千變萬化的表情，豐富極了。「告訴你說，跟的這位新老闆，中郎將，說大不大，小也不小。在金門，你我三軍通用的這些蝴蝶兵科，總是頂兒尖兒了——」

「少打啞謎，王主任是罷？」

「啊，聰明伶俐，不減當年。」

「馬前還是馬後？」

「分得這麼清幹麼？告訴你小子，觀念要改改，寧爲牛後，不爲雞口，懂不懂得這個道理？」

「懂得，倒過來的理。儘你吹怎麼天花亂墜，操他，還是馬弁一個。」邵家聖說。「不過，你這位老闆，我倒有兩面之緣，是個妙人兒，以後再談。我看你得過去伺候了罷？」

「噯，後會有期。你說對了，是個大妙人兒，要談他老兄的佳話，三天三夜——」那邊的節目似已告一段落，中外人士們散開來，要離去的樣子。邱崑一句話一回顧的，拉架子要走開。

互相掏出筆來，留下彼此的電話。邱崑來不及，就記在手掌裡。

「噯，我說，這位副祕書長，不打砲了才來？當年的雄心壯志而今安在？」

「甚麼？」細高挑兒把手掌裡的號碼念了一遍給他聽，核對無訛，這才直著眼瞪他，「你說誰，我們這位少東？你好說，興趣大啦。連今天，你說多少次啦？……」

記者團和陪同的官員，分散開來，在往車隊那邊走去。邱崑沉不住氣，往著抄近路的方向走著退著，給他打著數碼——三個手指尖尖捏在一起，雞啄食的向他啄著。「告訴你小子，孤陋寡聞——」看看背後那些人的行動，又走回來兩步。「打砲戰開始到今，第十七次跑來前線了。誰也沒他跑得勤……」

這才邱崑正式的跑開。

像看熱鬧一樣。他邵家聖單手扠腰，半倚在車身上，悠然的，笑笑的，欣賞那批匆匆忙忙的中外人士一眼，一面目送邱崑扯開一雙長腿，從一片荒草地上取直線的大步大步走去。

在那批中外人士裡，他看到也戴著鋼盔的那位副祕書長。粗壯厚實的那個型，目標極為顯明。和那些記者們一樣，也穿的是草綠夾克。走著，還在向左右說著甚麼。那種握著拳頭一擊一擊的手勢，也該是這位當年在十里洋場大上海以打老虎聞名全國的傳奇人物的特徵之一。

望著去遠了的邱崑，他跟自己搖頭——副官這買賣，我是幹它不來。再怎麼妙人兒，也得不離左右的伺候。剛才，忘記糟蹋糟蹋這位老哥們兒了，他感到可惜。應該笑他：「你個老小子，生就的副官料子……」想起邱崑給老團長做過勤務兵的事。

那時他們老部隊調駐上海浦東。戰事忽的遠去許多，人是閒得骨頭癢。

沒想到的事，團部給團長找勤務兵，找到通信排來，七弄八弄的，居然把邱崑這小子弄走了。兩個人鬼在一起狼狽為奸慣了，乍乍的分開，眞像身上少去半邊。天天不是打電話，就是抽空便跑去團部找到一起吹牛。有陣子，團長的家眷住到十六舖，團長經常一回家就是好幾天，兩個人那就更得勁兒的死作活作，晚點名過了，還偷著去，煮團長的咖啡，一吹就吹到下半夜。邱崑離是離不開地方，得替團長守電話，只好他去團部，走不開時在電話裡窮扯咕。吹牛吹得差不多了，兩個人不是你來段河南梆子，就是我來口唐山落子，反正是胡唱一遍。有一回邱崑那一頭正唱著來勁兒，「叫一聲，陳世美，你細聽根芽——」忽然中斷。電話並沒壞，皮機的話筒，他一推再推上面的開關，一面催促著：「唱啊，怎麼搞的，忘詞兒啦？……操他，中風啦？……」一催再催，一點動靜也沒有，害他一夜沒睡安頓。第二天早點名一完，就藉故跑開，找到團長室。邱崑還在蒙頭大睡，惱得他暗罵一聲，離著好遠，試一試，以一種跳水姿勢，縱身撲過去，把臭小子壓得一個結實。心想著，這就不怕你金鉤爪，好生來個騎馬顛顛。誰知被子裡頭的人一下彈起來，他根本就壓不住，砰——的就是一槍，打得人滿眼金花，瞳仁都轉向了。

他自己也弄不清他是怎麼被彈開來的，一屁股撞到門上，兩腿都嚇軟了。

「誰！」床上的人坐直在那裡。

鄉下老百姓的房子，窗子又少又小，屋裡還很暗。但是那個輪廓，架式，還有那聲音，就足夠他認出那是誰了。手裡似乎還握著手槍。

「報……報告團長，我以爲是……是邱崑。」

「混蛋，吃飽撐的！算你小子命大。」

團長望望屋頂，他也跟著望上去。黑烏烏的椽子、梁子、墊瓦的青磚，上面甚麼也看不出。驚動了好些人趕來，亂敲著門。他讓開來，頭一個搶進來的就是邱崑。

他這個冒失鬼，一大清早鬧得團部雞飛狗跳，這且不言，這可證明了團長不在時，邱崑就睡了團長的床，害得邱崑給狠狠訓了一頓，攆回了排裡來。還害他們排長跟著塌面子。

原來頭天晚上，他們電話裡頭點唱時，已經十點多了，團長忽從十六舖回來。邱崑那小子還不知道，背對著門，蜷在圈椅裡。兩隻臭腳高高架在團長辦公桌上，唱《鍘美》正唱得緊鑼密鼓，背後團長也是那麼罵過來：「混蛋，吃飽撐的！」嚇得這小子跳起來，夾蛋子兒，垂手立正。話筒雖然貼在大腿上，聲波倒是很強的傳上來，還在哇啦哇啦的催場呢。他找邱崑算帳，怪邱崑再晚也該搖個電話，告訴他團長回來了。「你偷懶了個電話，差點兒害老夫把命都丟了。」氣得邱崑罵死他：「得啦，團長把人罵翻過來了，你小子還在那一頭『唱呀，唱呀，怎麼不唱啦！』唱你奶奶個頭，老夫哭都哭不出了，還唱！……」

胡鬧的年代過去了，如今彼此都似乎有了點人樣兒，但也不免給人些時光的易逝。車隊魚貫而去，彷彿他是被他們撇下的——被走遠了的時光撇下的一點前塵，不遇上邱崑，啥事也沒有；遇上了，居然隱隱約約的又痛又癢了起來。

扯甚麼卵蛋！……他邵家聖最瞧不起心上這些娘娘腔的濫情。好像生怕自己犯了忌，忙著發動起車子，讓猛吼的引擎把那點隱隱痛癢起來的感覺——所謂的娘娘腔，沒出息的哼哼唧唧，給轟個七零五散……

找到了張簡俊雄的病房——傷寒，小小一間隔離病房，停在門前，看看手裡拎的半打罐頭，上等兵，睡特別病房，進去就用這個嘻嘻哈哈，取笑取笑涉嫌偷瞧了女人放水的這個小傷兵。他懂得，逗逗病人開心，抵得上多少藥石，強似愁眉苦臉的乾同情。

叩門，應門的是副班長宋志勳，狼狽的樣子令人愕然——一臉大汗，紮在褲腰裡的軍便服上衣，凌亂的扯出了一些，領子歪在一邊。

「噯！邵參謀，難爲你啦，還跑來看。」這個副班長喘著粗氣，接下一捆罐頭。

「怎麼回事？」他走進來，只見床上躺著的，喘得比宋志動還厲害，拳頭不作主的一下下搥著床邊。

「剛出去一下下，回來，人挺在地上蹺腿摔胳膊的——」

「滾下床來了？」

「熱度太高，燒得不省人事。」

「那該叫大夫趕緊給他退熱啊，人燒壞了怎辦！」

「這沒辦法，要到明天早上八點，才能給他打退燒針……」

這位副班長給他報告醫院裡採用的病熱殺菌的治療法。

「我知道，我知道。」

他坐到病榻前一把木靠椅上，觀察著這個小傷兵。半張臉斜斜的包在紗布繃帶裡，眼睛露一隻在外頭，無神的瞪著他，不認得誰是誰，彷彿只把面前他這個人看做甚麼不相干的物體，一無反應的樣子。大概一陣燒人的熱浪過去了，精力已給耗空，人是處於虛脫狀態，很安靜的平躺著，只是看來喘息得很辛苦。

「這麼蠻整，操他，我是覺得……」他轉過臉來，衝著宋志動直搖頭，大爲不滿的囊著鼻子。

「我看是蒙古——這玩意兒！」

這好像有些冤孽湊巧——他心裡想，偏就剛剛又碰上邱崑那個老小子。上船的那個黃昏，天邊上還亮著亞細亞油庫的金屬反光。就是那個方向，挺著不知死活的大嫖把子。人是生有地，死有所，怎該一個河南許昌人士，命歸這個不相干的海上孤島……到這時候，心裡才湧起點酸楚。這七八年來已很少想起那個寶貝。不過今天即使沒有巧遇邱崑，面前這個小兵給傷寒菌燒成這樣，他也會想起那個和他無惡不作的老夥計的……

「不行，這樣大火燒下去怎麼行！」他有些看不下去，坐不安穩。「我得去找那個蒙古大夫。少一隻眼就少一隻眼了，這麼燒下去，不把人腦筋燒壞了才有鬼呢！」

再次的把手按在張簡俊雄半邊額角上，當年燒得像剛出鍋的烙餅那麼燙手的邱崑，似乎也沒這麼嚴重。起碼，邱崑還認得出他是誰。就算沒聽進他那一番混球透了的臨別贈言。獃傻傻的眼神裡總是看得出有所反應。可是眼前這個小傷兵——眼睛又只有一顆露在外頭，越發的是死魚眼一個，叫人覺著這個軀體裡，似乎已經沒有存留多少生機了。

病人猶在軟弱無力的盲目搥打著床邊。他把那手握過來。極高的熱度是不消說的。那些從手背到腕子凸起像枯樹枝的烏青的血管，那麼樣的暴突在皮下，似乎可以抽根樹枝子一樣的打這頭抽出一束整的來。

「我要是你們排長，我就不答應他們這麼亂整——」

「可是，萬一瞎了隻眼的話……」

「瞎了隻眼又怎樣？又不當一輩子兵。萬一腦子燒壞了，連當個人都當不起了，誰管他一輩子飯！」

「是說……」宋志勳無話可講，咂咂嘴。

「兒子養這麼大，容易嗎？……人家是把兒子交給你們的，你們就是中華民國嘍……」他握著那根燙人的火棍子的手，嘀嘀咕咕沒完。「不行。」他跟自己說。指望今天大國慶，出來尋歡作樂的，跑這兒來悲悲切切幹麼啦！「去看毛衣打好了沒。走啦。」他跳起來。「副班長，罐頭勞你的軍了，你也夠辛苦的——在這兒守屍。千萬別給他吃——傷寒，腸子爛剩下一層薄皮兒，可以灌臘腸，不是好玩兒的，千萬千萬甚麼都不要給他吃，除了開水。我臨出來，匆匆忙忙，把這事兒給忘了……」

這話一直說到外面走廊上，又折回來拿他忘掉的鋼盔。釘有鐵掌的皮鞋，不知有多貧嘴的裡一逗，外一逗。「你看我這嚕嗦勁兒，操他，成了老太婆，哈，不是玩意兒……」他自己也頗有自知之明似的，衝著這位副班長抱歉的笑笑。

可是他那張白得發青，且有一對黑眼圈的瘦臉上，卻是千變萬化，抱歉的笑著，立刻又翻了臉的罵起醫院。皮鞋聲已去遠了，「……看你們作的甚麼孽罷，拿人不當人，作罷……」宋志勳還聽得到這個似乎喜怒無常的邵參謀嗄嗄的嗓子在哇啦著。

門前，隔著整修中的花園那一邊，團團五六七八個人，叢在一起，穿草綠軍服的，也有穿醫務人員白罩衣的，幾張嘴爭著搶著，指手劃腳的，似乎都在努力要把別人說了不算的廢話塗了去，好讓自己一家獨白。

邵家聖發現這幾個傢伙圍著他開來的吉普車四周，那麼樣話七道八，他立時生出反感來——就算老子停車停的不是地方，也犯不著這麼大驚小怪。等老子來給你們臭刮一頓……

幾個人像是向日葵，一張張臉跟著迎過來。有個傢伙坐在引擎蓋上，挺溜活的跳下來，笑臉迎人的走向他。

「上尉，車是你的罷？」這傢伙隔著一段距離，嘻皮笑臉叫著。

「車是中華民國的。」

估量著並不是他所反感的軍紀不軍紀的那回事，但他還是冷著臉，冷冷的嚐回去。

走近車子，另個中尉軍醫陪著好聲氣問他：「請問上尉，要回哪裡？」和氣的可愛樣子，好像野雞汽車向人兜生意。

「要替我開車？」邵家聖看也不看那中尉一眼，耷拉著眼皮，手在口袋裡找車鑰。

「好不好讓我們搭便車？」

「搭個便車啦，上尉……」一個士官有點耍賴的鬼相。

「我們想去看國旗……」

「可以啦，上尉答應了。」

眾人你嘴我舌，好似一夥小學生。

「看甚麼國旗？那不是！」他已坐上駕駛座，右手的小小工具匣裡，翻出一雙粗紗白手套，磨磨蹭蹭的往手套裡面穿。人是故意挺得很有價錢的樣子，朝著右上方天空瞟一眼。

醫院大門的門樓上，國旗緩緩的飄打著。

「不是啦，是去看大嶝島的國旗啦……」有的居然憨皮厚臉的爬上了後座。

邵家聖腦子裡打了一個轉轉。大嶝島有國旗？話已問到嘴邊兒上，又嚥回去。我邵大尉向來都是數一數二的消息靈通人士，大嶝島上出現了國旗，我怎麼能不曉得？哪個缺德的小氣鬼把這新聞瞞得這麼緊！這種新聞還要保密？早上還去了黃炎那裡，他不信他們那個排一點都不知道。就是他們第二線的陣地，也應該看到對岸大嶝島的，真叫他不服氣。

「得啦，要看國旗還不容易，哪兒不都是！」他說。電門打開，車子嘟嚕嘟嚕的打火。「下車下車，都請下車，本人要務在身，沒工夫伺候各位去遊山玩水……」

他是很心動，那樣的熱鬧怎可少了他。但是張簡俊雄慘兮兮燒成那樣，這些老百姓的醫官護士居然浪蕩閒漢的到處亂跑去找熱鬧看。

「你們怎能把病人丟了不管？有虧職守的……」

「有人值班啦，不用你上尉費心啦……」

「休假嘛，哪還有甚麼要務！走啦走啦……」

車子又熄了火。大夥兒誰都聽出來他那假正經的口氣，又見他並不決絕的開車就走，便充滿了人生希望的跟他連耍帶賴，好像受到鼓勵的一個個爭著抗著往車上爬，一面鬧嚷嚷的叫著：

「上尉也順便去看看嘛，兩面國旗呢，不容易的。」

「上尉早看過了。」他說。「你們這麼多的人，想去餵憲兵是不是？」

「沒關係，特殊情形，憲兵會破例通融的啦。」

「普天同慶嘛。」

「沒那話，憲兵又不是你們家雇的。」他伏在方向盤上，懶懶的側過臉來數了數人頭。「你們還是自動自發，自抱奮勇下去三個。」

人是半邊臉壓擠在攬著方向盤的手臂上，眼梢給推上去。小生吊起眼梢的扮相。

他這話一出，有些挑撥離間的味道，幾個小子中間被製造起糾紛，互相排擠的胡鬧著。他側側臉，瞄了一眼那兩個穿白罩衫的傢伙，「依我之見，你們白衣天使哥兒倆，哈，要說你們倆不正在值班，鬼才相信。好了，你們倆可以休矣……」

此言一出，穿草綠軍服的幾個，奉了聖旨一般，同心合力的轟這兩個。這兩個賴著不肯，撕撕扯扯中，極力想把白色罩衫脫掉。

看這樣廝纏不清，邵家聖略施小計的虛踩著油門，一次次的打火，車子發動不起來。

「怎樣，看你們鬧的，老爺車生氣了。幫幫忙，推罷，哥們兒。」

一個個規規矩矩的下車。小車，根本用不著那麼多人推。可是這些傢伙斤斤計較得要死，有一個留在車子上，也不甘心。

玩甚麼遊戲似的，大夥兒嘻嘻哈哈，眾星拱月的擁護著他玩兒。車子彎過花園圓環還不很平整的彎道，上上大路，他是好過癮的掌著方向盤，自在得要命。「來，吟詩一首給你們慰勞慰勞——」

「一去二三里，拋錨四五回，修理六七次，八九十人推。——怎麼樣，有千家詩的味道沒？」他說，笑吟吟的看一眼眾小妖。

「有！」一呼百應的好不歡快。

有你們倒楣的——幾家歡樂幾家愁，他心裡說著，腳底下一加油，車子跑起來。

看罷，一個個往車上掛的掛，跳的跳，跟著夾屁追的追，亂七八糟的譁叫的譁叫……

「甩掉了幾個？」車子加速的跑著，邵家聖問了問右邊的中尉軍醫。

「我看……」中尉回過頭去，腦袋伸著好長的往後看，連身子也欠起來。

「四個，四個，」背後不知哪位老幾，搶著報甚麼喜信似的，樂得聲音發抖。「哈，馬雞，馬雞還在追哩，我操他，馬雞……」

「馬雞?閩南話馬雞?」他問。「糍粑不是?」

「嗳，對，馬雞，比麵包還傳神，對罷?」背後的老幾，靠近他耳根喊著：「就是上尉說的，白衣天使，胖胖的那個。」

「那該給甩掉的;物競天擇，優勝劣敗，對不對?」他說。「十個胖子九個笨——不過，十個胖子也九個富，只怕胖子沒屁股。老天很公平，人要笨一點才能發財。你們——不過，你們這位馬雞兄有沒有屁股?」

「有是有，不大。」

「屁股當然誰都有。」

「那該馬雞發不了財——有沒有屁股，意思是屁股大不大，知道罷?」另一個誰，一旁在補充。

滿載著一車歡笑，車子馳過白土層，駛上紅土層。大夥兒嘻嘻哈哈，幼稚的討論著屁股不屁股的，想不到這些整天給人屁股上打針的傢伙，對人身體上不大公開的這個部分，居然還保有這麼大的興趣，鬧得眞有些節日假期的味道。

中尉膩著他，興趣非凡的要求他把那首千家詩多吟兩遍，教給他們。

「學費繳了再說。」他裝作用心的開著車子。

當然，照他看來，這些「吊兒郎當是軍醫」，値得買帳拉交情。人吃五穀雜糧，保不住不碰上個七痨八傷的。朝中有人好做官，醫院有人好生病。他教給他們沒完兒的耍貧嘴玩意，逗得大夥兒樂死了。這些整天瓶瓶罐罐搞所謂科學的人，他覺得實在可憐，硬棒棒的活得一點兒情趣沒有，怪不得一對付起病人傷患，一個個脾氣都好暴躁。就憑他整籮整筐子的耍貧嘴玩意，有些實在很低級，粗俗得要命，但還是把這些傢伙逗得一陣陣爆笑，樂得要服腹痛藥。

車子開進黃炎從前的老陣地，現在是第三營駐守。沿著陣地前緣一片相思樹和木麻黃底下，早有些散散落落的軍民同胞，過年看廟會似的停在那裡。

「走開走開，軍事重地，像甚麼話！沒點兒敵情觀念……」

從車上跳下來，邵家聖離著老遠就大聲疾呼的一路連喝帶叱過去。車行途中他就琢磨到這該是他宣傳官的事，應該計畫計畫，選個適當地點，趁熱招待招待軍民同胞來參觀，也算提高民心士氣。早上的記者團，不知開了這個眼界沒有，該讓洋鬼子見識見識的。現在下了車，見到群集著這麼些軍民人等，才一下子覺悟到根本這就是為了招待外國記者，才亮的這一手，也算是「預謀」了。他罵起自己笨蛋，糊塗，有一種半眞半假的遷怒的衝動，嘴裡不乾不淨的繼續罵過去：

「……都在這做砲靶是罷，想當砲灰是罷，活得不耐煩了是罷，豈有此理，簡直！……」

人叢裡面他發現還有年輕婦女，邵家聖喳呼得更上勁兒。這麼像眞的一樣，疾顏厲色的瞎喳呼，倒蠻可以把人唬住，有的臉皮薄些的，眞就尷尷尬尬的，好像討了沒趣的搭訕著散開。

「……兩天沒捱打砲，皮肉癢癢了是罷……」

先還像眞的，人估不透這個小爆竹人物，一路劈劈啪啪炸過來，到底是個甚麼來頭。可是愈喳呼愈不像話，不是正經味兒，有人喊起邵大尉，居然還領頭鼓掌起來。

「這還差不多……」他跟自己說，做出很光彩的神氣，回顧了一下背後跟過來幾個野戰醫院的寶貝。

樹下架起兩架那種二十倍的望遠鏡，不知甚麼人甚麼單位幹的。「讓開讓開，有甚麼好看的！儘著看，看能看飽肚子啊……」

這麼虛張聲勢的表演，當然會有人趕快讓給他看。

眼睛湊上去，一時還沒抓住高低，視界裡滿是白糊糊的浪花。

「邵參謀，過這邊來看。這邊清楚……」另一架望遠鏡那裡，有人叫他。

「邵參謀又不是四眼田雞。」他回了話，繼續尋找目標。

黃得發白的海灘讓他對上了。兩面惹眼的國旗飄揚著。「不曉得是不是聖人他們搞的鬼。」他跟自己嘀咕著。海灘上似乎風力很強，青天白日滿地紅的國旗，貼近到鼻尖上來。眼睛看得這麼近，彷彿耳朵也聽到了劈啪飄打的旗聲。

「來來，你們外來的貴賓先來。」邵家聖讓開到一旁，四周去找找三營二連三排的人。

王信超排長招待他到排部。「茶我不喝，菸我手上正燒著，你忙你的，我只打個電話就成。」

「茶總要來一杯的，現成嘛。」。

「說不要就不要——茶不思，飯不想嘛……」

電話在過五關斬六將的往魏仲和那邊搖。「那是誰啊，老王，那麼會兜生意！」他回過頭來問王信超。

「連長的意思嘛。」這位排長很靈通，知道指的是那兩架望遠鏡。「咱們這位連長，喜歡熱鬧。不過這也是好事就是了——」

電話又向前過了一關。

「是你們發現的，還是……？」

「不，都沒注意到。要不是記者團在一連那邊陣地指東劃西，我們還不曉得哩。」

「倒很奇怪，從大清早到現在，也算整一個半天了，旗子豎在那兒——」

「是說啊；對岸一點動靜也沒有。參謀不是看到了嗎，一個人影都不見。」

「這倒蹊蹺。就算害怕四周埋了地雷的話，架起機槍掃掃，總也掃得斷旗杆罷，你說呢？」

「想不透。也許……」王排長認眞的思索起來。「也許，好久沒見青天白日旗了，想得慌，就裝孬沒發現，留著多看兩天。」

「也別太自作多情，其中必有——」

電話裡送來魏仲和的腔調，打斷他話。

「嘿，二舅，是不是你們幹的好事——那兩面國旗？」開門見山的他就忙問起這個。

「幹麼，要請客慶賀慶賀？可以。」

聽那口氣很平和，不像冒險犯難，鬧了整夜沒睡覺的樣子。「不過，原定的計劃，不算在內。」

聖人補了一句。

「別冒充了，整個金門又不光是你們一個蛙人隊。」

「先答應請客再說。」聖人嗆出一聲笑。

「對，你邵家老爺有請客的癮。」他說。「從實招來，有你沒有——裝得眞聾兒一樣。」

「這有甚麼好裝的，牛刀小試，又不是了不起的——」

「操他，少吹。問你，是否預謀？」

「慶祝雙十國慶嘛。」

「誰跟你討論這個。洋記者去跟你們哈囉了沒有?」

「插的是中華民國國旗，又不是星條旗，要紐約時報來喝采幹麼?」

「操他，所以說你小子四肢發達，頭腦簡單，給他們老美上堂課也好啊；別說還有其他作用——嗳，插句話，用你們閩南語，喊這些老美馬雞如何，比膿包還傳神，你看得兒是不得兒……」

他聽到聖人笑得很小氣，好像讓人嗝噎了癢。想來這不解風情的聖人，一經跟家鄉話貼切上來，也必定會立時心領神會了。

「絕透了。」魏仲和說。「馬雞記者剛走不多一會兒——眞叫人覺著一個都是軟趴趴的，黏膩膩的……」

談起昨午約定今天好好瘋上一瘋的計畫，「等你開車子來呢，你做大官兒的言而無信——」

「少廢話，老子鳥都氣彎了。」邵家聖說。「洋記者既然走了，問你現在走不走得開——只問你這個。」

「這啊……」

「別這啊那啊的。我馬上去找黃炎。你攔部車子直接來，金城戲院門前，不見不散。」

「好罷。」

「很勉強是罷?如今有了價錢了?」

臨掛斷電話，他又問了:「昨天中午跟你約定計畫時，是不是已經知道夜裡要去插國旗了?」

「那還得了!我們隊長向來是守口如瓶的。不要說對外保密，對自己隊上也不能漏一點風聲啊。

要不的話，這樣的任務，我們這些活土匪能爭得打破了頭……」

「好啦，精采精采，等會兒再給本官面報詳細經過。」

放下電話筒，王排長等不及的問過來：「老魏領人幹的？」問著，不知有多驚喜的把聲音壓得低低的。

「早該亮一手啦——吃了國家多少高級營養品哪，不亮一手說得過去啊，操他的！」

打放電話機的坑道口這兒，看得到一些來的去的人頭。趕來看熱鬧的人，似乎愈來愈多了。

行政院宣布：金門地區學生及老弱婦孺，已疏遷至台灣四千零九十二人。

參謀本部戰報：

一、本日九時十八分至九時四十四分，敵機四架在烏坵上空盤旋二十六分鐘。

二、金馬當面敵軍，仍繼續其構工活動。

美國艾森豪總統今日對記者表示，美國將不強迫中華民國削減其戍守金門島群的兵力。

美國國防部長麥艾樂來華訪問，他說：「中國國軍奮戰補給成功，為迫使中共停火的主要原因。」

美國與中共代表昨日在華沙舉行第八次會談。

北平電台廣播，將停火期間延長兩星期。

行政院新聞局長沈錡指出，敵所謂繼續停火是為了企圖達到他軍事上所不能達到的目的。

中華民國四十七年十月十五日

性情上面行事，邵家聖一向是打鐵趁熱。雙十節當天下午，他就等不及打電話給老友邱崑，敘舊之餘，拉起上官老爺的官腔官調：「噯，我說邱副官，給安排個時間罷——老夫我要去你們大內巡視巡視……」

「這個啊，」邱崑打起哈哈。「我看，你二部爺還是找塊兒空地，一旁涼快涼快去罷。」

「少來這一套。一朝選在君王側，就這麼有價錢了……馬弁那副嘴臉，我操，還興我鳥都不打你鼻梁骨嘞……」

禁不住這位二邵爺死纏歪纏，邱崑他自己其實也是饞著要跟這個同在軍伍裡兩小無猜一起長大了的老夥計聚一聚；加上他的職務特殊，除非將軍回台灣去開會甚麼的，他是寸步不能離開的給綁住死死的。要想隨意出洞來單獨走走，根本辦不到。這就只好如邵家聖糟蹋他的，假傳聖旨，用將軍的官章出條子把他二邵爺給拘到紫微坑道來約見。

「他奶奶的，我這是劉姥姥進大觀園來了……」走在電燈照明的長長坑道裡，邵家聖故意耍寶的半張著嘴，土裡土氣的東張張，西望望，走路的架式也拉撥拉撥的一副癩相，一臉不知有多新鮮又有多知足的傻笑。

邱崑也是透明透亮的精靈鬼，一下就看出二邵爺窩囊他來了。「你少丟我邱祕書的人罷——哪塊地裡出土的小舅子，土頭土腦的上城來找姑爺了……」

「你小子！皇上也敘得出兩門窮親家罷，你他媽的從河南許昌那塊黃土層裡才起出來幾天，就跩成這樣？——忘本！」

「呵，你到哪兒來了，還這麼氣勢？這種軍機要地，掂掂你那個斤兩，也是你隨便來來去去的？……」

出洞來領他進入這個軍機要地的邱崑，幾乎生就的一張千變萬化的臉子，人若不清楚他，瞧那瘦瘦的長臉上騰騰殺氣，眞會以爲怎麼樣了。還又遇上邵家聖，也是到了家的做表功夫，搭配得簡直是精精到到的一場相聲。兩人就是這麼一路鬥著嘴皮，心裡有說不出的歡天喜地。

這個在太武山根底裡開鑿的大坑道，工程浩蕩，總讓初臨者一個驚歎接一個驚歎接一個驚歎。

邵家聖是個敏感而又反應特快的傢伙，就因爲他要比別人領受得更強烈，也就分外的隱藏起他自己。

所以與其說他是故意刺鬧邱崑，不如說那是他慣用的掩飾一套——男子漢大丈夫，哪裡可以多愁善感的輕意就大驚小怪起來。

從進洞的這一條長長坑道一路走來，頭頂上一直跟蹤著粗碩的通氣管，似乎隱隱的哮喘著。坑道兩壁都一個洞口一個洞口的開鑿出許多大大小小的各部門的辦公室。這主坑道走至盡頭，是個丁字路口，分向兩頭開鑿，看上去又是無限長的左右延伸過去。水泥壁上到處有預留的滲水孔，長年涔涔流著細泉，瀝瀝落落的水鏽跡子，彷彿扎穿了水泥壁的樹根，還在繼續伸張著往地層下扎進去。坑道頂則是看似未加修飾的斧鑿痕跡，排成密密大浪的那麼波向一個遠方。人航行在海上，每每感覺無涯無際的海浪只如固體一般的呆滯。在這樣的坑道裡行走，人在俯仰之間，反而又感覺到覆蓋的岩浪有湧湧然的律動。這樣子的動而爲靜，靜而爲動，因爲都是感覺，所以不可理喻。

可行大型車輛的坑道裡，不斷的有脅下夾著卷宗來去匆匆的參謀們。給人的感覺是工廠車間裡運動的履帶，機械也有一種莊肅。這些生得乾乾淨淨的參謀們所顯示的匆忙，遂使這裡的戰時和前哨的槍刀劍戟的那種味道又是另一番森嚴。

然而邵家聖兀自有他不能自已的輕蔑；他也感覺了頭頂上那些湧湧然的岩浪，也感覺了那種履帶的莊肅，他是千眞萬確的拒絕不了那些感覺，同樣也拒絕不了他的不能自已的輕蔑。而這些也因爲都是感覺，所以也都不可理喻。

「要死多少人哪，我天！」對於浩蕩的鑿山工程，在他邵家聖的口裡，只博得這麼一聲讚許。說來也未必就是矯情。而對於那些匆忙於協調會辦的參謀們，也幾乎是一種平行併生的感應，一邊是司令部的戰時森嚴，一邊卻是不過煞有介事的忙些文牘事務——特別當他們行經身邊，注意到他這個一眼就瞧得出是下級來的土土的小幹部，他是益發的被他們那種矯飾誇傲的優越感所威脅。那隱隱的反感也是情不自禁的。

來到一個位置顯得偏僻的洞口，邱崑從推開的門縫勾進手去摸黑開燈。因爲是日光燈，憋了好一會兒才不情不願的眨著亮起來。

室內四張雙層單人床，塞上兩張無屜的小桌子。兩個人一進來，就把空處塡滿，掉不過身子，而八個床位都有人住，不能想像八個人同時要進來，該怎麼樣排隊等著前面的人脫了鞋子襪子，爬上床，才騰得出空來讓後面的人遞補。

「怎麼樣，沒你們下級單位地大物博罷？」邱崑把他讓到自己鋪上坐下，抓過熱水瓶來倒水泡茶。

「大衙門就夠你們跩的了，彼此總要公平點嘛，便宜不能讓你們占盡了。」

邵家聖已經不見外的連鞋躺到床上，把被子枕頭胡亂墊弄高了，塞到上半身底下墊著，舒服的長歎一口氣，「噯，好吃還是餃子，舒坦還是躺著。」

邱崑打床頭小櫃子裡取出花生甚麼的，「要吃就吃，不吃拉倒，別怪我怠慢你一邵爺。」

「操他！放了幾百年的陳貨。有洋菸拿包來抽抽還差不多。」

「有，一根兒，黑毛牌的，標準洋貨。」

邱崑又打開小櫃子，取出包雙喜。

「你們八個人要都是菸鬼，那你們這個小洞不是燻兔子啦？」

「這不就是隻兔子給燻著了嗎？」

「少廢話，談談廈門市立醫院如何，或者你這位新老闆——」

「慢慢來，新老闆這個會不知道要開到何年何月——你有夜間通行證不是？」

邵家聖偏偏臉，不要理這位老夥計似的。「你也不稱斤棉花紡紡，我邵大尉走不通的路，還有誰走得通？」

「那不就掖個鳥啦；敞殼吹咱們牛皮罷。你頂好把那雙爛皮鞋卸掉，讓足下臭腳丫子透透風兒……」

邱崑唱做俱佳的吹完了僞裝逃離廈門，又吹起他這位很是個人物的新上司。「還算愉快就是了——跟上這位先生。人是圓通練達，有才華，有識力。主要合得來的，還是他老兄幽默詼諧，平易近人。」

「幽默我領教過……」

邵家聖講起在六三高地給違紀的蛙人解圍的這位將軍的風趣，以及「是那樣。他就是那樣，管你葷的素的，他是滿漢全席一起來呃……」

作爲戰地司令部政治主任貼身的隨從參謀，邱崑只把將軍「快樂王子」和「故事大王」兩個綽號一介紹，這位王將軍就已在邵家聖敏銳的感覺裡呼之欲出了。

當然，那麼一個歡喜佛，似乎並沒有甚麼稀罕；部隊長在部隊裡如果比喻做嚴父，這政治部主任就該是慈母了。至於將軍有永遠無虞匱乏的故事，一般看來似也不足爲奇；大凡一個閱歷深厚的長者，莫不是包藏滿腹的世故滄桑，「我吃的鹽比你們吃的米還多」，就近乎這個意思罷。人敢情就是那樣，年事愈高，愈在人世的行識名色上超出了飽和，於是滿之溢之，隨時氾濫，不免就有那下半世的嚕囌，漸令身邊的小輩吃他不消。那也是歲月無情的莫可奈何。

然而將軍的故事之多，不在他坐下來一個接一個的給你大擺龍門陣。將軍是個大忙人，沒有甚麼閒散的時間留給他用在寂寞上面。將軍凡事都有品評衡奪，人世的迷界流轉，和快讀法的一日一書，在他都有臨機妙悟，所以將軍的故事莫不是在現實裡應運而出，叫人覺得必須就要那樣的一個故事出來畫龍點睛，才得道理分明，用不著苦口婆心的去空空泛泛的說理說教。而且，要緊的還是將軍本身就是故事。將軍不問處理公私事務，無不都有他生動別致的獨特情趣。人可以發現，從事任何繁雜工作，在他不是工作，不見煩忙辛苦，只有快快活活的享受。愈是緊要關口，也愈見他分外的愉快自如。像這樣的一個老軍人，便不很多見了。

就在前一日的例行部務會報上，對於參謀們的本位主義，協調不夠，將軍就曾即興的用了一個故事來作爲主席結論之一——

有個窮道士，化緣化到一家小飯館。館子老闆敢情很小氣，零錢不賞一文，剩飯剩菜也不肯施捨施捨，還推說帳已入櫃，鍋碗也都洗刷過了，怪他窮道士不早不晚的，來得不是時候。

窮道士一臉的陪笑，自認不該這個時候來打擾，就跟老闆乞求，借個鍋灶用用，煮碗石頭湯來充充飢。

館子老闆跟夥計們一聽說石頭可以煮湯吃，倒是見所未見，聞所未聞。看看這窮道士，倒覺得眞有點兒道行的樣子，不妨見識見識。

道士就著路邊順手拾了兩個石頭蛋兒，借了洗菜盆洗洗乾淨。鍋子裡添上小半鍋水，石頭蛋兒下了鍋，這就到灶下生火。店夥計幫忙燒鍋，廚師傅也一旁黧著眼兒，等著學手藝似的熱心瞅著。一時聚來些店裡店外的人，圍觀這一場只有講古兒裡才有的稀罕奇事。

窮道士倒滿是那麼回事兒的捋著袖子，擎起黑鐵勺，等著開鍋。待水開了，掀起鍋蓋，熱氣騰騰裡，窮道士插下黑鐵勺，撩起一點嘗嘗味道。敢情缺點兒甚麼，搖搖頭，然後跟老闆商量，能不能用用灶台上那些瓶瓶罐罐的作料，老闆一心只想瞧稀罕，連忙張開兩手讓著：「敞殼兒用，敞殼兒用。」窮道士這可得了勁兒，蔥花蒜米兒，豬油、醬油、料酒，頭頭是道的大事烹調起來。窮道士烏煙瘴氣的煞有介事那麼張羅著，四周看熱鬧的也愈看愈上了勁兒。道士忙裡偷閒的跟老闆說：「這道湯有個名目——龍戲珠。珠是有了，這龍還缺著，來把麵條那就齊全了。」沒等老闆回話，掌鍋的師傅早就搶著抖了把兒竹匾子裡取來的家常麵，雙手捧給道士。這道士也不接，掀起鍋蓋等著掌鍋的師傅下進去。蓋了鍋又悶了會兒，於是連麵帶湯起了鍋，盛到一隻大湯碗裡，那香噴噴的味道就別說有多叫人聞著掉口水了。

窮道士大模大樣兒坐下來，就著桌上的作料還又調配了一些胡椒粉、辣椒油。「各位父老，偏你們了——這麵條，各位不稀罕，貧道先把它吃了，留著石頭再給各位嘗嘗新鮮。」窮道士拱拱握著筷子的雙手，跟父老們讓了讓，這就埋下頭去，吃熱喝辣起來。只見他口裡嗤嗤呵呵，唏哩呼啦，直吃得滿頭大汗，碗底朝天，剩下兩個黑糊糊的石頭蛋。

窮道士跟各位父老兄弟一一拱手，「各位，精華盡在此了，不妨嘗嘗這滋味如何，貧道就此告辭，後會有期。」說著就掮起月牙鋤、化緣的黃袋子，揚長而去。

「我看你們參謀們，」將軍講完了故事，接著說：「就是用的窮道士這個居心，去協調人家跟你們合作，人人爲我，我不爲人人。俗話說，秤陀打鑼——一鎚的買賣。頭一回或許讓你占了便宜，二一回呢？……」

接著，邱崑遂又講起前幾天雙十節那日，許多中外記者由副祕書長陪同來前線訪問。一位美籍記者冒冒失失的問起司令官：「請問，照閣下估計，金門要被打到甚麼情況，就可以投降了？」

這位戰地最高指揮官聽了聯絡官翻譯之後，立刻臉色大變，忍不住就要發作了。將軍是懂得英語的，沒等翻譯過來，就已經先跟司令官遞了眼色，這時忙著貼近司令官耳邊嘀咕了一下，算是把司令官的性子按了按。

美籍記者不諳中國國情，確是不懂得那樣的詢問對一位中國將領多麼嚴重的侮辱。但是將軍給司令官進言，只可他生番仔無禮無義，不知自重，我們禮義之邦，不能和生番仔一般見識。將軍提醒了司令官，中國文化的民族正氣裡沒有投降這個字眼兒。

那位記者沒辦法懂得聯絡官所譯過去的甚麼民族正氣，黧眼兒雞一樣歪著脖子，一險的輕蔑，那是他們慣於對待非洲土人的臉色。

「我了解，」這位記者說：「那是屬於東方的一種巫術——精神麻醉。我們二次大戰在太平洋上，碰見過日本人的這種巫術，可是結果——」

聯絡官也竟激動起來，不待這位外國記者的話講完，也不待翻譯過來讓司令官發表意見，再翻譯過去駁斥，便一疊聲的攔阻著：「你曲解了，你曲解了……。」

「馮少校，你恐怕翻錯了。」將軍抬抬手，守著四周的外國記者，索性用英語跟少校聯絡官說：

「你恐怕是把正氣翻成positive gas，才惹這位記者先生聯想到哥羅芳之類的麻醉劑。要不然，怎麼會這樣子不通呢？現在請你請教他，美國的country、duty、honor，是不是西方的一種巫術——精神麻醉。所不同的是，他們可以投降變節，因爲他們所謂的『榮譽』，不包括這種『恥辱』。我想，這樣解釋，可以使這位記者先生滿意了罷。」

將軍的這一派嬉笑怒罵，當然不必經過翻譯，便直接的引起外籍記者團的一片喝采，賓主盡歡。

後來將軍特別優遇這位記者，單獨的親自陪同著乘蛙人膠舟，跑了一趟大二擔島，講解一番將軍自己獨創的所謂「樓梯戰術」，問這記者，是否有投降癖的美軍堅持非要投降過過癮不可。

膠舟航行在驚濤駭浪裡，舟裡連操舟的蛙人五個人，渾身上下完全濕透，整得這位洋記者上吐下瀉，發抖不止。將軍還又火上加油的告訴他，「我們現在正處在敵人機槍的有效射程之內。」將個營養豐富，油紅似白的一張小胖臉兒，嚇得搽了一層灰土。而將軍穩如泰山，談笑自若，大有「羽扇綸巾，談笑間強虜灰飛煙滅」一派儒武之風。將軍說：「這就是我的正氣——閣下把它解釋作『巫術』也未始不可。」總算功德圓滿，把這名外籍記者整得口服心服——就算心裡還不服，口裡總是沒再提出有關「民族正氣」或「投降」之類的詰詢了。

「絕！硬是一絕，……」樂得邵家聖蹺高了腿，直用雙腳鼓掌叫好。

「你要說這是一絕！那我們這位中將不止是五絕、七絕；百絕千絕也有的是……」

「很好，小子，算你哪輩子修來了這麼點兒豔福。好好幹罷，幹出頭兒，給你討房媳婦……」

邵家聖橫插了這話，叫邱崑愣了一下下。

那天意外的碰上邱崑，回去之後不由自主的想了些過去的陳芝麻爛豆子的雄事，特別是邱崑給調去伺候那位老團長，似乎生就的勤務兵的命——甚麼祕書不祕書，說穿了還不過是個大勤務兵——就無來由的有些屬於身世淒涼之類的茫然之感。如今言談間，無形之中露出的那些個得意和誇傲，看得出來很以伺候這位老闆爲樂事，倒也叫他替這位戰火裡打滾出來的老夥伴高興了。

瞧著邱崑不大明白的眨著眼，「別管這些，」他叼著半枝雙喜菸說，「你就再吹這位將軍還有些甚麼個絕法兒罷，過癮得很——我想我將來當上了將軍，敢情也就是這副德性了。講給老子聽聽，也好做個參考，早作準備甚麼的。」

「你還將軍？回去投了胎再來說罷。要麼，來盤象棋，將你的軍。」

「那是我自己私人的事，別替我操這個心，吹你的好了。」

「那可三天三夜也吹不完，上天就跟你小子招呼過了……」

談起太武山巔上「毋忘在莒」那座巨大的勒石，將軍麾下的參謀們，那是常常拿來硬棒棒的塞進甚麼宣傳通報一類的文章裡，有的是用來點題，有的作爲立論根據，種種的用途不一。可是將軍每核到這些文稿，沒有一次不是皺眉的。前幾日遇上聯絡官給外籍記者介紹「毋忘在莒」的歷史故事，更叫將軍不滿。那些記者們是把故事聽進去了，看得出來的，卻不比了解「民族正氣」更清楚一些「毋忘在莒」的寓意。

將軍當場就手在臉上猛搓，沒有說甚麼。那是將軍的習慣，巴掌一摀到臉上狠狠的搓來揉去，便必定是心裡極度的不耐煩了。

也就是前一日的例行會報上，做主席的將軍對此又講了他所拿手的故事——

金門有位小學老師作家庭訪問。大概跟學生家長也沒有多少好談的，又很熱心教育，就索性跟學生老老少少一家人講起「毋忘在莒」的歷史故事，從燕國伐齊，連下七十餘城，最後只剩下即墨和莒域，到田單如何徵集耕牛，以火牛陣攻燕軍，齊國失土一舉而恢復……講得口沫四濺，很是辛苦。這一家人原把老師當作大差一般接待，不管這故事好不好聽，可都是聽得津津有味的樣子，給老師一場好恭維。

不過老太太心眼兒小，到最後，覺著老師不會憑空跑來講這麼個故事給他們聽聽就算了，必定還有甚麼用意在，就敢問又不敢問的說：「請教老師，你呀這個意思……是不是說……政府想要我們家的牛呀？……」

「妙極了，妙極了……」邵家聖誇張的啞聲笑著，又拍打起雙腳來。

「我看，也沒把穩眞有這回事兒，保不住是你這位老闆自己謅的。」

「差不多，謅故事也是他老兄的天才。」邱崑說。「故事講完了，他老兄接著就訓起人來——我看你們毋忘在莒、毋忘在莒的整天掛在嘴上，寫在紙上，十有八九是走了題，叫人聽的看的都把意思搞擰了。我還沒見你們誰把這意思弄明白過……」

將軍用小小的故事不痛不癢的刮過了人之後，開始正正經經的闡釋說，最高統帥題識「毋忘在莒」在太武山峰的巨石上，乃是精神建設的一項原則。這原則下到各個階層，各個階層，是要把它消化掉，作各各層次不同的演繹和做法。如果只管把這「毋忘在莒」四個字源源本本的搬來搬去，到最後還是這四個字，那就空空洞洞啥也沒有。若懂得這樣子原文照錄，豈不是吃的參謀飯，做的文書事！「你們這不是連紹興師爺還不如？人家紹興師爺有本事拿洋名字作賦，『拿氏破輪，敗于滑鐵之爐』，還懂得加倆虛字兒，把四六句湊得那麼工整，你們各位高才呀……。」

「又是一頓好刮。不過，沒事兒；」邱崑說，「準得很，刮過了鬍子；還是有故事好聽的……」

將軍打日本士官學校畢業回國之後，曾跟過奉系張宗昌一陣子。「我倒不是有意要給這位有名的狗肉將軍洗刷甚麼。軍閥們也是一時風雲際會，沒兩把刷子也爬得上那麼高的位置？——不要說爬不爬得到，就白送個大帥給你幹，交給你十萬八萬的大軍統兵打仗，你罩得住嗎？所以說，這些人才之成爲國家禍害，不過就缺了那麼一門——政治信仰，也是北洋政府缺了一個配得上統領群雄的政治領袖罷了……」

將軍講起張宗昌的一樁軼事。

民國被軍閥們割據的那個時期，政治局面自是一片爛糟糟的稀泥。環伺中國的列強，誰個都害怕中國被哪個獨吞了去，所以相約不再支助所有軍閥的任何一個派系，還正式正道簽了約。當然也立了個堂堂皇皇的名目——不忍再見中國人自相殘殺，生靈塗炭，初初建造的民主共和政體毀於一旦。

可是任何派系的軍閥，買不到外國軍火，那就萬事皆休，站都站不住腳。於是自求多福，各顯神通，暗中勾結軍火商私運械彈。當時奉軍不知怎麼透過沒有參加簽約的暹羅，跟法國哈斯克斯、德國克魯伯兩家兵工廠弄了大批軍火到手。那是高度機密，很少爲外人知道。

成交之日，張宗昌司令部另立了個名目來大張筵席慶祝這樁大事。

在酒席上，克魯伯砲廠的代表，一個德國人也到場了——體體面面的一位紳士，舉杯跟那些首長們周旋言歡。中國人做起宴會主人，另有一套禮讓之邦的野蠻——派酒，不把客人撂倒了，抬著回去，不算盡地主之誼。

主人一次一次派酒，終於發現這位德國軍火商舉杯只是做做樣子，滴酒未進口。

主人一再要賣個面子，強要客人賞個臉。這位德國紳士被迫無奈，只好跟主人聲明：

「戰敗國的國民，不配喝酒——我跟將軍告罪……」

此話一出，賓主都不禁愕然，氣氛顯得尷尬起來。

這位德國軍火商給大家說明，參加協約國的中國，雖未派兵參加作戰，可是招募了二十萬名華工送去法國，一樣的是參戰國。那麼，今天這樣的一個宴會，主人是戰勝國，在座又只有他一個是戰敗國的國民，參加這個宴會，於他已屬不當，但主人的盛情卻之不恭，只這酒上不得不告罪違命。

做主人的出於機智，隨即仰天大笑，繼續派酒，打著哈哈說：「怪不得你們德國人走道兒，都是操操一樣，直頂直轉彎子。咱們中國人心眼兒就活得很——你說打敗了仗，連酒都不配喝，哪興這麼轉不過彎來！不喝還不是白不喝，又不能轉敗爲勝你說是不是？這事得看開點兒，要整天都牽腸掛肚的窮咕叨，那不是跟自己過不去？你說可是？那才划不來——先把自己整倒了，還是要繼續吃敗仗的。我這話說在這兒擱著，不信你往後走走看，應驗是不應驗……」

主人嘻嘻哈哈照樣派他的酒，可是一回到司令部，就不是那張臉子了。「你們都給我看看，人家不過是個軍火商——私販軍火的，都能這樣子深明大義，公忠體國……」這位將軍把司令部他手下的人都吆呼了來，拍桌打板的大發雷霆：「你都回過頭來給俺瞧瞧，咱們這堆子貨，上自我軍團長本人，下到你們這些雜官雜兵，有誰能像人家一個軍火販子這麼明事理，知恥辱？——沒有，一個都沒有！你說啥的戰勝國？別美得魂兒都掉到腳脖子上了罷。你就說這青島，剛打德國人手上弄回來，轉轉手可又掉到小日本兒兜兜裡頭了，還戰勝國；丟人國！就不曉得咱們這些人物人六都是怎麼個揍出來的，眞他娘的……唉，俺說都說不出口了……」

該是知恥近乎勇罷，這位嗜狗肉燒酒如命的將軍，先就打他本人做起——戒酒。「青島一天沒拿回來，我軍團長一天不沾酒星兒。誰要敢開這個酒戒，哼哼，俺就敢開他個殺戒看看。」

「可是，」將軍說：「我並沒意思要你們戒酒；人在金門不多來兩瓶高粱大麯，到了閻王爺那兒要掌嘴的。你們大參謀們可別誤會政府想徵用你們府上的老牛就行了。」將軍講過了故事，也不提「毋忘在莒」那話，擺擺手，散會。

「就是這麼絕，這位老兄。」輪到邱崑來另下一次結論。「聽故事，有條好，永遠不會忘記。強似大道之行也，空空洞洞的講了大半天，這耳進，那耳出，全是耳旁風……」

「照你小子這麼一說，我倒動心了。留意下，唵？早晚有個缺甚麼的，想著提拔提拔咱們這位老鄉又是老同學，也好來承受一番這位將軍春風化雨——」

「誰甚麼時候又跟你小子掛上老鄉來了？重一遍狗肉將軍那句話——別美得魂兒都掉到腳脖子上了。」

「分那麼清幹麼？」邵家聖要起他拿手的嘻皮賴臉。「就不是小老鄉，也遠不多少路。山東響馬，河南窩家，合作無間，彼此親同手足，大哥二哥麻子哥嘛，哪兒不是暖暖和和一家人家！」

「別不害臊！」

照邱崑做作出來的苦相——那份強正經爲不正經的一臉苦水，他邵家聖自是懂得老朋友萬無拒絕他這個要求之理。而他想要到大機關來混混的期求，其實不過順嘴溜溜，無可無不可而已。其實就是當作臭臭邱崑，也是好的。或者頂多只算一根伏線——不著意的，閒話過了也不再去想它的那麼一根伏線。

以邱崑這個誰都不服的愣頭青，差不多要把這位將軍奉爲親爹一樣的伺候——雖然口氣上聽來倒有些存心窩囊人的味道——想必這位齊天大聖遇上如來佛了。

將軍，照邱崑欲褒故貶的口氣說來，那是外勤極多的。將軍是積了不少陰德——那是不著痕跡，不爲人知的功德。將軍若不幹那些，一點也不虧欠誰；但是將軍一直不動聲色的暗中那麼做了。那使將軍成爲這個戰地最高司令部藏於九地之下無比堅固的地梁暗椿——而這，他邱崑自許只有他是最了解將軍用心的一個人。

「心腹心腹嘛，」邵家聖嘲笑著。「做心腹之人，焉可不知心腹之事！」

「別胡鳥扯了！我跟你說正經的……」

這個司令部，砲擊的頭一天，陸海空三位副司令官各在第一線陣地巡視，被突襲的砲擊，都負了傷，後送急救。新任命下來的陸海空三位副司令官，彷彿出於統帥部有意要作某種磨練似的安排，一個個都比司令官的資歷深——其中之一甚至曾是司令官的上司。這當中就產生了一種很微妙的尷尬，特別是對重視人情體面的中國將領來說——又尤其是對同一個軍官養成教育的學校出身來說，期別的本身就有彷彿先天性的高低劃定。

這在軍旅中，同樣的情況，在人事安排上總是能夠避免就避免——所以一般看來，不能不認爲是統帥部的別有用意；因爲三位副司令官同時任命下來，這就絕不是偶然的巧合了。

這種很微妙的尷尬，最是表現在一日三餐的餐桌上。過去的三位副司令官，不等司令官用餐完畢，放下筷子，是絕不會先行離席的，可是新來的這三位資深的副司令官，似乎都有默契，誰先用完了餐，便悶聲不響的把椅子往後退一退，自行離去。

將軍是明眼人，眼見這情形，覺得很不妥切。可是想想，這也不好派誰個是，誰個不是。將軍若是分別去給三位副司令官進言，譬如引用廉頗和藺相如將相和的故事諷上一諷，也未始不可。憑將軍那種舌粲蓮花的特殊才能，也必會有靈驗。只是那種正式正道，就太小題大作了，那是有違將軍嘻嘻哈哈處世之道的。於是將軍使出看家本領，每餐將要終了時。來上兩三個笑話，葷素不計。直令盡在這個餐桌上的司令部首長們個個噴飯，放聲大笑，向所未有的那麼和樂。

這樣子下來。比飯後水果還有益於消化，而且不僅僅是腸胃的消化。首長們其實也只覺得將軍的康樂才能令人歡喜——有位副司令官甚至興致大得很，自願擔任紀錄，一則則記下那些個笑話——很少有誰覺察到將軍的用心良苦。把大家留住，跟司令官同進退，這禮儀不光是解除了那種微妙的尷尬於用餐時，還因這樣無顧無礙的聯歡的味道，彼此心理上那種人情之常的芥蒂也都漸漸化除了。作爲一個戰地最高指揮官所需要的威信和充分合作，便獲致了在一個互信互敬的基礎上順和的向完美完善去發展，這可是眼見不到的無形的功德。

「有一天，將軍問我有甚麼笑話沒有，供應他幾個，不然他要山窮水盡了……」邱崑說：「要不是那麼跟我販笑話，連我也還不知道他老兄這番苦心！」

「那該叫你們老闆來找我。嗳，就憑我這本活的笑林廣記，也足夠到你們司令部來混混了。」

「得啦，不等你。等你要天黑了。」

「那我現在義務供應嘛，人總不能太現實了是罷？」

「統統放到我這兒就行了。」

「讓你小子做二房東？」邵家聖奸笑笑。「既然你這麼現實，咱們就談談條件罷……」

兩人窮扯淡著，門外有人聲，聽不清喚誰來看。只見邱崑一骨碌打床上翻身下來，迎出去。

「那是誰？邱祕書？」門外的聲音問。

「主任會開完了？」

「招呼下車子，去沙美。」

邵家聖猜到是邱崑的上司，不好意思大模大樣躺著不動，就跳下床來，規規矩矩站著，身上有花生殼和花生皮窸窣有聲的落著，聽見邱崑在跟將軍提到他：

「……是個笑話大王，往後我可以多跟他販點過來……」

邱崑咧過身子。沒見著人，先見一隻手友善的伸進來。邵家聖忙迎出來，另隻手下意識的不住拍打著褲子。

跟將軍握手，又被詢問的略敘了一下鄉土。將軍有一雙非軍人的柔和的目光，且是撇撇眼兒。將軍有兩片一看便知是能言善道的薄唇，不很大，就像年老的人，嘴的內腔往裡收斂那樣，紅唇不見，又有些癟進去。這樣的相貌是超齡了很多。

將軍的手裡，一隻手指勾住一副眼鏡。頭頂上是鑿削的岩波，重重的下壓。看著將軍平易近人的微笑，彷彿他就是那麼綸巾羽扇，談笑中嘻嘻哈哈的便支住了那種重重的下壓。

從粗糲的岩波，朝上想到穿過層層花崗石直達這太武山巔的遙遠，那確是不可想像的重壓。

將軍已經走了，還禮的手才剛放下，又轉回頭來，用一種細審的目光注視了下邵家聖。

「在哪兒見過，似乎……」他聽見將軍嗡嗡的自語。

邵家聖很想報告將軍，那一回他駕著兜風的吉普車被臨時徵用，送私訪的國家元首登太武山，而將軍便是扈從在後座上。將軍還拍過他肩膀，讓他穩住精神。那確曾給他很管用的定力。

然而他沒有說甚麼。停在這間小小的寢室門口，望著走去的將軍。

燈光底下，想不出坑道外面甚麼天色，只覺已是深夜。丁字路口的憲兵，雙手背在後背，像座裝飾的甚麼，一動不動的豎在那裡。背著的手，位置嫌高了一些，除了可使胸脯挺得像隻雄雞，真正的用意似乎是專爲了讓人瞧著替他感到吃力，才那樣把姿勢拿足了勁兒的在苦惱人。

邱崑就近去打電話。還好，將軍不用邱崑跟去沙美。他停在這門口等著。看這坑道裡的規模，燈火通明，朝著主坑道的銅像讓好幾處遠近的燈光照著點點星燦。人把眼睛略一瞇覷些，那些點點星燦便華麗的各各放射出十字芒來。這支坑道裡很少有人走動，有官闈的深深的靜寂。人停在這裡，可以由著自己給自己製造感動。邵家聖只覺得要能泡進這個司令部來，再不正經也得順應著肅穆起來，對自己或許有點兒造就。就是跟著大官伺候顏色，或也強似周旋在那些難纏的老百姓窩兒裡，盡幹些不是漢子的鳥事。

「怕死鬼才躲到這個洞裡來，哏……」他在給自己找理由，卻也不知道自己說的甚麼鬼話，只覺得自己不是這塊材料。「不行，老子這樣一位愛好自由人士，找這麼根棺材釘子給釘住？不行……」

自言自語的咕噥著。人各有命，他是覺得自己這麼嗆嗆呼呼的一個人，做人家的貼身心腹，一步走不開，只怕幹不來。

「不行不行，不自由，毋寧死。」他跟自己說，來回踱著等邱崑回來，他要故意苦惱苦惱邱崑。

「生命誠可貴，愛情價更高，若爲自由故，兩者皆可拋。叫我三天兩頭見不到塔後那些娘子軍，我看我是無情荒地有情天……」

他跟自己搖搖頭，揮了揮手，彷彿撇撇水袖那麼瀟灑，而又不知所云。

參謀本部戰報：

一、十月十九日二十時零五分至二十二分，馬祖東南海面上空發現有不明飛機活動。

二、敵藉口美國國務卿杜勒斯訪華，宣布其單方面所要求之停火為無效，自十月二十日十六時至十月二十一日六時。砲擊金門一萬一千五百六十發。

三、本日北茭敵砲向高登射擊二十五發。

中華民國四十七年十月二十一日

海在翻騰，沙在翻騰，夜在翻騰……

兵士們好似怕被這樣的翻騰給甩離了地球，那麼死死的緊趴在沙窩裡。

「老子怕要跑肚了——冰的。」

「何止！留神你小子受了陰寒，那可難治……」

砲彈稍一跟不上那麼緊湊，老兵們就又有餘暇打情罵俏起來。

一夜過來，海灘的沙窩裡那股寒氣，隔著多少層厚軍衣。還是像水濕了一樣的進來，浸到人的肺腑。然而這也只是當砲火稍稍冷清了的一刻裡，人才有暇接受這樣慄人的感覺。

從昨天傍晚起，沉寂了兩週的戰地，砲火又猛烈的爆發了。而一經那樣不分情由的燃起。彷彿就成了個大漏洞，說怎樣也補不上，一發不可收拾的蔓延到深夜，方始漸次的零零落落下來。

料羅灣的運補任務，不因這突發的情況而停止；下半夜電話線修復後。經過輾轉通話，團部跟岸勤中心聯絡結果，勤務照舊。

這是黃炎這個排第五次出勤這樣的任務，照舊就照舊罷，黃炎沒有感覺到甚麼，記掛在心的倒是來到前線的他那位燒包大哥。

黃道從機場來電話，要卸了裝就來看他老弟。那是午後三點半鐘。電話放下半個小時左右，砲火就通天扯地的大事肆虐起來。

做老弟的自是心揪著緊緊的，挨分挨秒的熬著長夜。他所能做的就是守在皮機一旁，亂七八糟想上一陣，便搖搖話機。線路一度通了，但是沒等轉過一個總機，就又斷掉。

他想到生死由命，一個獻身空軍近二十年的老燒包，不殉職在天上的戰場，卻爲私情倒在無聊的路邊……他想到齊安娜，丈夫的不幸能否改變她的生活價值……想到母親臨到這樣的變故，還能否照舊的無可無不可……而中將爸爸呢？軍書旁午，哪有餘暇管得小兒女的生生死死。對於這樣的一位老爹，做兒子的生不在意，死卻會是最大的盡孝和光彩……

直到在稀落的砲火裡督隊登車，黃炎又還不甘心的下到地道裡搖一次電話。還虧得這樣了，終算聽到老哥滿不在乎的哈哈啦啦，不知有多開心。

一聽到老哥這樣樂和和的連說帶笑——好像這場慘烈的砲擊沒能叫他中彩，等於上了他好大的當——黃炎把電話筒放下就走，彷彿再有天大的事都可放手不管了。搶了兩步才又想起回來，重把電話筒拿起，扳開開關給老哥抱歉。

「那我就到海灘來看你。有甚麼目標沒有？……」黃道奮昂的叫聲，震著他耳膜。

他堅拒老哥去那樣危險的地方——小孩子一樣！他心裡說。但外面弟兄們等著他登車，時間急迫，小孩子纏人，他拒絕不了。若不告訴勤務地區的目標，讓那個小孩子到處去跑著找，那可愈發危險。眞是拿這位老哥沒辦法，他只好急急促促，一五一十的告訴了他。於是後悔臨上車前幹麼又搖這麼一通電話。

此刻伏臥在沙灘上，砲火壓得人抬不起頭，黃炎更加不寧的時時翹首觀望，在鋪地的灰沙煙霧裡，四處尋那個老燒包兄長的影子。

天明許久了，海面的晨霧才消退到水平線之外。近岸灘的海水是被轟擊得跳躍起大量含沙的黃水柱、黑柱，和染上朝霞的桃紅水柱，但遠一些的海上卻是異常的平靜。兵士們枯等不到水平線上出現船影，這是過去所沒有過的情況。

等不到，有的兵士就取笑起那些影兒也不見的船團。一對一搭的嘲笑，好像斷定了今天來的都是和以前那些不顧死活搶灘的船團完全不同的另一批孬種，所以一看這邊岸上砲火激烈，就趕緊掉轉頭去，開回澎湖或台灣去了。

這種嘲笑漸成對口相聲的那麼逗趣兒，就近的都會不時支援過來一兩句插科打諢的妙語。這在冗長的枯等中，倒發生了解悶兒取樂的消遣作用。而且，甚至把揚到天上去又落下來埋人的水沙，當作打水仗玩兒時被潑到身上來的那樣，又樂又惱的一陣陣鬼叫。

黃炎的心緒一直很不寧，也沒有餘情注意弟兄們的胡鬧。可是又一陣鬼叫，還夾著鼓掌，甚至喝采，聽來不一樣。那是有顯明對象的一種取笑，他聽見有的叫著：「翻得好，翻得好……」有人半跪著起來看，把危險都忘了。

漫天漫地的爆裂，迸炸，沒見過這樣子好事的兵。「林印水，臥倒！」黃炎喝令著。「你還不知道厲害是罷！」他是指林印水的鄰兵，那個倒楣的張簡俊雄，眼睛終於傷殘了一隻。

但黃炎不禁也欠了欠上身，朝著眾人注視的那個方向望去。

一輛吉普車四輪兒朝天的翻在那裡，不遠，百多公尺左右。不知是否出於疑心的錯覺，似乎那車輪還在慣性作用的兀自轉動著。

「你們這些沒良心的！」黃炎轉回頭，罵了一聲剛才拍手叫著「翻得好」的張磊。然而在他這一回首間，視覺上留下的影像提醒了他，那是輛深藍色的空軍吉普車，這海灘上可是從來不需要空軍人員支援的。

一個念頭還沒起完全，黃炎已經衝動的爬起來就要衝過去。

「宋志動，告訴臧班長照顧一下……」這樣吩咐的時候，他看到吉普車附近有兩三個人跑過去，車底下，有個穿藍軍衣的往外爬著。

他朝那邊跑去，用最低的姿勢，伸手可以觸地的那麼飛奔著。

黃道，他的老哥，已經坐起來，搖搖頭，還有些愣愣的不十分清醒。

黃炎連搶兩步，煙沙裡縱身過去，跳水姿勢的撲到老哥身旁。

「嘿，精采精采！」也意外、也不意外的見到老弟，張口就是一派喝采的味道。

「你這算甚麼嘛！」黃炎不知要怎麼怨。

「算甚麼？——千里尋弟……」做兄長的沒做兄長的架式，咧開一口潔白的長牙，哈哈啦啦的。

「來，幫我看看，沒甚麼罷……」

手足二人側身臥地，老哥試試胳膊，又伸屈了一番雙腿。黃炎是很認眞的把老哥從頭到腳，又從腳到頭，來往了幾遍的打量著。老哥越發的樂開來，仰面平躺下來，「咳，精采精采！又來了一回下馬威……」

泛著紅霞的晨空，嚯——嚯——……不斷的嘯過砲彈。他伏在老哥身邊，看到老哥仰視的眼睛裡有不安的神色。那對黑眼球本能的，不放心的隨著那些流矢過去的尖叫在移動。但老哥卻保持著一種作弄的，又近乎回味裡透出來的笑容。

「你們地上太不客氣了，是不是？」黃道還是翻個身過來，跟老弟趴得更近些。

黃炎一臉的寒意，自己都感覺得出。他沒辦法生出這種在戰火裡，兄弟生死一髮間的相逢的驚喜。

「別怪我說，你實在不該跑到這兒來……」他說，差不多含了責備的口氣。他是又急，又氣，只想發脾氣。

在老燒包的兄長跟前，很早他就表現著一種大，那是周軼芬所謂的「你該是哥哥，黃大哥該是弟弟」。那是勉強不得的，老哥的孩子氣萬古長青的就是那個樣子。家裡人對他的盼望一步步後延，先以爲結婚以後會改變些，卻娶了個孩子。兩個大孩子更是相勗共勉的瘋在一起，齊安娜連飯都不要做，等於把一日兩餐都包在機場的俱樂部裡——雖然也可以解釋爲工作的關係。那麼，生了孩子呢？總該爸爸有個爸爸的樣子，媽媽有個媽媽的樣子了罷。然而那也只是一個小家庭從兩個孩子擴充到三個孩子，四個孩子，而且孩子從小就送到托兒所去，而且是住宿的托兒所，只在假日回來，當做玩具一樣的玩個大半天，就又退回玩具店去。而假日又是常有精采的節目好瘋的，所以連這不多的玩具日也是不常有。家人的盼望再往後延，那麼，升任了隊長如何？大隊長如何？……面前，這個趴在沙窩裡的大隊長——他冷眼看這位哪怕升上聯隊長，也還是脫不掉孩子氣舊皮的兄長，也只有跟自己無可奈何的搖搖頭的分兒。

「你在天上飛，是你做大王；」他憤憤的數說這個比他小的哥哥。「到了地上，你憑甚麼還這麼發瘋！尤其這兒，地形跟情況都那麼特殊，你根本連應變的自衛能力都沒有，我想不透你是衝著誰要——爸、媽、齊安娜，還是誰？你有甚麼理由要冒這樣划不來的險……」

「好啦……好啦……」空軍大隊長一再空空的往下按手，央求的陪著笑，想把這位陸軍排長的教訓按下去。

「你這根本連冒險都不配，你是走險，爲的甚麼！」

「這不是……這不是履險如夷嗎？」做兄長的回頭顧盼了吉普車一眼。「瞧瞧那個架式，瞧瞧，脖子該把我扭斷了的。我都不知道它老兄是怎麼優待我這位貴賓的。眞太客氣了。」

「少來罷。人想靠著僥倖，只可一，不可以二。你已經透支得太多了，還在那兒——」

「吉人天相，別愁那些無蹤無影的閒事。怎麼樣，借重你麾下幾員大將，來幫它老兄翻個身罷？」

「等一下。」黃炎一直沒放鬆注意整個海灘上的落彈狀況。「這陣落彈會慢慢往那邊移動過去的。到了我地盤上，你得凡事聽我的；不然我可不管。」

「你既打了這個保單，那就再好也沒有。」

「沒那麼便宜，誰給我打保單？」

他是身不由己的，簡直沒辦法拿好聲氣來待他這位老哥。沉默了好一會兒，聽著砲彈漸次稀落和遠去。他是反省著自己。親人究竟還是親人，待那一陣因急切而氣惱以至一肚子抱怨的心緒漸次平息了，又覺得自己未免過分了些。他發現自己已因受到老弟兄們的薰陶，連表現情感的方式也不自知的在改變著。他是早經發現了那些老兵的毛病——幾乎是種根性——當他們內心愈對你親切時，他們形於外的卻愈是那麼的不在意，甚至愈是冷淡、發狠，看起來一派的無情無義。

黃炎叫了些弟兄來，眞是人多好做活兒，沒費勁兒就把吉普車翻了箇兒，又翻了箇兒。擋風玻璃是放平了的，沒有一點損毀。空軍大隊長爬進去試車，也居然機器沒一點兒毛病。

「上來，一起去機場罷。」黃道拍拍身旁帆布面子的座位。

「你們空軍都是這麼老百姓的？」

「媽總是老百姓，不錯罷？媽有事情要交代，慈命不便違抗。」

聽著這麼個大隊長，守著些弟兄也不顧忌，口口聲聲媽呀媽的，心忽然軟下來。

弟兄們察知這個關係，一致要他們排長去跟老大哥聚聚。尤其李排附，差不多揪住排長的胳膊便往車上塞。

海上仍然毫無情況。海面映著朝日，一片片金紅耀眼。黃炎望著那邊，弟兄們也手遮在眉上，一齊望過去。運補的船團從不曾這麼遲到過。這樣的特殊情況尤其不容許黃炎稍離職守。

「這樣——」他跟車上的兄長說，「不管船團來不來，十點鐘之前，勤務會告一結束，我找車子去機場找你，好罷？」

黃道瞅著他，好一會兒不作聲，這才吊起一邊嘴角笑笑說：「那很對不起了，飛機準十點起飛。」

「那就下次再見。」

「媽還有『慈母手中線』要交給你。」

「可以，你交代誰，告訴我，有空我就去拿。」

黃道拿這位老弟沒辦法的搖搖頭，放棄努力的長嘆一聲，發動起車子。

於是看不過去的李排附，大聲建議這哥兒倆到海灘上面的叢林裡去敘敘兄弟之情，那裡有許多交通壕，又可以隨時注意到海上和海灘的情況。

黃炎被勸說著，慫恿著，有些遲疑。

「可以啦，排長，可以啦……」弟兄們隨聲附和，李會功則直把他往車上推讓。他是覺得再堅持下去，不是無情，倒是矯情了。他只好交代了又交代李排附，這才登上車子。

吉普車在沙灘上擰來擰去，上了柏油路才平穩下來，直朝叢林一帶奔去。

兄弟倆似乎很尷尬，直直愣望著前面，彼此都找不出話來說。

叢林裡天地很大，不但盡是縱橫的交通壕，還有車輛掩體。把車子倒進凹型土壟，這兄弟倆來到一處交通壕邊邊，彼此看了看，倒像很有默契的同時坐下來。坐在壕岸上沒有跳下去。

砲擊幾乎停止了。也許敵人已經發現運補的船團不來了。

「當了排長，還沒學會？」做兄長的有些無味的把香菸又裝回胸袋裡，自己點起一根「八一四」。

「媽又辛苦了些甚麼？」面向著全紅的天，全紅的海，黃炎蜷起腿來，盤腿打坐。「一個禮拜前，才寄來的毛背心，哪，這兒，已經上身了。」他扯了扯夾克和軍便服領口，露出一點草綠毛線雞心領的邊邊。「還有毛線褲，根本穿不著。該不會託你帶毛線被子來了吧？」

「好像罷，體積很大，我也沒打開看……」黃道漫應著，癡癡的望著一個不知甚麼所在。好像懷著甚麼心事的神不守舍的樣子。

黃炎笑了。哪裡會有甚麼毛線被子，這個獃老哥！但他再清楚不過，一涉及事務性的甚麼，這獃老哥就迷糊不清了。

「安娜讀的信，母親著人帶去屏東的。我沒仔細聽，記不清包裹裡塞的些甚麼。不過，似乎還有咱們弟妹的心血。」

「費那麼大的事，可以郵寄的是不是？」

「郵費不少。國難時期，能省則省嘛。」

「要是沒有這麼一位空軍大隊長的親哥，那要怎麼辦？」

「不是有了嗎？現成的大隊長，不用也白不用，閒在那兒生黴幹麼？」

他瞥了老哥一眼。

「慈母手中線，愛人又放進心血，做大哥大嫂的再加上些祝福的指紋，不是全家上下，通力合作，支援前線來著？這麼情深似海，哪兒找去？……」

油嘴！黃炎心裡頭不耐的噌了聲。

砲聲又起，從海灣的右翼那邊鋪起烽煙，動地而來。

褪去金紅色的灰色海上，依然毫無動靜。

「損失很大罷？」空軍大隊長問他。

無表情的瞧著老哥，他知道那是指的甚麼。

「C46呢?」他問，好像有意要損損他們空軍。

「截至目前，還沒有損失，託天之福。現在，C119來了——見過沒?過癮透了。」

「我知道，空中列車，不過還沒見過。」

「運輸量大得驚人，抵得上五架C46。」燒包大哥吹著。「聽說海軍損失了一艘登陸艦?」

「補了艘全新的。」一聽老哥提起這個，自己又不是海軍，卻像被揭短了。不知出於甚麼一種心理，他簡直要爲這個辯護。「聽說美軍爲了表示敬佩——知道罷；鍋爐中了彈，全艦官兵還在搶救，可是負責指揮搶灘的海軍副老總——就在那邊，那個小小的掩蔽部，判斷要引起連鎖爆炸，千鈞一髮之際，根本來不及請示，那是冒很大的險，知道罷，棄艦，等於我們陸軍放棄守土，搞得不好，要軍法審判的。可是那位副老總很有點膽識，敢於當機立斷，下令棄艦。結果救了全艦官兵，還有我們這些搶卸物資的岸勤陸軍。艦是爆炸了，只死傷了四個弟兄。後來這件事被美軍知道了去，馬上就主動的贈送了一艘全新的登陸艦……」

「他們老美是把人員看得比裝備重要。」

「也許罷。不過西方這種觀念，其實只是戰術性價值；眞正看重人員價值，懂得人員價值的，還是在東方，尤其是中國，那是屬於戰略性的價值。我是這種看法，不知道你是否——」

「別叫我鬧頭痛。」老哥連忙搖著手。「你曉得，憑你孫五空老哥這個造就，雲端裡上下闖蕩，只知道身子底下騎著動不動百萬美元以上的貨色。所以，說怎麼，拚了性命也得把中了三百個洞的老爺運輸機駕回基地。」

「那就對了，」老弟熱心的說，「到底還是人的價值重要，對不對?——可怕的不是武器，是使用武器的人。機器辦不到的，人辦到了。」

做兄長的瞅著指縫間夾著的香菸，似乎認眞的在思索甚麼。「你別把我弄渾了罷。」他磕磕菸灰，眼睛跟著下視，菸灰落在暴露著一根根白色草根的紅土崖子上。

砲火沒有再向這邊伸展，只在海灣右翼那一帶滯留著翻滾、翻騰。

不只是黃炎，誰都不解，從昨日下午起，經過一夜，直到此刻，爲何就一任敵砲這麼猖獗，一直都是這樣緊一陣、慢一陣，不停的轟擊。他跟自己的老哥談起，總不信那兩尊巨砲都發生了故障。

「只有一個解釋，」黃炎給自己提出的問題尋找答案。「經過十多天停火；他們一直沒停的構工，砲陣地一定都很隱蔽堅固，我們還找不出準確的砲位，好施行有效還擊。」

「那是想當然。」

空軍大隊長搭談起敵人的白石砲台。情報偵察一清二楚，可是轟炸起來，困難透了，一次又一次的空襲無效。幾經臨時編組，調集了優秀又經驗豐富的航炸老手會同研究，甚至聯隊長領隊，空軍總司令臨空督戰——那是中國空軍身先士卒的傳統——還是沒能徹底破壞。「當然，我們缺乏重轟炸機，是主要原因。執行任務的，你知道，都是戰鬥轟炸機，就是把輕磅炸彈往上堆，破壞得再厲害，還是有限，兩三天就又恢復了。我們也知道我們巨砲的情報，可是巨砲射擊，也並沒有辦法直接命中這座古裡古怪的砲台，不如說還是因爲巨砲有相當大的震撼力，發揮了制壓作用，才迫使他們停火兩週。這個問題砲台，現在連五角大廈都發生了興趣。別說，很可能有貢獻給我們……」

黃炎聽著，猜想著，那會是支援空對地的飛彈麼，或是地對地的飛彈？——空對空的飛彈是已經由中國空軍使用了，地對空和地對地的勝利女神和力士飛彈，也只是聽說可能贈送中國陸軍。

黃炎問起這個，內心無端的生起一種憂患的輕愁。

空軍大隊長搖頭否認老弟的這些推測。「不止是這個。你知道，艾森豪有權採取有限度的戰術性核子武器，這是美國總統權限。」

「可能嗎？華沙會談已經舉行了八次，叫人感到甚麼還是要靠自己，再好的朋友也不能完全信賴。」

「我說的是五角大廈，不是白宮。爲了應付國會裡的鴿派，那種打鑼打鼓的會談把戲，是要玩玩的。不要忘了，艾森豪是軍人出身。」

「不會好到哪兒去。五角大廈上頭還有兩層樓，決策不是五角大廈的權限。」

黃道沒有回老弟的話，左一根右一根的火柴都在風裡熄掉，就索性滑到面前的交通壕裡點菸。

「你說是不是？」黃炎還是盤腿打坐，身子低低的俯向壕裡的老哥，看上去倒像在練瑜珈術。

「他老美怕事，唯恐戰爭擴大會促成我們乘機反攻，要不是我們空投成功，海運成功，岸勤成功，打了兩個月下來，愈打愈強，他早就要加重壓力，逼著我們撤退了——」

他伸下手去，把老哥拉上來。回頭隨便瞥了一眼，叢林裡停放了不少的車輛，三三兩兩的駕駛兵，散落著坐的坐，閒蕩的閒蕩……

「他們五角大廈會有甚麼作爲嗎？」他又叮問了一句正在拍打著藍呢戎裝上的紅土的老哥。

「是；我說的就是五角大廈。最近從他們一件極機密的備忘錄裡，發現到他們透過協防部，索要中國空軍提供資料情報，證實現在所有的機種炸彈架，都不能容納足以摧毀對岸大砲掩體威力強大的傳統式炸彈。你要注意，這其中提到的『傳統式炸彈』，是不是很耐人尋味？你不能說這是我們神經過敏罷？」

黃炎初聽這個，倒是很感振奮。但是想到葉朝平從「兵部尚書」那裡打聽來的口風，又覺得似乎不大可能了。不過，他這位老哥雖有吹牛的小毛病，可是講的這些，卻會有句句實言的可信性。

「戰術性核子武器？……有限度的？……」黃炎自言自語的疑問著。

「對於這份極機密的備忘錄，我們私底下研究過。按說，要求中國空軍提供這種情報，本來應該是戰術性的。照老美火力絕對優勢的戰術觀念推斷，根本沒有保密可言，就像大陳島的敵前公開撤退，完全是用絕對優勢的火力把共匪制壓得動都不敢動。可是這麼份備忘錄，居然把保密等級列爲極機密，自然就不同尋常，其中大有文章——『傳統式炸彈』，是不是？既然現有的機種都不能攜帶足夠破壞對岸大砲陣地的『傳統式炸彈』，當然，那就只有使用『非傳統式炸彈』了，是不是？」

「有點兒道理罷。」

「豈止有點兒！」做兄長的曖昧的笑笑，不知爲甚麼。「不過，還是你說得好，咱們陸海空勤要不是表現得頂瓜瓜，連這點兒猜想也休想了。」

黃炎丟著小石子玩兒。原是優閒的順手撿起，順手丟出去，卻漸漸的認眞起來，找著露土的石子下勁去摳，又歪著身子靠近去撿，丟的目標也確定爲一株拳頭粗的木麻黃樹幹。

「忘掉問你了，」他停下手來。「空投有你嗎？」

「怎敢不身先士卒！」

「投小金門呢？」

「兩次。投你們大金門五次。來金門七次，只這一次落地。所以，你還好意思拒人於千里之外！」

「要是因爲跟我約會，有個甚麼意外——那太容易了，叫我怎麼交代？」

「結果，還是爲的你自己怎麼交代——」

「眞的是空投草紙嗎？」黃炎躲著兄長的責難。

「顧慮周到罷？」

「得啦——再找不出金門需要甚麼了罷？」

「也很想空投些好貨色，充實充實你們地上樂園。可是要先訓練跳傘，挺麻煩。再說——」

「家裡都還好罷？」他把話題拉開。

那是不由自主的。對於那種黃色趣味，黃炎還是停留在中學生式的潔癖——雖然一樣的被健全的需要所苦悶著，偶爾想想也就算了的衝動。

老哥告訴他，齊安娜和黃幼幼她們都還是老樣子。「我問的是老家。」他冷冷的說。

「有一個多月沒去台北了。嫣能安心替你織毛衣，想必很好罷。」

「周軼芬找過你打聽甚麼沒有？」他問是這麼問了，卻覺得很無味。做老哥的若在這上面靈活點兒，就該先找著他提提周軼芬的。

老哥不大明白他甚麼意思的樣子，不解的瞄著他。壞啊，就是這一點，永遠都沒做兄長的體統——黃炎咬咬牙，地上順手拾起一根木麻黃落葉。針狀葉，還綠得很有勁道，不知怎麼會落下來。地上枯褐的落葉倒多的是。

「會跟我打聽甚麼──周家大小姐？」

「你好像很笨，是不是？」他也不看老哥，把玩著墨綠色的針狀葉。葉子的結構很怪，一小節一小節的連接著。把不滿半公分的小節拔下來，還可以再安回去。他就是這麼仔細把玩著，看來心無二用的樣子。

要緊還是跟軼芬沒法產生那種溫柔的純情罷……心裡，他問自己。可是兩家人似都認定他們倆怎樣怎樣了。也許，很多的婚姻就是這麼被客觀撮合了的。無所謂罷，遠在天邊的事，再切身也會事不關己的眼前一片茫然。他笑起自己一派局外人的淡漠。

老哥似在拿周軼芬取笑他甚麼，一步緊一步的追問著。做老弟的沒聽進心裡，只顧一小節、一小節，專心拆卸著木麻黃的針狀葉。停火的十幾天裡，弟兄們憋壞了，都在爭取到處的樂園去出擊的機會。他做排長的當然盡量給每個弟兄方便──哪裡不是慈悲呢。弟兄們戰志昂揚的背著排長在那裡大聲報告或檢討出擊戰況，他在隔壁自己的排長室裡木木的聽著，幾乎懷疑起自己的機能萎縮了。

在這一方面，他是被孤立了的。他沒有過怎麼樣，所以弄得自己也不明白怎會形成這樣的孤立。連那麼要好的邵大尉，自稱酒色之徒，也從不在這方面招惹他。以前魏仲和擔任這個排長，被封爲「聖人」，現在也有人背地裡這麼喊他，他知道的。很絕罷，好像這個二連一排的排長，編制上就是聖人的底缺。

然而聖人也者，在部隊裡幾乎被視爲與「閹人」同義。邵大尉就曾取笑過魏聖人，還引經據典，拉扯出道德經來：「聖人不病，以其病病，是以不病。」那還是在部隊開來金門之前被關閉在基地的時候，邵大尉就在那裡猛給魏聖人洗腦。聖人口拙，掙扎到最後，居然用「怕病」來抵擋。「還怕那玩意！你小子怎這麼落後民族！盤尼西林都成為歷史陳跡了；如今是金木水火土，紅黃藍白黑，五行五色的黴素，行行色色有求必應，老子給你包了，至不濟，事前事後找衛生連小陳給你小子各扎一針，這可百分之百保險了罷？……」說服的功夫到了這個地步，當著他面，邵家聖都不興拐上他一拐，好像根本就把他視作無機能的樣子——當然，不會是的，大家自認都是小雞、小鴨，乾脆爽快，轉過來把他當作禽中的貴族一般看待；他是生著一身美豔羽翎的孔雀，一次一次的開屏，旋來轉去的舞步必得經過追求呀，約會呀，情書呀，花前月下呀，那麼些的繁文縟節，然後方始成其好事。那是被諷嘲的，然而也是被尊重的，被孤立的……曾因無意中撞見齊安娜令人驚心動魄的睡相，至今還是耿耿著罪惡感和厭惡感的他這位小叔子，卻因大兄長那麼不在意的甚麼空投些貨色，充實充實地上樂園等等，以及拿周家大小姐來跟他胡調，取笑，追問他如何解決那種問題……所有這些雖然白白惹起他屬於少年男子的潔癖所厭惡，卻似乎也給他解脫了一些耿耿於懷的舊有的積存。

他們重把話題轉移到空投上面去，做老弟的表示他們空軍只該在天上飛行，在天上執行戰鬥任務，到了地上，就不免龍入淺水遭蝦戲，以致藍色的吉普車翻了，引起陸軍大兵們的鼓掌喝采。那和他們出生入死於高射砲彈煙裡所引起地面要命的關切，完全是兩回事。軍人的事業在戰場，那是句老話，然而卻需要在實踐經驗裡親身體會。當他們陸軍駐軍在後方，尤其是駐進大城市裡，又尤其落了單，幾乎逢人便自覺矮人一截。然而一經來到前線，有戰事，無戰事，就都活得理直氣壯，腰桿挺直了，腦袋昂起了，想猥瑣也竟猥瑣不起……兄弟二人談著這些，這才似乎慢慢熱烘起來。

海灘上湧起一陣喧騰，把兄弟二人的注意力吸引過去。彷彿連鎖反應，一時整個海灘都在湧動。隔著大片的沙灘腹地，和部分叢林，這兄弟二人也都不禁被驚動了，半抬起身來張望。

砲火在海的遠處大事掀起煙霧，這才他們發現以爲到了這個時候不會再來了的船團，以不成形狀的黑點出現在煙霧的空隙間。

而盤桓於海灘右翼一帶的砲火，隨即呼應的迅速左移，激驟的鋪展開來。

黃炎跳過壕溝，衝動的跑出好幾步，才想起回頭跟老哥揮手招呼，指給叢林背後的方向要他老哥從速離開。

「我還準備了些罐頭，你要一起拿去……」做哥哥的雙手筒在口上喊著，用勁用得彎著腰。

黃炎低著身子猛奔，頭也不回的朝後面揮著手，表示他聽到了，或者叫他的老哥快快脫離這個地方。

從這高坂下到海灘，一路的慢坡，角度不大，但黃炎順著坡勢奔跑下去，似乎留不住下坡的速度，兩條腿作不了主的飛快撥動著，看去只是兩股繩頭鰾在一起急促的扭絞，急促的回勁兒，急促的扭絞，急促的回勁兒……忽然，人在爆開來的一大篷彈煙裡倒下，搶向前去倒下好遠……人被貼地醱開來的濃煙呑沒進去……

參謀本部戰報：十月二十一日六時至二十三日十二時，敵砲射擊金門島群共二萬一百七十三發。

美國國務卿杜勒斯、陸軍參謀長泰勒上將、太平洋總司令懷特上將等一行，相繼離華返美。

中美兩國發表聯合公報稱：在面對中共侵略行動之前，重申兩國團結一致。

中華民國四十七年十月二十三日

……

隊長室裡飛出來一個物體，撞到門外對面的石壁上，砰——的很大一聲，那物體迸然四散的紛紛落地。

是隻六百西西的眞空保暖杯，塑膠外殼連同玻璃杯心一起破碎了滿地。

眞空和空氣相撞，坑道裡兜音，那動靜眞有些石破天驚，彷彿誰引發了個藥包。爆炸激起的回聲，在迴轉的坑道裡流竄。

情況不明的這一聲爆炸，一時間，急促凌亂的腳步聲，齊向隊長室這邊搶來，也有的從坑道外頭搶進來。

「把你們分隊長找來，馬上！」隊長衝著一個士官拍桌大罵：「這樣的兵，哏，丟死我成功隊的人。我要辦人……」

「報告，隊長找我？」魏仲和從堵在隊長室門口的幾個士官背後探出頭來。

士官們連忙讓開，看著他們的分隊長進去。一個個腳底下踩著喀喀嗑嗑響的玻璃和塑膠碎碴。

「著裝去，魏分隊長，跟我去師部一下。」隊長的口氣緩和得多，畢竟是跟軍官說話。

馬燈沉暗的燈光打側面影照過來，隊長那張和礁石壁差不多的骨愣而粗糙的大臉，卻並沒有因口氣的緩和而稍稍改變一下怒容。

「隊長，怎麼回事？」

「到師部去解決。」隊長回應得很乾脆，也不看誰。

「還不快去著裝！」隊長遂又叱起面前的兩個士官：「我隊長這張臉可給你們糟蹋夠了，都沒一個好東西！……」

門裡門外的士官們，有的去辦事，無事的一個個走開了。

隊長約略收拾一下桌上的雜物，四處看了一眼，伸手去扳馬燈玻璃罩子，撮著嘴待要吹燈，卻留意到門口走道上，傳令兵在清掃摔碎的保暖杯，就又讓燈罩歸位，抓起一個牛皮紙袋，匆匆走出來。

「別忘了熄燈。」隊長交代了傳令兵，又回頭取了手電筒，別到大腰帶上。

那些碎碴很不好掃。一地的茶葉和水，塗水銀的碎玻璃片黏在地上亮亮的，掃來掃去，還亮亮的貼在那裡不動，總掃不乾淨。

坑道外，夕陽快將唧山——唧的是南太武山，大陸的山。夕陽灑落著金金銀銀的一片璀璨，灑落在近大陸的海域。

這位蛙人隊長坐進吉普車裡，發動著引擎，一面遠眺對岸的江山，等待岩洞裡的三個傢伙。

車子直衝下高地，車速和車子轉彎時搡在人身上的那種運動的慣性力，使這三個部屬感覺到他們的隊長餘怒未息，還在拿車子出氣。

然而他們三個也直感不解；特別是第一個給喊進隊長室的方正，被隊長劈頭蓋臉的罵下來，直到此刻還是弄不清楚究竟自己和老萬幹了甚麼不得了的壞事，捅了甚麼大漏子，以致惹隊長冒這麼大的無名火，且還牽累了比他們兩個更不知所以然的分隊長跟著受氣，硬被摻著去跑師部。

魏仲和倒似乎很沉著，甚麼都不去管它，只管弓著背在前座裡，腳掌抵緊在踏板上，慢條斯理的打著綁腿。

車經過高地下方的渡海碼頭，看得到往豐港方面去的遠處沙灘上，二、三兩個分隊還在那裏活動，演練任務，不曾收操。車子要爬一段長坡，隊長手底下誇張的換檔，幾乎帶點兒舞蹈的味道，使人發現隊長的心情似乎忽然好起來了。

在後座的兩個待罪士官密切注視裡，面前這個蒙著夕陽和他們兩個影子的隊長的闊背，原是因為氣憤而顯得那麼板直僵硬，卻在車子上坡之後，很明顯的一下子放鬆下來。握著方向盤的雙手，平白的高高舉起一隻來，像跟甚麼人打招呼，略搖了搖手，由著下墜的勁兒，歎口氣似的又落回方向盤上。

「警報解除。」隊長很累的舒口氣說，瞥了眼還在打著綁腿的魏仲和，又掃掃後座這兩個。

魏仲和綁腿打了一隻半，直起身來傻傻的望著隊長，那樣子彷彿沒聽清楚或沒聽懂隊長說了甚麼，或竟還不敢確定隊長是否說了甚麼，就那麼傻愣愣的半張著口，不解的望著身旁的隊長。

「我是唱工不行，做工還湊合點兒。」隊長專注的駕駛著車子，臉也不側一下的說。

這三個還似不明白的傻瞅著他們隊長。

「不這樣做表一番的話，要哪個去？不要哪個去？」做隊長的寒著臉，冷冷的說，口氣裡聽得出有些矯作。

有好半晌的寂然，這三個部屬彷彿被甚麼噎住了，一時換不上氣來。

「有任務，隊長？」

三個人差不多同時驚呼出來，接著你一嘴，我一舌的吵嚷起來。

「有任務啦，哈哈，特獎！……」

一時間，一點規矩都沒有了，近乎胡鬧的亂起來。特別是後座上這兩個，士官畢竟是士官，隨便慣了，但也眞實而活潑得多，一下子就好像得意忘形了，直樂得你撞我，我抗你，這一個作勢要把那一個推下車去，那一個要把這一個搦著脖子掐死。

「就是今夜？」魏仲和問。隊長點點頭，目不斜視的駕著車。

「報告隊長，那我們現在要去師部，接受任務？」萬道生十分親暱的伏到前座的椅背上，貼到隊長的腮頰上探問。被隊長看上，這麼挑選出來去出任務，彷彿一下子成了隊長的心腹。

「仲和，」隊長沒有理著老萬，身子向魏仲和傾了傾，很體己似的喚了一聲。

魏仲和全神貫注的等著吩咐。

「這次又挑上你，勞逸不均罷？」

「隊長這是從何說起？我倒是顧慮澤楠和老金他們倆要吃味了。」

「上面決定的，任務第一，又不是偏向誰，沒甚麼好吃味兒的。」隊長很板正的說。

「那——第一案還是第四案？」魏仲和最急於知道的是這個。

「上次，派你們分隊去大嶝插旗，那是臨時任務，誰叫你是大分隊長來著，沒話說的。可是這一回，沒想到上面這樣決定了，少不得又辛苦你連莊。」

「報告隊長，我們可是求之不得。」

「走運！」方正好像要糾正老萬。

隊長沉默著，瞥了魏仲和一眼，卻忽的想起甚麼似的，「照相機玩得夠熟了罷，仲和？」

「第四案？」三個人有兩個搶著說。

隊長沒吭聲。

「第四案，那不用說的。我們分隊長占了地利人和的有利條件，連我們都把地形摸熟得像是打小就出生在廈門，還有就是……」方正插進嘴來，但話只說了一半，大概發覺甚麼不對，便又趕忙收住口。

這個直屬師部的蛙人隊，除了一般性的蛙人訓練，更還有由參二部門設計的特殊任務演練。先後六個方案分由三個分隊來個別的擔任，在每日激烈的砲戰裡，經常反覆的演練著。

對於實施第四案，這個命令的宣布又在魏仲和心上引起怵目驚心的悸動。經過十多天的演練，無一日不是強烈的刺激著他；心裡一逕只是想家，想得人要吐血。於是不斷的亂想著許多僥倖，一面不斷產生犯罪的恐懼，除了害怕假公濟私，還害怕自己雙腳一踏上故鄉的泥土，便陷足於鄉情的泥濘而無以自拔。最近這兩天才剛有些適應，又突然奉到這樣付諸實施的命令。

「也許會對你太甚麼……」隊長居然也和他的想法很接近。「一別——多少年了？」

「九年多了。隊長的意思是？……」魏仲和忽的感到隊長的關懷令人不安，好像看穿了他的隱私。

「精神上，會是很殘忍的折磨——到了家門口，回不得家。還有——」

「隊長是不敢信任我？」隊長好像是對準了他的心虛來的，害他差不多有些緊張的硬住了身子，脖頸直直的朝著上司。

「怎麼會這麼多心！少胡說八道……」

隊長像要眞的發脾氣了，魏仲和不敢再說甚麼。

然而人總是人，人心是肉做的；不是立意要去如何如何，人的行爲也往往決定於身不由己。不必說這要回至故鄉的廈門島上去，就是以前駐守小金門那兩年，朝朝暮暮，俯仰轉身之間，每天裡不看不看也要看上兩眼那座綠色的島。那樣的時候，已夠他那麼可望不可即的不甘心了，何況眞的竟要回到那裡去，他眞相信當他一腳踏上故鄉的土地，他會放聲哭倒在那片金黃黃的岸灘——奇怪的是從不曾設想過那是在黑夜裡——那會是多麼的不甘心！

車經水頭，一個左轉，竟不去師部了。

車子開進三年樹齡的林道。

上次雙十節前夕，受命大嶝島插旗任務，也是這樣的由隊長駕車，領他們出來商討。那次跑得很遠，到林厝迤北的岸崁上。那是爲了一面交代任務，一面直對大嶝，實地觀測地形，確定去返路線等等。那次沒有像這樣，還勞隊長把保暖杯用做小道具，演一手小小的活劇。

那一回是因他們成功隊成立以來，首次出動戰鬥任務，事前沒有人會想得到，會疑心隊長領著位分隊長和兩個士官出外做甚麼。可是任務過後，隊上就鬧得翻過來，一個個跑來訂座似的，死活要求下次出任務要列爲第一優先。有的認眞得中了邪的樣子，一天裡多少次跑來纏分隊長，纏隊長，反反覆覆申述多少理由，眼睛直直的，纏得隊長和分隊長又煩，又惱不得這些不講道理也不聽道理的傢伙。帶這幫弟兄，就有這樣子的令人頭痛。

車子穿行在通往稚暉亭的林道上，沿路到處都有已經和尚未整補修理的砲火蹂躪過的殘跡。六角亭子的一角龍昂，和左首一帶迴欄，都被擊毀，曲折的鏽紅鋼筋，殘連著些零零落落的水泥碎塊，都是才被砲火損傷的，地上還留有剛剛清除過的痕跡。

夕陽被托在大陸的群峰上。這一帶崁頭，晚風特別凌厲，四個人錯落著越過六角亭，走向崖岸，軍服裡灌滿了風，鼓鼓的，人駝得像才出土的知了猴兒。

四個人圍成一圈，盤腿坐下。做隊長的重述著任務性質及其重要性。這三個傢伙雖然耳熟能詳，卻還願從隊長口中再聽一遍，這樣才好像眞正的確實可靠，而有了實實在在的憑據。

整個行動計畫十分縝密，每個細節隊長都提示得至爲周詳，等於一次面試，幫助三個部屬來復習功課；行動的細節向前鋪展，隊長不時的提出問題，「現在，萬道生，採取甚麼行動？」或者，「下面看你方正的了，怎麼處置這個情況？」隊長像個不需樂譜的音樂指揮，一根魔棒頭頭是道的點化這個聲部加強，那個聲部轉弱……

「這是跟演戲一樣，角色早已派定，台詞也該背熟了，地位也都擺得差不多了，現在是丟本兒的時候。不可動不動又去翻劇本——也沒時間給你們去翻，今夜就要正式上演……」做隊長的好像很有點舞台經驗，聽著就叫人覺得那是滿口的行話。隊長說著，拍拍擱在腿上的牛皮紙袋，指頭叩叩自己腦門，「除了地圖，待會兒咱們再研究；我可再叮你們一遍，甚麼甚麼都要裝進腦袋瓜兒裡。要還有不明白的，出發前一定要弄得清清楚楚，一點都不可含糊……」

「報告隊長……」萬道生衝口說出來，又沒輕重的急煞住車，人幾乎有點忸怩，愈是顯出一副拙拙的肉相，這和他黑大高粗的身架很不襯。

「甚麼問題？」

「不，不是的，不是問題。我是說，任務那麼繁，我們兩個案，演練了那麼久，都沒隊長這麼熟練。隊長要記六個案，隊長怎裝進那麼多法兒！」這士官敢情不善奉迎，這麼點兒出於眞心的恭維，卻說來期期艾艾的，不知有多難以出口。

隊長也竟嫩起來，給恭維得拿不下臉，故作沒反應的轉移目標，打開紙袋，抖出摺成疊兒的好些文件甚麼的。「休想！」隊長還是接了老萬的話頭。「裝不進也得裝；你倒想把這些帶在身上，可以偷懶？到了對岸再打開手電筒，按圖索驥現看現照著條文行動？門兒也沒有……」

一頓鬍子好刮，萬胖哥給數落得臉都紅了，直聲明不是這個意思，但插不上嘴，嘀嘟嘀嘟的，夾在隊長態度不明的訓斥裡，好像輕機槍呼呼啦啦連發的潑火中，不時冒出一兩聲重機槍低沉的點放。

隊長把些摺疊的圖文一摺一摺打開，鋪到地上。風在搗亂的鼓吹著，好幾隻手搶著按住這些紙張。

那是打師部攜回的任務輔助資料。「咱們再好生來研究罷。」隊長吩咐三個人幫忙展開一件又一件的資料，有當月的潮汐表、口令信號、目標區地圖和空照圖，湊到一起參閱。

「咱們隨研究、隨發掘問題。時間不多，要快，要周延……」好像感覺到在被天光所催促，隊長不時不放心的瞄瞄金色霞光的西天。

夕陽沉進大陸群山，似還不甘心的仍從那些綿亙迤邐的巒峰背後放出道道金色芒帶。在那裡，有幾朵閒雲，文文靜靜滯留在一個氣層面上，底緣像刀裁的那麼平整，聽由餘暉的光芒托著，穿刺著，一朵雲便是一片金箔貼底。彷彿散置的一隻隻金盞。每隻金盞裡便盛滿就要溢出的鉋冰屑。

根據潮汐和月齡，今夜，汐時應該是零時三十五分，最高潮。三時二十五分開始退潮，四時五十五分爲最低潮。這樣，任務必須在四時前結束，人員才得撤離，回到海邊。始曉前泅回膠舟。那麼，這就要逆序計算，來決定發航時間。

各人不期而然的瞪著各自的防水錶向前推算。

始曉是在五點四十五分，由敵岸至膠舟，退潮時約二千公尺，加上人舟會合與攀登膠舟，一個小時足夠了。再向前推算，任務執行時間預計三個小時，陸上攝影時間需三十分鐘，那就要在兩點十五分之前泅抵敵岸。而由膠舟下水游至岸淺，正值漲潮，須把時間打寬到三十至四十分鐘，就要一點四十五分離舟下水，一點十五分開始海上攝影。再向前推算，由我岸至廈門而進窺港口，以膠舟速度計算，一小時三十分鐘足可運用。互相這樣商措的結果，再把時間打寬，增加二十分鐘，便決定十一點半發航。

「現在就對正時間。」隊長幾乎用一種監視的目光，一一去對準每個人的手錶。

從此刻算起，出動任務前勉強有六個小時，須辦的事很多，要乘天黑之前，就目標地區地圖和空照圖，再加強一番推演才行。而爲了避免萬一被隊上哪個外出的冒失鬼撞見，晚飯還不敢去金門城裡打點，決定索性遠一點，跑去山外比較安全。但晚飯後還有三個小時左右的時間，隊上回不得，各處公共場所又因戒嚴早早的都要打烊，商量來，商量去，就照萬胖哥羞於啓齒的建議，遠處找個八三么，多買幾張票，有個房間落腳，還可繼續把任務作爲再多熟練熟練，只需十一點鐘之前回到隊上，把所需的裝具從隊裡搬運出來就行了。——當然，那個膠舟至少也要四個人去抬；那是沒有甚麼的，反正還須再挑個專負操舟的隊員來。要緊還是瞞過那麼眾多的耳目，又要明目張膽搬運這些家當。

「這些……你們都不要操心，我隊長自有辦法——先去餵腦袋再說。」

大家收收拾拾，天也差不多要撒黑了，一行上了吉普車，直放山外。

行動基於嚴格的保密要求，那是不錯的；然而這保密不只是對敵，毋寧說先就需要嚴防洩漏給隊上的任何一個軍官和士官。像這樣的蛙人部隊，不在它算否一種新的兵種，主要還是近乎敢死隊的性質，日常的體力訓練又是那麼的要命，不是常人所能承受。誠然，上級對於蛙人的照顧，已是盡一切可能的無微不至；單是副食費，爲了體力驚人的消耗，便是一般官兵的七倍，特種勤務加給也多過薪俸一倍多。上級所能想到的，做到的，都已想到做到了，留下給做隊長的，便是怎樣來統御這一批樂意玩命，而在嚴酷的訓練下，要賣命一樣死拚的一批「亡命之徒」，這就不是一般連排長的統御方法所可行得通和奏效的了。

然而這又畢竟是國家的正規部隊，軍紀是軍隊命脈所在，不可有一點廢弛。這不是游擊隊雜湊的徒眾那樣的可以縱兵而一切便宜行事。帶這批人既不得不權宜的援用些江湖義氣，大哥二哥麻子哥的親得像手足兄弟一般，卻到底還是公事公辦，徇私不得。身爲隊長者，便是侷限在這種兩面不是人，又兩面都得是人的夾皮牆裡，捆手捆腳而又要比誰都更得大有施展才行。而既然帶的是這麼樣的一批非常人，他這隊長也便非要做個非常隊長不可了。

單說無一日間斷的這種特殊訓練，憑甚麼可以那樣作非人的要求？而蛙人們又靠著甚麼支撐才忍得下去受刑一樣無止境的苦練？——那種體力的支出消耗量已遠超過常人的極限。每天每天絕早起床，不解小便，赤腳赤膊先來上個五千公尺的越野，然後是蛙人操二十節，每節至少二十個八呼。待沖涼洗漱而至早餐以後，便是包括擒拿、格鬥、摔角、奪刀奪槍、游泳及操舟等四個小時的訓練。下午又是五千公尺越野，及五千公尺以上的長短距離游泳。這樣苦練得周身黑鐵一般的膚色不說，所有臂肌、腹肌、胸肌、腿肌，不必著力拿勁兒就結實得像石碑一樣的堅硬。像這種不分寒暑、風雨、從不休止的苦練——就是砲火最烈的時際，也像躲雨一般，躲在坑道裡，砲火只要稍一稀落，便搶出坑道照常操作。一度日間砲火猛烈，便改作晝伏夜出，那樣的持續著，也從未中斷過一天。還有成立之初，部隊尚在後方的那些求生訓練，被丟進荒山裡，或都市的下水道，十天半個月的過著野狗、老鼠、蟑螂一樣的日子。這種嚴酷的要求，以及心甘情願的受苦，都是仰恃一種甚麼樣的能力來支持支撐？——做隊長的能用甚麼樣的「威逼」來要求部屬呢？部屬又能受到甚麼樣的「利誘」，以致那麼爭不到手的搶著要任務呢？

然而誰有那麼強橫霸道的權力，能逼人樂意賣命？誰又會被能有多豐厚的財富利益，誘使得明知其結果而命都可以不要？

對於這些吃軟不吃硬的莽漢，這些蝸居洞穴，一年四季都以防鯊紅短褲蔽體的半原始人，這世界上似乎還沒有甚麼可使他們屈從、順服或被引誘的事物。而唯一用來要求他們，和使他們念念不忘，寤寐思之的，卻是出動到敵岸去的偵察或破壞任務。

砲戰以來，蛙人們除了一點鬆懈不得的訓練之外，自不可能化外於這場戰爭。蛙人們所擔任的是運補外島和離島。在朝向廈門、鼓浪嶼，完全暴露於敵前的海面上來去航行，一樣的是出生入死，命也是掛了帳的，比起砲火中的通信兵、傳令兵、輜重兵和岸勤部隊，運補的海軍陸戰隊、空投的空軍運輸部隊，蛙人的危險程度絕對是只有過之，而無不及。然而英雄感特別強烈的蛙人們，卻沒辦法把那種運送補給視為戰鬥，甚至羞於承認那種近乎擺渡或開貨運卡車的勤務，竟也算是在英勇的打仗。「兩棲偵察隊噯——我們是！」蛙人們有的是這些公私兼容的道理，用來跟他們隊長、分隊長去發牢騷，耍性子，大大的理論，打根柢就嘲笑、就看不上眼那些勤務。

於是身為隊長、指導員、分隊長這些幹部，日夕以到敵岸去出任務，懸示為嚴酷訓練的目標，現實裡卻只擔任不完的運補勤務，便愈來愈顯得這是一種權術統御了。雖則一切的訓練，莫不是為了夜渡敵岸去摸哨、偵察、突擊或破壞，然而出否任務卻不是隊長他們作得了主的；那要師級以上的指揮官根據作戰需要，授命參二部門作業，才得有所決定。而出一次任務又是那麼難得，上級深知這些任務都是一種損傷公算很大的行動，總不肯輕意動用。這樣，便使這蛙人隊雖已進駐前線三個多月了，但連這一次以偵察為主的任務，也不過才是第二遭。任務既是這麼難得，早晚碰上這麼一次。又不是全隊皆可參與，必須只挑選極少數幾個人員來擔任，弄得一派起任務，還須神出鬼沒，偷偷摸摸，又演戲，又裝模作樣，幾個人連吃頓晚飯，都鬼鬼祟祟老遠跑到山外來，還要再跑進八三么去藏身。

天一落黑，便全島都是零零星星的砲聲。三頓飯沒吃的那樣，有氣無力的遠處一砲——空空曠曠的那麼一聲，彷彿空房子裡的一聲咳嗽，震著回音；過會兒又再近處一砲，窗扇慄慄的打了個冷戰。有的空炸，老高的就在天上炸栗子的爆開了，像頭頂樓板上倒了張凳子。就在這麼樣的零星砲聲裡，四個人勻了一瓶黃標高粱。酒只算是意思意思，飯則吃得很結實。隊長先跟大家約定了，等明晚慶功，再放開量來，暢懷喝個倒頂兒。

飯館很簡陋，又等不及的要打烊，不是議事之處。「決定哪裡沒有？」隊長呑口茶，咕嚕咕嚕的漱口，漫著窗口吐出去。

隊長唇邊上懸著一滴茶珠兒，那副帶點兒邪氣的瞟眼打眉兒，給兩位士官不管要做甚麼歹事，都是一種鼓勵。

「隊長，俺前是咱們老窩，可是不能去。要不然的話——」

「廢話！」老萬噌過來一聲。「你就只有那一小塊兒地面兒。——報告隊長，去陳坑保險點兒。」做分隊長的冷了老萬一眼。「嗯，你的鏢局大，你比方正能幹！」

「你保證？我們那幫鬼，湮不到這邊來？」車經過陳坑那座金門最大一棟洋樓的右側時，隊長還又叮了一聲萬胖哥。

「隊長放心。」

老萬打車後座跳下去，大步大步衝右首的邊門跑過去。隊長心很仁慈，剛才只囑咐了萬道生，要檢那冷門兒的，別耽了人家熱門兒的生意。「這，隊長就行好沒行到刀刃上了。」老萬欠欠身子，嘴貼到隊長頸後說。「生意不愁興隆，單是給她熱門兒的三兩個鐘頭休息，就是不買她票，也要給隊長磕三個響頭。」

「票，還是照買。別占人家便宜。」隊長忙著叮囑。聽那口氣，叫人弄不清他們隊長是憐香惜玉，還是壓根兒瞧不起吃那行飯的人。

一口氣買了十張票，「隊長，夠過兩夜的，對得起人了。」老萬捽著一把票子，還待數給隊長看，好像爲了好實報實銷。隊長厭煩的揮揮手，做分隊長的也幫著趕快把七號打發走。

房間很小，一盞玻璃罩子的煤油燈，照得四壁盡是幢幢人影。門窗關閉了之後，緊密是夠緊密的。隊長不時的擂擂鼻子嗅著，似乎總是覺得味兒不大正的皺著鼻子，自嘲的笑笑。

房裡擁擠著濃濃的香水或香皂的氣味，濃得虋鼻子，若是香水，這樣的地方，那香水也該是便宜得可以用噴壺到處噴灑的貨色。

房裡的人擁擠著，氣味擁擠著。陳設也是擁擠著。雖然房裡也只一榻、一几、一椅和一架五斗櫥。

大家把目標區地圖攤開在床上，用空照圖來比著，對著，再次仔細的反覆研究，一面打開收音機來遮掩互相的議論。

收音機是放置在五斗櫥上，燒的是軍用乾電池，不知哪個通信兵節省下來的，拿來孝敬這位七姑娘。

然而這樣的場地，對魏仲和來說，應是一種引起許多聯想的刺激。

在那之前——他總是要罵一聲死邵家聖的——他還曾致力尋找他的麗雪表妹，一直疑心那個曾在河堤上出現過的鵝黃洋裝，正就是麗雪……一個思念得只剩空殼子的夢，鵝黃色的空殼子……可是死邵家聖硬拖他下水，措手不及的中了絆馬索，就在他承邵家聖的情，熱心登報尋人的那一前一後——雖那也不好盡怨別人，他自己早有乾渴的需要，也不是坐懷不亂的柳下惠。只是他可以賭咒發誓，確信他自己不太容易主動的去開那個頭。

自那以後，他魏仲和便很固執的有了對麗雪表妹的自慚形穢。尤其市政廳背後的那塊鵝黃枕巾，和那襲鵝黃洋裝一樣一樣的色氣，好像是個刻意爲他安排的惡兆，使他更加固執的認爲自己已然觸犯了某種說不上來的甚麼忌諱，以致被注定三生姻緣已有更改，趁早別再無望的去想它了。特別是這一回，三度戍守前線，一經發現自己世界大了，散開了，不再似前兩遭那樣專注的苦苦思念一舉目便盡收眼底的故土，這就更加深了自己沒了人心的罪惡感。而在自譴之餘，遂又固執的把這筆帳盡都算到了那椿臭事上。但是他對自己所作的處置，卻不是採取懲治，反而索性豁出去的縱容了自己，用自暴自棄來寬待自己——反正是墮落了，所有的甚麼已經無可補償了。

不過所謂的豁出去，索性如何如何，不比，還不現世；比起邵大尉，邵大尉就譏笑他，「小鍋小灶的，看你魏聖人哪天才得道成人！」蛙人隊惡名在外，就憑那樣的苦打苦練，還是精力過剩，得空就泡特約茶室，美得跟那些隻身來到前線淘金的貨色們，乾哥哥乾妹妹的，不知有多熱烘，且還不愁沒有美得很的名目，又是保障女權，又是維護人道，又是護花使者。然而那也都只有士官們露得起那個臉，他魏仲和，分隊長，第一分隊分隊長，被慣稱爲大分隊長，好歹是個軍官，那種風化之地，碰頭碰臉盡是自家弟兄，如何去泡得？也只有好心的弟兄們，一安排，再安排，挑最好的貨色，早晚半推半就的住住院——門診是不很方便的，他魏大分隊長也從沒有過。然而，這也就是他所謂的索性如何如何，所謂的豁出去。所謂的縱容自己，也不過就是這麼些。

快告結束時，萬胖哥鬼鬼祟祟的出去了一下，把七號摻了來銘謝隊長和分隊長。

人而編號，總是很抱歉的事。但這七號出現在幾個人面前的時候，還是叫人感到很名副其實；「七」所能給人的直覺，這七小姐幾乎都占盡了，乖巧、俏麗、單眼皮，眼睛略有些吊梢，翹得很調皮的小鼻子，唇角尖尖的侵進不很圓潤的兩頰裡，就連短衫、短外套，裹緊的牛仔褲那樣一身裝扮，也都理當是名副其實，實副其名的「七」號才對。

人是很有分寸的懂得跟隊長怎麼笑，怎麼謝，怎麼酬對；跟分隊長又是怎麼笑，怎麼謝，怎麼酬對；而跟兩位士官又是另一種狎暱和曖昧，且對萬胖哥又更有一種近一層的相好與知遇的親和。出來以後，隊長才好意思說，「紅，還是紅得有點道理……」

「隊長要行賞不是？」老萬好像有點兒邀功味道的貼近隊長嚕囌。

「賞你兩拳頭！」

老萬雖有些蠢胖，躲得倒溜活——隊長剛一啐出口，人已一跳，閃到兩三步外。

老萬這個愣大個兒，居然有這麼些鬼竅門兒，他做分隊長的敢情不好意思深問下去。有過插旗大嶝島的經驗，他明白，三個人一樣的都已進入了緊張狀態，才這麼拚命的不正經，以之掩飾甚麼。他倒寧可這樣，說起來也應當這樣，暫時分分心到別處去，不管有多胡鬧。忽然他十分思念起邵家聖來。這樣的時候，眞的最需要那個寶貝來幫大家鬆散鬆散，多嚴重的天翻地覆，都能在邵大尉嬉笑怒罵裡散散淡淡的把來當作家常過日子一樣的打發。

回到隊上，已經十點半還多。時間本已扣好了的，不過也不很寬裕。

戲還繼續演下去，來到坑道洞口，方正一個人進去，把江濤從夢裡掺出來。黑裡，四個人靠成一列，守著衛兵，隊長又開始刮人——五個人演戲給一個觀眾看（夜黑得伸手不見五指，不如說是演給一個聽眾聽）。刮過了，罰他們四個進洞整理裝備裝具，不得有任何照明，也不得驚擾任何一個隊員。五分鐘後，原地集合，接受細密檢查。

這裡是島的尖端一角，遙望島上，不斷有火光蓬開來，有零落的砲聲。

吉普車倒進掩體，隊長回到洞門口，撿塊大石頭坐下，默默的抽著香菸等候。

望著支援他們的那個砲兵營的方向，那裡，將整夜待命，支援射擊。那些火力都已作好了方格編組，指向敵方陣地，隨時接受他們無線電密語要求，以火力遮斷敵方追擊，掩護撤退。然而他這個做隊長的，卻默默給自己求願：總是備而不用罷——金瘡藥雖好，還是不傷爲妙。隊長一雙互握的手，下意識的略揖了揖。也不知拜拜了誰，總是四方神明隨他哪一位罷。那枝夾住手指間的菸火，黑裡眞似一炷香火隱約的燒著。

四個漢子，先後跑出洞來，一個一個低聲喊了報告，請求檢查。

個人裝備都在身上各有定位：面鏡、蛙鞋、氧氣瓶、急救針、自動充氣救生衣、束腰大腰帶、三色信號手電筒、防水夜光錶、刺刀、四五手槍、滅音手槍、手榴彈、彎彈匣三十發的自動卡柄槍、多種用途的防水附件，所有這些全都一應俱全，找不出渣來。另外是A6式輕機槍、一部SCR/300、一部PRC/6、兩部四十匹馬力的舷外馬達（一部備用）、兩隻混合百分之十機油的汽油箱、還有這次任務最主要的特殊偵查器材——紅外線照相機。也眞難爲了這四個渾身光條條的漢子，佩的佩，戴的戴，扛的扛，五分鐘內披掛了這麼些個家當。

裝備裝具檢查完畢，魏分隊長給隊長報告，請示是否可以解散，回洞就寢。

「這麼便宜！哈！」隊長也不顧深更半夜這麼寂靜，卻扯開那麼大的嗓門兒。「攜帶全部裝備，去扛膠舟，目標水頭，給我跑個十個來回！」

命令如此，一條條黑影，默默無聲的攜帶了大件小件那麼些零碎，直向那邊的掩體奔過去。

隊長緊跟在背後，還在大聲喇氣的一路罵著：「我倒不信邪，不把你三個小子整得三天爬不動，我把我姓倒過來寫……，動作快，保持肅靜，我隊長敬陪末座，跟著你們跑步……仲和，你只好活該，認倒楣，誰叫你分隊裡出了這種兵……」

隊長不住嘴的罵著，數落著，守備吉普車和兩艘膠舟掩體的哨兵，打開紅光手電筒，爲這幾個可憐的傢伙照亮，幫忙拖動膠舟。

這種由尼龍纖維三層壓製而成的膠舟，五零口徑以下的子彈貫穿船身，遇水便自動密合完好，輕便得四個人扛起來可以飛跑。

一夥兒悶聲不響的扛起膠舟，奔下六三高地。但是應了碼頭附近的哨兵口令之後，卻並未往水頭方向奔去，彎也不曾轉一個，逕自沿著海灘直往後豐港那邊跑步。只聽得沙沙沙沙的腳步聲和節奏分明而一致的呼吸。夜的寒氣觸著熱皮膚，有一種不適的快感。

隊長領頭跑在前面，跑了約莫三百公尺左右，這才停下來。

「辛苦了，辛苦了，又捱罵又受累的……」隊長也一樣的大喘著氣，放下替他們拎著的兩隻汽油箱。

夾在裡面不知哪頭逢集的江濤，這才弄清楚是怎麼回事，一下子樂得不知怎麼好。

「算你小子睡了場好覺，夢裡頭拾來的。」老萬笑撩著江濤。

隊長領著幾個人又對一次錶，並利用航前的四十分鐘，再熟悉一番口令、密語、暗號、手電筒的信號等等。一時間，淨聽到這幾個大漢玩小孩子戲兒一樣，滿口的菠菜、高粱、胡蘿蔔、手銬……送話器鏗鏗鏘鏘的敲響著，再不就是紅、綠、乳白三色塑膠硬片，眨著手電筒。

海邊風寒刺骨，不是鋼筋鐵骨的蛙人的話，這樣子光赤赤的無遮無攔，誰也罩不住，儘夠生場大病的。

舷外馬達裝妥，臨要扛舟下海，做隊長的又再囑咐了幾點特須注意的事項，結論是任務第一，在未獲得所需情報資料之前，盡量避免與敵接觸或發生衝突；所以能躲則躲，當迂迴則一定要迂迴，捉活的只可在安全撤退時順手幹一傢伙。而影響撤退的一切武器和裝具皆可毀棄，即使紅外線照相機也不例外，只要菲林留住——那是不管怎樣也要帶回來的……

隊長一一的搦了搦這四個漢子的肩肌，千言萬語，都歸結在這肌膚間默契的珍重裡。而這溫熱的肌膚卻也使這位蛙人隊長一時興起生命無常之感，這是他所厭惡去感覺到的，又是不能制止自己不去感覺的。

「仲和，一切都託付你了。」風濤聲裡，隊長沉沉的說，「四點鐘，我在這等你們凱歸。」

「隊長放心。」雖在暗中，魏仲和還是兩腿打直，兩腳靠緊，敬謹的承接了這個莊嚴的託付。

馬達發威的吼起來。

膠舟一啓航，就偏右的飛馳起來。人在船上，只覺得是傍著比夜還黑一層的岸頭平行，好像船舵失掉控制。直待劃過大半個圓圈，直奔西南西方的金牛星——任務的目標方向，卻已辨識不出可能還佇立岸上目送他們的隊長應該是在哪個位置。

十月下旬夜航的海上，有易水的寒冷，膠舟上的漢子們也有荊軻的壯士感。彼此默默的穿上蛙鞋，又緊了緊大腰帶，謹慎的一再一再的摸索遍了周身披掛的武器和裝具，逐件的反覆檢查，總是不放心的覺得凡事愈謹慎小心，才愈會發生想不到的漏失。

這是一場將要進入的夢境。人時常會重複的做著一種陌生的夢，做上不知千百次，到過那個地方也不知千百次，而仍然是陌生的，只因現實裡沒有那些。

對於生在廈門，長在廈門的魏仲和，對於即將進入的這座海島，仍然一樣的有如夢境的恍惚。一個生長在廈門的孩子，只在家鄉十多年，不一定就能跑遍過全島。南普陀寺——有名的佛教勝地，他就不曾去過。不過任務目標的白石砲台，他也不曾去過，卻有很深的印象。從輪渡碼頭——有十五個，通航金門者便是一號碼頭——南行，繞過太古公司碼頭，便是神祕而古怪的廈門要塞，也就是有名的白石砲台。幼年看畫畫書，每見甚麼古堡，或甚麼巫師巫婆住藏的絕壁巖穴，想像裡總是不由自主的都歸併到如一頭蹲伏的大獸而瞧不出頭緒的那座要塞。

然而那也僅只是幼年的夢境；不比中山公園裡的石地球和迷魂洞那麼實在。也不比一經過台北市羅斯福路便想起故鄉的中山路。有些雖已不復記憶，卻在台灣見到同樣字號的公司商店，令人怵目驚心的記起中山路上也有的孔雀行、建新百貨公司……若不是重見這些字號，他的世界裡就會永遠再也沒有那些。部隊駐紮台北擔任衛戍的時候，每逢上街經過那些公司商店門前，就覺得憑著自己年幼時跟著大人出入過，他們就理該親切得不要他的錢，至少也應當減價優待才行——雖然他絲毫沒有要占這個便宜的意思。

可是淡忘了的舊日，經這些聯想，又不免一番深入肺腑的懷鄉，絲絲連連，引生許多原不相干的故人故事。一個人的家鄉，竟是這樣黏纏著人的終生終世，馱著背著，揮之不去，親暱得這麼惱人。

膠舟鼓浪前進，人在刺心的寒風裡，不時再被粉碎的浪花濺上光赤的身子，人是給冰鎮了一樣，血肉都已不存，唯覺酥骨的鉗痛。

做分隊長的傍著操舟的江濤，爲之講述和交代只關乎江濤一個人的任務。江濤雖不登岸，擔負卻很重很繁，要留在船上架起輕機槍警戒，看住和操作SCR/300，保持對敵我兩岸的聯絡，隨時密切注意岸上的情況，並操舟接應人員撤離。

江濤聽了交代，依樣複誦了一遍，然後卻向他的分隊長提議，會合點附近有許多礁石，膠舟可以繫泊。這樣的話，就可以多一個人員登岸參與戰鬥。

「要那麼多人幹麼？把廈門抬回去？」做分隊長的斷然拒絕了這個提議，並且大加責備，「誰負責聯絡？你要也上岸的話？……」

江濤給數說得默不作聲，身子超過操舟所需要的弓得很低很低，好半晌動都不動，叫人疑心這個有張娃娃臉的小胖瓜，會因不帶他上岸，像個想不開的孩子一樣，傷心的哭起來。

魏仲和瞧著這個弓得像個對蝦的大孩子，於心又有些不忍起來，拍拍江濤的光膝蓋，把安慰送過去。

「等候撤離這段時間裡，你還有許多要緊的事要做；需要你來往巡航是不是？嗯？需要你隨時保持機動，才能順利接應我們撤離，是不是？……」

做分隊長的努力把語氣放柔和，哄小孩兒一樣——那個不好玩，我們不要，我們來玩這個罷……要蓋住馬達的鼓譟和喧譁的浪花，挨得再近，多少還是要喊叫一些才能聽得清楚。也許寒冷和緊張的雙重顫抖，把這喊叫也竟給柔化了。

夜航在敵我兩岸中間，四下裡都是無邊際的悠亢，人須用很堅硬的耐心來對付。壓在頭頂上，幾乎能感覺到重量的沉黑，那裡有疑似探照燈的餘光那麼灰白的一團雲影，遠在天外之天，固定在那裡不動。船行了一程又一程，人在俯仰間，許久都不會看出那些雲影有甚麼移動。

當龐大的黑色山崗彷彿只在眨眼間陡然湧現上來，當面矗立到頭頂上，這給人的是個冷不防的震懾。這也告訴他們，海上已偷偷的起了霧，是他們這半晌一直不曾感覺和發現到的——簡直有些令人不可解。平時，原有這種訓練的，同時肌膚也應有敏感，當接觸到濕度這麼高的空氣時。而夜間作業與能見度的高低實在有極爲重要的關係，應該不會被忽略的。可是四個人八隻眼睛，居然都像瞎子一樣，直到這龐然大物的黑影陡然聳現在臉前，一個個的眼睛才頓時復明了。

大家都不約而同的急忙看錶，好像錯都出在這手錶上，總要找個可以怪罪的才是。

「熄火！馬上熄火！」魏仲和急忙拿穿著蛙鞋的大腳掌，蹬蹬操舟的江濤。

馬達的電鈕捺下去，膠舟帶著運動的慣性，又竄馳了一程才停下來。

用時間和空照圖的印象來研判，這裡與敵岸對直過去，或竟一千公尺都不到了，眞叫人有些驚心動魄。霧若再濃一些，說不定會誤闖進了賊窩裡還不知道——至少，馬達的吼聲，就夠敲鑼打鼓一般的，把半個福建省都給驚動了起來。

然而這只是驚嚇，只不過有驚無險。但是霧若再濃些，海對陸的照相都怕有困難。照面前龐大的山影看得這麼清晰的情況推斷，只好解釋作這霧只是局部的，一個小型的氣團，尙未遍及整個金廈海峽。這是萬幸，若有天助。只願到此爲止，就此脫離了方才一直包圍著他們的霧團。

至於照相的困難，紅外線攝影機雖非傳說裡偵察機所使用的那麼神氣，五萬英尺高空可以把地面上相當於報紙頭號鉛字那麼小的物體都能攝到，但霧氣是不受影響的——連黑夜都障礙不到。只是當目測也受到遮蔽時，目標無從選定，那麼，即使這紅外線可以力透鋼甲，也無法取景了。

根據航向和時距，可以斷定這就是廈門島。而魏仲和更是另有他自己的依據——從記憶裡追蹤到的印象，用來對照面前這黑沉沉龐然大物的山影，甚至他能肯定他們此刻所置身的位置。那麼，照他的推測判斷，從這裡去至他們的目標地區，該還有一段航程；那是只有他自己心裡明白，即使拉著軟尺去丈量，也未必如他心裡有數的里程那麼精確。

白石砲台所扼守的廈門港，和一般的海港很不一樣。這個可容五十萬噸位海輪和艦艇停泊，卻被金門武力封死了的福建最大商港，又是東南沿海的重要軍港，實則只是鼓浪嶼和廈門這兩島之間的水道。這樣，他們若要逼近港口，就必須再繞行全島差不多四分之一強的側背，直到遙見鼓浪嶼上的日光岩那座突出部，才得對正白石砲台和預定的星位，先在船上攝影，然後再下水，登岸繼續偵察、照相和測角。

馬達再度發動，在分隊長的指揮下盡量彎向左側航行，甚至彎向牛心礁、檳榔嶼一帶，以便跟廈門沿岸保持一定的距離。

時間距預定海上攝影的一點十五分還有近三十分鐘，「不慌，」魏仲和說，「時間很寬裕，多繞一點，比較安全，差不多再二十分鐘就到了。」膠舟急急的加速前進，山影看得出的在移動。

船航行得很順利，緊張心理又因還要再繞行一程，重又鬆快下來。

船身冒冒失失的忽一震動，尾端好像發生了爆炸，嘎嘎嘎響了幾聲脆的，船也跟著傾斜得很厲害的擰轉了一下，熄了火停下來。

「操蛋，操蛋，準是觸礁了。」萬肸哥沉不住氣的低聲叫起來。

「不慌，檢查一下。」

「鋼銷碰斷了。」沒用檢查，江濤便已知道毛病出在甚麼所在；他並沒按電鈕，馬達便自動的停止轉動，自然是螺旋槳碰到了暗礁的緣故。

雖然要耽誤點時間，但膠舟有特別設備，平日也有這種操練，遇上這種情況，只須把馬達的下端扳上來，兩三分鐘就可把折斷的鋼銷換妥。

「不要慌，不要慌，時間還很充裕……」做分隊長的雖則口裡不斷的安撫江濤，心裡卻一直打鼓似的焦灼不已。他等在那裡，插不上手，兩眼愣望著廈門的岸影，幾分鐘如幾個月的冗長難熬。指甲剪得很禿，也還是把手心一下下挖得火螫螫的痛。

說他魏仲和離鄉八九年，還能把故土記得那麼清晰，似乎也不好把話說得那麼滿。不過，約莫十分鐘後，左前方出現了日光岩突起的頂峰——不很是孩子眼裡的那個樣子，他卻知道那就是，那已經夠貼切的證實了他的記憶。一見這黑夜裡更黑一層的山影，那個形狀，眞的使他一陣子歡喜得心痛；一面又像是可也被他矇對了似的，驚詫的得意起來——然而，卻也在同一時刻裡，心似一下子澆了勺滾油的那麼燙，那麼燒痛，心跳也急驟的加速，這是再也眞實不過的貼近了那使他九年來一直魂夢爲勞的故土，再也不容懷疑了……。

而這種燒痛的感覺，隨著愈加眞切的景象，愈來愈貼近的故土，一刻強烈一刻。他是眞害怕自己的心臟負荷不了這麼不容人鬆口氣的壓迫。

面前這三個沉默的黑影，一個個對他這個分隊長都是無與倫比的信賴，地理情況的熟悉，更使他們不知有多仰仗的把命運全都信託了他。然而他們也許無法想像，最壞的也正是他們認爲最好的——此刻，這樣迫近的臨敵，不爲這個而緊張，卻陷在強烈的近鄉情怯的心亂，不如說是很可怕的一種軟弱。對於一個臨陣的指揮官，鄉情重於敵情，該要怎麼說？

馬達已在分隊長的命令下停止，萬道生和方正在使用雙槳。

天鵝星座已被定在照相機的覘門裡。船身平穩的滑行，略帶一些規律的起伏著。黝黑的岸上，山上，一點點光亮也找不到。魏仲和一面強抑住心上的燒痛，一面耐住性子等候。

船身緩緩的前行，緩緩的接近他所要的攝影的角度。在綿亙起伏和幾何圖形的地形地貌的深黑剪影裡，給他古堡印象的白石砲台，以不很清晰的造型，彷彿分針那樣見不出移動的一點點移動著，在向天鵝星座左翅尖上那顆藍星接近。

以目測估計，膠舟距離右岸已不及五六百公尺。

魏仲和手上的紅外線照相機開始拍攝，每數十便喀嗒一聲撳下快門。這樣衝著黑裡攝影，又無任何視覺上的照明，給人的感覺總像是盲目的胡亂撳著快門，一張也不會照下來。一種虛應故事的遊戲，不是這樣冒險犯難所該有的那麼稀鬆平常。雖然爲這個特別技術，他接受過訓練，又實習了多次，成績非常好。但這種神奇的科學玩意，每次使用它，都總是叫他執拗的不能置信。

星位、砲台剪影、覘門，三點連成直線，船身以不變的速度前行。這樣，便是以砲台爲軸心、舟移而星動，星位由天鵝左翼尖端逐次的右移，移過天鵝的尾梢，移向右翼……山影緩緩的載沉載浮，天鵝也似載歌載舞的往橫裡撇翅翱翔，那是一種靜裡蠕出的律動。在沒有馬達鼓譟，浪花也跟著沉寂了的靜悄裡，似乎聞有歌聲起自海霧的深處，縹緲委婉，若斷若續的抑揚……叫人意識不到這竟然也是戰鬥。

星位過了天鵝的舞翼，白石砲台緩緩的錯向杜鵑星座那一小撮水鑽。膠舟顯已越過了廈門大學，繼續越過了避風塢。

「功德圓滿。掉頭，快！」魏仲和累得虛脫了似的跌身坐下。

把退出來的一捲底片包裹了又包裹，裝進防水袋裡，魏仲和像捧著玉璽一般愼重的交給江濤，幫著江濤緊緊繫進大腰帶裡。

「性命，知道罷？」做分隊長的一再把拳頭搗著江濤的腰際。「比性命還重要，比咱們三條命加起來還重要。等會兒萬一我們三個一個也撤不下來，爲了這個寶物，儘管甚麼都不顧，你也要拚回去，親手交給隊長……」

據他做分隊長的所知，這個砲台不除，金門將永遠如芒在背。飛機一再的去投彈炸過，甚至空軍總司令親自督隊襲擊。飛機也曾超低空的偵察照相過。巨砲也曾轟擊過。但是砲台位置占了地形的有利隱蔽，眞如盤古開天地便留下的傑作，當年清廷不知哪個軍事鬼才有此慧眼，看中了這個天成的要塞。現在除了他們這樣的任務來取得情報資料，實在沒有再好的別的辦法。

膠舟回到與砲台對直的方向，三個人又略整頓了一下武器、裝具，活動活動四肢關節，也把所在和所去的方向方位都確定了一下。

「下水。」魏仲和手在膠舟舷邊上叩了兩聲。

扒著舷邊，老萬頷頭，一個接一個的滾身下去。

人投進海水裡，夠一下子寒到心的。但這樣子反而比在船上䟨等，濺一身的淋漓迎風吹得酥骨還好受些。而一經運動起來，划過不幾個浪頭，水寒和肌膚的感覺便似乎兩不相干了。

游向故土而不是回家——這像個出給人猜的謎語。要猜出這個謎底，打一甚麼呢？有大堆的話說不清楚。不是大禹王三過其門而不入的那麼無需解釋。游在黑得叫人發盲的海濤裡，前面兩顆黑黑的人頭，看上去是無機能的漂浮物，依稀那年父子離散，碼頭前的海面上漂浮滿了包袱和掙扎的人頭。人是那樣眼睜睜的完了的嗎？——還不知有生死的少年，忽見這樣活活的生死掙扎，恐慌得人都一下子成了空殼。岸上的人潮遠遠望著超載的木船，不用管這船航向哪裡去，船就是天堂，天堂再擁擠，多不了自己這麼一個人。天堂卻不回答可與否，天堂從漂浮的人頭和包袱上軋軋的行過，不動聲色的開出一條路來……。「在劫在數，在劫在數……」船上的人擠得臉挨臉，沒有得慶生還的得意，也沒有爲岸上和海裡被撇棄的人慈悲慈悲，只管各自或彼此念念有詞的曉諭這在劫在數的天命。被擠塞在四周都比自己高的少年，傷心得只想著要下船去。仰起臉求誰都求不到，求天也只能求到頭頂上看得到的那一小片天。

仰面看看天，天黑沉沉的壓到眉際上來。他沒有那個意思再去尋找天鵝星座，方向是不必求證的在他的自信裡。他要看看天，就是當年的那一小片天，確定就在那裡，沉沉的壓在頭上。頂天而不是立在地上。索性讓自己仰泳一下，這樣倒可放鬆一下神經。天近到可以抄抄水就抄得滿天都是。

岸灘近了，渾黑的地貌剪影高聳上去，似乎近逼到頭頂上來。海灘最外層的一排軌條砦，也在齊眼的水波上起伏、伸縮、隱了又現了。

雙足落到水底的沙灘時，並不似預想的那麼感傷——也是無暇還能意識到這是故鄉的泥土，臨敵的仇愾彷彿就在這瞬間，嘔吐一樣的聳湧上來。

沿著軌條砦外緣，三人成單行潛行。空照圖指示出這一帶有鄉村通道進去，可免誤入雷區。一行三人便輕得像貓的腳步，與海岸平行的往前搜索這條鄉村道。

海腥氣很重，照判斷附近縱使沒有漁撈作業場，也會是敵兵自己頗有規模的捕魚。那是很可能的；海軍不可捕魚，應是國際性的規範。然而敵人的海軍爲了改善副食，與民爭利已是常事，陸軍或民兵當然更無顧忌。

壓低了姿勢向前探路，一面透空的窺望著搜索。目力所及，沙灘和軌條砦裡頭緩緩高上去的斜面，並沒有甚麼漁船之類突起來的物體。

倒是三兩個直立的黑影，簡直是驀然出現似的令人渾身一緊。再看才辨識出來是些鐵絲網的樁子，不似軌條砦那麼整齊的向著海邊歪歪斜斜排著隊過來。夜暗裡缺乏距離感，乍看眞像是搜索前進中暫時佇足的散兵群的隊形。

鐵絲網排向海邊來，又沒道理的折回頭。前面的老萬和方正蹲下來，蹲在一起，等著他們的分隊長。

「沒問題，那條路不會很遠了。」魏仲和搦了兩個人厚實的肩膀一下。

目標集中在鐵絲網上，那些樁子排成的隊伍忽然亂了隊形似的密集起來。三個人再次聚結到一起，仔細的觀察著。

可以判斷出是怎麼樣的一種工事。鐵絲網的出海處築成一條長巷，並且彎來彎去像座九曲橋。看得出來那彎曲的長巷很窄，似乎只能容下單人通過。

做分隊長的打了個進入的手勢，方正領先越過軌條砦的間隙，快步搶過去。

但不等萬道生起步跟進，方正已慌慌促促的退回來。那些鐵絲網重疊的木樁，先曾使這三個人誤認做人影，現在是人影了，卻又被當做了木樁，差一點莽莽撞撞的壞了事——如果不是那小子癮大，閃了下菸火，方正眞就白白的送進了虎口。

三個人共同知道了這個情況之後，略一磋商，爲了必得虎子，這虎穴是一定非入不可的。

「必要時，也只好一開殺戒了。」魏仲和拍拍方正身上的佩刀。「去，我跟老萬隨後監視。」那手在方正肩膀上拍了拍，隨即推了一下。

沙很深，很潮濕。方正擰過身子，拔出七首橫啣在口裡，匍匐著過去。

鐵絲網扯成的彎曲長巷，開口處過去兩三根樁子，便是毛條纏繞的柵欄門。就在這門裡，挨著門柱很近，一個捧槍的哨兵，挺安逸的吸著香菸。柵欄門攔腰有根歪斜的粗木，不用說是頂著橫槓。

一時方正感到很棘手，重又退著爬回來，要了分隊長的滅音手槍。

人是簡簡單單的那麼解決了，槍聲只像被抑住了的小小一聲咳嗽，但是哨兵的槍枝墜地，碰到木樁，還有以整個身體倒下去的重量，扯下刮在毛條上的粗布軍裝。靜夜裡，那種一撕到底的裂帛的動靜，直如揭掉大半邊天，好像天都被一下子揭得大亮了。懾得他三個趴在沙窩裡老半天不敢動一動。

未鉋皮的杉木杜釘成的一人多高柵欄門，上面又密又亂的纏遍了毛條，兩邊的鐵絲網也絡得伸不進拳頭，用卡柄槍，又用短刀，很費一些手腳，才把橫攔在柵欄門裡的粗槓子撥開，一端落到地上。

但是柵欄門往裡還是推不開，斜在門裡的粗槓，和倒在正好是鐵絲網和柵欄門夾成的犄角裡的屍體，阻礙了門向裡推動。夾成巷道的鐵絲網裡容不下兩個人並排來克服這困難，毛條纏滿了的柵欄門找不到下手的地方去推，又怕發出聲音來，驚動了敵哨。這把孤軍苦鬥的方正給鰾得冒火透了。

行動遲滯在這上面，很使人感到急切和划不來。怕的是耽延久了，遇上換哨或查哨，那就更要誤事。

換了老萬，使用槍托抵住柵欄門框，下死力氣硬推；一點點的試探著。柵欄門軸的鐵箍給長年含有鹽分的海風侵蝕得摸上一把便紛紛灑灑的鏽層子，眞怕這樣著力的硬推，終會石破天驚的一聲，整個柵欄門分崩離析的散了板兒，像座大山倒掉。

令人頭痛的這扇柵欄門，終算推開了可以扁著身子挨進去的空。老萬把槓子順到鐵絲網外，唯恐撞上外面可能埋藏的地雷，小心得氣都要斷掉。接著跟方正把屍首移到軌條砦外面去。

「耽擱太久了，動作要加快。」做分隊長的催促著，見到老萬掏出刀子，轉下腰去，似乎要找屍首的腦袋。「收回去，交給我。」抓住老萬握著短刀的手，蹩一個方向搡回去。老萬的手上有黏黏的甚麼。

把兩人趕著快快的進入鐵絲網，魏仲和拔出自己的匕首，去摸死者的耳朵。

他不知這該是怎麼說。當了軍人九年多了，還不曾傷過一個人。捏住了涼涼的耳朵，指間感覺到盡是泥沙。並不是很涼，但耳朵本該就是溫熱的，指頭一捏下去，就覺得有種意外的涼，一下子涼到心裡。

匕首像刺刀一樣，利在刀尖上，刃卻是鈍的，只是刀口稍薄一些。先他就害怕割不下這隻捏在手裡的物體，要是得鋸上半天，那會叫人受不了。

他不知道該說這手底下是種甚麼滋味，果然鋸了又鋸，腦袋跟著錯動，好像隨時都會把這人鋸得痛叫起來。但願這就是如他所感到的滾了椒鹽的蘿蔔乾，只有自欺的這麼割切，很丟臉的又急又怕。

匕首插進沙裡，用老萬染給他的指椏間有些發黏的手，彎到臀上找塑膠袋來裝。匕首在屍體的軍裝上連連的擦了兩下，人就等不及的追進鐵絲網去。

鐵絲網長巷的另一端，老萬蹲伏在那兒，「又捅掉一個。」老萬拍拍腳邊一個物體，像拍在老棉被上。

「八一」帽徽——想起邵大尉，像個瞎子滿地摸索，一頂八角帽讓他找到了。

夜光錶已是將近三點。搦在老萬赤臂上的手傳過去暗號，兩人一前一後轉向左方，迅速的前進。

此去白石砲台還有一程，情報研判必有嚴密戒備，三個人有默契，泥蘿蔔洗一段，吃一段，能挨得多近就多近的往前摸索。

地貌漸漸複雜，正面凸起一座伏地堡。從這裡匍匐著繞行過去，一路盡是駝在高上去的丘陵上如雨後乍晴的草菇一般茂盛的小碉堡，人伏在地上看去，眞叫人以爲前面來到了公墓墓地。

三個人在呱呱兩聲蛙鳴裡退回原先經過的伏地堡這邊，只好再向堡的左側匍匐前進。

這一帶地面，砂石之外，還有那種結著整串刺人豆莢的老含羞草。渾身不知已經給釘上了多少。有個持槍的傢伙走動在伏地堡背後。他們發現時，那傢伙已在他們右後方，差不多只有五六十碼的距離。

萬胖哥挨近來，嘴貼到方正耳邊，「瞧，眞叫人眼饞！」喉嚨管兒裡咕嚕嚥了一口甚麼。方正忙用肘子搗了搗老萬肋骨，動作裡有急切制止的暗示。當然，老萬那也只是一種發狠，任務只才在海上完成三分之一，亂來不得的。

潛行到不能再前進的一處小高地半腰，頂上可能是一處機槍陣地，一直有人講話，不可解的情況，聲量近乎話筒拿開些的電話裡傳過來的那麼小，聞其聲而聽不清對話些甚麼。

怎麼會在這樣的情形裡，嘮嘮叨叨的沒個完——令人沒法兒理解。含羞草叢裡窺見的小高地斜坡稜線上，不時有頭影移動，那裡必是沿坡曲折而下的交通壕。這已無法再行前進。

但是砲台龐大的黑影，照目測判斷，總還在一千碼左右。紅外線照相或許還可以得到一些甚麼——這裡完全是另一個角度，若能再往前挨近些，與砲台相去個五六百公尺，跟剛才海上攝影所取的距離差不多，則用岸上這個角度來攝影，對海上所拍的照片，將會是很好的一種輔佐。這是因爲成直角的兩組紅外線照片，兩相對照參證，可以構成立體圖片的珍貴情報資料。這也正是任務所作的要求——兩個角度而距離相似的照片。

而同時，若像這樣相距一千公尺左右，就叫方正去測出大砲的射角射向，也幾乎是辦不到的一種無理要求。勉強爲之，也必是其效不大。

這樣，要達成任務，就不管交通壕的越過有多冒險——尤其是還要打這裡撤離。即便是天塹、天河，也必須通過。

做分隊長的表示了決心之後，兩人在後掩護，方正先行匍匐過去，潛至交通壕邊緣，貼著地線窺伺。壕裡像起走了棺木的墓穴，空曠安靜，了無聲息。方正就地滾了一轉，輕輕的滑進壕裡。

守在十多公尺外的魏仲和、萬道生，心跟著一沉的眼見著方正從地線上消失下去。

兩個人還不能妄動，直等到一塊小石頭子兒丟過來，正好落在兩個人中間。

「蘿蔔。蘿蔔。」魏仲和抵了下老萬，獨自往前匍匐過去，瞄著方正的去向。

他可沒有方正的運氣好，還沒有爬到交通壕的邊口，壕裡早已露出一顆戴八角帽的大腦袋，僅僅不到兩公尺的和他斜吊角的相峙著。好似專程來對付他的等在那兒候教。

可以向兩側迂迴的，但須爬過很遠很遠，才可避免滑進壕溝裡的動靜被這傢伙發覺。魏仲和心裡好不耐的罵著。但這傢伙除了只來回走動過一下下，一直就待在他正前面左右不到兩公尺範圍裡晃動。這是不能久等的，把身子調整和交通壕成平行，輕輕滾近壕邊。

這一回，是眞的要殺活人了——他跟自己說。把紅外線照相機先放妥當，刀子拔出來。

壕裡的傢伙完全無知的靠著對面的壕壁。他這樣暗中等著殺人，反把自己越等越是慄慄的戰抖。關節稍一放鬆，便能聽見牙骨像捧著一落沒擦穩的瓷盤盞，嘀嘀哆哆戰慄裡有種緊急的滑稽。

一隻不知名的秋蟲，離不兩三步遠的嚁嚁鳴叫，那麼有板有眼兒的更漏一樣，好像給這個傢伙最後一點兒時刻數秒。他魏仲和第一次殺人，在自己家鄉的土地上。

那傢伙轉身靠攏過來，神差鬼使的，彷彿排戲排過的戲劇動作一樣，硬是活活的送到他魏仲和貪吃的嘴上。這都不用他斟酌的，往壕溝裡只一滾，左胳膊勾住對方的脖子，兜緊了那麼一箍，另隻手裡的短刀順理成章打腰眼裡的壚肉捅進去。

這一瞬間，擒拿刺殺，可盡都是由他們蛙人日積月累的操練所養成的機械動作一一完成；就連感覺也簡直是出於機械的冷酷——耳朵聽到像要嘔吐的抽氣聲；肘彎的肌肉能觸覺到自己使上多大的壓力，被箍住的頸肌便以多大的反壓力來對抗，肘彎裡的喉管暴得簡直比脖子還粗；手底下的刀柄像脈搏那麼細微的傳遞過來刀尖穿刺多層布質的那種咬裂；還有刀尖抵到鼓足了氣的腰腹，受阻於一種綿軟，而猛一戳透進去的阻力突然消失，竟叫人踏空一個台階似的那麼一個蹭蹬，刀進了肉去是立刻覺轉一下刀身，才能抽得出來，卻被一種眞空所緊緊的鰾吸住，比用勁戳進衣層和肉層還要費更大的腕力……所有這些只是在一兩秒鐘內的連續感覺，也就僅止於官能的感覺了，沒有甚麼轉個彎兒的反應或品味。

人是倒在他腳下，刀子就著死者衣裳擦淨，壕邊上摸索到照相機，轉身縱出壕溝，顧不了高姿勢的連連向前躍進，一刻也等不及的追上方正去。

嗶——嗶——……的槍聲凌空掠過，似乎起自來路的那個方向。

剛剛和方正碰上頭，急忙的分別趕著照相的照相，測量的測量。不過剛進行了一下下，卻陡然這樣起了槍聲，酥人的一發一發打頭上掠過去。

首先便想到老萬。他手底下是不管這些，只顧換著高低左右的位置猛向那座黑色大物拍照。

槍聲並不很緊，不似接戰。但鐵絲網出口的柵欄門洞開，哨兵失蹤，進口處的哨兵捅倒在地上，這都會很容易的被發覺。而那裡是他們三個唯一的退路。

總算在極短促的時間裡，搶完了照相和測量。兩人略一研判，認爲這槍聲稀稀落落的對空亂放，必是柵欄門那邊的情況已被發現，用這盲目射擊來勾引他們還擊，企圖發現他們的目標。

「但願老萬沉得住氣。」魏仲和說：「不到萬不得已，切忌還擊。」

「先退回交通壕那邊去罷，分隊長？」

「要得。當心他們四處在搜索……」

兩人迅速的退回。越過交通壕時，很險很險的逃過壕裡另一頭奔過來的搜兵。聽來那總有四五個人，嘈嘈亂亂，槍背帶環像鐐銬樣的嘩啦嘩啦的吵鬧著。

忽有不大響亮的凌空爆炸聲，「操蛋！」方正咕嘰了一聲。兩個人都本能的搶前幾步，棒球滑壘似的臥倒了好遠過去。

天空亮起照明彈，比最亮的月光還要閃閃的白耀。

魏仲和偷偷的翹起頭來，估計著和老萬分手的那一帶，見不出一點點的動靜。老萬應該蘿蔔在那裡的，卻見不著人。

但左側前方有分散的搜兵出現。

隨著凌空的爆聲，又一顆照明彈亮開來。兩顆挨得很近，新的一發位置較高，照亮了先前那一發的小小降落傘，和一股灰白的煙。

兩個人被釘在地上。只好貼緊地面的向前游動，能爬多遠，就爬多遠。

還是搜索不到老萬，覺得這個胖哥完了，又判斷不可能。魏仲和已把底片取出，急促的用塑膠袋裹緊，連同那隻耳朵，塞進方正腰際的防水囊裡。

「不行，這樣越待下去，越不利。」左前方一群搜兵萬幸是向砲台那個方向移動。但鐵絲網出口那邊，想來必然是群集了不知多少亂嘈嘈的搜兵。兩個人就這樣的情況急促的商量著。退路只有那一條，非從那裡經過不可。做分隊長的決定繞向左側去誘敵，方正則繼續聯絡萬道生，由老萬掩護撤退，盡一切努力，把底片和測量結果安全攜回，並約定膠舟待至五時返航——不管人頭夠不夠數兒。

「分隊長——」

「這個，帶回去。」做分隊長的打腰帶裡扯出一頂八角帽，摸摸上面的星徽還在，交給方正。

「捎給邵參謀——知道罷，十九團政治處。我欠他的。」

「分隊長你——」

「好了，這個你馬上就用得著。」滅音手槍卸下來，跟方正交換了手槍，兩人緊緊的搦了搦手。

「老方，鑽隙，不要硬拚，行動隱藏好，切忌暴露，切忌構成目標。」

「分隊長，報告分隊長——」不理會方正一再的想要嚕嘛，魏仲和斷然的把他搡開，往橫裡迅速打了幾個滾，繞向左側，快動作的匍匐過去。

背後，方正在聯絡老萬，喀喀，喀喀，兩響兩響的敲著卡柄槍托。

老萬會在附近的，不會擅離這一帶，也不會是頂上了火或者被俘。那敲擊的響聲，給他莫名其妙的安慰，彷彿都有了安排，沒甚麼好牽掛的。他是放心的爬行著。但那些仍然在虛張聲勢嘈亂的鬼傢伙，是抽在他背上的鞭子，使他耐不住的時不時起來躍進一陣子。

又有一發照明彈升空。先前的第一發已帶著餘燼的紅火和黑煙，搖盪著飄落向海上去。船上的江濤，不知要怎麼焦灼。

估計著跟方正的距離和方向取得差不多了，魏仲和趴到一塊小小的土堆後面，開始尋找目標來牽制誘敵，幫助方正盡快脫身。

一棵樹、一個地上物都不見的大片開闊地，坦然的呈露在照明彈寒寒的青光裡。不時仍還有對空的一槍，兩槍，有當無的在那裡想釣他們出水。

每一聲槍響，魏仲和便馬上去搜尋那個聲源。

一次又一次的追著搜尋，總找不到目標。若再這樣枯寂的愣等下去，方正他們絕脫不了身。鐵絲網出口的老地方，現在與他相去遠了一些。但還是有不很安靜的騷亂隱約傳過來。想起兒時的頑皮，冒著眼睛會被螫得腫像核桃那麼大的危險，跑去搗樹叢裡的馬蜂窩。他理平了手裡的卡柄槍，倚托在土堆上，略瞄一瞄準。心中忽有竹竿探進樹叢裡時，眼看著竿梢一點點接近大得像一盆向日葵的蜂窩所感到的那種驚心動魄和酸溜溜的快意。

決定只是在頃刻間；如同那竹竿只要往上稍稍一頂，便滿天黑壓壓的馬蜂蓬散開來，彎在扳機上的食指只須稍稍的一收，便剎那間滿目滿耳的亂馬刀槍……

可是在這樣鋪地的寒光裡，方正若想一點也不暴露的潛過那個出口，實在太困難了。這一發照明彈眼看又有些發黃，光度稍稍減弱。只希望敵方判斷他們已經撤離，放棄搜索，照明彈也停止發射，能夠有短短幾分鐘的黑暗，他這邊來一下連發射擊，重再造成情況不明的紊亂，相信方正他們必會有這默契，待敵再發射照明彈出去，他們已混亂中撤出鐵絲網。而一旦闖過那個彎彎曲曲的鐵絲網長巷，便也就等於下了海一樣的安全了。

那麼就暫時的候一候罷。他這邊沒有槍聲，方正他們也不至於妄動，且會乘這段時間向出口處接近過去。很心安的，他沉靜的等待著。

好像是無來由的左手下力抓了把面前的土堆。砂石的土質很鬆散，抓起一把，由它從指縫間洩漏著。此刻，他心裡有異常的平靜。家和親人在這塊地上，卻回不得家。食指沒有離開過扳機一下，但是人臥在故鄉的泥土上，想不到能這樣的安適和知足。雖然，說不定今夜就會長眠這裡不起，卻也覺得幾十萬孤臣孽子的大兵，只他一個人，才有這樣子的福分。

想辨識一下抗戰勝利後第二年才搬到恆昌街尾的那個新家應該在哪個方向。他轉了下臉，又再轉大些，朝右後側皺著臉望過去。照明彈亮不到那麼遠，但白石砲台仍然在望，黑蒼蒼綿延那麼一大堆。恆昌街已不知改作甚麼名字了。家財萬貫的金門大亨黃仔桂，開了那條大街。兒時殘落的舊夢裡，黃仔桂自成一個神話，好似撲燈蛾一樣的撲打到臉上來，說不出道理來的有種厭惡。心中盤桓著解不開的固執，爲何這樣親釘釘的骨肉，兩下裡相距這麼近法，彼此卻一點也不能相知……。

照明彈暗下來，很古怪；不是漸漸的暗淡，彷彿一個台階，一個台階的往下陡暗著。

這使魏仲和心慌，像是太過看重諾言，唯恐失信於誰的連忙瞄一瞄準，不知有多緊張。

沒想到照明彈會像突然斷氣一樣，還隔著幾個台階，跳下來，一下子熄掉。

地面上特別的黑，天空也顯得特別黑，只有熄滅的照明彈那一顆小小的紅火炭，幾乎很淫猥的懸空停留在無邊際的墨黑的空虛裡。

沒來得及在亮光裡確實的瞄準，手底下沒有把握，他自己知道。但在這麼一蹭蹬的瞬間，有靈光一閃，那是個錯誤——如果向鐵絲網出口的地方射擊，那將太明顯的暴露了企圖，不但不可能把那裡的敵兵引誘開來，還可能使敵加強那裡的防守。

這靈光一閃，時機容不得遲疑，調轉槍口，衝著向右再過去四十五度的方向，一扣扳機，一梭子火兒潑出去了一半。

馬蜂窩被搗了，一眨眼的寂靜，便千軍齊發的半面火網一下子絡上來……

魏仲和連打幾個翻身，換過位置，還是先前那個方向，嗒嗒，點放了兩發。

向海的半邊天，血紅的、微黃的、無色的、千絲萬縷的流光，大張起一面內角火網，集中向他魏仲和這條大魚償撒過來。

低著身子，垂手幾乎著地的快步跑了一程，順著一股衝力，衝去好遠的趴到地上，把彈匣裡剩下的槍彈一下揮出個乾淨。

腦子裡閃過一下方正、萬道生的影子，他再折回頭快跑。換了彈匣，暫時停下。開張的鞭砲放過了，正式的來買賣罷——他跟自己說。

左側有騷動，密密的槍聲裡，他辨別得出。

就地選擇了一下天然掩體，便衝著這可能有一班人的搜兵橫掃過去十來發。

他知道，照明彈馬上又會升空，乘機再迅速的變換了下位置，朝鐵絲網這邊挨近了些。

搜索的一群還擊，直撲向他留下的空目標。鐵絲網一帶的內側射擊必須停止，那是一定的。他就利用這個間隙，再奔一程過來。

照明彈果然當空大放光明。

黑地裡一番沒命的奔躍，亮裡一看，臥下的這個位置，竟和鐵絲網相去不及百碼。

四周一無樹木，盡是含羞草叢，已經枯黑，碰一碰便喀喀喳喳作響，一些枯枝枯葉、針刺、角殼，紛紛的撒落，毛扎扎的黏到人身上來。但也都有尺高左右，倒可以稍作隱蔽。

已經沒有槍聲，照明彈沉寂的發著寒光。那一小群搜索兵散開來，幢幢的鬼影，蹲蹲跑跑，齊向那邊地形較爲複雜的一帶包圍過去。

此去鐵絲網出口處還遠，除了又騷動起來的嘈雜，見不出有甚麼動靜，一時無法測知方正他們究竟怎樣；想來是不大樂觀。

他仍只有繼續的誘敵。但是既把馬蜂窩搗了，這照明彈休想停止發射——果然如他所料，只才剛一意識到這個，就又一發照明彈升空，眞像是受他魏仲和指使的，有那麼巧。

像這樣子的一無遮蔽，覺得自己就是禿子頭上的虱子，動一動就暴露了，不用說射擊去招惹他們了。瞧著那些鬼樣子搜兵，他自信能夠一槍一個，起碼在他被迫、被制止射擊之前，撂得倒三個五個的。但現在不是時機，他得趕快解除這種被點了穴似的膠著。

時間已是三點二十八分——海上開始退潮了。

金廈水域的海流，漲潮時流向廈門，退潮則流向金門島群。這撤離就頂好在最低潮的四點五十五分之前一個小時開始才最是有利。照這樣計算，那就沒有半個小時好供他們停留了。

時間雖很急迫，人倒十分沉靜，心中明明白白的在打著主意。從草叢裡稍稍翹起頭來，想能就近發現些大一點的石頭。卻在這時，視覺感到暗了暗，人沉落了一下，彷彿連帶還有陣暈眩。

最後上天去的一發照明彈，會那麼不耐久，轉眼就這麼奄奄一息。而前面的一發也已正式熄滅，一見這情景，魏仲和不禁心裡大喊天助我也，顧不得再找甚麼石頭，乘這麼一暗，摘下腰後的一顆手榴彈，用盡平生之力丟向鐵絲網外的雷區，不管結果如何，撒奔子直朝相反的方向低身直跑，竄了好遠臥倒下來。

差不多與臥倒的同時，爆炸了。果如他的企圖，連連的三聲，有兩聲的震撼力極強，那是地雷，貼在地上的胸口感到被頂撞了兩下，地都跟著慄慄的搖動。

距離鐵絲網出口又近了一程，一時到處踴動著鬼影。在眼看就要完全熄滅了的照明彈昏暗的微光裡，那些鬼影幾乎像打散了隊伍的亂兵那麼東西奔逐和鬧嚷，這使他魏仲和弄不懂爲甚麼會這樣子亂法。那些亂嘈嘈的呼喊，聽來是一無內容，似乎只是爲了壯膽，壯壯聲勢，好像這樣就可以把來犯者嚇得立刻束手就擒。

世界上會有這樣的隊伍？有這樣愚蠢的指揮和兵？屬於甚麼一種戰術？

瞧著這些沒了頭兒的鬼影，眞是眼饞，就算隨便理一理槍，盲目的胡亂掃射一陣，少說十個八個的，也準擺得個平。

趁著隨時又會亮回來的一陣黑暗——黑得好結實！他拚命的奔跑著，與手榴彈引發地雷爆炸的位置愈遠，與鐵絲網出口處愈近。待空中又亮起照明彈的時候，又棒球盜壘似的奔上了又一個壘包。

臥倒之後，抑制著喘息，算一算總大約一百公尺還不止。他眞相信，這不要命的速度，一定可以打破世運的百米紀錄——儘管他魏仲和平時的百米短跑一點也不出色，除非拿手的自由式還可吹吹牛。

照他的判斷，方正，或者加上個老萬，經由這出口處撤離的機會太少了；出口處不似先前人多勢眾的那麼騷亂，但人還是結成疙瘩堵在那裡。這樣，除非蠻幹，卡柄槍連發掃射加上手榴彈，集中火力硬拚出去，或許有一線生機。

可是那樣的話，把守鐵絲網出口的這道關口容或衝得出去，後面的追兵不說，海灘上卻難保沒有更多的鬼東西遍布在那裡等著截擊。

他已放棄等候那三聲槍響信號的希望。這許久了，是吉是凶，都應該有個結果了。臥在淺淺一道小溝裡，只歇了這麼一下下，便立刻渾身沒有一處不是火燒一樣的螫痛。他曉得是怎麼了，這半天奔突跌跳，翻身打滾，必定是已經體無完膚。但如此緊急的當口，哪裡還有工夫理會這些。此去出口處已不到百碼，貼地掃瞄了幾遍，甚麼可疑的影子都搜尋不著。方正他們不可能這半天還死等在這百碼範圍裡沒有行動，然而照敵方的動靜看來，那樣漫無頭緒的亂了陣腳，他倆也不太可能被俘擄了去。這樣子情況不明，才最是叫人拿不定主意採取甚麼行動。

渾身螫痛，尤其前身從頸到胸、到腹、到兩條大腿，痛得像銼刀上下鋸著、刮著。一時間，愈是意識著這樣的螫痛，愈是難忍。也許近海的砂石地鹽分太重，才這樣剝了皮，又灑上鹽屑似的醃痛著，還又加上被火燻著、烤著、燎著，分出一段是一段的火候，人像叉燒一樣懸在一攤炭火上，輾轉反側的炙得滴油……

叭！叭！叭！——冒冒失失的三聲槍響，起自海灘那個方向，如噩夢裡突呼出來的囈譫。

槍聲像打在玻璃窗上，意想不到的那麼酥脆，接著是嘩嘩啦啦玻璃碎片紛紛的滿天崩落。

那是對空射擊，不會錯的。在敵兵只有嘈亂而無槍聲，兩顆照明彈亮得滿天空虛的沉寂裡，那三聲槍響，勢如破竹的直裂上天去。

不可想像的，方正這鬼東西竟讓他走脫了，憑甚麼樣的神通才騙得出去而且已經安全的下了水。魏仲和狠搥了一下臉前的沙窩——非猛揍這小子一頓不可。單等一碰面的時候，要揍這小子，居然能把那麼珍貴的情報就帶回去了，哪有這個道理！……他眞的幾乎要喜極而泣，一時間感到這世界上甚麼都不再值得擔心和珍惜，連他自己的生死在內。

但是心頭還是閃了一下萬道生那個大個子胖哥，怎樣了？是否也居然一起摸出去了？……心裡剛閃過這樣的記掛，人卻已甚麼都不再顧惜的豁出去，把配在後腰上的紅外線照相機取下來，只一槍托便搗了個爛癟，翻過來又再補了一下。時價六千四百元的勞力士錶，也不要便宜了這些鬼東西——不過他是成竹在胸，生死都已定規了，手錶脫了一半，又迅速戴回去。手榴彈尙有一顆可以自用。他此刻很清楚自己這就要發瘋，這決定在他腦殼裡貿然一炸的頃刻之間——不發瘋休想衝出去，衝不出去就得把自己徹徹底底給處理掉。

那三聲槍響信號，已引起海灘上一片火海，岸上好幾處迫擊砲集中向海上發射，一發發密集的吊著，爆裂著，照明彈的白光裡，有沾飽了紅顏料的水彩筆橫裡甩出去，一甩便濺出一排紅團團；沾了又往橫裡一甩，又是一排紅團團……

魏仲和已亂中乘勢匍匐近鐵絲網的出口處。看得很清楚，那裡集結了差不多一個班。上下不到五十碼，那邊發的甚麼號令，帶著湖南口音的吆喝，他竟也像個受命者，全都一一聽了來。

一班人魚貫進入鐵絲網長巷，向海灘開出去，只有個哨兵留在出口處。也不待考慮有否把握，是否妥當，急促爬過去，縱身撲到這個哨兵，一手揹住槍身，一拳照準太陽穴勾擊下去。手裡橫著的步槍槍身，以一種使他禁不住的重量，陡的往下一沉。對方是牢牢的揹緊了槍，跪著矮下去。像要懇求他甚麼，投靠了過來，倒在他一雙光腿上，就這麼賴住了他。

槍聲砲聲不絕。沾飽了顏料的水彩筆，仍然揮霍的亂甩著整排整窩的紅色彩斑。他可以尾隨這些成單行跑步的笨鬼，溜出這古裡古怪的障礙。宰了地上的哨兵——這第二遭刀子捅進肉裡，已和捅進劈刺用的稻草靶子差不多的感覺——立刻他跟蹤了上去，曲曲折折的穿行在這九曲橋一樣的鐵絲網長巷裡。

可是海灘上和近海上槍砲火力這麼密集，方正他們雖確已下水，卻還在很緊促的危機裡，一定正迫切的需要他把火力分散一部分過來。扳下所剩子彈不多的彈匣，橫啣到嘴裡，換上滿火兒的新彈匣。他知道，順著這股混水流出去，甚至衝破火力封鎖投進海裡的機會並非沒有，可是方正的機會比他更大，方正更需要安全的游回膠舟上去，方正絕不准許犧牲……

一時千頭萬緒的多少雜亂，齊向他兜攏而來。他已把快慢機推上去，槍托塞到脅下一夾緊，扳機結結實實的一扣到底，嘎嘎嘎嘎嘎……一下子三十發子彈全戽出去，打得他自己渾身亂戰一陣。

重疊在他臉前的這九曲橋上的亂鬼，給兩側的鐵絲網緊夾著，慢說逃不掉，轉個身都轉不過來，就那麼一個壓一個的整串倒向前去。

把口裡啣著的彈匣換上去，他已踏著崎嶇絆腳的屍體，穿穿道道竄出這個亂作出來的長巷。

一個活的也沒剩——他跟自己說。人卻十分麻木的沒有感覺，彎腰快跑了一段陷腳的沙灘，一掉身子，背向著大海臥倒在一座軌條砦的水泥墩一側。

很好的掩體！他把肩臂抗了抗這水泥墩，彷彿一隻暱人的小貓，倚倚靠靠的搓著主人的那麼信賴。他調整了一下臥著的姿勢，把卡柄槍的快慢機又扳到後面來，好像這一安頓下來，凡事都可從長計議了。

子彈咻咻的亂竄，似已無礙於他的沉靜。他知道，此時此地，他若要下海，已經容易得太多；百公尺，或者還不到。即使膠舟等不到他，必須按時返航，但他只須下得了海，怎樣也游回去了——起碼到大擔是沒問題的。但此刻，他仍必須把敵人的火力鰾住，憑他一人雙槍。

左右的略一偵察海灘上的情況——左側有人，火力較強，有機槍噗噗噗的吐著火舌。背後他不要管，只好一無抗拒的承受冷熱不均的彈煙和水花和濕濕的土砂。右側似乎比較空落。正面鐵絲網內則是一片死寂——彷彿甚麼巨物一下子從那裡拔走，連根帶土拔得個乾淨，留下像死火山的那麼一個大空洞洞。這樣的正面，自也暫時不用他去注意了。

於是他決定把這左側作爲挑戰的正面，立刻調整了一下俯臥角度，單發，見目標就打，見目標就打，不慌不忙的異常沉靜而仔細。他魏仲和並不是特等射手，但是似這種臥在靶場打靶子一樣的穩定，從容，打滿分兒該有十二分自信的。

連連撂倒了三四個搜兵，敵兵給惹惱了——或者說，這些鬼卒可也發現到他這麼個目標了，一時十來條武器集中向他這邊射擊過來，水泥墩給打得紛紛的迸碎。不知多少流彈，像整排整行的腳踏車吱嗷吱嗷的一路剎車過去，那是一道道螺旋，鑿著人的神經。左近的海沙如煙，整畚箕整畚箕的沒頭沒臉猛向他撒著，濺著……

這些卻沒有影響到魏仲和的沉穩和從容，繼續他一槍揍一個的打著這些活靶子。他已經又換了個彈匣，還有空兒撲撲眉毛上，睫毛上的沙子。

噴噴噴噴——

那是重砲砲彈爆發，震撼得極其強烈，貼地的肚子被連連的頂了幾下，人像趴在海龜之類的甚麼活物的背上，活物在發出一種無來由的古怪的顚動，人好像會被顚下來。

一時間，嘩——的火煙四射，漫空的紅光把天上三顆照明彈一下子塗得暗巴巴的失色了。而嘴說不及，緊接著又噴噴噴噴的一窩砲彈爆炸開來，還是原先落彈的那一帶，遠在鐵絲網的裡面，熱熱烈烈爆裂在敵軍那些雜亂的陣地上。

精確！精確！……他眞的是喊了出來，爲本師支援的砲兵，還一拳拳的搥打著面前的沙地。

江濤的SCR/300聯絡砲兵支援是絕對正確和必要的——從那三聲槍響打出的信號到此刻，江濤的判斷他們已經下海，且已離岸到了安全距離，這判斷是絕對正確的；雖然感覺著不由人的他有種被撇棄的冷落，但他還是歡喜和安心了。

手底下，他是在一直不停的射擊，一槍，一槍，彈不虛發的穩穩紮紮打著。也看到人影倒下，也有的倒下還又爬起來，或者子彈不知中到甚麼部位，以一種舞蹈動作跌出去好遠……但連續的砲擊遮去了槍聲，感覺上好似一打就是一顆瞎火，再打還是一顆瞎火，缺少先前那種脆脆酥酥，一鞭一條痕的靈驗和心得。

砲兵這樣強有力的支援，差不多他是可以撤離了。但正面的黑影和槍火又一波掩過來，右側鐵絲網這邊似乎也有騷動，情勢使他有些要招架不過來。且戰且退罷，他跟自己打著商量。

卻在這時，整個身體突一個陷落的打了下頓，好似趴在他身子底下的活物憑空一個翻身，把他重重的甩下來。人還是臥在原地未動，指頭也不曾離開扳機，對面的敵兵也還不斷有的倒下去，但在他決定撤退，貼地倒退爬著的時候，下體忽感不聽使喚了。

心裡他是大大的一震。

待他再試著倒退一下，從臀部以下，像被塊巨石壓住，死死的動也動不得。在他剛一意識到自己負了重傷的瞬間，劇痛一下子就襲擊到全身每一絲神經，扣引扳機的食指首先痙攣得失去了靈活。

可是敵人逼了上來，勉強他把快慢機推上前去。敵兵不止一個，硬撐著把彈匣裡剩下的子彈悉數潑出去。待他再摸索彈匣時，手已半失去機能，類似砲戰整一個月那天夜晚，在湖南高地被邵家聖他們灌醉了的那種感覺，腦子裡清醒明白，手腳就是不聽差遣。摸在手裡的是腰際的一顆手榴彈，他把它摘下來。手榴彈滑出手去，摸索著，摟了半天才摟到臉前。

槍聲，砲聲，四面八方把他魏仲和夾擊在中間，似乎只留著不多一點空處給他，扁窄得連他想考量考量甚麼都有些周轉不靈。

使盡他平生所有力氣，倒握住卡柄槍管，豎起來，朝著水泥墩的稜角砸下去，一下不行又砸下去。槍身斷了，槍機給扔到最近的雷區那邊。他已喘得想大吸一口空氣都吸不進來。

一個被他的視覺誇大了的黑影接近過來。滑到肚子底下的手槍總算被他硬硬的摘下，隔一層塑膠袋他就使用起來，把個龐大的黑影解決掉。

氣喘得他猛烈的咳嗽。當他握住拳頭，用手背去碰撞水泥墩時，手肘似已失去機能，使不上力氣。一股悲哀湧上來，他已絕望於自己的不中用了。但手錶還是被磕爛了。

他硬摘手槍時，同時抓在手裡的是黏答答的甚麼，一種液體和沙的混合。

無數的黑影接近過來，每個黑影腰裡吐著一條蛇的紅信。手榴彈的保險銷到底被他啃咬下來，牙關已緊得張不很開。他兩隻手合攏著捽住這個命根子，只憾恨他再沒第三隻手來使用手槍，再報銷他幾個敵兵……

昏沉裡，他仍不忘去看一眼白石砲台。那是看不到的，但他卻看得到——我總算躺在家鄉的土地上……他安心的笑笑，臉埋進沙窩裡。

胸前，緊捽住待爆的手榴彈的雙手，在一枝槍口抵住他後心的那一刻裡，兩手鬆了開來……

參謀本部戰報：十月二十四日五時至二十二時五十分，敵砲射擊金門島群三千九百三十四發。

中華民國四十七年十月二十四日

在金門城裡的軍報社已經鬧了一通，邵家聖爬著「軍中之聲」廣播電台門前的石級，一步一個使勁的頓足，表示他的餘怒未消——他這樣的人，心裡有一點點不舒服，都是要擺到外面來的。

不過靴底紅色的黏性砂礫，也需要這麼一級一級的跺上去。——老子跺跺腳上骯髒，老子哪這麼多閒工夫跟你們生閒氣！

「姑念你……哈哈，姑念你一座危樓……」

邵家聖有聲有色的自語著：「姑念你砲沒打倒的危樓，算了，老子沒氣好跟你鬧……」

可是氣並沒有消。他邵家聖還沒有嘗過這樣有氣出不出來的味道。眞是啊——恨恨的想著，哪有這樣子死板的，打仗還講規矩？——就是怕守規矩才打仗的……跟那個簡直講不通理的又採又編的窮秀才，只剩髒話沒出口的狠吵了一通，總算把一份特寫硬逼那個一頭蘆花雞似的小平頭給吞下去了——也只有老子這一手，他是非服不可。若論胡鬧，可還至今沒遇見過對手。

不過這有理講不清，到底是兵遇上秀才，還是秀才遇上兵，或者是兩下裡一場碰巧的遭遇戰，攪和了這半天。還是在這一點上講不清。

說這木頭人是個秀才，一點也不冤枉，而且很傳神。爭執了半天，還是光頭社長出來打了圓場，「收下了，秀才，收下，放在二版邊欄，多刊幾天罷。」

眞叫是人同此心，心同此理；他正想著，這個迂闊的書呆子，穿了軍服像個老百姓，穿了便服怕又像是個軍人了。活活就是個無愧孔門食古不化的窮秀才……心裡正這麼想著，他光頭社長一出面就喊一聲秀才，絕透了。秀才，眞是不作第二人想，瞧那副德性，豆腐切歪了一點，都寧可絕食的。

那篇特寫——誰管它特寫還是新聞報導，或竟是一篇追悼文，總是他邵家聖齟齟嗤嗤的爬抓了整一個上半天，才算「脫稿」（可也過了一次這樣的癮）。寫著還好沒臉的哭著，不說寫得怎麼好，好歹一片眞情，沒摻一點點的假，又親自開車送上門來。原只說這小小軍報社磕響頭求都未必求得來的鴻文，沒想到頂面就碰上這個死木頭人，吃他肥呀瘦呀的挑剔起來——又是問他邵家聖是否通訊員，又怪他不用有格子的稿紙寫稿，又說他們報紙沒這麼大的版面，不能讓他這篇長稿給包了一個八開版……

「他媽的！」對他而言，這三字經只是個驚嘆號，只合他所謂的番語中的My God！不可算做髒話。「沒想到拿熱臉去親人家冷腚。不是通訊員，就沒手啊？不能寫他媽的稿子啊？……」

秀才倒有的是定靜功夫，一點也不火——或者因爲是個江南蠻子，不懂他侉佬腚不腚的。「知道哇？通訊員統統都要受過保密講習的，知道哇？要不然，洩了軍機怎麼辦咋？是哇？……」

「我他媽的又不在軍機處行走，洩個甚麼鳥的軍機——又洩得兒軍機了，又！」但是秀才還算通點兒人情，幾次寒下臉來，都因捉摸不定邵家聖似眞又假的嬉笑怒罵，還是勉強維持一副瘟相來挑剔。

「老子一字一淚寫的，怎樣？眼淚還論格子算？——要算也行，男子漢眼淚貴如金，你們貴報付得起這麼高的稿費嗎？還稿紙呢，湊合罷……」

他是十行紙密密麻麻寫了十一大張。一陣寫得激動起來，幾乎不知所云，眼淚涕泗滂沱把十行紙點滴出許多泡起來的小花朵——藍色的，或者比紙色深一點的淡茶色，他是誰都不管的哭得好放肆。同袍們連他那位老上司都爲他也有在情感上認眞得這樣厲害的一天，一個個都訝異得靜悄悄的，怕著甚麼似的不去驚動他。彼此走來走去的經過他，或默默望著他，都覺得勸慰也不是，取笑也不是。

當然，爲好朋友一場，也算對得起他魏聖人了——寫著，泣傷著，但也會一陣子全無悲意，四周看看，很爲自己這樣子嚎啕，抱歉的笑笑。「節哀順變罷。」擦著眼淚，一面點根香菸。對他魏仲和，把著手教小孩子寫紅模子一樣，教他成人，教他成個男人，良師益友，夠交情了。可是從今往後，還能爲他做點甚麼呢？若留個青塚，還好早晚到墳前燒把紙，如今也只有給他寫這篇墓誌表揚表揚，盡盡這點微薄的悼念……想著想著，又悲從中來，淚眼瞧著案頭上那項軟趴趴的帽子上的紅星，彷彿隔著給大雨打得淋漓一片的窗玻璃，帽徽變形像顆海星，不規則的歪扭著那五個尖角……黃泉路上無老少，白髮人送黑髮人！……誰是誰的受益人啊！……

一字一淚寫成的，又是在戰火裡，偏這個不解人情世故的秀才還挑肥挑瘦的嫌好識歹。社長第二次再喊他，許是守著外人，就喊他許上尉。原來也不過跟灑家一樣，一枚小上尉，你神氣個鳥！操他哥，可是破樓板上，再怎麼小心翼翼，一步總是一聲吱咯，連帶櫥櫥櫃櫃的都跟著搖動。一念到這，也就罷了，想這批穿軍裝的老百姓，一無軍事常識，煙煙火火裡出入，整個報社連個掩蔽的設施都沒有。砲打到今天，三四十萬發，本島連上離島不到一百五十平方公里，居然沒把這座紙紮一般的小樓給震塌，這些傢伙的祖上要積多少陰德才頂住這麼個小小局面……念到這個，他邵家聖再奸再曹，也只好讓著些，可以了，湊合著罷，分一年刊完也由他們了。「好了，謝社長。」他軍禮加上點頭，又給死木頭人拱拱手，「謝了，秀才老爺。」樓梯更是咯咯吱吱的叫人如履薄冰。他魏仲和從來不是強橫霸道的人，生平沒甚麼脾氣，也沒多少言語，爲了死塞活塞這篇追悼文，做過分了，聖人在天之靈，怕也未必喜歡。

爬著廣播電台的台階，邵家聖腦袋垂得低低的，想著應該爬到頂了，鼻尖前面還有好幾級，不禁停下腳步，仰面望上去，不服氣上面還會有這麼多的石級。

半空中，赫然一個人體掛在上面，叫他吃了一驚。

透過電台的鐵焊拱形門架看上去，插入雲天的天線鐵塔上蟻附著一個大兵，繼續在不很方便的往上爬著。兵士腰上圈繞了好幾匝繩索，拖長下來，半途結紮上一根很粗很硬的鋼絲。拖垂下來的鋼絲一路打著彎子的隱進下面密密的樹叢裡，帶著螺旋的那種大彎子。

不由自主的他停下來，被這個景象吸引住了，要觀察個究竟。

耳畔砲聲又起了，剛硬的一發發爆響著，高空裡就炸開來。

那兵士塊頭很大，愈顯得從上到下一樣粗細的那種三柱三角式天線鐵塔的單薄，彷彿隨時都會禁不住那樣的體重給壓折了。

低空的朵朵白雲原是見不出飄動的，卻襯底著鐵塔飛馳得很快。他是停在高高的石階上，仰首瞧著那麼高的攀附的兵士，是鐵塔在白雲間穿行，連帶他腳底下的石階也隨著飛快的游動，不一下子，人就有些暈眩，好像背向著千仞懸崖而立，隨時都將跟著一聲砲響，給震動得仰面甩下背後的深谷裡去。

鐵塔的第二層拉線斷了兩根，一是從磁葫蘆那裡齊根斷掉，不仔細看不出來。另一根還有半截垂掛在空裡，蛔蟲的樣子，微曲的在風裡蕩著還沒死透，像根鞭子，一下下煩人的抽打著鐵塔。

那上面風很大，沒打綁腿的肥褲管劈啪的抖動著，依稀聽到好似旗幟在風裡叭叭的拍響，地上卻感覺不出甚麼風力。

那兩根斷掉的拉線不知毀於砲擊，還是鏽損（那似乎是不大可能的）。但不管是直接命中，還是震盪或破片斬斷，廣播電台一直都是敵人千方百計想要摧毀的重要目標。在整個大空間裡，比起來是那麼精細精細的鋼絲，居然都給打斷掉，可以想見這裡的砲火有多密集。

空炸的砲彈到處爆裂，這樣的爬人上去，爬高到雲縫兒裡，簡直叫人瞧著脊梁骨上發毛。

鐵塔一直在雲和藍天裡馳行。聖人的在天之靈是否就在那塊自成一朵的白雲上？鐵塔跑得那樣快，叫人覺著那個大塊頭的兵士終免不了會被那速度加上風力給甩掉下來——一時心結成疙瘩，差點冒汗。「你不要命？」他是一想到甚麼，就非說出口來不可的：「好啦，要動章獎章也不是這麼要法，小命兒要緊⋯⋯」

三步兩步的搶完了剩下的五六級石階，搶到上面的一大片平台上。

三五個人散立在那裡，有的手攏著圓筒向上面喊叫，也不管上面的人聽到聽不到。還有的向上輸送著那根打彎的鋼條，也是不管幫不幫得上忙。總因上面的人是無助的，下面的也用不上力氣，彼此都那麼徒勞的在吃緊。

這大片的平台，原是有軍事單位——尤其是後勤單位——的那種整整潔潔，比起流動性很大的野戰部隊營區要永久性一些的庭園花木，卻給砲火翻掘得一片糜爛。地面之上的房舍幾乎全部毀損，沒有窗玻璃和窗扇的房屋，那一方方黑洞不知有多淒涼和凶險，把災難誇張得叫人又心寒，又心熱。

約莫是野戰醫院那一帶，黑黑沉沉的濃煙沖天。他愣眼瞧著，心很漠然，雖也及時的想到恐怕還在住院療傷的張簡俊雄那個獨眼龍，也念著該去看看那個吃盡苦頭的傻小子，是逃得了婚，還是不得不回去送做堆。但這也都是事不關己的只打心上濾了一下。遠看那一股通天的濃煙，已懶得去判斷會是甚麼中了彈，冷冷淡淡的，比起遙望農家不相干的炊煙還要無心——不管是同情的心抑或是一點雅意。

他身上穿的是女兵們專有的皮夾克。連他自己也弄不清當初到底是用借、用賴，用別的甚麼方式污來的這件小牛皮上好質料的夾克。他從裡襟口袋中掏出一份比給軍報社那份要簡短而接近口語的稿子，就近找到像隻企鵝仰面佇立在那裡的一位軍官，探問像這麼一份通訊稿該由誰來收。

企鵝仰望鐵塔頂上，人很矮胖，卻仍是一顆很明顯的喉骨，肉肉的，澀巴巴的咕嚕上去一下，又退回到原處，看得出多肉的腦袋昂上去太久，吞口唾沫都很費力的樣子。

小矮胖被他一聲招呼，彷彿吃了個驚嚇，腮肉哆嗦了下。但隨即一點怪他的意思也沒有，瞇起一對柔和的小眼睛，好像把他邵家聖看做不知有多討喜的專注著他，很牧師的微歪著頭，用心的側耳傾聽。

「好……好……這樣好罷？……」牧師合手捧在胸前，他還沒明白的說出甚麼意思，小矮胖就一路好好的伴奏著。那樣的連連稱好，似乎不在意他說甚麼，只要他邵家聖一張口就都是好的。

而且可憐的小矮胖，爲了頻頻點頭的方便，還把鋼盔脫下，謹愼的抱在懷裡。這樣的客氣，弄得他也只好跟著謙卑可親起來。

也許看來是在幫忙照顧著修理拉線，實際只是好熱鬧，小矮胖不加考慮的陪他離開，領他繞著毀了的空房舍右邊，走向後頭去。

快繞過房角時，邵家聖又回過頭來，朝上望了望天線鐵塔上的大個子士兵。

「傢伙，給他搶先爬上去了！」小矮胖朝那個方向皺了皺鼻子。圓頭抹腦的小胖臉倒是挺善變的，鼻子一皺，竟皺出多少邪氣。

「我看你老兄也不見得比那位仁兄輕多少。」

「差得遠，他八十一公斤。」牧師又恢復剛才的慈藹。「你以爲怎樣？怕把鐵架壓斷？那太離奇了。响响响……」小矮胖無來由的笑得好開心，笑聲也很怪，縫紉機那樣的速度，憋在喉嚨裡突突突的滾著彈珠。

把砲聲留在地下的掩蔽部外面，一進洞就被發電機吵得耳朵貼近嘴巴，都聽不清說些甚麼。

「我娘！這是要播馬達噪音給朱毛軍的指戰員聽的……」夾在機器響聲裡，邵家聖乘熱鬧的嚷叫著。

小矮胖用誇張的嘴巴發聲動作和手勢跟他說著甚麼，他知道此地不是說話之處，說了彼此也不能相通，只好猛點著頭，情投意合的怎麼說怎麼好，用來答謝這個和氣生財的好心小胖哥。

坑道轉一個彎，馬達噪音便一下子減低了許多。小小窄窄的節目股，彷彿蜂窩那樣充分利用空間的擠了六七張桌子，只差沒有桌子落桌子的排個雙層。

小矮胖在一盞日光檯燈之外，又在鄰桌多開了一盞。「好久沒見電燈了，眼睛很餓。」邵家聖搭訕著說，被讓著踮起腳尖，盡量用大腿較細的部分，打桌與桌之間的窄縫裡穿過去，與這矮胖隔一張寫字檯坐下。矮胖還想倒茶甚麼的，手腳不是地方的胡亂抓撓，顯得捉襟見肘的窘忙，讓他一面謝著，一面按住那肉團團的肩膀，給硬按下去，按回座位裡。

「好，我先來粗略的翻翻，你請隨便坐坐。」

邵家聖掏出菸來，讓了讓這位看來可能是個股長的矮胖。「噯，失禮，不抽香菸的人，就想不起來招待人，呴呴呴呴……」又踩動起縫紉機，突突突的笑得那麼庸碌——還夾著表示很對不起人的愁苦。

小小的節目股裡，另外只有一個工作人員擠在個角落裡，一直埋頭疾書。他看過去好幾眼，那人都當是全沒有第二者的只顧沉浸在工作裡。

小矮胖說是粗略的翻翻，其實是很用心的讀——不如說是念，尖尖的小嘴喙匆忙的動著，咕嘰咕嘰的念咒一樣，腮肉尤其忙不過來的抖動，吃熱粥燙嘴燙成那樣似的。

邵家聖別過臉去。盯著看的話，會制止不住自己要笑出來。

節目股的斜對面是前級控制室，值班的戴著耳機背向這邊守著機器。半圓鐵燈罩子歪著頭，餘光照出幽黑處一個人影，磨磨蹭蹭的不知在做甚麼。猛可的卻有一扇門拉開，裡面橙黃的燈光洩出來。

人影嵌在方方正正的一面長鏡框裡。人影閃身進去，那扇總有半尺厚的重門——敢情是隔音設備罷，緩緩的，沉沉笨笨的關回去，沒有預期的隆隆的鈍重響聲。門厚重得不像房門，那個人影好像被關進了一座大型的保險箱裡去。那裡頭明明的有橙黃的燈光，門一關閉，給人的感覺是連電燈也一齊關掉，裡面會是保險箱一樣的全黑才對……

發電機悶悶的低喘聲裡，間有凸出來的響聲，也是悶悶的，地層卻同時有微微的震搖，必定是外面砲擊不時的近過來。

忽有搐搐搭搭的啜泣，邵家聖詫異的轉回頭來，不相信是這小矮胖作的怪。但只見那顆小疙瘩的鼻頭通紅通紅，小矮胖在伸直一隻腿，手伸進褲口袋裡掏手絹。「唉！太感動人，太感動人了……」溫柔的小眼睛，濕濕的朝著他笑笑，還略含些歉意。

這卻弄得邵家聖有些不好意思，「順手寫的，向來還沒認認眞眞的舞文弄墨過……」

「眞情流露……眞情流露……」矮胖擦過眼睛又擦中年人式的亮腦門，眼睛一直沒離開看剩了最後一張的稿子，胖嘟嘟的尖唇一面咕咕嘰嘰，一面讚賞。像這麼個圓圓滾滾的胖瓜，本不該生出一張尖嘴的，都怪兩顆門牙中有一顆被別人排擠出來一些些，頂著上唇，時常閉不大攏，很可惜的一處破相。

他邵家聖做事可從來沒需要過人家來誇獎，此刻他只想這份稿子能被採用，並且馬上廣播和喊話出去。他是從沒做事像現在這樣的急躁過，看來是一刻等不得一刻的要向全世界宣告他的好朋友戰死了。

然而他的眞正需要，還是心急的希望能讓魏仲和的家人盡快的得知他們的孩子已戰死在自己的故土上。不管能否收屍——能的話，那是最好不過的，但他們應該知道他們的孩子血灑在故土的海灘上。而為了又怕敵方尋出線索，追究到家人，弄出滅門大禍，這筆下就又得露出一塊，藏著一塊，連甚麼阿紅姨媽、麗雪表妹都搬了出來。憑他的鬼聰明，轉著繞著打圈子，礙不著甚麼軍事機密不軍事機密的，總算用盡苦心了。自古以來誰也沒寫過這樣文情並茂的訃聞——且是通知喪家的訃聞，聞所未聞的。

放下六張十行紙——他是寫了五張零兩行，小矮胖手絹掩住半個臉，頂眞的擤了通鼻子。「眞是好，眞是好。人間詞話說，寫眞景物、眞感情者，謂之有境界。唉，你老兄，眞是的……」

「還境界?太高攀了。」瞧著矮胖舔嘴抹舌的，好像剛吃了餐難得的美食，餘味無窮的舔嘴抹舌，品索不盡，嘴角上還該夾根牙籤才是。

「你老兄，看是怎麼處理啊?」

「我看?」邵家聖也難得這樣，有些害臊的陪笑著，臉有不堪的苦紋。「雖說承你恭維得文情並茂，能不能算篇廣播稿，你們是行家——」

「好說，求之不得的；我怕從我們電台成立以來，也沒有過這麼一篇上乘的廣播稿。」

「偏愛，是你老兄偏愛。」

「不會不會。」小矮胖像被人栽誣了，忙著又搖頭，又擺手。

「不過喔……」小矮胖沉吟了下，「這件英勇事蹟……好像還沒正式發表新聞——就是昨夜才發生的不是?那這是否可以公開，要不要斟酌斟酌?」

這話他剛聽了開頭，一個「不過喔」，就煩惱起來。不過小矮胖太客氣，他得按捺著這煩。

他從未摸過所謂的新聞，但沒吃過豬肉，也見過豬走。新聞新聞，顧名思義，這「新」總是最具價值的。而在新聞作業的要則上，確實是個要求，獨家卻更珍貴。可是一碰上軍事新聞，卻完全是另外一個調門，有個機密的大帽子壓在頂上頭，軍事新聞便永遠不會是新聞了。

他知道這難處，這分寸，自然會易位而處的替這般軍中的新聞從業員著想。但叫他不服不甘的是以他這行外人，已盡他最大的能力，最高的技巧，把可能有的顧慮都掩飾得夠好。然而還是碰上這些障礙。

「最新的新聞是不錯，可是貴官不覺得，像這樣處理已經不再是新聞了？」

「自然自然，閣下用心良苦——」

「既然不是新聞，應該不必再有那些顧慮了，是罷？」對待牧師一樣柔和的這個小矮胖，他只好不動肝火，擺著一臉的喜笑。

「可是，老兄，文藝也是有顧慮的，對罷？」

「哈，」還是不禁冒出他特有的小小奸笑。「眞蒙貴官抬舉，我這還文藝？別叫人笑掉大牙。」

「你太客氣。這好樣兒的文藝，還有甚麼說的。太客氣了，閣下。」小矮胖又喉喉喉的笑得怪氣。

他是那麼表情豐富的閉闔著眼，四下裡慢慢的轉著腦袋。「這倒是生平第一次聽到人這麼恭維，夠陶醉的……」一面他裝做無法理解的樣子，轉著腦袋尋思，看看這裡，瞧瞧那裡，彷彿他要尋找的答案，不是在桌子底下，就是凝著水珠珠的水泥頂上。

他邵家聖豈有不知道的，如果照這小胖和軍報社那位秀才如出一轍的一般樣意見，要等這項突擊敵後的新聞正式發布之後，再發表他這篇曠世傑作的話，得啦罷，那是壓根辦不到的——首先，這個突擊連一場戰役都談不上的小小戰鬥，除了放進內部作業的戰報，若想公開發布戰報或寫進戰史，都不見得有分兒。

其實不只是中國，便是向以壓倒性優勢火力減低洩密顧慮的美軍，也是相去無幾；全世界都是一樣，若想戰死的英雄立時把來發布消息，可能性實在很小很小。或者除了保密這個要求，還有顏面也很需要顧及些；就像個人間的毆鬥，雖讓對方狠掏了一下小肚子，分明痛得要命，還得硬裝做沒揑揍著的樣子。那麼，多少有名有姓的英雄，只好爲國爲民犧牲之外，還須爲這軍機和顏面多揹上一份犧牲，委屈做沒沒無聞的無名英雄。

對此，他的黑皮上司來得乾淨：「盡其在我，不求人知——君子之異於小人者，相去幾希！」

「不過主任，」有時他是如此含糊其詞的，讓這位上司聽覺過過「報告主任」的癮。「我這生成就是小人一個，追隨主任這麼久，主任也不是不知道的。這小人硬是好名成性嘜，主任看是怎麼辦？」

「所以說嘍，小人才會不擇手段，不能流芳百世，也要遺臭萬年——就像老毛，好壞都要強留個名嘛！」

「ㄡˇ——ㄡˋ——，原來這樣！」他有那種把活人氣死的本事；一昂頭再一俯首，承蒙高明點化，茅塞頓開的大徹大悟。然後再不痛不癢刺人一下，「不過主任，我看這遺臭——也是不簡單嗲……」素來對他那位上司，他總是故意表示要不口服心不服，就是心服口不服，壓尾總得留下這一類的小話，蛇癢蛇癢他們團主任大人。當然他也最是相知，也只有這位上司吃得住他又甜又酸、又香又嫛的這一套。

而類似的拌嘴，兩人又總是不相上下又各不相讓；爲了名不名的，一場舌戰簡直旗鼓相當的沒有個完兒。

「你這個亂子，本來就不簡單。」半天，黑皮主任從裡間出來，走過他身後，搥了他肩膀一記。「主任慧眼！」誇張的揉著肩膀。「主任鐵腕，把我體罰得半身不遂了——監察官，鑑定鑑定幾等殘，這個樣子？」他把一邊肩臂失去機能的場上來。

張勉抬起小平頭，眨眨眼兒沒搭喳兒。

「其實，主任，這道理不難想得通，」衝著上司虎背熊腰，他說：「聖人早有名訓——名可名，非常名。無名天地之始，有名萬物之母。多清楚明白！只怪咱們又不讀書，又好求甚解……」

把這一套轉贈給小矮胖。那顆圓球一樣的腦袋，聽著轉著，火車上的電扇，介乎搖頭與點頭之間，摸不清是讚佩還是不能苟同他的高論。或者這小矮胖是凡事依違兩可的標準鄉愿，算他碰上了比那個秀才小平頭的頭還難剃的油條了。

「嗯，無名英雄，無名天地之始，典出老子，妙論！太妙不可言了……」小矮胖就是這麼不著邊際的搖頭晃腦。爲了節省電力，把十燭光的日光檯燈熄了一盞。

確是比那位秀才難纏得多，他只感到對著棉花窩裡搗拳頭，怎樣也用不上勁兒。對他這篇稿子，你怎麼說，他怎麼好，但只要一提到如何處理，「放這兒嘛，放這兒好了。」也的確是放得很謹愼，放到靠牆的一疊文件上時，還尖著嘴吹了吹，唯恐沾上了灰塵，沒的辱沒了這麼一篇好樣兒的文藝。甚麼時候播出呢？這卻人家已說過，單等新聞一發布，馬上配合播出，而且還要了他電話號碼，工工整整的寫在備忘錄的小本兒裡。說好了不用他煩神，一等決定甚麼時候播出，第一個必先通知他。「閣下放心，我們會特別挑選音色最富感情的播音小姐，來播出閣下這篇大作。」

這樣子一來，連想早晚搖個電話催催都不方便。他邵家聖的臉皮夠厚的，卻要看用在甚麼上。除此，說怎樣究竟他在某些方面是極知趣，極自愛，極懂分寸的人。他的死皮賴臉不是用在這些上面。

算老子遇上剋星了，沒屁好放……立起身來要走。「還是給我帶回去罷，打擾了貴官這半天。」

「那又何必呢，呴呴呴呴……」小矮胖雙眼皮雙得好工整，不因這樣笑容可掬而稍有含糊。

「好在——」他只覺得好煩，還要替這個小胖瓜直直理，壯壯氣。「貴官隨時一個電話，我就隨時送到。也許一時趕得過急，難免沒有草率之處。回去多看兩遍，還可以再潤飾潤飾……」

小矮胖專注的聽著，一點也不抱歉的張著小口，等待宣布甚麼重要事宜的翹首注視他，用心用得眉心擰起小小的肉疙瘩。

只這副造作，未免假得明顯了些。他是耐不住再周旋下去，捺住了性子保持風度，稿子搋回皮夾克的裡襟口袋裡，跟這個滑得像泥鰍一樣的小矮胖熱烈的握手道別。他可眞想說，你老兄應該改行才對，這種廣播事業太屈費了貴官的表演天才……可是一想，砲火連天，人哪裡不是得寬厚時且寬厚。過去，遇上這種情形，他邵家聖必定是趕盡殺絕，絕不容情的。

到底，我邵老大還是長大多了……吉普車彎過下面的特約茶室一側，鄰近的車道上剛落過砲彈，柏油路邊給咬掉一塊半月，兵士們正在搶修。他把車子減速下來，捎過一眼去瞄了下茶室這一頭的屋山。

方正給他來電話，受託把「八一」帽徽帶回來了，要他過兩天方便時親自去取。電話是清晨從野戰醫院打來的，一聽是方正士官，就知道不妙，「聖人呢？啊？聖人呢？……」一連幾聲的追問，方正都不講，他哪裡還能等「過兩天方便時」再去，早飯沒吃就趕到野戰醫院，一路上焦急得頭髮蓬蓬的冒火。

方正兩隻腳都傷了，但不算掛彩，只是貼著雷區邊邊的鐵絲網撤退時，赤足踏著好大一片鋪地的毛條，腳底板千瘡百洞的成了蜂窩。一雙搽洗過灰錳氧的紫腳給墊高了放在棉被上，方正把甚麼都跟他講了，「分隊長是擔當得起頭等好漢，邵參謀你交朋友也是交的頭等朋友……」也許人一平躺到病榻上，便不禁軟弱了；像像樣樣的這麼粗漢，講著講著他分隊長，嘴巴便撇得像個賴孩子，下巴都搐得沒有了。

連在八三么的七號房裡怎樣開會，方正也一點不漏的跟他講了。臨時轉了念頭，吉普車倒退了一下下，猶豫著想去七號憑弔憑弔，結果還是搶在稀落的砲擊裡，彎到黃炎排上。

闖進班營房，居然有人發立正口令。「免啦，免啦。」衝著發口令的林印水撇著閩南腔，啞著嗓子喊。「你們排長呢？」

黃炎已搶在他這垂詢的同時，打小房間裡出來。「我當是哪位大官駕到——」

「別大官小官的了，把老子鳥都氣彎了。」

他身體一橫，倒到下鋪上，也不管人家保持得那麼好的內務；一下子就毛毯推綯成山岳地帶的沙盤模型。

「你們老排長——白死了。」皮夾克裡的大疊十行紙稿子又掏出來，摔出去。一摔摔得好散，飛得到處都是。

「不想活了，我。」人是攤開了四肢，一面誇張的大聲呻吟，放肆的大喘著粗氣。「人死留名，虎死留皮嘛是罷?」

幾個兵士把散落了一床一地的十行紙收拾起來，收攏收攏，由何尚武那個小胖子接到手上，一個人念著頁碼在那兒整理。

因爲提到了他們從前的老排長，氣氛不由得凝重下來，一個個瞅著這個癱掉的邵參謀，好像他是老排長唯一的親族，卻又不知怎麼來弔唁安慰。

他們的現任排長，也是沉默無語，抱著雙臂，直愣愣瞪住挺在下鋪上的邵家聖。他那雙空無一物的眼睛，不知到底在看著甚麼。何尚武把十行紙弄整齊了送到他排長手上，人也木木的就接下了，看也沒看的兀自發愣。

外面還有零落的兵士喳呼著，胡鬧著，或用手裡的圓鍬十字鎬比畫著刺來擋去，但一走進來，便被這氣氛給凝住了。

「我想，聖人抱定必死決心，也是不求人知的……」

大家跟著他們排長，很齊整的都集中注視著裝死一樣的這位邵參謀。

閉著的眼睛微微啓開一條細縫，能看出黑眼珠躲在眼瞼底下轉動，尋找說這話的人。

「哎呀，算了，」發作性的，邵家聖一勾身子坐起來，擺出一臉對自己的不滿和不屑，矗著肩膀，彎腰駝背，故意窩囊得一副沒出息相。「白死了跟白活了還不是一樣!白活了一輩子的傢伙多得是——就像我。所以，幹麼淨揀些白死了的來感慨系之?我操!」

邵家聖冒冒失失來這一套，黃炎也搭不上腔，低頭閒閒看一眼手裡捲成筒子的十行紙稿子。理開來瀏覽著，心裡倒是想能懂得一下邵大官人的這種強詞奪理。

李會功忙著敬過菸來。老實人，勤殷也殷勤得下著笨功夫，剛拆封的一包中興菸，輕輕磕著，磕出幾枝露出小半截兒的香菸，已經等在那裡好一會兒，一見邵參謀活過來，便等不及的連著整包菸雙手敬過去。

「撕掉撕掉，」他伸手去制止黃炎看下去。「他聖人可以白死，我這白寫點臭稿子又算得甚麼，快撕掉……」伸過來的手上夾著才點了火的菸。

雖他並沒要索還，黃炎還是下意識裡握著十行紙稿子的手，略往一旁躲了躲。「別動，」黃炎說，「等我過了目再說。」

「我們排長明天要搭飛機回去了，參謀知道罷？」李會功像等著敬菸一樣，他要說這話，也似乎等了好有一會兒了。

「老小子，等不及要篡位。」那國璋冷過來一聲。

「篡你爺爺的位！」

這事，黃炎是要跟邵大尉說的，並沒想到要隱瞞，但總覺得李排附搶了話。

「怎麼，回去探眷？」

「母親鬧病。」還是沒等他張口，李會功又搶到前面。這老實人素來不大多嘴，今天不知怎麼的，老是自告奮勇的做他代言人。

「很重罷。」黃炎只能跟在後面加這麼一句。

邵家聖不作聲，默默的注視他。

「不的話，我父親那種人，也不會有多大本事顯多大本事。」被邵大官注視得好像有些心虛了起來。

「那這不是應該麼？」

「總免不了有些假公濟私罷。」

「那樣講幹麼？」邵家聖倒是怪起他來的樣子。

「放著張簡俊雄那樣情況，才眞是急著假私濟公後送治療呢——」

「我們排長已經聯絡妥當了，張簡可以空運後送。」這一次臧雲飛嘴快，搶在張簡俊雄的老班長前面。

聽了這話，邵家聖瞅著黃炎，面上有一絲窺破人隱私的嘲笑。那是種甚麼心理——母親病篤，遊子奔回去一盡孝心，原是天地間理直氣壯的第一等本分。要盡這本分，能坐飛機自然不用軍艦，能坐軍艦自然不用帆船，非常自然的事；他黃炎卻要這樣遮著，掩著，又是自慚，又是自責，還拖著個小傷兵（要很急迫的辦這件事，一定費了不少周章）來壯壯行色，求個心安。似乎若不這樣，便觸犯了甚麼可羞恥的忌諱。

他不明白中國人是打甚麼時候開始，心理有了這樣微妙的變化。是好變還是歹變，一時還叫人弄不清楚，至少是利弊互見，而且來得不夠自然。

「百善孝爲先嘛，有甚麼好說的！」像要用這個抵擋甚麼，邵家聖揮一下管它甚麼計較，都聽由它去的手勢，跳起來，扯住黃炎的胳膊，推推搡搡的喳呼著：「不行，不行，五臟廟要上供了，房裡有其麼嚼穀沒？……」

只這麼一聲，班長們便萬方來朝的一般，又是軍用乾糧的硬餅乾，又是小組開會的剩餘物資，又是現泡的濃茶，又是雙喜香菸甚麼的。

聊了好一陣，還是有名無名的口舌著，班長們也竟然有些議論叫人心折。

「要老子拿性命去換姓名，狗入他哥還不幹哩……」照臧雲飛一口濃重的川西口音。「性命」和「姓名」幾乎四聲無差。臧雲飛裝的是一肚子四書，說起話來酸酸的，這樣的吟哦著還不怎樣，像李會功那麼個地道的種地漢，一樣也粗中帶細。兩腳一蹬烏朝天，土葬火葬我看是都不如肉葬乾淨，留下甚麼都白占地方，就是留個名兒，還得拉扯塊石碑來陪著。這些都有的是味道讓人品索。雖然黃炎認爲「爲名是有所爲，無名才無所爲，人能無所爲方可自在。」這在老兵們也許並不十分懂得，但也只是言語上有隔閡，若得化掉言語這層障礙，只怕老兵們的悟境，還更貼合自然些。

「當然，你們老排長死了，冒火兒還是你我這些活著的。」邵家聖倒是少有這麼規規矩矩，口裡又整齊清潔的談過正經的。「眞正說起來，聖人自己怕是想也沒有想到這上頭來過。可是說到身後事，可以是死者不管，也可以是跟死者無關。只不過這身後事到底還是留在陽世人間，活著的就不能不在意，也不能跟這個無關，是不是？……」

可是說著說著的，愈是有些涉嫌替自己辯白了，又不禁光火，尤其是想到電台上那個圓頭抹腦的小矮胖，小滑頭。生平還沒那麼客客氣氣，謙謙遜遜的給人耍猴兒的耍過；膏足了潤滑油似的人家叫怎麼轉兒，就心甘情願的怎麼滴溜溜兒轉。眞的是一想起來，就奇恥大辱，他是生來就沒吃過這一套。

又展覽一陣那頂聖人拿命換來的髒帽子，一口腦油臭和汗臭，「八一」帽徽是用洋鐵片兒搥出來的，兵士們都在大罵那種貧困簡陋。心上好像得了點兒補償似的，略有些滿足。

「好了好了，明天下午幾點鐘的飛機——大約？」他把髒帽子捲捲皺皺的塞進野戰服的褲口袋裡，看看窗外金黃一片的天色。

「免得驚動貴官，暫時保密。」黃炎說。

「得啦，跟我你還保得住密！走，打道回府，明天十里長亭來相送——」

人剛一腳在裡，一腳在外的跨到房門口，忽而一聲巨響，當他一腳剛下去，彷彿踩著地雷了的同時，人被震撼得倒退了一步回來……

好半天的寂靜，彼此面面相覷的愣在驚詫裡。屋頂上不知哪那麼多的灰塵，沙沙的灑落。

「奶奶個頭，咱們的！」李會功到底是老經驗，第一個反應過來，一面笨拉拉的開顏笑了，咧起又厚又闊的翹嘴頭。

對岸一聲又壯又剛直的霹靂，幾乎強過任何一發落在本島上的敵砲的震撼——儘管很容易辨別得出那是遠在天邊的響雷，卻又似疑心，又似眞實的，感覺得出腳底下有酥酥的震顫。

「大砲？又是大砲發威風啦？……」隔牆外面，誰幽幽的問了一聲，接著清了清嗓子。問的人敢情是老半天沒開口說話，嗓管兒乾滯，那樣的岔聲兒，聽不出是誰的口音。

「怕還要打……」

黃炎四處看看，好像要在他這間小小的排長室裡看看能否找得出會再連續發砲的跡象。

忽的像一聲令下的整齊，黃炎的判斷有很強的暗示性，人都一齊往外跑。出了排長室，長長的大寢室裡，兵士們也正紛紛的湧出那三個門。

「砲陣地會在這附近？」有誰嚷嚷著問。

「這種大野砲還要陣地？不懂，少放臭的！」

嘈雜聲裡，不知又是誰回誰，那麼的沒有好聲氣。有些像幹過砲兵的高飛的口氣。

在西南方向綿延的群山後面，彷彿升起烏雲，正面那麼寬廣的一大片黑氣——並不是整股的濃煙，而是一種闊闊綽綽的往上湧起。有些文章裡常見的所謂「夜幕」，似乎就應該是那樣，緩緩的拉幕一樣，遮天蔽地的拉上去。叫人驚訝這江山汪洋間，平平白白怎麼能生出這樣森人的異象——似自然界，又不似自然界的一種變化。

然而這異象是叫人歡喜的；隔著一帶茂密的雜木林子，那一邊起鬨著喝采和掌聲。

那樣的歡鬧，立刻傳染給他們這一排人，响……响……一片無意識的喊叫。接著有人更好事——是余琦那個小五短，蹦著，跳著，嗓門兒高得像敲鋼軌警鐘，帶啦啦隊似的領頭喊：「萬……萬歲……萬歲萬萬歲！……」一呼百應的節拍分明，十分整齊，一時有運動大會的熱鬧繁盛。

再又一聲巨響，地動天搖的把人的腸胃都震到了，腳板底下感覺著這一聲像要把人狠狠篩一篩。

室外辨識聲源的方向，比在室內清楚可靠得多。

「你看看，那麼老遠老遠——有十公里罷？」李會功總是那樣的完全信任他們的排長。

「十公里，只許多，不許少。」

李九如侉腔侉得吵架一樣。

「看看，砲出口就這麼大的動靜，這昝子，那些王八羔子不知道是怎麼受的。」

那一大遍黑氣的左側，差不多接連得上，又湧起廣正面的那種黑氣，那是另一片夜幕緩緩拉上去……

依樣的是一聲又壯又剛硬的霹靂，腳底下確實的有一絲震顫，叫人相信眼前的這一帶水域，應該被激起海嘯才對。

那兩遍妖妖的黑氣繼續的在擴散，彷彿是先到的暮色。今天，黑夜會早臨的……。

中美兩國海軍在台灣海峽南部海面聯合舉行布雷預習，於本日結束。

北平電台廣播要求金門國軍每逢雙日停火。

中華民國四十七年十月二十五日

昨一整夜，對岸的喊話囂鬧終宵，一直反覆反覆的持續到午間，替代一直沉寂的砲擊。清晨，還在被大家所興趣的注意著的西南方那邊，仍似夜色低垂，小半個天兀自灰著險，死氣沉沉，一副睡眠不足的倦怠的病容。

一直不聞砲聲。

喊話內容是反反覆覆的罵陣和求和，硬了又軟，軟了又硬的交叉著穿花。不知是碰巧還是有意安排，男聲罵一會兒陣，女聲求一會兒和，說來也是蠻講道理的，很吸引人去聽。臨至午間，求和的女聲開始傳達北平來的希望——化敵為友，雙日停火。

「單相思嘛。」機場裡彼此也都離不開這個話題。

「那該單日停火才對，比較名實相副——單相思嘛，是罷？」

「所以北平這個設計欠周延。」

葉朝平，這個被喊作小號胡適的預備役軍官，接到邵家聖的電話，邀他給黃炎壯壯行色，也趕了來送行。正好便託付了兩瓶金門泡製的藥酒，找黃炎捎給女友的老爸治風濕。

「哈，悠然見泰山。」邵家聖板板正正的說。

「別忙，大官，還早著。」

「大概罷，是要慢慢來，望山跑死馬——誰不是要跑多少冤枉路，才跑對了泰山！」

「還有人揍了泰山。」黃炎也湊趣上來說。

「一定是大尉軼事。」

「醜聞。」邵家聖衝著自己不屑了一下。「也是屬於單打雙不打的一類醜聞。」

「總會比單打雙不打來得妙罷？」

「好漢不提當年勇，揍了人家小老頭有甚麼好風光的，是不是？」

葉朝平看看錶，「還早著哩，大官，妙人妙事，不流傳流傳，可惜了。」

高飛等三位班長也興趣起來，叮著要參謀講。

「不怎麼妙——」邵家聖跟自己笑笑，歪歪頭，不以爲然的糾著嘴，一臉不知有多難吃的苦笑。

「無聊，很幼稚，迷個營區播音的小妞，迷得不知東西南北——李會功大概知道，可惜他沒來，駐五塊厝營房的時候，都喊她喇叭花。眞沒意思，有點斜眼，就是聲音好聽——聞其聲忍不住要食其肉……」說著還吊吊眼珠子，示範了一下斜視的程度，惹得人笑死。

「沒意思，沒意思……」他說，像要就此按下慢表。掏出香菸來，慢條斯理的開始用菸的一套程式。

那國璋忙打著了打火機送過來。「有意思，參謀，很有意思。」

「眞的，好有意思。」臧雲飛原是坐在那旁地上，就近照顧斜遮半個腦袋給繃帶包成肉粽的張簡俊雄，也就地挪了挪，靠近過來，等著下文。

「有意思？——跟她老爸去求婚就沒意思了。」邵家聖讓濃濃的白煙從口裡出來，忽忽的走進兩個鼻孔裡去。「好了，時間到了，後會有期，各位。」

飛機確是已經在遠處開車。

「還早還早。」黃炎就近把大官按住，不讓他起來。「你看，一個個都這麼嗷嗷待哺，別這麼吊胃口好罷。」

「參謀別賣關子啦。」

「眞的，去跟喇叭花她老爸求婚，就沒意思了。」邵家聖也是笑得憋著氣，出不出聲音。但他有本領隨時煞住笑勁兒。「老遠跑去林邊鄉下，跟小老兒當面求婚——眞瘋啊，沒那麼不要臉的。小老兒像頭大猩猩，蹲在門塹上，被他指著鼻子數落，你們阿兵哥無錢啦，你們阿兵哥無房子啦……眞煩兒。小老兒抽了我五根雙喜，還數落沒個完。去你奶奶的，受不了，一拳把個小老兒揍倒塵埃——其實只推了一把而已，氣得我指著小老兒朝天鼻子，對，是，不錯，無雞，無雞，阿兵哥無雞，至少，阿兵哥有根雞巴總行了吧？……」

又一陣鬨笑，引起好些等飛機和送行的注意，好像誰也沒他們這一窩子親愛精誠得如此的如火如荼。

只露一耳一目的張簡俊雄，人才發現他一個也獨自笑得抖著兩肩。

「張簡，別那麼笑，你也是單打雙不打——人家說，獨眼龍哭起來不是淚雙流，試過沒？」

「單流雙不流。」

「不用試，瞧瞧，笑厲害了也是單流雙不流。」臧班長替張簡俊雄回答。

幾個人商量著，怎麼來編個謎語或調個檻子，也是打發這麼枯等飛機叫人不耐的時間。

葉朝平來得快，「桌球手三缺一——單打雙不打。」

大家品一品，蠻有味道。「說網球手三缺一不是也行？」黃炎添了意見。

「乒乓球手三缺一也行罷？」

「嚕囌！」臧雲飛噌了老那一聲。

半晌邵家聖都沒作聲，人只見到他憋著笑，亂眨眼睛，一定有名堂。

「大官，你閣下是奇才，定有絕句。」葉朝平勾著頭來問。

「我啊，肉食主義——少不了葷腥。」

「那一定很精采。」

邵家聖卻四顧了一下，有閒人湊過來做了他們這一夥的外圍。他可不是怕給人聽了，倒想多幾個來欣賞欣賞。

「我啊，好有一比，討了老婆砍椽子——」他頓了頓。「單打雙不打，檻兒得上罷？」

圍觀的閒人裡有的反應快，搶著鼓掌叫好。

「見笑見笑，各位父老兄弟。」拱著手跟四周叫好的作了揖。「民間藝術，就是這麼粗陋俗氣。不過，也很率真，是罷？三十七年，我在徐州黃河灘聽過一齣河南梆子，才叫過癮。不過年深日久，只記得兩句，夠味道，我學給你們聽聽——」

又一陣鼓掌，人聚集得又多了些，掌聲很像一回事。

不怕麻煩，還拉了段胡琴過門。接著挺直了身子，提了提氣。

「聽著——叫一聲……毛澤個東噯……我日你個祖奶奶耶……」這味道，憑良心說，唱得很足，保證原裝貨，沒走一點味兒。

立時，掌聲和喝采別說有多雷動了。邵家聖自己也笑紅了臉，站起來，拍拍屁股，又是四周抱了抱拳。

「獻醜獻醜。日久玩忽，嗓子回去了——祖師爺不賞飯吃，沒轍兒……」

「好喔……好喔……」

「好……地道地道……」

不止一張嘴這麼喊呼著。

「Encore!」葉朝平仍還坐在地上，夾在四周林立的人叢裡面起鬨。

機場營舍靠右這邊的這大片陰涼草地上，硬是給邵家聖領頭，搞得這麼熱熱鬧鬧的愉快，成了個候機的臨時娛樂場。

實則，今天應是個不平常的日子，一場驚震了全國乃至全球的砲戰，歷時兩個月零一天，總算打得雙方中的一方自找台階下場，維持了顧全顏面的慘敗。

而勝利的一方，尚不曾有甚麼正式的宣布。然而，也許這樣的由敵方來拱手道聲後會有期，不再奉陪，勝利的品嘗會更鮮美而有些異味。在軍用機場一角，見出這沒有若何戰勝儀式的小小慶祝，是這麼沒有準備卻清清楚楚的熱烈進行著。

「寶啊，眞正的寶一個……」葉朝平不忌諱的高聲讚歎著。

「誰說不是嘛；我們第十九團的團寶，團花——參謀自己倒是客氣，自謙是團葉兒……」

C119運輸機可也捨得露面了，從老遠處一座飛機掩體中哼哼喲喲的出來，慢吞吞向這邊滑行，笨得像頭老水牛。

照他們等得這麼久，千呼萬喚才肯冒出頭來的這樣子看來，老水牛不知躲到哪兒飽飲飽食了一頓結結實實的水草，又河塘裡打溺扎猛子的狠睏了一場大覺，這才舔嘴抹舌，挺著便便大腹來上套，好不情願的甘盡苦來幹牠正經又吃累的活兒。

大家從後艙門登機。又是無大不大的大門，不同於登陸艦的是這大門直上直下的平吊上去。下面則是一樣的伸出夠寬的跳板。

邵家聖可是血的教訓還留在心上，首先留意那跳板跟機艙之間有否害人一腳插進去的縫隙。

那國璋和高飛兩個班長，一邊一個扶持著張簡俊雄上飛機。

對這麼個胳膊腿兒齊齊全全的小兵，不過有隻眼睛被綳帶包紮了而已，犯不著這麼眾星拱月，有個人攙著領領路也就罷了。可是一是老班長代理排長去營部開會，分不開身趕來，小兵就叫人覺得沒娘的孩子那麼挺孤單，二是可能被後方總醫院鑑定傷殘程度不堪服役，就此不再回來了。這就叫人不由得又憐恤，又惜別的，不光是要好生照顧照顧，還該嬌慣此才是。

邵家聖手腳溜活，已給黃炎占了個靠窗口的位置，領著把張簡俊雄緊挨著黃炎一旁安排下來。「你是不方便，就不用講究甚麼窗子不窗子的了。」其實想憑窗看看外邊，好鼻子好眼的也未必方便。窗口不大，又是在縱排座位背後，又有一層布帶網的靠背隔著。要拉住布帶網把身體擰轉個一百八十度，才得看出去。

他邵家聖跟著煞有介事的傍著張簡俊雄坐下，一面指教班長們給小傷兵繫安全帶，穿救生背心，一面眞的一樣，慢條斯理的給自己收拾，也把安全帶的大扣子扣好，拍拍打打的，「好了，你們放心張簡了，有我跟你們排長左右照顧，就是飛機出了事，也會把你們小弟兄護住的……」

他是表演得很是那麼回事，惹得老實人高飛詫異的叫著：「參謀也回台灣哪？還以爲你也是來送行的呢。」

「豈有此理，誰個不准我回去？」他是頭也不抬的，只顧整理扭鰾了勁兒的安全帶。「探眷嘛，老婆一天一封信催著回去。婦人家，不明大義。你們將來，哼，不要太草率了；討不到好老婆，一輩子……」

越吹越離譜了，高班長這才回過愣來，傻笑出滿臉的大摺皺。

綁好安全帶不說，邵家聖眞章兒似的又把背後網架上的救生背心取下來穿，一面還教給另一旁鄰座一個土土的老士官，哪邊朝裡，哪邊朝外，怎麼繫怎麼拴，叮囑著千萬不要去動那根自動充氣的拉栓……一副不知有多先進經驗的神氣。

一切都整理齊備了，「高飛，到前面去招呼一下，叫他們起飛罷。」他看了看錶，很大派的咳嗽了一聲，「可以了，可以了……」

「是啦您哪。」高班長給調理得開了竅，也跟著搭配上了戲。

「對了，大官，你就好好過足這口癮罷。」

黃炎喊他大官，他就索性擺出一副端將起來的官架子。然後意氣昂揚的仰起面來，兩拳放在膝上四處觀望，繫天下安危於一身的那麼莊嚴大派。

機艙內遍是橫七豎八的柱子、管子、線路甚麼的。「哎喲我天！」他嚷起來，一下子就忘記了端架子，眼睛停留在頭頂那根像是一般屋梁那麼粗壯的橫柱，不以爲然的皺囊起鼻子，咂咂嘴表示惋惜。「說這老美生得笨——沒錯，人大了愣，狗大了獃，造出來的飛行機，也這麼笨法兒。嘖，要老命……」

說來友邦新贈的這C119，整個造型也的確是一頭大笨牛；翅膀又闊又短，肚子又粗又滾圓。他是瞧不起人的斜瞥著眼，「憑這副皺相兒，不知道怎麼有資格飛離了地，還飛上天去。是不是？你說？」手底下解著卸著身上的繩捆索綁，一面他問面前的葉朝平和幾個老班長。

他是眼快，人叢裡見到有個空軍士官領著位海軍少校找位子安插，一路找著空位子過來。安全帶他已經解掉，人也站了起來，救生背心卻還斜著懷兒似的，滴溜打掛的披在身上。座位是正好讓了個空兒出來。

「請這邊來罷，上尉缺，高階低用了，你看！」

空軍士官給逗得要笑不笑的，轉回身去，招呼那位少校。

他把座位讓開，跟這士官扯拉起來，問幾點幾分準時起飛之類的。手底下一刻也不閒著，理著自動充氣的拉栓把玩著。

「上尉，請不要拉動那個。」士官說，過來幫他褪掉背心，好交給海軍少校去使用。

「這我知道。問你一聲，充了氣會有多大？」

空軍士官老老實實比畫給他看。

「不行啦，上尉。」士官不在意的說。可是救生背心脫下了，那根細繩子拉栓可還握在邵家聖手裡，等著他鬆手。

「那——是不是這麼拉的？」嘴說不及，他已誇張的往橫裡一拽，手臂順勢揮了好遠，差些碰到了葉朝平的近視眼鏡。

這把小士官嚇得一吃緊，無意義的兩手搶過來護著，一面叫嚷：「嘿，不行不行……」

士官這才發覺這位調皮的上尉，只是作勢了一下而已，忽的臉紅了起來，很爲自己這麼沉不住氣的被嚇唬到了，不好意思的扭轉過身去，不大必要的替那位海軍少校照料著安座，整整這，摸摸那的。

「戲弄良家父老。」葉朝平側過臉來，故意讓大尉聽了去的跟黃炎說。

看葉朝平的神情和口形，不用聽清楚就猜準說了他甚麼。他是向來喜歡這些調調，胡鬧而被人家欣賞著。

「回來再聚聚罷，除了聖人，還是那個原班人馬。」

「聖人……」葉朝平念著，很突兀的低迴下來。

「等你少爺回來，咱們公祭一下。」他轉過去招呼了一聲。「小葉，也有你一份兒的。」

「是啦，大尉。」葉朝平靠了下腳。「聽大尉的招呼，隨傳隨到。」

「參謀，不要忘記也帶我們……」幾個班長也齊聲要求。

「不管怎麼說，」黃炎的面色凝重，站不起來，仰著臉有所求似的支吾著說。「這單打雙不打，聖人的功勞不可沒。……」

幾個暫時沉默了下來。

「到塔山六三高地去，隔海遙祭——地點我都想好了。」他是很平常的說著，看了眼三位班長——

「當然，老排長嘛，少不了你們……」

然而卻像急急逃避甚麼似的，他揮了揮告別的手勢：「好啦好啦，不死再見。」他邵家聖向來都是口沒遮攔，人家越忌諱的，他越要去觸犯。

「還有，張簡，多保重。」他說：「萬一非叫你脫軍衣不可，想開點兒，這年頭討個老婆不容易，別學咱們這一號的，挑肥揀瘦，芳華虛度，宰啊？……」

飛機猛吼著試車，比甚麼運輸機都聳人聽聞，非要把人耳鼓膜震破了才甘心的……

邵家聖張著兩臂，把三位班長往外趕，不管機聲聒得人耳聾眼花，只管喊他的：「走走，送君千里終須別，別眞的給載走了，沒人管飯不行的……」

那國璋似比另兩位班長都更重情感，被邵參謀趕著還回頭跟他們排長招呼：「一路順風啦，排長……」

機聲陡的歇下來，彷彿特意體貼人，留個空給人道別。

「好，謝謝你們，一切都託付你們了。」

「別外行罷，」臧雲飛臭起那班長。「順風你就休想飛起來了。龜兒子沒騎過飛機，也見過飛機飛罷……」

一陣吵鬧淹沒在重整聲威的機聲裡。

飛機笨笨的滑行，直到轉了彎子，停在跑道頭上，這才那扇後艙大門落下，緊緊的閉上。後艙那裡像是翹上去的船尾，幽黑而有古宅第的空悽。

抓緊了靠背的布帶網，黃炎扭著臉，朝向小小的圓窗，兩眼分別從兩個空格子裡望出去。一條布帶縱壓在鼻梁上，有種陳舊的纖維氣味，略帶些戰慄的摩挲著他的鼻頭。

他能清晰的感覺到機身好沉重的離開地面，輪子再度鈍鈍的回抵了一下跑道，給人心悸的一震，這才非常吃力的騰升上來，害人坐在上面跟著用力氣。

柏油焊接在跑道上的一道道黑色橫縫，急速的打下面馳向後去，急速得叫人眼花。卻在機身一離開地面之後，地面便一下子放慢了下來，地面跟著遠下去了。地上物漸漸縮小而清楚，而且不再怎麼移動，叫人感到機身失速了似的緩慢下來，甚至好像凌空的停住了。

俯瞰著陽光下料羅灣的岸灘，一片潔淨和清亮。那是一彎新月，飛機投影在那片明色的沙灘上，一時竟飛不完這段航程。海灣比意識裡長得太多，大得太多……

七月十九號，大規模的船團把他們一師人運來金門前線。二十號在這一彎海岸登陸。不管是在碼頭的烈日下候船，是在船上受苦，還是初登這岸灘心有害怕讓人知道了去的惶懼，他是那一萬多人裡面渺小的一員，心安理得的居於他那恰合其分的位置上。一切都是像這無砲擊，無風浪的島地和海面一樣，有天命的平靜和寂然……爾今他離此他去，離開他的位置也便失去他的那一分，雖只僅僅五天的假期，還要再回來，卻感覺上有種隱約的不適、不快、不實在。他沒辦法懂得自己的感覺。

視界裡是多得無際無涯的藍水，也無浪，也無船艦，似已沒有甚麼好吸引他去注視的了，上身和脖頸都已扭得很痠，很累。他試圖用母親令人掛心的重病來分分心，以及軼芬的那份情來沖淡一下自己近乎抑鬱的心緒，卻都嫌好生的棉軟無力，不夠幫助他驅散那些不明所以的落落寡歡。

轉身過來，他坐正了，靠到軟軟的網格上，鬆快一下身上的痠累。

對許多戰鬥的夥伴來說——像他的那位前任排長，像身邊張簡這個上等兵，這場戰爭是過去了，結束了；但對他黃炎，一個將要終身去獻身沙場的專業軍官，這只是第一場戰爭，也只才是一個開端。然而他卻還不知道，不懂得戰爭到底是甚麼——儘管他在過後回味起來都無法信以爲眞的那樣曠古未有的激烈砲火下爬出一條命來；又儘管他也曾用了智，用了力，又斃了活捉了敵人，也儘管他如同親目所擊，魏仲和、孔瑾堂、小白菜、還有些相識或不相識的人倒下去……這都沒有用，不能幫助他懂得戰爭。

也許就是在這一點上的無從捉摸，令他不適，不快，不實在……

看看身邊的張簡俊雄上等兵，安然靠在網格上閉目不動。也許只有他了解這個兵不願和視如胞妹的母親的養女成親那點無可言喻的執拗。他和周軼芬也是近乎那種不易生出戀情的手足情分。這上等兵家門裡有棵大王椰子樹，它比上等兵的年齡還大……這上等兵有個怪名字的朱豬姑丈……然而這和那隻能否保得住的眼睛有甚麼關係呢？而那隻眼睛能否保得住，則又和他逃避送做堆有關麼？……他有些弄不清楚……

人生本是一場寂寞，至親至密的人都不能彼此替代生、老、病、死。但這寂寞卻是好的，唯人同人還是不要互有關係，特別是對一個兵士來說。也許他會是未來的沙場上一員福將——那不僅僅是父祖兩代流傳給他的蔭庇或血統，還有他似已顯示出的特徵——他想說那是一種忘情。

然而也不能夠盡然。一個做了軍人的女兒，軍人的媳婦，軍人的妻子，又做了軍人的母親的婦女，他和她不能沒有干涉，不能忘情……

他，黃炎，深深的舒一口氣……。母親，你的福分何在？

青天無雲，長空萬里，笨碩的C119是枚黑綠的雙十字，鬱鬱的飛行著台灣海峽上空，在把一個兒子暫時送還給一個母親……

後記

五十三年初，也是夏曆癸卯歲尾，奉命輪派到我去苗栗縣地致送元首一年一度的慰問信和慰問金給烈士們的遺族，地方政府也配合發放恤金和米穀代金。從臘月初四到十一，除了泰安鄉無遺族戶，算是跑遍了十七個鄉鎮，往往吉普車停在山口，風雨泥濘裡，跋涉深山幽谷來回三四小時，雖夠辛苦，卻見遺族們感念元首於年根歲底這樣記掛他們，皆很得安慰，也便忘卻自己的勞累。在慰問中，發現烈士多是新故，其中除因病亡故或意外事件殉職，皆是陣亡於「八二三」之役，約占全縣三十多位烈士的一半。時距這戰役已六七年，爲母親者迎接國家派來的人給飾著黑紗的兒子遺像敬禮致意時，仍不免舊傷新淚，還叮嚀回報元首放心。是我親見窮鄉僻壤，一樣的有這些爲國慷慨的母親們，反怕國家元首爲他們憂愁，令我受教而更懂得感念，這使我立意要爲這些可敬的母親和她們無名英雄的兒子寫下值得紀念的東西。此是我寫「八二三注」最初的動機，也從那時便有心作蒐集材料的預備。

我的運氣不夠好，未能碰上這次可誇的戰役。那時我尚在鳳山陸軍官校，多少戰友於那戰史上無前例的砲火中出生入死，令人日夕爲他們焦灼牽掛。他們火線上一無所缺，能支援他們的，唯有多寫些信，多寄些書，並爲他們的平安和勝利恆切祈禱。而只因戰時書信管制的必要，每接烽火來鴻，卻除了確定他們在投郵時刻，人尚安然，於戰事巨細的了解則如後方一般的民眾，同樣的只有從報紙和廣播獲知些前線消息。就中國現代小說的性質來說。講求的是生命經驗，然而對於此一戰役的焦灼牽掛，爲那些曾將愛子獻給這場自由之戰的母親們所流的慈淚而生的感動，以及我自己親身經歷的軍旅生活與粗淺的軍事知識，似已足夠構成一種生命經驗，亦即具備了小說創作的動力，以「八二三」戰役爲題材的小說，應是我可以寫得了的。

在蒐集材料的過程裡，我竟發現小說素材的新義；緣於中國現代小說重在「性情的眞實」，則材料也者，便不止是事實，還有性情；即事也重要，性情更重要。爲了後者，便一面就教於曾在砲火中九死一生過來的戰友，和識與不識的兵士們，從他們那裡反覆挖掘，一面一遭又一遭的跑去金門及其離島，去看、去聽、去領受、去品嘗，即單日的敵砲轟擊，月梢的全島火力試射，也都有幸親身的經驗到了。便這個月初的再度飛去金門，還是續有新的感覺，回頭把來融入這小說裡面。

五十五年春，我雖明知預備——或說是醞釀——得不夠成熟，卻迫不及待就下筆了。一經開始，也顧不得倉促，便每日每日不間斷的寫下去，唯恐稍一放下，就氣勢不得一貫。只是愈寫愈無把握，待至百般的不從心而竟挨到十一萬多字時，越發厭惡起自己來，不得不狠狠心，全部毀棄。問題是出在所採取的結構不堪承荷得起這沉沉的重量。爾後幾經苦思、摸索、尋求、方始構思出現在這樣的形式。然而重又寫至二十七萬餘言時，又不得不忍痛的推翻。這回所遭遇的困難和攔阻，是於內省中見出自己的浮躁火爆。究其原委，一是情感的尚乏冷卻，時空距離兩者皆不足；一是自我約制尚差，意境還只侷限於感懷的層面之下，因之而有觀點的狹隘和短淺，乃至只見憤慨，獨缺憐恤，未臻中國止戈爲武高意境的兵家傳統，於小說技巧上則乏自然而客觀的呈現。此是巨大到必須根本上來更改修正。所以二十七萬餘言的心血，便連題材價值也悉皆失去，終不得不予銷毀。

於是再經過兩年多輾轉反側，無間日夜來思念，終算於六十年春再度啓筆，歷時四載有半而以六十萬餘言完成。我知一個作家生命所欲表達者，及其經由生活所已表現者，這其間永遠是一難以縮短的距離，亦即一個作家永不能滿意自己作品的原因所在。但在這部長篇小說艱難的寫作過程中，以及脫稿之後，也才人世的認知更有進益。共黨永遠是峻急躁進的面紅耳赤，緊張造作是他們唯一的政治性格，所以他們一直是在錯誤重複著錯誤，自然這是他們很重要的弱點之一。然而中國民族的天性絕非這樣。國父的是革命，吳稚暉先生寫他的行誼，「自然」兩字是傳神得絕透。國民革命軍之父的也是革命，他的清正淡泊，即天地之姿。這都才最是高人的大胸襟。這高人就要有絕不苟且處，更還有包容的大氣。唯其如此，也才是眞眞的法天法地；且看宇宙間星辰運轉，各各的軌道不可以有毫釐之差，速度也不得有分秒的馬虎。但以地球運轉之速——每秒四六四公尺，便該是峻急躁進的面紅耳赤，弄得全球虎虎風生，萬物挺立不起才是，卻偏偏是一片安詳悠然，文風不動的閒情。我沒有意思要爲我所塑造的那些人物辯解，但立得天地，是要靠那般地道中國人的豁達之士，縱是烽火連天，我不慌不忙的安閒安穩，所以怎樣的大難臨頭，他自不驚，更還一樣的生出情趣無限。看看也覺得可愛。而中共的兵士可以這樣麼？我不信憑著峻急躁進，緊張造作，可以討得長久；饒有可能，亦非天地至道。故而以火爆戰火爆，不過是以錯誤對錯誤，終局還是或然機會的一方倖獲勝利。而「八二三」一役的大勝不是這樣的。

在這樣一次反暴力的戰役中，我們所敬之愛之的國民革命軍之父，他的卓越的才智和領導，應是我們所可領悟的——多半也是今日才得回味品嘗出來。對這樣一場送上門來的戰爭，在構成我爲戰場主宰的絕對優勢之下，來施行「以戰練兵」，硬就是已至化境的戰爭藝術的大匠作爲。而所練就者應不特是他子弟們的戰技、裝備、膽識和經歷，猶更練的是我們的戰爭觀念和文化創造。看他老人家只是一片安詳，一派豁達和安穩，若非如此，心胸哪來敞闊靈明，料敵如神，而戰爭又安得臻於那樣揮盡牽絆的藝術化！

至於此役爲世界戰史寫下新頁的戰績，以之與「以戰練兵」無形無限的效果相較，已屬餘事；然而也不妨簡要的記載下來。在這部小說所涵括的期間（民國四十七年七月十六日至十月二十五日），敵我雙方所付出的代價和所獲致的戰果，根據國防部前新聞局戰報，及金門縣誌，摘錄於下：

敵動員輕重砲五六一門。

敵砲擊金門島群五二八六四八發。

敵砲擊金門民眾死亡八〇人、重傷八五人、輕傷一三六人。

敵砲擊金門民房全毀二六一二棟，半毀二三三一棟。

敵魚雷快艇擊傷我艦二艘。

我砲兵擊毀敵砲二八〇門。

我砲兵摧毀敵砲陣地一一三處。

我砲兵摧毀敵掩體七七座、營房四棟。

我砲兵擊中敵彈藥庫及油庫三〇處。

我步兵俘敵兩棲偵察兵三名。

我海軍擊沉敵魚雷快艇一八艘、傷六艘；擊沉敵大型砲艇二艘、傷二艘。

我空軍擊落敵米格十七型機三一架、擊傷六架。另可能擊落七架；我F86戰鬥機僅一架與敵機撞毀。

這其中或須強調者，如以金門島群土地面積與落彈密度爲比例，則較諸二次世界大戰美軍轟擊硫磺島，因而制伏日軍頑強抵抗的落彈數，計超出二十七倍之巨。是爲中外戰史向所未有的戰例。即此一端，乃可想像戰況的劇烈。然而猶有重要者，敵「總參謀長」黃克誠因此役慘敗而遭革職，「國防部長」彭德懷亦因之失勢。而終不得不以「雙日停火」遮羞，結束他這一場徒勞無功、無法再打的戰役。

最後，爲感謝襄助我完成這部小說的朋友，我需要把他們一一記載於此，作爲永遠的紀念：王和璞將軍、王熙瑛、王汝雋、邵睿生、汪洋、王賢忠、張後麟、彭野牧、楊天平、管管、魯蛟、魏子雲、韓敬躬、曾文偉、紫籐、菩提、瘂弦、繆綸、張玉堂，以及許許多多相知相悅而識或不識的大兵朋友們。

六十四年八月二十三日凌晨

【附錄1】

朱西甯作品出版年表

小說類

大火炬的愛（短篇）　重光文藝出版社，一九五二年六月
鐵漿（短篇）　文星書店，一九六三年十一月
皇冠出版社，一九七〇年四月
三三書坊，一九八九年七月
印刻出版公司，二〇〇三年四月
狼（短篇）　大業書店，一九六三年十二月
皇冠出版社，一九六六年十一月
三三書坊，一九八九年九月
遠流出版公司，一九九四年三月
貓（長篇）　皇冠出版社，一九六六年十一月

破曉時分（短篇）
三三書坊，一九九〇年八月
皇冠出版社，一九六七年二月
三三書坊，一九八九年十二月
遠流出版公司，一九九四年二月
印刻出版公司，二〇〇三年四月

第一號隧道（短篇）
新中國出版社，一九六八年十月

旱魃（長篇）
皇冠出版社，一九七〇年四月
三三書坊，一九九一年三月

冶金者（短篇）
仙人掌出版社，一九七〇年四月
晨鐘出版社，一九七二年四月
三三書坊，一九八六年十月

畫夢紀（長篇）
皇冠出版社，一九七〇年八月
三三書坊，一九九〇年七月

現在幾點鐘（短篇）
阿波羅出版社，一九七一年二月

奔向太陽（短篇）
陸軍出版社，一九七一年十二月

非禮記（短篇）
皇冠出版社，一九七三年五月

蛇（短篇）
大地出版社，一九七四年七月

朱西甯自選集（短篇）
黎明出版社，一九七五年一月

春城無處不飛花（短篇）遠景出版社，一九七六年五月
將軍與我（短篇）三三書坊，一九七九年五月
春風不相識（長篇）洪範書店，一九七六年八月
八二三注（長篇）皇冠出版社，一九七六年八月
三三書坊，一九七九年四月
獵狐記（長篇）印刻出版公司，二〇〇三年四月
多元文化公司，一九七九年七月
將軍令（短篇）三三書坊，一九八四年二月
三三書坊，一九八〇年一月
海燕（短篇）遠流出版公司，一九九四年三月
林森傳（長篇）華岡出版社，一九八〇年三月
七對怨偶（短篇）近代中國出版社，一九八二年六月
熊（短篇）道聲出版社，一九八三年八月
牛郎星宿（短篇）皇冠出版社，一九八四年七月
茶鄉（長篇）三三書坊，一九八四年八月
黃粱夢（中篇）三三書坊，一九八四年十月
新墳（短篇）三三書坊，一九八七年七月
文藝風出版社（香港），一九八七年八月

華太平家傳（長篇）　聯合文學出版社，二〇〇二年二月

散文類

鳳凰村的戰鼓　台灣省新聞處出版部，一九六六年七月

朱西甯隨筆　水芙蓉出版社，一九七五年六月

曲理篇　慧龍文化公司，一九七八年九月

日月長新花長生　皇冠出版社，一九七八年十二月

微言篇　三三書坊，一九八一年一月

多少煙塵　台灣省訓團，一九八六年六月

【附錄2】

《八二三注》相關評論及訪談索引

丁善璽，〈朱西甯放下你的面具〉，《獨家報導》十一期，頁一〇二至一〇八。

王文龍，〈朱西甯爲八二三砲戰補注〉，《自立晚報》三版，一九七七年八月二十八日。

王德威，〈畫夢記——朱西甯的小說藝術與歷史意識〉，紀念朱西甯先生文學研討會，文建會，二〇〇三年三月二十二日。

——〈一隻夏蟲的告白〉，《中國時報》三十九版，一九九四年一月三日。

——〈尋找女主角的男作家茅盾、朱西甯、黃春明、李喬〉，《中外文學》十四卷十期，一九八六年三月，頁二三至四〇。

白芝（楊澤、童若雯摘譯），〈朱西甯、黃春明、王禎和三人小說中的苦難意象〉（上、下），《聯合報》十二版，一九七九年二月二十七、二十八日。

江衍宜，《「細述」衷情——朱西甯小說研究》，碩士論文，淡江大學中文所，二〇〇一年。

朱星鶴，〈現在沒有戰爭——我讀「八二三注」〉，《台灣新聞報》十二版，一九七九年八月二十三日。

——〈聽聽，那砲聲〉，《國魂》四〇五期，一九七九年八月，頁七四至七五。

佚名，〈八二三注〉，《愛書人》一二九期，一九八〇年一月十一日，頁三。

李培榮，《兩部戰爭小說：朱西甯的「八二三注」與特歐多．普里維爾的「史達林格勒」中的軍人形象》，碩士論文，輔仁大學德文所，一九九〇年。

吳達芸，〈再談《八二三注》〉，紀念朱西甯先生文學研討會，文建會，二〇〇三年三月二十二日。

——〈在君父的城邦——朱西甯《八二三注》的書寫策略〉，《臺靜農先生百年冥誕論文集》，台灣大學中文系，二〇〇一年十一月二十四日，頁二七五至三〇八。

邱上林，〈不老的朱西甯〉，《風範——文壇前輩素描》，正中書局，一九九六年。

桂文亞，〈爲「八二三」作注的人——朱西甯和他的戰爭小說〉，《聯合報》八版，一九七九年八月二十三日。

馬叔禮，〈朱西甯的小說「八二三注」〉（上、下），《幼獅文藝》五十卷三、四期，一九七九年九、十月，頁六一至八〇、一一一至一二四。

——〈朱西甯的小說「八二三注」座談會〉，《幼獅文藝》五十卷三、四期，一九七九年九、十月。

馬森，〈寬恕的靈魂——朱西甯小說中的人物〉，《中央日報》二十二版，一九九八年三月二十四日。

馬維敏，〈朱西甯以寫作爲樂〉，《中華日報》十一版，一九八六年九月三日。

秦慧珠，《台灣反共小說研究》，博士論文，中國文化大學中文所，二〇〇〇年。

張大春，〈被忘卻的記憶者——朱西甯的小說語言與知識企圖〉，《中國時報》四十三版，一九九八年三月二十六日。

張素貞，〈試探朱西甯小說的主題意識〉，《細讀現代小說》，東大圖書公司，一九八六年十月，頁八一至九九。

張鈞莉，〈讓夏蟲暢所欲「語」〉，《中國時報》三十九版，一九九四年一月十九日。

張瀛太，《朱西甯小說研究》，博士論文，台灣大學中文所，二〇〇一年。

莊宜文，〈朱西甯與胡張因緣〉，紀念朱西甯先生文學研討會，文建會，二〇〇三年三月二十三日。

陳芳明，〈朱西甯的現代主義轉折〉，紀念朱西甯先生文學研討會，文建會，二〇〇三年三月二十三日。

許惟援、杜祖業、陳柏翰、任兆祺，〈傾城人物：訪朱西甯〉，《大華晚報》十版，一九八七年九月十六日。

紹雍，〈台北商專青年訪問朱西甯〉，《幼獅文藝》六十三卷四期，一九八六年四月。

馮季眉，〈悲劇是尋求希望的啓始力量——專訪小說家朱西甯先生〉，《文訊》一一七期，一九九五年七月，頁七七至八〇。

程榕寧，〈朱西甯談文學作品和性靈享受〉，《大華晚報》七版，一九七九年十一月二十五日。

敬之，〈談談台灣作家張拓蕪和朱西甯〉，《團結報》，一九八七年十二月十九日。

彭歌，〈性情的眞實〉，《聯合報》十二版，一九七九年四月二十八日。

——〈八二三註〉，《聯合報》十二版，一九七九年四月二十七日。

楊照，〈還原軍隊的複雜面貌——朱西甯長篇小說《八二三注》〉，《中國時報》二十七版，一九九七年十二月三十日。
劉克敵，〈「八二三注」與「金門砲戰中的採訪實錄」〉，《台肥月刊》二十一卷五期，一九八〇年，頁五七至五九。
劉登翰等編，〈朱西甯、司馬中原、段彩華等軍中小說家的創作〉，《台灣文學史》（下），海峽文藝出版社，一九九三年，頁四一〇至四二七。
魯軍，〈四個「第二」朱西甯〉，《中華日報》十四版，一九九〇年十月四日。
應鳳凰，〈朱西甯的反共文學論述〉，紀念朱西甯先生文學研討會，文建會，二〇〇三年三月二十二日。

文·學·叢·書

1. 吹薩克斯風的革命者	楊　照著	260元
2. 魔術時刻	蘇偉貞著	220元
3. 尋找上海	王安憶著	220元
4. 蟬	林懷民著	220元
5. 鳥人一族	張國立著	200元
6. 蘑菇七種	張　煒著	240元
7. 鞍與筆的影子	張承志著	280元
8. 悠悠家園	韓・黃晳暎著／陳寧寧譯	450元
9. 想我眷村的兄弟們	朱天心著	220元
10. 古都	朱天心著	240元
11. 藤纏樹	藍博洲著	460元
12. 龔鵬程四十自述	龔鵬程著	300元
13. 魚和牠的自行車	陳丹燕著	220元
14. 椿哥	平　路著	150元
15. 何日君再來	平　路著	240元
16. 唐諾推理小說導讀選 I	唐　諾著	240元
17. 唐諾推理小說導讀選 II	唐　諾著	260元
18. 我的N種生活	葛紅兵著	240元
19. 普世戀歌	宋澤萊著	260元
20. 紐約眼	劉大任著	260元
21. 小說家的13堂課	王安憶著	280元
22. 憂鬱的田園	曹文軒著	200元
23. 王考	童偉格著	200元
24. 藍眼睛	林文義著	280元
25. 遠河遠山	張　煒著	200元
26. 迷蝶	廖咸浩著	260元
27. 美麗新世紀	廖咸浩著	220元

朱西甯　作品集

1. 鐵漿　240元
2. 八二三注　800元
3. 破曉時分　300元

王安憶　作品集

1. 米尼　220元

以下陸續出版

2. 海上繁華夢　280元
3. 流逝　260元
4. 閣樓　220元
5. 冷土　260元
6. 傷心太平洋　220元
7. 崗上的世紀　280元

楊　照　作品集

1. 為了詩　200元
2. 我的二十一世紀　220元

以下陸續出版

3. 楊照書鋪
4. 政經書簡
5. 大愛
6. 軍旅札記
7. 給女兒的十二封信
8. 迷路的詩
9. Café Monday
10. 黯魂
11. 中國經濟史
12. 中國人物史
13. 中國日常生活

成英姝　作品集

1. 恐怖偶像劇　220元
2. 魔術奇花　240元

世界文學

1.	羅亭	屠格涅夫著	69元
2.	悲慘世界	雨果著	69元
3.	野性的呼喚	傑克・倫敦著	69元
4.	地下室手記	杜斯妥也夫斯基著	69元
5.	少年維特的煩惱	歌德著	69元
6.	黑暗之心	康拉德著	69元

POINT

1.	海洋遊俠——台灣尾的鯨豚	廖鴻基著	240元
2.	追巴黎的女人	蔡淑玲著	200元
3.	52個星期天	黃明堅著	220元
4.	娶太太，還是韓國人為好！？	篠原　令著	200元
5.	向某些自己道別	陳樂融著	220元

朱西甯作品集 2

INK PUBLISHING

八二三注

作　　者　朱西甯
總 編 輯　初安民
責任編輯　高慧瑩
美術編輯　許秋山
校　　對　吳美滿　辜輝龍

發 行 人　張書銘
出　　版　INK 印刻文學生活雜誌出版股份有限公司
新北市中和區建一路 249 號 8 樓
電話：02-22281626
傳真：02-22281598
e-mail：ink.book@msa.hinet.net
網　　址　舒讀網 http：//www.inksudu.com.tw

法律顧問　巨鼎博達法律事務所
施竣中律師
總 代 理　成陽出版股份有限公司
電話：03-3589000（代表號）
傳真：03-3556521
郵政劃撥　19785090　印刻文學生活雜誌出版股份有限公司
印　　刷　海王印刷事業股份有限公司

港澳總經銷　泛華發行代理有限公司
地　　址　香港新界將軍澳工業邨駿昌街 7 號 2 樓
電　　話　852-27982220
傳　　真　852-27965471
網　　址　www.gccd.com.hk

出版日期　2003 年 4 月　初版
2022 年 3 月 1 日　初版二刷
ISBN　986-7810-40-6
定　價　800 元

國家圖書館出版品預行編目資料

八二三注／朱西甯著 --初版,
新北市中和區：INK印刻文學，
2003. 04 面； 14.8 × 21公分.（朱西甯作品集；2）
ISBN 986-7810-40-6　（軟精裝）

857.7　92003855

舒讀網